Arthur Conan Doyle
Die Wiederkehr von Sherlock Holmes

Arthur Conan Doyle

Die Wiederkehr von Sherlock Holmes

Sämtliche Sherlock-Holmes-Erzählungen III

1989
Gustav Kiepenheuer Verlag
Leipzig und Weimar

Originaltitel: The Return of Sherlock Holmes
Übersetzt, herausgegeben und mit Anmerkungen versehen von Alice und Karl Heinz Berger

ISBN 3-378-00314-6

Das leere Haus

Es war im Frühjahr 1894, als ganz London – und die vornehmen Kreise mit Bestürzung – Anteil nahm an der Ermordung des Ehrenwerten Ronald Adair, deren Umstände äußerst ungewöhnlich und unerklärbar erschienen. Die Öffentlichkeit kennt inzwischen die Einzelheiten des Verbrechens, die in der polizeilichen Untersuchung zutage gefördert wurden; aber ein beträchtlicher Teil der Ergebnisse ist damals verschwiegen worden, da der Fall für die Anklage so überwältigend zwingend war, daß keine Notwendigkeit bestand, alle Tatsachen auszubreiten. Erst jetzt, fast zehn Jahre danach, darf ich die fehlenden Glieder ergänzen, die erst die ganze bemerkenswerte Kette sichtbar machen. Das Verbrechen an sich war schon interessant, aber das Interesse daran bedeutet nichts, gemessen an den unbegreiflichen nachfolgenden Ereignissen, die in mein abenteuerliches Leben die größte Erschütterung und Überraschung brachten. Sogar noch heute, nach dieser langen Zeit, schaudert es mich, wenn ich an sie denke, und ich fühle noch einmal jene plötzliche Flut von Freude, Verwunderung und Skepsis, die meinen Verstand völlig gefangennahm. Ich möchte den Teil des Publikums, der einiges Interesse an den Einblicken bezeigte, die ich gelegentlich in die Gedanken und Taten eines äußerst bemerkenswerten Mannes gewährte, bitten, mich nicht dafür verantwortlich zu machen, daß ich mein Wissen nicht mit ihm geteilt habe; ich hätte es als meine vornehmste Pflicht angesehen, dies zu tun, wäre nicht das ausdrückliche Verbot aus seinem eigenen Mund gewesen, das erst am 3. letzten Monats zurückgenommen worden ist.

Man kann sich wohl vorstellen, daß ich durch meine innige Vertrautheit mit Sherlock Holmes vom Verbrechen gefesselt war, und daß ich es nach seinem Verschwinden nie versäumte, die verschiedenen Fälle, die veröffentlicht wurden, sorgfältig zu lesen, und ich mehr als einmal versucht habe, um der Befriedigung meines Ehrgeizes willen, jedoch mit unwesentlichem Erfolg, seine Methoden zu ihrer Lösung anzuwenden. Wie dem auch sei, es gab keinen Fall, der mich so sehr beschäftigte wie die Tragödie um Ronald Adair. Als ich von dem Beweisverfahren in der amtlichen Voruntersuchung las, das zu der Anklage gegen Unbekannt wegen vorsätzlichen Mordes führte, wurde mir deutlicher denn je bewußt, welchen Verlust die Gesellschaft durch den Tod von Sherlock Holmes erlitten hatte. In dieser seltsamen Angelegenheit gab es Punkte, die, dessen war ich sicher, ihn besonders angezogen haben würden, und die Bemühungen der Polizei wären durch die gekonnten Beobachtungen und den beweglichen Geist des besten Verbrechensbekämpfers Europas ergänzt oder, wahrscheinlicher, überflüssig gemacht worden. Den ganzen Tag, während ich meine Krankenbesuche machte, ging mir der Fall im Kopf herum, und ich fand keine Erklärung, die mir hinreichend zu sein schien. Auf die Gefahr hin, Bekanntes zu wiederholen, möchte ich die Tatsachen noch einmal vortragen, die der Öffentlichkeit am Ende der Voruntersuchung bekannt waren.

Der Ehrenwerte Ronald Adair war der zweite Sohn des Earl of Maynooth, seinerzeit Gouverneur einer der australischen Kolonien. Adairs Mutter war aus Australien nach England gereist, um sich einer Staroperation zu unterziehen; sie, ihr Sohn Ronald und ihre Tochter Hilda wohnten im Hause Park Lane 427. Der junge Mann verkehrte in der besten Gesellschaft, er hatte, soweit man wußte, keine Feinde und keine besonderen Laster. Er war mit Miss Edith Woodley aus Carstairs verlobt gewesen, doch die Verlobung war einige Monate zuvor in beiderseitigem Einverständnis gelöst worden, und es gab keine Anzeichen dafür, daß tiefer gehende Gefühle zurückgeblieben waren. Ansonsten bewegte sich das Leben des Mannes in engen, herkömmlichen Bahnen, denn seine Gewohnheiten waren ruhig und seine Natur leidenschaftslos. Und doch ereilte diesen unbeschwerten jungen Aristokraten auf eine äußerst seltsame Weise und völlig unerwartet in der Nacht des 30. März 1894 zwischen zehn und elf Uhr zwanzig der Tod.

Ronald Adair liebte die Karten und spielte unausgesetzt, aber nie um Beträge, deren Verlust ihn hätte schmerzen können. Er war Mitglied des Baldwin-, des Davendish- und des Bagatelle-Card-Clubs. Es stellte sich heraus, daß er am Tage seines Todes nach dem Dinner im letzteren einen Rubber Whist gespielt hatte. Er hatte dort auch bereits nachmittags gespielt. Die Aussagen derer, die mit ihm gespielt hatten – Mr. Murray, Sir John Hardy und Colonel Moran –, ergaben, daß man sich an Whist gehalten hatte und daß das Kartenglück ziemlich gleich verteilt gewesen war. Adair mochte fünf Pfund verloren haben, nicht mehr. Sein Vermögen war beachtlich, und ein solcher Verlust konnte ihn in keiner Weise berühren. Fast jeden Tag hatte er in einem der Clubs gespielt, und als vorsichtiger Spieler war er meist als Gewinner vom Tisch gegangen. Die Zeugenvernehmung ergab, daß er einige Wochen zuvor gemeinsam mit Colonel Moran vierhundertzwanzig Pfund von den Herren Godfrey Milner und Lord

Balmoral gewonnen hatte. Soviel zu der unmittelbaren Vorgeschichte, wie sie bei der amtlichen Voruntersuchung zutage trat.

Am Abend des Verbrechens kam er Punkt zehn aus dem Club nach Hause. Seine Mutter und seine Schwester waren ausgegangen und verbrachten den Abend bei einer Verwandten. Das Dienstmädchen bezeugte, sie habe ihn das Vorderzimmer in der zweiten Etage betreten hören, das er gewöhnlich als sein Wohnzimmer nutzte. Sie hatte dort ein Feuer angemacht und, weil es rauchte, das Fenster geöffnet. Kein Geräusch war bis zwanzig nach elf aus dem Zimmer gedrungen, also bis zu der Zeit, da Lady Maynooth mit ihrer Tochter nach Hause kam. Die Dame wollte ihrem Sohn gute Nacht wünschen und versuchte deshalb, in sein Zimmer zu gelangen. Die Tür war von innen abgeschlossen, und ihr Rufen und Klopfen blieb ohne Antwort. Man holte Hilfe und brach die Tür auf. Der unglückliche junge Mann lag neben dem Tisch. Sein Kopf war durch ein Explosivgeschoß aus einem Revolver schrecklich zugerichtet, aber in dem Zimmer wurde keine Waffe entdeckt. Auf dem Tisch lagen zwei Bankanweisungen über je zehn Pfund, außerdem siebzehn Pfund zehn Shilling in Silber und Gold; die Münzen waren zu Türmchen verschiedener Höhe aufgebaut. Auf einem Blatt Papier standen einige Zahlen und dahinter die Namen von Freunden aus den Clubs, woraus man ableitete, daß er vor seinem Tod versucht habe, seine Gewinne und Verluste beim Kartenspiel festzustellen.

Die genaue Untersuchung der Umstände machte den Fall nur noch verwickelter. Vor allem fand man keinen Grund dafür, warum der junge Mann die Tür von innen verschlossen haben sollte. Es bestand die Möglichkeit, daß dies der Mörder getan hatte und danach durch das Fenster entwichen war. Die Höhe betrug jedoch mindestens zwanzig Fuß, und unten stand ein Krokusbeet in voller Blüte. Weder die Blumen noch das Erdreich zeigten die geringste Spur, und es gab auch keine Abdrücke auf dem schmalen Grasstreifen, der zwischen dem Haus und der Straße lag. Anscheinend hatte also der junge Mann selbst die Tür verschlossen. Aber wie war er denn dann zu Tode gekommen? Niemand hätte zum Fenster emporklettern können, ohne Spuren zu hinterlassen. Wäre der Schuß durchs Fenster gekommen, so hätte das wahrlich ein außerordentlicher Schütze gewesen sein müssen, der mit einem Revolver auf solche Entfernung eine derart tödliche Wunde beibringen konnte. Und dann ist die Park Lane eine verkehrsreiche Straße, und hundert Yard vom Haus befindet sich ein Droschkenstand. Kein Mensch hatte einen Schuß gehört. Und doch war da ein Toter und eine Revolverkugel, die plattgedrückt war, nach der Art von Geschossen mit weicher Spitze, und eine Wunde verursacht hatte, die sofort zum Tod geführt haben mußte. Soviel zu den Umständen des Geheimnisses in der Park Lane, das sich durch das völlige Fehlen eines Motivs noch verwickelter darstellte, denn – wie ich bereits sagte – es war nichts davon bekannt, daß der junge Adair irgendeinen Feind besaß, und es war auch kein Versuch unternommen worden, das Geld oder sonstige Wertsachen aus dem Zimmer zu entwenden.

Den ganzen Tag über beschäftigten mich diese Tatsachen, und ich mühte mich, auf eine Theorie zu kommen, die sie alle in Einklang bringen konnte, und den Punkt des geringsten Widerstands zu finden, den mein armer Freund immer zum Ausgangspunkt aller Nachforschungen erklärt hatte. Ich gestehe, daß ich kaum Fortschritte machte. Am Abend schlenderte ich durch den Park, und gegen sechs Uhr fand ich mich in der Oxford Street nahe der Park Lane. Eine Ansammlung von Streunern auf dem Pflaster, alle blickten zu einem bestimmten Fenster hinauf, dirigierte mich zu dem Haus, das ich hatte sehen wollen. Ein großer, dünner Mann mit gefärbten Brillengläsern, den ich sehr im Verdacht hatte, ein Polizist in Zivil zu sein, erläuterte irgendeine Theorie, die er sich zurechtgezimmert hatte, und die anderen umdrängten ihn und hörten ihm zu. Ich ging so nahe heran, wie ich konnte, aber seine Bemerkungen schienen mir ungereimt, und so zog ich mich ziemlich angewidert zurück. Dabei stieß ich gegen einen älteren, mißgestalteten Mann, der hinter mir stand, und dem dabei ein paar Bücher zu Boden fielen, die er unterm Arm getragen hatte. Ich erinnere mich, daß ich einen Titel las, als ich die Bücher aufhob: ›Der Ursprung der Anbetung von Bäumen‹, und mir kam sofort in den Sinn, der Bursche müsse ein bedauernswerter Bibliophile sein, der, entweder von Berufs wegen oder als Stekkenpferd, obskure Ausgaben sammelte. Ich wollte mich für den Vorfall entschuldigen, aber es war offensichtlich, daß diese Bücher, die ich unglücklicherweise so schlecht behandelt hatte, in den Augen ihres Besitzers großen Wert besaßen. Mit einem verächtlichen Knurren machte er auf dem Absatz kehrt, und der gekrümmte Rücken und der weiße Backenbart verschwanden in der Menge.

Meine Beobachtung des Hauses Park Lane 427 erbrachte wenig, um das Problem, das mich beschäftigte, klären zu können. Eine niedrige Mauer mit einem eisernen Gitter, das Ganze nicht höher als fünf Fuß, grenzte das Grundstück zur Straße hin ab. So war es für jeden sehr leicht, in den Garten zu gelangen. Aber das Fenster war absolut unerreichbar, selbst für den gewandtesten Mann, denn es gab kein Fallrohr oder etwas Ähnliches, das als Kletterstütze hätte dienen können. Verwirrter als zuvor, lenkte ich meine Schritte wieder nach Kensington. Ich war noch nicht fünf Minuten in meinem Arbeitszimmer, als das Mädchen eintrat und meldete, man wünsche mich zu sprechen. Zu meinem Erstaunen war es niemand anders als der sonderbare alte Büchersammler, dessen scharfes, verwelktes Gesicht von weißem Haar umrahmt war. Unterm Arm hielt er mindestens ein Dutzend seiner wertvollen Bücher.

»Sie sind überrascht, mich zu sehen, Sir«, sagte er mit seltsam krächzender Stimme.

Ich gab zu, überrascht zu sein.

»Ich habe ein schlechtes Gewissen, Sir, und da ich Sie zufällig in dieses Haus gehen sah, als ich hinter Ihnen herhumpelte, dachte ich, geh doch hinein und sag dem freundlichen Herrn, daß du ihn nicht verletzen wolltest, als du so barsch warst, und daß du ihm sehr verbunden bist, weil er deine Bücher aufgehoben hat.«

»Das war doch eine Kleinigkeit, Sie spielen es hoch«, sagte ich. »Aber dürfte ich Sie fragen, woher Sie wissen, wer ich bin?«

»Nun, Sir, wenn es Ihnen nichts ausmacht: Ich bin einer Ihrer Nachbarn. Ich betreibe den kleinen Buchladen Ecke Church Street und würde mich glücklich schätzen, Sie dort begrüßen zu dürfen. Vielleicht sind Sie selber Sammler, Sir. Hier: ›Die Vogelwelt Britanniens‹ und ›Catull‹ und ›Der Heilige Krieg‹ – alles einmalige Gelegenheiten. Mit fünf Büchern könnten Sie die Lücke da in der zweiten Reihe ausfüllen. So etwas sieht unordentlich aus, Sir, oder etwa nicht?«

Ich wandte den Kopf zum Bücherschrank hinter

mir. Als ich mich wieder umdrehte, stand Sherlock Holmes da und lächelte mich über den Tisch hinweg an. Ich erhob mich, starrte ihn einige Sekunden lang in völliger Verwirrung an und muß dann wohl, zum ersten und einzigen Mal in meinem Leben, ohnmächtig geworden sein. Grauer Nebel wirbelte mir vor den Augen, und als er sich verzogen hatte, war mein Kragen geöffnet, und auf meinen Lippen schmeckte ich den prickelnden Nachgeschmack von Kognak. Holmes stand über meinen Sessel gebeugt und hielt seine Taschenflasche in der Hand.

»Mein lieber Watson«, sagte die wohlbekannte Stimme, »ich muß mich tausendmal bei Ihnen entschuldigen. Ich konnte nicht ahnen, daß Sie das so angreifen würde.«

Ich packte ihn am Arm.

»Holmes!« rief ich, »sind Sie es? Ist es möglich, daß Sie leben? Sind Sie tatsächlich aus jenem schrecklichen Abgrund heraufgeklettert?«

»Moment mal!« sagte er. »Sind Sie sicher, daß Sie sich wieder gut genug fühlen, um alles durchzusprechen? Ich habe Ihnen durch meinen unnötig dramatischen Auftritt einen ernstlichen Schock versetzt.«

»Mir geht es gut. Aber wirklich, Holmes, ich wage es nicht, meinen Augen zu trauen. Du lieber Himmel, sich vorzustellen, daß Sie – ausgerechnet Sie – in meinem Arbeitszimmer stehen!« Wieder packte ich ihn am Ärmel und fühlte den dünnen, sehnigen Arm unter dem Stoff.

»Nein, Sie sind kein Gespenst«, sagte ich. »Mein lieber Junge, ich freue mich so, Sie wiederzusehen. Setzen Sie sich und erzählen Sie, wie sie lebend aus der fürchterlichen Kluft herausgekommen sind.«

Er setzte sich mir gegenüber und zündete sich in gewohnter, nonchalanter Art eine Zigarette an. Er trug den schäbigen Gehrock des Buchhändlers, doch der Rest dieser Person lag in Form von weißem Haar und einem Stapel Bücher auf dem Tisch. Holmes sah noch hagerer und strenger aus als früher, und auf seinen adlerhaften Zügen lag eine tödliche Blässe, aus der ich erriet, daß er in der letzten Zeit gar nicht gesund gelebt hatte.

»Ich bin froh, daß ich mich ausstrecken kann, Watson«, sagte er. »Es ist bestimmt kein Vergnügen, wenn ein großer Mann sich stundenlang um ein Fuß kleiner machen muß. Jetzt aber, mein lieber Junge, was meinen Bericht angeht – wir haben, wenn ich um Ihre Mitwirkung bitten darf, eine Nacht voller harter und gefährlicher Arbeit vor uns. Vielleicht wäre es besser, ich erzählte Ihnen alles, wenn die Arbeit getan ist.«

»Ich platze vor Neugier und würde Ihren Bericht lieber gleich hören.«

»Begleiten Sie mich heute abend?«

»Wann Sie wollen und wohin Sie wollen.«

»Alles ist wirklich wie in alten Tagen. Wir werden noch Zeit haben, einen Happen zu uns zu nehmen, ehe wir aufbrechen müssen. Nun also, die Kluft. Es war nicht sonderlich schwierig, da herauszukommen, aus dem einfachen Grund, weil ich nie drin war.«

»Sie waren nie drin?«

»Nein, Watson, nein. Meine Nachricht an Sie war absolut wahr. Als ich die ziemlich finstere Gestalt des nunmehr toten Professors Moriarty sah, wie sie auf dem Pfad stand, über den allein ich mich in Sicherheit bringen konnte, zweifelte ich kaum, daß das Ende meiner Karriere gekommen sei. Aus seinen grauen Augen las ich einen unerbittlichen Vorsatz. Ich wechselte deshalb einige Worte mit ihm und erhielt seine gütige Erlaubnis, die Nachricht zu schreiben, die Sie dann später gefunden haben. Ich hinterließ sie gemeinsam mit meinem Zigarettenetui und meinem Bergstock und ging dann weiter auf dem Pfad, den Professor immer auf den Fersen. Am Ende des Pfads war ich endgültig gestellt. Er zog keine Waffe, sondern warf sich auf mich und umklammerte mich mit seinen langen Armen. Der Kampf war eröffnet, und er hatte nur im Sinn, Rache zu üben. Eng umklammert taumelten wir auf den Abgrund zu. Ich verstehe mich ein bißchen auf Baritsu, diese japanische Art des Ringens, die mir mehr als einmal sehr nützlich gewesen ist. So konnte ich mich seinem Griff entwinden, und mein Gegner versuchte, sich schrecklich schreiend, dadurch zu halten, daß er wie verrückt um sich trat und mit den Händen in der Luft ruderte. Aber das ging so nur einige Sekunden lang. Trotz dieser Anstrengungen fand er die Balance nicht und stürzte hinunter. Über den Rand des Abgrunds gebeugt, sah ich, wie er lange fiel, gegen einen Felsbrocken schlug, abprallte und schließlich ins Wasser klatschte.«

Staunend lauschte ich den Erklärungen, die Holmes zwischen Zügen aus seiner Zigarette abgab.

»Aber die Fußspuren!« rief ich. »Ich habe mit eigenen Augen gesehen, daß zwei Spuren auf den Abgrund zuliefen und keine zurückkam.«

»Damit hat es folgendes auf sich. In dem Augenblick, da der Professor verschwunden war, erkannte ich blitzschnell, welche außerordentlich glückliche Gelegenheit mir das Schicksal zugespielt hatte. Ich wußte, daß Moriarty nicht der einzige gewesen war, der mir den Tod geschworen hatte. Es gab mindestens noch drei Männer, deren Rachegelüste durch den Tod ihres Chefs nur noch gesteigert würden. Es waren alles höchst gefährliche Leute, und der eine oder andere würde mich sicherlich erwischen. Wenn aber alle Welt davon überzeugt war, daß ich tot sei, würden sie sich Freiheiten herausnehmen, diese Männer; sie würden sich zu erkennen geben, und ich hätte früher oder später die Möglichkeit, sie zu vernichten. Danach wäre es für mich an der Zeit bekanntzugeben, daß ich noch im Land der Lebenden weile. Das Hirn arbeitete so schnell, daß ich glaube, ich habe mir dies alles ausgedacht, ehe Professor Moriarty auf dem Grund der Reichenbach-Fälle angelangt war.

Ich richtete mich auf und untersuchte die Felswand hinter mir. In Ihrer malerischen Erzählung, die ich einige Monate später mit großem Interesse las, versichern Sie, daß die Wand steil und glatt emporragt. Das stimmt nicht ganz. Einige kleine Unebenheiten bieten dem Fuß Halt, und dann gibt es auch noch einen kleinen Vorsprung im Fels. Die Wand ist so hoch, daß es offensichtlich unmöglich ist, sie ganz zu durchsteigen; ebenso unmöglich schien mir, über den nassen Pfad zurückzukehren, ohne Spuren zu hinterlassen. Es ist wahr, ich hätte meine Stiefel verkehrt herum anziehen können, wie ich es bei ähnlichen Gelegenheiten schon getan habe, aber der Anblick von drei Paar Füßen, die in ein und dieselbe Richtung gehen, hätte den Verdacht auf Täuschung nahegelegt. Aufs Ganze gesehen, war es also am besten, daß ich den Aufstieg wagte. Das war, weiß Gott, keine angenehme Sache, Watson. Unter mir tobte der Wasserfall. Ich leide nicht unter Einbildungen, aber ich gebe Ihnen mein Wort darauf, daß mir war, als schreie Moriartys Stimme aus der Tiefe zu mir herauf. Ein Fehler hätte verderbliche Folgen gehabt. Mehr als einmal, wenn ich mit den Händen unvermittelt Grasbüschel herausriß oder wenn mein Fuß in den nassen Spalten des Felsens wegrutschte, dachte ich, es sei aus mit mir. Aber ich kämpfte mich nach oben und gelangte schließlich auf einen Vorsprung, der einige Fuß breit und mit weichem grünem Moos bewachsen war, auf dem ich mich ungesehen und ganz bequem ausstrecken konnte. Da lag ich denn, mein lieber Watson, als Sie und alle, die nach Ihnen kamen, so mitfühlend wie erfolglos Nachforschungen über die Umstände meines Todes anstellten.

Endlich, nachdem Sie alle Ihre unvermeidlichen und völlig irrigen Schlüsse gezogen und den Rückweg zum Hotel angetreten hatten, war ich allein. Ich glaubte mich am Ende meiner Abenteuer, da belehrte mich ein völlig unerwartetes Ereignis, daß meiner noch Überraschungen harrten. Von oben stürzte ein großer Felsbrocken an mir vorüber, traf auf den Pfad und fiel weiter in den Abgrund. Einen Augenblick lang glaubte ich an einen Zufall; aber dann, als ich hinaufblickte, sah ich gegen den dunkler werdenden Himmel den Kopf eines Mannes, und ein zweiter Gesteinsbrocken landete genau auf dem kleinen Plateau, auf dem ich lag, nur einen Fuß von meinem Kopf entfernt. Natürlich war klar, was das bedeutete: Moriarty war nicht allein gewesen. Ein Mitverschworener – und der einzige Blick auf ihn hatte mich belehrt, ein wie gefährlicher Mann das war – hatte Wache gehalten, während der Professor mich angriff. Aus der Ferne und von mir unentdeckt, war er Zeuge geworden, wie sein Freund starb und ich floh. Er hatte gewartet und dann von der entgegengesetzten Seite die Felswand bestiegen, um seinen Erfolg dort zu versuchen, wo sein Kamerad gescheitert war.

Es dauerte nicht lange, Watson, und ich hatte meine Lage überdacht. Wieder sah ich das finstere Gesicht über die Wand blicken, und ich wußte, es war die Ankündigung für den nächsten Stein. Ich kletterte nach unten, Richtung Pfad. Ich glaube nicht, daß ich das bei kühler Überlegung gewagt hätte. Der Abstieg war hundertmal schwieriger als der Aufstieg. Aber ich hatte keine Zeit, an die Gefahr zu denken, denn schon wieder sauste ein Felsbrocken an mir vorüber, als ich, mich nur mit den Händen haltend, am Rand des Vorsprungs hing. Auf halbem Wege rutschte ich ab, landete aber mit Gottes Hilfe zerschunden und blutend auf dem Pfad. Ich nahm die Beine in die Hand und rannte in der Dunkelheit zehn Meilen durch das Gebirge, und eine Woche später fand ich mich in Florenz wieder, mit der Sicherheit, daß niemand auf der Welt wußte, was aus mir geworden war.

Ich hatte nur einen Vertrauten – meinen Bruder Mycroft. Ich muß Sie vielmals um Entschuldigung bitten, mein lieber Watson, aber es war wichtig, daß man allgemein glaubte, ich sei tot, und Sie hätten niemals eine so überzeugende Geschichte um mein unglückliches Ende schreiben können, wenn Sie nicht angenommen hätten, Sie schrieben die Wahrheit. In den letzten drei Jahren habe ich oft die Feder in die Hand genommen, um Ihnen zu schreiben, aber ich fürchtete stets, daß Ihre Zuneigung Sie in Versuchung bringen könnte, eine Indiskretion zu begehen, die mein Geheimnis hätte verraten können. Aus diesem Grund wandte ich mich auch heute abend von Ihnen ab, als Sie meine Bücher durcheinanderbrachten, denn ich war in Gefahr, und jedes Anzeichen von Überraschung oder eine Emotion Ihrerseits hätten die Aufmerksamkeit auf mich, und wer ich wirklich war, lenken und zu höchst beklagenswerten und nicht wiedergutzumachenden Ergebnissen führen können. Was Mycroft angeht, so mußte ich mich ihm anvertrauen, um das Geld, das ich brauchte, zu erhalten. In London entwickelten sich die Dinge nicht so, wie ich gehofft hatte, denn die Verhandlung gegen Moriartys Bande ließ zwei ihrer gefährlichsten Mitglieder, also zwei meiner äußerst rachsüchtigen Feinde, auf freiem Fuß. Zwei Jahre reiste ich deshalb durch Tibet, machte einen vergnüglichen Besuch in Lhasa und weilte einige Tage beim obersten Lama. Vielleicht haben Sie von den bemerkenswerten Forschungsergebnissen eines Norwegers mit Namen Sigerson gehört, aber ich bin sicher, Sie sind nie auf die Idee gekommen, daß Sie auf dem Wege Nachricht von Ihrem Freund erhielten. Dann durchquerte ich Persien, machte in Mekka Station, stattete dem Kalifen in Khartum einen kurzen, aber interessanten Besuch ab, dessen Ergebnisse ich dem Außenministerium zukommen ließ. Ich brachte einige Monate mit Forschungen auf dem Gebiet der Kohle-Teer-Derivate in einem Laboratorium in Montpelier im Süden Frankreichs zu. Nachdem ich sie zu meiner Zufriedenheit abgeschlossen hatte und erfuhr, daß von meinen Feinden in London nur noch einer übriggeblieben war, wollte ich nach Hause zurückkehren. Ich wurde durch den aufsehenerregenden Mord in der Park Lane in diesem Entschluß bestärkt, der mich nicht nur als Fall interessierte, sondern mir auch die Klärung bestimmter persönlicher Angelegenheiten zu versprechen schien. Sofort fuhr ich nach London, sprach in der Baker Street vor, verursachte dadurch bei Mrs. Hudson schlimme hysterische Anfälle, konnte aber feststellen, daß Mycroft meine Wohnung und meine Papiere in dem Zustand belassen hatte, in dem sie sich befanden, bevor ich auf Reisen ging. So kam es dann, mein lieber Watson, daß ich mich heute um zwei Uhr in meinem alten Lehnsessel in meiner alten Wohnung wiederfand und nur wünschte, daß mein alter Freund Watson in dem anderen Sessel säße, den er oft zierte.«

Soweit die aufschlußreiche Geschichte, der ich an jenem Aprilabend lauschte – eine Geschichte, die mir völlig unglaubwürdig erschienen wäre, hätte ich nicht die lange dürre Gestalt und das strenge, kalte Gesicht, das ich nie wiederzusehen geglaubt hatte, im Blick gehabt. Irgendwie beeindruckte ihn meine traurige Verlassenheit; doch er zeigte seine Anteilnahme eher durch seine Art als durch Worte. »Arbeit ist das beste Mittel gegen Trübsal«, sagte er, »und ich habe heute abend ein Stück Arbeit für uns beide, das, wenn es erfolgreich abgeschlossen wird, das Dasein eines Mannes auf diesem Planeten rechtfertigen kann.«

Vergebens bat ich ihn, mir mehr darüber mitzuteilen. »Bis wieder Morgen wird, werden Sie genug hören und sehen«, antwortete er. »Wir haben drei hinter uns liegende Jahre zu erörtern. Lassen Sie es bis halb zehn genug sein; dann brechen wir nämlich zu dem denkwürdigen Abenteuer mit dem leeren Haus auf.«

Es war wirklich wie in alten Zeiten, als ich zur angegebenen Stunde in einem Hansom neben ihm saß, einen Revolver in der Tasche und im Herzen das Fieber nach Abenteuer. Holmes war kalt und ernst und schweigsam. Als das Licht der Straßenlaternen sein verschlossenes Gesicht streifte, sah ich, daß die Brauen vom Nachdenken zusammengezogen und die dünnen Lippen fest aufeinandergepreßt waren. Ich wußte nicht, welch wildes Tier wir im dunklen Dschungel der Londoner Unterwelt jagen würden, aber am Verhalten des meisterlichen Jägers erkannte ich, daß ein schwieriges Abenteuer bevorstand; doch das bittere Lächeln, das gelegentlich sein düsteres Brüten durchbrach, verhieß dem Gegenstand unserer Suche wenig Gutes.

Ich hatte gemeint, wir führen in die Baker Street, aber Holmes ließ die Kutsche am Cavendish Square halten. Ich beobachtete, wie er beim Aussteigen forschende Blicke nach links und rechts warf, und an jeder Straßenecke vergewisserte er sich sehr genau, daß er nicht verfolgt wurde. Der Weg, den wir nahmen, war ungewöhnlich. Holmes verfügte über eine außerordentliche Kenntnis der Schleichwege in London, und auch diesmal überwand er schnell und sicheren Schrittes ein Gewirr von Ställen und Hinterhöfen, von deren Existenz ich nicht einmal geahnt hatte. Schließlich tauchten wir in einer schmalen Gasse zwischen zwei Zeilen alter, düsterer Häuser auf und gelangten von dort in die Manchester Street und weiter in die Blandford Street. Hier bog er flink in einen schmalen Durchgang ein, betrat durch ein hölzernes Tor einen verlassenen Hof und öffnete mit einem Schlüssel die Hintertür eines Hauses, die er wieder schloß, nachdem wir beide eingetreten waren.

Obwohl es im Innern stockdunkel war, merkte ich sofort, daß das Haus leer stand. Unter uns quietschten und knarrten die nackten Dielen, und meine ausgestreckte Hand stieß gegen eine Wand, von der die Tapete in Fetzen hing.

Holmes' kalte dünne Finger umfaßten mein Handgelenk, und er führte mich durch eine langgestreckte Halle, bis ich das trübe Oberlicht über der Tür sah. Dann wandte sich Holmes plötzlich nach rechts, und wir standen in einem großen viereckigen leeren Raum, dessen Winkel in tiefem Dunkel lagen, während er in der Mitte von den Lichtern der Straße schwach erhellt war. Eine Laterne stand nicht in der Nähe, und das Fenster war mit einer dichten Staubschicht bedeckt, wir konnten einander gerade noch erkennen. Mein Gefährte berührte mit der Hand meine Schulter und brachte den Mund nahe an mein Ohr.

»Wissen Sie, wo wir sind?« flüsterte er.

»Sicher, wir sind in der Baker Street«, antwortete ich und starrte durch das verstaubte Fenster.

»Richtig. Wir sind in Haus ›Camden‹, gegenüber unserer alten Bleibe.«

»Aber warum sind wir hier?«

»Weil wir von hier einen so ausgezeichneten Blick auf das malerische Gebäude haben. Würde es Ihnen etwas ausmachen, näher ans Fenster zu treten? Aber bewegen Sie sich so, daß Sie nicht gesehen werden; und dann schauen Sie zu unserer Wohnung hinüber, dem Ausgangspunkt so manchen kleinen Abenteuers. Nun wird sich zeigen, ob ich durch meine dreijährige Abwesenheit die Kraft, Sie zu überraschen, eingebüßt habe.«

Ich schlich vor und sah über die Straße auf das vertraute Fenster. Im selben Augenblick schnappte ich nach Luft und stieß einen Schrei der Überraschung aus. Das Rouleau war heruntergelassen und das Zimmer hell erleuchtet. Der Schatten eines Mannes, der dort im Sessel saß, wurde in harten, schwarzen Umrissen auf das Rouleau geworfen. Die Kopfhaltung, die eckigen Schultern, die scharfgeschnittenen Züge ließen keinen Zweifel. Das Gesicht war im Halbprofil zu sehen, und das gab der Erscheinung den Charakter eines der Scherenschnitte, die unsere Großeltern so gern rahmten. Ich sah eine vollkommene Reproduktion von Holmes. In meiner Verwirrung tastete ich mit den Händen umher, um sicher zu sein, daß er selber neben mir stand. Er bebte vor unterdrücktem Lachen.

»Nun?« fragte er.

»Gott im Himmel!« rief ich, »das ist unglaublich!«

»Ich nehme an, Alter läßt meine Vielseitigkeit nicht eintrocknen und Gewohnheit sie nicht abstumpfen«, sagte er, und ich hörte aus seiner Stimme den Stolz und die Freude, die Künstler vor ihren Schöpfungen überfällt. »Das gleicht mir doch wirklich, oder nicht?«

»Ich würde darauf schwören, daß Sie es sind.«

»Das Verdienst der Ausführung gebührt Monsieur Oscar Meunier aus Grenoble, der einige Tage an die Modellierung gesetzt hat. Es ist eine Wachsbüste. Das Arrangement habe ich selbst heute nachmittag bei meinem Besuch in der Baker Street getroffen.«

»Aber warum das alles?«

»Weil ich, mein lieber Watson, das größte Interesse daran habe, daß gewisse Leute glauben sollen, ich sei zu Hause, während ich mich in Wirklichkeit ganz woanders aufhalte.«

»Sie glauben, Ihre Wohnung wird überwacht?«

»Ich weiß es.«

»Von wem überwacht?«

»Von meinen alten Feinden, Watson. Von der zauberhaften Gesellschaft, deren Anführer im Wasserfall von Reichenbach liegt. Vergessen Sie nicht, sie – und nur sie – wußten, daß ich noch lebe. Sie glaubten, ich würde früher oder später in meine Wohnung nach London zurückkehren. Sie haben sie also unausgesetzt beobachtet und heute morgen gesehen, wie ich ankam.«

»Woher wissen Sie das?«

»Weil ich ihren Posten erkannt habe, als ich aus dem Fenster blickte. Ein ziemlich harmloser Bursche, Parker mit Namen, ein Straßenräuber und bemerkenswerter Spieler auf der Maultrommel. Er macht mir keinen Kummer. Meine Sorge gilt einem viel schrecklicheren Mann, dem, der hinter ihm steht, Moriartys Busenfreund, der auch die Felsbrokken geworfen hat, dem wagemutigsten und gefährlichsten Verbrecher von ganz London. Er ist es, der mich heute abend jagen will, Watson, aber er hat keine Ahnung, daß wir *ihn* jagen.«

Allmählich wurden die Pläne meines Freundes sichtbar. Aus unserem günstig gelegenen Versteck sollten die Beobachter beobachtet und die Verfolger verfolgt werden. Der steife Schatten drüben hinter dem Fenster war der Köder, und wir waren die Jäger.

Schweigend standen wir im Dunkeln beieinander und hielten die Blicke auf die vorübereilenden Gestalten gerichtet. Holmes war stumm und reglos, aber ich wußte, daß er höchst angespannt den Strom der Straßenpassanten fixierte. Es war eine trübe, rauhe Nacht, und der Wind pfiff schrill durch die lange Straße. Viele Leute bewegten sich in beiden Richtungen, die meisten in Mäntel und Schals gehüllt. Mehrere Male kam es mir vor, als hätte ich eine Gestalt schon einmal vorbeikommen sehen; besonders fielen mir zwei Männer auf, die sich, als suchten sie Schutz vor dem Wind, in den Eingang eines entfernter liegenden Hauses zurückzogen. Ich wollte meinen Gefährten auf sie aufmerksam machen, aber er ließ nur einen unwilligen Laut hören und starrte unverwandt weiter auf die Straße. Wiederholt bewegte er unruhig die Füße und trommelte mit den Fingern an der Wand. Für mich war offensichtlich, daß er unruhig wurde, daß seine Pläne sich nicht so entwickelten, wie er gehofft hatte. Zuletzt, so gegen Mitternacht, die Straße war allmählich fast leer, schritt er in unkontrollierter Erregung im Zimmer hin und her. Ich wollte ihn schon ansprechen, als ich den Blick auf das erleuchtete Fenster gegenüber richtete – und wieder erlebte ich eine genauso große Überraschung wie vorhin. Ich umklammerte Holmes' Arm.

»Der Schatten hat sich bewegt!« rief ich.

In der Tat war uns jetzt nicht mehr das Profil zugewandt, sondern der Rücken.

Er hatte in den drei Jahren nichts von seiner Schroffheit verloren, auch nichts von der Ungeduld gegenüber einer weniger zupackenden Intelligenz.

»Natürlich ist er bewegt worden«, sagte er. »Bin ich denn ein so lächerlicher Stümper, Watson, daß ich eine Attrappe aufbaue und dann einfach annehme, einer der hellsten Köpfe Europas ließe sich davon täuschen? Wir sind jetzt zwei Stunden in diesem Zimmer, und Mrs. Hudson hat die Figur inzwischen achtmal gedreht, jede Viertelstunde einmal. Sie hält sich dabei hinter ihr, so daß kein Schatten fällt. Aha!« Mit einem pfeifenden Geräusch zog er die Luft ein. In dem trüben Licht sah ich, wie er den Kopf vorstieß und vor Aufmerksamkeit starr wurde.

Die beiden Männer mochten sich noch in dem Hauseingang herumdrücken, ich sah sie nicht mehr. Rings war alles still und dunkel, bis auf das strahlend gelbe Rouleau uns gegenüber mit der schwarzen Gestalt, die sich in der Mitte abzeichnete. Und wieder hörte ich in dieser völligen Stille den dünnen, zischenden Ton, der von mühsam unterdrückter Erregung kündete. Einen Augenblick später zog Holmes mich in die dunkelste Ecke des Zimmers, und ich fühlte, wie er mir warnend die Hand auf den Mund legte. Die Finger, die meinen Arm umspannten, zitterten. Nie hatte ich meinen Freund in größerer Erregung erlebt, und doch lag die Straße einsam vor uns.

Plötzlich gewahrte auch ich, was seine feineren Sinne längst aufgefangen hatten. Verstohlene Laute drangen an mein Ohr. Sie kamen nicht von der Baker Street her, sondern von der Hinterfront des Hauses, in dem wir uns versteckt hielten. Eine Tür wurde geöffnet und wieder geschlossen. Einen Moment danach hörte ich schleichende Schritte im Gang – Schritte, die leise sein sollten, aber hart durch das leere Haus hallten. Holmes bewegte sich rückwärts an die Wand, und ich folgte ihm, die Hand auf dem Revolvergriff. In der Dunkelheit sah ich den vagen Umriß eines Mannes, eine Schattierung schwärzer als das Schwarz der offenen Tür. Nur kurz stand er so, dann schlich er, geduckt, drohend, ins Zimmer. Sie war noch drei Schritt von uns entfernt, diese unheilvolle Gestalt, und ich bereitete mich darauf vor, ihrem Sprung entgegenzutreten, als ich bemerkte, daß der Mann von unserer Gegenwart nichts ahnte. Er ging dicht an uns vorüber, wandte sich zum Fenster und zog es langsam und geräuschlos einen halben Fuß breit auf. Als er sich zu dem Spalt hinunterbeugte, fiel das nicht länger von der staubigen Scheibe verdunkelte Licht der Straße voll auf sein Gesicht. Der Mann schien vor Erregung außer sich zu sein. Seine Augen funkelten wie Sterne, und seine Züge arbeiteten angestrengt. Es war ein älterer Mann mit einer schmalen, weit vorspringenden Nase, hoher kahler Stirn und einem riesigen grauen Schnauzbart. Auf seinem Hinterkopf saß ein Zylinder, und unter dem geöffneten Mantel schimmerte ein Frackhemd. Das hagere, dunkle Gesicht war von tiefen Linien durchfurcht. In der Hand hielt er etwas, das wie ein Stock aussah, das aber, als er es auf den Boden legte, ein metallisches Geräusch verursachte. Er zog einen großen Gegenstand aus der Manteltasche und machte sich damit zu schaffen, bis es ein lautes, scharfes Klikken gab, so, als sei eine Feder oder ein Bolzen eingerastet. Er kniete auf dem Boden, beugte sich vornüber und legte sein ganzes Gewicht auf irgendeinen Hebel, mit dem Ergebnis, daß ein langgezogenes, drehendes und mahlendes Geräusch zustande kam, das ebenfalls mit einem kräftigen Klikken endete. Danach richtete er sich auf, und ich sah, daß er eine Art Gewehr mit einem seltsam ungestalten Kolben in der Hand hielt. Er öffnete das Schloß, schob etwas hinein und ließ es zuschnappen. Dann kniete er sich wieder hin und legte das Ende des Laufs auf die Fensterbank; sein langer Schnurrbart fiel über den Schaft, als er zielte, und ich sah sein Auge glänzen. Ich hörte einen leisen Seufzer der Erleichterung, als er den Kolben in die Schulter gepaßt hatte und sein sonderbares Ziel, den schwarzen Mann auf gelbem Grund, klar abgezeichnet vor dem Korn des Gewehres stand. Für einige Sekunden blieb er regungslos, wie erstarrt. Dann schloß sich der Finger um den Abzug. Es folgten ein eigenartiges lautes Sirren und das silberne Klirren von zerbrechendem Glas. In dem Augenblick sprang Holmes wie ein Tiger auf den Schützen und schleuderte ihn flach aufs Gesicht. In der nächsten Sekunde hatte der Mann sich befreit und packte Holmes mit der Kraft der Verzweiflung an der Kehle; aber ich schlug ihm mit dem Revolvergriff auf den Kopf, und er fiel wieder zu Boden. Ich stürzte mich über ihn, und während ich ihn hielt, ließ mein Freund einen schrillen Pfiff aus einer Trillerpfeife ertönen. Wir hörten das Trappeln von Füßen auf dem Pflaster, und zwei uniformierte Polizisten und ein Detektiv in Zivil stürzten durch den Vordereingang und ins Zimmer.

»Sind Sie es, Lestrade?« fragte Holmes.

»Ja, Mr. Holmes. Ich habe die Sache selber in die Hand genommen. Schön, Sie wieder in London zu sehen, Sir.«

»Ich nahm an, Sie brauchen ein bißchen private Hilfe. Drei unaufgeklärte Morde in einem Jahr sind genug, Lestrade. Aber im Molesey-Fall haben Sie ja weniger... Ich meine, den haben Sie ganz gut angepackt.«

Wir standen alle wieder auf den Füßen, unser Gefangener, zwischen zwei kräftigen Konstablern, atmete schwer. Auf der Straße sammelten sich schon die ersten Neugierigen. Holmes trat zum Fenster, schloß es und ließ die Jalousie herunter. Lestrade holte zwei Kerzen aus der Tasche, und die Polizisten blendeten ihre Laternen auf, so daß ich schließlich unseren Gefangenen genau betrachten konnte.

Das Gesicht, das sich uns zuwandte, war ungewöhnlich, auf eine unheilverheißende Weise männlich. Der Mann, mit seiner sinnlichen Kinnpartie und der Stirn eines Philosophen, mußte einmal mit großen Fähigkeiten, zum Guten oder zum Bösen, ausgestattet gewesen sein. Aber man sah seine grausamen blauen Augen mit den zynisch herabgezogenen Lidern, seine auf Leidenschaft und Angriffslust deutende Nase, die drohende tiefgefurchte Stirn und konnte die einfachsten Warnsignale der Natur nicht verkennen. Er nahm von niemandem Notiz, außer von Holmes, den er mit einem Ausdruck anstarrte, in dem Haß und Erstaunen sich zu gleichen Teilen mischten.

»Sie Teufel!« murmelte er immer wieder. »Sie schlauer, schlauer Teufel!«

»Sie wissen doch, Colonel«, sagte Holmes, während er seinen verrutschten Kragen geraderückte, »›am End' der Reise treffen sich die Liebenden‹, wie es in dem alten Stück heißt. Ich glaube, ich hatte nicht mehr das Vergnügen, Sie zu treffen, seit Sie mich mit Aufmerksamkeiten bedachten, als ich in der Wand über dem Reichenbach-Fall hing.«

Der Colonel starrte unverwandt auf meinen Freund, wie ein Mensch in Trance. »Sie listiger Teufel!« war alles, was er herausbrachte.

»Ich habe Sie noch nicht vorgestellt«, sagte Holmes. »Dieser Gentleman ist Colonel Sebastian Moran, früher in Ihrer Majestät Indischer Armee und der beste Gewehrschütze, den unser Eastern Empire hervorgebracht hat. Habe ich recht, wenn ich sage, daß Ihre Ausbeute an erlegten Tigern bis heute unübertroffen ist?«

Der wütende alte Mann sagte nichts, sondern starrte nur meinen Freund an; mit seinen wilden Augen und dem borstigen Schnauzbart sah er erstaunlicherweise selber wie ein Tiger aus.

»Ich bin sehr verwundert, daß ich mit meiner ganz einfachen Kriegslist einen so gewieften Shikari hereinlegen konnte«, sagte Holmes. »Dabei hätte sie Ihnen doch vertraut sein müssen. Haben Sie nicht einen kleinen Jungen an einem Baum festgebunden und währenddessen oben mit dem Gewehr gesessen und darauf gewartet, daß der Köder Ihnen den Tiger anlockt? Dieses leere Haus hier ist mein Baum, und Sie sind mein Tiger. Sie hatten damals womöglich noch mehrere Gewehre in Reserve, für den Fall, daß mehrere Tiger kamen oder daß Sie – was sehr unwahrscheinlich gewesen wäre – das Tier verfehlten. Diese Männer« – er wies auf uns –, »sind meine zusätzlichen Gewehre. Die Parallele stimmt genau.«

Colonel Moran tat wütend knurrend einen Satz, aber die Konstabler zogen ihn zurück. Die Raserei auf seinem Gesicht war schrecklich anzusehen.

»Ich gestehe, in einem haben Sie mich ein bißchen überrascht«, sagte Holmes. »Ich sah nicht voraus, daß auch Sie von diesem leerstehenden Haus und diesem einladenden Fenster Gebrauch machen würden. Ich war der Meinung, Sie würden von der

Straße aus operieren, wo mein Freund Lestrade und diese fröhlichen Männer Sie erwarteten. Mit dieser Ausnahme ist alles so gelaufen, wie ich es mir dachte.«

Colonel Moran wandte sich an den Polizeidetektiv. »Sie mögen einen Grund haben, mich zu verhaften oder nicht«, sagte er, »doch es gibt keinen Grund, mich dem Hohn dieser Person auszusetzen. Wenn ich mich in den Händen des Gesetzes befinde, dann sorgen Sie dafür, daß alles gesetzlich zugeht.«

»Nun, das ist berechtigt«, sagte Lestrade. »Nichts mehr zu sagen, bevor wir gehen, Mr. Holmes?«

Holmes hatte das mächtige Luftgewehr vom Boden aufgehoben und untersuchte den Mechanismus.

»Eine bewundernswerte, einmalige Waffe«, sagte er, »lautlos und von gewaltiger Kraft. Ich kenne von Herder, den blinden deutschen Mechaniker, der sie im Auftrag des verstorbenen Professors Moriarty angefertigt hat. Seit Jahren weiß ich schon von ihrer Existenz, hatte aber nie die Gelegenheit, sie in die Hand zu nehmen. Ich empfehle sie Ihrer besonderen Aufmerksamkeit, Lestrade, ebenso die passenden Kugeln.«

»Sie können sich darauf verlassen, daß wir uns der Dinge annehmen werden, Mr. Holmes«, sagte Lestrade, und die ganze Gesellschaft setzte sich in Richtung Tür in Bewegung.

»Möchten Sie noch etwas sagen?«

»Ich möchte nur fragen, welcher Anklage Sie den Vorzug geben?«

»Welcher Anklage, Sir? Natürlich des versuchten Mordes an Mr. Sherlock Holmes.«

»Nein, Lestrade. Ich möchte in der Sache nicht erscheinen. Ihnen, allein Ihnen kommt das Verdienst zu, eine bemerkenswerte Verhaftung vorgenommen zu haben. Ja, Lestrade, ich gratuliere Ihnen! Durch Ihre bekannte Mischung aus Schlauheit und Verwegenheit konnten Sie ihn fassen.«

»Fassen! Wen hab ich gefaßt, Mr. Holmes?«

»Den Mann, den die ganze Polizei vergebens sucht – Colonel Sebastian Moran, der den Ehrenwerten Ronald Adair mit einem Explosivgeschoß aus einem Luftgewehr am 30. des letzten Monats durch ein offenes Fenster im zweiten Stock des Hauses Park Lane 427 erschossen hat. So lautet die Anklage, Lestrade. Und jetzt, Watson, falls Ihnen Zugluft durch eine zerbrochene Scheibe nichts ausmacht, denke ich, daß eine halbe Stunde in meinem Arbeitszimmer bei einer Zigarre Ihnen eine nützliche Unterhaltung eintragen könnte.«

Unsere alte Wohnung war unverändert, dank der Aufsicht von Mycroft Holmes und der immerwährenden Fürsorge von Mrs. Hudson. Als ich eintrat, erstaunte mich zwar eine ungewohnte Ordnung, doch war das Charakteristische des Zimmers erhalten. Da war die Ecke für die chemischen Experimente und der Tisch mit der rohen, von Säureflekken bedeckten Holzplatte. Auf dem Regal standen die schrecklichen Notizhefte und Nachschlagebücher, die manche unserer Mitbürger so gern verbrannt hätten. Auch die Diagramme, den Violinkasten und den Pfeifenständer gab es noch – sogar den persischen Pantoffel, in dem der Tabak aufbewahrt wurde. All das erfaßte mein Blick, als ich umherschaute. Zwei Gäste waren im Zimmer: Mrs. Hudson, die uns entgegenstrahlte, und dann die seltsame Puppe, die eine so bedeutende Rolle in den abendlichen Abenteuern gespielt hatte. Die Wachsnachbildung meines Freundes war farbig und mit solch bewundernswerter Genauigkeit angefertigt, daß sie ihm aufs Haar glich. Sie befand sich auf einem kleinen Podest und war mit einem alten Morgenmantel von Holmes drapiert, so daß die Illusion von der Straße aus perfekt war.

»Ich hoffe, Sie haben alle Vorsichtsmaßregeln eingehalten, Mrs. Hudson«, sagte Holmes.

»Auf den Knien bin ich herangerutscht, genau wie Sie es mir gesagt hatten.«

»Ausgezeichnet. Sie haben die Sache sehr gut gemacht. Konnten Sie beobachten, wo das Geschoß eingeschlagen ist?«

»Ja, Sir. Ich fürchte, es hat Ihre schöne Büste ruiniert, denn es ist geradewegs durch den Kopf gegangen und dann erst beim Aufschlag an der Wand plattgedrückt worden. Ich habe es vom Teppich aufgehoben. Hier ist es.«

Holmes hielt mir das Geschoß hin. »Eine weiche Revolverkugel, wie Sie sehen, Watson. Darin liegt Genialität – denn wer würde schon erwarten, daß so ein Ding aus einem Luftgewehr abgefeuert sein könnte? Schön, Mrs. Hudson, ich danke Ihnen sehr für Ihren Beistand. Und jetzt, Watson, setzen Sie sich bitte in Ihren gewohnten Sessel, denn es gibt da einige Punkte, die ich mit Ihnen besprechen möchte.«

Er hatte den speckigen Gehrock abgeworfen und war jetzt ganz der alte Holmes in seinem mausgrauen Hausmantel, den er von seinem Abbild abgenommen hatte.

»Die Nerven des alten Shikari haben ihre Stetigkeit nicht verloren und seine Augen nicht die Schärfe«, sagte er lachend, als er die zerschmetterte Stirn der Büste betrachtete. »Mitten in den Hinterkopf getroffen und geradewegs durchs Gehirn. Er war der beste Schütze in Indien, und ich nehme an, es gibt in London nur wenige, die besser sind. Haben Sie je seinen Namen gehört?«

»Nein, nie.«

»Nun, so welkt der Ruhm! Aber wenn ich mich recht erinnere, hatten Sie auch den Namen von Professor James Moriarty nie gehört, einem der besten Hirne des Jahrhunderts. Reichen Sie mir bitte das Biographien-Verzeichnis vom Regal.«

Lässig blätterte er in dem Buch, in den Sessel gelehnt und dicke Rauchwolken aus der Zigarre paffend.

»Meine Sammlung unter dem Buchstaben M ist ausgezeichnet«, sagte er. »Moriarty allein wäre hinreichend, den Buchstaben kostbar zu machen, und da sind noch Morgan, der Giftmörder, Merridew mit dem scheußlichen Erinnerungsvermögen und Mathews, der mir im Wartesaal von Charing Cross den linken Eckzahn ausgeschlagen hat, und hier haben wir auch unseren Freund von heute abend.«

Er reichte mir das Buch herüber, und ich las: ›Moran, Sebastian, Colonel. Ohne Beschäftigung. Früher bei den Bengalore Pioneers. Geboren in London, 1840. Sohn von Sir Augustus Moran, C. B., früher Britischer Gesandter in Persien. Ausbildung in Eton und Oxford. Diente im Feldzug von Jowaki, im afghanischen Feldzug, Charasiab, Sherpur und Kabul. Verfasser von ‚Großwildjagd im westlichen Himalaja', 1881, ‚Drei Monate im Dschungel', 1884. Adresse: Conduit Street. Clubs: The Anglo-Indian, The Tankerville, The Bagatelle Card.‹

Am Rand stand in Holmes' sauberer Handschrift: ›der zweitgefährlichste Mann von London‹.

»Das ist erstaunlich«, sagte ich, als ich den Band zurückgab. »Er hat die Karriere eines ehrenhaften Soldaten absolviert.«

»Das stimmt«, sagte Holmes. »Bis zu einem gewissen Punkt hat er sich gehalten. Er war immer ein Mann mit eisernen Nerven, und die Geschichte, wie er durch einen Entwässerungsgraben hinter einem verwundeten menschenfressenden Tiger hergekrochen ist, erzählt man sich noch heute in Indien. Es gibt Bäume, Watson, die bis zu einer bestimmten Höhe gerade wachsen und dann plötzlich häßliche Auswüchse treiben. Das können Sie auch oft bei Menschen beobachten. Ich vertrete die Theorie, daß das Individuum in seiner Entwicklung den ganzen Zug seiner Vorfahren repräsentiert und daß ein solch plötzlicher Wandel zum Guten oder zum Bösen auf einen starken Einfluß zurückzuführen ist, der aus seinem Stammbaum kommt. Jedermann ist das Ergebnis seiner Familiengeschichte.«

»Das ist sicherlich recht bizarr.«

»Nun, ich bestehe nicht darauf. Aus welchem Grund auch immer, Colonel Moran fing an, in die Irre zu gehen. Ohne daß es einen offenen Skandal gegeben hätte, brachte er es dahin, daß ihm der indische Boden zu heiß unter den Füßen wurde. Er nahm seinen Abschied, kam nach London und erwarb sich wieder einen schlechten Ruf. Damals hat Professor Moriarty sich ihn ausgewählt; Moran war eine Zeitlang Chef seines Mitarbeiterstabes. Moriarty stattete ihn freigiebig mit Geld aus und setzte ihn nur bei ein paar wirklich hochklassigen Unternehmungen ein, für die ein gewöhnlicher Verbrecher nicht zu gebrauchen war. Vielleicht erinnern Sie sich an den Tod von Mrs. Stewart aus Lauder, 1887. Nicht? Nun, ich bin sicher, daß Moran dahintersteckte; es konnte ihm nur nichts bewiesen werden. So schlau war der Colonel getarnt, daß wir ihn nicht einmal beschuldigen konnten, als die Moriarty-Bande aufflog. Erinnern Sie sich an den Tag, als ich in Ihre Wohnung kam und die Fensterläden schloß, aus Angst vor Luftgewehren? Zweifellos hielten Sie mich auch damals für bizarr. Ich wußte genau, was ich tat, denn ich wußte von der Existenz dieses außerordentlichen Gewehrs und wußte auch, daß es sich in der Hand eines der besten Schützen der Welt befand. Als wir in der Schweiz waren, folgten uns Moriarty und er, und sicherlich war er es, der mir die üblen fünf Minuten an der Wand von Reichenbach bereitete.

Sie können sich wohl vorstellen, daß ich während meines Aufenthalts in Frankreich die Zeitungen mit einiger Aufmerksamkeit gelesen habe, immer auf der Suche nach einer Gelegenheit, ihn dingfest zu machen. Solange er sich frei in London bewegte, war mein Leben wirklich nicht lebenswert. Tag und Nacht hätte sein Schatten über mir gelegen, und früher oder später mußte seine Chance kommen. Was konnte ich tun? Ich hätte ihn beim ersten Zusammentreffen nicht niederschießen können, sonst wäre ich selber auf die Anklagebank gekommen. Mich an die Polizei zu wenden wäre nutzlos gewesen. Die können nicht in eine Sache eingreifen, die ihnen als wilder Verdacht vorkommen muß. Ich konnte also nichts unternehmen. Aber ich verfolgte die Meldungen über Verbrechen und wußte, daß ich ihn früher oder später kriegen würde. Dann ereignete sich der Mord an diesem Ronald Adair. Meine Chance war endlich doch gekommen! War es nicht nach allem, was ich wußte, sicher, daß Colonel Moran der Täter sein mußte? Er hatte mit dem Burschen Karten gespielt; er war ihm nach Hause gefolgt; er hatte ihn durch das offene Fenster erschossen. Daran konnte es keinen Zweifel geben. Allein die Kugeln genügten, um seinen Hals in die Schlinge zu bringen. Ich kam sofort nach England. Sein Spitzel sah mich, und er würde, das wußte ich, die Aufmerksamkeit des Colonels auf meine Anwesenheit lenken. Und der konnte nicht anders, als meine plötzliche Rückkehr mit seinem Verbrechen in Verbindung zu bringen, und würde sich schrecklich alarmiert fühlen. Ich war mir sicher, er würde den Versuch unternehmen, mich *sofort* aus dem Weg zu räumen, und zu diesem Zweck seine mörderische Waffe einsetzen. Ich baute ihm ein ausgezeichnetes Ziel im Fenster auf und bezog meinen Posten, nachdem ich die Polizei davon in Kenntnis gesetzt hatte, daß ihre Anwesenheit nötig sein könnte – übrigens, Watson, haben Sie die Polizisten mit unfehlbarer Genauigkeit in dem Hauseingang entdeckt, einem, wie ich dachte, klug gewählten Beobachtungspunkt. Ich hätte nicht im Traum daran gedacht, daß er denselben Platz für seinen Angriff aussuchen würde. Nun, mein lieber Watson, bleibt mir noch etwas zu erklären?«

»Ja«, sagte ich. »Sie haben Colonel Morans Motiv für seinen Mord an dem Ehrenwerten Ronald Adair noch nicht aufgedeckt.«

»Ach, mein lieber Watson, da geraten wir in das Reich der Vermutungen, in dem selbst der schärfste Geist irren kann. Jeder sollte sich seine eigene Hypothese zurechtzimmern, nach dem, was bis jetzt an Beweisen vorliegt, und Ihre wäre dann genausorichtig wie die meine.«

»Haben Sie sich denn schon eine zurechtgezimmert?«

»Ich denke, die Tatsachen sind nicht schwierig zu erklären. Bei der Voruntersuchung kam zutage, daß Colonel Moran und der junge Adair gemeinsam eine ziemliche Summe Geldes gewonnen hatten. Moran ist zweifellos ein Falschspieler – das wußte ich schon seit langem. Ich glaube, an dem Tag des Mords hatte Adair entdeckt, daß Moran betrog. Sehr wahrscheinlich sprach er mit ihm im Vertrauen und drohte, ihn bloßzustellen, wenn er nicht freiwillig seine Mitgliedschaft in dem Club aufgab und versprach, nie wieder Karten zu spielen. Es ist unwahrscheinlich, daß ein junger Bengel wie Adair auf der Stelle einen fürchterlichen Skandal gemacht hätte, indem er einen wohlbekannten Mann bloßstellte, der viel älter war als er. Wahrscheinlich ist er so vorgegangen, wie ich es dargestellt habe. Der Ausschluß aus dem Club hätte für Moran, der von den unrechtmäßigen Gewinnen lebte, den Ruin bedeutet. Deshalb ermordete er Adair, als der gerade dabei war, festzustellen, wieviel Geld er zurückgeben müßte, da er nicht vom Falschspiel seines Partners profitieren wollte. Er verschloß die Tür, damit die Damen ihn nicht überraschten und befragten, was es mit den Namen und den Geldstücken auf sich habe. Meinen Sie, es könnte so gewesen sein?«

»Ich zweifle nicht, daß Sie die Wahrheit getroffen haben.«

»Bei der Gerichtsverhandlung wird es sich herausstellen, ob es so war oder nicht. Unterdessen kann Colonel Moran, was auch kommen mag, uns keine Sorgen mehr bereiten, von Herders berühmtes Luftgewehr wird das Museum von Scotland Yard schmücken, und Mr. Sherlock Holmes ist wieder einmal frei, sich der Untersuchung der interessanten kleinen Probleme zuzuwenden, die das komplizierte Londoner Leben so reichlich anbietet.«

Der Baumeister von Norwood

»Vom Gesichtspunkt des Kriminalexperten«, sagte Mr. Sherlock Holmes, »ist London nach dem Tode von Professor Moriarty seligen Angedenkens eine einmalig uninteressante Stadt geworden.«

»Ich kann mir kaum denken, daß Sie viele ehrbare Bürger finden würden, die mit Ihnen übereinstimmen«, antwortete ich.

»Gewiß doch, ich darf nicht selbstsüchtig sein«, sagte er mit einem Lächeln und schob seinen Stuhl vom Frühstückstisch zurück. »Für die Allgemeinheit ist es bestimmt von Vorteil, und niemand hat einen Verlust erlitten, ausgenommen der mattgesetzte Spezialist. Als der Mann noch lebte, bescherte mir die Morgenzeitung unbegrenzte Möglichkeiten. Oft war es nur eine winzige Spur, Watson, die leiseste Andeutung, und doch genügte sie, mich erkennen zu lassen, daß das große unheilvolle Hirn wirkte, so wie die zartesten Schwingungen am Rande eines Spinnennetzes daran gemahnen, daß in der Mitte die böse Spinne lauert. Kleine Diebstähle, mutwillige Überfälle, sinnlose Wutausbrüche – wer im Besitz des Schlüssels war, konnte alles zu einem einheitlichen Ganzen zusammenfügen. Für denjenigen, der die Welt des höheren Verbrechens wissenschaftlich erforscht, bot keine Hauptstadt Europas, was London damals besaß. Aber nun…« Er zuckte die Schultern in launischer Mißbilligung des Standes der Dinge, den herzustellen er selber so viel beigetragen hatte.

Zu der Zeit, von der ich spreche, war Holmes seit einigen Monaten wieder in London, und ich hatte auf seine Bitte hin meine Praxis verkauft und war in das alte Quartier in der Baker Street zurückgekehrt. Ein junger Arzt namens Verner hatte meine kleine Praxis in Kensington übernommen und mir mit erstaunlich wenig Einwendungen den höchsten Preis gezahlt, den ich zu fordern gewagt hatte – ein Geschehnis, das sich mir erst einige Jahre später entschleierte, als ich herausfand, daß Verner ein entfernter Verwandter von Holmes und daß es mein Freund gewesen war, der tatsächlich die Kosten bestritten hatte.

Die Monate unserer Partnerschaft waren nicht so ereignislos verlaufen, wie Holmes es darstellte, denn ich finde bei Durchsicht meiner Aufzeichnungen, daß in diese Zeitspanne der Fall mit den Papieren des Ex-Präsidenten Murillo fiel, ebenso die schokkierende Affäre um das holländische Dampfschiff ›Friesland‹, die uns beide fast das Leben gekostet hätte. Holmes' kalte und stolze Natur aber wandte sich stets gegen jede Form von öffentlichem Beifall, und mich hatte er strengstens verpflichtet, fernerhin kein Wort mehr über ihn, seine Methoden und seine Erfolge verlauten zu lassen – ein Verbot, das, wie ich bereits erklärte, erst jetzt aufgehoben ist.

Sherlock Holmes lehnte sich nach seinem grilligen Protest im Sessel zurück und entfaltete teilnahmslos die Morgenzeitung, als unsere Aufmerksamkeit von einem gewaltigen Läuten der Glocke angezogen wurde, dem sogleich ein dumpfes Trommeln folgte, als schlüge jemand mit der Faust gegen die Haustür. Nachdem geöffnet worden war, stürzte etwas mit Getöse in die Halle, eilige Füße polterten die Treppe herauf, und einen Augenblick später platzte ein rasender junger Mann mit wilden Augen, bleich, zerzaust, zitternd, in unser Zimmer. Er sah zwischen uns hin und her, und unter unseren fragenden Blicken wurde ihm bewußt, daß eine Entschuldigung wegen dieses taktlosen Eintretens am Platze war.

»Es tut mir leid, Mr. Holmes«, rief er. »Tadeln Sie mich nicht. Ich bin fast verrückt. Mr. Holmes, ich bin der unglückliche John Hector McFarlane.« Er stellte sich in einer Weise vor, als ob uns allein der Name seinen Besuch und sein Benehmen erklären könnte, aber ich las vom reaktionslosen Gesicht meines Freundes ab, daß der ihm nicht mehr als mir besagte.

»Nehmen Sie eine Zigarette, Mr. McFarlane«, sagte Holmes und schob ihm sein Etui hin. »Ich bin sicher, daß Ihnen mein Freund hier, Dr. Watson, bei Ihren Symptomen ein Beruhigungsmittel verschreiben würde. In den letzten Tagen war es viel zu heiß. Wenn Sie sich dann etwas gefaßt haben, wäre ich glücklich, Sie setzten sich auf den Stuhl und erzählten uns langsam und ruhig, wer Sie sind und was Sie wünschen. Sie haben Ihren Namen in einem Ton gesagt, als ob ich ihn kennen müßte, aber ich versichere Ihnen, ich weiß nichts über Sie, abgesehen von so offenkundigen Tatsachen, daß Sie Junggeselle sind, Advokat, Freimaurer und Asthmatiker.«

Da ich mit meines Freundes Methoden vertraut war, fiel es mir nicht schwer, seinen Schlüssen zu folgen; ich bemerkte die Nachlässigkeit in der Kleidung, die Rolle juristischer Papiere, das Amulett an der Uhr und das schwere Atmen. Unser Klient jedoch war starr vor Staunen.

»Ja, das alles bin ich, und obendrein bin ich in diesem Augenblick der unglücklichste Mann von ganz London. Um Himmels willen, lassen Sie mich nicht im Stich, Mr. Holmes! Wenn sie mich verhaften kommen, ehe ich meine Geschichte beendet habe, sorgen Sie dafür, daß man mir Zeit gibt, Ihnen die ganze Wahrheit zu erzählen. Ich würde unbeschwert ins Gefängnis gehen, wenn ich wüßte, daß Sie draußen für mich wirken.«

»Sie verhaften!« sagte Holmes. »Das ist wirklich sehr begr... höchst interessant. Unter welchem Verdacht erwarten Sie, verhaftet zu werden?«

»Unter dem Verdacht, Mr. Jonas Oldacre aus Lower Norwood ermordet zu haben.«

Das ausdrucksvolle Gesicht meines Freundes zeigte eine Sympathie, die, wie ich fürchte, nicht frei von Genugtuung war.

»Lieber Gott!« sagte er, »gerade erst beim Frühstück sagte ich zu meinem Freund Dr. Watson, daß sensationelle Fälle aus unseren Zeitungen verschwunden seien.«

Unser Besucher streckte die zitternde Hand aus und nahm den *Daily Telegraph*, der noch auf Holmes' Knien lag.

»Wenn Sie hineingeschaut hätten, Sir, würden Sie mit einem Blick die Meldung gesehen haben, auf die hin ich heute früh zu Ihnen gekommen bin. Ich fühle mich, als ob mein Name und mein Unglück in aller Munde sein müßten.« Er schlug die Mittelseite der Zeitung auf. »Hier steht es, und mit Ihrer freundlichen Erlaubnis werde ich es Ihnen vorlesen. Hören Sie, Mr. Holmes. Die Schlagzeilen lauten: ›Rätselhafte Affäre in Lower Norwood. Verschwinden eines bekannten Baumeisters. Verdacht auf Mord und Brandstiftung. Ein Hinweis auf den Verbrecher.‹ Diesem Hinweis geht man bereits nach, Mr. Holmes, und ich weiß, daß er unfehlbar zu mir führt. Von der London Bridge Station an sind sie mir gefolgt, und ich bin sicher, daß sie nur auf den Haftbefehl warten, um mich festzunehmen. Es wird meiner Mutter das Herz brechen!« Er rang vor Verzweiflung die Hände und schwankte auf dem Stuhl hin und her.

Ich betrachtete mit Anteilnahme diesen Mann, den man verdächtigte, eine Gewalttat verübt zu haben. Er war flachshaarig und hübsch auf eine farblose nichtssagende Art, hatte ängstliche blaue Augen und ein glattrasiertes Gesicht mit einem schwachen, sinnlichen Mund. Sein Alter mochte bei siebenundzwanzig liegen; Anzug und Auftreten waren die eines Gentleman. Aus der Tasche seines leichten Sommermantels ragte das Bündel von Amtspapieren, das seinen Beruf verriet.

»Wir müssen die uns verbleibende Zeit nutzen«, sagte Holmes. »Watson, wären Sie so freundlich, die Zeitung zu nehmen und mir den fraglichen Abschnitt vorzulesen?«

Unter den knalligen Schlagzeilen, die unser Klient zitiert hatte, las ich die folgende beeindruckende Schilderung:

»Spät in der vergangenen Nacht oder am heutigen frühen Morgen hat sich in Lower Norwood ein Ereignis zugetragen, das, wie befürchtet wird, auf ein schweres Verbrechen hinweist. Mr. Jonas Oldacre ist ein in jenem Vorort bekannter Bürger, er hat dort über viele Jahre seinen Beruf als Baumeister ausgeübt. Mr. Oldacre ist Junggeselle, zweiundfünfzig Jahre alt und wohnt im Hause ›Deep Dene‹ an der Straße nach Syndenham. Er steht im Ruf eines Mannes von exzentrischen Gewohnheiten und lebt abgesondert und zurückgezogen. Vor mehreren Jahren hat er sein Geschäft praktisch aufgegeben, denn er hatte es, dem Vernehmen nach, zu einem ansehnlichen Vermögen gebracht. Hinter dem Haus gibt es jedoch noch einen kleinen Holzhof, und in der vergangenen Nacht gegen zwölf Uhr wurde Alarm geschlagen, weil einer der Holzstapel in Flammen stand. Die Feuerwehr war bald am Ort, aber das trockene Holz brannte wie entfesselt, und es war unmöglich, die Feuersbrunst einzudämmen, bis der Stoß ganz niedergebrannt war. Bis hierher machte das Geschehnis den Eindruck des Zufälligen, aber einige nebenher getroffene Feststellungen scheinen auf ein ernstes Verbrechen hinzudeuten. Überraschenderweise war der Grundstücksbesitzer bei dem Feuer nicht zugegen, und die Befragung erwies, daß er aus dem Haus verschwunden ist. Eine Untersuchung seines Zimmers zeigte, daß niemand in dem Bett geschlafen hatte, daß der dort befindliche Safe offenstand, daß einige wichtige Papiere im Raum verstreut lagen; und schließlich gab es Anzeichen für einen mörderischen Kampf. Man entdeckte schwache Blutspuren und einen Spazierstock aus Eiche, an dessen Krücke sich ebenfalls Blutspuren befanden. Es ist bekannt geworden, daß Mr. Jonas Oldacre in der Nacht in seinem Schlafzimmer einen späten Besucher empfangen hatte, und der gefundene Stock ist als Eigentum dieser Person identifiziert worden, eines jungen Londoner Anwalts namens John Hector McFarlane, Juniorpartner von Graham & McFarlane, Gresham Buildings 426, E. C. Die Polizei glaubt, daß sie Beweise besitzt, die ein überzeugendes Motiv für ein Verbrechen liefern. Nach alledem bleibt kein Zweifel, daß senstaionelle Enthüllungen bevorstehen.

Nach Redaktionsschluß: Während des Drucks geht uns das Gerücht zu, daß Mr. John Hector Mc Farlane bereits wegen Verdacht auf Mord an Mr. Jonas Oldacre verhaftet worden sein soll. Gewiß ist zumindest, daß ein Haftbefehl ausgestellt wurde. Bei den Untersuchungen in Norwood hat es weitere schwerwiegende Entdeckungen gegeben. Neben den Anzeichen für einen Kampf im Zimmer des unglücklichen Baumeisters weiß man nun auch, daß das französische Fenster des Raumes (der sich im Erdgeschoß befindet) offen vorgefunden wurde und Spuren vorliegen, die darauf hindeuten, daß ein großer Gegenstand zu dem Holzstoß hinübergeschleift wurde. Schließlich wurde erklärt, man habe in der Asche des Holzfeuers verkohlte tierische Überreste gefunden. Die Polizei nimmt an, daß ein höchst sensationelles Verbrechen verübt, das Opfer in seinem eigenen Schlafzimmer totgeschlagen und seiner Papiere beraubt worden ist, die Leiche zu dem Holzstapel geschleppt wurde, den man dann angezündet hat, um so alle Spuren des Verbrechens zu beseitigen. Die Leitung der Untersuchung liegt in den erfahrenen Händen von Inspektor Lestrade von Scotland Yard, der den Spuren mit Scharfsinn und gewohnter Tatkraft nachgeht.«

Sherlock Holmes lauschte mit geschlossenen Augen und aneinandergelegten Fingerspitzen diesem bemerkenswerten Bericht.

»Der Fall hat gewiß einige interessante Punkte«, sagte er in seiner matten Art. »Darf ich erst einmal fragen, Mr. McFarlane, wie es kommt, daß Sie sich noch in Freiheit befinden, da es doch anscheinend genügend Beweise gibt, Ihre Festnahme zu rechtfertigen?«

»Ich wohne bei meinen Eltern in Blackheath, ›Torrington Lodge‹, Mr. Holmes; doch während der letzten Nacht, da ich sehr spät noch geschäftlich mit Mr. Jonas Oldacre zu tun hatte, bin ich in einem Hotel in Norwood geblieben und wollte von dort zu meiner Arbeit fahren. Ich wußte nichts von der Affäre, bis ich im Zug las, was Sie eben gehört haben. Sofort erkannte ich die fürchterliche Gefahr, in der ich mich befand, und eilte, den Fall in Ihre Hände zu legen. Ich zweifle nicht, daß man mich zu Hause oder in meiner Kanzlei in der Stadt bereits verhaftet hätte. Ein Mann ist mir ab London Bridge-Station gefolgt, und ich hege keinen Zweifel... Großer Gott, was ist das?«

Es war das Läuten der Hausglocke, dem alsbald schwere Schritte auf der Treppe folgten. Einen Augenblick später stand unser alter Freund Lestrade in der Tür. Über seine Schulter hinweg erblickte ich ein oder zwei uniformierte Polizisten.

»Mr. John Hector McFarlane!« sagte Lestrade.

Unser unglücklicher Klient erhob sich todbleichen Gesichts.

»Ich verhafte Sie wegen des Verdachts auf vorsätzlichen Mord an Mr. Jonas Oldacre aus Lower Norwood.«

McFarlane wandte sich uns mit dem Ausdruck der Verzweiflung zu und sank, als hätte man ihn niedergeschlagen, zurück auf den Stuhl.

»Einen Moment, Lestrade«, sagte Holmes. »Eine halbe Stunde mehr oder weniger kann Ihnen nichts ausmachen, und der Herr war dabei, uns einen Bericht von dieser sehr interessanten Affäre zu geben, der uns helfen könnte, sie aufzuklären.«

»Ich glaube, da gibt es keine Schwierigkeiten beim Aufklären«, sagte Lestrade grimmig.

»Trotzdem wäre mir, mit Ihrer Erlaubnis, sehr daran gelegen, seinen Bericht zu hören.«

»Nun, Mr. Holmes, es fällt mir schwer, Ihnen etwas zu verweigern, denn Sie sind der Polizei in der Vergangenheit einige Male nützlich gewesen, und wir von Scotland Yard schulden Ihnen eine Gefälligkeit«, sagte Lestrade. »Aber ich muß bei dem Gefangenen bleiben und bin verpflichtet, ihn zu warnen, daß alles, was er sagt, als Beweis gegen ihn verwendet werden kann.«

»Mehr verlange ich nicht«, sagte unser Klient. »Ich

will nichts, als daß Sie die ganze Wahrheit erfahren und mir glauben.«

Lestrade schaute auf seine Uhr. »Ich gebe Ihnen eine halbe Stunde«, sagte er.

»Ich muß zuerst erklären«, sagte McFarlane, »daß ich von Mr. Jonas Oldacre nichts weiß. Sein Name war mir zwar geläufig; denn vor vielen Jahren waren meine Eltern mit ihm bekannt, aber sie sind auseinandergeraten. Deshalb war ich sehr überrascht, als er gestern nachmittag gegen drei Uhr in meine Kanzlei in der Stadt kam. Aber ich war noch erstaunter, als er mir den Anlaß seines Besuches erzählte. Er hatte mehrere Blätter aus einem Notizbuch in der Hand, die flüchtig beschrieben waren – hier sind sie –, und die legte er mir auf den Tisch.

›Das ist mein Testament‹, sagte er. ›Ich wünsche, daß Sie, Mr. McFarlane, es in die gesetzlich gültige Form bringen. Ich werde mich hierhersetzen, während Sie das tun.‹

Ich machte mich an die Abschrift, und Sie können sich meine Überraschung vorstellen, als ich feststellte, daß er, mit einigen Vorbehalten, sein ganzes Eigentum mir hinterlassen wollte. Er war ein seltsamer kleiner, wieselhafter Mann mit weißen Wimpern, und als ich zu ihm aufsah, fand ich seine grauen scharfen Augen amüsiert auf mich gerichtet. Ich traute kaum meinen Sinnen, als ich die Bestimmungen des Testaments las; aber er gab mir zu verstehen, daß er ein Junggeselle fast ohne lebende Verwandte sei, früher meine Eltern gekannt und von mir nur immer als einem sehr verdienstvollen jungen Mann gehört habe und sicher wäre, sein Geld käme dann in würdige Hände. Ich versichere, ich konnte nur Dankesworte stammeln. Das Testament wurde vorschriftsmäßig ausgefertigt, signiert und von meinem Gehilfen als Zeuge mit unterschrieben. Auf dem blauen Papier hier haben Sie das Testament, und diese Zettel enthalten, wie ich es erklärt habe, den Rohentwurf. Dann informierte mich Mr. Jonas Oldacre, es gäbe eine Anzahl Dokumente – Mietverträge, Eigentumsurkunden, Hypotheken, Interimsscheine und so weiter –, und es sei nötig, daß ich sie sähe und läse. Er sagte, er würde so lange keine Ruhe haben, bis die Sache geregelt sei, und er bat mich, am Abend noch in sein Haus bei Norwood zu kommen und das Testament mitzubringen, damit wir die Dinge ordnen könnten. ›Denken Sie daran, mein Junge nicht ein Wort über die Angelegenheit zu Ihren Eltern, bis alles unter Dach und Fach ist. Wir wollen es als kleine Überraschung für sie aufheben.‹ Auf diesem Punkt beharrte er und verlangte, daß ich ihm mein Ehrenwort gäbe.

Sie können sich vorstellen, Mr. Holmes, daß ich nicht in der Stimmung war, ihm etwas zu verweigern, worum er auch bitten mochte. Er war mein Wohltäter, und all mein Bestreben ging dahin, seine Wünsche bis ins Detail auszuführen. Ich schickte ein Telegramm nach Hause, teilte mit, ich hätte einen wichtigen Auftrag, und es sei mir nicht möglich, anzugeben, wann ich am Abend nach Hause kommen könne. Mr. Oldacre hatte mir gesagt, daß er mich gern zum Supper bei sich sehen wollte, um neun Uhr, eher wäre er wohl nicht daheim. Ich hatte einige Schwierigkeiten, sein Haus zu finden, und ich verspätete mich fast um eine halbe Stunde. Als ich ankam, fand ich ihn …«

»Einen Augenblick!« sagte Holmes. »Wer öffnete die Tür?«

»Eine Frau in mittleren Jahren, ich nehme an, seine Haushälterin.«

»Und sie war es, vermute ich, die vor der Polizei Ihren Namen erwähnt hat?«

»Stimmt«, sagte McFarlane.

»Bitte, fahren Sie fort.«

Mr. McFarlane wischte sich den Schweiß von der Stirn und erzählte weiter: »Ich wurde von der Frau in einen Wohnraum gewiesen, wo ein einfaches Supper aufgetragen war. Danach führte mich Mr. Jonas Oldacre in sein Schlafzimmer, in dem ein schwerer Safe stand. Er öffnete ihn und nahm eine Menge Dokumente heraus; wir gingen sie zusammen durch. Zwischen elf und zwölf Uhr waren wir fertig. Er bemerkte, daß wir vermeiden sollten, die Haushälterin zu stören. Er wies mir den Weg durch das französische Fenster seines Zimmers, das die ganze Zeit offengestanden hatte.«

»War die Jalousie heruntergelassen?«

»Ich weiß es nicht sicher, aber ich glaube, daß sie nur halb herunter war. Ja, ich erinnere mich, wie er sie hochzog, um die Fensterflügel öffnen zu können. Ich konnte meinen Stock nicht finden, und er sagte: ›Macht nichts, mein Junge; ich werde Sie ja nun, hoffe ich, öfter sehen, und ich hebe Ihren Stock auf, bis Sie wiederkommen!‹ Als ich ihn verließ, stand der Safe offen, und die Papiere lagen in Packen auf dem Tisch. Es war so spät, daß ich nicht mehr nach Blackheath zurückfahren konnte; so verbrachte ich die Nacht im ›Anerley Arms‹, und dann am Morgen las ich von dem schrecklichen Ereignis.«

»Noch etwas, das Sie gern fragen würden, Mr. Holmes?« sagte Lestrade, der während dieser bemerkenswerten Erklärung einige Male die Augenbrauen hochgezogen hatte.

»Nicht, bevor ich in Blackheath gewesen bin.«

»Sie meinen in Norwood«, sagte Lestrade.

»O ja, gewiß hätte ich Norwood sagen sollen«, bemerkte Holmes mit rätselhaftem Lächeln.

Lestrade hatte schon öfter, als ihm lieb war, die Erfahrung machen müssen, daß Holmes' messerscharfer Verstand Auswege fand, wo die Situation für ihn undurchdringlich war. Ich sah, wie er meinen Gefährten neugierig anschaute.

»Vielleicht sollte ich gleich noch ein paar Worte mit Ihnen wechseln, Mr. Sherlock Holmes«, sagte er. »Nun, Mr. McFarlane, zwei meiner Konstabler stehen vor der Tür, und der Wagen wartet.«

Der unglückliche junge Mann erhob sich, und mit einem letzten hilfesuchenden Blick auf uns ging er aus dem Zimmer. Die Polizisten führten ihn zum Wagen; Lestrade blieb.

Holmes hatte die Seiten mit dem Rohentwurf des Testaments aufgenommen und betrachtete sie mit dem lebhaftesten Interesse.

»Zu diesem Dokument gibt es einige Fragen, Lestrade, meinen Sie nicht auch?« sagte er und schob ihm die Blätter zu.

Der Beamte schaute verwirrt auf die Seiten. »Ich kann die ersten paar Zeilen lesen und die auf der Mitte der zweiten Seite und ein oder zwei am Schluß. Die sind klar wie gedruckt«, sagte er. »Aber die Schrift dazwischen ist sehr schlecht, und drei Stellen kann ich überhaupt nicht entziffern.«

»Was halten Sie davon?« sagte Holmes.

»Nun, was halten *Sie* davon?«

»Daß dieser Entwurf im Zug geschrieben wurde; die leserlichen Stellen sind auf Bahnhöfen geschrieben worden, die schwer zu entziffernden während des Fahrens und die unleserlichen beim Passieren von Weichen. Ein Sachverständiger würde sofort erklären, daß dies in einem Vorortzug aufgezeichnet worden ist, da nirgends als in der engeren Umgebung einer großen Stadt eine so schnelle Folge von Weichen vorkommt. Gesetzt den Fall, daß die Aufzeichnung des Testaments seine ganze Reise beansprucht hat, dann fuhr er in einem Expreßzug, der nur einmal zwischen Norwood und London Bridge hält.«

Lestrade lachte.

»Sie sind mir über, wenn Sie Ihre Theorien zu entwickeln beginnen, Mr. Holmes«, sagte er. »Was hat das mit diesem Fall zu tun?«

»Nun, es bestärkt die Geschichte des jungen Mannes in der Hinsicht, daß das Testament von Jonas Oldacre gestern während seiner Reise aufgezeichnet worden sei. Das ist seltsam – oder nicht? –, daß ein Mann ein derart wichtiges Dokument auf so zufällige Weise aufzeichnet. Es legt die Vermutung nahe, daß er nicht daran dachte, es in der Praxis von Wert sein zu lassen. Wenn ein Mann ein Testament abfaßt, von dem er nicht will, daß es jemals wirksam werden soll, würde er so vorgehen.«

»Nun, damit hat er gleichzeitig sein eigenes Todesurteil abgefaßt.«

»Oh, Sie denken so?«

»Sie nicht?«

»Nun, es ist ganz gut möglich; aber mir ist der Fall doch noch nicht klar.«

»Nicht klar? Na, wenn das nicht klar ist, was könnte klarer sein? Ein junger Mann erfährt plötzlich, daß er ein Vermögen erben wird, wenn ein bestimmter älterer Mann stirbt. Was wird er tun? Er sagt niemandem etwas und richtet es so ein, daß er unter einem Vorwand spätabends seinen Klienten besuchen muß; er wartet ab, bis die einzige andere Person im Haus zu Bett gegangen ist, und dann ermordet er den Mann in der Einsamkeit seines Zimmers, verbrennt ihn auf dem Holzstoß und begibt sich in ein Hotel in der Nähe. Die Blutflecken im Zimmer sowie am Stock sind schwach. Es ist möglich, daß er sich einbildete, sein Verbrechen wäre ohne Blutvergießen abgegangen, und daß er hoffte, wenn der Körper vernichtet sei, wären auch alle Spuren verwischt, Spuren, die aus einigen Gründen auf ihn hätten weisen müssen. Ist all das nicht offensichtlich?«

»Ich finde das, mein guter Lestrade, um eine Kleinigkeit zu offensichtlich«, sagte Holmes. »Ihre bedeutenden Qualitäten entbehren der Phantasie; aber wenn Sie sich für einen Augenblick in die Lage des jungen Mannes versetzen wollten – würden Sie ebendie dem Tag der Abfassung des Testaments folgende Nacht wählen, um Ihr Verbrechen auszuführen? Würden Sie es nicht für gefährlich halten, eine so enge Verbindung zwischen den beiden Ereignissen herzustellen? Ferner, würden Sie sich dafür eine Gelegenheit aussuchen, wo man Sie im Hause weiß, da eine Bedienstete Sie eingelassen hat? Und schließlich würden Sie sich die große Mühe machen, den Leichnam beiseite zu schaffen, und dann Ihren Stock dalassen, zum Zeichen, daß Sie der Verbrecher waren? Geben Sie zu, Lestrade, daß all dies sehr unwahrscheinlich ist.«

»Was den Stock betrifft, Mr. Holmes: Sie wissen so gut wie ich, daß ein Verbrecher in der Aufregung oft Dinge tut, die ein gefaßter Mann vermeiden würde. Wahrscheinlich hat er sich gefürchtet, in den Raum zurückzukehren. Geben Sie mir eine andere Theorie, die zu den Tatsachen passen könnte.«

»Ich könnte Ihnen sehr leicht ein halbes Dutzend geben«, sagte Holmes. »Hier zum Beispiel ist eine mögliche und auch wahrscheinliche. Machen Sie damit, was Sie wollen. Der ältere Mann zeigt Dokumente, die augenscheinlich etwas wert sind. Ein vorüberkommender Landstreicher beobachtet das durchs Fenster, dessen Jalousie nur halb heruntergelassen ist. Der Advokat geht ab. Auftritt des Landstreichers! Er packt einen Stock, den er da stehen sieht, tötet Oldacre und verschwindet, nachdem er die Leiche verbrannt hat.«

»Warum sollte der Landstreicher die Leiche verbrennen?«

»Was das betrifft: Warum sollte McFarlane es getan haben?«

»Um Beweise zu verbergen.«

»Möglicherweise wollte der Landstreicher verbergen, daß überhaupt ein Mord verübt worden ist.«

»Und weshalb hat der Landstreicher nichts mitgenommen?«

»Weil es Papiere waren, die er nicht hätte verwerten können.«

Lestrade schüttelte den Kopf, aber nach seinem Benehmen schien mir, daß er nicht mehr so absolut sicher war.

»Gut, Mr. Sherlock Holmes, suchen Sie nach Ihrem Landstreicher, während wir uns an unseren Mann halten. Die Zukunft wird zeigen, wer recht hat. Bedenken Sie vor allem eines, Mr. Holmes – daß unseres Wissens keines von den Papieren weggenommen wurde und daß der Verhaftete der einzige Mensch auf Erden ist, der keinen Grund hatte, etwas wegzunehmen, da er als gesetzmäßiger Erbe auf jeden Fall der Besitzer sein würde.«

Diese Bemerkung schien meinen Freund getroffen zu haben.

»Ich leugne nicht, daß der Augenschein in verschiedener Hinsicht für Ihre Theorie spricht«, sagte er. »Ich möchte nur darauf hinweisen, daß auch andere Theorien möglich sind. Aber wie Sie sagen: die Zukunft wird entscheiden. Guten Morgen! Ich glaube, ich werde im Laufe des Tages Norwood einen kurzen Besuch abstatten und schauen, wie Sie vorankommen.«

Der Polizeidetektiv ging, und mein Freund erhob sich und traf seine Vorbereitungen für den Tag. Dabei sah er so munter aus wie jemand, dem eine seinen Fähigkeiten würdige Aufgabe bevorsteht.

»Mein erster Schritt, Watson«, sagte er, als er in seinen Gehrock schlüpfte, »muß, wie ich schon sagte, in Richtung Blackheath erfolgen.«

»Und warum nicht nach Norwood?«

»Weil in diesem Falle ein einmaliges Ereignis einem anderen auf den Fersen folgt. Die Polizei macht den Fehler, daß sie ihre Aufmerksamkeit nur auf das zweite richtet, weil es zufällig dasjenige ist, das offensichtlich verbrecherischen Charakter besitzt. Aber für mich liegt auf der Hand, daß der logische Weg, an den Fall heranzukommen, darin besteht, das erste Ereignis zu erhellen – das seltsame Testament, das so unvermittelt gemacht wurde und zugunsten eines so unerwarteten Erben. Dadurch würde das folgende leichter verständlich werden. Nein, mein Junge, ich glaube nicht, daß Sie mir helfen können. Da ist keine Gefahr im Verzug, sonst ließe ich es mir im Traum nicht einfallen, ohne Sie dort hinzugehen. Ich glaube, daß ich, wenn ich Sie am Abend wiedersehe, in der Lage sein werde, Ihnen zu berichten, daß ich etwas für diesen unglücklichen Burschen, der auf meinen Schutz vertraut, tun kann.«

Es war spät, als mein Freund zurückkehrte, und ich erfaßte mit einem Blick auf sein verstörtes, ärgerliches Gesicht, daß sich die hochgespannten Hoffnungen, mit denen er aufgebrochen war, nicht erfüllt hatten. Eine Stunde fiedelte er auf seiner Violine, um seine aufgewühlten Gedanken zu besänftigen. Schließlich warf er das Instrument beiseite und stürzte sich in einen detaillierten Bericht seines Mißgeschicks.

»Alles läuft schief, Watson – so schief wie nur möglich. Lestrade habe ich zwar noch immer mein dreistes Gesicht gezeigt, aber, bei meiner Seele, dieses eine Mal ist, glaube ich, der Bursche auf der richtigen Spur, und wir sind auf der falschen. Mein Gespür ist eine Sache, aber andererseits sind da alle diese Fakten, und ich fürchte sehr, die britische Gerichtsbarkeit hat noch nicht den Intelligenzgrad erreicht, daß sie meinen Theorien vor Lestrades Fakten den Vorzug gibt.«

»Sind Sie nach Blackheath gefahren?«

»Ja, Watson, ich bin dort hingefahren und habe sehr schnell herausgefunden, daß der selige Oldacre ein ausgemachter Lump gewesen ist. Der Vater war unterwegs, um seinen Sohn zu suchen. Die Mutter war zu Hause – eine kleine, aufgeplusterte blauäugige Person, die vor Angst und Empörung zitterte. Selbstverständlich ließ sie nicht einmal die Möglichkeit seiner Schuld gelten. Aber sie drückte weder Überraschung noch Bedauern über Oldacres Schicksal aus. Im Gegenteil, sie sprach von ihm mit solcher Bitterkeit, daß sie unbewußt die Sache der Polizei beträchtlich stärkte; denn wenn ihr Sohn gewußt hat, daß sie in *der* Weise über den Mann spricht, müßte man ihn von vornherein für Haß und Gewalttat vorbereitet halten. ›Er war eher ein bösartiger und hinterlistiger Affe als ein menschliches Wesen‹, sagte sie, ›und so war er immer, schon als junger Mann.‹

›Sie kannten ihn aus dieser Zeit?‹ fragte ich.

›Ja, ich kannte ihn gut; er war einer meiner Verehrer. Dem Himmel sei Dank, daß ich den Verstand hatte, mich von ihm abzuwenden und einen besseren, wenngleich ärmeren Mann zu heiraten. Ich war mit ihm verlobt, Mr. Holmes, da hörte ich die schokkierende Geschichte, daß er eine Katze in ein Vogelhaus gehetzt hatte, und ich war über seine brutale Grausamkeit so entsetzt, daß ich nichts mehr mit ihm zu tun haben wollte.‹ Sie stöberte in einem Sekretär und brachte bald die Photographie einer Frau zum Vorschein, deren Gesicht auf schändliche Weise unkenntlich gemacht und mit einem Messer bearbeitet worden war. ›Das ist ein Bild von mir‹, sagte sie. ›Er hat es mir in diesem Zustand geschickt, mit einem Fluch, am Morgen meiner Hochzeit!‹

›Nun‹, sagte ich, ›wenigstens hat er Ihnen jetzt vergeben, denn er hat ja sein ganzes Vermögen Ihrem Sohn vermacht.‹

›Weder mein Sohn noch ich wollen irgend etwas von Jonas Oldacre, ob er tot ist oder lebendig‹, rief sie mit gehörigem Feuer. ›Es gibt einen Gott im Himmel, Mr. Holmes, und er, der diesen bösen Mann gestraft hat, wird zu seiner Zeit zeigen, daß die Hände meines Sohnes von seinem Blut rein sind.‹

Nun, ich versuchte ein oder zwei Vorstöße, traf aber auf nichts, was unsere Theorie stützt, fand nur Dinge, die ihr entgegenstehen. Schließlich gab ich es auf und fuhr nach Norwood.

Das Haus ›Deep Dene‹ ist eine große moderne Villa aus grellfarbenen Backsteinen, die ein Stück von der Straße entfernt über einer Wiese mit Lorbeerbüschen liegt. Rechts hinterm Haus befindet sich das Holzlager, wo sich der Brand abgespielt hat. Hier eine rohe Skizze auf einem Blatt aus meinem Notizbuch. Dieses Fenster links ist es, das zu Oldacres Zimmer gehört. Sie können von der Straße her hineinsehen. Das war schon aller Trost, der mir heute zuteil wurde. Lestrade war nicht anwesend, ein Polizeisergeant vertrat ihn. Sie hatten gerade einen großen Schatz entdeckt. Den ganzen Morgen waren sie damit beschäftigt gewesen, die Asche des verbrannten Holzstoßes zu durchwühlen, und hatten nun nach den verkohlten organischen Überresten einige entfärbte Metallscheibchen sichergestellt. Ich untersuchte sie sorgfältig, und es gab keinen Zweifel, daß es sich um Hosenknöpfe handelte. Ich entdeckte sogar, daß einer von ihnen den Namen Hyams trug, des Schneiders von Oldacre. Dann ging ich den Rasen aufmerksam nach Zeichen und Spuren ab, aber die Trockenheit hat alles eisenhart gemacht. Nichts war zu erkennen, außer daß ein Körper oder ein Bündel durch eine niedrige Ligusterhecke geschleppt worden war, die zwischen Haus und Holzstapel steht. All das paßt natürlich zur Theorie der Polizei. Ich kroch, die Augustsonne im Nacken, auf dem Rasen umher. Aber als ich mich nach einer Stunde aufrichtete, war ich nicht klüger als zuvor.

Nun, nach diesem Fiasko begab ich mich in das Schlafzimmer und untersuchte auch das. Die Blutflecken waren sehr schwach, nur Schmierstellen und leichte Verfärbungen, aber zweifellos frisch. Den Stock hatte man von der Stelle entfernt; auch an ihm waren schwache Blutspuren. Zweifellos gehört der Stock unserem Klienten; hat er ja auch zugegeben. Auf dem Teppich stellte ich Fußabdrücke von beiden Männern fest, aber keine von irgendeiner dritten Person, was wiederum ein Plus für die andere Seite bedeutet. Sie haben die ganze Zeit Punkte gesammelt, und wir treten auf der Stelle.

Nur auf einen kleinen Hoffnungsschimmer stieß ich – und doch führte auch er zu nichts. Fast der ganze Inhalt des Safes war herausgenommen und lag auf dem Tisch. Ich untersuchte ihn. Die Papiere befanden sich in versiegelten Umschlägen, einige hatte die Polizei geöffnet. Darunter war nichts, soweit ich das beurteilen konnte, das irgendeinen besonderen Wert besaß; auch dem Bankbuch nach hat Mr. Oldacre nicht etwa aus großem Überfluß geschöpft. Aber mir schien, als wären die Papiere nicht vollständig. Es gab Hinweise auf eine Reihe Dokumente – möglicherweise die wertvolleren –, und die konnte ich nicht finden. Dieser Umstand, wenn wir ihn klipp und klar beweisen könnten, würde natürlich Lestrades Argument umkehren; denn wer stiehlt schon da, wo er weiß, daß er in Kürze erben wird?

Schließlich, nachdem ich alles durchschnüffelt und keine Witterung aufgenommen hatte, versuchte ich mein Glück mit der Haushälterin. Mrs. Lexington ist ihr Name, eine kleine, dunkle, stille Person mit argwöhnischen, ausweichenden Blicken. Sie könnte uns schon etwas erzählen, wenn sie wollte, davon bin ich überzeugt. Aber sie war verschlossen wie eine Auster. Ja, sie habe Mr. McFarlane um halb zehn eingelassen. Sie wünschte, ihre Hand wäre verdorrt, ehe sie das tat. Sie sei um halb elf zu Bett gegangen. Ihr Zimmer befinde sich am anderen Ende des Hauses, und sie habe von den Vorgängen nichts hören können. Mr. McFarlane habe seinen Hut und, nach ihrer Überzeugung, auch seinen Stock in der Halle gelassen. Sie sei vom Feueralarm wachgeworden. Ihr armer, lieber Herr sei bestimmt ermordet worden. Hatte er irgendwelche Feinde? Feinde habe schließlich jeder, aber Mr. Oldacre lebte ganz zurückgezogen und habe mit Leuten nur geschäftlich verkehrt. Als sie die Knöpfe gesehen habe, hätte sie sofort gewußt, daß sie von der Kleidung stammten, die er am letzten Abend trug. Der Holzstapel sei sehr trocken gewesen, denn seit einem Monat habe es nicht mehr geregnet. Er brannte wie Zunder, und als sie hinzukam, seien nur Flammen zu sehen gewesen. Sie und die Feuerwehrleute hätten brennendes Fleisch gerochen. Über die Papiere und Mr. Oldacres Privatangelegenheiten könne sie nichts sagen.

So, mein lieber Watson, da haben Sie meinen Bericht über einen Fehlschlag. Und doch – und doch –«, er krampfte seine dünnen Hände vor Überzeugung zusammen, »ich *weiß,* daß das alles falsch ist. Ich fühle es in meinen Knochen: irgend etwas ist verborgen geblieben, und diese Haushälterin weiß davon. Es war ein eigensinniger Trotz in ihren Augen, der nur mit schuldhaftem Wissen zusammenpaßt. Aber es bringt nichts ein, jetzt weiterzureden, Watson; wenn uns nicht ein Glücksumstand in den Weg kommt, fürchte ich, daß der Fall mit dem Verschwundenen von Norwood in unserer Chronik nicht unter den Erfolgen zu Buche stehen wird, und das geduldige Publikum muß das früher oder später hinnehmen.«

»Aber gewiß«, sagte ich, »wird doch das Äußere des Mannes jedes Geschworenengericht beeindrukken?«

»Das, mein lieber Watson, ist ein gefährliches Argument. Erinnern Sie sich an diesen schrecklichen Mörder Bert Stevens, der im Jahre '87 von uns erwartete, daß wir ihn freipauken? Hat es jemals einen gesitteteren jungen Mann gegeben, nachgerade wie aus der Sonntagsschule?«

»Das stimmt.«

»Wenn es uns nicht gelingt, eine Gegentheorie aufzustellen, ist der Mann verloren. Sie werden in der Anklage, die jetzt gegen ihn vorgebracht werden kann, kaum eine brüchige Stelle finden und alle Untersuchungen dienen nur dem Zweck, sie zu stärken. Übrigens gibt es da im Zusammenhang mit den Papieren eine seltsame Kleinigkeit, und die kann einen Ausgangspunkt für unsere Nachforschungen abgeben. Beim Durchblättern der Bankauszüge fand ich, daß der niedrige Stand des Guthabens vor allem auf die hohen Schecks zurückzuführen ist, die im letzten Jahr auf einen Mr. Cornelius ausgestellt wurden. Ich bekenne, ich wüßte sehr gern, wer dieser Mr. Cornelius ist, mit dem ein Baumeister, der sich zurückgezogen hat, so große Transaktionen tätigt. Wie, wenn er seine Hand im Spiel hätte? Vielleicht ist Cornelius Börsenmakler; aber wir fanden keine Interimsscheine, die mit den hohen Zahlungen übereinstimmten. Da ein anderer Angriffspunkt fehlt, müssen meine Nachforschungen in die Richtung gehen: Befragung der Bank und Suche nach dem Gentleman, der die Schecks kassiert hat. Aber ich fürchte, mein Junge, unser Fall wird unrühmlich enden, denn Lestrade läßt unseren Klienten hängen und Scotland Yard wird damit triumphieren.«

Ich weiß nicht, ob Sherlock Holmes in jener Nacht überhaupt geschlafen hat; als ich zum Frühstück hinunterkam, fand ich ihn blaß und erschöpft, aber seine klaren Augen wirkten trotz der dunklen Ringe noch klarer als sonst. Der Teppich war rund um seinen Stuhl mit Zigarettenstummeln und den ersten Ausgaben der Morgenzeitungen bedeckt. Ein geöffnetes Telegramm lag auf dem Tisch.

»Was halten Sie davon, Watson?« fragte er und schob es mir zu.

Es war in Norwood aufgegeben und lautete wie folgt:

›Habe wichtigen neuen Beweis. McFarlanes Schuld endgültig festgestellt. Rate Ihnen, den Fall aufzugeben. – Lestrade.‹

»Das klingt ernst«, sagte ich.

»Es ist Lestrades kleines Siegesgekrähe«, antwortete Holmes mit bitterem Lächeln. »Und doch wäre es voreilig, den Fall aufzugeben. Nach allem ist ein wichtiger neuer Beweis ein zweischneidiges Schwert, das möglicherweise in eine ganz andere Richtung als in die von Lestrade vorgestellte schneidet. Frühstükken Sie, Watson, und wir werden gemeinsam hingehen und sehen, was wir tun können. Ich habe so ein Gefühl, als ob ich heute Ihre Gesellschaft und Ihre moralische Unterstützung benötigen werde.«

Mein Freund frühstückte nicht; es war eine seiner Eigenheiten, daß er in Zeiten besonderer Anspannung kein Essen zu sich nahm, und ich habe erlebt, daß er seine eiserne Stärke mißbrauchte, bis er aus purer Entkräftung umfiel.

»Momentan kann ich Energie und Nerven nicht auf Verdauung verschwenden«, pflegte er auf meine ärztlichen Vorhaltungen zu entgegnen. So war ich nicht überrascht, daß er an diesem Morgen, bevor er mit mir nach Norwood aufbrach, sein Essen unberührt ließ.

Eine Menge krankhaft Schaulustiger trieb sich noch immer vor dem Haus ›Deep Dene‹ herum, der Vorortvilla, die genauso aussah, wie ich sie mir vorgestellt hatte. Hinterm Tor begegnete uns Lestrade, das Gesicht rot vor Siegesfreude und in triumphierender Haltung.

»Nun, Mr. Holmes, können Sie beweisen, daß wir falsch vorgehen? Haben Sie Ihren Landstreicher gefunden?« rief er.

»Ich habe mir überhaupt noch kein Urteil gebildet«, antwortete mein Gefährte.

»Aber wir haben das unsere gestern gebildet, und nun hat es sich als richtig erwiesen; also müssen Sie anerkennen, daß wir Ihnen diesmal ein Stückchen voraus sind, Mr. Holmes.«

»Sie machen entschieden den Eindruck, als hätte sich etwas Ungewöhnliches ereignet«, sagte Holmes.

Lestrade lachte laut.

»Sie geben sich ungern geschlagen, wir auch«, sagte er. »Niemand kann aber erwarten, daß alles immer in seinem Sinn läuft – stimmt's, Dr. Watson? Folgen Sie mir, wenn es beliebt, Gentlemen, und ich denke, ich kann Sie ein für allemal überzeugen, daß John McFarlane das Verbrechen begangen hat.«

Er führte uns durch den Flur in eine dunkle Halle.

»Hierher mußte der junge McFarlane zurückkehren, um seinen Hut zu holen, nachdem das Verbrechen geschehen war«, sagte er. »Nun sehen Sie dies.« Mit dramatischer Plötzlichkeit riß er ein Zündholz an und beleuchtete einen Blutfleck auf der weißgetünchten Wand. Als er das Zündholz näher an die Stelle hielt, sah ich, daß es sich nicht nur um einen gewöhnlichen Fleck handelte. Es war, deutlich markiert, der Abdruck eines Daumens.

»Betrachten Sie ihn durch Ihre Lupe, Mr. Holmes.«

»Ja, das werde ich tun!«

»Sie wissen, daß kein Fingerabdruck dem anderen gleicht?«

»Ich habe davon gehört.«

»Nun, dann wollen Sie bitte den Abdruck mit diesem hier in Wachs vom rechten Daumen des jungen McFarlane vergleichen, der heute morgen auf mein Verlangen hin abgenommen wurde.«

Als er den Wachsabdruck neben den Blutfleck hielt, bedurfte es keines Vergrößerungsglases, um zu erkennen, daß die zwei unzweifelhaft vom selben Daumen stammten. Ich hielt es für offensichtlich, daß unser Klient verloren war.

»Das ist entscheidend«, sagte Lestrade.

»Ja, das ist entscheidend«, echote ich spontan.

»Es ist entscheidend«, sagte Holmes.

Etwas war in seiner Stimme, mein Ohr fing es auf, ich wandte mich um und sah ihn an. In seinem Gesicht hatte sich ein außerordentlicher Wandel vollzogen. Es zitterte vor innerer Heiterkeit. Seine Augen glänzten wie Sterne. Mir schien, er machte verzweifelte Anstrengungen, einen Lachanfall zurückzuhalten.

»Lieber Gott, lieber Gott!« sagte er schließlich. »Wer hätte das gedacht? Und wie trügerisch der Augenschein sein kann! Ein so nett anzusehender junger Mann! Das ist eine Lektion für uns, daß wir unserem Urteil nicht trauen sollen – nicht wahr, Lestrade?«

»Ja, einige von uns sind ein wenig zu sehr geneigt, übertrieben selbstsicher zu sein, Mr. Holmes«, sagte Lestrade. Die Unverschämtheit des Mannes konnte einen rasend machen, aber wir mußten sie hinnehmen.

»Welch glückliche Fügung, daß der junge Mann den Abdruck seines rechten Daumens auf der Wand hinterlassen hat, als er den Hut vom Haken nahm. Eine ganz normale Sache, wenn man sich's recht überlegt.«

Holmes war äußerlich gelassen, aber ich merkte an der Art, wie er sprach, daß sein ganzer Körper vor unterdrückter Erregung bebte. »Übrigens, Lestrade, wer hat die bemerkenswerte Entdeckung gemacht?«

»Die Haushälterin, Mrs. Lexington, sie lenkte die Aufmerksamkeit des Konstablers vom Nachtdienst darauf.«

»Und wo war der Konstabler?«

»Er hielt in dem Schlafzimmer Wache, wo das

Verbrechen begangen worden ist. Er sollte darauf achten, daß nichts berührt würde.«

»Aber warum hat die Polizei den Fleck nicht schon gestern entdeckt?«

»Nun, wir hatten keinen besonderen Grund, die Halle besonders genau zu untersuchen. Und Sie sehen es ja auch, sie liegt weit vom Tatort entfernt.«

»Ja, ja, gewiß. Ich nehme an, es gibt keinen Zweifel daran, daß der Abdruck schon gestern vorhanden war?«

Lestrade sah Holmes an, als glaubte er, der verliere den Verstand. Ich bekenne, daß ich selber sowohl über die Heiterkeit meines Freundes wie über seine recht abwegige Bemerkung ziemlich erstaunt war.

»Ich weiß nicht, ob Sie annehmen, daß McFarlane in finsterer Nacht aus dem Gefängnis gekommen ist, um den Beweis gegen sich zu erhärten«, sagte Lestrade. »Ich überlasse es jedem Experten der Welt, zu beweisen, daß es nicht der Abdruck seines Daumens sei.«

»Ohne Frage ist es der Abdruck seines Daumens.«

»Das genügt«, sagte Lestrade. »Ich bin ein Praktiker, Mr. Holmes, und wenn ich meine Beweise habe, komme ich zu meinen Schlüssen. Wenn Sie noch etwas zu sagen haben: Sie finden mich im Wohnzimmer, wo ich meinen Bericht schreibe.«

Holmes hatte sein Gleichgewicht wiedergefunden, obwohl mir schien, daß die Fröhlichkeit noch in seinen Zügen nistete.

»Mein Gott, das ist eine sehr traurige Entwicklung, Watson, nicht wahr?« sagte er. »Und doch gibt es einzelne Punkte, die für unseren Klienten Hoffnung lassen.«

»Das freut mich zu hören«, sagte ich von Herzen.

»Ich fürchtete schon, es sei ein für allemal um ihn geschehen.«

»Ich würde kaum soweit gehen, das zu sagen, mein lieber Watson. Tatsache ist, daß der Beweis, dem unser Freund soviel Wichtigkeit beimißt, einen schwerwiegenden Fehler darstellt.«

»Wirklich, Holmes? Und wo liegt der?«

»Für jetzt nur soviel: Ich *weiß*, daß der Abdruck nicht da war, als ich gestern die Halle untersuchte. Und nun, Watson, wollen wir einen kleinen Bummel in der Sonne machen.«

Den Kopf voll wirrer Gedanken, aber im Herzen doch wieder ein wenig Hoffnungswärme, begleitete ich meinen Freund auf einem Gang durch den Garten. Er maß alle Fassaden des Hauses und untersuchte sie mit großem Interesse. Dann ging er wieder hinein und inspizierte das Haus vom Keller bis zum Dachboden. Die meisten Zimmer waren unmöbliert; dennoch durchforschte Holmes alle peinlich genau. Schließlich, auf dem obersten Flur, von dem drei ungenutzte Schlafzimmer abgingen, packte ihn wieder ein Ausbruch von Heiterkeit.

»Dieser Fall trägt einige wirklich einmalige Züge«, sagte er. »Ich glaube, es ist an der Zeit, daß wir unseren Freund Lestrade ins Vertrauen ziehen. Er hat sein kleines Vergnügen auf unsere Kosten gehabt, und vielleicht können wir uns schadlos halten, wenn sich meine Lesart des Problems als richtig herausstellen sollte. Ja, ja, ich sehe, wie wir es anfassen müssen.«

Der Inspektor von Scotland Yard saß noch immer im Wohnzimmer, als Holmes ihn anredete.

»Sie schreiben wohl den Abschlußbericht über den Fall.«

»Das tue ich.«

»Halten Sie das nicht für ein bißchen voreilig? Ich

kann mir nicht helfen, aber ich glaube, Ihr Beweismaterial ist nicht vollständig.«

Lestrade kannte meinen Freund zu gut, um bei den Worten nicht aufzumerken. Er legte die Feder hin und sah ihn neugierig an.

»Was heißt das, Mr. Holmes?«

»Nur, daß es einen wichtigen Zeugen gibt, den Sie noch nicht gesehen haben.«

»Und den können Sie herzaubern?«

»Ich glaube schon.«

»Dann tun Sie es.«

»Ich werde mein Bestes versuchen. Über wie viele Konstabler verfügen Sie?«

»Drei sind in Rufweite.«

»Hervorragend«, sagte Holmes. »Dürfte ich fragen, ob sie alle große, kräftige Männer mit lauten Stimmen sind?«

»Zweifellos. Aber ich verstehe nicht, was ihre Stimmen mit alledem zu tun haben.«

»Vielleicht kann ich Ihnen helfen, das und noch einige andere Dinge zu verstehen. Seien Sie so freundlich und rufen Sie Ihre Männer, und ich will es probieren.«

Fünf Minuten später waren die drei Polizisten in der Halle versammelt.

»Im Nebengebäude finden Sie reichlich Stroh«, sagte Holmes. »Ich möchte Sie bitten, zwei Bündel hereinzubringen. Ich denke, sie werden uns beim Herbeizaubern des Zeugen, nach dem es mich verlangt, gute Dienste leisten. Vielen Dank. Ich hoffe, Sie haben Zündhölzer in der Tasche, Watson. Und jetzt, Mr. Lestrade, möchte ich Sie alle bitten, mich auf den obersten Flur zu begleiten.«

Wie ich schon sagte, war das ein breiter Korridor, von dem drei Schlafzimmer abgingen. Sherlock Holmes dirigierte uns an das eine Ende des Korridors, die Konstabler grinsten, und Lestrade starrte auf meinen Freund mit Erstaunen, Erwartung und Spott, Ausdrücke, die einander auf seinem Gesicht jagten. Holmes stand vor uns wie ein Zauberkünstler, der einen Trick vorführt.

»Würden Sie freundlicherweise einen Ihrer Konstabler beauftragen, zwei Eimer Wasser zu holen? Legen Sie das Stroh so auf den Boden, daß es die Wände nicht berührt. Jetzt, denke ich, sind wir fertig.«

Lestrades Gesicht wurde allmählich rot vor Ärger.

»Wieso treiben Sie dieses Spiel mit uns, Mr. Sherlock Holmes?« sagte er. »Wenn Sie etwas wissen, dann können Sie es uns sicher auch ohne solches Brimborium sagen.«

»Ich versichere Ihnen, mein guter Lestrade, daß ich einen hervorragenden Grund für alles habe, was ich tue«, sagte er. »Vielleicht erinnern Sie sich, daß Sie mich vor ein paar Stunden ein bißchen aufgezogen haben, als Sie auf der Sonnenseite zu stehen schienen, da müssen Sie jetzt mir schon ein wenig Pomp und Zeremonie zugestehen. Dürfte ich Sie bitten, Watson, das Fenster zu öffnen und dann das Stroh hier am Rand anzuzünden?«

Ich tat es, und vom Wind angefacht, wirbelte eine Wolke grauen Rauchs den Korridor hinunter, und das trockene Stroh knisterte und flammte. »Jetzt müssen wir sehen, daß wir den Zeugen für Sie finden. Dürfte ich Sie alle bitten, in den Ruf ›Feuer‹ auszubrechen? Also dann: eins, zwei, drei …«

»Feuer!« schrien wir alle.

»Vielen Dank! Ich muß Sie noch einmal bemühen.«

»Feuer!«

»Und noch einmal, meine Herren, alle zusammen.«

»Feuer!«

Den Ruf muß man in ganz Norwood gehört haben.

Er war kaum verhallt, als sich etwas Erstaunliches ereignete. Hinten im Korridor öffnete sich an einer Stelle, wo eine solide Wand zu sein schien, plötzlich eine Tür, und ein dürrer Mann sprang heraus wie ein Kaninchen aus dem Bau.

»Hervorragend«, sagte Holmes gelassen. »Watson, einen Eimer Wasser übers Stroh. Das genügt. Lestrade, erlauben Sie mir, Ihnen Ihren fehlenden Hauptzeugen vorzustellen: Mr. Jonas Oldacre.«

Der Detektiv starrte den Neuankömmling in blankem Staunen an. Der wiederum blinzelte in das helle Licht des Korridors und sah dann auf uns und auf das qualmende Stroh. Es war ein unangenehmes Gesicht – schlau, verschlagen, boshaft, mit unruhigen hellgrauen Augen und weißen Wimpern.

»Was ist denn das?« sagte Lestrade schließlich. »Was haben Sie die ganze Zeit gemacht?«

Oldacre lachte gequält und schrak vor dem knallroten Gesicht des wütenden Detektivs zurück.

»Ich habe nichts Böses getan.«

»Nichts Böses? Sie haben Ihr Bestes getan, einen unschuldigen Mann an den Galgen zu bringen. Wenn dieser Herr nicht gewesen wäre, ich bin nicht sicher, ob Sie nicht doch Erfolg gehabt hätten.«

Der elende Wicht fing an zu wimmern.

»Ich versichere, Sir, es war nur ein Spaß.«

»Ach, ein Spaß, wirklich? Sie werden keinen Lacher auf Ihrer Seite haben, das verspreche ich Ihnen. Führen Sie ihn hinunter und halten Sie ihn im Wohnzimmer, bis ich komme. Mr. Holmes«, fuhr er fort, als die anderen gegangen waren. »ich konnte vor den Konstablern nicht sprechen, aber es macht mir nichts aus, in Gegenwart von Dr. Watson zu sagen, daß dies der glänzendste Streich war, der Ihnen bisher gelungen ist, obwohl es mir ein Rätsel bleibt, wie Sie dahintergekommen sind. Sie haben das Leben eines unschuldigen Mannes gerettet und einen sehr schweren Skandal verhütet, der meinen Ruf bei der Polizei ruiniert hätte.«

Holmes lächelte und schlug Lestrade auf die Schulter.

»Statt daß Ihr Ruf ruiniert wurde, mein lieber Herr, werden Sie jetzt finden, daß er gewaltig gestiegen ist. Bringen Sie ein paar Änderungen in Ihrem Rapport an, den Sie da schreiben, und jeder wird begreifen müssen, wie schwer es ist, Inspektor Lestrade Sand in die Augen zu streuen.«

»Sie möchten nicht, daß Ihr Name erscheint?«

»Auf keinen Fall. Die Arbeit findet ihren Lohn in sich. Vielleicht werde ich meinen Lohn eines fernen Tages empfangen, wenn ich meinem eifrigen Chronisten erlaube, noch einmal die Narrenkappe aufzusetzen – wie, Watson? Jetzt aber wollen wir nachsehen, wo diese Ratte gehaust hat.«

Eine Wand aus Latten und Gips war quer über den Korridor, sechs Fuß vor seinem Ende, gezogen und mit einer unsichtbaren Tür versehen worden. Der so entstandene Raum erhielt durch Schlitze im Dach sein Licht. In dem Verschlag waren einige Möbel und ein Vorrat an Lebensmitteln und Wasser, außerdem eine Anzahl Bücher und Papiere.

»Das ist der Vorteil, wenn man Baumeister ist«, sagte Holmes, als wir wieder hinaustraten. »Er konnte, ohne jemanden ins Vertrauen ziehen zu müssen, sein Versteck einrichten, abgesehen natürlich von seiner Perle von Haushälterin, die ich an

Ihrer Stelle, Lestrade, sofort meiner Sammlung einverleiben würde.«

»Ich werde Ihren Rat befolgen. Aber woher wußten Sie von dem Verschlag, Mr. Holmes?«

»Ich ging davon aus, daß sich der Bursche im Haus verbarg. Als ich den Korridor ausschritt und herausfand, daß er sechs Fuß kürzer ist als der darunterliegende, war mir sonnenklar, wo er steckte. Ich überlegte, daß er wahrscheinlich nicht die Nerven haben würde, bei Feueralarm ruhig liegenzubleiben. Selbstverständlich hätten wir hingehen und ihn festnehmen können, aber mir war es ein Vergnügen, ihn dahinzubringen, daß er sich selbst entlarvte; außerdem schuldete ich Ihnen ein bißchen Hokuspokus, Lestrade, wegen Ihres Spotts heute morgen.«

»Gut, Sir, in dem Punkt haben Sie gleichgezogen. Aber woher in aller Welt wußten Sie, daß er überhaupt im Haus war?«

»Der Daumenabdruck, Lestrade. Sie sagten, er sei entscheidend, und so war es auch, aber in einem ganz anderen Sinn. Ich wußte, gestern war er noch nicht da. Ich widme einen guten Teil meiner Aufmerksamkeit den Einzelheiten, wie Sie beobachtet haben werden, und ich hatte die Halle untersucht und war sicher, daß die Wand sauber gewesen ist. Deshalb mußte der Daumenabdruck während der Nacht angebracht worden sein.«

»Aber wie?«

»Sehr einfach. Als diese Päckchen versiegelt wurden, hat Jonas Oldacre McFarlane veranlaßt, auf das weiche Wachs eines der Siegel seinen Daumen zu setzen. Das geschah wahrscheinlich so schnell und so selbstverständlich, daß ich annehme, der junge Mann erinnert sich selber nicht mehr daran. Es ist vielleicht auch nur so unterlaufen, und selbst Oldacre wußte nicht, daß er ihn würde gebrauchen können. Als er in seiner Höhle über dem Fall brütete, kam ihm plötzlich die Erleuchtung, welch absolut verdammenden Beweis er gegen McFarlane ins Feld führen könnte, indem er diesen Daumenabdruck benutzte. Es war für ihn die einfachste Sache der Welt, von dem Siegel einen Wachsabdruck zu machen, ihn mit so viel Blut anzufeuchten, wie er durch einen Nadelstich bekommen konnte, und das Ding während der Nacht an die Wand zu pressen, entweder eigenhändig oder durch seine Haushälterin. Wenn Sie die Dokumente, die er in sein Versteck mitgenommen hat, untersuchen – ich möchte wetten, daß Sie das Siegel mit dem Daumenabdruck finden.«

»Wunderbar«, sagte Lestrade, »wunderbar! Es ist alles kristallklar, wie Sie es hier ausbreiten. Aber, was ist der Zweck des ganzen Betrugs, Mr. Holmes?«

Es war für mich belustigend, zu sehen, wie die überhebliche Art des Detektivs plötzlich in die eines Kindes umgeschlagen war, das seinem Lehrer Fragen stellt.

»Nun, ich glaube nicht, daß es schwerfällt, das zu erklären. Der Herr, der uns jetzt unten erwartet, ist ein sehr verschlagener, bösartiger, nachtragender Mann. Wußten Sie, daß McFarlanes Mutter ihn einmal abgewiesen hat? Sie wissen es nicht. Ich sagte Ihnen, daß Sie erst nach Blackheath gehen sollten und dann nach Norwood. Nun, dieses Unrecht, wofür er die Abweisung ansah, wühlte in seinem verdorbenen, intriganten Hirn, und sein Leben lang hat er nach Rache gedürstet, aber nie seine Chance gesehen. Während des letzten Jahres oder in den letzten zwei Jahren hat sich einiges gegen ihn gewendet – heimliche Spekulationen, nehme ich an –, und er war übel dran. Er entschloß sich, seine Gläubiger zu überlisten; er zahlte Schecks über große Beträge an einen gewissen Mr. Cornelius, der, wie ich schätze, er selber unter einem anderen Namen ist. Ich habe die Spur dieser Schecks noch nicht verfolgt, aber ich hege keinen Zweifel, daß sie in irgendeiner Provinzstadt, wo Oldacre von Zeit zu Zeit eine zweite Existenz führt, unter dem anderen Namen eingelöst worden sind. Er hatte den Plan, seinen Namen überhaupt zu ändern, das Geld abzuheben, zu verschwinden und irgendwo ein neues Leben anzufangen.«

»Das scheint mir klar.«

»Der Gedanke hat ihn wahrscheinlich gereizt, mit dem Verschwinden alle Verfolger abschütteln und sich gleichzeitig an seiner alten Angebeteten rächen zu können, wenn es gelang, den Eindruck zu erwekken, daß er von deren einzigem Kind ermordet worden sei. Das war ein Meisterstück der Schurkerei, und er führte es aus wie ein Meister. Der Einfall mit dem Testament, das als ein offensichtliches Motiv für ein Verbrechen angesehen werden würde, der heimliche, seinen Eltern nicht bekanntgegebene Besuch des jungen Mannes, das Zurückbehalten seines Stocks, das Blut, die tierischen Überreste und die Knöpfe im Holzstapel, das alles ist bewundernswert. Es bildete ein Netz, aus dem, wie mir vor einigen Stunden noch schien, kein Entkommen möglich war. Aber er besaß nicht jene außerordentliche Gabe des Künstlers, das Wissen, wann man aufhören muß. Er wollte noch verbessern, was schon perfekt war, um den Strick am Hals seines unglücklichen Opfers noch enger zu ziehen – und so hat er alles verdorben. Lassen Sie uns hinuntergehen, Lestrade. Ich hätte ihm gern noch ein paar Fragen gestellt.«

Das bösartige Geschöpf saß in seinem eigenen Salon, mit einem Polizisten zur Rechten und zur Linken.

»Es war ein Scherz, lieber Herr, ich wollte ihm einen Streich spielen, nichts anderes«, winselte er ununterbrochen. »Ich versichere Ihnen, Sir, ich habe mich nur versteckt, um zu sehen, wie mein Verschwinden wirkt; ich bin sicher, Sie können nicht so ungerecht sein, zu denken, ich hätte zugelassen, daß dem armen jungen Mr. McFarlane irgendein Leid geschehe.«

»Darüber werden die Geschworenen befinden«, sagte Lestrade. »Die Anklage wird auf falsche Anschuldigung lauten, wenn nicht auf Mordversuch.«

»Und wahrscheinlich werden Ihre Gläubiger das Bankkonto von Mr. Cornelius gerichtlich beschlagnahmen lassen«, sagte Sherlock Holmes.

Der kleine Mann zuckte zusammen und richtete seine boshaften Augen auf meinen Freund

»Ich habe Ihnen für vieles zu danken«, sagte er. »Vielleicht werde ich eines Tages meine Schulden zurückzahlen.«

Holmes lächelte nachsichtig: »Ich kann mir vorstellen, daß Ihre Zeit in den nächsten Jahren völlig besetzt ist. Übrigens, was haben Sie außer Ihren alten Hosen in den Holzstapel gesteckt? Einen toten Hund, oder Kaninchen, oder was? Sie wollen nicht reden? Lieber Gott, wie unfreundlich von Ihnen! Gut, gut, ich würde sagen, daß ein paar Kaninchen ausreichen für das Blut und die verkohlten Reste. Wenn sie jemals von dieser Sache berichten, Watson, dann lassen Sie den Kaninchen Gerechtigkeit widerfahren.«

Die tanzenden Männchen

Holmes hatte stundenlang schweigsam dagesessen, den langen schmalen Rücken über eine Retorte gebeugt, in der er ein besonders ekelhaft riechendes chemisches Produkt braute. Der Kopf war ihm auf die Brust gesunken, und er kam mir vor wie ein fremdartiger schmächtiger Vogel mit stumpfem grauem Gefieder und schwarzem Schopf.

»Also, Watson«, sagte er auf einmal, »Sie haben nicht die Absicht, in südafrikanische Anleihen zu investieren?«

Überrascht zuckte ich zusammen. Wenn ich auch mit Holmes' seltsamen Fähigkeiten vertraut war, so blieb mir doch dieses plötzliche Eindringen in meine innersten Gedanken ganz unerklärlich.

»Woher, um alles in der Welt, wissen Sie das?« fragte ich. Er drehte sich auf dem Schemel herum, ein dampfendes Reagenzglas in der Hand, einen Schimmer von Spott in den tiefliegenden Augen.

»Gestehen Sie nur, Watson, daß Sie verblüfft sind«, sagte er.

»Ich bin's.«

»Eigentlich sollte ich mir das schriftlich von Ihnen geben lassen.«

»Wieso?«

»Weil Sie in fünf Minuten sagen werden, daß der Schluß eigentlich lächerlich einfach ist.«

»Ich bin sicher, daß ich nichts dergleichen sagen werde.«

»Sehen Sie, mein lieber Watson« – er steckte das Reagenzglas in den Ständer und begann einen Vortrag in der Pose eines Professors, der zu seiner

Klasse spricht –, »es ist wirklich nicht schwierig, eine Reihe von Schlüssen aufzubauen, bei der jeder von dem voraufgegangenen abhängt und dabei doch einfach in sich selbst ist. Wenn man dann die mittleren Schlußfolgerungen wegläßt und seine Zuhörerschaft nur mit dem Ausgangspunkt und dem Endresultat konfrontiert, kann man eine verblüffende, wenn auch möglicherweise nach Effekthascherei aussehende Wirkung erzielen. Nun, es war in der Tat nicht schwierig, nach Betrachtung der Falte zwischen Ihrem linken Zeigefinger und Daumen für sicher anzunehmen, daß Sie *nicht* daran denken, Ihr kleines Kapital in den Goldfeldern anzulegen.«

»Ich sehe keinen Zusammenhang.«

»Das glaube ich Ihnen gern, aber ich kann schnell einen engen Zusammenhang aufzeigen. Dies sind die fehlenden Glieder einer ganz simplen Kette: 1. Sie hatten Kreide an Finger und Daumen der linken Hand, als Sie gestern nacht aus dem Club nach Hause kamen. 2. Mit diesen Fingern halten Sie die Kreide, wenn Sie Billard spielen und das Queue stumpf machen wollen. 3. Sie spielen nur mit Thurston Billard. 4. Vor vier Wochen erzählten Sie mir, daß Thurston eine Option auf ein südafrikanisches Unternehmen hat, die innerhalb eines Monats fällig wird, und daß er Sie beteiligen möchte. 5. Ihr Scheckbuch ist in meinem Schrank eingeschlossen, und Sie haben mich nicht nach dem Schlüssel gefragt. 6. Sie haben nicht vor, Ihr Geld auf die Weise anzulegen.«

»Wie lächerlich einfach«, rief ich.

»Genau!« sagte er, ein wenig gereizt. »Jedes Problem wirkt kinderleicht, nachdem man es erklärt bekommen hat. Hier ist ein noch unerklärtes. Sehen Sie zu, was Sie daraus machen können, mein Freund

Watson.« Er warf ein Blatt auf den Tisch und machte sich wieder an seine chemische Analyse.

Verwirrt sah ich mir die albernen Hieroglyphen an, die auf dem Papier standen.

»Was soll das, Holmes; es ist die Zeichnung eines Kindes!« rief ich.

»Ist das Ihr Eindruck?«

»Was sollte es sonst sein?«

»Das ist es, was Mr. Hilton Cubitt aus Ridling Thorpe Manor in Norfolk für sein Leben gern wissen möchte. Das kleine Rätsel kam mit der ersten Post, und er wollte mit dem nächsten Zug nachfolgen. Da schellt es, Watson. Ich wäre nicht sehr überrascht, wenn er es ist.«

Auf der Treppe war ein schwerer Schritt zu hören, und einen Moment später trat ein großer, gutrasierter Herr mit rosiger Haut ins Zimmer, dessen klare Augen und blühende Wangen von einem Leben erzählten, das sich fern von den Nebeln der Baker Street abspielte. Er schien einen Hauch von starker, frischer, rauher Ostküstenluft mit sich hereinzutragen. Als er uns beiden die Hand gegeben hatte und sich setzen wollte, fiel sein Blick auf das Papier mit den seltsamen Zeichen, das ich mir soeben angesehen und auf dem Tisch liegengelassen hatte.

»Nun, Mr. Holmes, was halten Sie davon?« rief er. »Man hat mir gesagt, Sie seien versessen auf mysteriöse Sachen, und ich glaube nicht, daß Sie etwas Mysteriöseres finden werden. Ich habe das Blatt vorausgeschickt, damit Sie Zeit hätten, es zu studieren, bevor ich komme.«

»Das ist wirklich ein ziemlich sonderbares Erzeugnis«, sagte Holmes. »Auf den ersten Blick könnte es als Kinderstreich erscheinen. Es besteht aus einer Anzahl unsinniger kleiner Figuren, die über das Papier tanzen. Wie kommen Sie dazu, einem so grotesken Gegenstand Wichtigkeit beizulegen?«

»Ich tu's ja nicht, Mr. Holmes. Meine Frau tut es. Das Blatt hat sie zu Tode erschreckt. Sie sagt nichts, aber ich kann das Entsetzen in ihren Augen sehen. Deshalb möchte ich der Sache auf den Grund gehen.«

Holmes hielt das Papier hoch, so daß die Sonne voll darauffiel. Es war eine aus einem Notizbuch herausgerissene Seite. Die Zeichen waren mit Bleistift gemalt und sahen so aus:

Holmes betrachtete sie eine Zeitlang, faltete das Blatt vorsichtig zusammen und steckte es in die Brieftasche.

»Das verspricht einen äußerst interessanten und ungewöhnlichen Fall«, sagte er. »Sie haben mir schon in Ihrem Brief ein paar Einzelheiten mitgeteilt, Mr. Hilton Cubitt, aber ich wäre Ihnen sehr verbunden, wenn Sie mit Rücksicht auf meinen Freund, Dr. Watson, alles noch einmal wiederholen würden.«

»Als Geschichtenerzähler bin ich nicht viel wert«, sagte unser Besucher, der nervös seine großen, kräftigen Hände öffnete und schloß. »Sie müssen fragen, wenn Ihnen etwas nicht klar wird. Ich beginne mit meiner Heirat im letzten Jahr. Aber zuerst möchte ich sagen, daß meine Familie, obwohl ich kein reicher Mann bin, schon seit fünf Jahrhunderten in Ridling Thorpe ansässig ist und daß es keine bekanntere in der County gibt. Im letzten Jahr kam ich zum Jubiläum nach London und stieg in einer Pension am Russell Square ab, weil Parker, der Vikar unserer Gemeinde, dort wohnte. Da war eine junge amerikanische Dame – sie hieß Patrick – Elsie Patrick. Bei irgendeiner Gelegenheit schlossen wir Freundschaft, und bevor noch der Monat herum war, war ich so in sie verliebt, wie ein Mann es nur sein kann. Wir ließen uns in aller Stille auf dem Standesamt trauen und kehrten als verheiratetes Paar nach Norfolk zurück. Vielleicht finden Sie es verrückt, Mr. Holmes, daß ein Mann aus einer guten alten Familie auf solche Weise eine Frau heiratet, von deren Vergangenheit und Familie er nichts weiß; aber wenn Sie sie sehen und sie kennenlernen würden, könnten Sie mich sicherlich verstehen.

Sie ist sehr offen zu mir gewesen, meine Elsie. Ich kann nicht sagen, daß sie mir nicht jede Chance, aus der Sache herauszukommen, geboten hätte, wenn es mein Wunsch gewesen wäre. ›Ich hatte in meinem Leben einige sehr widrige Verbindungen‹, sagte sie. ›Ich möchte das alles vergessen. Ich würde lieber nicht auf meine Vergangenheit zurückkommen, denn sie ist sehr schmerzlich für mich. Wenn du mich nimmst, Hilton, dann nimmst du eine Frau, bei der es nichts gibt, dessen sie sich persönlich schämen müßte; aber du wirst dich auf mein Wort verlassen und mir erlauben müssen, über alles zu schweigen, was in der Zeit geschehen ist, bevor ich die Deine wurde. Wenn diese Bedingungen zu hart sind, dann geh wieder nach Norfolk und laß mich einsam, wie du mich gefunden hast.‹ Es war der Tag vor unserer Trauung, an dem sie genau diese Worte zu mir sagte. Ich versicherte ihr, ich sei gewillt, sie unter ihren Bedingungen zu nehmen, und ich habe zu meinem Wort gestanden.

Nun, wir sind jetzt ein Jahr verheiratet, und wir sind sehr glücklich. Aber vor ungefähr einem Monat, Ende Juni, bemerkte ich zum erstenmal Anzeichen von Unruhe an ihr. Eines Tages erhielt meine Frau einen Brief aus Amerika. Ich sah die amerikanische Postmarke. Sie wurde leichenblaß, las den Brief und warf ihn ins Feuer. Sie erwähnte ihn danach nicht und ich auch nicht, denn ein Versprechen ist ein Versprechen; aber seitdem hat sie keine ruhige Stunde mehr gefunden. Immer liegt ein Ausdruck von Angst auf ihrem Gesicht – so als ob sie warte oder etwas erwarte. Es wäre besser, sie vertraute mir. Sie würde dann merken, daß ich ihr bester Freund bin. Aber ich kann nichts sagen, bevor sie gesprochen hat. Wohlgemerkt, sie ist eine ehrliche Frau, Mr. Holmes, und welche Verwirrung auch in ihrem früheren Leben geherrscht haben mag, sie ist nicht schuld. Ich bin nur ein einfacher Squire aus Norfolk; aber es gibt keinen Mann in England, der seine Familienehre höher hält als ich. Das weiß sie gut, und sie wußte das sehr wohl, ehe sie mich heiratete. Sie würde nie einen Flecken auf meine Ehre kommen lassen, dessen bin ich sicher.

Gut, jetzt komme ich zu dem eigentümlichen Teil meiner Geschichte. Vor ungefähr einer Woche – es war am vorigen Dienstag – fand ich auf einer Fensterbank eine Anzahl von albernen kleinen tanzenden Figürchen wie die hier auf dem Papier. Sie waren mit Kreide hingekritzelt. Ich dachte, es sei der Stalljunge gewesen, der sie gezeichnet hatte; aber der Bursche schwor, er wisse nichts davon. Wie dem auch sei, sie waren über Nacht dort aufgetaucht. Ich ließ sie wegwischen und erwähnte die Angelegenheit erst danach gegenüber meiner Frau. Zu meiner Überraschung nahm sie die Kritzeleien sehr ernst, und sie bat mich, wenn derartige Zeichen noch einmal gefunden würden, sie ihr zu zeigen.

Eine Woche lang geschah nichts, und dann, gestern morgen, fand ich das Stück Papier auf der Sonnenuhr im Garten. Ich zeigte es Elsie, und sie fiel in tiefe Ohnmacht. Seitdem sieht sie aus, als wandle sie im Traum umher, halb betäubt und immer mit dem Schrecken in den Augen. Da habe ich an Sie geschrieben, Mr. Holmes, und Ihnen das Blatt geschickt. Zur Polizei konnte ich damit nicht gehen, denn da hätte man mich ausgelacht. Aber Sie können mir sagen, was zu tun ist. Ich bin nicht reich; aber wenn meiner kleinen Frau eine Gefahr droht, werde ich meinen letzten Pfennig opfern, um sie zu beschützen.«

Er war ein feiner Mensch, dieser Mann von altem englischem Schrot und Korn, einfach, offen und edel, mit den großen, ernsten blauen Augen und dem breiten, schönen Gesicht. Die Liebe zu seiner Frau und sein Vertrauen zu ihr standen in seinen Zügen geschrieben.

Holmes war seiner Geschichte äußerst aufmerksam gefolgt, und jetzt saß er eine Zeitlang still in Nachdenken versunken.

»Glauben Sie nicht, Mr. Cubitt«, sagte er schließlich, »daß es das beste wäre, einen direkten Appell an Ihre Frau zu richten und sie zu bitten, ihr Geheimnis mit Ihnen zu teilen?«

Hilton Cubitt schüttelte den massigen Kopf.

»Ein Versprechen ist ein Versprechen, Mr. Holmes. Wenn Elsie es mir sagen wollte, würde sie es tun. Wenn nicht, ist es nicht an mir, ihr Vertrauen zu erzwingen. Aber ich kann meinen eigenen Weg einschlagen – und das werde ich.«

»Dann will ich Ihnen helfen, von ganzem Herzen. Zum ersten: Haben Sie von irgendwelchen Fremden gehört, die in ihrer Nachbarschaft gesehen wurden?«

»Nein.«

»Ich nehme an, daß es ein sehr ruhiger Ort ist, an dem sie leben. Jedes fremde Gesicht würde Aufsehen erregen?«

»In der unmittelbaren Nachbarschaft – ja. Aber es gibt etwas weiter weg einige Wassergrundstücke. Und die Bauern nehmen Gäste auf.«

»Die Hieroglyphen haben offenbar eine Bedeutung. Wenn es nur eine willkürliche wäre, könnte man unmöglich dahinterkommen. Wenn ihnen andererseits ein System zugrunde liegt, dann hege ich keinen Zweifel, daß wir sie entziffern. Doch die Probe hier ist so kurz, daß ich mit ihr nichts anfangen kann, und die Dinge, die Sie erzählen, sind so unbestimmt, daß sie keine Grundlage für eine Untersuchung ergeben. Ich schlage vor, Sie fahren nach Norfolk zurück, beobachten scharf und machen eine genaue Kopie von eventuell neuerlich auftauchenden tanzenden Männchen. Es ist tausendmal schade, daß wir keine Abschrift von denen haben, die mit Kreide auf das Fensterbrett gezeichnet waren. Erkundigen Sie sich auch vorsichtig nach Fremden in der Umgebung. Wenn Sie neue Beweise gesammelt haben, kommen Sie wieder. Das ist der beste Rat, den ich Ihnen geben kann, Mr. Hilton Cubitt. Wenn es irgendwelche bedrängenden Entwicklungen gibt, werde ich immer bereit sein, zu kommen und Sie in Ihrem Haus aufzusuchen.«

Das Gespräch hatte Sherlock Holmes sehr nachdenklich gestimmt, und in den nächsten Tagen sah ich ihn einige Male das Stück Papier aus seiner Brieftasche nehmen und ernst die seltsamen Figürchen betrachten. Er kam dennoch nicht auf die Affäre zusprechen, aber an einem Nachmittag, ungefähr vierzehn Tage später, ich wollte gerade die Wohnung verlassen, rief er mich zurück.

»Sie bleiben besser, Watson.«

»Warum?«

»Weil ich heute früh ein Telegramm von Hilton Cubitt bekommen habe – Sie erinnern sich, Hilton Cubitt mit den tanzenden Männchen. Er müßte zwanzig nach eins an der Liverpool Street-Station ankommen. Jeden Moment kann er hier sein. Ich entnehme dem Telegramm, daß es neue, bedeutungsvolle Vorfälle gegeben hat.«

Wir mußten nicht lange warten; unser Squire aus Norfolk kam so schnell, wie ein Hansom es schaffen konnte, vom Bahnhof direkt zu uns. Er sah bekümmert und niedergeschlagen aus, hatte müde Augen, und seine Stirn lag in Falten.

»Sie geht mir an die Nerven, die Sache, Mr. Holmes«, sagte er, als er total ermattet in einen Sessel sank. »Nicht genug, daß man von Leuten umgeben ist, die man nicht sieht und nicht kennt und die irgend etwas im Schilde führen; wenn man dazu auch noch weiß, daß all das die eigene Frau allmählich umbringt, dann ist das mehr, als ein Geschöpf aus Fleisch und Blut aushalten kann. Sie schwindet dahin – schwindet vor meinen Augen dahin.«

»Hat sie schon etwas gesagt?«

»Nein, Mr. Holmes, nichts. Und doch gab es Augenblicke, wo das arme Mädchen hat sprechen wollen; aber sie konnte sich nicht durchringen. Ich habe versucht, ihr zu helfen, ich muß es ungeschickt angefangen und sie abgeschreckt haben. Sie sprach über meine alte Familie und unseren Ruf in der County, unseren Stolz auf unsere unbefleckte Ehre, und ich fühlte immer, daß sie auf den bestimmten Punkt hinauswollte; aber irgendwie bog das Gespräch ab, ehe wir ihn erreichten.«

»Aber Sie haben selbst etwas herausgefunden?«

»Allerhand, Mr. Holmes. Ich habe einige neue Blätter mit tanzenden Männchen, die Sie studieren können, und, was wichtiger ist, ich habe den Burschen gesehen.«

»Was – den Mann, der sie gezeichnet hat?«

»Ja. Ich habe ihn an der Arbeit gesehen. Doch ich will Ihnen alles der Reihe nach erzählen. Als ich von meinem Besuch bei Ihnen zurückkehrte, war das erste, was ich am nächsten Morgen sah, eine neue Reihe tanzender Männchen. Sie waren mit Kreide an die schwarze Holztür des Gerätehauses gezeichnet, das hinter dem Rasen steht und von den vorderen Fenstern des Wohnhauses ganz überblickt werden kann. Ich machte eine genaue Abschrift. Hier ist sie.«

Er faltete ein Blatt auseinander und legte es auf den Tisch. So sahen die Hieroglyphen aus:

»Hervorragend!« sagte Holmes, »hervorragend! Bitte, fahren Sie fort.«

»Nachdem ich die Kopie angefertigt hatte, wischte ich die Zeichen weg. Aber zwei Tage später war wieder etwas angeschrieben. Auch das habe ich hier.«

Holmes rieb sich die Hände und kicherte vor Vergnügen.

»Unser Material wächst schnell an«, sagte er.

»Drei Tage danach fand ich eine Kritzelei auf Papier, sie lag unter einem Kiesel auf der Sonnenuhr. Das ist sie. Die Zeichen sind, wie Sie sehen, genau die gleichen wie beim vorherigen Mal. Da beschloß ich, mich auf die Lauer zu legen. Ich nahm meinen Revolver und setzte mich in mein Arbeitszimmer, von wo aus man den Rasen und den Garten überblicken kann. Gegen zwei Uhr morgens saß ich so am Fenster, alles war dunkel, nur der Mond schien; plötzlich hörte ich Schritte hinter mir. Es war meine Frau im Morgenrock. Sie flehte mich an, ins Bett zu kommen. Ich sagte ihr offen, ich wolle den sehen, der uns die dummen Possen spielte. Sie antwortete, es seien sinnlose Streiche, und ich solle keine Notiz davon nehmen.

›Wenn es dich wirklich beunruhigt, Hilton, könnten wir verreisen, du und ich, und dem Unfug aus dem Wege gehen.‹

›Was, wir sollten uns von so einem Possenreißer aus dem Hause treiben lassen!‹ sagte ich. ›Die ganze County würde über uns lachen.‹

›Dann komm jetzt zu Bett, wir können uns am Morgen darüber unterhalten.‹

Plötzlich, während ich noch sprach, sah ich, wie ihr im Mondlicht weißes Gesicht noch weißer wurde, und spürte, wie sich ihre Hand in meine Schulter krampfte. Etwas bewegte sich im Schatten des Gerätehauses. Eine dunkle Gestalt kroch um die Ecke und kauerte sich vor die Tür. Ich ergriff meine Pistole und wollte hinausstürzen, als meine Frau die Arme um mich warf und sich festklammerte. Ich wollte sie abschütteln, doch sie hing mit der Kraft der Verzweiflung an mir. Schließlich kam ich frei, aber bis ich die Tür öffnen und das Gerätehaus erreichen konnte, war die Kreatur fort. Sie hat jedoch ihre Spur hinterlassen; an der Tür prangte ein Muster tanzender Männchen, das bereits zweimal erschienen war und ich schon auf Papier übertragen hatte. Nirgends sonst war eine Spur von dem Burschen zu erblicken, obwohl ich das ganze Grundstück absuchte. Das erstaunlichste ist aber, daß er während meiner Suche dagewesen sein muß; denn als ich am Morgen die Tür noch einmal in Augenschein nahm, fand ich einige zusätzliche Bildchen unter die Zeile gekritzelt, die ich bereits kannte.«

»Haben Sie die auch?«

»Ja. Die Zeile ist sehr kurz, aber ich habe sie abgeschrieben. Hier ist sie.« Er zog wieder ein Blatt Papier hervor. Der neue Tanz der Männchen hatte die folgende Form:

»Sagen Sie mir«, wollte Holmes wissen – und ich konnte an seinen Augen erkennen, wie aufgeregt er war –, »ist das nur eine Ergänzung der ersten Zeile, oder haben diese Zeichen für sich gestanden?«

»Sie befanden sich auf einer anderen Türfüllung.«

»Ausgezeichnet! Das ist die bei weitem wichtigste Information für unseren Zweck. Sie erfüllt mich mit Hoffnung. Bitte, Mr. Hilton Cubitt, fahren Sie in Ihrem äußerst interessanten Bericht fort.«

»Da ist nichts weiter zu berichten, Mr. Holmes, außer daß ich wütend auf meine Frau war, weil sie mich festgehalten hatte, als ich den Halunken, der sich dort versteckte, hätte fangen können. Sie sagte, sie sei in Furcht gewesen, daß ich zu Schaden käme. Für eine Sekunde ging es mir durch den Kopf, sie befürchtete vielleicht in Wirklichkeit, der andere hätte Schaden nehmen können; denn ich hatte jetzt keinen Zweifel mehr, daß sie wußte, wer der Mann war und was er mit diesen seltsamen Botschaften beabsichtigte. Aber meine Frau kann einen Ton anschlagen, Mr. Holmes, und einen mit einem Blick ansehen, daß solche Gedanken vergehen, und ich bin überzeugt davon, daß es tatsächlich meine Sicherheit war, die ihr am Herzen lag. Das sind alle Vorfälle, und nun möchte ich Ihren Rat, was ich tun soll. Ich neige dazu, ein halbes Dutzend meiner Bauernburschen im Gebüsch zu verstecken und dem Kerl, wenn er wiederkommt, eine solche Tracht Prügel zu verabreichen, daß er uns in Zukunft in Ruhe läßt.«

»Ich fürchte, das ist ein zu ernster Fall für ein solch simples Mittel«, sagte Holmes. »Wie lange können Sie in London bleiben?«

»Ich muß heute noch zurück. Ich würde um keinen Preis meine Frau eine Nacht allein lassen. Sie ist sehr nervös und hat mich gebeten, nach Hause zu kommen.«

»Da handeln Sie recht. Aber wenn Sie hätten bleiben können, wäre ich möglicherweise in ein oder zwei Tagen mit Ihnen gefahren. Lassen Sie inzwischen die Blätter hier; ich werde Ihnen sehr wahrscheinlich in Kürze einen Besuch abstatten und etwas Licht in Ihren Fall bringen.«

Sherlock Holmes bewahrte seine ruhige, professionelle Art, bis der Besucher uns verlassen hatte. Ich, der ich ihn so gut kannte, bemerkte aber sofort, wie tief erregt er war. Im Augenblick, da Hilton Cubitts breiter Rücken durch die Tür verschwunden war, stürzte mein Gefährte an den Tisch, legte alle die Zettel mit den tanzenden Männchen vor sich hin und versenkte sich in eine aufwendige und verwikkelte Rechnerei.

Zwei Stunden beobachtete ich ihn, wie er ein Blatt nach dem anderen mit Zahlen und Buchstaben bedeckte und so völlig von seiner Aufgabe besessen war, daß er meine Gegenwart offenbar ganz vergessen hatte. Manchmal machte er Fortschritte, dann pfiff und sang er bei seiner Arbeit; dann wieder war er verstimmt und saß lange mit gerunzelter Stirn und leerem Blick da. Schließlich sprang er mit einem Schrei der Befriedigung vom Stuhl auf, ging im Zimmer auf und ab und rieb sich die Hände. Dann schrieb er einen langen Text auf ein Telegrammformular. »Wenn die Antwort so ausfällt, wie ich hoffe, dann werden Sie Ihrer Sammlung einen äußerst schmucken Fall einverleiben können, Watson«, sagte er. »Ich hoffe, daß wir morgen nach Norfolk fahren und unserem Freund einige sehr klare Neuigkeiten über das Rätsel seines Verdrusses mitteilen können.«

Ich gestehe, daß ich überaus neugierig war, aber ich wußte auch, daß Holmes seine Enthüllungen zu seiner Zeit und auf seine Weise zu machen beliebte; so wartete ich, bis es ihm genehm sein würde, mich ins Vertrauen zu ziehen.

Das Antworttelegramm verzögerte sich jedoch, und es folgten zwei Tage voller Ungeduld, und Holmes spitzte bei jedem Läuten der Türglocke die Ohren. Am Abend des zweiten Tages erhielten wir einen Brief von Hilton Cubitt. Bei ihm war alles ruhig, außer daß eine lange Schriftzeile auf dem Sockel der Sonnenuhr erschienen war. Eine Kopie davon hatte er beigefügt, sie sah folgendermaßen aus:

Holmes beugte sich einige Minuten lang über den grotesken Fries und sprang dann plötzlich mit einem Ausruf der Überraschung und Bestürzung auf. Sein Gesicht war wild erregt.

»Wir haben die Affäre weit genug gedeihen lassen«, sagte er. »Fährt heute abend noch ein Zug nach North Walsham?«

Ich schlug im Kursbuch nach. Der letzte Zug war gerade abgefahren.

»Dann werden wir zeitig frühstücken und den allerersten am Morgen nehmen«, sagte Holmes. »Unsere Anwesenheit ist dringend vonnöten. Ah, da ist ja das erwartete Telegramm. Einen Moment, Mrs. Hudson – vielleicht müssen wir antworten. Nein, es ist ganz, wie ich es mir gedacht habe. Diese Nachricht macht es sogar noch wichtiger, daß wir keine Stunde verlieren, Hilton Cubitt wissen zu lassen, wie die Angelegenheit steht, denn es ist ein eigentümliches und gefährliches Netz, in das unser einfacher Squire aus Norfolk verstrickt ist.«

So war es denn auch, und während ich zum dunklen Schluß einer Geschichte komme, die mir anfangs nur kindisch und bizarr erschienen war, fühle ich noch einmal die Bestürzung und das Entsetzen, die mich damals erfüllten. Ich wollte, ich hätte meinen Lesern ein freundlicheres Ende mitzuteilen; aber ich schreibe Tatsachenberichte, und ich muß dem sonderbaren Ablauf der Ereignisse, die Ridling Thorpe Manor für eine Zeitlang zum Tagesgespräch in ganz England machen sollte, bis an sein düsteres Ende folgen.

Wir waren kaum in North Walsham ausgestiegen und hatten unseren Bestimmungsort genannt, als der Stationsvorsteher herzueilte. »Ich nehme an, Sie sind die Detektive aus London?« sagte er.

Ein Ausdruck von Bestürzung ging über Holmes' Gesicht.

»Wie kommen Sie darauf?«

»Weil Inspektor Martin aus Norwich soeben durchgekommen ist. Aber vielleicht sind Sie auch die Chirurgen. Sie ist nicht tot – war es jedenfalls nicht nach den letzten Berichten. Sie könnten noch rechtzeitig gekommen sein, sie zu retten – wenn auch nur für die Galeere.«

Holmes' Stirn verdunkelte sich vor Besorgnis.

»Wir wollen nach Ridling Thorpe Manor«, sagte er, »aber wir haben bisher nicht gehört, was da passiert ist.«

»Eine schreckliche Geschichte«, sagte der Stationsvorsteher. »Sie sind erschossen, beide, Mr. Hilton Cubitt und seine Frau. Sie hat ihn erschossen und dann sich selbst – das sagen die Diener. Er ist tot, und sie schwebt in Lebensgefahr. Mein Gott! eine der ältesten Familien der County, eine der ehrwürdigsten.«

Ohne ein Wort lief Holmes zu einem Wagen, und während der Fahrt von sieben Meilen machte er den Mund nicht auf. Selten habe ich ihn so völlig mutlos gesehen. Auf der Bahnfahrt war er schon unruhig gewesen, und ich hatte beobachtet, wie er mit gespannter Aufmerksamkeit in den Morgenzeitungen blätterte; aber jetzt, da seine schlimmsten Befürchtungen plötzlich Wirklichkeit geworden waren, versank er völlig in Melancholie. In trübste Spekulationen verloren, lehnte er sich auf dem Sitz zurück. Dabei umgab uns so vieles, das uns hätte interessieren sollen, denn wir durchfuhren eine einmalige englische Landschaft: Ein paar verstreut liegende Häuschen repräsentierten die Bevölkerung von heute, während immer wieder gewaltige Kirchen mit quadratischen Türmen aus dem flachen grünen Land ragten, vom Ruhm und Reichtum des alten East Anglia zeugend. Schließlich erschien der violette Rand der Nordsee über der grünen Küste von Norfolk, und der Kutscher zeigte mit der Peitsche auf zwei alte Fachwerkgiebel, die aus einem Wäldchen hervorschauten.

»Das ist ›Ridling Thorpe Manor‹«, sagte er.

Als wir vor der säulengetragenen Eingangstür hielten, sah ich neben dem Tennisrasen das schwarze Gerätehaus und den Sockel der Sonnenuhr, all das, wozu wir solch seltsame gedankliche Beziehungen hatten. Ein flinker, gewandter kleiner Mann mit einem gewachsten Schnurrbart war soeben von einem hohen Dogcart gestiegen. Er stellte sich als Inspektor Martin von der Polizei in Norfolk vor und war sichtlich erstaunt, als er den Namen meines Freundes hörte.

»Nanu, Mr. Holmes, das Verbrechen ist doch erst um drei Uhr heute früh begangen worden. Wie können Sie in London davon erfahren haben und zur selben Zeit wie ich an Ort und Stelle sein?«

»Ich habe es vorhergesehen. Ich kam in der Hoffnung, es verhindern zu können.«

»Dann müssen Sie schwerwiegende Beweise haben, die wir nicht kennen, denn es heißt, sie seien ein Herz und eine Seele gewesen.«

»Mein einziger Beweis sind die tanzenden Männchen. Ich werde es Ihnen später erklären. Aber inzwischen, da es zu spät ist, die Tragödie zu verhindern, liegt mir viel daran, einzusetzen, was ich weiß, damit der Gerechtigkeit Genüge getan wird. Wollen Sie mich an Ihren Untersuchungen beteiligen, oder ziehen Sie es vor, daß ich unabhängig arbeite?«

»Es wäre für mich ein stolzes Gefühl, wenn wir gemeinsam handelten«, sagte der Inspektor ernst.

»In dem Falle würde es mich freuen, wenn ich ohne Verzögerung Ihre Beweise hören und Ihre Ausgangspunkte prüfen könnte.«

Inspektor Martin war gut beraten, meinem Freund zu erlauben, die Dinge auf seine Weise anzugehen und sich selber mit dem sorgfältigen Registrieren der Ergebnisse zu bescheiden. Der Arzt aus dem Ort, ein alter, weißhaariger Mann, war eben aus Mrs. Hilton Cubitts Zimmer heruntergekommen und berichtete, ihre Verletzungen seien ernst, aber nicht unbedingt hoffnungslos. Die Kugel war ihr von vorn ins Gehirn gedrungen, und es würde wahrscheinlich einige Zeit vergehen, ehe sie wieder zu Bewußtsein käme. Auf die Frage, ob auf sie geschossen worden war oder ob sie selber auf sich geschossen habe, wollte er keine entscheidende Ansicht äußern. Bestimmt war die Kugel aus nächster Nähe abgefeuert worden. Im Raum hatte man nur eine Pistole gefunden, und zwei Patronen fehlten. Mr. Hilton Cubitt war ins Herz getroffen. Man konnte annehmen, daß er auf sie geschossen hatte und dann auf sich selber, aber ebenso konnte sie das Verbrechen begangen haben, denn der Revolver lag auf dem Boden mitten zwischen ihnen.

»Wurde an seiner Lage etwas verändert?« fragte Holmes.

»Wir haben nichts verändert, nur bei der Dame. Wir konnten sie doch nicht verwundet auf dem Boden liegen lassen.«

»Wie lange sind Sie schon hier, Doktor?«

»Seit vier Uhr.«

»Sonst noch jemand?«

»Ja, hier der Konstabler.«

»Und Sie haben nichts berührt?«

»Nichts.«

»Sie haben sehr besonnen gehandelt. Wer hat nach Ihnen geschickt?«

»Die Haushälterin, sie heißt Saunders.«

»War sie es, die Sie alarmiert hat?«

»Sie und Mrs. King, die Köchin.«

»Wo sind sie jetzt?«

»In der Küche, glaube ich.«

»Dann, meine ich, ist es wohl am besten, wir hören uns ihre Geschichte sofort an.«

Die alte eichengetäfelte Halle mit hohen Fenstern war in ein Untersuchungsgericht verwandelt. Holmes saß in einem großen altmodischen Sessel. Seine unerbittlichen Augen leuchteten aus dem hageren Gesicht. Ich konnte in ihnen die feste Absicht lesen, sein Leben diesem Fall zu widmen, bis sein Klient, den er nicht zu schützen vermocht hatte, gerächt sein würde. Der schmucke Inspektor Martin, der alte graubärtige Landarzt, ich und der gleichmütige Ortspolizist bildeten den übrigen Teil der seltsamen Gesellschaft.

Die beiden Frauen erzählten ihre Geschichte recht klar. Sie waren durch den Lärm einer Explosion aus dem Schlaf geholt worden, dem eine Minute darauf eine zweite folgte. Sie schliefen in nebeneinanderliegenden Zimmern, und Mrs. King war zu der Saunders hineingestürzt. Gemeinsam stiegen sie die Treppen hinunter. Die Tür des Arbeitszimmers stand offen. Ihr Dienstherr lag mit dem Gesicht nach unten mitten im Raum. Er war schon tot. Nahe dem Fenster kauerte seine Frau, ihr Kopf lehnte an der Wand. Sie war entsetzlich verletzt, das Gesicht rot von Blut. Sie atmete schwer, konnte aber nichts sagen. Der Flur war wie das Zimmer voller Rauch und Pulvergeruch. Das Fenster sei geschlossen und von ihnen verriegelt gewesen, darin waren beide Frauen sicher. Sofort hatten sie nach dem Doktor und dem Konstabler geschickt und dann, vom Reitknecht und dem Stallburschen unterstützt, hatten sie die verletzte Herrin in ihr Zimmer getragen. Sie und ihr Mann waren beide schon im Bett gewesen. Sie hatte ihr Nachthemd angehabt – er seinen Hausmantel über dem Nachtzeug. Im Arbeitszimmer war nichts verändert worden. Soweit sie wußten, hatte es zwischen dem Mann und seiner Frau nie Streit gegeben. Sie hatten sie immer für ein sehr trautes Paar gehalten.

Soweit das Wichtigste von der Aussage der beiden Bediensteten. Auf die Frage von Inspektor Martin versicherten sie, daß jede Tür von innen verriegelt war, so daß niemand aus dem Haus hätte entkommen können. Auf Holmes' Frage erinnerten sich beide, daß sie den Pulvergeruch schon in dem Moment bemerkt hatten, als sie aus ihren Zimmern auf den oberen Flur hinausgestürzt waren.

»Ich empfehle diese Tatsache Ihrer Aufmerksamkeit«, sagte Holmes zu seinem beamteten Kollegen. »Und nun, denke ich, sind wir in der Lage, eine gründliche Überprüfung des Raums vorzunehmen.«

Das Arbeitszimmer erwies sich als eine kleine, an drei Seiten von Büchern eingefaßte Kammer mit einem Schreibtisch vor einem gewöhnlichen Fenster, das auf den Garten hinausging. Unsere erste Aufmerksamkeit galt dem Leichnam des unglücklichen Squire, dessen riesige Gestalt quer im Zimmer ausgestreckt lag. Seine unordentliche Kleidung zeigte, daß er aus dem Schlaf gerissen worden war. Die Kugel war von vorn auf ihn abgegeben worden und in seinem Körper steckengeblieben. Der Tod war gewiß augenblicklich und ohne Schmerzen eingetreten. Weder auf dem Hausmantel noch an den Händen gab es Pulverspuren. Wie der Landchirurg sagte, hatte die Dame Pulverspuren im Gesicht, aber keine an der Hand.

»Daß an der Hand keine sind, bedeutet nichts, obwohl es alles bedeuten würde, wenn sich dort welche gefunden hätten«, sagte Holmes. »Wenn das Pulver aus einer schlecht eingepaßten Patrone nicht nach hinten wegspritzt, kann einer viele Schüsse abgeben, ohne daß es eine Spur hinterläßt. Ich würde vorschlagen, Mr. Cubitt jetzt wegzubringen. Ich nehme an, Doktor, Sie haben die Kugel, von der die Dame getroffen wurde, nicht herausgeholt?«

»Dazu müßte man eine schwere Operation durchführen. Aber in dem Revolver sind noch vier Patronen. Zwei wurden abgefeuert und zwei Wunden verursacht, so daß beide Kugeln nachgewiesen werden können.«

»So scheint es«, sagte Holmes. »Vielleicht können Sie auch einen Nachweis für die Kugel erbringen, die so offensichtlich in den Fensterrahmen eingeschlagen ist.«

Er drehte sich plötzlich um, und sein langer dünner Finger zeigte auf ein Loch, das sich im unteren Teil des Rahmens ungefähr ein Inch über der Fensterbank befand.

»Um Himmels willen!« rief der Inspektor, »wie konnten Sie das nur sehen?«

»Weil ich danach gesucht habe.«

»Wunderbar!« sagte der Landarzt. »Sie haben sicherlich recht, mein Herr. Dann ist ein dritter Schuß abgefeuert worden, und deshalb muß eine dritte Person zugegen gewesen sein. Aber wer kann das sein, und wie hat diese Person entkommen können?«

»Das ist das Problem, das wir im Moment zu lösen suchen«, sagte Sherlock Holmes. »Sie erinnern sich, Inspektor Martin, die beiden Frauen sagten, daß sie beim Verlassen ihrer Zimmer sofort Pulvergeruch wahrgenommen hätten, und ich bemerkte dazu, das sei ein außerordentlich wichtiger Punkt?«

»Ja, Sir, aber ich gestehe, ich habe Ihnen nicht ganz folgen können.«

»Ich sagte mir, daß zu dem Zeitpunkt, als die Schüsse fielen, das Fenster ebenso wie die Tür offen gewesen sein mußten. Andernfalls hätte sich der Pulvergeruch nicht so schnell im Haus verbreitet. Dazu war ein Durchzug im Zimmer notwendig. Tür und Fenster waren jedoch nur für kurze Zeit gleichzeitig geöffnet.«

»Wie können Sie das beweisen?«

»Weil die Kerze nicht ausging.«

»Hervorragend!« rief der Inspektor. »Hervorragend!«

»Da ich mir sicher war, daß das Fenster zur Zeit der Tragödie offenstand, schloß ich, es könnte eine dritte Person in die Affäre verwickelt gewesen sein, die sich draußen vor dem Fenster aufhielt und von dort schoß. Jeder auf diese Person gezielte Schuß hätte in den Fensterrahmen treffen können. Ich sah nach, und natürlich war da ein Einschuß.«

»Aber wie wurde das Fenster geschlossen und gesichert?«

»Der erste Impuls einer Frau würde sein, das Fenster zuzuschlagen und zu verriegeln. Aber, holla, was ist denn das?«

Es war die Handtasche der Dame, sie stand auf dem Schreibtisch – eine niedliche kleine Handtasche aus Krokodilleder, mit einem Silberbügel. Holmes öffnete sie und kippte den Inhalt aus. Zum Vorschein kamen zwanzig Fünfzigpfundscheine der Bank von England, von einem Gummiband zusammengehalten, sonst nichts.

»Das muß aufgehoben werden, denn es wird vor Gericht eine Rolle spielen«, sagte Holmes, als er die Tasche mit Inhalt dem Inspektor überreichte. »Jetzt ist es wichtig, daß wir versuchen, ein bißchen Licht in die Geschichte mit der dritten Kugel zu bringen, die, das kann man klar an der Splitterung des Holzes erkennen, aus dem Zimmer abgeschossen worden ist. Ich möchte noch einmal mit Mrs. King, der

Köchin, sprechen... Sie sagten, Mrs. King, Sie sind von einer *lauten* Explosion wachgeworden. Als Sie das sagten, meinten Sie damit, daß sie Ihnen lauter vorgekommen war als die zweite?«

»Nun, Sir, sie hat mich aus dem Schlaf gerissen, und da ist es schwer, ein Urteil abzugeben. Aber der Knall ist mir sehr laut vorgekommen.«

»Und Sie glauben nicht, daß es zwei Schüsse gewesen sein könnten, die fast zur selben Zeit losgegangen sind?«

»Das kann ich nicht sagen, Sir.«

»Ich glaube, daß es zweifellos so war. Mir scheint, Inspektor Martin, wir haben jetzt alles aus dem Zimmer herausgeholt, was es uns verraten konnte. Wenn Sie freundlicherweise mit mir hinausgehen wollen, könnten wir feststellen, was der Garten an Beweismaterial zu bieten hat.«

Ein Blumenbeet reichte bis an das Fenster des Arbeitszimmers, und wir brachen in Rufe der Verwunderung aus, als wir davorstanden. Die Blumen waren niedergetrampelt, der weiche Boden war über und über mit Fußabdrücken bedeckt. Es waren große Männerschuhe mit besonders langen, deutlich abgezeichneten Spitzen. Holmes jagte durch Gras und Laub wie ein Apportierhund nach einem weidwunden Vogel. Dann bückte er sich mit einem Ausruf der Befriedigung und hob einen kleinen Messingzylinder auf.

»Das dachte ich mir«, sagte er. »Der Revolver hatte einen Auswerfer, und hier ist die Hülse der dritten Patrone. Ich denke wirklich, unser Fall ist nun fast komplett.«

Auf dem Gesicht des Provinz-Inspektors spiegelte sich tiefes Erstaunen über den schnellen und meisterlichen Fortschritt der Untersuchung. Zuerst hatte er einige Entschlossenheit, seine eigene Position zu verteidigen, an den Tag gelegt; aber jetzt war er überwältigt von Bewunderung und bereit, Holmes fraglos zu folgen, wohin er ihn auch führte.

»Wen verdächtigen Sie?« fragte er.

»Darauf komme ich später. Es gibt nämlich einige Punkte, die ich Ihnen noch nicht darlegen konnte. Da ich nun so weit gekommen bin, sollte ich meinem Weg weiter folgen und dann die ganze Angelegenheit ein für allemal klären.«

»Ganz wie Sie wollen, Mr. Holmes, wenn wir nur unseren Mann bekommen.«

»Ich möchte keine Geheimniskrämerei betreiben, aber es ist in dem Augenblick, da gehandelt werden muß, unmöglich, sich auf lange und umfassende Erklärungen einzulassen. Ich habe alle Fäden in der Hand. Sogar wenn die Dame nie wieder zu Bewußtsein kommen sollte, können wir die Ereignisse der letzten Nacht rekonstruieren und damit sicherstellen, daß Recht geschieht. Vor allem möchte ich jetzt wissen, ob es in der Nachbarschaft ein Wirtshaus gibt, das einem Elrige gehört.«

Die Dienerschaft wurde befragt, aber niemand hatte von einem solchen Wirtshaus gehört. Der Stallbursche brachte Licht in die Angelegenheit, als ihm einfiel, daß es einen Farmer dieses Namens gebe, einige Meilen entfernt in Richtung East Ruston.

»Ist es eine einsame Farm?«

»Eine sehr einsame, Sir.«

»Vielleicht haben sie dort noch nicht gehört, was hier in der Nacht geschehen ist?«

»Schon möglich, Sir.«

Holmes dachte ein bißchen nach, dann spielte ein seltsames Lächeln auf seinem Gesicht.

»Sattle ein Pferd, mein Junge«, sagte er. »Ich

möchte, daß du eine Nachricht zur Farm von Elrige bringst.«

Er nahm die verschiedenen Zettel mit den tanzenden Männchen aus der Tasche. Er legte sie vor sich auf den Schreibtisch und war eine Weile damit beschäftigt. Schließlich reichte er dem Burschen einen Brief mit der Anweisung, ihn in die Hände der Person zu überliefern, an die er adressiert war, keinesfalls aber Fragen, gleich welcher Art, die ihm gestellt würden, zu beantworten. Ich sah die Außenseite des Briefes; die Anschrift war in krakeligen, unregelmäßigen Buchstaben geschrieben, die mit der präzisen Schrift von Holmes überhaupt keine Ähnlichkeit hatten. Der Brief war an Mr. Abe Slaney, Elrige's-Farm, East Ruston, Norfolk, gerichtet.

»Mir scheint, Inspektor«, bemerkte Holmes, »Sie täten gut daran, nach einer Begleitmannschaft zu telegraphieren, denn wenn sich meine Berechnungen als richtig herausstellen, werden Sie einen besonders gefährlichen Häftling ins County-Gefängnis bringen müssen. Der Bursche, der den Brief übermittelt, kann Ihr Telegramm besorgen. Wenn es einen Nachmittagszug zur Stadt gibt, Watson, sollten wir ihn nehmen, denn ich habe noch eine recht interessante chemische Analyse abzuschließen, und die Untersuchung hier strebt jetzt schnell ihrem Ende entgegen.«

Nachdem der Bursche mit dem Brief auf den Weg geschickt war, instruierte Holmes das Personal. Wenn ein Besucher nach Mrs. Hilton Cubitt fragen sollte, dürften sie ihm keine Auskünfte über ihren Zustand geben, sondern ihn sofort in den Salon führen. Das schärfte er den Leuten mit äußerstem Ernst ein. Schließlich ging er in den Salon mit der Bemerkung, die Sache sei nun aus unseren Händen genommen, und wir müßten die Zeit so gut wie möglich herumbringen, bis wir sähen, was auf uns zukäme. Der Doktor war zu seinen Patienten gegangen, nur der Inspektor und ich waren geblieben.

»Ich denke, ich kann Ihnen eine Stunde auf interessante und ersprießliche Weise vertreiben«, sagte Holmes, zog seinen Stuhl an den Tisch und breitete die verschiedenen Zettel aus, auf denen die tanzenden Männchen ihre Possen trieben. »Was Sie angeht, Freund Watson, so schulde ich Ihnen Genugtuung dafür, daß Sie Ihre natürliche Neugier so lange gezügelt haben. Ihnen, Inspektor, könnte mein Exkurs als eine bemerkenswerte professionelle Studie erscheinen. Zuerst muß ich Ihnen all die interessanten Umstände im Zusammenhang mit Mr. Hilton Cubitts Konsultationen bei mir in der Baker Street mitteilen.« Er rekapitulierte in Kürze die Tatsachen, von denen hier schon berichtet wurde.

»Vor mir liegen diese einmaligen Ausgeburten eines Hirns, über die man lachen könnte, hätten sie sich nicht als Vorboten einer derart schrecklichen Tragödie erwiesen. Ich bin ziemlich vertraut mit allen Arten von Geheimschriften und selber Autor einer unbedeutenden Monographie über den Gegenstand, in der ich einhundertsiebzig verschiedene Chiffren analysiert habe; aber ich muß gestehen, daß diese hier für mich ziemlich neu gewesen ist. Das Ziel derer, die sie erfunden haben, war es anscheinend, zu verbergen, daß die Zeichen eine Botschaft mitteilen sollten; sie wollten, daß sie den Eindruck erweckten, es handele sich nur um zufällige Zeichnungen von Kindern.

Nachdem ich einmal erkannt hatte, daß die Symbole für Buchstaben stehen, und ich die Regeln anwandte, die für alle Arten von Geheimschriften gelten, war die Lösung nicht mehr schwierig. Die erste Nachricht, die man mir überließ, war so kurz, daß es mir unmöglich war, mit einiger Sicherheit mehr zu sagen, als daß

für E stand. Wie sie wissen, ist E der im Englischen gebräuchlichste Buchstabe, und er herrscht in einem solchen Maße vor, daß man erwarten kann, ihn selbst in einem kurzen Satz als den häufigsten zu finden. Von den fünfzehn Symbolen der ersten Botschaft kehrte eines viermal wieder, und so war es nur vernünftig, es als ein E anzunehmen. Nur ist es so, daß in einigen Fällen die Figuren Fähnchen tragen, in anderen nicht, aber es war an der Art, wie sich die Fähnchen verteilten, abzulesen, daß sie ein Wort vom anderen absetzen sollten. Das nahm ich als Hypothese und hielt fest, daß

für E stand.
Aber nun tat sich die wirkliche Schwierigkeit der Untersuchung auf. Die Reihenfolge der Buchstabenhäufigkeit nach dem E steht im Englischen keinesfalls fest, und jedwedes Übergewicht, das sich auf einer gedruckten Seite ergibt, kann sich, auf einen einzigen Satz bezogen, als falsch herausstellen. Um es grob zu sagen: T, A, O, I, N, S, H, R, D und L, das ist die Reihenfolge der Häufigkeit der Buchstaben im Englischen; aber T, A, O und I liegen fast gleichauf, und es wäre eine endlose Aufgabe gewesen, jede Kombination zu prüfen, bis sich ein Sinn ergeben hätte. Deshalb wartete ich auf neues Material. Bei der zweiten Unterredung konnte mir Mr. Hilton Cubitt zwei weitere kurze Sätze liefern, ferner eine Botschaft, die – da sie keine Fähnchen

zeigte – aus einem Wort zu bestehen schien. Hier sind die Zeichen. Nun, in dem einen Wort mit fünf Buchstaben habe ich bereits das E an zweiter und vierter Stelle. Es könnte ›sever‹ (trennen) oder ›lever‹ (Hebel) oder ›never‹ (niemals) bedeuten. Es steht außer Frage, daß letztere Bedeutung die wahrscheinlichste war, wenn es sich um eine Antwort auf eine Aufforderung handelte, und die Umstände wiesen darauf hin, daß es eine Antwort war, die die Dame geschrieben hatte. Wenn wir dies als richtig voraussetzen, kann man nun sagen, daß die Symbole

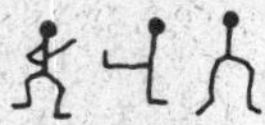

für N, V und R stehen.

Sogar jetzt noch befand ich mich in erheblichen Schwierigkeiten, aber ein glücklicher Einfall verhalf mir zu einigen weiteren Buchstaben. Ich hatte folgende Idee: Wenn diese Botschaften von jemandem kamen, der, wie ich annehme, mit der Dame in früheren Jahren intim gewesen ist, konnte eine Kombination aus zwei E und drei dazwischenstehenden Buchstaben sehr wohl ›Elsie‹ heißen. Meine Untersuchung ergab, daß diese Figurenkombination das Ende jener Mitteilung bildete, die dreimal wiederholt worden war. Sie war sicher eine Aufforderung an ›Elsie‹. So hatte ich L, S und I herausgefunden. Aber was für eine Aufforderung mochte das sein? Das Wort, das ›Elsie‹ vorausging, bestand aus nur vier Buchstaben, und es endete mit einem E. Gewiß konnte das nur ›come‹ (komme) bedeuten. Ich ging alle vierbuchstabigen Wörter, die auf E enden, durch, fand aber kein anderes, das in den Zusammenhang paßte. Jetzt hatte ich auch C, O und M, und ich war in der Lage, die erste Nachricht noch einmal in Angriff zu nehmen, indem ich sie in Wörter zerlegte und Punkte für die Symbole setzte, die noch unbekannt waren. Auf diese Weise ergab sich folgendes:

·M ·ERE ··· SL·NE·

Nun, der erste Buchstabe konnte nur ein A sein, und diese Entdeckung war äußerst nützlich, da das A nicht weniger als dreimal in diesem kurzen Satz erscheint, und der fehlende Buchstabe im zweiten Wort war augenscheinlich ein H. Jetzt hieß der Satz:

AM HERE A·E SLANE·

oder, wenn man die augenfällig leeren Stellen im Namen ausfüllte:

AM HERE ABE SLANEY

(Bin hier Abe Slaney).

Ich hatte nun so viele Buchstaben, daß ich mit einiger Zuversicht an die Entschlüsselung der zweiten Botschaft gehen konnte, die zunächst so aussah:

A· ELRI·ES

Hier ergab sich nur ein Sinn, wenn ich T und G an die Stelle der fehlenden Buchstaben setzte und annahm, daß ›At Elriges‹ der Name eines Hauses oder eines Gasthofes war, in dem sich der Schreiber aufhielt.«

Inspektor Martin und ich waren mit äußerstem Interesse dem umfassenden, klaren Bericht darüber gefolgt, auf welche Weise mein Freund zu Ergebnissen gekommen war, die zu einer solch völligen Beherrschung unserer Schwierigkeiten führten.

»Und was taten Sie dann, Sir?« fragte der Inspektor.

»Ich hatte allen Grund anzunehmen, daß dieser Abe Slaney Amerikaner war, da Abe eine typisch amerikanische Zusammenziehung des Namens Abraham ist und da ein Brief aus Amerika den Ausgangspunkt aller Verwirrung bildete. Ich hatte auch allen Grund zu vermuten, daß hinter der Angelegenheit ein verbrecherisches Geheimnis steckte. Die Bemerkungen der Dame über ihre Vergangenheit und ihre Weigerung, den Gatten ins Vertrauen zu ziehen, wiesen in diese Richtung. Deshalb telegraphierte ich meinem Freund Wilson Hargreave vom New Yorker Polizeibüro, der mehr als einmal von meiner Kenntnis der Londoner Verbrecherszene Gebrauch gemacht hat. Das ist seine Antwort: ›Der gefährlichste Schurke von Chikago‹. An dem Abend, an dem ich seine Antwort erhielt, schickte Hilton Cubitt mir die letzte Botschaft Slaneys. Indem ich mit den mir bekannten Buchstaben operierte, ergab sich das Folgende:

ELSIE ·RE·ARE TO MEET THY GO·

Als ich zweimal ein P und am Ende ein D hinzufügte, ergab sich die Botschaft: ›Elsie, bereite dich vor, deinem Gott gegenüberzutreten‹, was mir bewies, daß der Schuft von der Überredung zur Drohung übergegangen war, und da war ich, der ich die Schurken von Chikago kenne, darauf vorbereitet, daß er den Worten schnell die Tat folgen lassen würde. Sofort fuhr ich mit meinem Freund Dr. Watson nach Norfolk, unglücklicherweise aber trafen wir erst ein, als das Schlimmste schon geschehen war.«

»Es ist ein Privileg, mit Ihnen gemeinsam an einem Fall zu arbeiten«, sagte der Inspektor schwärmerisch. »Sie werden mir wohl verzeihen, wenn ich offen zu Ihnen spreche. Sie sind nur sich selber Rechenschaft schuldig, aber ich muß meinen Vorgesetzten Rede und Antwort stehen. Wenn dieser Abe Slaney, der auf Elrige's Farm wohnt, wirklich der Mörder ist, und wenn er entkommt, während ich hier sitze, werde ich ernsthafte Schwierigkeiten kriegen.«

»Sie brauchen sich nicht zu beunruhigen Er wird nicht versuchen zu fliehen.«

»Woher wissen Sie das?«

»Flucht wäre ein Eingeständnis von Schuld.«

»Dann nehmen wir ihn doch fest.«

»Ich erwarte jede Minute sein Eintreffen.«

»Aber warum sollte er kommen?«

»Weil ich ihm geschrieben und ihn darum gebeten habe.«

»Das glaube ich nicht, Mr. Holmes! Wieso sollte er kommen, wenn Sie ihn darum bitten? Würde eine solche Einladung nicht eher seinen Verdacht wekken und ihn zur Flucht treiben?«

»Ich denke, ich wußte, wie ich den Brief zu entwerfen hatte«, sagte Sherlock Holmes. »Wenn mich nicht alles täuscht, kommt der Gentleman gerade höchstpersönlich den Weg herauf.«

Ein Mann schritt über den Gartenpfad zur Haustür. Es war ein großer, gutaussehender dunkelhäutiger Bursche in einem grauen Flanellanzug und mit Panamahut; er hatte einen struppigen schwarzen Bart und eine große, angriffslustig gebogene Nase. Er schwang einen Rohrstock und stolzierte den Pfad entlang, als gehörte das Anwesen ihm; dann vernahmen wir ein lautes, selbstsicheres Läuten der Glocke.

»Ich denke, meine Herren«, sagte Holmes ruhig, »wir postieren uns am besten hinter der Tür. Wenn man mit solch einem Kerl umgeht, ist jede Vorsicht geboten. Sie werden Ihre Handschellen benötigen, Inspektor. Das Reden können Sie mir überlassen.«

Schweigend warteten wir eine Minute – eine jener Minuten, die man nie vergißt. Die Tür wurde geöffnet, und der Mann trat ein. Im Nu hielt Holmes ihm seine Pistole an den Kopf, und Martin legte ihm die Handschellen an. Das alles geschah so schnell und so geschickt, daß der Bursche hilflos dastand, ehe er überhaupt mitbekommen hatte, daß er angegriffen wurde. Mit blitzenden schwarzen Augen starrte er von einem zum anderen. Dann brach er in bitteres Lachen aus.

»Na, meine Herren, diesmal haben Sie mich zum Verlierer gemacht. Es scheint, ich bin gegen etwas Hartes gelaufen. Aber ich bin auf einen Brief von Mrs. Hilton Cubitt hergekommen. Sagen Sie bloß, sie ist in diese Sache verwickelt! Sagen Sie nur, sie hat Ihnen geholfen, mir die Falle zu stellen!«

»Mrs. Hilton Cubitt ist schwer verletzt und ringt mit dem Tod.«

Der Mann stieß einen heiseren Schmerzensschrei aus, der durch das Haus hallte.

»Sie sind verrückt!« schrie er wütend. »Er ist verletzt, nicht sie. Wer sollte der kleinen Elsie etwas zuleide tun? Ich mag ihr gedroht haben – Gott vergebe mir –, aber ich würde ihr nicht ein Haar auf ihrem schönen Kopf krümmen. Nehmen Sie das zurück! Sagen Sie, daß sie nicht verletzt ist!«

»Man hat sie schwerverwundet neben ihrem toten Mann gefunden.«

Mit einem tiefen Stöhnen sank er aufs Sofa und barg das Gesicht in den gefesselten Händen. Fünf Minuten verharrte er in Schweigen. Dann erhob er das Gesicht und sprach mit der kalten Gefaßtheit der Verzweiflung.

»Ich habe nichts vor Ihnen zu verbergen, meine Herren«, sagte er. »Wenn ich den Mann erschossen habe – na gut, er hat auch auf mich geschossen, und das ist also kein Mord. Aber wenn Sie denken, ich könnte diese Frau verletzt haben, dann kennen Sie weder mich noch sie. Es gibt auf der Welt keinen Mann, der eine Frau so liebt, wie ich sie geliebt habe. Und ich hatte ein Recht dazu. Vor Jahren ist sie mir versprochen worden. Wer war dieser Engländer, daß er zwischen uns treten durfte? Ich versichere Ihnen, ich hatte das erste Recht auf sie, und ich habe nichts getan, als mein Eigentum zu beanspruchen.«

»Sie hat sich Ihrem Einfluß entzogen, als sie Ihr wahres Wesen erkannte«, sagte Holmes streng. »Sie floh aus Amerika, um von Ihnen loszukommen, und heiratete in England einen ehrenhaften Gentleman. Sie setzten sich auf ihre Fährte und stürzten sie ins Elend, um sie dazu zu bewegen, den Gatten, den sie liebte und achtete, zu verlassen und mit Ihnen, den sie fürchtete und haßte, zu fliehen. Sie haben schließlich einen noblen Mann zu Tod gebracht und seine Frau in den Selbstmord getrieben. Das ist Ihr Anteil an der Geschichte, Mr. Abe Slaney, und Sie werden sich dafür vor dem Gesetz zu verantworten haben.«

»Wenn Elsie stirbt, ist es mir gleich, was aus mir wird«, sagte der Amerikaner. Er öffnete eine Hand und blickte auf ein zerknülltes Stück Papier. »Sehen Sie, Mister!« rief er, einen Schimmer von Argwohn in den Augen. »Sie wollen mir doch wohl nicht Angst einjagen? Wenn die Dame so schwer verletzt ist, wie Sie sagen, wer hat dann diesen Brief geschrieben?«

Er warf das Papier auf den Tisch.

»Ich habe das geschrieben, damit Sie hierherkommen.«

»Sie? Es gibt niemanden außer im Joint, der das Geheimnis der tanzenden Männchen kennt. Wie also können Sie das geschrieben haben?«

»Was der eine erfindet, kann ein anderer entdekken«, sagte Holmes. »Da kommt ein Wagen, der Sie nach Norwich bringen wird, Mr. Slaney. Aber zuvor bleibt Ihnen noch Zeit, ein wenig von dem Unrecht wiedergutzumachen, das Sie angerichtet haben. Ihnen ist wohl klar, daß Mrs. Hilton Cubitt sich in den dringenden Verdacht des Mordes an ihrem Mann gebracht hat, und nur meine Anwesenheit hier und das Wissen, das ich zusammentragen konnte, wird sie vor einer Anklage bewahren. Das mindeste, das Sie ihr schulden, ist, vor aller Welt klarzustellen, daß sie in keiner Weise, weder direkt noch indirekt, für sein tragisches Ende Verantwortung trägt.«

»Nichts tue ich lieber«, sagte der Amerikaner. »Ich nehme an, es ist auch für mich das beste, wenn die nackte Wahrheit ans Licht kommt.«

»Es ist meine Pflicht, Sie zu warnen: Alles, was Sie sagen, kann gegen Sie verwendet werden«, rief der Inspektor, womit er das hochtrabende Fairplay des britischen Strafgesetzes ins Spiel brachte.

Slaney zuckte die Schultern.

»Ich lasse es darauf ankommen«, sagte er. »Vor allem möchte ich, daß diese Herren wissen: Ich kenne die Dame seit ihrer Kindheit. Unsere Gang bestand aus sieben Männern, und Elsies Vater war der Chef. Er war ein gerissener Mann, der alte Patrick. Er war es, der die Schrift erfand, die als kindliche Kritzelei durchgehen konnte, wenn man nicht zufällig den Schlüssel kannte. Nun, Elsie hat einiges von uns gelernt, aber sie konnte unsere Art Geschäft nicht ausstehen, und da sie ein bißchen ehrlich erworbenes Geld hatte, ließ sie uns im Stich und ging nach London. Wir waren verlobt, und sie hätte mich geheiratet, glaube ich, wenn ich einen anderen Beruf angenommen hätte. Mit Gaunerei wollte sie nichts zu tun haben. Erst nach der Heirat mit diesem Engländer bekam ich heraus, wo sie war. Ich schrieb ihr, erhielt aber keine Antwort. Danach kam ich rüber, und da Briefe nichts nützten, hinterließ ich meine Botschaften, wo sie sie lesen konnte.

Ich bin schon seit einem Monat hier. Ich wohnte auf der Farm, wo ich unten ein Zimmer hatte und jede Nacht aus- und eingehen konnte, ohne daß jemand etwas merkte. Ich versuchte alles, um Elsie wegzulocken. Ich wußte, sie las die Botschaften, denn einmal schrieb sie unter eine von ihnen eine Antwort. Dann ging mein Temperament mit mir durch und ich fing an, ihr zu drohen. Daraufhin schickte sie mir einen Brief, in dem sie mich anflehte wegzugehen und sagte, daß es ihr das Herz brechen würde, wenn ein Skandal über ihren Mann hereinbräche. Sie schrieb, sie wolle um drei Uhr am Morgen herunterkommen, wenn ihr Mann schliefe, und mit mir am letzten Fenster sprechen, für den Fall, daß ich anschließend verschwinden und sie in Frieden lassen würde. Sie kam auch und hatte Geld bei sich, damit versuchte sie, mich zu bestechen. Das machte mich rasend, und ich packte sie am Arm, versuchte sie durchs Fenster zu ziehen. In dem Moment stürzte ihr Mann mit einem Revolver in der Hand herein. Elsie war zu Boden gesunken, und wir standen uns Auge in Auge gegenüber. Ich war auch bewaffnet, und ich richtete meinen Revolver auf ihn, um ihn abzuschrecken und damit er mich laufen lassen sollte. Er schoß und verfehlte mich. Ich drückte fast im selben Moment ab, und er fiel. Ich floh durch den Garten, und im Laufen hörte ich, wie hinter mir das Fenster geschlossen wurde. Das ist, bei Gott, die reine Wahrheit, meine Herren, Wort für Wort, und dann habe ich von allem nichts mehr gehört, bis der Bursche mit dem Brief geritten kam, der mich veranlaßte, wie ein Trottel hierherzukommen und mich Ihren Händen auszuliefern.«

Ein Wagen mit zwei uniformierten Polizisten war vorgefahren, während der Amerikaner noch redete. Inspektor Martin erhob sich und berührte seinen Gefangenen an der Schulter.

»Wir müssen gehen.«

»Kann ich sie zuvor sehen?«

»Nein, sie ist nicht bei Bewußtsein. Mr. Sherlock Holmes, ich kann nur hoffen, daß ich, wenn man mich noch einmal mit einem wichtigen Fall betraut, das Glück haben werde, Sie an meiner Seite zu wissen.«

Wir standen am Fenster und sahen zu, wie der Wagen abfuhr. Als ich mich umwandte, fiel mein Blick auf das Stück Papier, das der Gefangene auf den Tisch geworfen hatte. Es war die Nachricht, mit der Holmes ihn geködert hatte.

»Versuchen Sie mal, ob Sie es lesen können, Watson«, sagte er lächelnd.

Auf dem Papier stand kein Wort, nur diese Reihe tanzender Männchen:

»Wenn Sie den Code anwenden, den ich Ihnen erklärt habe«, sagte Holmes, »werden Sie herausbekommen, daß das einfach ›Come here at once‹ (Komm sofort her) bedeutet. Ich war überzeugt, er würde die Einladung nicht ausschlagen, denn er konnte sich nicht vorstellen, daß sie von jemand anderem als von der Dame stammte. Also, lieber Watson, haben wir die tanzenden Männchen, die doch so oft im Dienst einer schlechten Sache gestanden haben, noch zu etwas Gutem benützt, und ich glaube, ich habe mein Versprechen gehalten und Ihnen etwas Außergewöhnliches für Ihr Notizbuch verschafft. Drei Uhr vierzig fährt unser Zug, und ich nehme an, wir könnten zum Dinner wieder in der Baker Street sein.«

Nur noch ein paar Worte als Epilog.

Der Amerikaner Abe Slaney ist auf der Wintersitzung des Geschworenengerichts in Norwich zum Tode verurteilt worden; doch das Urteil wurde dann in Zuchthausstrafe umgewandelt, wegen mildernder Umstände und auch deshalb, weil als sicher galt, daß Hilton Cubitt den ersten Schuß abgegeben hatte.

Von Mrs. Hilton Cubitt hörte ich nur, daß sie wieder völlig genas und Witwe geblieben ist und ihr Leben ganz der Fürsorge der Armen und der Verwaltung der Güter ihres Mannes widmete.

Die einsame Radfahrerin

Zwischen 1894 und 1901 war Mr. Sherlock Holmes ein sehr beschäftigter Mann. Man kann sagen, daß es keinen öffentlichen Fall von einiger Schwierigkeit gab, bei dem er während dieser acht Jahre nicht konsultiert wurde, und es gab Hunderte privater Fälle, darunter einige sehr verwickelte und außergewöhnliche, in denen er eine hervorragende Rolle spielte. Viele aufsehenerregende Erfolge und ein paar unvermeidliche Mißerfolge waren das Resultat dieser Periode rastloser Arbeit. Da ich von allen diesen Fällen ausführliche Notizen aufbewahrt habe und selber an vielen beteiligt war, kann man sich vorstellen, daß es nicht einfach ist, einen von ihnen auszuwählen, um ihn dem Publikum vorzulegen. Ich werde, wie ich es auch früher tat, meinem Prinzip folgend den Fällen den Vorzug geben, bei denen das Interesse nicht so sehr aus der Brutalität des Verbrechens als aus der Genialität und Dramatik der Lösung erwächst. So lege ich denn dem Leser die Fakten vor, betreffend Miss Violet Smith, die einsame Radfahrerin von Charlington, und den seltsamen Verlauf unserer Untersuchungen, die mit einer unvorhergesehenen Tragödie endeten.

Es ist wahr, daß diese Umstände die Fähigkeiten, für die mein Freund so berühmt war, nicht besonders zur Geltung bringen; aber es gibt einige Punkte, die den Fall aus der langen Reihe von Verbrechensberichten herausheben, der ich das Material für meine kleinen Erzählungen entnehme.

Wenn ich mich auf mein Notizbuch aus dem Jahre 1895 beziehe, so finde ich, daß es ein Samstag war, der 23. April, als wir das erste Mal von Miss Violet Smith hörten. Ihr Besuch kam, wie ich mich erinnere, Holmes höchst ungelegen, denn er war in ein abstruses und kompliziertes Problem vertieft, das die seltsame Verfolgung betraf, der John Vincent Harden, der bekannte Tabakmillionär, ausgesetzt gewesen war. Mein Freund, der beim Denken Genauigkeit und Konzentration über alles liebte, nahm überhaupt alles übel, was seine Aufmerksamkeit von der Angelegenheit ablenkte, die ihn gerade beschäftigte. Aber er hätte barsch werden müssen – etwas seiner Natur Fremdes –, um bei seiner Weigerung zu bleiben, der jungen schönen Frau zuzuhören, die – hochgewachsen, graziös, königlich – sich spät am Abend in der Baker Street vorstellte und seinen Beistand und Rat erbat. Es war vergebens, sie darauf hinzuweisen, daß seine Zeit völlig besetzt sei; die junge Frau war mit der Absicht gekommen, ihre Geschichte zu erzählen, und es war offensichtlich, daß nichts außer Gewalt sie aus dem Zimmer bringen würde, ehe sie ihr Ziel erreicht hatte. Zurückhaltend und mit einem müden Lächeln bat Holmes den schönen Eindringling, Platz zu nehmen und uns mitzuteilen, was ihn beunruhigte.

»Wenigstens Ihre Gesundheit kann es nicht sein«, sagte er, während er seine scharfen Blicke auf sie abschoß. »Eine so eifrige Radlerin muß voller Energie stecken.«

Erstaunt blickte sie auf ihre Füße, und mir fiel die leichte Rauheit seitlich an der Sohle auf, die durch die Reibung der Pedalkante entsteht.

»Ja, ich fahre viel Rad, Mr. Holmes, und das hat etwas mit meinem heutigen Besuch bei Ihnen zu tun.«

Mein Freund nahm die handschuhlose Hand der Dame und musterte sie mit so viel Aufmerksamkeit und so wenig Gefühl wie ein Wissenschaftler, der ein Präparat ansieht.

»Sie werden mir sicherlich vergeben. Das macht der Beruf«, sagte er, als er die Hand fallen ließ. »Fast hätte ich den Irrtum begangen, Sie für eine Maschinenschreiberin zu halten. Natürlich ist es offensichtlich, daß Sie mit Musik zu tun haben. Sehen Sie die löffelförmigen Fingerkuppen, Watson, die für beide Berufe charakteristisch sind? Aber in dem Gesicht liegt eine Geistigkeit«, – er wandte sie sanft dem Licht zu –, »die Schreibmaschinenarbeit nicht hervorbringt. Diese Dame ist eine Musikerin.«

»Ja, Mr. Holmes, ich lehre Musik.«

»Auf dem Lande, nehme ich an, wegen Ihres Teints.«

»Ja, Sir, in der Nähe von Farnham, an der Grenze zu Surrey.«

»Eine herrliche Gegend, und für mich voll der interessantesten Erinnerungen. Sie wissen doch, Watson, daß wir dortherum Archie Stamford, den Fälscher, geschnappt haben. Nun, Miss Violet, was ist Ihnen in der Nähe von Farnham, an der Grenze zu Surrey, zugestoßen?«

Die junge Dame gab sehr klar und ruhig den folgenden Bericht: »Mein Vater ist tot, Mr. Holmes. Es war James Smith, der Dirigent des Orchesters im alten Imperial Theatre. Meine Mutter und ich sind ohne Verwandte zurückgeblieben, abgesehen von einem Onkel, Ralph Smith, der vor fünfundzwanzig Jahren nach Afrika gegangen ist und von dem wir seither nicht ein Wort gehört haben. Als Vater starb, waren wir sehr arm, aber eines Tages sagte man uns, daß eine Annonce in der *Times* gestanden hätte, mit der nach unserem Aufenthalt geforscht wurde. Sie können sich vorstellen, wie aufgeregt wir waren, denn wir dachten, jemand habe uns ein Vermögen hinterlassen. Wir suchten sofort den Rechtsanwalt auf, dessen Name in der Zeitung angegeben war. Dort trafen wir auf zwei Herren, Mr. Carruthers und Mr. Woodley, die sich auf einem Heimaturlaub von Südafrika befanden. Sie sagten, mein Onkel sei ihr Freund gewesen und vor einigen Monaten in Johannesburg in Armut gestorben. Mit dem letzten Atemzug habe er ihnen aufgetragen, seine Verwandten ausfindig zu machen und sich zu vergewissern, ob sie zu leben hätten. Wir konnten uns nicht vorstellen, daß Onkel Ralph, der keine Notiz von uns genommen hatte, solange er lebte, so fürsorglich gewesen sein sollte, sich über seinen Tod hinaus um uns zu kümmern; aber Mr. Carruthers erklärte als Grund dafür, daß mein Onkel kurz zuvor vom Tod seines Bruders erfahren und sich deshalb für unser Schicksal verantwortlich gefühlt habe.«

»Entschuldigen Sie«, sagte Holmes, »wann fand die Zusammenkunft statt?«

»Im Dezember letzten Jahres – vor vier Monaten.«

»Bitte, fahren Sie fort.«

»Mr. Woodley machte auf mich einen äußerst widerwärtigen Eindruck. Er warf mir andauernd begehrliche Blicke zu – ein roher, aufgedunsener junger Mann mit einem roten Schnurrbart, und die Haare klebten zu beiden Seiten der Stirn. Ich fand ihn durch und durch abscheulich, und ich war sicher, auch Cyril hätte nicht gewollt, daß ich mit solch einem Menschen bekannt werde.«

»Oh, Cyril heißt er«, sagte Holmes lächelnd.

Die junge Dame errötete und lachte.

»Ja, Mr. Holmes, Cyril Morton, er ist Elektroingenieur, und wir hoffen, Ende des Sommers heiraten zu können. Du lieber Gott, wie bin ich denn auf ihn gekommen! Was ich sagen wollte, ist, daß

Mr. Woodley mir sehr zuwider war, daß mir aber der viel ältere Mr. Carruthers annehmbar erschien. Er ist dunkelhaarig, bleich, glattrasiert, schweigsam; er hat höfliche Manieren und ein angenehmes Lächeln. Er erkundigte sich, wie wir gestellt seien, und als er erfuhr, daß wir arm sind, schlug er vor, ich sollte seiner zehnjährigen Tochter, seinem einzigen Kind, Musikunterricht erteilen. Ich wandte ein, daß ich meine Mutter nicht allein lassen wolle, und er bot mir an, ich könnte jedes Wochenende zu ihr nach Hause fahren. Er wollte mir hundert Pfund im Jahr geben, was sicherlich eine blendende Bezahlung ist. So endete die Unterhaltung damit, daß ich sein Angebot akzeptierte, und ich fuhr nach Chiltern Grange, das liegt ungefähr sechs Meilen von Farnham entfernt. Mr. Carruthers ist Witwer, aber er hat eine Haushälterin angestellt, eine sehr respektable ältere Frau, Mrs. Dixon, die sich um seine Wohnung kümmert. Das Kind ist lieb, und alles schien sich gut zu entwickeln, und wir verbrachten höchst angenehme Abende miteinander. Jedes Wochenende fuhr ich zu meiner Mutter in die Stadt.

Den ersten Stoß erlitt mein Glück durch die Ankunft von Mr. Woodley mit dem roten Schnurrbart. Er kam für eine Woche auf Besuch, und ach: die Zeit ist mir wie drei Monate vorgekommen! Ein schrecklicher Mensch. Ein fürchterlicher Aufschneider, ganz gleich, wen er vor sich hat; aber mir gegenüber hat er sich noch unendlich schlechter benommen. Er wollte mir seine Liebe aufdrängen, rühmte sich seines Reichtums, versprach mir die schönsten Diamanten von London, wenn ich ihn heiratete, und schließlich, als ich nichts mit ihm zu tun haben wollte, riß er mich eines Tages nach dem Dinner in seine Arme. Er war schrecklich stark – und er schwor, er würde mich nicht loslassen, bis ich ihn geküßt hätte. Mr. Carruthers kam herein und zog ihn von mir weg; daraufhin hat er sich gegen seinen Gastgeber gewandt, ihn niedergeschlagen und ihm eine offene Wunde im Gesicht beigebracht. Das war das Ende des Besuchs, wie Sie sich vorstellen können. Mr. Carruthers hat sich am nächsten Tag entschuldigt und mir versichert, daß ich nie wieder solch einer Beleidigung ausgesetzt sein sollte. Seitdem habe ich Mr. Woodley nicht mehr gesehen.

Jetzt, Mr. Holmes, komme ich darauf, warum ich mich entschlossen habe, Sie heute um Ihren Rat zu fragen. Sie müssen wissen, daß ich jeden Samstagvormittag mit dem Fahrrad zum Bahnhof von Farnham fahre, um den Zug um zwölf Uhr zweiundzwanzig in die Stadt zu bekommen. Die Straße nach Chiltern Grange ist einsam, besonders die Stelle, wo sich über eine Meile auf der einen Seite die Heide von Charlington hinzieht, auf der anderen Seite liegen die Wälder rund um Charlington Hall. Sie können sich kein einsameres Stück Straße vorstellen, und es geschieht selten, daß eine Karre oder ein Bauer vorbeikommt, bis man die Landstraße in der Nähe von Crooksbury Hill erreicht hat. Vor zwei Wochen radelte ich auf diesem Stück der Straße und sah zufällig über die Schulter zurück; ungefähr zweihundert Yard hinter mir sah ich einen Mann, auch auf einem Fahrrad. Er schien mittleren Alters und trug einen kurzen, dunklen Bart. Ehe ich Farnham erreichte, guckte ich noch einmal zurück, aber der Mann war weg, und so dachte ich nicht mehr an ihn. Aber Sie können sich vorstellen, wie erstaunt ich war, Mr. Holmes, als ich bei meiner Rückkehr am Montag denselben Mann wieder auf demselben Abschnitt der Straße sah. Mein Erstaunen wuchs, als sich der Zwischenfall wiederholte, genau wie beim erstenmal am Samstag und am Montag. Der Mann hielt immer den Abstand ein und belästigte mich in keiner Weise; aber das Ganze kam mir sehr sonderbar vor. Ich erzählte es beiläufig Mr. Carruthers, und ihn schien es zu interessieren; er erklärte, er habe Pferd und Wagen bestellt, so daß ich in Zukunft nicht mehr ohne Begleitung auf der einsamen Straße zu fahren brauchte.

Das Pferd und der Wagen sollten in dieser Woche kommen, aber aus irgendeinem Grunde wurden sie nicht geliefert, und ich mußte wieder mit dem Rad zum Bahnhof. Das war heute morgen. Sie können sich denken, daß ich aufmerksam Ausschau hielt, als ich die Heide von Charlington erreichte, und, wie es nicht anders sein konnte, der Mann war wieder da, wie vor zwei Wochen. Er hielt sich immer so weit von mir entfernt, daß ich sein Gesicht nicht erkennen konnte; aber ich bin sicher, daß es jemand ist, den ich nicht kenne. Er trug einen dunklen Anzug und eine Tuchmütze. Das einzige, das ich von seinem Gesicht genau sehen konnte, war sein dunkler Bart. Heute war ich über sein Auftauchen nicht erschrocken, es erregte vielmehr meine Neugier, und ich beschloß herauszufinden, wer er ist und was er will. Ich fuhr langsamer, er aber auch. Dann hielt ich an, und er hielt auch. Da stellte ich ihm eine Falle. Die Straße macht eine scharfe Kurve, und ich fuhr sehr schnell in sie hinein, stoppte und wartete. Ich nahm an, er würde durch die Kurve und an mir vorbeischießen. Er kam nicht. Ich ging dann zurück und schaute um die Ecke. Ich konnte eine Meile weit die Straße einsehen, aber er war nicht da. Um die Sache noch absonderlicher zu machen: auf der Strecke gibt es keinen Seitenweg, in den er eingebogen sein könnte.«

Holmes kicherte und rieb sich die Hände.

»Das ist ganz gewiß ein eigentümlicher Fall«,

sagte er. »Wieviel Zeit verging von dem Moment, da Sie in die Kurve fuhren, bis zu der Entdeckung, daß die Straße leer war?«

»Zwei oder drei Minuten.«

»Dann kann er nicht auf der Straße zurückgefahren sein. Und Sie sagen, es gibt da keine Seitenwege?«

»Keine.«

»Dann ist er bestimmt in einen Fußpfad auf der einen oder der anderen Seite eingebogen.«

»Nicht auf der Seite, wo die Heide ist, dort hätte ich ihn sehen können.«

»Also haben wir durch Ausschließen festgestellt, daß er einen Weg in Richtung Charlington Hall genommen hat, das, wie ich es verstanden habe, nahe der Straße liegt. Gibt es sonst noch etwas?«

»Nichts, Mr. Holmes, außer, daß ich durcheinander war und fühlte, ich könnte nicht wieder froh werden, bis ich Sie aufgesucht und Ihren Rat eingeholt hätte.«

Ein Weilchen saß Holmes schweigend da.

»Wo ist der Mann angestellt, mit dem Sie verlobt sind?« fragte er schließlich.

»Er ist bei der Midland Electric Company in Coventry.«

»Und er würde Ihnen keinen überraschenden Besuch machen?«

»Aber Mr. Holmes! Ich kenne ihn doch!«

»Hatten Sie irgendwelche anderen Verehrer?«

»Einige, ehe ich Cyril kennenlernte.«

»Und seither?«

»Gab es nur diesen fürchterlichen Mann, Woodley, wenn man den einen Verehrer nennen kann.«

»Sonst niemand?«

Unsere hübsche Klientin schien ein bißchen durcheinander.

»Wer ist es?«

»Oh, vielleicht bilde ich es mir nur ein, aber manchmal scheint mir, als ob mein Dienstherr, Mr. Carruthers, mir sehr viel Interesse entgegenbringt. Wir sind ziemlich oft beisammen. Abends leiste ich ihm Gesellschaft. Er hat nie etwas gesagt, er ist ein vollendeter Gentleman. Aber ein Mädchen spürt so etwas.«

»Ha!« Holmes sah ernst drein. »Wovon bestreitet er seinen Lebensunterhalt?«

»Er ist reich.«

»Er besitzt aber nicht Pferd und Wagen?«

»Nun, zumindest ist er wohlhabend. Er fährt in der Woche zwei- oder dreimal in die Stadt. Er ist äußerst interessiert an südafrikanischen Goldminen-Aktien.«

»Sie werden mich über Neuigkeiten in Kenntnis setzen. Ich bin gegenwärtig sehr beschäftigt, werde aber Zeit finden, einige Nachforschungen in Ihrem Fall anzustellen. Tun Sie keinen Schritt, ohne es mich wissen zu lassen. Ich bin davon überzeugt, daß wir nur gute Nachrichten von Ihnen hören.«

»Es liegt in der Natur der Dinge, daß so einem Mädchen die Männer nachsteigen«, sagte Holmes und zog an seiner Meditationspfeife. »Aber vorzugsweise nicht per Fahrrad auf einsamen Landstraßen. Ganz ohne Zweifel ein stiller Verehrer. Aber es gibt kuriose und nachdenkenswerte Einzelheiten an dem Fall, Watson.«

»Daß er nur an der gewissen Stelle erscheint?«

»Genau. Als erstes müssen wir herausfinden, wer die Bewohner von Charlington Hall sind. Dann, was es mit der Beziehung zwischen Carruthers und Woodley auf sich hat, da sie anscheinend zwei Leute unterschiedlicher Wesensart sind. Wie kommt es, daß *beide* so begierig waren, Ralph Smith' Verwandte ausfindig zu machen? Dann noch etwas: Um welche Art Lebensverhältnisse handelt es sich, wenn jemand den doppelten Marktpreis für eine Gouvernante zahlt, aber nicht einmal ein Pferd hält, obwohl er sechs Meilen von Bahnhof entfernt wohnt? Verworren, Watson, sehr verworren.«

»Werden Sie hinfahren?«

»Nein, mein lieber Junge, *Sie* werden hinfahren. Vielleicht ist es ein unerheblicher Liebeshandel; ich kann meine andere wichtige Untersuchung deshalb nicht unterbrechen. Montag werden Sie früh in Farnham sein; Sie verstecken sich in der Nähe der Heide; Sie beobachten die Vorgänge und handeln, wie es Ihnen Ihr eigenes Urteil vorschreibt. Dann, wenn Sie sich nach den Bewohnern von Charlington Hall erkundigt haben, kommen Sie zurück und erstatten mir Bericht. Und jetzt, Watson, kein Wort mehr über die Sache, bis wir etwas festeren Boden unter den Füßen haben, über den wir zu unserer Lösung gelangen können.«

Wir hatten von der Dame erfahren, daß sie am Montag mit dem Zug fahren wollte, der um neun Uhr fünfzig von Waterloo Station abgeht; ich brach eher auf und nahm den Zug um neun Uhr dreizehn. Es war nicht schwierig, in Farnham am Bahnhof den Weg zur Heide von Charlington gewiesen zu bekommen. Den Schauplatz der Abenteuer der jungen Dame konnte man unmöglich verfehlen, denn die Straße verlief zwischen der offenen Heide auf der einen und einer dunklen Eibenhecke auf der anderen Seite; die Hecke umschloß einen Park, in dem herrliche Bäume wuchsen. Im Park fand ich einen Hauptweg mit flechtenbedeckten Steinen, an dessen Seiten Säulen standen, die von verfallenden heraldischen Emblemen gekrönt waren; aber neben dem Hauptweg entdeckte ich in der Hecke an verschiedenen Stellen Lücken, durch die Fußpfade gingen. Das Haus war von der Straße nicht zu sehen, aber alles deutete auf Düsternis und Verfall.

Die Heide war mit goldenen Flecken blühenden Ginsters bedeckt, die herrlich im hellen Sonnenlicht leuchteten. Hinter einem der Sträucher bezog ich Stellung, von da konnte ich den Hauptweg nach Charlington Hall und ein großes Stück der Straße überblicken. Die Straße war, als ich sie verlassen hatte, leer gewesen, aber nun erblickte ich einen Radfahrer, der in Richtung Farnham fuhr. Er trug einen dunklen Anzug, und ich sah, daß er einen schwarzen Bart hatte. Als er am Park von Charlington Hall angekommen war, sprang er ab, führte sein Rad durch eine Lücke in der Hecke und verschwand aus meinem Gesichtskreis. Eine Viertelstunde verging, und ein zweiter Radfahrer tauchte auf. Diesmal war es die junge Dame, die vom Bahnhof kam. Ich sah, wie sie umherblickte, als sie die Hecke von Charlington erreicht hatte; kurz darauf trat der Mann aus seinem Versteck und folgte ihr. In der ganzen weiten Landschaft waren die beiden die einzigen sich bewegenden Gestalten, das anmutige Mädchen, das sehr gerade auf dem Rad saß, und der Mann hinter ihr, der sich tief über den Lenker beugte und dessen Gebahren seltsam verstohlene Absichten ahnen ließen. Sie blickte zurück und verlangsamte ihre Geschwindigkeit. Er fuhr ebenfalls langsamer. Sie hielt an. Er stoppte sofort, zweihundert Yard hinter ihr. Ihr nächster Schritt war so unerwartet wie mutig: Sie riß plötzlich ihr Rad herum und raste geradewegs auf ihn zu. Er war jedoch so schnell wie sie und sauste davon in verzweifelter Flucht. Dann fuhr sie wieder weiter, den Kopf stolz erhoben und nicht gesonnen, ihren stillen Verfolger fernerhin zu beachten. Er setzte die unterbrochene

Fahrt gleichfalls fort und hielt seinen Abstand, bis die Biegung der Straße ihn meinen Blicken entzog.

Ich blieb in meinem Versteck und tat gut daran; denn bald darauf kam der Mann, langsam fahrend, noch einmal zurück. Er bog ein in das Tor zum Park und stieg vom Rad. Einige Minuten sah ich ihn zwischen den Bäumen stehen. Die Hände hatte er am Hals, und es schien, als richtete er seine Krawatte. Dann stieg er wieder auf und fuhr die Auffahrt nach Charlington Hall hinauf. Ich lief über die Heide und spähte durch die Bäume. Weit entfernt erblickte ich die Umrisse des alten grauen Gebäudes mit seinen Tudor-Kaminen, die wie Stacheln hochstanden; aber die Auffahrt führte durch dichtes Gebüsch, und ich sah nichts mehr von meinem Mann.

Dennoch meinte ich, recht anständige Morgenarbeit geleistet zu haben, und gut gelaunt spazierte ich nach Farnham zurück. Der Häusermakler des Städtchens konnte mir über Charlington Hall nichts erzählen und verwies mich an eine bekannte Firma in der Pall Mall. Dort machte ich auf dem Heimweg halt und wurde vom Chef höflich empfangen. Nein, ich könne Charlington Hall für den Sommer nicht mieten. Ich käme zu spät. Es sei einen Monat zuvor vermietet worden. Mr. Williamson sei der Name des Mieters, ein würdiger älterer Herr. Der entgegenkommende Makler bedauerte, nicht mehr sagen zu können, denn die Angelegenheiten seiner Klienten seien für ihn kein Gesprächsgegenstand.

Mr. Sherlock Holmes hörte dem langen Bericht, den ich ihm am Abend erstattete, aufmerksam zu, aber er entlockte ihm nicht das kurze Lob, auf das ich gehofft und das ich zu schätzen gewußt hätte. Sein strenges Gesicht wurde im Gegenteil noch ernster als gewöhnlich, als er sich auf die Dinge bezog, die ich unternommen und die ich unterlassen hatte.

»Ihr Versteck, mein lieber Watson, war falsch gewählt. Sie hätten hinter der Hecke sein müssen; dann hätten Sie die Person, um die es geht, von nahem gesehen. So waren Sie etwa hundert Yard entfernt und können mir sogar noch weniger sagen als Miss Smith. Sie glaubt, sie kennt den Mann nicht; aber ich bin davon überzeugt, daß sie ihn kennt. Warum wäre er sonst so verzweifelt bemüht, sie nicht so nahe herankommen zu lassen, daß sie sein Gesicht sehen kann? Sie beschreiben ihn, daß er über den Lenker gebeugt fuhr. Also wieder Versteckspiel. Sie haben wirklich bemerkenswert schlecht gearbeitet. Er kehrt in das Haus zurück, und Sie wollen herausfinden, wer er ist. Dazu suchen Sie einen Londoner Häusermakler auf!«

»Was hätte ich denn tun sollen?« rief ich ziemlich hitzig.

»Ins nächste Gasthaus gehen. Das ist das Zentrum des Dorfklatschs. Da hätten Sie jeden Namen erfahren, vom Hausherrn bis zum Küchenmädchen. Williamson! Das sagt mir überhaupt nichts. Wenn es ein älterer Mann ist, dann ist er nicht dieser hurtige Radfahrer, der vor der Verfolgung einer athletischen jungen Dame davonsprintet. Was hat uns Ihre Expedition eingebracht? Wir wissen jetzt, daß die Geschichte des Mädchens wahr ist. Das habe ich nie bezweifelt. Daß es eine Verbindung gibt zwischen dem Radfahrer und Charlington Hall. Auch das habe ich nie bezweifelt. Daß die Hall von einem Williamson gepachtet wurde. Wem hilft das schon? Schon gut, mein lieber Herr, schauen Sie nicht so niedergeschlagen drein. Bis nächsten Samstag können wir nicht viel mehr unternehmen, und in der Zwischenzeit werde ich selber einige Nachforschungen anstellen.«

Am folgenden Morgen erhielten wir einen Brief von Miss Smith, der uns kurz und genau die Ereignisse beschrieb, die auch ich beobachtet hatte, aber das Gewicht lag im Postskriptum:

›Ich bin sicher, daß Sie mein Vertrauen zu würdigen wissen, Mr. Holmes, wenn ich Ihnen mitteile, daß meine Stellung hier schwierig geworden ist, da mein Dienstherr mir die Heirat angetragen hat. Ich bin davon überzeugt, daß seine Gefühle tief und seine Absichten ehrbar sind. Aber ich habe meine Hand schon vergeben. Er nahm meine Ablehnung sehr ernst, aber auch mit Anstand entgegen. Sie werden sicherlich verstehen, daß die Lage ein wenig gespannt ist.‹

»Unsere junge Freundin scheint in tiefes Wasser zu kommen«, sagte Holmes gedankenvoll, als er den Brief zu Ende gelesen hatte. »Der Fall birgt sicher mehr interessante Züge und Entwicklungsmöglichkeiten, als ich ursprünglich dachte. Es kann nicht schaden, wenn ich einen ruhigen, friedlichen Tag auf dem Lande verbringe; ich bin geneigt, heute nachmittag hinzufahren und ein, zwei Theorien, die ich aufgestellt habe, zu überprüfen.«

Holmes' ruhiger Tag auf dem Lande hatte ein einmaliges Ende; spät am Abend kam er in der Baker Street an, mit einer gespaltenen Lippe und einer schillernden Beule auf der Stirn, und er machte überhaupt einen heruntergekommenen Eindruck, so daß seine Person ein geeignetes Objekt für Nachforschungen durch Scotland Yard gewesen wäre. Seine Abenteuer hatten ihn mächtig aufgekratzt, und er lachte herzhaft, als er von ihnen berichtete.

»Ich habe so wenig Gelegenheit zu aktiver Betätigung, daß es immer wieder ein Genuß ist. Sie wissen ja, daß ich einige Fähigkeiten im guten alten britischen Sport des Boxens besitze. Hin und wieder ist das nützlich. Heute zum Beispiel wäre ich ohne sie in Schimpf und Schande geraten.«

Ich bat ihn, mir zu erzählen, was sich zugetragen hatte.

»Ich fand dieses Landgasthaus, das ich schon Ihrer Beobachtung empfahl, und stellte dort meine diskreten Nachforschungen an. Ich stand an der Theke, und von einem geschwätzigen Wirt erfuhr ich alles, was ich wollte. Williamson ist ein Mann mit weißem Bart, er lebt allein mit einer kleinen Dienerschaft in Charlington Hall. Es geht das Gerücht, daß er Geistlicher ist oder war; aber ein paar Vorfälle während seines kurzen Aufenthalts in Charlington Hall kommen mir ausgesprochen ungeistlich vor. Ich habe schon bei der Kirchenbehörde nachgefragt, und man sagte mir, daß es wirklich einen ordinierten Herrn des Namens gegeben habe, aber dessen Karriere sei einmalig dunkel gewesen. Der Wirt hat mich noch wissen lassen, daß es dort in Charlington Hall übers Wochenende immer Besucher gebe – ›eine verwegene Bande, Sir‹ –, und besonders ein Herr mit rotem Schnurrbart namens Mr. Woodley, der sei immer da. So weit waren wir gekommen, als ausgerechnet dieser Herr persönlich neben uns trat; er hatte im Schankraum sein Bier getrunken und das ganze Gespräch gehört. Wer ich sei? Was ich wolle? Weshalb ich Fragen stellte? Er hatte eine sehr geläufige Zunge, und seine Adjektive waren sehr deftig. Er beschloß seine Beschimpfungen mit einem wütenden Rückhandschlag, den ich nicht vermeiden konnte. Die nächsten Minuten waren köstlich. Eine linke Gerade gegen einen Schläger! Ich ging aus dem Ganzen so hervor, wie Sie mich sehen. Mr. Woodley wurde nach Hause gekarrt. So endete mein Ausflug aufs Land, und es muß gesagt werden, daß mein Tag an der Grenze zu Surrey, wenn er auch genußreich war, nicht viel mehr eingebracht hat als der Ihre.«

Der Donnerstag brachte uns einen weiteren Brief von unserer Klientin.

›Sie werden nicht erstaunt sein, Mr. Holmes‹, schrieb sie, ›daß ich die Stellung bei Mr. Carruthers verlassen will. Auch das hohe Gehalt kann mich nicht mit den Unannehmlichkeiten meiner Lage versöhnen. Am Samstag fahre ich in die Stadt, und ich habe nicht vor, zurückzukehren. Mr. Carruthers hat jetzt einen Wagen, und so sind die Gefahren der einsamen Straße – wenn es da überhaupt jemals Gefahren gegeben hat – vorüber.

Zu dem besonderen Grund meines Weggehens: Es ist nicht nur die gespannte Situation zwischen Mr. Carruthers und mir; der ekelhafte Mann Woodley ist wieder aufgetaucht. Er war schon immer gräßlich, aber jetzt sieht er schlimmer aus als je zuvor, er scheint nämlich einen Unfall gehabt zu haben und ist sehr entstellt. Ich sah ihn vom Fenster aus und bin froh, daß ich ihm nicht begegnet bin. Er hatte ein langes Gespräch mit Mr. Carruthers, der mir hinterher sehr aufgeregt schien. Woodley muß sich in der Nachbarschaft aufhalten, denn er hat nicht hier geschlafen, und doch sah ich ihn heute morgen durchs Gebüsch schleichen. Lieber wäre es mir, wenn ein wildes Tier auf dem Gelände frei herumliefe. Ich verabscheue und fürchte ihn mehr, als ich sagen kann. Wie mag Mr. Carruthers nur eine solche Kreatur ertragen? Wie auch immer, alle meine Nöte werden am Samstag vorüber sein.‹

»Das hoffe ich, Watson, das hoffe ich«, sagte Holmes ernst. »Um die kleine Frau spinnt sich eine schlimme Intrige, und es ist unsere Pflicht, dafür zu sorgen, daß niemand sie auf der letzten Reise belästigt. Ich denke, Watson, wir müssen uns die Zeit nehmen, am Samstag gemeinsam dort hinzufahren, damit wir sichergehen, daß dieser seltsame erfolglose Auftrag kein verdrießliches Ende nimmt.«

Ich gestehe, daß mir der Fall bis jetzt nicht besonders schwerwiegend, sondern eher grotesk und bizarr vorgekommen war. Wenn ein Mann einer sehr hübschen Frau auflauert und ihr nachradelt, so ist das keine unerhörte Sache, und wenn er so wenig Mut aufbringt, daß er nicht wagt, sie anzusprechen, sondern sogar, wenn sie herankommt, flieht, so ist er nicht gerade ein Draufgänger. Der Raufbold Woodley war da eine ganz andere Figur, aber, ausgenommen das eine Mal, hatte er unsere Klientin nicht belästigt, und jetzt war er bei Carruthers gewesen, ohne sich ihr aufzudrängen. Der Mann auf dem Fahrrad war zweifellos einer von diesen Wochenendgästen in Charlington Hall, von denen der Wirt gesprochen hatte, aber wer er war und was er wollte, blieb für mich dunkel. Es lag an Holmes' ernstem Verhalten und der Tatsache, daß er einen Revolver in die Tasche steckte, bevor wir die Wohnung verließen, daß ich den Eindruck bekam, hinter den seltsamen Ereignissen könnte die Tragödie lauern.

Auf eine regnerische Nacht war ein herrlicher Morgen gefolgt, und die Heidelandschaft mit den leuchtenden Büschen blühenden Ginsters erschien den Augen um so angenehmer, als sie der schwärzlichen, mausgrauen und schiefergrauen Farben Londons müde waren. Holmes und ich spazierten die breite sandige Straße entlang, atmeten tief die reine Morgenluft ein und erfreuten uns an der Musik der Vögel und der Frische des Frühlings. Von einer hohen Stelle auf dem Rücken des Crooksbury Hill sahen wir das finstere Herrenhaus aus den uralten Eichen starren, die, so alt sie auch sein mochten, jünger waren als das Haus in ihrer Mitte. Holmes deutete das lange rötlichgelbe Band der Straße hinunter, das zwischen dem Braun der Heide und dem Knospengrün der Wälder lag. Weit vor uns sahen wir, noch als schwarzen Punkt, ein Fahrzeug auf uns zukommen. Holmes gab einen Ungeduldschrei von sich.

»Ich hatte mit einem Spielraum von einer halben Stunde gerechnet. Wenn das die Kutsche ist, dann will sie den früheren Zug nehmen. Ich fürchte, Watson, daß sie Charlington passiert hat, ehe wir bei ihr sein können.«

Als wir die Anhöhe hinter uns hatten, sahen wir das Fahrzeug nicht mehr. Wir hasteten in solcher Eile voran, daß sich meine sitzende Lebensweise bemerkbar machte und ich gezwungen war zurückzubleiben. Holmes dagegen war immer im Training, er besaß unerschöpfliche Vorräte an Kraft. Sein federnder Schritt verlangsamte sich nicht, bis er auf einmal, hundert Yard vor mir, stehenblieb und ich sah, wie er die Hände mit einem Ausdruck des Schmerzes und der Verzweiflung hochwarf. Im selben Augenblick erschien in der Kurve ein leerer Dogcart – das Pferd lief Galopp, die Zügel schleiften –, der schnell auf uns zuratterte.

»Zu spät, Watson, zu spät!« rief Holmes, als ich keuchend neben ihm ankam. »Ich Narr, daß ich den früheren Zug nicht einkalkuliert habe! Das sieht nach Entführung aus, Watson – Entführung! Mord! Der Himmel weiß, was. Blockieren Sie die Straße! Stoppen Sie das Pferd! So ist es recht. Und nun hinein! Wir wollen sehen, ob ich die Folgen meines Schnitzers wieder gutmachen kann.«

Wir waren in den Dogcart gesprungen; Holmes gab dem Pferd, nachdem er es in die entgegengesetzte Richtung gewendet hatte, einen heftigen

Schlag mit der Peitsche, und wir flogen über die Straße dahin. Als die Biegung hinter uns lag, hatten wir das Stück zwischen Charlington Hall und Heide gut sichtbar vor uns. Ich packte Holmes am Arm.

»Das ist der Mann!« stieß ich hervor.

Ein einsamer Radfahrer kam auf uns zu. Sein Kopf war gebeugt und die Schultern gerundet, als legte er seine ganze Kraft in die Pedale. Er schoß heran wie ein Rennfahrer. Plötzlich hob er das bärtige Gesicht, sah uns nahen, bremste und sprang aus dem Sattel. Dieser kohlschwarze Bart stand in einmaligem Kontrast zu der Blässe seines Gesichts, und seine Augen glänzten, als hätte er Fieber. Er starrte auf uns und den Dogcart, dann trat ein Ausdruck von Bestürzung in das Gesicht.

»Holla! Stehenbleiben!« rief er und verstellte uns mit dem Fahrrad den Weg. »Woher haben Sie den Dogcart? Halten Sie, Mann!« schrie er und zog eine Pistole aus der Tasche. »Anhalten, oder, beim Himmel, das Pferd kriegt eine Kugel!«

Holmes warf mir die Zügel in den Schoß und sprang ab.

»Sie sind der Mann, den wir suchen. Wo ist Miss Violet Smith?« sagte er in seiner schnellen, klaren Art.

»Das frage ich Sie! Sie fahren in ihrem Dogcart, Sie sollten wissen, wo sie ist!«

»Uns ist der Dogcart auf der Straße entgegengekommen. Er war leer. Wir sind zurückgefahren, um der jungen Dame zu helfen.«

»Mein Gott! Mein Gott! Was soll ich tun?« rief der Fremde in einem Ausbruch von Verzweiflung. »Sie haben sie, der Höllenhund Woodley und dieser gemeine Kerl von einem Pfaffen. Kommen Sie, Mann, kommen Sie, wenn Sie wirklich ihr Freund sind. Stehen Sie mir bei, und wir werden sie retten, und wenn meine Leiche im Wald von Charlington bleibt.«

Er rannte wie verrückt, die Pistole in der Hand, zu einem Loch in der Hecke. Holmes folgte ihm, ich ließ das Pferd am Straßenrand grasen und folgte Holmes.

»Hier sind sie durchgegangen«, sagte Holmes und wies auf mehrere Fußabdrücke in dem schlammigen Pfad. »Holla! Moment, bitte! Wer ist da im Busch?«

Es war ein Bursche von ungefähr siebzehn in Lederhosen und Gamaschen wie ein Stallknecht. Er lag auf dem Rücken, die Knie angezogen, über seinen Kopf zog sich eine schreckliche Wunde. Er war bewußtlos, lebte aber. Ein Blick auf die Wunde zeigte mir, daß der Schlag den Knochen nicht zersplittert hatte.

»Das ist Peter, der Reitknecht«, rief der Fremde. »Er hat sie gefahren. Die Schweine haben ihn runtergerissen und niedergeschlagen. Lassen wir ihn liegen, wir können ihm jetzt nicht helfen, aber sie müssen wir vor dem schlimmsten Schicksal bewahren, das einer Frau widerfahren kann.«

Wir rannten wie toll den Pfad entlang, der sich zwischen den Bäumen dahinwand. Wir hatten das Gebüsch erreicht, das das Haus umgab, als Holmes anhielt.

»Sie sind nicht ins Haus gegangen. Hier links sind ihre Spuren – hier neben den Lorbeerbüschen! Ach, habe ich es nicht gesagt!«

Während er sprach, drang der schrille Schrei einer Frau, in dem wahnsinniger Schrecken schwang, aus dem dichten Buschwerk vor uns. Der Schrei brach auf dem höchsten Ton mit einem Würgen und Gurgeln ab.

»Hier lang! Hier lang! Sie sind bei der Kegelbahn!« rief der Fremde und preschte durch die Büsche. »Ach, die feigen Hunde! Folgen Sie mir, meine Herren! Zu spät! Zu spät! Verdammt!«

Plötzlich waren wir auf einer lieblichen Rasenfläche, die von alten Bäumen umgeben war. Gegenüber, im Schatten einer mächtigen Eiche, stand eine Gruppe von drei Leuten, darunter eine Frau, unsere Klientin, bleich, mit hängendem Kopf, ein Taschentuch um den Mund gewunden. Ihr gegenüber hatte sich ein brutaler junger Mann mit dickem Gesicht und rotem Schnurrbart aufgebaut, die in Gamaschen steckenden Beine weit gespreizt, den einen Arm in die Seite gestemmt, der andere wedelte mit einer Reitpeitsche – seine ganze Haltung erinnerte an triumphierende Prahlerei. Zwischen den beiden stand ein älterer graubärtiger Mann, der ein kurzes Chorhemd über einem leichten Tweed-Anzug trug und augenscheinlich gerade die Trauungszeremonie abgeschlossen hatte, denn er steckte sein Gebetbuch in die Tasche und schlug dem finsteren Bräutigam jovial gratulierend auf den Rücken.

»Sie sind verheiratet!« stöhnte ich.

»Los!« rief unser Führer. Er stürmte über die Lichtung, Holmes und ich folgten ihm auf den Fersen. Als wir herankamen, suchte die Dame taumelnd an einem Baumstamm Halt. Williamson, der ehemalige Priester, verbeugte sich gespielt höflich vor uns, der prahlerische Woodley trat uns mit brutalem Triumphgelächter entgegen.

»Nimm deinen Bart ab, Bob«, sagte er. »Ich erkenne dich doch. Du kommst mit deinen Kumpanen gerade zurecht, daß ich euch Mrs. Woodley vorstellen kann.«

Die Antwort unseres Führers war einmalig. Er riß den dunklen Bart ab, mit dem er sich unkenntlich gemacht hatte, und warf ihn auf die Erde. Ein hageres, glattrasiertes Gesicht kam zum Vorschein. Dann hob er seine Pistole und sprang auf den jungen Kerl los, der sich, die Reitpeitsche gefährlich schwingend, näherte.

»Ja«, sagte unser Verbündeter, »ich bin Bob Carruthers, und ich werde dieser Frau zu ihrem Recht verhelfen, selbst wenn ich dafür hängen müßte. Ich habe dir gesagt, was ich tue, wenn du sie belästigst, und, bei Gott, ich stehe zu meinem Wort.«

»Du kommst zu spät. Sie ist meine Frau!«

»Nein, sie ist deine Witwe!«

Der Revolver krachte, und ich sah das Blut aus Woodleys Weste spritzen. Mit einem Schrei drehte er sich um seine Achse und fiel auf den Rücken. Seine scheußliche rote Gesichtsfarbe wechselte plötzlich in schrecklich fleckige Blässe. Aus dem alten Mann, der noch immer das Chorhemd trug, brach eine Flut so widerwärtiger Flüche, wie ich sie nie gehört hatte, und dann zog auch er einen Revolver. Aber ehe er ihn noch in Anschlag bringen konnte, blickte er in den Lauf von Holmes' Waffe.

»Genug jetzt«, sagte mein Freund kalt. »Lassen Sie den Revolver fallen! Heben Sie ihn auf, Watson! Zielen Sie auf seinen Kopf! Danke. Sie, Carruthers, geben mir Ihren Revolver. Keine Gewalttätigkeiten mehr! Los, geben Sie ihn her!«

»Wer sind Sie denn?«

»Mein Name ist Sherlock Holmes.«

»Guter Gott!«

»Wie ich sehe, haben Sie von mir gehört. Ich werde die Polizei vertreten, bis sie hier eintrifft. He, Sie!« rief er dem verschreckten Stallburschen zu, der am Rand der Lichtung auftauchte. »Kommen Sie! Bringen Sie diese Nachricht so schnell Sie reiten können nach Farnham.« Er kritzelte ein paar Worte auf ein Blatt aus seinem Notizbuch. »Geben Sie das dem Superintendenten der Polizeistation. Bis er eintrifft, muß ich Sie alle unter meiner Aufsicht in Haft behalten.«

Die starke, überlegene Persönlichkeit Holmes' beherrschte die tragische Szene, und alle waren gleichermaßen Marionetten in seinen Händen. Williamson und Carruthers sahen sich plötzlich in der Rolle von Trägern, die den verwundeten Woodley ins Haus brachten, und ich reichte dem verängstigten Mädchen meinen Arm. Der Verletzte wurde auf ein Bett gelegt, und auf Holmes' Verlangen hin untersuchte ich ihn. Danach erstattete ich ihm Bericht in dem alten mit Gobelins behangenen Speisezimmer, wo er mit seinen beiden Gefangenen saß.

»Er wird überleben«, sagte ich.

»Was!« schrie Carruthers und sprang aus dem Sessel. »Ich gehe nach oben und gebe ihm den Rest. Wollen Sie mir erzählen, daß das Mädchen, dieser Engel, sein Leben lang an Roaring Jack Woodley gefesselt sein wird?«

»Darüber sollten Sie sich nicht beunruhigen. Es gibt zwei sehr gute Gründe, weshalb sie unter keinen Umständen seine Frau sein kann. Zum ersten liegen wir wohl richtig, wenn wir Mr. Williamsons Recht, eine Ehe einzusegnen, in Frage stellen.«

»Ich bin geweiht«, rief der alte Lump.

»Und der Priesterwürde entkleidet.«

»Einmal Geistlicher, immer Geistlicher.«

»Das glaube ich nicht. Und dann: Was ist mit der Heiratslizenz?«

»Wir haben eine. Sie steckt in meiner Tasche.«

»Dann sind Sie durch einen Dreh an sie gekommen. Jedenfalls ist eine erzwungene Heirat keine Heirat, sondern ein sehr schweres Verbrechen, was Sie einsehen werden, bevor wir mit Ihnen zu Ende sind. Sie werden Zeit haben, während der schätzungsweise nächsten zehn Jahre darüber nachzudenken; oder ich müßte mich sehr täuschen. Und nun zu Ihnen, Carruthers: Sie hätten besser daran getan, Ihren Revolver in der Tasche zu lassen.«

»Allmählich denke ich das auch, Mr. Holmes. Aber mir fielen in dem Moment alle Vorsichtsmaßnahmen ein, mit denen ich das Mädchen schützen wollte – denn ich liebe sie, und es ist das einzige Mal, daß ich erfahren habe, was Liebe bedeutet –, und ich verlor fast den Verstand, als ich mir vorstellte, daß sie sich nun in der Gewalt des größten Scheusals und Raufbolds von Südafrika befand, eines Mannes, dessen Name der Schrecken von Kimberley bis Johannesburg ist. Sie werden es kaum glauben, Mr. Holmes, aber seit das Mädchen bei mir angestellt war, habe ich sie nie dieses Haus passieren lassen, in dem, wie ich wußte, die Schurken lauerten, ohne ihr mit dem Rad zu folgen, um darauf zu achten, daß ihr kein Leid geschieht. Ich habe immer Abstand gehalten und einen Bart getragen, damit sie mich nicht erkennen konnte; denn sie ist ein gutes, stolzes Mädchen, und sie hätte nicht länger bei mir gearbeitet, wenn sie gewußt hätte, daß ich ihr auf der Landstraße folgte.«

»Warum haben Sie ihr nichts von der Gefahr gesagt?«

»Weil sie mich dann verlassen hätte, und das konnte ich nicht ertragen. Selbst wenn sie mich nicht liebte, bedeutete es für mich doch viel, ihre liebenswerte Gestalt im Haus zu sehen und den Klang ihrer Stimme zu hören.«

»Nun«, sagte ich, »Sie nennen das Liebe, Mister Carruthers, ich würde es Selbstsucht nennen.«

»Vielleicht gehen diese Gefühle zusammen. Aber wie dem auch sei, ich konnte sie nicht fort lassen. Außerdem war es bei dieser Meute in der Nähe gut, daß es jemanden gab, der sich um sie kümmerte. Dann, als das Telegramm kam, wußte ich, daß sie etwas unternehmen würden.«

»Welches Telegramm?«

Carruthers zog es aus der Tasche.

»Das ist es«, sagte er.

Es war knapp und präzis: ›Der alte Mann ist tot.‹

»Hm«, machte Holmes. »Ich glaube, ich weiß jetzt, wie die Sache gelaufen ist, und ich verstehe, daß diese Nachricht die beiden zum Handeln brachte. Aber während wir warten, könnten Sie mir alles erzählen, was Sie wissen.«

Aus dem alten ruchlosen Mann im Chorhemd quoll ein Strom von Schimpfereien.

»Beim Himmel«, sagte er, »wenn du singst, Bob Carruthers, werde ich mit dir verfahren, wie du mit Jack Woodley verfahren bist. Über das Mädchen kannst du dich ja nach Herzenslust ausblöken, das ist deine Sache, aber wenn du deine Kumpane vor diesem Bullen in Zivil in die Pfanne hauen willst, dann wird das das schlechteste Tagewerk gewesen sein, das du je verrichtet hast.«

»Hochwürden brauchen sich gar nicht so aufzuregen«, sagte Holmes und zündete sich eine Zigarette an. »Ihr Fall liegt klar am Tag, und alles, was ich Sie noch fragen werde, betrifft Einzelheiten, die ich aus persönlicher Neugier wissen möchte. Aber wenn es Ihnen schwerfällt, mit mir zu sprechen, übernehme ich das Erzählen, und Sie werden sehen, wieweit Sie überhaupt noch eine Chance haben, Ihre Geheimnisse zu verschweigen. Erstens: Sie drei kamen aus Südafrika mit einem genauen Plan – Sie, Carruthers und Woodley.«

»Lüge Nummer eins«, sagte der alte Mann. »Ich habe bis vor zwei Monaten keinen der beiden gekannt und bin nie im Leben in Afrika gewesen – das können Sie sich in Ihre Pfeife stopfen und daran rumpaffen, – Mr. Wichtigtuer Holmes!«

»Was er sagt, ist wahr«, erklärte Carruthers.

»Gut, gut. Zwei von ihnen kamen herüber. Hochwürden ist also Eigenzucht dieses Landes. Sie kannten Ralph Smith aus Südafrika. Sie hatten Grund anzunehmen, daß er nicht mehr lange leben würde. Sie bekamen heraus, daß seine Nichte sein Vermögen erben würde. Na, wie ist das?«

Carruthers nickte, und Williamson fluchte.

»Sie war zweifellos die nächste Blutsverwandte, und Sie wußten, daß der alte Mann kein Testament machen würde.«

»Er konnte weder lesen noch schreiben«, sagte Carruthers.

»So kamen Sie also nach England, Sie beide, und stöberten das Mädchen auf. Ihr Plan war, daß einer von Ihnen sie heiraten sollte und der andere einen Anteil bekam. Aus irgendeinem Grund sollte Woodley der Ehemann sein. Warum er?«

»Wir haben auf der Überfahrt um sie Karten gespielt. Er hat gewonnen.«

»Ach so. Sie stellten also die junge Dame ein, und Woodley sollte ihr den Hof machen. Sie erkannte in ihm das versoffene Scheusal, das er ist, und wollte nichts mit ihm zu tun haben. In der Zwischenzeit wurde Ihr Abkommen durch den Umstand über den Haufen geworfen, daß Sie sich in die Dame verliebten. Sie konnten den Gedanken nicht ertragen, daß der Schurke sie besitzen sollte.«

»Ja, zum Teufel, das konnte ich nicht.«

»Es gab Streit zwischen Ihnen. Er verließ Sie wütend und fing an, unabhängig von Ihnen seine eigenen Pläne zu machen.«

»Das wirft mich um, Williamson, daß es so wenig

gibt, was wir dem Gentleman erzählen könnten«, rief Carruthers mit bitterem Lachen. »Ja, wir stritten, und er schlug mich nieder. Jetzt sind wir jedenfalls quitt. Dann habe ich ihn eine Weile nicht gesehen. Inzwischen las er diesen gefallenen Engel hier auf. Ich bekam heraus, daß sie zusammen hausten, hier, wo sie vorbeimußte, wenn sie zum Bahnhof fuhr. Danach behielt ich sie im Auge, denn ich wußte: es lag eine Teufelei in der Luft. Ab und zu traf ich mich mit ihnen, denn ich mußte erfahren, was sie im Schilde führten. Vor zwei Tagen kam Woodley in mein Haus mit diesem Telegramm, in dem steht, daß Ralph Smith tot ist. Er fragte mich, ob ich zu unserer Abmachung stehe. Ich sagte nein. Er fragte mich, ob ich das Mädchen heiraten und ihm einen Anteil geben würde. Ich sagte: ›Das würde ich gern tun, aber sie will nicht.‹ Er sagte: ›Verheiraten wir sie erst mal, nach einer Woche oder so sieht alles ein bißchen anders aus.‹ Ich sagte: ›Ich will mit Gewalt nichts zu schaffen haben.‹ Er ging fluchend weg, der Schuft, und schwor, er würde sie doch kriegen. Sie wollte an diesem Wochenende weggehen, und ich mietete einen Wagen, der sie zum Bahnhof bringen sollte. Aber ich war so beunruhigt, daß ich ihr mit dem Fahrrad nachfuhr. Sie hatte einen Vorsprung, und ehe ich sie einholen konnte, war das Unglück geschehen. Das wurde mir klar, als ich sah, daß Sie beide in dem Dogcart saßen.«

Holmes stand auf und warf den Zigarettenstummel in den Kamin.

»Ich bin sehr dumm gewesen, Watson«, sagte er. »Als Sie in Ihrem Bericht sagten, Sie hätten gesehen, wie der Radfahrer im Gebüsch seine Krawatte richtete, hätte das allein mir schon alles erklären müssen. Dennoch, wir können uns zur Lösung dieses seltsamen und in mancher Hinsicht einmaligen Falles gratulieren. Ich sehe drei Männer von der Polizei in der Einfahrt, und es freut mich, daß der kleine Stallbursche mit ihnen Schritt halten kann; so ist es wahrscheinlich, daß weder er noch der interessante Bräutigam durch ihr Morgenabenteuer auf Dauer geschädigt sind. Ich denke, Watson, daß Sie in Ihrer Eigenschaft als Mediziner Miss Smith Ihre Aufwartung machen und ihr sagen könnten, wir würden uns glücklich schätzen, sie zu ihrer Mutter nach Hause zu begleiten, sobald sie sich wieder wohl befindet. Wenn sie noch nicht ganz wiederhergestellt sein sollte, werden Sie sehen, daß der Hinweis, wir wollten an einen jungen Elektriker in den Midlands ein Telegramm schicken, ihr wahrscheinlich die Gesundheit zurückgeben wird. Zu Ihnen, Mr. Carruthers: Ich denke, Sie haben getan, was in Ihren Kräften stand, um Ihren Anteil an einem bösen Komplott gutzumachen. Hier ist meine Karte, Sir, und wenn meine Aussage Ihnen bei Ihrer Verhandlung helfen kann, stehe ich Ihnen zur Verfügung.«

Im Wirbel unserer nicht abreißenden Aktivitäten war es für mich – wie der Leser wahrscheinlich beobachten konnte – oft schwierig, meine Berichte mit Einzelheiten, die der Lösung folgten, abzurunden, die der Neugierige vielleicht erwartet. Ein Fall jagte den anderen, und wenn der Höhepunkt einmal überschritten war, verschwanden die Akteure für immer aus unserem geschäftigen Leben. Dennoch fällt mir jetzt, am Ende meines Manuskripts, noch eine kleine Notiz in die Hände, die diese Angelegenheit betrifft und in der ich aufgezeichnet habe, daß Miss Violet Smith wirklich ein großes Vermögen geerbt hat und daß sie die Frau von Cyril Morton geworden ist, dem Seniorpartner von Morton und Kennedy, der berühmten Elektrofirma in Westminster. Williamson und Woodley sind wegen Entführung und Nötigung verurteilt worden, der eine bekam sieben, der andere zehn Jahre. Über Carruthers Geschick besitze ich keine Aufzeichnung; aber ich bin sicher, daß seine Gewalttat vom Gericht als nicht so schwerwiegend angesehen wurde; denn nur Woodley stand in dem Ruf eines höchst gefährlichen Verbrechers, und so glaube ich, daß man ein paar Monate für ausreichend gehalten hat, um dem Recht Genüge zu tun.

Die Internatsschule

Auf der kleinen Bühne Baker Street erlebten wir einige dramatische Auftritte und Abgänge, aber ich kann mich an nichts erinnern, das überraschender und erschreckender gewesen wäre als das erste Erscheinen von Dr. Thorneycroft Huxtable, M. A., Ph. D. etc. Seine Visitenkarte, die zu klein schien, um die Last seiner akademischen Würden zu tragen, eilte ihm um wenige Sekunden voraus, und dann trat er selber ein – so groß, so prächtig und so würdevoll, daß er wie die fleischgewordene Selbstbeherrschung und Gediegenheit aussah. Und doch war seine nächste Aktion, nachdem er die Tür hinter sich geschlossen hatte, gegen den Tisch zu taumeln und von da zu Boden zu rutschen. Und so lag denn die majestätische Gestalt schlaff und bewußtlos auf dem Bärenfell vor unserem Kamin.

Wir sprangen auf und standen einige Sekunden in schweigendem Staunen vor dem gewichtigen Wrack, das uns vom jähen Ausbruch eines verderbenbringenden Sturms auf dem Ozean des Lebens kündete. Dann holte Holmes eilends ein Kissen für den Kopf des Besuchers, und ich brachte Kognak für seine Lippen. Das massige weiße Gesicht war von Kummerfalten durchfurcht, die Tränensäcke unter den geschlossenen Augen schimmerten bleifarben, die Winkel des schlaffen Mundes hingen schmerzlich nach unten, das Doppelkinn war unrasiert. Auf Kragen und Hemd lag der Ruß einer langen Reise, und das Haar stand wirr von dem wohlgeformten Haupt ab. Vor uns lag ein schwer geschlagener Mann.

»Was fehlt ihm, Watson?« fragte Holmes.

»Völlige Erschöpfung – vielleicht nur Hunger und Müdigkeit«, sagte ich, die Hand an seinem Puls, wo der Strom des Lebens dünn und schwach rieselte.

»Rückfahrkarte von Mackleton in Nordengland«, sagte Holmes. Er hatte des Billett aus der Uhrtasche gezogen. »Wir haben noch nicht zwölf. Sicherlich ist er früh aufgebrochen.«

Die gerunzelten Lider zitterten, und dann blickten zwei leere graue Augen zu uns auf. Eine Sekunde später hatte sich der Mann aufgerappelt, das Gesicht hochrot vor Scham.

»Verzeihen Sie die Schwäche, Mr. Holmes; ich bin ein bißchen überarbeitet. Ich wäre Ihnen dankbar, wenn ich ein Glas Milch und ein Biskuit bekommen könnte, dann werde ich mich zweifellos besser fühlen. Ich bin selber gekommen, um sicher zu gehen, daß Sie mich zurückbegleiten. Ich fürchtete, ein Telegramm würde Sie nicht von der absoluten Dringlichkeit des Falles überzeugen können.«

»Wenn Sie etwas erholt sind ...«

»Mir geht es schon wieder ganz gut. Ich weiß nicht, wieso ich diesen Schwächeanfall hatte, Ich möchte, Mr. Holmes, daß Sie im nächsten Zug mit mir nach Mackleton fahren.«

Mein Freund schüttelte den Kopf.

»Mein Kollege, Dr. Watson, könnte Ihnen bestätigen, daß wir im Augenblick sehr beschäftigt sind. Ich bin mit dem Fall um die Ferrers-Dokumente beauftragt, und der Abergavenny-Mord geht bald vor Gericht. Nur eine sehr wichtige Sache könnte mich gegenwärtig aus London wegbringen.«

»Wichtig!« Unser Besucher warf die Hände hoch. »Haben Sie noch nichts von der Entführung des einzigen Sohnes des Duke of Holdernesse gehört?«

»Was? des früheren Kabinettsministers?«

»Sehr richtig. Wir waren bemüht, die Angelegenheit aus den Zeitungen herauszuhalten, aber gestern abend hat der *Globe* ein Gerücht verbreitet. Ich dachte, es könnte auch Ihnen zu Ohren gekommen sein.«

Holmes streckte den langen dünnen Arm aus und zog aus seiner Notizensammlung den Band H heraus.

»›Holdernesse, sechster Duke, K. G., P. C.‹ – das halbe Alphabet! ›Baron Beverley, Earl of Carston‹ – mein Gott, was für eine Liste! ›Lord-Lieutenant of Hallamshire seit 1900. Heirat mit Edith, Tochter von Sir Charles Appledore, 1888. Erbe und einziger Sohn ist Lord Saltire. Besitzt ungefähr zweihundertfünfzigtausend Acre. Gruben in Lancashire und Wales. Adressen: Carlton House Terrace; Holdernesse Hall, Hallamshire; Carston Castle, Bangor, Wales. Lord der Admiralität, 1872; Innenminister von …‹ Nun, der Mann ist sicherlich einer der höchstgestellten Untertanen der Krone!«

»Der höchstgestellte und vielleicht der reichste. Ich bin mir bewußt, Mr. Holmes, daß Sie einen strengen Maßstab in beruflichen Dingen anlegen und daß Sie die Arbeit um ihrer selbst willen tun. Dennoch möchte ich Ihnen verraten, daß Seine Gnaden vertraulich hat verlauten lassen, er werde demjenigen einen Scheck von fünftausend Pfund überreichen, der ihm den Aufenthaltsort seines Sohnes nennen kann, und weitere tausend Pfund dem, der den Mann oder die Männer namhaft macht, die ihn entführt haben.«

»Das ist ein fürstliches Angebot«, sagte Holmes. »Watson, ich denke, wir werden Dr. Huxtable nach Nordengland begleiten. Und nun, Dr. Huxtable, wenn Sie die Milch getrunken haben, werden Sie mir freundlicherweise erzählen, was geschehen ist, wann es geschehen ist, und schließlich, was Dr. Thorneycroft Huxtable von der Internatsschule bei Mackleton mit der Sache zu tun hat, und warum er drei Tage nach dem Ereignis – der Zustand Ihres Kinns läßt mich auf dieses Datum schließen – kommt, mich um meine bescheidenen Dienste zu bitten.«

Unser Besucher hatte die Milch und die Biskuits verzehrt. Glanz war wieder in seine Augen eingekehrt und Farbe in seine Wangen, als er sich anschickte, die Lage mit Kraft und Klarheit auseinanderzusetzen.

»Ich muß Sie wohl, meine Herren, darüber informieren, daß die Internatsschule eine Vorbereitungsanstalt ist, deren Gründer und Prinzipal ich bin. Von der Schrift ›Huxtables Anmerkungen zu Horaz‹ wird Ihnen möglicherweise mein Name im Gedächtnis geblieben sein. Die Anstalt ist ohne Einschränkung die beste und exklusivste Vorbereitungsschule in England. Lord Leverstoke, der Earl of Blackwater, Sir Cathcart Soames – sie alle haben mir ihre Söhne anvertraut. Aber als vor drei Wochen der Duke of Holdernesse seinen Sekretär, Mr. James Wilder, mit der Ankündigung zu mir schickte, der Junge Lord Saltire, zehn Jahre alt und einziger Sohn und Erbe, solle meiner Obhut anbefohlen werden, fühlte ich, daß meine Schule ihren Höhepunkt erreicht hatte. Ich dachte nicht daran, daß dies das Vorspiel zu dem niederschmetterndsten Unglück meines Lebens sein könnte.

Am 1. Mai traf der Junge ein, also zu Beginn des Sommersemesters. Er ist ein bezaubernder kleiner Bursche und paßte sich unserem Leben bald an. Vielleicht sollte ich Ihnen sagen – ich glaube, es ist nicht indiskret, und halbes Vertrauen wäre in einem solchen Fall ohnehin unvernünftig–, daß er sich zu Hause nicht recht wohl gefühlt hat. Es ist ein offenes Geheimnis, daß das Eheleben des Duke nicht sehr friedlich verlief; die Angelegenheit endete mit einer Trennung in beiderseitigem Einvernehmen, und die Duchess nahm ihren Wohnsitz in Südfrankreich. Das alles hatte sich kurz zuvor ereignet, und man weiß, daß die Sympathien des Jungen stark auf Seiten seiner Mutter liegen. Nach ihrer Abreise von Holdernesse Hall wurde er schwermütig, und aus dem Grund entschloß sich der Duke, ihn in meine Anstalt zu schicken. Binnen zwei Wochen fühlte sich der Junge bei uns ganz wie zu Hause und war anscheinend völlig glücklich.

Am Abend des 13. Mai wurde er zum letzten Mal gesehen – das heißt, letzten Montagabend. Sein Zimmer liegt im zweiten Stockwerk, man gelangt durch einen größeren Raum, in dem zwei Jungen schlafen, dorthin. Die Jungen sahen und hörten nichts, so daß es sicher ist, daß der junge Saltire nicht diesen Weg hinaus genommen hat. Sein Fenster stand offen, und die Hauswand ist mit starken Efeuranken überzogen. Unten fanden wir zwar keine Fußspuren, aber es ist sicher, daß er sich nur hinunterkletternd aus dem Gebäude entfernt haben kann.

Um sieben Uhr Dienstag früh wurde seine Abwesenheit entdeckt. Es war zu sehen, daß er in seinem Bett gelegen hatte. Er hat sich vollständig angezogen, ehe er fortging: die übliche Schulkleidung, bestehend aus einer schwarzen Eton-Jacke und dunkelgrauen Hosen. Es gab keine Anzeichen dafür, daß jemand in das Zimmer eingedrungen war, und es ist ganz sicher, daß es Schreie oder einen Kampf nicht gegeben haben kann, da Caunter, der ältere Junge im Nebenzimmer, einen leichten Schlaf hat.

Nachdem Lord Saltires Verschwinden entdeckt

war, habe ich alle Leute der Anstalt zusammengerufen – Jungen, Lehrer, Dienstboten. Dadurch stellten wir fest, daß Lord Saltire nicht allein geflohen ist. Heidegger, der deutsche Lehrer, fehlte. Sein Zimmer liegt in der zweiten Etage am anderen Ende des Gebäudes und geht auch auf den Garten hinaus. Sein Bett war ebenfalls benutzt; aber er hat das Haus anscheinend halb bekleidet verlassen, da sein Hemd und seine Socken auf dem Fußboden lagen. Er hat sein Zimmer zweifellos über das Efeuspalier verlassen, denn wir entdeckten die Abdrücke seiner Füße dort, wo er auf dem Rasen gelandet war. Sein Fahrrad stand in einem kleinen Schuppen neben dem Rasen; er ist mit dem Fahrrad verschwunden.

Der Mann hat zwei Jahre für mich gearbeitet und war mit den besten Empfehlungen gekommen; aber er war ein schweigsamer, mürrischer Mensch, nicht sehr beliebt, weder bei Lehrern noch bei Schülern. Von den Flüchtlingen fehlt jede Spur, und jetzt, am Donnerstag morgen, sind wir nicht klüger als am Dienstag. Natürlich fragten wir sofort in Holdernesse Hall nach. Der Wohnsitz liegt nur fünf Meilen enfernt, und wir dachten, der Junge sei in einem besonders heftigen Anfall von Heimweh zu seinem Vater zurückgegangen; aber dort hatte man nichts von ihm gehört. Der Duke ist sehr erregt – und was mich angeht: Sie haben ja selber gesehen, in welchen Zustand nervlicher Erschöpfung mich die Ungewißheit und Verantwortung gebracht haben. Mr. Holmes, wenn Sie je alle Ihre Kräfte einsetzen sollten, so bitte ich Sie: Tun Sie es jetzt! Nie mehr im Leben werden Sie auf einen Fall treffen, der dessen würdiger wäre.«

Sherlock Holmes hatte mit äußerster Anteilnahme der Erzählung des unglücklichen Schulleiters gelauscht. Seine zusammengezogenen Augenbrauen und die tiefe Kerbe zwischen ihnen zeigten, daß es keiner Ermunterung bedurfte, die ganze Aufmerksamkeit auf das Problem zu konzentrieren, das – abgesehen von dem gewaltigen Gewinn, der im Spiel war – direkt seine Vorliebe für Kompliziertes und Ausgefallenes ansprechen mußte. Er zog nun sein Notizbuch hervor und brachte einige Gedächtnisstützen zu Papier.

»Es war sehr nachlässig von Ihnen, daß Sie nicht früher zu mir gekommen sind«, sagte er streng. »Sie schicken mich mit einem ernsthaften Handikap in die Untersuchung. Es ist zum Beispiel unvorstellbar, daß Ihr Efeu und Ihr Rasen einem erfahrenen Rechercheur nichts verraten hätten.«

»Es ist nicht meine Schuld, Mr. Holmes. Seiner Gnaden war sehr daran gelegen, einen öffentlichen Skandal zu vermeiden. Er fürchtete, das unglückliche Familienleben könnte vors Auge der Öffentlichkeit gezerrt werden. Davor empfindet er eine tiefgehende Angst.«

»Aber es hat eine amtliche Untersuchung gegeben?«

»Ja, Sir, und sie hat sich als zutiefst enttäuschend herausgestellt. Eine scheinbar vielversprechende Spur wurde sofort aufgenommen: ein Junge und ein junger Mann waren aufgefallen, die von einem Bahnhof in der Gegend mit einem frühen Zug abfuhren. Gestern abend erreichte uns die Nachricht, daß sie in Liverpool gestellt worden seien, daß sie aber mit der fraglichen Sache nichts zu tun hätten. So bin ich denn in meiner Verzweiflung und Enttäuschung nach einer schlaflosen Nacht mit dem Frühzug geradewegs zu Ihnen gefahren.«

»Ich nehme an, die Untersuchungen am Ort wurden vernachlässigt, während man diese falsche Spur verfolgte?«

»Man hat sie ganz fallenlassen.«

»So daß drei Tage vergeudet sind. Die Angelegenheit ist auf eine höchst bedauernswerte Art gehandhabt worden.«

»Das scheint mir auch, und ich gebe es zu.«

»Und doch, meine ich, kann der Fall noch zu einer völligen Lösung gebracht werden. Ich werde mich seiner sehr gern annehmen. Konnten Sie irgendwelche Verbindungen zwischen dem Jungen und dem deutschen Lehrer aufspüren?«

»Nichts dergleichen.«

»Gehörte er der Klasse dieses Lehrers an?«

»Nein. Soviel ich weiß, haben sie nie ein Wort miteinander gewechselt.«

»Das ist zweifellos sehr sonderbar. Besaß der Junge ein Fahrrad?«

»Nein.«

»Wurde ein zweites Fahrrad vermißt?«

»Nein.«

»Ist das sicher?«

»Ganz sicher.«

»Nun gut. Aber Sie nehmen doch wohl nicht im Ernst an, daß der Deutsche mitten in der Nacht auf dem Fahrrad davongefahren ist und den Jungen im Arm trug?«

»Gewiß nicht.«

»Was haben Sie denn für eine Erklärung?«

»Vielleicht ist die Sache mit dem Fahrrad nur eine Finte. Möglicherweise hat er es irgendwo versteckt, und die beiden sind zu Fuß davongegangen.«

»Möglich; aber wäre das nicht eine unsinnige Finte? Standen in dem Schuppen noch andere Fahrräder?«

»Mehrere.«

»Würde er nicht zwei versteckt haben, wenn er

den Eindruck erwecken wollte, daß sie mit dem Fahrrad weggefahren sind?«

»Ich nehme an, er hätte es so gemacht.«

»Sicherlich hätte er es so gemacht. Mit der Theorie einer Finte kommen wir also nicht weiter. Aber der Umstand ist ein guter Ansatzpunkt für die weitere Untersuchung. Schließlich läßt sich ein Fahrrad gar nicht einfach verstecken oder zerstören. Noch eine Frage: Hat jemand am Tag vor seinem Verschwinden den Jungen sprechen wollen?«

»Niemand.«

»Und hat er Briefe bekommen?«

»Ja, einen Brief.«

»Von wem?«

»Von seinem Vater.«

»Öffnen Sie die Briefe der Jungen?«

»Nein.«

»Woher wissen Sie dann, daß er von seinem Vater war?«

»Das Wappen war auf dem Kuvert, und die Adresse zeigte die pedantischen Schriftzüge des Duke. Außerdem erinnerte er sich, geschrieben zu haben.«

»Hat er vor diesem noch andere Briefe bekommen?«

»In den letzten Tagen nicht.«

»War jemals einer aus Frankreich darunter?«

»Nein, kein einziger.«

»Sie wissen natürlich, worauf ich mit der Frage hinauswill. Entweder ist der Junge gewaltsam entführt worden oder aus freien Stücken weggegangen. Im letzteren Falle muß man annehmen, daß jemand von draußen die Anregung gegeben hat, bei einem Jungen dieses Alters. Wenn ihn niemand besucht hat, dann muß die Anregung brieflich gekommen sein. Deshalb werde ich bemüht sein, festzustellen, wer seine Briefpartner waren.«

»Ich fürchte, ich kann Ihnen dabei nicht viel helfen. Der einzige, mit dem er korrespondierte, war meines Wissens sein Vater.«

»Der ihm am Tag des Verschwindens schrieb. Waren die Beziehungen zwischen Vater und Sohn sehr herzlich?«

»Seine Gnaden ist niemals und zu niemandem herzlich. Er ist völlig von gewichtigen öffentlichen Problemen in Anspruch genommen und alltäglichen Gefühlen kaum zugänglich. Aber er war immer auf seine Weise freundlich zu dem Jungen.«

»Aber dessen Sympathien lagen auf Seiten der Mutter?«

»Ja.«

»Hat er das gesagt?«

»Nein.«

»Oder der Duke?«

»Um Himmels willen, nein!«

»Woher wissen Sie dann davon?«

»Ich hatte eine vertrauliche Unterredung mit Mr. James Wilder, dem Sekretär Seiner Gnaden. Er war es, der mich über Lord Saltires Gefühle informierte.«

»Ich verstehe. Übrigens: Hat man diesen letzten Brief des Duke im Zimmer des Jungen gefunden?«

»Nein, er hat ihn mitgenommen. Aber jetzt, Mr. Holmes, denke ich, daß es Zeit ist, nach Euston aufzubrechen.«

»Ich werde eine Kutsche bestellen. In einer Viertelstunde stehen wir Ihnen zur Verfügung. Sollten Sie nach Hause telegraphieren, Mr. Huxtable, wäre es gut, wenn Sie dafür sorgten, daß die Leute dort weiterhin glauben, die Untersuchung in Liverpool oder wohin immer die falsche Spur die Meute geführt hat, sei noch im Gang. In der Zwischenzeit werde ich mich unauffällig ein bißchen vor Ihrer Tür umsehen, und vielleicht ist die Spur noch nicht zu kalt, daß zwei alte Jagdhunde wie Watson und ich doch noch Witterung aufnehmen können.«

Der Abend sah uns bereits in der klaren, erfrischenden Luft des Peak, wo sich die berühmte Schule des Dr. Huxtable befindet. Es war schon dunkel, als wir ankamen. Auf dem Tisch lag eine Visitenkarte; der Butler flüsterte seinem Herrn etwas zu, und der wandte sich dann an uns, Aufregung in jedem Zug seines massigen Gesichts.

»Der Duke ist hier«, sagte er. »Der Duke und Mr. Wilder, sie sind im Arbeitszimmer. Kommen Sie, meine Herren, ich werde Sie ihm vorstellen.«

Selbstverständlich kannte ich Bilder des bedeutenden Staatsmannes, aber der Herr selbst machte auf mich einen ganz anderen Eindruck als seine Darstellungen. Er war groß und stattlich, korrekt gekleidet und hatte ein längliches, dürres Gesicht und eine lange, grotesk gebogene Nase. Seine Haut war totenblaß, was in überraschendem Kontrast zu einem lebhaft roten Bart stand, der über eine weiße Weste wallte und durch dessen Fransen die Uhrkette schimmerte. So also sah die hohe Persönlichkeit aus. Der Duke stand mitten auf dem Kaminteppich und blickte uns mit steinernem Gesicht an. Neben ihm stand ein sehr junger Mann, den ich für Wilder, den Privatsekretär, hielt. Er war klein, nervös, lebhaft, hatte intelligente hellblaue Augen und ein bewegliches Gesicht. Er war es, der sofort in einem schneidigen, bestimmenden Ton das Gespräch eröffnete.

»Ich habe Sie heute morgen aufgesucht, Dr. Huxtable, zu spät, um Sie an der Fahrt nach London zu hindern. Ich hörte, daß Sie zu Mr. Sherlock Holmes gehen und ihn bitten wollten, den Fall zu übernehmen. Seine Gnaden ist überrascht, Dr. Huxtable, daß Sie einen solchen Schritt getan haben, ohne sich mit ihm ins Benehmen zu setzten.«

»Als ich erfuhr, daß die Polizei keinen Erfolg hatte...«

»Seine Gnaden sind keineswegs davon überzeugt, daß die Polizei keinen Erfolg hat.«

»Aber, Mr. Wilder...«

»Sie wissen sehr genau, Dr. Huxtable, daß Seiner Gnaden sehr daran gelegen ist, jeden öffentlichen Skandal zu vermeiden. Er sieht es lieber, sowenig Menschen wie möglich ins Vertrauen zu ziehen.«

»Die Sache kann leicht rückgängig gemacht werden«, sagte der eingeschüchterte Direktor. »Mr. Sherlock Holmes kann mit dem Frühzug nach London zurückfahren.«

»Kaum, Doktor, kaum«, sagte Holmes in seinem mildesten Ton. »Diese Luft hier im Norden ist so stärkend und angenehm, daß ich mich entschlossen habe, ein paar Tage in den Mooren zu verbringen und meinen Geist zu tummeln. Ob ich unter Ihrem Dach oder dem des Dorfgasthofes leben werde, steht natürlich bei Ihnen.«

Ich sah, daß der unglückliche Direktor das letzte Stadium der Unentschlossenheit erreicht hatte. Daraus errettete ihn die tiefe, sonore Stimme des rotbärtigen Duke, die wie ein Dinner-Gong erdröhnte.

»Ich stimme mit Mr. Wilder überein, Dr. Huxtable, daß es klug gewesen wäre, wenn Sie sich mit mir ins Benehmen gesetzt hätten. Aber da Sie Mr. Holmes schon ins Vertrauen gezogen haben, wäre es wirklich unsinnig, wenn wir uns seine Dienste nicht zunutze machten. Nur mit dem Dorfgasthof wird es nichts, Mr. Holmes. Ich wäre erfreut, wenn Sie bei mir in Holdernesse Hall Quartier nähmen.«

»Ich danke Euer Gnaden. Aber ich denke, es wird für meine Nachforschungen besser sein, wenn ich auf der Szene der mysteriösen Vorgänge bleibe.«

»Wie Sie wünschen, Mr. Holmes. Alle Informationen, die Mr. Wilder oder ich Ihnen geben können, stehen Ihnen natürlich zur Verfügung.«

»Es wird wahrscheinlich nötig sein, Sie in Holdernesse Hall aufzusuchen«, sagte Holmes. »Jetzt möchte ich Sie nur eines fragen, Sir: Sind Sie schon zu irgendeiner Erklärung für das geheimnisvolle Verschwinden Ihres Sohnes gekommen?«

»Nein, Sir.«

»Entschuldigen Sie, wenn ich auf etwas für Sie Schmerzliches zu sprechen kommen muß, aber mir bleibt keine Wahl. Glauben Sie, daß die Duchess irgendetwas mit der Angelegenheit zu tun hat?«

Der große Minister zögerte merklich.

»Das glaube ich nicht«, sagte er schließlich.

»Die andere sehr einleuchtende Erklärung wäre die, daß das Kind entführt wurde, um Lösegeld zu erpressen. Ist man mit einer solchen Forderung an Sie herangetreten?«

»Nein, Sir.«

»Noch eine Frage, Euer Gnaden. Ich habe erfahren, daß Sie an dem Tag, an dem sich der Zwischenfall ereignete, einen Brief geschrieben haben.«

»Nein. Ich schrieb ihn am Tag zuvor.«

»Gewiß. Aber er erhielt ihn an dem Tag.«

»Ja.«

»Stand in dem Brief etwas, das den Jungen hätte aus dem Gleichgewicht bringen, ja ihn veranlassen können, einen solchen Schritt zu tun?«

»Nein, Sir, auf keinen Fall.«

»Brachten Sie den Brief selber zur Post?«

Der Sekretär kam der Antwort des Edelmanns zuvor, und er sprach ziemlich hitzig.

»Seine Gnaden pflegt Briefe nicht selbst zu besorgen«, sagte er. »Dieser Brief lag mit anderer Post auf dem Tisch im Arbeitszimmer, und ich habe ihn eigenhändig in den Postsack gesteckt.«

»Sind Sie sicher, daß der fragliche Brief darunter war?«

»Ja, ich sah ihn.«

»Wie viele Briefe haben Euer Gnaden an dem Tag geschrieben?«

»Zwanzig oder dreißig. Ich führe eine ausgedehnte Korrespondenz. Aber das ist wohl unerheblich.«

»Nicht ganz.«

»Ich meinerseits«, fuhr der Duke fort, »habe die Polizei angewiesen, die Aufmerksamkeit auf Südfrankreich zu richten. Ich habe schon gesagt, ich glaube nicht, daß die Duchess eine solche Ungeheuerlichkeit anregen würde, aber der Bursche hat die seltsamsten Ideen im Kopf, und so wäre es möglich, daß er zu ihr geflohen ist, angestachelt von diesem Deutschen und mit seiner Hilfe. Ich denke, Dr. Huxtable, wir werden jetzt nach Holdernesse Hall zurückkehren.«

Ich merkte, daß Holmes gern noch mehr Fragen gestellt hätte; aber die abrupte Art des Edelmanns bedeutete ihm, das Interview sei beendet. Es war offensichtlich, daß es seiner äußerst aristokratischen Natur sehr zuwiderlief, mit einem Fremden intime Familienverhältnisse zu erörtern, und daß er befürchtete, jede neue Frage könne ein helleres Licht in die diskret verdunkelten Ecken seiner herzoglichen Lebensgeschichte werfen.

Nachdem der Edelmann und sein Sekretär gegangen waren, stürzte sich mein Freund sofort mit dem für ihn charakteristischen Eifer in die Nachforschungen.

Das Zimmer des Jungen wurde sorgfältig untersucht, und es kam dabei nichts heraus als die Überzeugung, daß er nur durch das Fenster entkommen sein konnte. Das Zimmer des deutschen Lehrers und dessen Habseligkeiten förderten auch keinen Anhaltspunkt zutage. Nur, daß in diesem Falle eine Efeuranke unter dem Gewicht nachgegeben hatte und wir beim Licht einer Laterne auf dem Rasen die Abdrücke sahen, wo sich seine Absätze ins Erdreich gebohrt hatten. Dieser eine Abdruck im kurzen grünen Gras war das einzige wesentliche Zeugnis, das die unerklärliche nächtliche Flucht hinterlassen hatte.

Sherlock Holmes ging allein aus dem Haus und kam erst nach elf zurück. Er hatte eine Landkarte von der Umgebung bekommen. Er brachte sie mit in mein Zimmer, breitete sie auf dem Bett aus, stellte die Lampe mitten auf sie und fing an, Rauchwolken darüber zu blasen. Gelegentlich deutete er mit dem qualmenden Bernsteinmundstück seiner Pfeife auf interessante Stellen.

»Ich bekomme den Fall allmählich in den Griff«, sagte er. »Er wirft einige entschieden interessante Fragen auf. Ich möchte, daß Sie sich in diesem frühen Stadium der Nachforschungen die geographischen Charakteristika ansehen, die möglicherweise einiges mit unseren Untersuchungen zu tun haben. Sehen Sie sich die Karte an. Dieses dunkle Viereck ist die Schule. Ich stecke eine Nadel hinein. Und diese Linie ist die Hauptstraße. Sie sehen, daß sie von Ost nach West an der Schule entlang verläuft. Über eine Strecke von einer Meile in jeder Richtung gibt es keine Abzweigung. Wenn die beiden sich auf einer Straße davongemacht haben, dann war es *diese* Straße.«

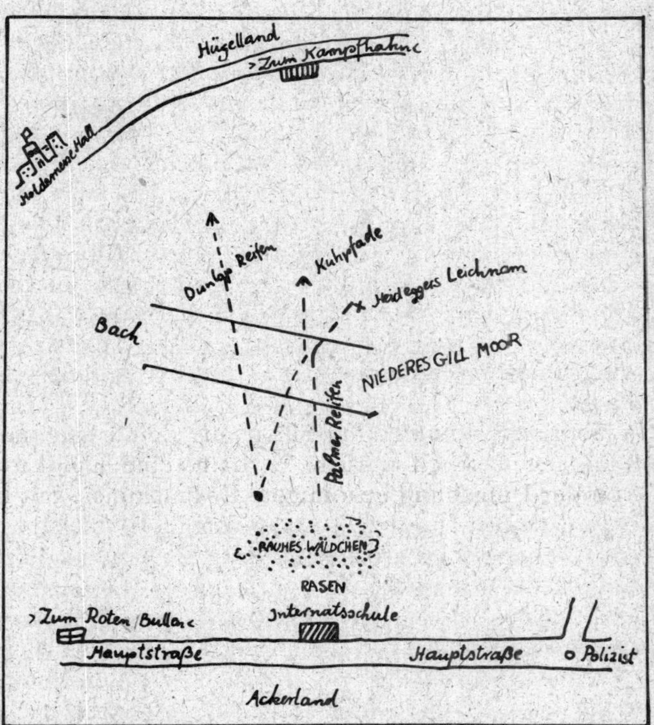

»So ist es.«

»Durch einen einzigartigen glücklichen Zufall sind wir in der Lage, überprüfen zu können, was sich während der fraglichen Nacht auf dieser Straße bewegt hat. Dort, wohin meine Pfeife jetzt zeigt, stand von Mitternacht bis sechs Uhr ein Landgendarm, also an der ersten Nebenstraße in östlicher Richtung, wie Sie sehen. Der Mann erklärt, er habe seinen Posten nicht für eine Sekunde verlassen und ist sich sicher, daß weder ein Junge noch ein Mann hätte vorbeigehen können, ohne von ihm gesehen zu werden. Ich habe heute abend mit dem Polizisten gesprochen, er scheint mir ein sehr verläßlicher Mann zu sein. Soviel also zu dieser Richtung. Wenden wir uns nun der anderen zu. Dort gibt es ein Wirtshaus ›Zum Roten Bullen‹. Die Wirtin liegt krank zu Bett. Sie hat gestern abend jemanden nach Mackleton geschickt, den Arzt zu holen, aber der kam nicht vor dem Morgen, weil er zu einem anderen Kranken unterwegs war. Die Leute vom Wirtshaus waren die ganze Nacht über wach und erwarteten ihn und hatten dabei stets ein Auge auf die Straße. Sie erklärten, es sei niemand vorbeigekommen. Wenn ihre Aussage stimmt, können wir also annehmen, daß die Flüchtlinge sich auch nicht nach Westen gewandt, also die Landstraße überhaupt nicht benutzt haben.«

»Und das Fahrrad?« gab ich zu bedenken.

»Ganz recht. Auf das Fahrrad kommen wir sofort. Um unsere Schlußfolgerung weiterzutreiben: Wenn die zwei nicht die Landstraße genommen haben, müssen sie querfeldein gegangen sein, entweder in nördlicher oder südlicher Richtung vom Haus aus. Das ist gewiß. Wägen wir also die beiden Möglichkeiten gegeneinander ab. Nach Süden erstreckt sich, wie Sie sehen, bestelltes, in kleine Äcker aufgeteiltes, durch Steinwälle getrenntes Land. Dort kommt man mit einem Fahrrad nicht voran. Diese Vorstellung können wir demnach fallen lassen. Wenden wir uns der Gegend im Norden zu. Hier liegt ein Gehölz, ›Das Rauhe Wäldchen‹ genannt, und dahinter ein großes welliges Moor, das ›Niedere Gill Moor‹, das sich zehn Meilen weit hinzieht und allmählich ansteigt. Hier, auf dieser Seite der Ödnis, steht Holdernesse Hall, zehn Meilen von uns, wenn man die Landstraße benutzt, nur sechs, wenn man übers Moor geht. Es ist eine besonders einsame Gegend. Ein paar Moorbauern betreiben kleine Wirtschaften, sie halten Schafe und Rinder. Ansonsten beherrschen der Regenpfeifer und der Brachvogel das Revier bis hin zur Chaussee nach Chesterfield. Sehen Sie: eine Kirche, ein paar Häuschen, ein Wirtshaus; dahinter werden die Hügel steiler. Dort im Norden müssen wir suchen.«

»Und das Fahrrad?« beharrte ich.

»Ja doch!« sagte Holmes ungeduldig. »Ein guter Radfahrer braucht keine Chaussee. Das Moor durchschneiden Pfade, und es war Vollmond. Aber, hallo! was ist denn das?«

Von der Tür hörten wir aufgeregtes Klopfen, und einen Moment später stand Dr. Huxtable im Zimmer. In der Hand hielt er eine blaue Kricket-Mütze mit weißem Abzeichen auf dem Schirm.

»Endlich haben wir einen Anhaltspunkt!» rief er. »Dem Himmel sei Dank, endlich kommen wir dem lieben Jungen auf die Spur. Die Mütze gehört ihm.«

»Wo wurde sie gefunden?«

»In einem Wagen von Zigeunern, die im Moor kampierten. Dienstag sind sie weitergezogen. Heute hat die Polizei sie verfolgt und ihren Wohnwagen durchsucht. Und dabei wurde die Mütze gefunden.«

»Und wie haben sie es erklärt?«

»Sie machten Ausflüchte und logen, sagten, sie hätten sie am Dienstagmorgen im Moor gefunden. Sie wissen, wo er ist, die Schurken! Gott sei Dank sitzen sie alle hinter Schloß und Riegel. Die Angst vorm Gesetz oder das Geld des Duke wird alles herausbringen, was sie wissen.«

»Soweit, so gut«, sagte Holmes, als der Doktor dann das Zimmer verlassen hatte. »Wenigstens ist damit jetzt die Annahme erbärtet, daß wir in Richtung Moor auf Ergebnisse hoffen können. Die Polizei hat dort nichts unternommen, von der Verhaftung der Zigeuner abgesehen. Sehen Sie mal, Watson! Quer durchs Moor läuft ein Bach. Hier auf der Landkarte ist er eingezeichnet. An einigen Stellen hat er Moraste gebildet, vor allem zwischen Holdernesse Hall und der Schule. Bei diesem trockenen Wetter wäre es sinnlos, anderswo nach Spuren zu suchen; aber *hier* haben wir die Chance, auf irgendeine Spur zu stoßen. Ich bitte Sie, mich morgen ganz früh zu begleiten, dann werden wir versuchen, ein bißchen Licht in das Dunkel zu bringen.«

Der Tag war gerade angebrochen, als ich aufwachte und den langen, dürren Holmes neben meinem Bett stehen sah. Er war angezogen und offensichtlich bereits draußen gewesen.

»Ich habe den Rasen und den Fahrradschuppen untersucht«, sagte er, »und ›Das Rauhe Wäldchen‹ durchstreift. Jetzt wartet der Kakao auf Sie im Nebenzimmer. Beeilen Sie sich bitte, vor uns liegt ein arbeitsreicher Tag.«

Seine Augen glänzten und seine Wangen waren gerötet von einer Fröhlichkeit, wie sie ein Handwerksmeister empfindet, der seine Arbeit vor sich ausgebreitet sieht. Dieser aktive, alerte Mann war ein ganz anderer Holmes als der in sich gekehrte, bleiche Träumer aus der Baker Street. Als ich die geschmeidige Gestalt sah, die ihre Energie kaum zu bändigen wußte, fühlte ich, daß der vor uns liegende Tag wirklich mit Arbeit angefüllt sein würde.

Und doch begann es mit der schwärzesten Enttäuschung. Voll der schönsten Hoffnungen brachen wir auf zu unserem Gang durch das torfige, rötlichbraune Moor, das von tausend Schafpfaden durchzogen war, und langten richtig an bei dem hellen Grünstreifen, der den Beginn des morastigen Geländes kennzeichnete, das sich bis Holdernesse Hall hinzog. Wenn der Junge heimwärts gegangen wäre, hätte er jedenfalls hier entlanggehen und dabei eine Spur hinterlassen müssen. Aber wir entdeckten nichts, weder von ihm noch von dem Deutschen. Mit einem Gesicht, das sich immer mehr verdüsterte, schritt mein Freund am Rand des Morastes dahin, und seinem Eifer entging kein Schlammfleck auf dem moosigen Grund. Es gab reichlich Spuren von Schafen und nach einigen Meilen auch Marken von Kühen. Sonst nichts.

»Die erste Schlappe«, sagte Holmes und blickte finster über die wellige Weite des Moores. »Dort drüben ist noch eine Sumpfstelle; ein schmaler Weg führt hindurch. Aber, hallo, hallo, hallo! was haben wir denn hier?«

Wie ein dünnes schwarzes Band lag der Pfad vor uns. In seiner Mitte, deutlich abgezeichnet im nassen Grund, sahen wir die Spur eines Fahrrades.

»Hurra!« rief ich. »Jetzt haben wir's.«

Aber Holmes schüttelte den Kopf, und auf seinem Gesicht zeigte sich Verwirrung und eher Erwartung als Freude.

»Gewiß, ein Fahrrad, aber nicht *das* Fahrrad«, sagte er. »Ich kenne zweiundvierzig verschiedene Reifenabdrücke. Dieser stammt von einem Dunlop-Reifen mit einem Flicken auf dem Mantel. Heidegger hatte Palmer-Reifen aufgezogen, und die hinterlassen Längsstreifen. Aveling, der Mathematiklehrer, ist in diesem Punkt sicher. Deshalb kann das hier nicht Heideggers Spur sein.«

»Vielleicht die des Jungen?«

»Möglicherweise, wenn wir beweisen könnten, daß er ein Fahrrad dabei hatte. Aber das können wir nicht. Diese Spur, wie Sie erkennen können, stammt von einem Radfahrer, der aus der Richtung gekommen ist, wo die Schule liegt.«

»Oder zu ihr hinfuhr?«

»Nein, nein, mein lieber Watson. Am tiefsten hat sich natürlich das Hinterrad eingedrückt, auf dem das Gewicht ruht. Sie können verschiedene Stellen erkennen, wo es die flachere vordere Spur gekreuzt und verwischt hat. Das Rad fuhr ohne Zweifel von der Schule weg. Es mag mit unserem Fall zusammenhängen oder nicht, jedenfalls werden wir seinen Weg zurückverfolgen, ehe wir etwas anderes anfangen.«

Das taten wir, und nach einigen hundert Yard, als wir den sumpfigen Teil des Moores verließen, verloren wir die Spur. Ein Stück weiter zur Schule hin, wo ein Bächlein über den Pfad rann, stießen wir wieder auf eine Spur, und wieder war es der Abdruck des Fahrrads, obwohl von den Hufen von Kühen fast ausgelöscht. Danach fanden wir keine Hinweise mehr, und der Pfad führte geradewegs in ›Das Rauhe Wäldchen‹, das kurz vor der Schule lag. Aus diesem Wald mußte das Rad herausgekommen sein. Holmes setzte sich auf einen Gesteinsbrocken und stützte das Kinn auf die Hände. Ich hatte zwei Zigaretten aufgeraucht, ehe er sich bewegte.

»Nun denn«, sagte er schließlich, »es ist natürlich möglich, daß ein schlauer Bursche die Reifen wechselte, um die Spur zu verändern. Mit einem Verbrecher zu tun zu haben, der sich so etwas einfallen läßt, würde mich stolz machen. Aber lassen wir diese Frage erst einmal unentschieden und gehen wir wieder zurück zu unserem Morast. Da gibt es noch viel zu erkunden.«

Wir setzten unsere systematische Untersuchung der sumpfigen Gegend fort, und bald wurde unsere Ausdauer glänzend belohnt.

Über den tieferen Teil des Sumpfes zog sich ein schlammiger Pfad. Holmes stieß einen Ruf des Entzückens aus, als wir uns ihm näherten. Ein Abdruck, der aussah wie ein Bündel dünner Telegraphendrähte, lief auf der Mitte des Pfads. Er stammte von einem Palmer-Reifen.

»Hier ist Herr Heidegger gefahren, das ist klar!« jubelte Holmes. »Meine Schlußfolgerungen waren ziemlich fehlerfrei, Watson.«

»Ich gratuliere Ihnen.«

»Aber wir haben noch ein tüchtiges Stück Weg zurückzulegen. Bitte gehen Sie neben dem Pfad. Nun wollen wir der Spur folgen. Ich fürchte, sie führt nicht weit.«

Wir gingen los und fanden dann aber in diesem Teil des Moores immer wieder weiche Stellen, so daß wir die Spur, obwohl sie häufig verloren schien, doch immer wieder aufnehmen konnten.

»Bemerken Sie«, sagte Holmes, »wie der Fahrer nun zweifellos die Geschwindigkeit erhöht hat? Ja, daran gibt es überhaupt keinen Zweifel. Schauen Sie sich das an, hier, wo Sie beide Reifen sehen können. Sie haben sich gleichtief eingedrückt. Das kann nur bedeuten, daß der Fahrer sein Gewicht auf den Lenker geworfen hat, wie das beim Spurten geschieht. Beim Zeus! da ist er gestürzt.«

Mehrere Yard weit war die Spur verschmiert. Dann sahen wir ein paar Fußabdrücke, und danach erschien wieder der Reifenabdruck.

»Ein Ausrutscher«, mutmaßte ich.

Holmes hielt einen abgebrochenen blühenden Stechginsterzweig hoch. Zu meinem Entsetzen entdeckte ich, daß alle die gelben Blüten rot gesprenkelt waren. Auch auf dem Pfad und auf dem Heidekraut sahen wir jetzt dunkle Klümpchen geronnenen Bluts.

»Schlimm!« sagte Holmes. »Schlimm! Treten Sie zurück, Watson. Keinen unnötigen Fußabdruck! Was können wir hieraus schließen? Er fiel verletzt hin, erhob sich, er stieg wieder auf, er fuhr weiter. Aber es gibt keine andere Spur. Nur von Vieh hier am Rand. Ob ihn ein Bulle angefallen hat? Unmöglich! Aber ich sehe keine Abdrücke von Füßen. Wir müssen weiter, Watson. Ganz gewiß, wenn uns nun Blutflecke und die Spur den Weg weisen, kann er uns nicht entkommen.«

Unsere Suche dauerte nicht lange. Die Reifen begannen auf dem nassen, glänzenden Pfad phantastische Kurven zu beschreiben. Plötzlich, als ich hochsah, wurde mein Blick von einem metallischen Glitzern aus einem dichten Stechginsterbusch gefangen. Wir zogen ein Fahrrad heraus, mit Palmer-Reifen. Ein Pedal war verbogen und der Lenker schrecklich mit Blut beschmiert. Hinter dem Busch entdeckten wir einen Schuh. Wir liefen hin, und da lag der unglückliche Fahrer. Es war ein großer Mann mit Vollbart und einer Brille, aus der ein Glas herausgebrochen war. Die Ursache seines Todes war ein fürchterlicher Schlag auf den Kopf, der die Schädeldecke zerschmettert hatte. Daß der Mann nach diesem Schlag noch weitergefahren war, zeugte von Vitalität und Mut. Er trug Schuhe, aber keine Socken, und unter dem Rock war nur ein Nachthemd. Das war zweifellos der deutsche Lehrer.

Behutsam drehte Holmes den Körper um und betrachtete ihn mit großer Aufmerksamkeit. Dann saß er eine Weile tief in Gedanken versunken da, und an der gerunzelten Stirn erkannte ich, daß die scheußliche Entdeckung uns nach seiner Meinung in der Untersuchung nicht viel weiter gebracht hatte.

»Es ist ein bißchen schwierig, zu entscheiden, was

wir jetzt tun sollen, Watson«, sagte er schließlich. »Ich neige dazu, die Untersuchung sofort weiterzuführen, denn wir haben schon so viel Zeit verloren, daß wir es uns nicht erlauben können, auch nur noch eine Stunde zu verschwenden. Andererseits müssen wir der Polizei von unserer Entdeckung Mitteilung machen und dafür sorgen, daß sich jemand um die Leiche des armen Burschen kümmert.«

»Ich könnte einen Brief überbringen.«

»Aber ich brauche Ihre Begleitung und Hilfe. Warten Sie! Da drüben ist jemand beim Torfstechen. Holen Sie ihn her. Er kann die Polizei verständigen.«

Ich holte den Bauern, und Holmes schickte den erschrockenen Mann mit einer Nachricht zu Dr. Huxtable.

»Also, Watson«, sagte er, »heute haben wir zwei Spuren gefunden. Eine von dem Fahrrad mit den Palmer-Reifen, und wir haben erfahren, wohin sie führte. Die andere stammt von dem Fahrrad mit dem geflickten Dunlop-Reifen. Ehe wir diese andere erforschen, wollen wir zusammentragen, was wir wirklich wissen, so daß wir das Beste daraus machen und das Wesentliche vom Zufälligen trennen können.

Zuerst möchte ich Ihnen tief einprägen, daß der Junge aus freien Stücken weggelaufen ist. Er kletterte aus dem Fenster und machte sich davon, entweder allein oder in Begleitung. Soviel steht fest.«

Ich nickte zustimmend.

»Nun zu dem unglücklichen deutschen Lehrer. Der Junge war vollständig angezogen, als er floh. Er hat also vorher gewußt, was er tun wollte. Aber der Deutsche war ohne Socken aufgebrochen. Er hat also plötzlich gehandelt.«

»Zweifellos.«

»Warum ging er fort? Weil er vom Fenster seines Schlafzimmers den Jungen fliehen sah. Weil er ihn einholen und zurückbringen wollte. Er ergriff sein Fahrrad und verfolgte den kleinen Burschen, und während er ihn verfolgte, hat ihn der Tod ereilt.«

»So scheint es.«

»Jetzt komme ich zum kritischen Punkt meiner Beweisführung. Normalerweise würde ein Mann, der einen kleinen Jungen verfolgt, hinter ihm herlaufen, weil er weiß, er kann ihn einholen. Aber das tut der Deutsche nicht. Er nimmt sein Fahrrad. Ich habe gehört, daß er ein ausgezeichneter Radfahrer war. Er hätte das nicht getan, hätte der Junge nicht über ein schnelles Hilfsmittel bei seiner Flucht verfügt.«

»Das andere Fahrrad.«

»Fahren wir mit unserer Rekonstruktion fort. Der Tod ereilte ihn, fünf Meilen von der Schule entfernt – nicht durch eine Kugel, wohlgemerkt, die auch ein junger Bursche möglicherweise abfeuern könnte, sondern durch einen schweren Schlag, der von einem kräftigen Arm ausgeführt wurde. Der Bursche hatte also einen Begleiter auf seiner Flucht. Und die Flucht ging schnell vonstatten, denn erst nach fünf Meilen konnte ein erfahrener Radfahrer die beiden einholen. Und was finden wir auf dem Schauplatz der Tragödie? Ein paar Abdrücke von Rinderhufen, sonst nichts. Ich habe die Stelle in weitem Umkreis abgesucht. Innerhalb von fünfzig Yard gibt es keinen anderen Pfad. Ein zweiter Radfahrer kann nichts mit dem Mord zu tun haben. Und es waren auch keine Fußabdrücke zu sehen.«

»Holmes«, rief ich, »das ist unmöglich!«

»Hervorragend!« sagte er. »Eine höchst erleuchtende Bemerkung. So wie ich es dargestellt habe, wäre es unmöglich, und deshalb muß an meiner Darstellung etwas falsch sein. Aber Sie haben doch alles selber gesehen. Könnten Sie sagen, wo der Trugschluß möglicherweise liegt?«

»Er könnte sich wohl nicht den Schädel bei einem Sturz eingeschlagen haben?«

»Im Morast, Watson?«

»Ich bin mit meiner Weisheit am Ende.«

»Na, na, wir haben schon viel schwierigere Probleme gelöst. Wenigstens haben wir reichlich Material. Wir müßten nur den richtigen Gebrauch davon machen. Nun, da wir alle Luft aus dem Palmer-Reifen gelassen haben, wollen wir sehen, was der Dunlop-Reifen mit dem Flicken uns bieten kann.«

Wir nahmen die Fährte wieder auf und folgten ihr eine Weile. Aber bald schob sich aus dem Moor ein langgezogener, mit Büscheln von Heidekraut bestandener Hang, und wir ließen den Wasserlauf hinter uns. Jetzt durften wir nicht mehr auf Hilfe durch Spuren rechnen. Von dem Punkt aus, wo wir den Abdruck des Dunlop-Reifens zum letztenmal sahen, konnte das Fahrrad genausogut nach Holdernesse Hall, dessen stattliche Türme einige Meilen entfernt zur Linken ragten, gefahren sein wie zu einem kleinen, grauen Dorf, das vor uns lag und uns anzeigte, wo die Chaussee nach Chesterfield verlief.

Als wir uns dem häßlichen und schmutzigen Gasthaus näherten, über dessen Tür ein Schild mit einem Kampfhahn hing, stöhnte Holmes plötzlich und hielt sich an meiner Schulter fest, um nicht zu fallen. Er hatte sich schwer den Knöchel verrenkt; so etwas kann einen völlig hilflos machen. Mühsam humpelte er zur Tür. Davor stand ein untersetzter, dunkelhaariger älterer Mann, eine schwarze Tonpfeife rauchend.

»Wie geht es, Mr. Reuben Hayes?« sagte Holmes.

»Wer sind Sie und woher kennen Sie meinen Namen?« antwortete der Dörfler und blitzte ihn aus verschlagenen Augen mißtrauisch an.

»Nun, er steht auf dem Schild über Ihrem Kopf. Es ist leicht, den Herrn eines Hauses zu erkennen. Ich nehme an, Sie haben keine Kutsche oder etwas Ähnliches in Ihrem Stall?«

»Nein, habe ich nicht.«

»Ich kann kaum den Fuß aufsetzen.«

»Dann setzen Sie ihn doch nicht auf.«

»Aber ich kann nicht gehen.«

»Dann hüpfen Sie.«

Mr. Reuben Hayes Art war nicht gerade freundlich, aber Holmes nahm sie mit bewundernswerter guter Laune hin.

»Aber sehen Sie doch, Mann«, sagte er, »ich befinde mich wirklich in einer üblen Klemme. Mir ist es gleich, womit ich weiterkomme.«

»Mir auch«, sagte der mürrische Herr des Hauses.

»Die Sache ist sehr wichtig. Ich wäre bereit, Ihnen einen Sovereign zu geben, wenn ich ein Fahrrad bekommen könnte.«

Der Mann spitzte die Ohren.

»Wohin wollen Sie?«

»Nach Holdernesse Hall.«

»Wohl Kumpels vom Duke?« sagte er und musterte unsere schlammbespritzte Kleidung mit ironischen Blicken.

Holmes lachte gutmütig.

»Er wird uns gern empfangen.«

»Warum?«

»Weil wir ihm Neuigkeiten von seinem verschwundenen Sohn bringen.«

Der Herr des Hauses zuckte sichtlich zusammen.

»Was, Sie sind ihm auf der Spur?«

»Man hat gehört, er sei in Liverpool. Man erwartet, daß er jede Stunde gefunden wird.«

Wieder ging eine schnelle Änderung in dem massigen, unrasierten Gesicht vor sich. Plötzlich wurde der Mann munter.

»Ich habe weniger Grund als die meisten, dem Duke alles Gute zu wünschen«, sagte er, »denn ich war früher sein Leibkutscher, und er hat mich schlecht behandelt. Er hat mich ohne Zeugnis gefeuert, auf die Aussage von einem verlogenen Getreidehändler hin. Aber es freut mich, daß man von dem jungen Lord in Liverpool gehört hat, und ich will Ihnen helfen, die Nachricht nach Holdernesse Hall zu bringen.«

»Ich danke Ihnen«, sagte Holmes. »Erst wollen wir aber etwas essen. Dann können Sie das Fahrrad bringen.«

»Ich habe kein Fahrrad.«

Holmes hielt den Sovereign hoch.

»Ich sage Ihnen doch, ich hab keins. Ich gebe Ihnen zwei Pferde bis Holdernesse Hall.«

»Gut, gut, wir werden darüber sprechen, wenn wir gegessen haben«, sagte Holmes.

Als wir allein in der gefliesten Küche saßen, war es erstaunlich, wie schnell sich der verrenkte Fuß erholte. Es war fast Abend, wir hatten seit dem frühen Morgen nichts mehr gegessen, und so verbrachten wir einige Zeit mit unserem Mahl. Holmes war in Gedanken verloren, und ein paarmal ging er zum Fenster und starrte ernst hinaus. Das Fenster schaute auf einen schmutzigen Hof. In der äußersten Ecke war eine Schmiede. Ein rußiger Bursche arbeitete dort. Gegenüber lagen die Stallungen. Holmes hatte sich wieder hingesetzt nach einer dieser Exkursionen, als er plötzlich mit einem lauten Ruf vom Stuhl aufsprang.

»Beim Himmel, Watson, ich glaube, ich habe es!« rief er. »Ja, ja, so muß es sein. Watson, erinnern Sie sich, wir haben Spuren von Kühen gesehen.«

»Ja, mehrmals.«

»Wo?«

»Nun, überall. Im Morast und dann wieder auf dem Pfad und dann nahe der Stelle, wo der arme Heidegger den Tod fand.«

»Genau. Nun, Watson, wie viele Kühe haben Sie im Moor gesehen?«

»Ich erinnere mich nicht, überhaupt Kühe gesehen zu haben.«

»Seltsam, Watson, daß wir auf unserem Weg immerzu Spuren von Kühen gesehen haben, aber keine einzige Kuh im ganzen Moor. Sehr seltsam, Watson, oder nicht?«

»Ja, das ist seltsam.«

»Jetzt strengen Sie sich mal an, Watson. Stellen Sie sich das Bild vor! Sehen Sie die Spuren auf dem Pfad?«

»Ich sehe sie.«

»Erinnern Sie sich, daß die Spuren manchmal so aussahen«, und er ordnete Brotkrumen in dieser Weise – ::::: –, »und dann wieder so« – :·:·:· –, »und manchmal so« – :·:· –, »können Sie sich daran erinnern?«

»Das kann ich nicht.«

»Aber ich erinnere mich. Ich würde darauf schwören. Wie dem auch sei, wir werden in aller Ruhe zurückgehen und uns davon überzeugen. Wie blind ich war, daraus nicht meine Schlüsse zu ziehen!«

»Und welchen Schluß ziehen Sie?«

»Nur, daß es eine bemerkenswerte Kuh sein muß,

die Schritt geht, kantert und galoppiert. Bei Gott, das war nicht das Hirn eines Dorfgastwirts, das sich so etwas ausgedacht hat! Die Luft scheint rein zu sein, bis auf den Burschen in der Schmiede. Los, wir schleichen uns fort und schauen, was wir zu sehen kriegen.«

In dem verfallenen Stall standen zwei struppige Pferde mit wirren Mähnen. Holmes hob die Hinterhand des einen an und lachte laut. »Alte Hufeisen, aber frisch beschlagen – alte Hufeisen, aber neue Nägel. Dieser Fall verdient klassisch genannt zu werden. Kommen Sie, wir gehen zur Schmiede hinüber.«

Der Bursche arbeitete weiter, ohne uns zu beachten. Ich sah, wie Holmes die Blicke nach rechts und nach links schweifen ließ, über die Haufen von Eisen und Holz, die auf der Erde lagen. Plötzlich hörten wir Schritte hinter uns, und da stand der Hausherr, seine dichten Brauen fielen über die wütend blickenden Augen, und seine dunklen Züge zuckten vor Erregung.

In der Hand hielt er einen Stock mit Metallknauf, und er kam so drohend auf uns zu, daß ich richtiggehend froh war, den Revolver in meiner Tasche zu fühlen.

»Ihr verdammten Spione!« schrie der Mann. »Was habt ihr hier zu suchen?«

»Aber, aber, Mr. Reuben Hayes«, sagte Holmes kühl, »man könnte ja denken, Sie hätten Angst davor, wir würden bei Ihnen etwas herausfinden.«

Der Mann beherrschte sich mit einer gewaltsamen Anstrengung, und sein grimmig verzogener Mund lockerte sich zu einem falschen Lächeln, das bedrohlicher wirkte als zuvor sein düsterer Blick.

»Finden Sie in meiner Schmiede heraus, was Ihnen behagt«, sagte er. »Aber sehen Sie mal, Mister, ich hab nichts für Leute übrig, die in meinem Haus ohne Erlaubnis herumschnüffeln, und je eher Sie Ihre Zeche bezahlen und verschwinden, um so mehr würde mir das behagen.«

»Nichts für ungut, Mr. Hayes – war nicht böse gemeint«, sagte Holmes. »Wir haben einen Blick auf Ihre Pferde geworfen; aber ich denke, ich gehe lieber zu Fuß. Es ist wohl nicht weit.«

»Nicht mehr als zwei Meilen bis zu den Toren von Holdernesse Hall. Die Landstraße links rauf.«

Er sah uns finster hinterdrein, bis wir das Grundstück verlassen hatten.

Wir gingen nicht sehr weit auf der Landstraße. Holmes hielt an, sobald eine Kurve uns den Blicken des Dorfwirts entzogen hatte.

»Es war heiß, wie es in dem Kinderspiel heißt, in diesem Wirtshaus«, sagte er. »Es scheint immer kälter zu werden, mit jedem Schritt, den ich mich entferne. Nein, nein, ich kann nicht von hier weggehen.«

»Ich bin davon überzeugt«, sagte ich, »daß dieser Reuben Hayes über alles Bescheid weiß. Ich habe nie einen Schurken gesehen, der so augenscheinlich ein Schurke ist.«

»Oh, er hat Sie in der Hinsicht wohl beeindruckt. Die Pferde, die Schmiede – ja, es ist schon ein interessantes Anwesen, dieser ›Kampfhahn‹. Ich denke, wir werfen noch einmal einen Blick hinein, ganz unaufdringlich.«

Hinter uns erhob sich eine lange Hügelkette, übersät mit grauen Kalksteinblöcken. Wir verließen die Straße und stiegen bergauf. Als ich in Richtung Holdernesse Hall blickte, sah ich einen Radfahrer schnell herankommen.

»Runter, Watson!« rief Holmes und legte mir schwer die Hand auf die Schulter. Wir waren kaum aus dem Blickfeld, als der Mann auf der Landstraße an uns vorüberraste. Trotz der Staubwolke, die er aufwirbelte, erhaschte ich einen Blick auf ein bleiches, aufgeregtes Gesicht – ein Gesicht, wo in jeder Falte der Schrecken saß, mit offenem Mund und mit Augen, die wild nach vorn starrten. Der Mann sah aus wie eine Karikatur auf den schmucken James Wilder, dem wir am voraufgegangenen Abend begegnet waren.

»Der Sekretär des Duke!« rief Holmes. »Los, Watson, wir wollen sehen, was er tut.«

Wir kraxelten von Felsblock zu Felsblock, bis wir nach einigen Minuten einen Punkt erreicht hatten, von dem aus wir die Vordertür des Wirtshauses erblickten. Neben der Tür lehnte Wilders Fahrrad an der Mauer. Um das Haus herum bewegte sich nichts, und wir sahen auch kein Gesicht an den Fenstern. Die Sonne sank hinter den hohen Türmen von Holdernesse Hall, und langsam kroch die Dämmerung übers Land. Dann sahen wir in der Dunkelheit die zwei Seitenlampen eines Trap im Stallhof des Wirtshauses aufleuchten, und kurz danach hörten wir Hufgetrappel; der Wagen rollte auf die Landstraße und fuhr mit wilder Geschwindigkeit in Richtung Chesterfield davon.

»Was halten Sie davon, Watson?« flüsterte Holmes.

»Scheint Flucht zu sein.«

»Ein einzelner Mann in einem Dogcart, wenn ich es richtig beobachtet habe. Nun, es war aber bestimmt nicht Mr. James Wilder, denn der steht da bei der Tür.«

Aus der Dunkelheit sprang ein Viereck rötlichen Lichts. In dessen Mitte sahen wir schwarz die Gestalt des Sekretärs, wie er, den Kopf vorgereckt, in die Nacht hinaus spähte. Offensichtlich erwartete er jemanden. Dann hörten wir Schritte auf der Landstraße, eine zweite Gestalt war für einen Augenblick gegen das Licht zu sehen, die Tür wurde geschlossen, und alles war wieder dunkel. Fünf Minuten später wurde in einem Zimmer der ersten Etage eine Lampe angezündet.

»Im ›Kampfhahn‹ scheinen seltsame Sitten zu herrschen«, sagte Holmes.

»Der Schankraum befindet sich auf der anderen Seite.«

»So ist es. Das scheinen sozusagen private Gäste zu sein. Nun, was um alles in der Welt sucht Mr. James Wilder um die Zeit in der Dreckbude, und wer ist der Mann, mit dem er sich dort trifft? Kommen Sie, Watson, wir müssen die Gefahr auf uns nehmen und versuchen, unsere Nachforschungen aus kürzester Entfernung fortzusetzen.«

Gemeinsam schlichen wir uns auf die Landstraße hinunter und liefen geduckt zur Tür des Gasthofs. Das Fahrrad lehnte noch an der Mauer. Holmes riß ein Streichholz an und hielt die Flamme gegen das Hinterrad. Und dann hörte ich ihn stillvergnügt vor sich hin lachen: das Licht fiel auf einen geflickten Dunlop-Reifen. Über uns befand sich das erleuchtete Fenster.

»Ich muß einen Blick hineinwerfen, Watson. Wenn Sie sich bücken und sich gegen die Mauer stemmen, dann, glaube ich, wird es gehen.«

Einen Augenblick später stand er mit den Füßen auf meiner Schulter. Aber kaum war er oben, sprang er auch schon wieder herunter.

»Kommen Sie, mein Freund«, sagte er, »unser Tag war lang genug. Ich denke, wir haben alles erfahren, was möglich war. Der Weg zur Schule ist lang, und je eher wir ihn antreten, um so besser ist es.«

Während unserer beschwerlichen Wanderung

durch das Moor tat er kaum einmal den Mund auf. Er wollte auch nicht in die Schule hinein, als wir sie erreicht hatten, sondern ging weiter zum Bahnhof von Mackleton, wo er einige Telegramme aufgeben konnte. Spät in der Nacht hörte ich, wie er den vom Tod seines Lehrers niedergeschlagenen Dr. Huxtable tröstete, und noch später betrat er mein Zimmer, so munter und kräftig, wie er am Morgen gewesen war, als wir aufbrachen.

»Alles läuft gut, mein Freund«, sagte er. »Ich verspreche Ihnen, daß wir vor morgen abend das Geheimnis gelöst haben werden.«

Am folgenden Morgen um elf Uhr gingen Holmes und ich die berühmte Eibenallee von Holdernesse Hall entlang. Durch eine elisabethanische Eingangshalle wurden wir in das Arbeitszimmer Seiner Gnaden geführt. Dort fanden wir Mr. James Wilder, ehrbar und höflich, aber noch immer mit Spuren des wilden Schreckens vom vergangenen Abend in den Augen und in den zuckenden Zügen.

»Sie wollen Seine Gnaden sprechen? Es tut mir leid, aber der Duke fühlt sich gar nicht wohl. Die tragische Nachricht hat ihn sehr aufgeregt. Gestern nachmittag erhielten wir von Dr. Huxtable ein Telegramm, in dem er uns Ihre Entdeckung mitteilte.«

»Ich muß mit dem Duke sprechen, Mr. Wilder.«

»Aber er ist in seinem Zimmer.«

»Dann muß ich eben in sein Zimmer gehen.«

»Ich glaube, er liegt im Bett.«

»Dann werde ich ihn an seinem Bett aufsuchen.«

Holmes' kalte und unerbittliche Art brachte den Sekretär zu der Erkenntnis, daß es nutzlos war, mit ihm zu argumentieren.

»Sehr schön, Mr. Holmes. Ich werde ihm sagen, Sie seien hier.«

Nach halbstündigem Warten erschien der berühmte Edelmann. Sein Gesicht war leichenblaß. Er ging gebeugt, und er schien mir älter als am vergangenen Morgen. Er grüßte uns mit vornehmer Höflichkeit und setzte sich an den Schreibtisch. Sein Bart überflutete die Tischplatte.

»Nun, Mr. Holmes?« sagte er.

Aber die Augen meines Freundes waren starr auf den Sekretär gerichtet, der neben dem Stuhl seines Herrn stand.

»Ich denke, Euer Gnaden, ich könnte freier sprechen, wenn Mr. Wilder abwesend wäre.«

Der Mann wurde um eine Schattierung bleicher und warf Holmes einen feindseligen Blick zu.

»Wenn Euer Gnaden es wünschen ...«

»Ja, ja, es wäre besser, wenn Sie gingen. Nun, Mr. Holmes, was haben Sie zu sagen?«

Holmes wartete, bis sich die Tür hinter dem abtretenden Sekretär geschlossen hatte.

»Es geht darum, Euer Gnaden«, sagte er dann, »daß meinem Kollegen Dr. Watson und mir von Dr. Huxtable versichert worden ist, Sie hätten eine Belohnung ausgesetzt. Es wäre mir lieb, wenn ich das durch Ihren Mund bestätigt bekommen würde.«

»Das tue ich gern, Mr. Holmes.«

»Sie beläuft sich, wenn ich recht informiert bin, auf fünftausend Pfund für denjenigen, der Ihnen den Aufenthalt Ihres Sohnes nennen kann.«

»So ist es.«

»Und auf weitere tausend Pfund für den, der die Leute namhaft macht, die ihn gefangenhalten.«

»So ist es.«

»Sind unter letzterer Bedingung nur die eingeschlossen, die ihn entführt haben, oder auch die, die sich zusammentaten, um ihn unter den jetzigen Umständen zu halten?«

»Ja, ja!« rief der Duke ungeduldig. »Wenn Sie Ihre Arbeit anständig verrichten, sollen Sie keinen Grund haben, über Knauserei zu klagen.«

Mein Freund rieb sich die schmalen Hände mit einem Ausdruck von Gier, der mich, der ich seine Genügsamkeit kannte, in Erstaunen setzte.

»Ich glaube, ich sehe Euer Gnaden Scheckbuch dort auf dem Tisch liegen«, sagte er. »Ich wäre Ihnen verbunden, wenn Sie einen Scheck über sechstausend Pfund ausstellten. Sie könnten die Summe auch überweisen. Ich habe mein Konto bei der Capital and Counties Bank in der Oxford Street.«

Seine Gnaden saß starr aufgerichtet im Sessel und sah meinen Freund mit steinernem Blick an.

»Ist das ein Witz, Mr. Holmes? Die Angelegenheit scheint kaum geeignet, Scherze zu machen.«

»Nicht im geringsten, Euer Gnaden. Nie im Leben war ich ernsthafter.«

»Was bedeutet das?«

»Das bedeutet, ich habe die Belohnung verdient. Ich weiß, wo sich Ihr Sohn befindet, und ich kenne wenigstens einige der Leute, die ihn gefangenhalten.«

Der Bart des Duke hatte nie zuvor so aggressiv rot gegen das geisterbleiche Gesicht abgestochen.

»Wo ist er?«

»Er ist – oder er war gestern abend – im Wirtshaus ›Zum Kampfhahn‹, ungefähr zwei Meilen vom Tor Ihres Parks entfernt.«

Der Duke ließ sich in seinem Sessel zurückfallen.

»Und wen beschuldigen Sie?«

Sherlock Holmes Antwort war verblüffend. Er ging rasch auf den Duke zu und legte ihm die Hand auf die Schulter.

»Ich beschuldige Sie«, sagte er. »Und jetzt, Euer

Gnaden, möchte ich Sie wegen des Schecks bemühen.«

Ich werde nie vergessen, wie der Duke aufsprang und die Hände in die Luft krallte, als stürze er in einen Abgrund. Dann setzte er sich wieder mit einem außergewöhnlichen Aufwand an aristokratischer Selbstbeherrschung und barg das Gesicht in den Händen. Es dauerte einige Minuten, ehe er sprach.

»Wieviel wissen Sie?« fragte er schließlich, ohne den Kopf zu heben.

»Ich habe Sie und die anderen gestern abend gesehen.«

»Weiß außer Ihrem Freund noch jemand davon?«

»Ich habe mit niemandem gesprochen.«

Der Duke nahm mit zitternder Hand die Feder und öffnete sein Scheckbuch.

»Ich stehe zu meinem Wort, Mr. Holmes. Ich schreibe Ihnen jetzt den Scheck aus, so unwillkommen die Information, an die Sie gelangt sind, mir auch ist. Als ich das Angebot machte, bedachte ich kaum, welchen Lauf die Dinge nehmen könnten. Ich vertraue darauf, daß Sie, Mr. Holmes, und Ihr Freund Männer von Diskretion sind.«

»Ich verstehe Euer Gnaden nicht recht.«

»Um es einfach zu sagen, Mr. Holmes: Wenn nur Sie beide von dem Vorfall wissen, sehe ich keinen Grund dafür, daß er allgemein bekannt würde. Waren es nicht zwölftausend Pfund, die ich Ihnen beiden schulde?«

Holmes lächelte und schüttelte den Kopf.

»Ich fürchte, Euer Gnaden, die Sache kann nicht so leicht beigelegt werden. Da ist noch der Tod dieses Lehrers, der in Betracht gezogen werden muß.«

»Davon wußte James nichts. Sie können ihn nicht dafür verantwortlich machen. Der Mord geht zu Lasten des brutalen Schlägers, den er unglücklicherweise engagiert hat.«

»Ich muß mich auf den Standpunkt stellen, Euer Gnaden, daß ein Mann, wenn er sich auf ein Verbrechen einläßt, moralische Schuld an jedem anderen Verbrechen auf sich lädt, das seinen Ursprung in dem ersten hat.«

»Eine moralische Schuld, Mr. Holmes. Da haben Sie ohne Zweifel recht. Aber nicht schuldig im Sinn des Gesetzes. Ein Mann kann nicht wegen eines Mordes verurteilt werden, bei dem er nicht anwesend war und den er so ekelhaft und verabscheuungswürdig findet wie Sie. In dem Moment, als er davon hörte, hat er mir alles gestanden, ganz erfüllt von Schrecken und Reue. Er verlor keine Stunde, völlig mit dem Mörder zu brechen. Oh, Mr. Holmes, Sie müssen ihn retten – Sie *müssen*! Retten Sie ihn, ich bitte Sie!«

Der Duke hatte den letzten Versuch, sich zu beherrschen, aufgegeben und ging mit zuckendem Gesicht, die geballten Fäuste schüttelnd, im Zimmer auf und ab. Schließlich faßte er sich und setzte sich wieder an seinen Schreibtisch. »Ich weiß es zu schätzen, daß Sie hierhergekommen sind, ehe Sie mit jemand anderem gesprochen haben«, sagte er. »So können wir wenigstens darüber beraten, wie dieser scheußliche Skandal möglichst kleingehalten werden kann.«

»So ist es«, sagte Holmes. »Und ich denke, Euer Gnaden, daß dies nur geschehen kann, wenn zwischen uns völlige Offenheit herrscht. Ich bin bereit, Euer Gnaden nach besten Kräften zu helfen; aber dazu muß ich bis in die letzte Einzelheit wissen, wie die Sache steht. Sie verwenden sich für Mr. James Wilder und sagen, daß er nicht der Mörder sei.«

»Ja. Der Mörder ist entkommen.«

Sherlock Holmes lächelte gezwungen.

»Euer Gnaden werden kaum von meiner bescheidenen Reputation gehört haben, sonst würden Sie wohl nicht annehmen, daß jemand mir so leicht entkommt. Auf meine Mitteilung hin ist Mr. Reuben Hayes letzte Nacht um elf in Chesterfield verhaftet worden. Ich habe ein Telegramm vom Chef der dortigen Polizei erhalten, ehe ich heute früh die Schule verließ.«

Der Duke lehnte sich im Sessel zurück und starrte meinen Freund bestürzt an.

»Sie scheinen über Kräfte zu verfügen, die fast nicht mehr menschlich sind«, sagte er. »So ist also Reuben Hayes verhaftet? Ich bin froh, das zu erfahren. Wenn es sich nicht auf das Schicksal von James auswirkt.«

»Auf das Ihres Sekretärs?«

»Nein, Sir, auf das meines Sohnes.«

Jetzt war es an Holmes, bestürzt dreinzusehen.

»Ich gestehe, daß dieser Aspekt völlig neu für mich ist, Euer Gnaden. Ich muß Sie um eine genauere Darstellung bitten.«

»Ich will vor Ihnen nichts verheimlichen und stimme mit Ihnen darin überein, daß völlige Offenheit, wie schmerzlich sie auch für mich sein mag, der beste Ausweg aus dieser verzweifelten Situation ist, in die James' Torheit und Eifersucht uns gebracht hat. Als junger Mann, Mr. Holmes, liebte ich, wie man nur einmal in seinem Leben liebt. Ich bot der Dame die Heirat an, aber sie lehnte ab, um durch die Verbindung meine Karriere nicht zu beeinträchtigen. Wäre sie am Leben geblieben, hätte ich gewiß nie eine andere geheiratet. Aber sie starb und hinterließ dieses eine Kind, dessen ich mich annahm und für das ich sorgte. Ich konnte meine Vaterschaft vor der Welt nicht eingestehen, aber ich ließ ihm die beste Erziehung angedeihen, und als er erwachsen wurde, habe ich ihn in meiner Nähe gehalten. Er entdeckte mein Geheimnis und hat seitdem immer auf seinen Anspruch mir gegenüber gepocht und auf seine Macht hingewiesen, einen Skandal heraufzubeschwören, der mir zuwider gewesen wäre. Seine Gegenwart hat auch etwas mit dem unglücklichen Ausgang meiner Ehe zu tun. Vor allem verfolgte er von Anfang an meinen legitimen Erben mit ausdauerndem Haß. Vielleicht werden Sie nun fragen, warum ich James unter solchen Umständen in meinem Haus behielt. Ich würde Ihnen darauf antworten, daß ich es getan habe, weil ich in seinem Gesicht das seiner Mutter sah. Um ihretwillen nahm ich diese endlos lange Leidenszeit auf mich, die jedoch auch Vorzüge hatte – da gab es keine Erinnerung an sie, die er mir nicht suggerieren und ins Gedächtnis zurückrufen konnte. Es ging einfach nicht, ihn fortzuschicken. Aber ich befürchtete, er könne Arthur – Lord Saltire – Schaden zufügen, und so brachte ich den Kleinen in Sicherheit, indem ich ihn auf Dr. Huxtables Schule schickte.

James kam mit diesem Hayes in Verbindung, weil der einer meiner Pächter ist und James als mein Beauftragter fungierte. Der Kerl war von Anfang an ein Halunke; doch auf irgendeine außergewöhnliche Art und Weise wurde James vertraut mit ihm. Er hatte schon immer einen Hang zu niedrigem Umgang. Als James sich entschloß, Lord Saltire zu entführen, bediente er sich der Hilfe dieses Mannes. Sie erinnern sich, daß ich an jenem letzten Tag an Arthur geschrieben habe. Nun, James öffnete den Brief und legte einen Zettel dazu, auf dem er Arthur bat, sich in dem kleinen Gehölz in der Nähe der Schule einzufinden, das man ›Das Rauhe Wäldchen‹ nennt. Er benutzte den Namen der Duchess und brachte den Jungen so dahin, daß er kam. An dem Abend radelte James zur Schule – jetzt gebe ich wieder, was James mir gestanden hat – und erzählte Arthur, den er in dem Wäldchen traf, daß seine Mutter ihn gern sehen wolle, daß sie ihn im Moor erwarte und daß er, wenn er um Mitternacht in das Wäldchen käme, dort einen Mann mit einem Pferd anträfe, der ihn zu ihr bringen würde. Der Junge ging zu der Verabredung und traf diesen Hayes, der außer seinem Pferd noch ein Pony bei sich hatte. Arthur stieg auf, und sie ritten gemeinsam los. Es scheint – das hat James erst gestern erfahren –, daß sie verfolgt wurden, daß Hayes den Verfolger mit einem Stock niederschlug und der Mann seinen Verletzungen erlag. Hayes führte Arthur in sein Wirtshaus, den ›Kampfhahn‹, und setzte ihn in einem der oberen Räume unter der Aufsicht von Mrs. Hayes, die eine freundliche Frau ist, aber völlig unter der Kontrolle ihres brutalen Mannes steht, gefangen.

Nun, Mr. Holmes, so standen die Dinge, als ich Sie vor zwei Tagen zum ersten Mal sah. Ich hatte von den wahren Vorgängen nicht mehr Ahnung als Sie. Sie werden fragen, aus welchem Motiv heraus James das alles getan hat. Ich kann nur antworten, daß viel Unvernunft und Fanatismus in dem Haß lag, den er gegen meinen Erben hegte. Nach seiner Überzeugung hätte er selber der Erbe aller meiner Besitzungen sein müssen, und er grollte den sozialen Gesetzen zutiefst, die das unmöglich machten. Gleichzeitig verfolgte er ein bestimmtes Ziel. Er war darauf aus, daß ich das Erblehen auflösen sollte, und glaubte, solches zu tun läge in meiner Macht. Er wollte mir einen Handel vorschlagen: Er würde Arthur zurückgeben, wenn ich das Erblehen auflöste und so die Möglichkeit einrichtete, ihm den Besitz per Testament zu überlassen. Er wußte genau, daß ich nie die Hilfe der Polizei gegen ihn in Anspruch nehmen würde. Ich sagte, daß er mir einen solchen Handel vorschlagen *wollte*; er hat es nicht wirklich getan, denn die Ereignisse entwickelten sich zu rasch und ließen ihm keine Zeit, seine Pläne in die Wirklichkeit umzusetzen.

Was den ganzen verruchten Plan zum Scheitern brachte, war Ihre Entdeckung der Leiche Heideggers. Die Nachricht erfüllte James mit Schrecken. Wir erfuhren davon, als wir gestern zusammen hier im Arbeitszimmer saßen. Dr. Huxtable hatte ein Telegramm geschickt. James war so niedergeschlagen und so erschüttert, daß mein Verdacht, den ich nie ganz unterdrücken konnte, sofort Gewißheit wurde und ich ihm die Tat auf den Kopf zusagte. Er legte freiwillig ein volles Geständnis ab. Dann flehte er mich an, das Geheimnis noch drei Tage zu wahren, damit sein verruchter Komplize Gelegenheit erhielte, sein schuldbeladenes Leben zu retten. Ich gab nach, wie ich immer nachgegeben habe, und sofort eilte James in den ›Kampfhahn‹, um Hayes zu warnen und ihm Geld für die Flucht zu bringen. Ich konnte am hellichten Tag nicht dorthin gehen, ohne Anlaß zu Gerede zu geben; aber sobald es dunkel wurde, eilte ich auch zu dem Wirtshaus, um meinen lieben Arthur zu sehen. Ich fand ihn wohlauf, aber über alle Maßen verschreckt durch die fürchterliche Tat, deren er Zeuge geworden war. Eingedenk meines Versprechens, doch sehr gegen meinen Willen, stimmte ich zu, ihn noch drei Tage in der Obhut von Mrs. Hayes zu lassen, da ich mir im klaren darüber war, daß es unmöglich sein würde, die Polizei zu benachrichtigen, ohne ihr auch den Mörder zu nennen – und wenn der Mörder bestraft würde, wäre mein unglücklicher James gleichzeitig ruiniert. Sie haben um Offenheit gebeten, Mr. Holmes, und ich habe Sie beim Wort genommen und Ihnen alles anvertraut, ohne den Versuch zu machen, etwas zu umschreiben oder zu verbergen. Seien Sie nun auch offen zu mir.«

»Das werde ich«, sagte Holmes. »Vor allem, Euer Gnaden, muß ich Sie darauf aufmerksam machen, daß Sie sich im Sinne des Gesetzes in eine äußerst ernste Lage gebracht haben. Sie haben ein Verbrechen vertuscht und einem Mörder geholfen zu entkommen; denn ich kann nicht daran zweifeln, daß das Geld, das James Wilder seinem Komplizen gegeben hat, um dessen Flucht zu ermöglichen, von Euer Gnaden stammt.«

Der Duke nickte zustimmend.

»Das ist in der Tat eine äußerst ernste Sache. Noch schuldhafter haben sich Euer Gnaden in meinen Augen gegenüber Ihrem jüngeren Sohn verhalten. Sie lassen ihn drei Tage in dieser Räuberhöhle.«

»Unter feierlichem Versprechen...«

»Was bedeuten solchen Leuten Versprechen? Sie haben keine Garantie dafür, daß er nicht wieder verschwindet. Um Ihrem schuldigen älteren Sohn gefällig zu sein, haben Sie Ihren unschuldigen jüngeren Sohn einer andauernden und unnötigen Gefahr ausgesetzt. Das war äußerst unverantwortlich gehandelt.«

Der stolze Lord Holdernesse war es nicht gewohnt, daß ihn jemand so in seinem eigenen Hause behandelte. Das Blut stieg ihm in die hohe Stirn, aber sein schlechtes Gewissen veranlaßte ihn zu schweigen.

»Ich werde Ihnen helfen, aber nur unter einer Bedingung«, sagte Holmes. »Sie werden nach einem Ihrer Diener läuten, und ich erteile die Befehle, die ich für richtig halte.«

Ohne ein Wort drückte der Duke den elektrischen Klingelknopf. Ein Diener trat ein.

»Es wird Sie freuen, zu hören«, sagte Holmes, »daß der junge Herr gefunden wurde. Der Duke befiehlt, die Kutsche sofort zum ›Kampfhahn‹ zu schicken und Lord Saltire nach Hause zu holen.«

»Jetzt«, sagte Holmes, nachdem der erfreute Diener aus dem Zimmer gegangen war, »da wir die Zukunft gesichert haben, können wir es uns erlauben, die Vergangenheit milder zu beurteilen. Ich habe keine offizielle Stellung inne und sehe deshalb keinen Grund, alles aufzudecken, was ich weiß, solange der Gerechtigkeit Genüge geschieht. Zu Hayes sage ich nichts. Auf ihn wartet der Galgen, und ich würde nichts unternehmen, ihn davor zu retten. Was er enthüllen wird, weiß ich nicht, doch zweifle ich nicht daran, daß Euer Gnaden ihm zu verstehen geben wird, es läge in seinem Interesse, zu schweigen. Vom polizeilichen Gesichtspunkt aus hat er den Jungen entführt, um ein Lösegeld zu erlangen. Wenn die Polizei nicht von selbst darauf kommt, sehe ich mich nicht veranlaßt, ihr zu einem weiteren Gesichtsfeld zu verhelfen. Dennoch möchte ich Euer Gnaden warnen; der dauernde Aufenthalt des Mr. James Wilder in Ihrem Haus kann nur zu Unglück führen.«

»Ich verstehe das, Mr. Holmes, und es ist auch schon beschlossen, daß er mich für immer verläßt und sein Glück in Australien sucht.«

»In diesem Fall, Euer Gnaden, und da Sie selbst festgestellt haben, daß alles Unglück in Ihrer Ehe durch seine Anwesenheit hervorgerufen wurde, möchte ich vorschlagen, daß Sie der Duchess so viel Besserung zusagen, wie Ihnen möglich ist, und die Beziehungen wieder aufnehmen, die auf so traurige Weise unterbrochen worden sind.«

»Auch das habe ich schon in die Wege geleitet, Mr. Holmes. Heute morgen ist ein Brief an die Duchess abgegangen.«

»In diesem Fall«, sagte Holmes und stand auf, »denke ich, daß sich mein Freund und ich zu dem glücklichen Ergebnis unseres Abstechers in den Norden gratulieren können. Da gibt es aber noch eine Kleinigkeit, die ich geklärt wissen möchte. Dieser Hayes hatte seine Pferde so beschlagen, daß ihre Spuren aussahen wie die von Kühen. Hat er diesen außergewöhnlichen Betrug von Mr. Wilder gelernt?«

Der Duke stand einen Augenblick in Gedanken versunken, und auf seinem Gesicht spiegelte sich äußerste Überraschung. Dann öffnete er eine Tür und bat uns in einen großen Raum, der als Museum eingerichtet war. Er ging voran zu einem Glaskasten in einer Ecke und wies auf die Inschrift.

»Diese Hufeisen«, stand dort, »wurden im Festungsgraben von Holdernesse Hall gefunden. Sie sind für Pferde bestimmt, aber an der Unterseite mit eisernen Klauen versehen, um Verfolger von der Fährte zu schütteln. Man nimmt an, daß sie einem der mittelalterlichen marodierenden Barone von Holdernesse gehörten.«

Holmes öffnete den Glaskasten, feuchtete einen Finger an und führte ihn über eines der Hufeisen. Auf der Haut blieb eine dünne Schicht von frischem Schmutz zurück.

»Ich danke Ihnen«, sagte er und legte das Eisen wieder zurück. »Das ist das zweite höchst interessante Objekt, das ich im Norden zu sehen bekommen habe.«

»Und welches ist das erste?«

Holmes faltete seinen Scheck und legte ihn vorsichtig in die Brieftasche. »Ich bin ein armer Mann«, sagte er, streichelte sie liebevoll und ließ sie in der Tiefe seiner inneren Jackentasche verschwinden.

Der Schwarze Peter

Nie habe ich meinen Freund in besserer Verfassung gesehen – geistig und körperlich – als im Jahre '95. Sein wachsender Ruhm hatte ihm außerordentlich viel Kundschaft beschert; ich würde mich der Indiskretion schuldig machen, wenn ich auch nur Hinweise auf die Identität einiger der illustren Klienten gäbe, die unsere bescheidene Schwelle in der Baker Street überschritten. Doch Holmes, wie alle großen Künstler, lebte nur seiner Kunst, und ich habe – ausgenommen den Fall des Duke of Holdernesse – selten erfahren, daß er große Geldsummen für seine unschätzbaren Dienste verlangte. Er war so uneigennützig – oder launisch –, daß er den Mächtigen und Wohlhabenden oft, wo das Problem ihn nicht ansprach, seine Hilfe versagte, während er sich wochenlang mit wahrer Hingabe den Angelegenheiten einfacher Leute widmete, wenn die Fälle so ungewöhnlich und dramatisch waren, daß sie seine Phantasie anregten und seine Erfindungsgabe herausforderten.

In diesem denkwürdigen Jahr '95 hat eine Reihe seltsamer und komplizierter Fälle seine Aufmerksamkeit in Anspruch genommen; das begann mit seinen Ermittlungen zum plötzlichen Tod des Kardinals Tosca, die er auf ausdrücklichen Wunsch seiner Heiligkeit des Papstes führte, und ging weiter bis zur Festnahme von Wilson, dem berüchtigten Kanarienvogelzüchter, wodurch ein Schandfleck aus Londons East End entfernt wurde. Diesen beiden berühmten Fällen folgte dichtauf die Tragödie von Woodman's Lee mit der überaus dunklen Begleitumständen, die den Tod von Captain Peter Carey umgaben. Keine Darstellung des Wirkens von Mr. Sherlock Holmes wäre vollständig, enthielte sie nicht einen Bericht über diesen äußerst ungewöhnlichen Fall.

In der ersten Juliwoche war mein Freund so oft und so lange außer Haus, daß ich wußte, er mischte wieder in einer Sache mit. Der Umstand, daß einige ungeschliffene Männer während dieser Zeit vorstellig wurden und nach Captain Basil fragten, bedeutete mir, daß Holmes irgendwo unter einem seiner zahllosen Namen in Verkleidung arbeitete, mit deren Hilfe er seine eigene gewaltige Identität verbarg. Er besaß wenigstens fünf kleine Ausweichquartiere in verschiedenen Teilen Londons, in denen er sein Äußeres verändern konnte. Er erzählte mir nichts von seinen Unternehmungen, und es war nicht meine Art, mich ins Vertrauen zu drängen. Der erste zuverlässige Anhalt, den ich von ihm auf die Richtung seiner Nachforschungen erhielt, war ganz außerordentlich. Er hatte vor dem Frühstück das Haus verlassen, und gerade wollte ich das meine einnehmen, als er ins Zimmer trat, den Hut auf dem Kopf und unterm Arm wie einen Regenschirm einen riesigen Speer mit Widerhaken an der Spitze.

»Du liebe Güte, Holmes!« rief ich, »sagen Sie bloß, Sie sind mit dem Ding durch London spaziert.«

»Ich fuhr zum Metzger und wieder zurück.«

»Zum Metzger?«

»Und jetzt habe ich einen ausgezeichneten Appetit. Der Wert körperlicher Übung vorm Frühstück, mein lieber Watson, steht außer aller Frage. Aber ich könnte wetten, daß Sie nicht erraten, welcher Art meine Übung war.«

»Ich werde es erst gar nicht versuchen.«

Kichernd goß er sich den Kaffee ein.

»Hätten Sie einen Blick in die hinteren Ladenräume von Allardyce werfen können, dann wären Sie eines toten Schweins ansichtig geworden, das an einem Haken von der Decke herunterhing, und davor eines Gentlemans in Hemdsärmeln, der mit dieser Waffe wütend auf das Tier einstach. Diese tatkräftige Person war ich, und ich konnte zu meiner Befriedigung feststellen, daß ich trotz Anspannung all meiner Kräfte das Schwein nicht mit einem einzigen Stoß durchbohren konnte. Vielleicht wollen Sie es auch einmal versuchen?«

»Um nichts in der Welt! Aber warum haben Sie das getan?«

»Weil mir schien, es sei ein Versuch im Hinblick auf das Geheimnis von Woodman's Lee. – Ah, Hopkins. Gestern abend erhielt ich Ihr Telegramm, und ich habe Sie erwartet. Kommen Sie, leisten Sie uns Gesellschaft.«

Unser Besucher war ein höchst beweglicher Mann von dreißig Jahren; er trug einen unauffälligen Tweed-Anzug, jedoch in der aufrechten Haltung dessen, der an Uniform gewöhnt ist. Ich erkannte in ihm sofort Stanley Hopkins, den jungen Polizeiinspektor, auf dessen Zukunft Holmes große Stücke hielt, während wiederum Hopkins für die wissenschaftlichen Methoden des berühmten Amateurs die Bewunderung und den Respekt eines Schülers bezeigte. Des Inspektors Stirn war umdüstert, und er setzte sich mit dem Ausdruck tiefer Niedergeschlagenheit.

»Nein, Sir, vielen Dank. Ich habe schon gefrühstückt. Die Nacht habe ich in der Stadt verbracht, denn ich bin gestern zum Bericht hergekommen.«

»Und was hatten Sie zu berichten?«

»Einen Mißerfolg, Sir, einen absoluten Mißerfolg.«

»Sie haben keine Fortschritte gemacht?«

»Keine.«

»Du lieber Himmel! Da muß ich doch einen Blick auf die Angelegenheit werfen.«

»Ich wünschte bei Gott, daß Sie es täten, Mr. Holmes. Es ist die erste große Gelegenheit für mich, und ich bin mit meiner Weisheit am Ende. Steigen Sie nur um Himmels willen herab und helfen Sie mir.«

»Gut, gut, zufällig habe ich bereits alles erreichbare Beweismaterial gelesen, einschließlich des Berichts über die amtliche Voruntersuchung, und das mit einiger Aufmerksamkeit. Was halten Sie übrigens von dem Tabakbeutel, der auf dem Schauplatz des Verbrechens gefunden wurde? Gibt es für den einen Anhaltspunkt?«

Hopkins sah erstaunt drein.

»Der Tabakbeutel hat dem Mann gehört. Innen standen seine Initialen. Außerdem ist er aus Seehundsfell – und der Mann war ein alter Robbenjäger.«

»Aber er besaß keine Pfeife.«

»Ja, Sir, eine Pfeife fanden wir nicht, und er hat auch wenig geraucht. Es ist vielleicht so, daß er immer ein bißchen Tabak für Freunde bereithielt.«

»Zweifellos. Ich erwähne den Umstand ja nur, weil ich ihn, wäre ich mit dem Fall betraut, möglicherweise zum Ausgangspunkt meiner Untersuchungen gemacht hätte. Wie dem aber sei, mein Freund Dr. Watson weiß nichts von der Sache, und mir würde es auch nicht schaden, den Ablauf der Ereignisse noch einmal zu hören. Tragen Sie uns kurz das Wichtigste vor.«

Stanley Hopkins zog einen Zettel aus der Tasche.

»Hier stehen ein paar Daten, die einen Begriff von der Laufbahn des Toten, Kapitän Peter Carey, geben können. Geboren '45 – fünfzig Jahre alt. Er war ein äußerst verwegener und erfolgreicher Robbenjäger und Walfänger. 1883 führte er das Kommando auf dem Dampfschiff ›Sea Unicorn‹ aus Dundee. Es gelangen ihm hintereinander einige sehr ertragreiche Fahrten, und im folgenden Jahr, 1884, zog er sich vom Geschäft zurück. Danach ist er einige Jahre gereist und hat sich schließlich ein kleines Anwesen gekauft, Woodman's Lee bei Forest Row in Sussex. Dort lebte er sechs Jahre, dort starb er, heute vor einer Woche.

Einiges Bemerkenswerte ist von dem Mann zu berichten. Normalerweise war er strenger Puritaner – ein stiller, düsterer Bursche. In seinem Hause lebten er, seine Frau, eine zwanzigjährige Tochter und zwei weibliche Bedienstete. Letztere wechselten ständig, denn ihre Lage war nie glücklich und manchmal unerträglich. Der Mann war ein Quartalssäufer, und wenn er getrunken hatte, war er der reine Teufel. Dann trieb er seine Frau und seine Tochter mitten in der Nacht aus dem Haus und prügelte sie durch den Park, daß das ganze Dorf von ihren Schreien wach wurde. Einmal war er angeklagt, weil er den alten Vikar, der ihm wegen seiner Aufführung ins Gewissen reden wollte, tätlich angegriffen hatte.

Um es kurz zu machen, Mr. Holmes, man müßte lange suchen, bis man einen gefährlicheren Mann fände als Peter Carey, und mir ist zu Ohren gekommen, daß er sich genauso benahm, wenn er ein Schiff zu kommandieren hatte. In Seemannskreisen hieß er Schwarzer Peter, und das nicht nur wegen der dunklen Farbe seiner Haut und des riesigen Barts, sondern auch wegen seiner Launen, die ein Schrecken für seine Umgebung waren. Ich brauche wohl nicht zu sagen, daß die Nachbarn ihn verabscheuten und mieden; ich habe nicht ein einziges Wort des Bedauerns über sein schreckliches Ende gehört.

In dem Bericht von der amtlichen Voruntersuchung müssen Sie, Mr. Holmes, über die Kajüte des Mannes gelesen haben; aber vielleicht hat Ihr Freund noch nichts davon gehört. Er hatte sich einige hundert Yard von seinem Haus weg ein hölzernes Häuschen gebaut – er nannte es immer die ›Kajüte‹ –, und hier schlief er jede Nacht. Es ist sechzehn mal zehn Fuß groß, ein einziger Raum. Den Schlüssel trug er stets bei sich; er machte sein Bett selber, säuberte die Hütte und erlaubte niemandem, den Fuß über die Schwelle zu setzen. An zwei Seiten befindet sich je ein kleines Fenster, beide mit Gardinen verhängt, und er hat sie nie geöffnet. Das eine geht auf die Landstraße, und wenn dahinter nachts das Licht brannte, machten die Leute sich gegenseitig darauf aufmerksam und stellten Vermutungen an, was der Schwarze Peter gerade tun mochte. Das ist das Fenster, Mr. Holmes, das uns bei der Voruntersuchung einen der wenigen Beweise lieferte.

Sie erinnern sich, da war ein Maurer namens Slater, der zwei Tage vor dem Mord gegen ein Uhr nachts von Forest Row kam. Er hielt auf der Landstraße an und schaute nach dem hellen Geviert, das noch zwischen den Bäumen hindurchschien. Der Mann beschwor, er habe auf dem Vorhang deutlich den Schatten eines Kopfes gesehen, und der sei bestimmt nicht der von Peter Carey gewesen, den er gut kannte, obwohl auch von einem Menschen mit

Bart, aber dieser Bart war kurz und vorgesträubt und hätte überhaupt ganz anders ausgesehen als der des Kapitäns. Das sagte er, aber vor seiner Beobachtung hatte er zwei Stunden in der Kneipe gesessen, und das Fenster ist von der Landstraße ziemlich weit entfernt. Außerdem sprach er von Montag, und das Verbrechen ist am Mittwoch begangen worden.

Am Dienstag war Peter Carey in einer seiner übelsten Launen, völlig betrunken und gefährlich wie ein wildes Tier. Er trieb sich im Haus herum, und die Frauen flohen, als sie ihn kommen hörten. Spätabends ging er in seine Hütte. Gegen zwei Uhr früh hörte die Tochter, die bei offenem Fenster schlief, einen fürchterlichen Schrei aus dieser Richtung, aber da er oft herumbrüllte, wenn er betrunken war, nahm man davon keine Notiz. Um sieben, als eine der Mägde aufgestanden war, bemerkte sie, daß die Tür zur Hütte offenstand, aber die Angst, die der Mann verbreitete, war so groß, daß man sich erst gegen Mittag hinüberzugehen und nachzusehen getraute, was aus ihm geworden sei. Beim Blick durch die Tür bot sich ein Bild, das sie mit weißem Gesicht fort ins Dorf jagte. Eine Stunde später war ich an Ort und Stelle und übernahm den Fall.

Nun, ich habe ziemlich starke Nerven, wie Sie wissen, Mr. Holmes, aber ich gebe Ihnen mein Wort darauf, ich war erschüttert, als ich den Kopf zur Tür hineinsteckte. Da drinnen summte es wie ein Harmonium von Fliegen und Schmeißfliegen, und der Fußboden und die Wände sahen aus wie in einem Schlachthaus. Er hatte das Häuschen seine Kajüte genannt, und wie eine Kajüte war es auch angelegt. Man konnte denken, man wäre auf einem Schiff. An einer Seite war eine Schlafkoje eingerichtet, es gab eine Seemannstruhe, Landkarten und Meereskarten, ein Bild von der ›Sea Unicorn‹, eine Regalreihe mit

Logbüchern, alles ganz so, wie man sich eine Kapitänskajüte vorstellt. Und in der Mitte des Raums stand der Mann, das Gesicht verzerrt wie das einer armen Seele auf der Folter, und sein mächtiger gescheckter Bart war im Todeskampf hochgezerrt. Eine stählerne Harpune war durch seine breite Brust gerammt, und sie hatte sich noch tief in die Wand hinter ihm gebohrt. Er war aufgespießt wie ein Käfer auf ein Stück Karton. Natürlich war er tot, und der Tod mußte sofort, nachdem er seinen letzten Schrei ausgestoßen hatte, eingetreten sein.

Ich kenne Ihre Methoden, Sir, und ich habe sie angewandt. Ehe ich gestattete, daß irgend etwas angefaßt oder bewegt wurde, untersuchte ich das Erdreich rings um die Hütte und auch den Fußboden im Zimmer. Es gab keine Fußabdrücke.«

»Das heißt: Sie haben keine gesehen.«

»Ich versichere Ihnen, Sir, es gab keine.«

»Mein lieber Hopkins, ich war mit vielen Verbrechen befaßt, aber mir ist keines begegnet, das von einem fliegenden Geschöpf begangen wurde. So lange die Verbrecher auf zwei Beinen stehen, werden sie immer irgendwelche Kerben, Abschürfungen, winzige Verschiebungen von Sachen hinterlassen, die derjenige, der mit wissenschaftlichen Methoden an die Untersuchung herangeht, entdecken muß. Es ist unvorstellbar, daß sich in diesem blutbespritzten Raum keine Spur befunden haben soll, die uns weiterhelfen könnte. Soviel ich aus dem Bericht über die amtliche Voruntersuchung herausgelesen habe, waren da einige Gegenstände, die von Ihnen nicht untersucht worden sind.«

Der junge Inspektor zuckte unter den ironischen Bemerkungen meines Freundes zusammen.

»Ich war ein Narr, daß ich Sie nicht von Anfang an einbezogen habe, Mr. Holmes. Aber um darüber zu jammern, ist es jetzt zu spät. Ja, einige bestimmte Gegenstände in dem Raum erforderten besondere Aufmerksamkeit. Zum einen die Harpune, mit der die Tat verübt wurde. Sie war von einem Ständer an der Wand genommen worden, wo noch zwei andere hingen, und eine Lücke bezeichnete den Platz dieser dritten. Auf dem Schaft war eingraviert: ›S. S. Sea Unicorn, Dundee‹. Das alles schien darauf hinzudeuten, daß das Verbrechen in einem Augenblick der Raserei begangen wurde und der Mörder die erstbeste Waffe ergriff, die ihm in die Hände fiel. Die Tatsache, daß das Verbrechen um zwei Uhr morgens begangen wurde und Peter Carey dennoch vollständig angezogen war, legt die Vermutung nahe, er sei mit dem Mörder verabredet gewesen, und dies wird durch den Umstand erhärtet, daß auf dem Tisch eine Flasche mit Rum und zwei schmutzige Gläser standen.«

»Ja«, sagte Holmes, »ich denke, diese beiden Schlußfolgerungen sind erlaubt. Gab es außer dem Rum noch alkoholische Getränke in dem Raum?«

»Ja, in einem Schnapsständer auf der Seemannskiste befanden sich zwei Karaffen, eine mit Kognak, die andere mit Whisky. Aber sie waren für unsere Untersuchung nicht wichtig, da beide Karaffen voll und folglich nicht angerührt worden waren.«

»Dennoch hat es eine Bedeutung, daß da der Schnapsständer vorhanden war«, sagte Holmes. »Aber wie auch immer – erzählen Sie mehr über die Gegenstände, von denen Sie meinen, daß sie mit dem Fall in Verbindung stehen.«

»Auf dem Tisch lag dieser Tabakbeutel.«

»Wo auf dem Tisch?«

»In der Mitte. Das Material war rohes Seehundsfell – von der Art mit den kurzen, borstenartigen Haaren –, als Verschluß war eine lederne Schnur angebracht. Auf der Unterseite der Lasche stand ›P. C.‹ Der Inhalt war eine halbe Unze starker Seemannstabak.«

»Ausgezeichnet. Und weiter?«

Stanley Hopkins zog ein Notizbuch mit Stoffbezug aus der Tasche. Der grob gearbeitete Umschlag war abgeschabt, die Blätter waren verfärbt. Die erste Seite trug die Initialen ›J. H. N.‹ und das Datum ›1883‹. Holmes legte es vor sich auf den Tisch und untersuchte es gründlich wie immer, während Hopkins und ich ihm rechts und links über die Schulter blickten. Auf der zweiten Seite standen die Buchstaben ›C. P. R.‹; dann folgten einige mit Zahlen bedeckte Seiten. ›Argentinien‹ hieß eine Überschrift, ›Costa Rica‹ eine weitere, eine andere lautete ›Sao Paulo‹, und jedesmal gab es danach Seiten, voll mit Zeichen und Zahlen.

»Was schließen Sie daraus?« fragte Holmes.

»Es scheinen Listen von Börsenpapieren zu sein. Ich dachte, ›J. H. N.‹ könnten die Initialen eines Börsenmaklers sein, und vielleicht verbirgt sich hinter ›C. P. R.‹ der Name eines Kunden.«

»Versuchen Sie es mal mit Canadian Pacific Railway«, sagte Holmes.

Stanley Hopkins fluchte durch die geschlossenen Zähne und schlug sich mit der Faust auf den Schenkel.

»Was war ich für ein Narr!« rief er. »Natürlich ist es so, wie Sie sagen. Dann bleiben also nur noch die Initialen ›J. H. N.‹ aufzulösen. Ich habe schon die alten Börsen-Listen durchgesehen, konnte aber unter dem Jahr 1883 niemanden finden – weder direkt an der Börse noch unter den freien Maklern –, dessen Initialen mit diesen identisch sind. Und doch fühle ich: Hier ist mein wichtigster Anhaltspunkt. Sie werden zugeben müssen, Mr. Holmes, daß die Initialen auf eine Person hinweisen könnten, die in der Nacht dort zugegen war – mit anderen Worten: auf den Mörder. Ich würde auch behaupten, daß ein Einstieg in den Fall durch ein Dokument, das eine so große Anzahl wertvoller Obligationen verzeichnet, uns vor allem Aufschluß über das Motiv des Verbrechens geben kann.«

Sherlock Holmes' Gesicht zeigte, daß ihn diese neue Entwicklung völlig verblüffte.

»Ich muß Ihnen in beiden Punkten zustimmen«, sagte er. »Ich gestehe, das Notizbuch, das bei der amtlichen Voruntersuchung keine Rolle spielte, scheint alle Blickwinkel, unter denen ich die Sache gesehen habe, zu verändern. Ich hatte mir eine Theorie über das Verbrechen gebildet, die für das, was Sie anführen, keinen Platz läßt. Haben Sie versucht, den Wertpapieren, die hier aufgeführt sind, nachzuspüren?«

»In den Maklerbüros ist angefragt worden, aber ich fürchte, daß das vollständige Register der Aktionäre dieser lateinamerikanischen Konzerne in Lateinamerika liegt, und da kann es Wochen dauern, ehe wir die Wertpapiere aufstöbern.«

Holmes hatte währenddessen den Umschlag des Notizbuches mit seiner Lupe untersucht.

»Das hier muß doch eine Verfärbung sein«, sagte er.

»Ja, Sir, es ist ein Blutfleck. Ich habe das Buch vom Fußboden aufgehoben.«

»War der Blutfleck auf der oberen Seite oder auf der, die unten lag?«

»Die Seite mit dem Blutfleck lag auf den Dielenbrettern.«

»Was beweist, daß das Buch nach dem Verbrechen fallen gelassen wurde.«

»So ist es, Mr. Holmes. Diesem Punkt habe ich besondere Aufmerksamkeit beigemessen, und ich vermute, der Mörder hat es bei seiner überstürzten Flucht verloren. Es lag nahe bei der Tür.«

»Ich nehme an, daß keines der Wertpapiere im Nachlaß des Toten gefunden wurde.«

»So ist es.«

»Haben Sie irgendwie Grund, einen Raubüberfall anzunehmen?«

»Nein, Sir, es scheint nichts angerührt worden zu sein.«

»Du lieber Himmel, das ist wirklich ein interessanter Fall. Da war doch auch noch ein Messer.«

»Ein feststehendes Messer, es stak in der Scheide. Es lag zu Füßen des Toten. Mrs. Carey hat es als das Eigentum Ihres Mannes identifiziert.«

Einige Zeit saß Holmes gedankenverloren.

»Nun«, sagte er schließlich, »ich sollte hinausfahren und einen Blick auf all das werfen.«

Stanley Hopkins stieß einen Freudenschrei aus.

»Ich danke Ihnen, Sir. Damit fällt mir ein großer Stein vom Herzen.«

Holmes drohte dem Inspektor mit dem Finger.

»Eine Woche früher wäre alles leichter gewesen«, sagte er. »Aber vielleicht ist auch jetzt eine Fahrt dorthin noch nicht völlig nutzlos. Watson, wenn Sie Zeit hätten, wäre ich für Ihre Gesellschaft sehr dankbar. Vielleicht bestellen Sie inzwischen schon eine Droschke – wir sind in einer Viertelstunde bereit, uns nach Forest Row auf den Weg zu machen.«

Nachdem wir auf der kleinen abgelegenen Station ausgestiegen waren, fuhren wir einige Meilen durch die Überreste des Weald, dieses einstmals riesigen Waldgebiets, das lange Zeit die sächsischen Eroberer in Schach gehalten hatte, das über sechzig Jahre das Bollwerk Britanniens gewesen war. Weite Flächen waren gerodet, denn hier hatten die ersten Eisenschmiede des Landes gewirkt, und die Bäume waren gefällt worden, um das Erz schmelzen zu können. Jetzt haben die fruchtbaren Felder des Nordens dieses Handwerk verdrängt, und nur noch die verwüsteten Wälder und die tiefen Narben in der Erde künden von der Arbeit der Vergangenheit. Auf einer Lichtung am Hang eines grünen Hügels stand ein langgestrecktes niedriges Steinhaus, zu dem man über einen geschwungenen Fahrweg durch die Felder gelangte. Näher zur Straße, an drei Seiten von Büschen umgeben, lag das kleine Holzhaus, von dem wir im Herauffahren die Tür und ein Fenster sahen. Das war der Schauplatz des Mordes.

Stanley Hopkins führte uns zuerst zum Haus und stellte uns einer hageren grauhaarigen Frau vor, deren abgehärmtes, von tiefen Furchen durchzogenes Gesicht mit der Angst in der Tiefe der rotgeränderten Augen von Jahren der Mühsal und schlechter Behandlung sprach. Neben ihr stand die Tochter, ein blasses, blondes Mädchen; ihre Augen blitzten uns herausfordernd an, als sie sagte, sie sei froh, daß ihr Vater tot sei, und sie segne die Hand, die ihn niedergestreckt habe. Peter Carey hatte ein fürchterliches Regiment geführt, und erleichtert seufzten wir, als wir wieder ins Sonnenlicht traten und unseren Weg über den Pfad nahmen, den die Füße des Toten gebahnt hatten.

Das Häuschen war die einfachste Unterkunft, die man sich vorstellen kann: Hölzerne Wände umschlossen den einzigen Raum, ein Fenster war neben der Tür angebracht, das andere in der gegenüberliegenden Wand. Stanley Hopkins hatte den Schlüssel aus der Tasche gezogen und bückte sich zum Schloß, hielt dann aber mit sichtlicher Aufmerksamkeit und Überraschtheit inne.

»Jemand hat sich daran zu schaffen gemacht«, sagte er.

Die Tatsache war unbezweifelbar. Das Holz zeigte Kratzer, die hell durch die Farbe schimmerten, als wären sie gerade erst entstanden.

Holmes untersuchte das Fenster.

»Hier hat auch jemand mit Gewalt einzudringen versucht. Wer immer es gewesen sein mag, er ist nicht hineingekommen. Das war ein sehr schlechter Einbrecher.«

»Das ist außergewöhnlich«, sagte der Inspektor. »Ich könnte darauf schwören, daß die Kratzer gestern noch nicht da waren.«

»Vielleicht ein Neugieriger aus dem Dorf«, vermutete ich.

»Sehr unwahrscheinlich. Kaum einer hätte den Mut, den Fuß auf dieses Grundstück zu setzen, viel weniger noch, in die Kajüte einzudringen. Was halten Sie davon, Mr. Holmes?«

»Ich denke, wir sind vom Glück begünstigt.«

»Meinen Sie, die Person wird es wieder versuchen?«

»Das ist sehr wahrscheinlich. Er hatte angenommen, die Tür sei nicht verschlossen. Er versuchte, sich mittels der Klinge eines kleinen Taschenmessers Einlaß zu verschaffen, und es gelang nicht. Was also wird er tun?«

»In der kommenden Nacht wiederkommen, mit einem geeigneteren Werkzeug.«

»Das glaube ich auch. Es ist unsere Schuld, wenn wir dann nicht zugegen sind, um ihn zu empfangen. Zeigen Sie mir inzwischen das Innere der Kajüte.«

Die Spuren der Tragödie hatte man beseitigt, doch die Einrichtung des kleinen Raums stand noch so wie in der Nacht des Verbrechens. Zwei Stunden lang untersuchte Holmes mit konzentrierter Aufmerksamkeit einen Gegenstand nach dem anderen, aber an seinem Gesicht ließ sich erkennen, daß seine Nachforschungen nicht erfolgreich waren. Nur einmal unterbrach er sein geduldiges Suchen.

»Haben Sie etwas von dem Regal heruntergenommen, Hopkins?«

»Nein, ich habe nichts bewegt.«

»Es ist etwas weggenommen worden. Hier in der Ecke des Regals findet sich weniger Staub als überall sonst. Es kann ein Buch gewesen sein, das auf dem Deckel gelegen hat. Vielleicht war es auch ein Kasten. Nun, mehr kann ich nicht ausrichten. Lassen Sie uns in den wunderschönen Wäldern spazierengehen, Watson, und ein paar Stunden den Vögeln und den Blumen widmen. Später treffen wir uns wieder hier, Hopkins, und schauen, daß wir ein bißchen näher mit dem Gentleman bekannt werden, der den nächtlichen Besuch abgestattet hat.«

Es war nach elf Uhr, als wir uns auf die Lauer legten. Hopkins war dafür gewesen, die Tür nicht abzuschließen, aber Holmes hatte die Meinung vertreten, daß dadurch der Verdacht des Fremden erregt werden könnte. Es war ein ganz einfaches Schloß, und man benötigte nur eine starke Messerklinge, um es zu öffnen. Holmes hatte auch vorgeschlagen, nicht in der Hütte zu warten, sondern draußen in den Büschen, die das hintere Fenster umwucherten. So konnten wir sehen, wenn der Mann ein Licht anzündete, und beobachten, was das Ziel seines heimlichen nächtlichen Besuchs war.

Es wurde eine lange, trübsinnige Nachtwache, und doch brachte sie so etwas wie die Erregung mit sich, die der Jäger fühlt, wenn er neben der Wasserstelle liegt und dem durstigen Raubtier auflauert.

Was mochte das für ein wildes Geschöpf sein, das aus der Dunkelheit auftauchen würde? War es ein wütender Tiger des Verbrechens, den man nur überwältigen konnte, wenn man hart mit Zähnen und Klauen kämpfte, oder bloß ein Schakal, der sich anschleicht und nur den Schwachen und Ungeschützten gefährlich werden kann? In tiefem Schweigen hockten wir zwischen den Büschen und warteten darauf, was die Nacht bringen sollte. Im Anfang munterten uns noch die Schritte von ein paar verspäteten Dorfbewohnern auf oder der Laut von Stimmen aus dem Ort; aber das eine wie das andere erstarb allmählich, und absolute Stille fiel auf uns, die nur vom Schlagen der weit abgelegenen Kirchturmuhr, die uns das Voranschreiten der Nacht kündete, und vom Rascheln und Wispern des dünnen Regens auf das Blätterdach, unter dem wir hockten, unterbrochen wurde.

Es hatte halb drei geschlagen, und die dunkelste Stunde, die dem Tag vorangeht, war angebrochen, als ein leises, aber deutliches Klicken aus der Richtung des Gatters uns zusammenzucken ließ. Jemand hatte die Auffahrt betreten. Dann blieb es wieder lange ruhig, und ich fürchtete bereits, wir wären einem falschen Alarm aufgesessen, als wir von der anderen Seite der Hütte einen leisen Schritt und einen Augenblick später ein metallisches Kratzen und Knacken vernahmen. Da versuchte einer, das Schloß gewaltsam zu öffnen! Diesmal stellte er es geschickter an oder hatte besseres Werkzeug, denn wir hörten das Schloß aufschnappen und dann die Angeln quietschen. Dann wurde ein Zündholz angerissen, und im Nu erfüllte das ruhig brennende Licht einer Kerze das Innere der Hütte. Unsere Augen erblickten durch die leichte Gardine den Schauplatz.

Der nächtliche Besucher war ein zarter und

schlanker junger Mann mit einem schwarzen Schnurrbart, der die Leichenblässe seines Gesichts unterstrich. Nie habe ich ein menschliches Wesen gesehen, das so von mitleiderregender Furcht besessen war; die Zähne schlugen sichtlich aufeinander, und er schlotterte an allen Gliedern. Er war wie ein Gentleman gekleidet, trug ein Norfolk-Jackett und Knickerbockers, und auf dem Kopf hatte er eine Tuchmütze. Wir beobachteten, wie er angstvoll um sich starrte. Dann setzte er den Kerzenstumpf auf den Tisch und entschwand unseren Blicken in eine der Ecken. Er kehrte mit einem großen Buch zurück, einem der Log-Bücher vom Regal. Er stützte sich auf den Tisch und blätterte schnell in dem Band, bis er auf die Eintragung stieß, die er suchte. Dann schloß er mit einer wütenden Gebärde der Faust das Buch, stellte es in die Ecke zurück und löschte das Licht. Kaum hatte er die Hütte verlassen, da packte Hopkins ihn am Kragen, und ich hörte sein lautes furchtsames Keuchen, als er begriff, daß er gefaßt war. Die Kerze wurde wieder angezündet, und wir sahen unseren bejammernswürdigen Gefangenen, wie er unterm Griff des Detektivs zitterte. Er sank auf die Seemannskiste und blickte hilflos von einem zum anderen.

»Nun, mein prächtiger Bursche«, sagte Stanley Hopkins, »wer sind Sie und was wollen Sie hier?«

Der Mann nahm sich zusammen und suchte uns mit Fassung zu begegnen.

»Ich nehme an, Sie sind Detektive«, sagte er. »Sie glauben, ich hätte etwas mit dem Tod von Captain Peter Carey zu tun. Aber ich versichere Ihnen, ich bin unschuldig.«

»Das werden wir herausbekommen«, sagte Hopkins. »Aber erst einmal: Wie heißen Sie?«

»John Hopley Neligan.«

Ich sah, wie Holmes und Hopkins einen schnellen Blick wechselten.

»Was tun Sie hier?«

»Kann ich vertraulich sprechen?«

»Nein, sicher nicht.«

»Warum sollte ich es Ihnen erzählen?«

»Wenn Sie keine Antwort auf die Frage wissen, kann es Ihnen vor Gericht schlecht ergehen.«

Der junge Mann zuckte zusammen.

»Ich will es Ihnen sagen«, antwortete er. »Warum sollte ich es nicht tun? Und doch ist mir der Gedanke zuwider, daß der alte Skandal wieder zum Leben erweckt wird. Haben Sie je von Dawson & Neligan gehört?«

Von Hopkins Gesicht konnte ich ablesen, daß er den Namen nie gehört hatte; aber Holmes wirkte sehr interessiert.

»Sie meinen die Chefs von der West-Country-Bank?« sagte er. »Sie fallierten mit einer Million, ruinierten die Hälfte der Familien von Cornwall, und Neligan verschwand.«

»So ist es. Neligan war mein Vater.«

Endlich konnten wir die Hand auf etwas Sicheres legen, und doch schien zwischen einem verschwundenen Bankier und Captain Peter Carey, der mit einer seiner Harpunen an die Wand gespießt worden war, noch eine tiefe Kluft zu liegen. So lauschten wir alle aufmerksam den Worten des jungen Mannes.

»Eigentlich betraf alles meinen Vater. Dawson hatte sich schon vom Geschäft zurückgezogen. Ich war damals zehn Jahre, doch alt genug, um die Schande und den Schrecken zu spüren. Es wurde gesagt, mein Vater habe alle Wertpapiere gestohlen und sei dann geflohen. Das ist nicht wahr. Er glaubte daran, daß die Dinge gut ausgehen würden und er jeden Gläubiger voll auszahlen könne, wenn man ihm nur Zeit ließe, die Papiere zu Geld zu machen. Er stach mit seiner kleinen Yacht in See, Norwegen als Ziel, kurz bevor der Haftbefehl erlassen wurde. Ich erinnere mich des letzten Abends, als er sich von meiner Mutter verabschiedete. Er gab uns die Liste der Wertpapiere, die er mitnahm, und schwor, er werde mit wiederhergestellter Ehre zurückkehren, und keiner von allen, die ihm ihr Geld anvertraut hatten, werde es länger bereuen. Nun, man hat kein Wort mehr von ihm gehört. Die Yacht und er mit ihr verschwand spurlos. Wir, meine Mutter und ich, glaubten, daß er mit dem Schiff und den Wertpapieren auf dem Grund des Meeres liege. Wir hatten einen treuen Freund, einen Geschäftsmann, und er war es, der vor geraumer Zeit entdeckte, daß einige der Wertpapiere, die mein Vater mitgenommen hatte, wieder auf dem Londoner Aktienmarkt auftauchten. Sie können sich wohl unsere Verwirrung vorstellen. Ich verwandte Monate darauf, ihre Spur zu verfolgen, und schließlich, nach manchen Irrwegen und Schwierigkeiten, entdeckte ich, daß der ursprüngliche Verkäufer Captain Peter Carey war, der Eigentümer dieser Hütte.

Natürlich stellte ich einige Nachforschungen über den Mann an. Ich fand heraus, daß er der Kommandant eines Walfängers gewesen ist, der genau zu der Zeit aus der Arktis zurückgekommen sein mußte, als mein Vater Kurs auf Norwegen nahm. Der Herbst des Jahres war rauh gewesen und hatte eine Kette von Südstürmen gebracht. Vielleicht war die Yacht meines Vaters nach Norden abgetrieben worden und ist so auf Captain Careys Schiff getroffen. Wenn das der Fall war, was wurde dann aus meinem Vater? Wenn ich durch Peter Careys Aussage hätte beweisen können, wie diese Wertpapiere auf den

Markt gekommen waren, wäre das ein Beweis gewesen, daß mein Vater sie nicht verkauft und nicht seinen Gewinn im Auge gehabt hatte, als er sie an sich nahm.

Ich reiste also nach Sussex, um mit dem Kapitän zu reden, aber ehe ich mich noch mit ihm treffen konnte, geschah der schreckliche Mord. In dem Bericht über die amtliche Voruntersuchung las ich eine Beschreibung seiner Kajüte, auch die Feststellung, daß in ihr die alten Log-Bücher seines Schiffes aufbewahrt seien. Mir kam sofort die Idee, daß ich das Geheimnis um den Tod meines Vaters lösen könnte, wenn ich wüßte, was sich im August des Jahres 1883 an Bord der ›Sea Unicorn‹ zugetragen hatte. Vergangene Nacht schon habe ich versucht, an die Log-Bücher zu gelangen, aber die Tür nicht aufgekriegt. In dieser Nacht habe ich es wieder versucht, und mit Erfolg; aber die Seiten, die über den fraglichen Monat Auskunft geben könnten, sind aus dem Buch herausgerissen. In dem Augenblick, da ich das feststellte, war ich auch bereits Ihr Gefangener.«

»Ist das alles?« fragte Hopkins.

»Ja, das ist alles.« Sein Blick wich aus, als er das sagte.

»Sie haben uns nichts mehr zu sagen?«

Er zögerte.

»Nein, es gibt nichts.«

»Sie sind also vor gestern nacht nie hiergewesen?«

»Nein.«

»Wie erklären Sie denn das?« rief Hopkins und hielt das verdammende Notizbuch hoch, auf dessen erster Seite sich die Initialen unseres Gefangenen befanden und auf dessen Umschlag ein Blutfleck festgestellt war.

Der Unglückliche sackte zusammen. Er barg das Gesicht in den Händen und zitterte am ganzen Leib.

»Woher haben Sie es?« stöhnte er. »Ich wußte nicht, wo es geblieben war. Ich dachte, ich hätte es im Hotel verloren.«

»Das genügt«, schloß Hopkins streng. »Was Sie sonst noch zu sagen haben, müssen Sie vor Gericht sagen. Sie werden mich jetzt zur Polizeistation begleiten. Nun, Mr. Holmes, ich bin Ihnen und Ihrem Freund sehr verbunden, daß Sie hierher mitgekommen sind, mir zu helfen. Wie sich dann zeigte, war Ihre Anwesenheit nicht vonnöten, und ich hätte den Fall auch ohne Sie zu einem erfolgreichen Ende gebracht. Trotzdem bin ich Ihnen sehr dankbar. Im Hotel ›Brambletye‹ sind Zimmer für Sie reserviert, wir können also gemeinsam ins Dorf gehen.«

»Nun, Watson, was halten Sie davon?« fragte Holmes, als wir am nächsten Morgen nach Hause fuhren.

»Ich sehe, Sie sind nicht zufriedengestellt.«

»O doch, mein lieber Watson, ich bin völlig zufriedengestellt. Gleichzeitig aber scheinen mir Stanley Hopkins Methoden nicht lobenswert. Ich bin enttäuscht von Stanley Hopkins. Von ihm hatte ich Besseres erwartet. Man sollte immer nach einer möglichen Alternative ausschauen und sich gegen sie wappnen. Das ist der erste Grundsatz aller kriminalistischen Arbeit.«

»Und was wäre hier die Alternative?«

»Die Linie, die ich eingeschlagen habe. Vielleicht führt sie zu nichts. Das weiß ich nicht. Aber ich werde sie jedenfalls bis ans Ende verfolgen.«

In der Baker Street warteten einige Briefe auf Holmes. Er nahm einen hoch, öffnete ihn und brach in triumphierendes Gekicher aus.

»Hervorragend, Watson. Die Alternative entwikkelt sich. Haben Sie Telegramm-Formulare? Schreiben Sie bitte ein paar Mitteilungen auf. ›Sumner, Schiffs-Agent, Ratcliff-Highway. Schicken Sie für morgen früh zehn Uhr drei Männer. Basil.‹ So heiße ich dort. Das andere Telegramm geht an Inspektor Stanley Hopkins, Lord Street 46, Brixton. ›Kommen Sie morgen halb zehn zum Frühstück. Wichtig. Telegraphieren Sie, wenn Sie nicht können. Sherlock Holmes.‹ Dieser teuflische Fall läßt mir seit zehn Tagen keine Ruhe, Watson. Morgen, dessen bin ich sicher, werden wir zum letzten Mal über ihn hören.«

Pünktlich zur angegebenen Zeit erschien Inspektor Stanley Hopkins, und wir setzten uns zu einem ausgezeichneten Frühstück nieder, das Mrs. Hudson bereitet hatte. Der junge Detektiv war über seinen Erfolg in gute Laune geraten.

»Und Sie denken wirklich, daß Ihre Lösung die richtige ist?« fragte Holmes.

»Ich kann mir keinen runderen Fall vorstellen.«

»Er schien mir nicht schlüssig zu sein.«

»Sie setzen mich in Erstaunen, Mr. Holmes. Was kann man denn mehr wollen?«

»Deckt Ihre Erklärung alle Fragen ab?«

»Zweifellos. Ich halte dafür, daß der junge Neligan am Tag des Verbrechens im Hotel ›Brambletye‹ abgestiegen ist. Er kam unter dem Vorwand, Golf spielen zu wollen. Sein Zimmer lag im Erdgeschoß, und er konnte es nach Belieben verlassen. In der besagten Nacht ging er nach Woodman's Lee, traf Peter Carey in der Hütte an, stritt mit ihm und tötete ihn mit der Harpune. Dann, entsetzt darüber, was er getan hatte, floh er aus der Hütte und verlor dabei das Notizbuch, das er mitgebracht hatte, um Peter Carey wegen der verschiedenen Wertpapiere zu befragen. Vielleicht ist Ihnen aufgefallen, daß einige Positionen mit einem Punkt markiert waren, andere – die große Mehrheit – nicht. Die markierten sind die auf dem Londoner Aktienmarkt angebotenen, die anderen befanden sich vermutlich noch im Besitz Careys; es war ja das Bestreben des jungen Neligan, laut eigener Aussage, alle Papiere zu entdecken, damit den Gläubigern seines Vaters Gerechtigkeit widerfahren sollte. Nach seiner Flucht traute er sich eine Zeitlang nicht, die Hütte aufzusuchen; aber schließlich zwang er sich doch, es zu tun, um die benötigten Informationen zu erhalten. Ist das nicht alles einfach, liegt es nicht auf der Hand?«

Holmes lächelte und schüttelte den Kopf.

»Mir scheint die Sache nur einen Nachteil zu haben, Hopkins, nämlich den, daß sie eigentlich so nicht passiert sein kann. Haben Sie einmal versucht, eine Harpune durch einen Körper zu bohren? Nein? Sehr schade, mein lieber Herr. Sie müssen solchen Kleinigkeiten wirklich Aufmerksamkeit schenken. Mein Freund Watson könnte Ihnen berichten, daß ich einen ganzen Morgen auf diese Übung verwandte. Das ist kein leichtes Ding, verlangt einen starken und trainierten Arm. Der Stoß ist mit solcher Heftigkeit geführt worden, daß er die Spitze der Waffe tief in die Wand rammte. Können Sie sich vorstellen, der blutarme junge Mann sei imstande, einen so fürchterlichen Angriff vorzutragen? Ist er der Mann gewesen, der mit dem Schwarzen Peter mitten in der Nacht Grog getrunken hat? War es sein Profil, das sich zwei Nächte zuvor durch die Gardine abzeichnete? Nein, nein, Hopkins, wir müssen uns schon nach einer schrecklicheren Person umsehen.«

Während Holmes sprach, war das Gesicht des Detektivs länger und länger geworden. Seine Hoffnungen und sein Ehrgeiz schwanden dahin. Aber er war nicht gesonnen, seine Stellung ohne Kampf aufzugeben.

»Sie können nicht leugnen, Mr. Holmes, daß Neligan in jener Nacht anwesend war. Das Buch beweist es. Ich glaube, ich habe genug Beweise, um eine Jury zufriedenzustellen, selbst wenn Sie in der Lage sind, daran herumzukritteln. Außerdem, Mr. Holmes: Ich habe *meinen* Mann, und was Ihre Schreckensgestalt angeht: Wo ist *sie?*«

»Ich möchte fast annehmen, sie kommt gerade die Treppe herauf«, sagte Holmes gelassen. »Ich denke, Watson, Sie täten gut daran, Ihren Revolver griffbereit zu halten.« Er stand auf und legte ein beschriebenes Stück Papier auf die Anrichte. »Jetzt sind wir soweit«, sagte er.

Von draußen waren einige grobe Stimmen zu hören, und Mrs. Hudson öffnete die Tür und meldete, daß drei Männer nach Captain Basil fragten.

»Lassen Sie sie herein, einen nach dem anderen«, sagte Holmes.

Der erste, der eintrat, war ein kleiner Mann mit einem Apfelgesicht, rotwangig über flaumigem weißem Backenbart. Holmes hatte einen Brief aus der Tasche gezogen.

»Wie ist der Name?« fragte er.

»James Lancaster.«

»Es tut mir leid, Lancaster, aber der Posten ist vergeben. Hier ist ein halber Sovereign für Ihre Mühe. Gehen Sie nach nebenan und warten Sie ein paar Minuten.«

Der zweite war ein langes, ausgetrocknetes Geschöpf mit dünnem Haar und bleichen Wangen. Er hieß Hugh Patkins. Auch er erhielt seine Entlassung, seinen halben Sovereign und den Befehl zu warten. Der dritte Bewerber war ein Mann von bemerkenswertem Äußeren. Ein grimmiges Bulldoggengesicht, das von einem Mop aus Kopf- und Barthaar eingerahmt war, und hinter dichten, buschigen, überhängenden Brauen blitzten beherzte dunkle Augen. Er grüßte und blieb stehen wie ein Seemann und drehte die Mütze in den Händen.

»Ihr Name?« fragte Holmes.

»Patrick Cairns.«

»Harpunierer?«

»Ja, Sir. Sechsundzwanzig Fahrten.«

»Von Dundee, nehme ich an.«

»Ja, Sir.»

»Und Sie sind bereit, auf einem Forschungsschiff anzuheuern?«

»Ja, Sir.«

»Zu welchem Lohn?«

»Monatlich acht Pfund.«

»Und Sie könnten den Dienst sofort antreten?«

»Ich brauche nur meine Sachen zu holen.«

»Haben Sie Ihre Papiere mit?«

»Ja, Sir.« Er zog ein Bündel abgegriffener, schmutziger Papiere aus der Tasche. Holmes überflog sie und gab sie zurück.

»Sie sind der Mann, den ich suche«, sagte er. »Dort auf der Anrichte liegt der Vertrag. Wenn Sie unterschreiben, ist alles unter Dach und Fach.«

Der Seemann schaukelte quer durch den Raum und nahm den Federhalter in die Hand.

»Soll ich hier unterschreiben?« fragte er, als er über das Papier gebeugt stand.

Holmes lehnte sich über seine Schulter und packte ihn plötzlich mit beiden Händen am Nakken.

»Das reicht«, sagte er.

Ich hörte das Klicken von Stahl und ein Brüllen wie von einem wütenden Bullen. Im nächsten Augenblick rollten der Seemann und Holmes über den

Fußboden. Der Mann besaß so gigantische Kräfte, daß er trotz der Handschellen, die Holmes ihm geschickt über die Handgelenke geschoben hatte, meinen Freund schnell überwältigt hätte, wenn Hopkins und ich nicht zur Hilfe geeilt wären. Erst als ich dem Kerl die kalte Mündung des Revolvers gegen die Schläfe preßte, begriff er, daß Widerstand vergeblich war. Wir fesselten ihm die Beine mit einer Schnur und erhoben uns, keuchend von dem Kampf.

»Ich muß mich wirklich entschuldigen, Hopkins«, sagte Sherlock Holmes. »Ich fürchte, die Rühreier sind kalt geworden. Aber bei dem Gedanken, daß Sie Ihren Fall zu einem derart triumphalen Abschluß gebracht haben, wird Ihnen wohl der Rest des Frühstücks besonders gut schmecken.«

Hopkins war sprachlos vor Verwirrung.

»Ich weiß nicht, was ich sagen soll, Mr. Holmes«, stieß er schließlich hervor, und sein Gesicht war hochrot. »Es scheint, ich habe von allem Anfang einen Narren aus mir gemacht. Jetzt begreife ich wieder, was ich nie hätte vergessen sollen: Ich bin der Schüler, und Sie sind der Lehrer. Sogar jetzt noch, da ich sehe, was Sie vollbracht haben, weiß ich nicht, wie Sie es vollbracht haben und was das alles bedeutet.«

»Nun, nun«, sagte Holmes gut gelaunt, »wir lernen alle durch Erfahrung, und diesmal war Ihre Lektion, daß man nie die Alternative aus dem Auge verlieren darf. Sie waren so sehr mit dem jungen Neligan beschäftigt, daß Sie nicht *einen* Gedanken an Patrick Cairns, den wahren Mörder von Peter Carey, verschwenden konnten.«

Die heisere Stimme des Seemanns unterbrach unser Gespräch.

»Hören Sie mal zu, Mister«, sagte er, »ich beklage

mich ja nicht, wie man mich hier behandelt, aber ich möchte doch, daß Sie die Dinge beim richtigen Namen nennen. Sie sagen, ich habe Peter Carey ermordet. Ich sage: Ich hab ihn *getötet*. Das ist ein gewaltiger Unterschied. Vielleicht glauben Sie mir nicht, vielleicht denken Sie, ich spinne Ihnen was vor.«

»Durchaus nicht«, sagte Holmes. »Lassen Sie uns hören, was Sie zu sagen haben.«

»Das ist schnell erzählt, und jedes Wort ist, bei Gott, die reine Wahrheit. Ich kannte den Schwarzen Peter, und als er sein Messer zog, hab ich ihm sofort die Harpune durch den Leib gerammt, denn ich wußte, entweder er oder ich muß dran glauben. So ist er ums Leben gekommen. Sie können es Mord nennen. Es ist schon gleich, bald sterbe ich nun mit einem Strick um den Hals statt mit dem Messer des Schwarzen Peter im Herzen.«

»Wie sind Sie dort hingekommen?«

»Ich erzähle Ihnen alles von Anfang an. Nur helfen Sie mir hoch, damit ich sitzen und leichter sprechen kann. Es war '83, als es sich zutrug – August. Peter Carey war Kapitän auf der ›Sea Unicorn‹, und ich war Ersatz-Harpunierer. Wir kamen aus dem Packeis, hatten Gegenwind und eine Woche lang mit Südwind zu tun, als wir ein kleines Fahrzeug aufgabelten, das nach Norden abgetrieben war. Nur noch ein Mann war an Bord – eine Landratte. Die Besatzung hatte geglaubt, das Schiff würde sinken, und sich in einem Dingi Richtung norwegische Küste abgesetzt. Ich stelle mir vor, sie sind alle ertrunken. Nun, wir nahmen ihn an Bord, diesen Mann, und er und der Kapitän führten einige lange Unterhaltungen in der Kajüte. Sein ganzes Gepäck bestand aus einem Blechkasten. Soviel ich weiß, ist der Name des Mannes nie erwähnt worden, und in der zweiten Nacht verschwand er, so als hätte es ihn nie gegeben. Es hieß, er sei entweder über Bord gesprungen, oder der schweren See hätte es ihn über Bord gerissen. Nur einer wußte, was ihm zugestoßen war, und das war ich, denn ich hatte mit eigenen Augen gesehen, wie der Kapitän ihn über die Reling warf, während der mittleren Wache in einer dunklen Nacht, zwei Tage bevor wir die Leuchtfeuer der Shetlands sahen.

Nun, ich behielt mein Wissen für mich und wartete ab, was sich ergeben würde. Als wir wieder in Schottland waren, wurde alles vertuscht, niemand stellte irgendwelche Fragen. Ein Unbekannter war durch einen Unfall gestorben, und keiner dachte daran, es zu untersuchen. Kurz danach gab Peter Carey die Seefahrt auf, und es hat Jahre gedauert, bis ich seinen Aufenthalt herausbekam. Ich dachte mir, er hätte die Tat wegen des Inhalts des Blechkastens begangen und könnte sich nun erlauben, mich dafür gut zu bezahlen, daß ich den Mund hielt.

Durch einen Matrosen, der ihn in London getroffen hatte, erfuhr ich, wo er lebte, und ich fuhr hin, um ihn auszupressen. In der ersten Nacht ließ er mit sich reden und war bereit, mir so viel zu geben, daß ich für den Rest meines Lebens nicht mehr zur See fahren müßte. Zwei Nächte später wollten wir alles festmachen. Als ich kam, war er schon dreiviertel besoffen und hatte abscheuliche Laune. Wir setzten uns hin und tranken und spannen unser Garn über alte Zeiten, aber je mehr er trank, um so weniger gefiel mir sein Gesichtsausdruck. Da entdeckte ich die Harpune an der Wand, und ich dachte, ich würde sie vielleicht brauchen, ehe ich mit ihm fertig war. Dann ging er schließlich auf mich los, tobend und fluchend, ein großes Klappmesser in der Hand, und in seinen Augen war Mord. Er hatte keine Zeit, das Messer aus der Scheide zu ziehen. Ich durchbohrte ihn mit der Harpune. Du lieber Gott! was für einen Schrei er ausgestoßen hat! Und sein Gesicht läßt mich noch immer nicht schlafen! Da stand ich nun, rings um mich floß sein Blut, und ich wartete, daß irgend etwas geschah. Aber alles blieb ruhig, und so faßte ich mir noch einmal ein Herz. Ich sah mich um, und da stand der Blechkasten auf dem Regal. Ich hatte auf ihn soviel Anrecht wie Peter Carey, und ich nahm ihn und verließ die Hütte. Idiotischerweise ließ ich meinen Tabakbeutel auf dem Tisch liegen.

Jetzt werde ich Ihnen den seltsamsten Teil der ganzen Geschichte erzählen. Ich war kaum draußen, als ich jemand kommen hörte. Ich versteckte mich in den Büschen. Ein Mann schlich heran, ging in die Hütte, ließ einen Schrei hören, als hätte er ein Gespenst gesehen, und rannte davon, so schnell er konnte, bis er außer Sichtweite war. Wer das war und was er wollte, ist mehr, als ich Ihnen sagen kann. Ich für meinen Teil ging zehn Meilen zu Fuß, bekam in Tunbridge Wells einen Zug und fuhr nach London, und alle waren so klug wie zuvor.

Nun, als ich dazu kam, den Kasten zu untersuchen, stellte ich fest, daß kein Geld drin war, nur Papiere, die ich mich nicht zu verkaufen traute. Ich hatte von Peter Carey nichts mehr zu erwarten und war in London gestrandet, keinen Shilling in der Tasche. Ich mußte mich also auf meinen Beruf besinnen. Da sah ich die Annonce in der Zeitung: Harpunierer gesucht, gegen gute Bezahlung, und ich ging zur Schiffs-Agentur, und von dort hat man mich hierhergeschickt. Das ist alles, was ich weiß, und ich sage noch einmal: Das Gericht sollte mir dankbar dafür sein, daß ich den Schwarzen Peter getötet habe, denn ich habe ihm die Kosten für einen Hanfstrick erspart.«

»Eine sehr klare Aussage«, konstatierte Holmes und zündete sich eine Pfeife an. »Ich denke, Hopkins, Sie sollten keine Zeit verlieren und Ihren Gefangenen an einen sicheren Ort bringen. Dieses Zimmer eignet sich nicht so gut als Zelle, Mr. Patrick Cairns nimmt zuviel Platz auf unserem Teppich ein.«

»Mr. Holmes«, sagte Hopkins, »ich weiß nicht, wie ich Ihnen meine Dankbarkeit ausdrücken soll. Sogar jetzt weiß ich noch nicht, wie Sie dieses Ergebnis erreicht haben.«

»Einfach dadurch, daß ich das Glück hatte, von allem Anfang an den richtigen Faden in die Hand zu bekommen. Sehr wahrscheinlich hätte ich wie Sie die Gedanken abirren lassen, wenn ich von dem Notizbuch gewußt hätte. Die erstaunliche Kraft, das Geschick im Umgang mit der Harpune, der Rum und die anderen Spirituosen, der Tabakbeutel aus Robbenfell mit dem starken Tabak – all das deutete auf einen Seemann, auf einen zumal, der einmal auf einem Walfänger gefahren war. Ich war davon überzeugt, daß die Initialen ›P. C.‹ auf dem Beutel nur zufällig mit denen Peter Careys übereinstimmten, da der selten rauchte und in der Kajüte keine Pfeife gefunden wurde. Sie erinnern sich, daß ich fragte, ob sich Whisky und Kognak in der Kajüte befunden hätten. Sie bestätigten das. Aber wie viele Landratten gibt es wohl, die Rum trinken würden, wenn sie diese anderen Schnäpse bekommen können? Ja, ich war mir sicher, daß es sich um einen Seemann handelte.«

»Und wie sind Sie ihm auf die Spur gekommen?«

»Mein lieber Herr, das Problem war nun sehr simpel geworden. Wenn es ein Seemann war, dann konnte es nur einer sein, der mit ihm auf der ›Sea Unicorn‹ gefahren ist. Soweit ich in Erfahrung bringen konnte, hatte er nie ein anderes Schiff. Ich wandte also drei Tage auf, mit Dundee zu telegraphieren, und dann hatte ich die Namen der Besatzungsmitglieder der ›Sea Unicorn‹ im Jahre 1883. Als ich den Namen Peter Cairns unter den Harpunierern fand, näherte sich meine Nachforschung ihrem Ende. Ich überlegte mir, daß der Mann sich wahrscheinlich in London aufhielt und er das Land wohl für eine Weile gern verlassen würde. So verbrachte ich ein paar Tage in East End, behauptete, ich bereite eine Arktis-Expedition vor, und ließ Bemerkungen über verführerische Bedingungen für Harpunierer fallen, die unter Captain Basil dienen wollten – das Resultat sehen Sie.«

»Wunderbar!« rief Hopkins. »Wunderbar!«

»Sie müssen die Entlassung des jungen Neligan so bald als möglich betreiben«, sagte Holmes. »Ich kann mich des Eindrucks nicht erwehren, daß Sie sich bei ihm entschuldigen sollten. Der Blechkasten muß ihm übergeben werden, obwohl natürlich die Wertpapiere, die Peter Carey verkauft hat, für immer verloren sind. Da kommt die Kutsche, Hopkins, Sie können Ihren Mann abtransportieren. Wenn Sie mich bei der Gerichtsverhandlung haben wollen: Meine Adresse und die von Watson wird irgendwo in Norwegen sein. Einzelheiten werde ich Ihnen später mitteilen.«

•

Charles Augustus Milverton

Es ist Jahre her, seit sich die Vorfälle, von denen ich spreche, ereigneten, und doch komme ich noch jetzt nur mit einer gewissen Vorsicht auf sie zurück. Über eine lange Zeit wäre es selbst unter Wahrung äußerster Diskretion und Verschwiegenheit nicht möglich gewesen, die Tatsachen der Öffentlichkeit preiszugeben; doch nun ist die vor allem betroffene Person für das irdische Gericht unerreichbar geworden, und so kann die Geschichte mit gebotener Zurückhaltung erzählt werden, so daß durch sie wirklich niemand mehr verletzt wird. Die Geschehnisse bezeugen eine ganz einzigartige Erfahrung in unser beider, Mr. Holmes' und meiner eigenen, Laufbahn. Der Leser wird entschuldigen, daß ich das Datum sowie jedes andere Faktum verschweige, welches zur Entdeckung des wirklichen Vorfalls führen könnte.

Holmes und ich waren eine Stunde lang auf unserem Abendspaziergang unterwegs gewesen und gegen sechs Uhr zurückgekehrt; es war ein kalter, frostiger Winterabend. Als Holmes die Lampe anzündete, fiel das Licht auf eine auf dem Tisch liegende Visitenkarte. Er betrachtete sie flüchtig, warf sie dann aber in plötzlichem Ärger zu Boden. Ich nahm sie auf und las:

Charles Augustus Milverton
Appledore Towers Hampstead
Agent

»Wer ist das?« fragte ich.

»Der schlechteste Mann von London«, antwortete Holmes, setzte sich und streckte die Beine vorm Kaminfeuer aus. »Steht etwas auf der Rückseite?«

Ich drehte die Karte um.

»Werde um sechs Uhr dreißig vorsprechen – C. A. M.«, las ich vor.

»Hm! Dann wird er gleich hiersein. Kennen Sie diesen herankriechenden Schauder, Watson, wenn Sie im Zoo vor den Schlangen stehen, den glänzenden, gleitenden, giftigen Tieren mit ihren tödlichen Augen und den boshaften breiten Gesichtern? Solch ein Gefühl habe ich auch bei Milverton. Ich habe beruflich mit fünfzig Mördern zu tun gehabt, aber nicht einmal der schlimmste von ihnen flößte mir den Abscheu ein, den ich vor diesem Burschen empfinde. Und doch kann ich es nicht vermeiden, mich geschäftlich mit ihm einzulassen – damit nicht genug, er kommt, weil ich ihn eingeladen habe.«

»Aber wer ist er?«

»Ich werd es Ihnen sagen, Watson. Er ist der König aller Erpresser. Der Himmel steh dem Mann bei und mehr noch der Frau, deren Geheimnis und Ruf Milverton in seine Gewalt bekommt. Mit lächelndem Gesicht und einem Herz von Stein wird er sie ausquetschen wie eine Zitrone. Der Bursche ist genial in seiner Art und hätte in einem geschmackvolleren Gewerbe Vorzügliches leisten können. Seine Methode ist die: Er läßt wissen, daß er zur Zahlung sehr hoher Summen für Briefe bereit ist, die reiche oder prominente Personen kompromittieren. Seine Ware erhält er nicht nur durch treulose Diener und Hausmädchen, sondern oft auch von vornehmen Schurken, die die Zuneigung und Liebe vertrauensseliger Frauen gewonnen haben. Er zahlt durchaus nicht knauserig. Zufällig weiß ich, daß er einem Lakai siebenhundert Pfund für eine Mitteilung von zwei Zeilen Länge bezahlt hat, das Ergebnis war der Ruin einer vornehmen Familie. Alles, was sich auf dem Markt befindet, gelangt an Milverton, und es gibt Hunderte in dieser großen Stadt, die bei seinem Namen erbleichen. Kein Mensch weiß, wo er zuschlagen wird, denn er ist viel zu reich und viel zu schlau, als daß er von der Hand in den Mund arbeitete. Jahrelang hält er eine Karte zurück, um sie in dem Moment auszuspielen, da sie den fettesten Stich zu machen verspricht. Ich sagte, er ist der schlechteste Kerl von ganz London, und ich frage Sie, wie man den Strolch, der in der Wut seinen Kumpan niederknüppelt, mit diesem Mann vergleichen soll, der, planmäßig und wenn es ihm gerade paßt, Seelen foltert und an Nerven zerrt mit dem Ziel, seine bereits prallen Geldsäcke weiter aufzufüllen.«

Selten hatte ich meinen Freund mit solch starkem Beteiligtsein sprechen hören.

»Aber der Bursche muß doch«, sagte ich, »vom Gesetz her zu fassen sein.«

»Theoretisch zweifellos, praktisch nicht. Was nützt es zum Beispiel einer Frau, ihn für einige Monate ins Gefängnis gebracht zu haben, wenn ihr eigenes Verderben unmittelbar darauf folgen muß? Seine Opfer wagen sich nicht zu wehren. Wenn er jemals einen Unschuldigen erpreßte, ja, dann hätten wir ihn; aber er ist schlau wie der Teufel. Nein, nein, wir müssen andere Wege finden, ihn außer Gefecht zu setzen.«

»Und weshalb kommt er?«

»Weil eine in der Gesellschaft bekannte Klientin ihren traurigen Fall in meine Hände gelegt hat. Es ist Lady Eva Brackwell, die schönste Debütantin der letzten Saison. In vierzehn Tagen soll sie dem Earl of Dovercourt angetraut werden. Unser Unhold nun besitzt mehrere unbedachte Briefe – unbedachte Briefe, Watson, nichts Schlimmeres –; geschrieben an einen unvermögenden jungen Landadligen. Sie würden genügen, die Heirat zu verhindern. Milverton wird die Briefe dem Earl schicken, wenn ihm nicht ein großer Betrag ausgezahlt wird. Ich bin beauftragt worden, mich mit ihm zu treffen und die bestmöglichen Bedingungen auszuhandeln.«

In dem Moment drang von der Straße ein Trappeln und Rasseln herauf. Ich ging ans Fenster und sah einen stattlichen Wagen mit ebenso stattlichen Pferden; das Licht aus den strahlenden Lampen spiegelte sich auf den glänzenden Flanken der edlen Braunen. Ein Lakai öffnete den Schlag, und ein kleiner stämmiger Mann in einem Astrachan-Pelz stieg heraus. Eine Minute später stand er im Zimmer.

Charles Augustus Milverton war ein Mann von Fünfzig, er hatte einen großen intelligenten Schädel, ein rundes, dickes, bartloses Gesicht mit einem immerwährenden eiskalten Lächeln und scharfen grauen Augen, die hinter großen goldgefaßten Gläsern funkelten. In seinem Gebaren lag etwas von Mr. Pickwicks Gutmütigkeit, aber es wurde verdorben durch die Unehrlichkeit des erstarrten Lächelns und den harten Glanz der unruhigen durchdringenden Augen. Seine Stimme war so glatt und verbindlich wie seine Haltung, als er mit vorgereckter fetter kleiner Hand herantrat und sein Bedauern murmelte, daß er uns beim ersten Besuch verfehlt habe.

Holmes ließ die ausgestreckte Hand unbeachtet und betrachtete ihn steinernen Gesichts. Milvertons Lächeln geriet in die Breite; er zuckte die Schultern, legte den Mantel ab, arrangierte ihn mit größtem Bedacht über einer Stuhllehne und setzte sich nieder.

»Dieser Herr«, sagte er mit einer Bewegung zu mir hin, »ist er diskret? Geht das in Ordnung?»

»Dr. Watson ist mein Freund und Partner.«

»Also gut, Mr. Holmes. Ich habe nur im Interesse Ihrer Klientin darauf aufmerksam gemacht. Die Angelegenheit ist so sehr heikel...«

»Dr. Watson weiß Bescheid.«

»Dann kommen wir also zum Geschäftlichen. Sie teilten mir mit, Sie seien der Vertreter der Lady Eva. Sind Sie auch bevollmächtigt, meine Bedingungen anzunehmen?«

»Was sind Ihre Bedingungen?«

»Siebentausend Pfund.«

»Und was wird sonst?«

»Mein lieber Herr, es ist mir peinlich, darüber zu diskutieren; aber wenn das Geld bis zum 14. nicht eingegangen ist, wird am 18. natürlich keine Hochzeit stattfinden.« Sein unausstehliches Lächeln war selbstgefälliger denn je.

Holmes überlegte eine Weile. »Es kommt mir vor«, sagte er schließlich, »als seien Sie Ihrer Sache zu sicher. Ich bin natürlich mit dem Inhalt der Briefe vertraut. Meine Klientin wird auf jeden Fall tun, was ich ihr rate. Ich werde ihr empfehlen, ihrem zukünftigen Gatten die ganze Geschichte zu erzählen und auf seine Großmut zu vertrauen.«

Milverton kicherte.

»Sie kennen den Earl anscheinend nicht«, sagte er.

Aus der Verwirrung in Holmes' Gesicht wurde mir klar, daß dem so war.

»Was steht denn Schlimmes in den Briefen?« fragte er.

»Sie sind munter – sehr munter«, antwortete Milverton. »Die Dame war eine bezaubernde Briefschreiberin. Aber ich kann Ihnen versichern, daß der Earl sie ganz und gar nicht angenehm finden wird. Wie auch immer: Da Sie anders denken, werden wir es damit bewenden lassen. Es ist nur eine rein geschäftliche Angelegenheit. Wenn Sie glauben, es liegt im Interesse Ihrer Klientin, die

Briefe in die Hände des Earl gelangen zu lassen, dann wäre es wahrhaftig verrückt, soviel Geld zu zahlen, um sie wiederzubekommen.« Er stand auf und griff nach seinem Astrachan.

Holmes war grau vor Zorn und Demütigung.

»Warten Sie einen Moment«, sagte er. »Sie haben es zu eilig. Wir würden natürlich jede Anstrengung unternehmen, einen Skandal in einer so delikaten Angelegenheit zu vermeiden.«

Milverton ließ sich wieder in den Sessel fallen.

»Ich war fast sicher, Sie würden die Angelegenheit auch in diesem Licht sehen«, schnurrte er.

»Man muß in Betracht ziehen«, fuhr Holmes fort, »daß Lady Eva keine wohlhabende Frau ist. Ich versichere Ihnen, daß zweitausend Pfund ihr Vermögen erschöpfen würden und daß die Summe, die Sie genannt haben, ihre Kräfte vollends übersteigt. Ich bitte Sie deshalb, Ihre Forderung herunterzuschrauben und die Briefe zu dem Preis zurückzugeben, den ich Ihnen vorgeschlagen habe und der, darauf gebe ich Ihnen mein Wort, der höchste ist, den Sie erzielen können.«

Milverton lächelte breit und zwinkerte humorvoll.

»Ich bin mir bewußt, daß das, was Sie vom Vermögen der Dame sagen, stimmt«, sagte er. »Gleichzeitig müssen Sie zugeben, daß die Gelegenheit ihrer Heirat für ihre Freunde und Verwandten sehr günstig ist, ihr ein wenig zukommen zu lassen. Sie werden nicht zögern, ihr ein passendes Hochzeitsgeschenk zu machen. Lassen Sie mich Ihnen versichern: Dieses kleine Bündel Briefe wird mehr Freude bereiten als alle Kandelaber und Butterdosen Londons.«

»Es ist unmöglich«, sagte Holmes.

»Mein Gott, was für ein Unglück!« rief Milverton

und zog eine dicke Brieftasche hervor. »Ich kann mir nicht helfen, aber ich glaube, daß Damen schlecht beraten sind, wenn sie keine Anstrengungen unternehmen. Sehen Sie hier!« Er hielt einen kleinen Brief hoch mit einem Wappen auf dem Umschlag. »Das hier gehört... na, es wäre wohl kaum anständig, den Namen vor morgen früh zu nennen. Aber um die Zeit wird der Brief in den Händen des Gatten der Dame sein. Und das nur, weil sie nicht eine so erbärmlich kleine Summe zahlen will, die sie in einer Stunde auftreiben kann, wenn sie ihre Diamanten gegen Straß eintauscht. Das *ist* aber auch schade. Und dann erinnern Sie sich gewiß des plötzlichen Endes der Verlobung zwischen der Ehrenwerten Miss Miles und Colonel Dorking? Nur zwei Tage vor der Hochzeit erschien eine Mitteilung in der *Morning Post,* daß alles abgeblasen sei. Und warum? Es ist fast unglaublich, aber die alberne Summe von zwölfhundert Pfund hätte das ganze Problem gelöst. Ist das nicht bedauerlich? Und nun sitzen Sie hier, ein Mann von Urteilsvermögen, und handeln um Bedingungen, da doch die Zukunft und die Ehre Ihrer Klientin auf dem Spiel stehen. Ich bin erstaunt, Mr. Holmes.«

»Was ich sage, ist wahr«, antwortete Holmes. »Das Geld kann nicht aufgetrieben werden. Bestimmt ist es besser für Sie, wenn Sie die ansehnliche Summe, die ich anbiete, nehmen, als daß Sie das Leben der Frau zerstören, was Ihnen doch in keiner Weise nützen kann.«

»Da machen Sie einen Fehler, Mr. Holmes. Eine Bloßstellung würde mir indirekt ganz beträchtlich nützen. Ich habe acht oder zehn ähnlich weit gediehene Fälle. Wenn in Umlauf kommt, daß ich an Lady Eva ein strenges Exempel statuiert habe, werde ich alle die anderen vernünftigen Regelungen zugänglicher finden. Sie begreifen meinen Standpunkt?«

Holmes sprang von seinem Stuhl auf.

»Schnell hinter ihn, Watson! Lassen Sie ihn nicht entwischen! Jetzt, Herr, geben Sie uns Einblick in Ihre Brieftasche.«

Milverton war, flink wie eine Ratte, seitlich ausgewichen und stand mit dem Rücken an der Wand.

»Mr. Holmes, Mr. Holmes!« sagte er, dabei schlug er den Mantel auf und ließ den Kolben eines großen Revolvers sehen, der aus der Innentasche ragte. »Ich hatte erwartet, daß Sie etwas Originelles unternehmen würden. Das ist schon so oft versucht worden, und was ist je Gutes dabei herausgekommen? Ich versichere Ihnen, ich bin bis an die Zähne bewaffnet und ernsthaft entschlossen, meine Waffen zu gebrauchen, denn ich weiß, daß ich das Gesetz auf meiner Seite habe. Nebenbei bemerkt, ist Ihre Vermutung, ich hätte die Briefe in meinem Portefeuille hierhergebracht, völlig danebengegriffen. Ich würde etwas so Törichtes nie tun. Und nun, meine Herren, ich habe heute abend noch einige Unterredungen, und es ist eine lange Fahrt nach Hampstead.« Er tat einen Schritt vor, nahm seinen Mantel, legte die Hand auf den Revolver und wandte sich zur Tür. Ich packte einen Stuhl, aber Holmes schüttelte den Kopf, und ich stellte ihn wieder zurück. Mit einer Verbeugung, einem Lächeln und einem Zwinkern war Milverton aus dem Zimmer, und wenige Augenblicke später hörten wir das Schlagen der Wagentür und das Rattern der Räder, als er davonfuhr.

Holmes saß reglos am Kamin, die Hände tief in den Hosentaschen vergraben, das Kinn auf die Brust gepreßt – die Augen starrten in die Glut. Eine halbe Stunde blieb er still und stumm. Dann sprang er auf mit der Geste eines Mannes, der seine Entscheidung getroffen hat, und ging in sein Schlafzimmer. Ein Weilchen später zündete sich ein flotter junger Arbeiter mit Spitzbart und Spazierstöckchen vorm Hinaustreten auf die Straße an der Lampe seine Tonpfeife an. »Irgendwann werde ich zurückkommen, Watson«, sagte er und verschwand in die Nacht. Ich wußte, daß er seinen Feldzug gegen Milverton eröffnet hatte; aber ich ahnte kaum etwas von den seltsamen Formen, die dieser Feldzug annehmen würde.

Mehrere Tage lang kam und ging Holmes in dieser Verkleidung, aber außer einer Bemerkung, daß er seine Zeit in Hampstead verbringe und sie nicht vertan sei, erfuhr ich nichts von dem, was er trieb. Schließlich jedoch, an einem stürmischen Abend, der Wind heulte und tobte gegen die Fenster, kehrte er von seinem letzten Erkundungsgang zurück, setzte sich, nachdem er seine Maskierung abgelegt hatte, an den Kamin und lachte herzlich auf seine leise, zurückhaltende Art.

»Sie würden mich nicht für einen Bräutigam halten, Watson?«

»Nein, natürlich nicht!«

»Es wird Sie vielleicht interessieren zu hören, daß ich verlobt bin.«

»Mein lieber Junge, ich beglückw...«

»Mit Milvertons Hausmädchen.«

»Lieber Himmel, Holmes!«

»Ich brauchte Auskünfte, Watson.«

»Sind Sie da nicht zu weitgegangen?«

»Es war ein unbedingt notwendiger Schritt. Ich bin ein Klempner mit aufstrebendem Geschäft, mein Name ist Escott. Ich bin mit ihr jeden Abend ausgegangen und habe mich mit ihr unterhalten. Lieber Himmel, was für Gespräche! Allerdings habe ich alles Gewünschte erfahren. Ich kenne Milvertons Haus wie meine Westentasche.«

»Aber das Mädchen, Holmes?«

Er zuckte die Schultern. »Es ist nicht zu ändern, mein lieber Watson. Man muß seine Karten spielen, so gut man kann, wenn so ein Stich auf dem Tisch liegt. Jedoch darf ich zu meiner Freude sagen, daß ich einen wütenden Rivalen habe, der mich bestimmt ausstechen wird, sobald ich den Rücken kehre. Was für eine prächtige Nacht!«

»Ihnen gefällt das Wetter?«

»Es paßt zu meinem Vorhaben. Watson, ich beabsichtige, diese Nacht in Milvertons Haus einzubrechen.«

Mir stockte der Atem, und die Haut wurde mir kalt bei diesen Worten, die langsam und äußerst entschlossen vorgebracht worden waren. Wie ein Blitz in der Nacht für einen Augenblick jede Einzelheit einer weiten Landschaft sichtbar macht, so sah ich jetzt mit einem Blick jede mögliche Folge einer solchen Handlung – das Ertapptwerden, die Verhaftung, das Ende einer geachteten Karriere in nicht wieder gutzumachendem Mißerfolg und untilgbarer Schande, und meinen Freund der Gnade des widerwärtigen Milverton ausgeliefert.

»Um Himmels willen, Holmes, bedenken Sie, was Sie tun!« rief ich.

»Mein lieber Freund, ich habe es nach allen Seiten bedacht. Ich pflege niemals übereilt zu handeln, und nie würde ich einen so kräftezehrenden und zugestandenermaßen gefährlichen Weg einschlagen, wenn ich anders zum Ziel käme. Betrachten wir die Sachlage klar und ruhig. Ich nehme an, daß Sie das Unternehmen für moralisch gerechtfertigt halten, obwohl es faktisch kriminell ist. In sein Haus einzubrechen, das ist nichts anderes, als ihm gewaltsam die

Brieftasche wegzunehmen, ein Anschlag, bei dem Sie mich ja zu unterstützen bereit waren.«

Ich bewegte die Worte in meinem Geist.

»Ja«, sagte ich, »man kann es moralisch rechtfertigen, solange wir nur das nehmen, was zu gesetzwidrigem Zweck verwandt wird.«

»Genau. Da das Vorhaben moralisch gerechtfertigt ist, habe ich nur noch die Frage des persönlichen Risikos zu bedenken. Doch sollte ein Gentleman diesem Punkt allzuviel Gewicht beilegen, wenn eine Dame derart verzweifelt auf seine Hilfe angewiesen ist?«

»Sie werden bald in einer ebenso verqueren Lage sein.«

»Gut, soviel zum Risiko. Es gibt keine andere Möglichkeit, die Briefe zurückzubekommen. Die unglückliche Dame besitzt das Geld nicht, und in ihrer Verwandtschaft ist niemand, dem sie vertrauen könnte. Morgen läuft die Galgenfrist ab, und wenn wir heute abend die Briefe nicht haben, wird der Schuft sein Wort wahr machen und sie ins Elend stürzen. Ich muß entweder meine Klientin ihrem Schicksal überlassen oder diese letzte Karte spielen. Unter uns, Watson: Das ist ein sportlicher Zweikampf zwischen diesem Burschen Milverton und mir. Er hat, wie Sie erlebten, die erste Runde gewonnen, aber ich schulde es meiner Selbstachtung und meinem Ruf, die Sache bis zum Ende durchzufechten.«

»Mir gefällt das ganz und gar nicht, ich nehme aber an, es muß sein«, sagte ich. »Wann brechen wir auf?«

»Sie kommen nicht mit.«

»Dann gehen Sie auch nicht«, sagte ich. »Ich gebe Ihnen mein Ehrenwort – und nie im Leben habe ich mein Wort gebrochen –, daß ich mir eine

Droschke nehme und geradewegs zum Polizeirevier fahre und Sie anzeige, wenn Sie mich an diesem Abenteuer nicht teilnehmen lassen.«

»Sie können mir nicht helfen.«

»Wie wollen Sie das wissen? Sie können doch nicht voraussehen, was alles geschieht. Wie auch immer, mein Entschluß steht fest. Nicht nur Sie, auch andere Leute haben Selbstachtung und sogar einen Ruf zu verlieren.«

Holmes hatte ärgerlich ausgesehen, nun aber glättete sich seine Stirn, und er schlug mir auf die Schulter.

»Also gut, lieber Freund, einverstanden. Wir haben jahrelang das Zimmer geteilt, da wird es vergnüglich sein, wenn wir schließlich eine Zelle teilen. Es macht mir nichts aus, Watson, Ihnen zu gestehen, daß ich schon immer die Vorstellung hatte, aus mir hätte ein erfolgreicher Verbrecher werden können. Dies ist nun die Chance meines Lebens, es zu erreichen. Sehen Sie mal!«

Er nahm ein nettes kleines Lederetui aus einem Schubfach, öffnete es und zeigte mir eine Anzahl blitzender Instrumente. »Dies ist ein erstklassiges Einbruchswerkzeug, ganz modern, ein vernickeltes Brecheisen, ein Glasschneider mit Diamant, verstellbare Schlüssel und all die Neuheiten, die der Fortschritt der Zivilisation verlangt. Und hier eine Blendlaterne. Alles in bester Ordnung. Haben Sie ein Paar leise Schuhe?«

»Ich habe Tennisschuhe mit Gummisohlen.«

»Ausgezeichnet. Und eine Maske?«

»Ich kann welche aus schwarzer Seide machen.«

»Mir scheint, Sie sind ein ausgesprochenes Naturtalent auf dem Gebiet. Sehr gut, fertigen Sie die Masken an. Wir werden noch etwas Kaltes essen, bevor wir aufbrechen. Es ist jetzt neun Uhr dreißig.

Um elf fahren wir los, bis Church Row. Von dort ist es eine Viertelstunde zu Fuß bis Appledore Towers. Vor Mitternacht müssen wir an der Arbeit sein. Milverton hat einen festen Schlaf und zieht sich pünktlich um zehn Uhr dreißig zurück. Mit ein bißchen Glück könnten wir gegen zwei wieder hiersein, Lady Evas Briefe in meiner Tasche.«

Holmes und ich zogen Gesellschaftsanzüge an, so daß man uns für Theaterbesucher auf dem Heimweg halten konnte. In der Oxford Street nahmen wir einen Hansom und fuhren nach Hampstead. Dort stiegen wir aus und zahlten; dann, die Mäntel bis oben zugeknöpft – denn es war sehr kalt, und der Wind blies bis auf die Knochen –, gingen wir die Heide entlang.

»Das Unternehmen erfordert einfühlsames Vorgehen«, sagte Holmes. »Die Papiere befinden sich in einem Safe im Arbeitszimmer des Burschen, und das ist der Vorraum zu seinem Schlafzimmer. Andererseits, wie alle diese dicken kleinen Männer, die sich selbst immer etwas Gutes tun, schläft er für sein Leben gern. Agatha – so heißt meine Braut – sagt, sie haben ihren Spaß im Gesindezimmer daran, daß es unmöglich sei, den Herrn aufzuwecken. Er hat einen Sekretär, der sich hingegeben den Geschäften widmet und den ganzen Tag über nicht aus dem Arbeitszimmer weicht. Deshalb müssen wir den Besuch in der Nacht abstatten. Dann hat er eine Bestie von Hund, die im Garten umherstreift. Ich habe Agatha an den letzten beiden Abenden spät getroffen, und sie mußte das Untier festmachen, damit ich überhaupt weg konnte. Da drüben ist das Haus, das große dort mit dem Garten. Durchs Tor – nun nach rechts in die Lorbeerbüsche. Ich denke, wir binden jetzt die Masken um. Sie sehen, aus keinem Zimmer dringt ein Lichtschimmer, alles klappt hervorragend.«

Mit den schwarzseidenen Gesichtsmasken, die uns wie die schrecklichsten Gestalten von London aussehen ließen, schlichen wir zu dem stillen düsteren Haus. An einer Seite zog sich eine Art Veranda aus Ziegeln hin mit mehreren Fenstern und zwei Türen.

»Da ist sein Schlafzimmer«, flüsterte Holmes. »Und die Tür führt direkt in das Arbeitszimmer. Hier wären wir schon richtig, aber die Tür ist nicht nur verschlossen, sondern auch verriegelt, und wir würden zuviel Lärm machen. Kommen Sie hierherum. Da ist ein Gewächshaus, durch das man direkt ins Wohnzimmer kommt.«

Das Gewächshaus war abgeschlossen, aber Holmes schnitt aus der Glasscheibe einen Kreis heraus und drehte den innen steckenden Schlüssel herum. Eine Weile später hatte er die Tür hinter uns geschlossen, und wir waren in den Augen des Gesetzes Verbrecher geworden. Die schwere warme Luft und der starke betäubende Duft der exotischen Pflanzen packte uns bei der Kehle. Holmes nahm meine Hand und führte mich rasch an Büschen vorbei, die uns übers Gesicht strichen. Er besaß die bemerkenswerte, sorgsam gepflegte Fähigkeit, im Dunkeln zu sehen. Er hielt noch meine Hand, als er wieder eine Tür öffnete, und ich nahm unklar wahr, daß wir ein großes Zimmer betraten, in dem nicht lange zuvor jemand eine Zigarre geraucht hatte. Holmes erfühlte seinen Weg zwischen den Möbeln, drückte eine weitere Tür auf und machte auch sie hinter uns zu. Als ich meine Hand ausstreckte, ertastete ich mehrere an der Wand hängende Mäntel und wußte, daß ich mich in einem Korridor befand. Wir gingen ihn entlang, und Holmes öffnete sehr behutsam rechter Hand eine Tür. Etwas huschte dicht an uns vorbei, und mir schlug das Herz im Hals; als ich begriff, daß es eine Katze war, hätte ich am liebsten laut gelacht. Das Kaminfeuer brannte in diesem Raum, und auch hier war die Luft schwer von Tabaksqualm. Holmes ging auf Zehen voran, wartete, bis ich ihm gefolgt war, dann zog er die Tür ganz sachte zu. Wir waren in Milvertons Arbeitszimmer; eine Portiere an der gegenüberliegenden Wand bezeichnete den Eingang zu seinem Schlafraum.

Es war ein loderndes Feuer, das den ganzen Raum erhellte. Neben der Tür sah ich einen Schalter für elektrisches Licht, aber es war unnötig, ihn zu betätigen, selbst wenn es für uns ungefährlich gewesen wäre. Seitlich vom Kamin befand sich ein schwerer Vorhang, der die Nische des Fensters verdeckte, das wir von draußen gesehen hatten. Auf der anderen Kaminseite lag die Tür zur Veranda. In der Mitte des Zimmers stand ein Schreibpult, vor ihm ein drehbarer, mit rotem Leder überzogener Sessel und gegenüber ein geräumiger Bücherschrank, der von einer Marmorbüste der Athene gekrönt war. In der Ecke zwischen Bücherschrank und Wand sahen wir einen hohen grünen Safe, dessen polierte Messingknöpfe den Feuerschein blitzend zurückwarfen. Holmes schlich sich hinüber und musterte ihn. Dann schlich er zur Schlafzimmertür und verharrte mit schiefgelegtem Kopf, aufmerksam horchend. Kein Laut war zu hören. Mittlerweile war mir eingefallen, es sei weise, unseren Rückzug durch die nach außen führende Tür zu sichern, und ich untersuchte sie. Zu meinem Erstaunen war sie weder verschlossen noch verriegelt! Ich berührte Holmes am Arm, und er wandte sein maskiertes Gesicht in die von mir gewiesene Richtung. Ich sah ihn auf die Tür zugehen; er war offenbar genauso überrascht wie ich.

»Das gefällt mir gar nicht«, flüsterte er, die Lippen

nah an meinem Ohr. »Ich verstehe das nicht. Wie auch immer, wir dürfen keine Zeit verlieren.«

»Kann ich irgend etwas tun?«

»Ja, bleiben Sie hier an der Tür. Wenn Sie jemanden hören, schieben Sie den Riegel vor, und wir können verschwinden, wie wir gekommen sind. Kommt aber jemand aus der anderen Richtung, gehen wir, sobald unsere Arbeit getan ist, durch die äußere Tür oder, wenn wir es noch nicht geschafft haben, verstecken uns hinter den Vorhängen. Ist das klar?«

Ich nickte und blieb neben der Tür. Mein erstes Angstgefühl war längst verflogen, und in mir bebte ein größeres Behagen, als ich es je gefühlt hatte, wenn wir als Hüter des Gesetzes auftraten, statt, wie jetzt, als dessen Verächter. Das Ziel unserer Mission, das Bewußtsein, daß wir selbstlos und ritterlich handelten, der schurkische Charakter unseres Gegners, all das ergänzte das sportmäßige Interesse am Abenteuer. Fern aller Schuldgefühle, war ich fröhlich und frohlockte in der Gefahr. In glühender Bewunderung verfolgte ich, wie Holmes seine Instrumententasche ausrollte und das Werkzeug mit der ruhigen, wissenschaftlichen Sorgfalt eines Chirurgen wählte, der eine heikle Operation vorbereitet. Ich wußte, daß das Öffnen von Safes eines seiner besondern Hobbys war, und ich verstand das Entzücken, das er bei der Herausforderung durch dieses grüngoldene Monster, den Drachen, der in seinem Magen die Ehre vieler schöner Damen barg, empfinden mußte. Die Ärmel des Gesellschaftsanzuges aufgekrempelt – den Mantel hatte er über einen Stuhl gehängt –, legte Holmes zwei Drillbohrer, ein kleines Brecheisen und mehrere Dietriche bereit. Ich stand neben meiner Tür, behielt auch die andere im Auge und war auf mögliche Zwischenfälle eingestellt; aber tatsächlich waren meine Pläne, was ich machen sollte, wenn wir gestört würden, ziemlich vage. Eine halbe Stunde lang arbeitete Holmes mit gesammelter Kraft, legte ein Werkzeug nieder, nahm ein anderes auf, handhabte jedes mit der Sicherheit und dem Feingefühl eines geübten Mechanikers. Schließlich hörte ich ein Klicken, die plumpe grüne Tür sprang auf, und ich konnte mit einem Blick eine Menge Papierbündel erfassen, alle verschnürt, gesiegelt und beschriftet. Holmes nahm eines heraus, konnte jedoch die Aufschrift bei dem flackernden Licht des Kaminfeuers nicht recht entziffern; so holte er seine Blendlaterne hervor, denn es war, mit Milverton im Nebenzimmer, zu gefährlich, das elektrische Licht einzuschalten. Ich sah, wie seine Bewegungen sich plötzlich verlangsamten, wie er konzentriert lauschte. Im nächsten Augenblick hatte er die Safetür zugeschlagen, seinen Mantel ergriffen, das Werkzeug in die Taschen gestopft und war hinter den Fenstervorhang gesprungen; dabei winkte er mir, es ihm nachzutun.

Kaum befand ich mich neben ihm, da vernahm auch ich, was es war, das seine wacheren Sinne alarmiert hatte. Von irgendwo im Haus drang Lärm zu uns. Eine Tür schlug in der Ferne zu. Dann hörten wir undeutliches dumpfes Murmeln, das mit dem Dröhnen fester Schritte, die sich schnell näherten, zusammenfiel. Nun waren sie draußen im Korridor. Sie verhielten vor der Tür. Die Tür ging auf. Ein scharfes Klicken, und das elektrische Licht war eingeschaltet. Die Tür schloß sich, und der beißende Geruch einer starken Zigarre drang in unsere Nasen. Dann wieder die Schritte, hin und her, hin und her, sehr nahe bei uns. Schließlich knarrte ein Stuhl, und das Hin- und Hergehen hörte auf. Ein Schlüssel klickte im Schloß, und ich hörte Papierrascheln. Bisher hatte ich mich nicht getraut, hinauszuschauen, aber nun schob ich vorsichtig die Schals der Vorhänge ein Stück auseinander und blinzelte hindurch. Holmes drückte mit seiner Schulter gegen die meine, und daran merkte ich, daß er auch hinauslugte.. Ich sah in Reichweite gerade vor uns den breiten, gekrümmten Rücken von Milverton. Augenscheinlich hatten wir sein Verhalten falsch eingeschätzt: er war noch nicht in seinem Schlafraum gewesen, sondern hatte sich, vielleicht in einem Rauch- oder Billardzimmer, in einem entlegenen Flügel des Hauses aufgehalten, dessen Fenster uns nicht aufgefallen war. Sein großer ergrauter Kopf mit der schimmernden Glatze stand uns unmittelbar vor Augen. Er hatte sich in dem roten Ledersessel weit zurückgelehnt und die Beine ausgestreckt, eine lange schwarze Zigarre ragte schräg aus seinem Mund. Er trug eine rotweinfarbene Hausjacke in Uniformschnitt mit schwarzem Samtkragen. In der Hand hielt er ein umfängliches juristisches Dokument, er las unbeteiligt und blies den Rauch in Ringen von sich. In seinem gelassenen Gebaren und der bequemen Haltung gab es nichts, das einen schnellen Abgang versprach.

Ich fühlte, wie Holmes meine Hand faßte und sie ermutigend drückte, als wollte er mir sagen, er fühle sich der Situation gewachsen und sei ganz unbesorgt. Ich war mir nicht sicher, ob er auch gesehen hatte, was sich eigentlich nur von meinem Platz ausmachen ließ – nämlich, daß die Safetür nicht ganz zugefallen war und dies von Milverton jeden Augenblick entdeckt werden konnte. Ich hatte beschlossen, ich würde, sowie ich merken sollte – etwa aus einem starren staunenden Blick –, daß er den Umstand mitbekommen hatte, mit einem Satz hervorspringen, ihm meinen Mantel über den Kopf werfen, ihn fesseln und den Rest Holmes überlassen. Aber Milverton schaute überhaupt nicht auf. Die Papiere hatten allmählich sein Interesse wachgerufen, und er schlug Blatt für Blatt um, den Argumenten des Juristen folgend. ›Jedenfalls‹, dachte ich, ›wird er in sein Schlafzimmer gehen, wenn er mit dem Schriftstück und der Zigarre fertig ist‹; aber bevor er mit dem einen oder dem anderen zu Ende gekommen war, ereignete sich etwas Bemerkenswertes, das unsere Gedanken in anderes Fahrwasser lenkte.

Mehrere Male hatte ich beobachtet, wie Milverton nach der Uhr sah; einmal war er aufgestanden und hatte sich mit deutlichen Gesten der Ungeduld wieder hingesetzt. Der Gedanke jedoch, daß er zu so ausgefallener Stunde noch eine Verabredung haben könnte, war mir überhaupt nicht gekommen, bis von der Veranda draußen ein schwaches Geräusch an meine Ohren drang. Milverton ließ die Papiere fallen und setzte sich starr auf. Das Geräusch wiederholte sich, dann folgte ein leises Klopfen an der Tür. Milverton erhob sich und öffnete.

»Na«, sagte er, »Sie haben sich fast eine halbe Stunde verspätet.«

Das also war die Erklärung für die unverschlossene Tür und Milvertons Nachtwache. Ein Frauenkleid raschelte leise. Ich hatte den Schlitz zwischen den Vorhangschals geschlossen, als Milverton das Gesicht in unsere Richtung kehrte, aber nun wagte ich es, ihn vorsichtig nochmals aufzumachen. Milverton hatte seinen Platz wieder eingenommen, und die Zigarre steckte wie zuvor anmaßend im Mundwinkel. Im hellen Schein der elektrischen Lampe stand vor ihm eine große, schlanke, schwarze Frau, einen Schleier über dem Gesicht und den Umhang bis zum Kinn hochgezogen. Ihr Atem ging schnell und schwer, und jeder Zoll der biegsamen Gestalt zitterte in heftiger Erregung.

»Nun«, sagte Milverton, »Sie haben mich um meine Nachtruhe gebracht, meine Liebe. Ich hoffe, Sie werden beweisen, daß es das wert war. Sie konnten wohl nicht zu einer anderen Zeit kommen – he?«

Die Frau schüttelte den Kopf.

»Na gut, wenn Sie nicht konnten, konnten Sie eben nicht. Wenn die Countess eine so strenge Herrin ist, haben Sie jetzt die Chance, es ihr heimzuzahlen. Teufel noch mal, warum zittern Sie so? Das ist recht! Nehmen Sie sich zusammen! Also, kommen wir zum Geschäft.« Er entnahm der Schublade des Pults einen Brief. »Sie schreiben mir, Sie haben fünf Briefe, die die Countess d'Albert kompromittieren. Sie wollen sie verkaufen. Ich möchte sie kaufen. So weit, so gut. Es bleibt nur, den Preis festzusetzen. Ich müßte selbstverständlich die Briefe einsehen. Wenn es wirklich gute Stücke sind... Großer Gott, Sie sind das?«

Die Frau hatte ohne ein Wort den Schleier gehoben und öffnete den Umhang am Kinn. Ein dunkles, schönes, feingeschnittenes Gesicht richtete sich auf Milverton, ein Gesicht mit gebogener Nase, starken dunklen Brauen und in deren Schatten hart glitzernden Augen, mit einem geraden, schmallippigen Mund, um den ein gefährliches Lächeln saß.

»Ja, das bin ich«, sagte sie, »die Frau, deren Leben Sie zerstört haben.«

Milverton lachte, aber in seiner Stimme schwang Furcht. »Sie waren so eigensinnig«, sagte er. »Warum haben Sie mich zum Äußersten getrieben? Ich versichere Ihnen, ich würde keiner Fliege etwas zuleide tun, aber jeder hat sein Geschäft, was sollte ich machen? Ich habe den Preis Ihren Verhältnissen angepaßt. Sie wollten nicht zahlen.«

»Da haben Sie denn die Briefe an meinen Gatten geschickt, und ihm – dem vollkommensten Gentleman, den die Welt je gesehen hat, einem Mann, dem nicht einmal die Schuhe zu schnüren ich wert war –, ihm brach es das edle Herz, und er starb. Sie erinnern sich, daß ich gestern nacht, als ich durch jene Tür dort kam, Sie bat und um Gnade anflehte, und Sie haben mir ins Gesicht gelacht, so wie Sie es jetzt auch versuchen, aber Ihr feiges Herz kann Ihre Lippen nicht vorm Zucken bewahren. Ja, Sie haben nicht gedacht, mich hier wiederzusehen, aber es war gerade diese Nacht, die mich gelehrt hat, wie ich Sie allein unter vier Augen treffen kann. Nun, Charles Milverton, was haben Sie zu sagen?«

»Bilden Sie sich nicht ein, daß Sie mich übertölpeln können. Ich brauche nur meine Stimme zu erheben und mein Personal zu rufen und kann Sie verhaften lassen. Aber ich will gegen Ihren Zorn Nachsicht üben. Verlassen Sie das Zimmer so plötzlich, wie Sie gekommen sind, und ich will kein Wort mehr sagen.«

Die Frau stand da, die Hand auf der Brust, um die schmalen Lippen noch immer dieses tödliche Lächeln. »Sie werden kein Leben mehr zerstören, wie Sie meines zerstört haben. Sie werden kein Herz mehr quälen, wie Sie meines gequält haben. Ich werde die Welt von einem giftigen Reptil befreien. Nehmen Sie das, Sie Hund, und das! – und das! – und das! – und das!«

Sie hatte einen kleinen blitzenden Revolver gezogen und schoß Kugel um Kugel in Milvertons Leib, die Mündung kaum zwei Fuß von seiner Brust entfernt. Er sackte zusammen, fiel vornüber auf den Tisch, wild hustend und die Finger in die Papiere gekrallt. Dann rappelte er sich hoch, empfing noch einen Schuß und rollte zu Boden. »Sie haben mich geschafft«, rief er und lag bewegungslos. Die Frau betrachtete ihn eindringlich und bohrte ihm den Absatz ins Gesicht. Sie schaute noch einmal hin, aber da war kein Laut mehr und keine Regung. Ich vernahm ein heftiges Rascheln, die Nachtluft blies in das heiße Zimmer, und die Rächerin war verschwunden.

Unser Eingreifen hätte den Mann vor seinem Schicksal nicht bewahren können; aber als die Frau Kugel um Kugel in Milvertons sich krümmenden Körper feuerte, war ich nahe daran, hinzustürzen; da fühlte ich Holmes' kühlen festen Griff um mein Handgelenk. Ich verstand die ganze Bedeutung dieses harten Griffs, der mich zurückhielt: daß es nicht unsere Sache war; daß die Gerechtigkeit einen Schurken ereilt hatte; daß wir unsere eigenen Pflichten und unsere eigenen Aufgaben hatten, die wir nicht aus den Augen verlieren durften. Doch kaum war die Frau aus dem Raum gestürzt, da lief Holmes mit schnellen leisen Schritten hin zu der anderen Tür. Er drehte den Schlüssel im Schloß um. Im selben Augenblick hörten wir Stimmen und den Lärm eilender Füße. Die Schüsse hatten das Haus geweckt. Mit vollendeter Kaltblütigkeit glitt Holmes zum Safe, bepackte beide Arme mit Briefbündeln und warf sie alle ins Feuer. Das tat er wieder und wieder, so lange, bis der Safe leer war. Jemand rüttelte an der Klinke und schlug gegen die Tür. Holmes blickte rasch umher. Der Brief, der Milvertons Todesbote gewesen war, lag, ganz mit Blut befleckt, noch auf dem Tisch. Er warf ihn zu den brennenden Blättern. Dann zog er den Schlüssel aus der Verandatür, ließ mich vorgehen und schloß von draußen ab. »Hier entlang, Watson«, sagte er, »von hier können wir direkt über die Gartenmauer klettern.«

Ich hätte nicht geglaubt, daß ein Alarm so schnell wirken könnte. Ich blickte zurück: das Haus erstrahlte in hellem Licht. Das Portal stand offen, und Leute liefen über den Hauptweg. Der Garten wimmelte von Menschen, und als wir aus der Veranda auftauchten, schrie ein Bursche: »Da sind sie!«, und heftete sich an unsere Fersen. Holmes schien das Anwesen genau zu kennen, geschwind wand er sich durch eine Anpflanzung junger Bäume, ich folgte dichtauf, und der Bursche keuchte hinter uns drein. Die Mauer, die unseren Weg versperrte, war sechs Fuß hoch, aber Holmes sprang hoch und hinüber. Als ich es ihm gleichtun wollte, fühlte ich, wie mich die Hand des Burschen am Fußgelenk packte; aber ich stieß ihn zurück und kroch auf allen vieren über die glasbesetzte Mauerkrone. Kopfüber fiel ich in ein Gebüsch; aber Holmes hatte mich im Nu auf den Beinen, und wir rannten zusammen davon über die große weite Heide von Hampstead. Wir waren, nehme ich an, zwei Meilen gelaufen, als Holmes endlich innehielt und gespannt lauschte. Hinter uns war nichts als tiefe Stille. Wir hatten unsere Verfolger abgeschüttelt und waren gerettet.

Wir hatten gefrühstückt und rauchten die Morgenpfeife – es war der Tag nach diesem bemerkenswerten Erlebnis –, als man den ernsten und eindrucksvollen Lestrade von Scotland Yard in unser bescheidenes Wohnzimmer führte.

»Guten Morgen, Mr. Holmes«, sagte er, »guten Morgen. Darf ich fragen, ob Sie zur Zeit sehr beschäftigt sind?«

»Nicht zu beschäftigt, um Ihnen zuzuhören.«

»Ich habe mich gefragt, ob Sie uns vielleicht, wenn Sie nichts Besonderes vorhaben, in einem höchst merkwürdigen Fall unterstützen würden, der sich in der letzten Nacht in Hampstead zugetragen hat.«

»Um Gottes willen«, sagte Holmes. »Was hat es denn gegeben?«

»Einen Mord – einen sehr dramatischen und außergewöhnlichen Mord. Ich weiß, wie scharf Sie auf solche Sachen sind, und ich würde es als eine große Ehre betrachten, wenn Sie sich nach Appledore Towers hinausbegäben und uns die Unterstützung Ihres Rats angedeihen ließen. Es ist kein alltägliches Verbrechen. Wir haben schon seit einiger Zeit ein Auge auf diesen Mr. Milverton, und, unter uns gesagt, er war ein ziemlicher Schurke. Es ist bekannt, daß er Papiere besaß, die er zu Erpressungen benutzte. Die Papiere sind alle von den Mördern verbrannt worden. Kein Wertgegenstand wurde entwendet, so ist es wahrscheinlich, daß die Verbrecher aus guten Verhältnissen stammen und ihr einziges Ziel darin sahen, einen Gesellschaftsskandal zu verhindern.«

»Verbrecher!« rief Holmes. »Mehrere!«

»Ja, zwei. Sozusagen fast auf frischer Tat ertappt. Wir haben ihre Fußabdrücke, wir haben ihre Beschreibung; es steht zehn zu eins, daß wir sie erwischen. Der erste Bursche war ein bißchen zu schnell, aber der zweite ist vom Hilfsgärtner gepackt worden und konnte erst nach einem Kampf entfliehen. Es war ein mittelgroßer, breitgebauter Mann – kantiges Kinn, starker Hals, Schnurrbart, über den Augen eine Maske.«

»Klingt ziemlich unbestimmt«, sagte Sherlock Holmes. »Das könnte auch eine Beschreibung von Watson sein.«

»So ist es«, sagte der Inspektor mit großem Vergnügen. »Es könnte eine Beschreibung von Watson sein.«

»Nun, ich fürchte, ich kann Ihnen nicht helfen, Lestrade«, sagte Holmes. »Tatsache ist, daß ich diesen Burschen Milverton kannte und ihn für einen der gefährlichsten Männer von London gehalten habe; und ich denke, es gibt bestimmte Verbrechen, an die das Gesetz nicht herankommt und die deshalb, in gewissen Grenzen, private Rache rechtfertigen. Nein, es hat keinen Zweck, mit mir darüber zu streiten. Meine Meinung steht fest: Meine Symphatien liegen eher auf Seiten der Verbrecher als beim Opfer, und ich werde diesen Fall nicht übernehmen.«

Holmes hatte mir gegenüber kein Wort zu der Tragödie gesagt, deren Zeugen wir geworden waren, aber ich beobachtete den ganzen Morgen, daß er sehr nachdenklicher Stimmung war, und durch seinen leeren Blick und seine Zerstreutheit machte er auf mich den Eindruck, als suchte er sich an etwas zu erinnern. Plötzlich, beim Lunch, sprang er auf. »Beim Himmel, Watson! Ich hab's!« rief er. »Nehmen Sie Ihren Hut! Folgen Sie mir!«

Er lief so schnell er konnte die Baker Street hinunter und durch die Oxford Street bis kurz vor Regent Circus. Hier, linker Hand, war ein Schaufenster, dekoriert mit den Photographien der Zelebritäten und Schönen des Tages. Holmes' Blicke hefteten sich auf eine Photographie; ich folgte seinem Blick und sah das Bild einer stolzen, königlichen Dame in Hofkleid und mit einer hohen diamantenbesetzten Tiara auf dem edlen Haupt. Ich betrachtete ihre feingeschwungene Nase, ihre kräftigen Augenbrauen, ihren geraden Mund und ihr festes kleines Kinn.

Dann, als ich den altehrwürdigen Titel des hervorragenden Adligen und Staatsmannes las, dessen Frau sie gewesen war, verschlug es mir den Atem. Unsere Blicke trafen sich, und Holmes legte den Finger auf die Lippen. Wir wandten uns von dem Fenster ab.

Sechsmal Napoleon

Es war nichts Ungewohntes für Mr. Lestrade von Scotland Yard, hin und wieder einen Abend bei uns hereinzuschauen, und Sherlock Holmes waren seine Besuche willkommen, da sie ihm den Kontakt mit alldem ermöglichten, was sich im Hauptquartier der Polizei tat. Zum Dank für die Neuigkeiten, die Lestrade brachte, war Holmes immer bereit, sich die Einzelheiten eines jeden Falles, der den Detektiv beschäftigte, aufmerksam anzuhören, und gelegentlich war er, ohne sich direkt einzumischen, in der Lage, einen Wink oder einen Rat zu geben, allein aus seiner umfassenden Kenntnis und Erfahrung.

An dem Abend, von dem ich spreche, hatte Lestrade über das Wetter und über die Zeitungen geplaudert. Dann war er in Schweigen verfallen, gedankenverloren paffte er an seiner Zigarre. Holmes fixierte ihn.

»Etwas Bemerkenswertes in Arbeit?« fragte er.

»Ach nein, Mr. Holmes, nichts Besonderes.«

»Dann erzählen Sie mal alles.«

Lestrade lachte.

»Gut, Mr. Holmes, es hat keinen Zweck, zu leugnen, daß mir wirklich etwas im Kopf herumgeht. Es ist ein so absurder Fall, daß ich gezögert habe, Sie mit ihm zu belästigen. Andererseits ist an ihm zweifellos etwas schief, wenn er auch trivial scheint, und ich weiß, Sie haben ein Gespür für alles, was außerhalb der Norm liegt. Aber meiner Ansicht nach schlägt die Angelegenheit eher in Dr. Watsons Fach als in Ihres.«

»Krankheit?« fragte ich.

»Jedenfalls Verrücktheit. Und eine wunderliche Verrücktheit dazu. Man sollte nicht glauben, daß es irgend jemanden gibt, der heute lebt, der einen solchen Haß auf Napoleon hat, daß er jedes Abbild von ihm, das er zu Gesicht bekommt, zerstört.«

Holmes ließ sich in den Sessel zurückfallen.

»Das ist nicht mein Geschäft«, sagte er.

»Eben, das habe ich doch gesagt. Aber wenn der Mann Einbrüche begeht, um Plastiken zu zerschlagen, die ihm nicht gehören, nimmt das den Fall aus der Kompetenz des Doktors und bringt ihn in die der Polizei.«

Holmes richtete sich wieder auf.

»Einbruch! Das ist interessanter. Lassen Sie mich die Einzelheiten hören.«

Lestrade zog sein Dienstbuch heraus und frischte sein Gedächtnis auf.

»Der erste Fall, der gemeldet wurde, liegt zwei Tage zurück«, sagte er. »Er geschah im Laden von Morse Hudson, der in der Kennington Road mit Bildern und Statuen handelt. Der Gehilfe hatte für einen Augenblick den Laden verlassen, da hörte er es krachen, und als er zurückeilte, fand er eine Gipsbüste von Napoleon, die mit anderen Kunstwerken auf dem Ladentisch gestanden hatte, in Scherben. Er stürzte auf die Straße, aber obgleich Passanten erklärten, sie hätten einen Mann bemerkt, der aus dem Laden rannte, konnte er ihn nicht mehr sehen; es gelang ihm auch nicht, irgend etwas herauszufinden, das den Halunken identifizieren könnte. Man hielt es für einen der sinnlosen Akte von Zerstörungswut, die sich von Zeit zu Zeit ereignen, und als solcher wurde der Vorfall dem Konstabler vom Dienst gemeldet. Der Gipsabguß war nicht mehr wert als ein paar Schillinge, und die Affäre schien zu kindisch, um eigens Nachforschungen anzustellen.

Der zweite Fall wirkte jedoch schon ernster und ungewöhnlicher. Er ereignete sich gestern nacht.

In der Kennington Road, einige hundert Yard von Morse Hudsons Laden entfernt, wohnt ein bekannter Arzt namens Dr. Barnicot, der eine der größten Praxen südlich der Themse betreibt. Seine Wohnung und die Räume seiner Hauptpraxis befinden sich in der Kennington Road, aber er unterhält zwei Meilen entfernt, in der Lower Brixton Road, eine Nebenpraxis und eine Ambulanz. Dieser Dr. Barnicot ist ein enthusiastischer Bewunderer Napoleons, und sein Haus ist voll von Büchern, Bildern und Souvenirs, die an den französischen Kaiser erinnern. Vor kurzem hat er bei Morse Hudson zwei Gipsabgüsse von dem berühmten Haupt Napoleons aus der Werkstatt des französischen Bildhauers Devine gekauft. Einen stellte er in der Halle seines Hauses in der Kennington Road auf, die andere placierte er auf dem Kaminsims in seiner Nebenpraxis in der Lower Brixton Road. Als Dr. Barnicot heute früh in die Halle kam, fand er zu seinem Erstaunen, daß während der Nacht in seinem Haus eingebrochen, aber nichts außer dem Gipskopf in der Halle entwendet worden war. Man hatte ihn nach draußen gebracht und brutal gegen die Gartenmauer geworfen, wo die zerbrochenen Überreste entdeckt wurden.«

Holmes rieb sich die Hände.

»Das nenne ich eine Neuigkeit«, sagte er.

»Ich dachte mir schon, daß es Ihnen gefallen würde. Aber ich habe noch nicht zu Ende erzählt. Dr. Barnicot mußte um zwölf Uhr in seiner Nebenpraxis sein, und Sie können sich wohl sein Erstaunen vorstellen, als er, dort angekommen, fand, daß das Fenster in der Nacht geöffnet worden war und die Trümmer der zweiten Büste im ganzen Raum verstreut lagen. Sie war, wo sie stand, in winzig kleine Teile zerschmettert worden. In keinem Fall gab es die geringsten Hinweise, die uns auf die Spur des Verbrechers oder des Verrückten, der die Missetat beging, hätten führen können.

Das, Mr. Holmes, sind die Fakten.«

»Sie sind seltsam, um nicht zu sagen, grotesk«, sagte Holmes. »Dürfte ich fragen, ob die beiden Büsten von Dr. Barnicot genau die gleichen waren wie die eine, die in Morse Hudsons Laden zerstört wurde?«

»Sie stammen aus derselben Form.«

»Diese Tatsache muß gegen die Theorie sprechen, daß der Mann, der sie zerschlagen hat, von so etwas wie einem generellen Haß gegen Napoleon getrieben wird. Wenn man bedenkt, wie viele Statuen des großen Kaisers in London existieren müssen, dann kann man nicht annehmen, daß ein verwirrter Bilderstürmer zufällig drei Kopien derselben Büste zertrümmert.«

»Nun, da denke ich genauso wie Sie«, sagte Lestrade. »Auf der andern Seite ist dieser Morse Hudson in dem Teil Londons der alleinige Lieferant von Büsten, und seit Jahren hat er nur diese drei Exemplare in seinem Laden gehabt. Also ist es wahrscheinlich, daß die drei die einzigen in diesem Bezirk waren, obwohl es, wie Sie sagen, in London Hunderte von Napoleon-Skulpturen gibt. Deshalb könnte ein Fanatiker aus dieser Gegend mit ihnen begonnen haben. Was denken Sie, Dr. Watson?«

»Den Möglichkeiten der Monomanie sind keine Grenzen gesetzt«, antwortete ich. »Es gibt den Zustand, den die modernen französischen Psychologen die *idée fixe* genannt haben. Er kann unerheblich und in jeder anderen Hinsicht von völliger Gesundheit begleitet sein. In einem Mann, der sich eingehend mit Napoleon befaßt hat oder dessen Familie vielleicht ein sich weitervererbendes Unrecht durch den großen Krieg erlitten hat, könnte sich solch eine *idée fixe* bilden, und unter ihrem Einfluß wäre jede Art von phantastischem Ausbruch möglich.«

»Das funktioniert nicht, mein lieber Watson«, sagte Holmes und schüttelte den Kopf. »Keine Ausbildung der *idée fixe* könnte Ihren Monomanen in die Lage versetzen, daß er herausbekommt, wo die Büsten aufgestellt sind.«

»Gut, aber wie erklären Sie sich dann die Vorfälle?«

»Ich versuche es gar nicht. Ich stelle nur fest, daß in dem exzentrischen Vorgehen des Herrn Methode steckt. Zum Beispiel ist die Büste aus Dr. Barnicots Haus, wo ein Geräusch die Familie hätte aufwecken können, hinausgetragen worden, ehe man sie zerstörte, während sie in der Nebenpraxis, wo weniger Gefahr bestand, einen Alarm auszulösen, an Ort und Stelle zerschmettert wurde. Die Sache scheint in höchstem Grade nichtig, und doch möchte ich nicht so leicht etwas unerheblich nennen, wenn ich bedenke, daß einige meiner klassischen Fälle einen wenigversprechenden Anfang hatten. Sie werden sich erinnern, Watson, wie die schreckliche Geschichte mit der Familie Abernetty erst meine Aufmerksamkeit erregte, weil die Petersilie an einem heißen Tag so tief in die Butter eingesunken war. Ich kann es mir deshalb nicht erlauben, über Ihre drei zerbrochenen Büsten zu lächeln, Lestrade, und ich wäre Ihnen sehr verbunden, wenn Sie mich über jede neue Entwicklung in einer so einmaligen Kette von Ereignissen informierten.«

Die Entwicklung, nach der mein Freund verlangte, kam schneller und in unendlich tragischerer Form, als er es sich hätte vorstellen können. Am nächsten

Morgen war ich noch beschäftigt, mich in meinem Schlafzimmer anzukleiden, als es an der Tür klopfte und Holmes eintrat, ein Telegramm in der Hand. Er las laut:

»Kommen Sie sofort, Pitt Street 131, Kensington. Lestrade.«

»Was mag das bedeuten?« fragte ich.

»Ich weiß es nicht – kann sein, alles Mögliche. Aber ich argwöhne, es handelt sich um die Fortsetzung der Geschichte mit den Statuen. In diesem Fall hätte unser Bilderzerstörer seine Operationen in einem anderen Viertel von London begonnen. Auf dem Tisch steht Kaffee, Watson, und vor der Tür ein Kutsche.«

Eine halbe Stunde später erreichten wir die Pitt Street, eine stille kleine Seitengasse, ein ruhiger Flußarm gleich neben einem der bewegtesten Ströme des Londoner Lebens. Nummer 131 war ein Haus in einer Reihe schmalbrüstiger, respektabler und äußerst unromantischer Gebäude. Als wir vorfuhren, fanden wir die Gitter vor dem Haus von einer neugierigen Menge umlagert.

Holmes pfiff. »Heiliger Strohsack! Das muß mindestens ein Mord sein. Etwas Geringeres hält den Londoner Botenjungen nicht auf. An den hochgezogenen Schultern und dem gereckten Hals dieses Burschen hier kann man eine Gewalttat ablesen. Aber was ist denn das, Watson? Die oberste Stufe ist ganz naß, und die anderen sind trocken. Fußspuren gibt's genug. Aber nur Geduld, da ist Lestrade am Fenster, bald werden wir Bescheid wissen.«

Der Beamte empfing uns mit sehr ernstem Gesicht und führte uns ins Wohnzimmer, wo ein außergewöhnlich struppiger und aufgeregter älterer Mann in einem Morgenrock aus Flanell auf und ab ging. Er wurde uns vorgestellt als der Eigentümer des

Hauses – Mr. Horace Harker vom Central Press Syndicate.

»Wieder die Napoleonbüste«, sagte Lestrade. »Sie schienen gestern abend interessiert, Mr. Holmes, und da dachte ich, Sie wären vielleicht froh, dabeisein zu können, jetzt, da die Sache eine sehr viel ernstere Wendung genommen hat.«

»Wohin hat sie sich denn gewendet?«

»Zum Mord. Mr. Harker, würden Sie diesen Gentlemen genau erzählen, was sich ereignet hat?«

Der Mann im Morgenmantel wandte sich uns mit sehr trübsinnigem Gesicht zu.

»Das ist außergewöhnlich«, sagte er, »daß ich nach einem Leben, in dem ich immer nur anderer Leute Neuigkeiten gesammelt habe, nun, wo mir selber etwas wirklich Neues über den Weg läuft, mich so verwirrt und so belästigt fühle, daß ich keine zwei Wörter zusammenbringe. Wenn ich als Journalist hergekommen wäre, hätte ich mich interviewt, und in jeder Abendzeitung stünden zwei Spalten von mir. Jetzt verschenke ich wertvolle Informationen, indem ich meine Geschichte immer wieder den verschiedensten Leuten erzähle, und kann selber keinen Gebrauch von ihr machen. Wie dem auch sei, ich habe Ihren Namen gehört, Mr. Sherlock Holmes, und wenn Sie die seltsame Angelegenheit erklären können, werde ich mich für die Mühsal bezahlt halten, auch Ihnen die Geschichte erzählt zu haben.«

Holmes setzte sich und lauschte.

»Alles scheint sich um die Napoleonbüste zu drehen, die ich vor vier Monaten für das Zimmer hier gekauft habe. Ich habe sie billig erstanden, bei Harding Brothers, zwei Häuser entfernt von der High Street-Station. Einen großen Teil meiner journalistischen Arbeit erledige ich nachts, und oft schreibe ich bis in den frühen Morgen. So war es auch heute. Ich saß in meiner Grotte, die in der obersten Etage nach hintenhinaus liegt, als ich gegen drei Uhr davon überzeugt war, ich hätte von unten Geräusche gehört. Ich horchte, aber vernahm nichts mehr, und ich schloß, die Geräusche seien von draußen gekommen. Dann plötzlich, ungefähr fünf Minuten später, war da ein gräßlicher Schrei – der fürchterlichste Laut, Mr. Holmes, den ich je gehört habe. Solange ich lebe, wird er in meinen Ohren gellen. Ein, zwei Minuten lang war ich starr vor Entsetzen. Dann packte ich den Schürhaken und stieg die Treppe hinunter. Als ich dieses Zimmer betrat, fand ich das Fenster weit offen, und mir fiel sofort auf, daß die Büste nicht mehr auf dem Kaminsims stand. Warum ein Einbrecher so ein Ding mitgenommen haben sollte, ging über meinen Verstand, denn es war nur ein Gipsabguß, ohne wirklichen Wert. Wie Sie sehen, kann jeder, der aus dem Fenster steigt, mit einem großen Schritt die Stufen vor der Haustür erreichen. Genau das hatte der Einbrecher getan, deshalb ging ich herum und öffnete die Tür. Als ich in die Dunkelheit hinaustrat, wäre ich fast über einen toten Mann gestolpert, der dort lag. Ich lief zurück, um ein Licht zu holen, und dann sah ich den armen Burschen: eine klaffende Wunde am Hals, und alles schwamm im Blut. Er lag auf dem Rücken, die Knie waren hochgezogen, der Mund stand schrecklich offen. Ich werde dem Bild in meinen Träumen begegnen. Ich hatte gerade noch Zeit, nach der Polizei zu pfeifen, dann muß ich ohnmächtig geworden sein, denn ich erinnere mich an nichts weiter als an den Polizisten, der in der Halle über mir stand, als ich wieder zu mir kam.«

»Wer war der Ermordete?« fragte Holmes.

»Es gibt keinen Hinweis darauf, wer es war«, sagte

Lestrade. »Sie werden ihn in der Leichenhalle sehen, aber wir haben bis jetzt nichts über ihn herausgefunden. Es ist ein großer Mann, sonnengebräunt, sehr kräftig, nicht älter als dreißig. Er ist ärmlich gekleidet, scheint aber doch kein Arbeiter gewesen zu sein. Ein Klappmesser mit Horngriff lag neben ihm in der Blutlache. Ob das die Waffe ist, mit der die Tat begangen wurde, oder ob sie dem Toten gehört, weiß ich nicht. In seinen Kleidern fand sich kein Name, in den Taschen war nichts als ein Apfel, ein Knäuel Bindfaden, ein billiger Plan von London und eine Photographie. Hier ist sie.«

Das Bild war offenbar ein Schnappschuß, mit einer kleinen Kamera aufgenommen. Es stellte einen lebhaften, affenartigen Mann mit scharfen Zügen und dicken Augenbrauen dar, dessen unterer Gesichtsteil besonders vorstand wie das Maul eines Pavians.

»Und was ist aus der Büste geworden?« fragte Holmes, nachdem er das Bild eingehend betrachtet hatte.

»Gerade bevor Sie ankamen, haben wir es erfahren. Sie wurde im Vorgarten eines leeren Hauses in der Campden House Road gefunden. Sie war in Stücke zerbrochen. Kommen Sie mit?«

»Sofort. Ich will mich nur noch einmal umsehen.« Er untersuchte den Teppich und das Fenster. »Der Bursche hat entweder sehr lange Beine, oder er ist äußerst gelenkig«, sagte er. »Es war keine Kleinigkeit, über das Souterrain hinweg diese Fensterbank zu erreichen und das Fenster zu öffnen. Der Rückweg war vergleichsweise einfach. Kommen Sie mit uns, Mr. Harker, die Überbleibsel Ihrer Büste anzusehen?«

Der verzweifelte Journalist hatte sich an einen Schreibtisch gesetzt.

»Ich muß versuchen, etwas aus der Sache zu machen«, sagte er, »obwohl sie fraglos in den ersten Ausgaben der Abendzeitungen schon mit allen Details erschienen ist. Das ist mein Teil Glück! Sie erinnern sich, als die Tribüne in Doncaster zusammenbrach! Also, ich war der einzige Journalist auf der Tribüne, und meine Zeitung war die einzige, die keinen Bericht darüber brachte, weil ich zu erschüttert war, um etwas zu schreiben. Und jetzt komme ich zu spät mit einem Mord, der vor meiner eigenen Haustür passiert ist.«

Wir verließen den Raum und hörten seine Feder quietschend über den Papierbogen eilen.

Die Stelle, wo man die Scherben der Büste gefunden hatte, lag nur einige hundert Yard entfernt. Zuerst einmal ließen wir unsere Blicke auf dieser Darstellung des großen Kaisers verweilen, die anscheinend im Hirn des Unbekannten einen so rasenden, zerstörerischen Haß hervorgerufen hatte. Ihre Scherben lagen im Gras verstreut. Holmes hob ein paar Stücke auf und prüfte sie eingehend. Sein gespanntes Gesicht und sein zielbewußtes Vorgehen verrieten mir, daß er schließlich doch auf eine Spur gestoßen war.

»Nun?« fragte Lestrade.

Holmes zuckte die Schultern.

»Vor uns liegt noch ein langer Weg«, sagte er. »Und dennoch – wir kennen einige bedeutsame Fakten, nach denen wir uns richten können. Der Besitz der läppischen Büste war in den Augen des seltsamen Verbrechers wertvoller als ein Menschenleben. Das ist ein Punkt. Dann gibt es den besonderen Umstand, daß er sie nicht im Haus zerschlug oder unmittelbar beim Hause, wennschon das Zerschlagen der Büste das alleinige Ziel war.«

»Das Zusammentreffen mit dem anderen Burschen hat ihn aufgestört und zur Eile getrieben. Er wird kaum gewußt haben, was er tat.«

»Das ist fast wahrscheinlich. Aber ich möchte Ihre Aufmerksamkeit besonders auf die Lage des Hauses lenken, in dessen Garten die Büste zerstört wurde.«

Lestrade sah sich um. »Das Haus ist leer, und so wußte er, daß man ihn in diesem Garten nicht stören würde.«

»Ja, aber es gibt noch ein leeres Haus weiter unten in der Straße, an dem er auf dem Weg hierher vorbeigekommen sein muß. Warum hat er die Büste nicht dort zerschlagen, denn offenbar wuchs doch mit jedem Schritt, den er sie weiterschleppte, das Risiko, jemandem zu begegnen?«

»Ich gebe es auf«, sagte Lestrade.

Holmes wies mit dem Finger auf die Straßenlampe über unseren Köpfen.

»Hier konnte er sehen, was er machte, dort nicht. Das war der Grund.«

»Bei Gott! das ist es«, sagte der Detektiv. »Dabei fällt mir ein, daß Dr. Barnicots Büste unweit seiner roten Lampe zerschlagen worden ist. Nun, Mr. Holmes, was können wir mit dieser Tatsache anfangen?«

»Uns ihrer erinnern – sie registrieren. Wir könnten später auf etwas stoßen, das sich auf sie bezieht. Welche Schritte beabsichtigen Sie jetzt zu unternehmen, Lestrade?«

»Der praktischste Weg, der Lösung näherzukommen, ist nach meiner Meinung, den Toten zu identifizieren. Damit dürfte es keine Schwierigkeiten geben. Wenn wir herausgefunden haben, wer er ist und wer seine Bekannten sind, hätten wir einen guten Ausgangspunkt, um festzustellen, was er die letzte Nacht in der Pitt Street zu tun hatte und wer das war, der ihm begegnet ist und der ihn getötet hat, vor der Haustür von Mr. Horace Harker. Denken Sie nicht auch so?«

»Zweifellos. Und doch ist es nicht ganz der Weg, auf dem ich an den Fall herangehen würde.«

»Was würden Sie denn tun?«

»Ach, lassen Sie sich durch mich in keiner Weise beeinflussen. Ich schlage vor, Sie machen es auf Ihre Art und ich auf die meine. Wir können hinterher die Beobachtungen vergleichen, und einer wird den anderen ergänzen.«

»Sehr gut«, sagte Lestrade.

»Falls Sie durch die Pitt Street zurückgehen, sollten Sie bei Mr. Horace Harker hineinschauen. Richten Sie ihm aus, ich hätte meine Ansicht bereits gebildet: daß nämlich ein gefährlicher mordender Irrer mit einem Napoleon-Komplex letzte Nacht in seinem Haus gewesen ist. Das wird für seinen Artikel nützlich sein.«

Lestrade starrte Holmes an.

»Das glauben Sie doch wohl nicht im Ernst?«

Holmes lächelte.

»Nicht? Gut, vielleicht glaube ich es nicht. Aber ich bin sicher, daß es Mr. Horace Harker und die Abonnenten des Central Press Syndicate interessiert. Nun, Watson, ich glaube, wir wissen beide, daß wir einen langen und ziemlich vollgestopften Arbeitstag vor uns haben. Ich würde mich glücklich schätzen, Lestrade, wenn Sie es einrichten könnten, uns heute abend um sechs Uhr in der Baker Street zu besuchen. Bis dahin möchte ich die Photographie, die in der Hand des Toten gefunden wurde, behalten. Es ist möglich, daß ich um Ihre Begleitung und Hilfe bei einem kleinen Ausflug bitten muß, den wir möglicherweise in der Nacht unternehmen werden, wenn sich meine Folgerungen als richtig erweisen sollten. Bis dann, auf Wiedersehen und viel Glück.«

Sherlock Holmes und ich gingen in die High Street zum Laden der Harding Brothers, wo die Büste erworben worden war. Ein junger Gehilfe teilte uns mit, daß Mr. Harding bis zum Nachmittag abwesend sein würde; er selber sei neu eingestellt und könne uns keine Auskünfte geben. Holmes' Gesicht zeigte Enttäuschung und Verdruß.

»Wir können ja auch nicht erwarten, daß alles auf Anhieb gelingt, Watson«, sagte er schließlich. »Wir müssen also am Nachmittag wieder hereinschauen, wenn Mr. Harding nicht eher wieder da ist. Ich habe mir vorgenommen, wie Sie zweifellos bereits vermuten, die Büsten bis an ihren Ursprung zurückzuverfolgen, um herauszufinden, ob es dort irgend etwas Besonderes gibt, das ihr bemerkenswertes Schicksal erklären könnte. Gehen wir zu Mr. Morse Hudson in der Kennington Road und sehen wir zu, ob er ein bißchen Licht in die Angelegenheit bringen kann.«

Eine Fahrt von einer Stunde brachte uns zu dem Laden des Kunsthändlers. Er war ein kleiner, stämmiger Mann mit rotem Gesicht und hitzigem Benehmen. »Ja, Sir. Auf diesem Ladentisch hier, Sir«, sagte er. »Wofür wir die Steuern und Abgaben bezahlen, weiß ich nicht, wenn jeder Lump hereinkommen und einem das Eigentum kaputtschlagen kann. Ja, Sir, das war ich, der Dr. Barnicot die beiden Statuen verkauft hat. Eine Schande, Sir. Der Anschlag eines Nihilisten, dafür halte ich das. Kein anderer als ein Anarchist wird herumgehen und Statuen zerschlagen. Rote Republikaner, so nenne ich die. Von wem ich die Statuen bekomme? Ich sehe nicht, was das mit der Sache zu tun hat. Also, wenn Sie es wirklich wissen wollen, ich bekomme sie von Gelder & Co.

in Stepney, in der Church Street. Das ist ein bekanntes Haus in der Branche, und zwar seit zwanzig Jahren. Wie viele ich hatte? Drei – zwei und eine sind drei –, die zwei von Dr. Barnicot, und eine, die man im hellen Tageslicht auf diesem Ladentisch hier zerschlagen hat. Ob ich den Mann auf der Photographie kenne? Nein, ich kenne ihn nicht. Doch, ich kenne ihn. Himmel, das ist Beppo! Ein Italiener, einer von den Stücklohnarbeitern, er hat sich im Laden nützlich gemacht. Er konnte ein bißchen bildhauern, einen Rahmen vergolden und noch ein paar andere Sachen erledigen. Der Bursche hat mich letzte Woche verlassen, und ich habe seither nichts mehr von ihm gehört. Nein, ich weiß nicht, wo er hergekommen oder wo er hingegangen ist. Ich hatte an ihm nichts auszusetzen, solange er hier war. Er ist weggeblieben, zwei Tage bevor die Büste zerstört wurde.«

»Nun, das war es, was wir von Morse Hudson erwarten konnten«, sagte Holmes, als wir aus dem Laden traten. »Wir haben diesen Beppo als gemeinsamen Faktor für Kennington *und* für Kensington, das ist schon eine Zehnmeilenfahrt wert. Jetzt, Watson, lassen Sie uns die Firma Gelder & Co. in Stepney aufsuchen, den Herkunftsort der Büsten. Ich wäre überrascht, wenn uns das nicht ein Stück weiterhelfen würde.«

In schneller Fahrt ging es durch die Ausläufer des vornehmen Londons, wir passierten das London der Hotels, der Theater, der Literatur, des Handels und schließlich das maritime London, bis wir zu einem Viertel am Strom kamen, wo hunderttausend Seelen lebten, die Mietshäuser vor Hitze kochten und nach den Ausgestoßenen Europas stanken. Hier, in einer breiten Durchgangsstraße, die einmal die Wohngegend reicher Kaufleute der City gewesen war, stießen wir auf die Skulpturenwerkstatt, die wir suchten. Vor der Werkstatt lag ein weiter Hof, vollgestellt mit monumentalen Skulpturen. Wir betraten einen großen Raum, in dem fünfzig Arbeiter mit Meißeln und Gießen beschäftigt waren. Der Direktor, ein großer blonder Deutscher, empfing uns höflich und gab klare Antworten auf alle Fragen, die Holmes stellte. Nach einem Blick in seine Bücher sagte er uns, daß insgesamt hundert Abgüsse nach der marmornen Kopie von Devines Kopf des Napoleon gemacht worden seien, daß aber die drei, die man vor ungefähr einem Jahr an Morse Hudson geliefert habe, zu einer Serie von sechsen gehörten, die drei anderen seien an Harding Brothers in Kensington gegangen. Es gab keinen Grund zu der Annahme, daß die sechs sich irgendwie von den Exemplaren anderer Auflagen unterschieden hätten. Er könne sich nicht vorstellen, warum einer sie zerstören wollte – er lachte sogar bei dem Gedanken. Der Großhandelspreis betrug sechs Shilling, aber der Endverkäufer konnte zwölf Shilling oder mehr für sie nehmen. Der Abguß war in zwei Formen, jede Gesichtsseite für sich, gemacht worden, dann hatte man die beiden Profile aus Pariser Gips zusammengefügt und so die ganze Büste hergestellt. Die Arbeit wurde üblicherweise von Italienern in dem Raum verrichtet, in dem wir uns befanden. Schließlich wurden die Büsten zum Trocknen auf einen Tisch im Verbindungsgang gestellt und danach ins Lager gebracht. Das war alles, was er uns sagen konnte.

Aber die Photographie machte einen bemerkenswerten Eindruck auf den Direktor. Sein Gesicht wurde wutrot, und die Brauen über den blauen teutonischen Augen zogen sich zusammen. »Ah, der Schuft!« rief er. »Ja, natürlich, ich kenne ihn sehr gut! Dies hier war immer eine anständige Firma, und das einzige Mal, daß wir es mit der Polizei zu tun bekamen, war wegen dieses Kerls. Es liegt schon mehr als ein Jahr zurück. Er hatte einen anderen Italiener auf der Straße niedergestochen und flüchtete dann, die Polizei auf den Fersen, hierher, wo er festgenommen wurde. Er hieß Beppo – seinen Familiennamen kenne ich nicht. Es geschah mir recht, warum mußte ich auch einen Mann mit so einem Gesicht einstellen. Aber er war ein guter Arbeiter – einer der besten.«

»Zu wieviel ist er verurteilt worden?«

»Der Mann hat überlebt, und Beppo kam mit einem Jahr davon. Zweifellos ist er jetzt draußen; aber er hat es nicht gewagt, seine Nase bei uns hereinzustecken. Ein Vetter von ihm arbeitet hier, und ich möchte wetten, der weiß, wo er ist.«

»Nein, nein«, rief Holmes. »Kein Wort gegenüber dem Vetter, nicht ein Wort, ich bitte Sie sehr. Die Sache ist äußerst wichtig, und je weiter wir in sie eindringen, um so wichtiger scheint sie zu werden. Als Sie vorhin in Ihren Büchern nachsahen, um sich über den Verkauf der Abgüsse zu informieren, habe ich gelesen, daß das Datum der Lieferung der 3. Juni des letzten Jahres war. Können Sie mir den Tag nennen, an dem Beppo verhaftet wurde?«

»Das könnte ich ungefähr nach der Lohnliste feststellen«, antwortete der Direktor. »Ja«, fuhr er fort, nachdem er einige Zeit geblättert hatte, »er ist zum letztenmal am 20. Mai entlohnt worden.«

»Ich danke Ihnen«, sagte Holmes. »Ich glaube nicht, daß ich Ihre Zeit und Ihre Geduld ein zweites Mal in Anspruch nehmen muß.« Er legte ihm nochmals ans Herz, nichts über unsere Nachforschung laut werden zu lassen, dann wandten wir uns westwärts.

Der Nachmittag war schon weit fortgeschritten, als wir in einem Restaurant einen schnellen Lunch zu uns nehmen konnten. Neben dem Eingang hing eine Zeitung mit der Überschrift ›Verbrechen in Kensington. Mord durch einen Geistesgestörten‹, und der Text bewies, daß Mr. Horace Harker seinen Bericht doch noch in Druck gegeben hatte. Zwei Spalten waren mit einer höchst sensationellen und blumigen Darstellung des gesamten Vorfalls gefüllt. Holmes stellte die Zeitung vor die Menage und las beim Essen. Ein-, zweimal kicherte er.

»Das ist gelungen, Watson«, sagte er. »Hören Sie einmal zu: ›Es bereitet Genugtuung, zu wissen, daß es in diesem Fall keinen Unterschied in den Auffassungen gibt, da Mr. Lestrade, einer der erfahrensten Angehörigen der Polizei, und Mr. Sherlock Holmes, der bekannte Experte in Sachen Verbrechen, jeder für sich zu dem Schluß gekommen sind, daß die Serie grotesker Vorfälle, die so tragisch endete, eher die Tat eines Wahnsinnigen denn eine Kette vorsätzlich begangener Verbrechen darstellt. Nichts als Geistesverwirrung kann die Erklärung für die Geschehnisse sein.‹ Die Presse, Watson, ist eine höchst schätzenswerte Institution, wenn man nur versteht, sie zu benutzen. Und nun, wenn Sie fertig sind, können wir nach Kensington zurückkehren und uns anhören, was der Chef von Harding Brothers zu der Angelegenheit zu sagen hat.«

Der Begründer der großen Handelsgesellschaft erwies sich als ein flotter, gewandter kleiner Herr, sehr lebhaft, mit schnellen Bewegungen, klarem Kopf und flinker Zunge.

»Ja, mein Herr, den Artikel in den Abendzeitungen habe ich bereits gelesen. Mr. Horace Harker ist einer unserer Kunden. Wir haben ihm die Büste vor einem Monat geliefert. Wir hatten bei Gelder & Co.

in Stepney drei Büsten der Art bestellt. Sie sind jetzt alle verkauft. An wen? Oh, das könnten wir bald herausbhaben, wenn wir unser Warenausgangsbuch befragen. Ja, hier sind die Eintragungen. Eine ging an Mr. Harker, sehen Sie, und eine an Mr. Josiah Brown, Laburnum Lodge, Laburnum Vale, Chiswick, und eine an Mr. Sandeford in der Lower Grove Road in Reading. Nein, das Gesicht, das Sie mir hier auf der Photographie zeigen, habe ich nie gesehen. Man würde es wohl kaum vergessen, stimmt's, Sir? Ich habe selten ein häßlicheres gesehen. Ob wir Italiener unter unseren Angestellten haben? Jawohl, Sir, es gibt welche unter den Arbeitern und im Reinigungspersonal. Ich würde sagen, sie könnten wohl einen Blick in das Warenausgangsbuch werfen. Es gibt keinen besonderen Grund, es unter Verschluß zu halten. Ja, ja, das ist schon eine sehr seltsame Sache, und ich hoffe, Sie werden es mich wissen lassen, wenn etwas bei Ihren Untersuchungen herauskommt.«

Holmes hatte während Mr. Hardings Aussage einige Notizen gemacht, und ich konnte beobachten, daß er durch und durch zufrieden war mit der Wendung, welche die Angelegenheit nahm. Er machte keine Bemerkung außer der, daß wir uns zu unserer Verabredung mit Lestrade verspäten würden, wenn wir uns nicht beeilten. Und natürlich war der Polizeidetektiv schon da, als wir in der Baker Street ankamen.

Er ging in fieberhafter Ungeduld auf und ab, und sein gewichtiges Aussehen zeigte uns, daß seine Mühen nicht vergebens gewesen waren.

»Nun?«, fragte er. »Glück gehabt, Mr. Holmes?«

»Wir waren sehr beschäftigt; der Tag ist nicht gänzlich vergeudet«, sagte mein Freund. »Wir sind bei beiden Kleinhändlern gewesen und auch beim

Großhändler und Hersteller. Jetzt kann ich jede der Büsten von ihrem Ursprung her verfolgen.«

»Die Büsten!« rief Lestrade. »Gut, gut, Sie haben Ihre eigene Methode, Mr. Sherlock Holmes, und es steht mir nicht zu, etwas dagegen einzuwenden, doch denke ich, ich habe ein besseres Tagewerk hinter mich gebracht als Sie. Ich habe den Toten identifiziert.«

»Was Sie nicht sagen!«

»Und den Grund des Verbrechens herausgefunden.«

»Glänzend!«

»Wir haben einen Inspektor, der Spezialist ist für Saffron Hill und das Italienerviertel. Nun, der Tote hatte irgendeine katholische Medaille um den Hals, und dies und seine Hautfarbe brachten mich darauf, daß er aus dem Süden kommen könnte. Inspektor Hill erkannte ihn sofort, als er ihn sah. Er heißt Pietro Venucci, stammt aus Neapel und ist einer der schlimmsten Messerstecher von London. Er stand in Verbindung mit der Mafia. Das ist, wie Sie wissen, eine geheime politische Vereinigung, die ihren Befehlen mit Mord Nachdruck zu verleihen pflegt. Sehen Sie, wie die Geschichte sich aufzuklären beginnt? Der andere Bursche ist wahrscheinlich auch Italiener und Angehöriger der Mafia. Er hat irgendwie deren Gesetze verletzt. Pietro ist ihm auf die Spur gesetzt worden. Wahrscheinlich ist die Photographie, die wir in seiner Tasche fanden, eine Aufnahme von dem Mann, damit er nicht die falsche Person erstach. Er schnüffelt hinter dem Kerl her, sieht ihn ein Haus betreten, wartet draußen auf ihn, im Handgemenge wird ihm selber eine tödliche Wunde beigebracht. Was halten Sie davon, Mr. Sherlock Holmes?«

Holmes klatschte zustimmend.

»Ausgezeichnet, Lestrade, ausgezeichnet!« rief er.

»Aber ich konnte Ihrer Erklärung über die Zerstörung der Büsten nicht ganz folgen.«

»Der Büsten! Sie kriegen diese Büsten wohl gar nicht mehr aus dem Kopf! Nach alledem haben sie nichts zu bedeuten; Bagatelldiebstahl, sechs Monate höchstens. Es ist der Mord, hinter dem wir wirklich her sind, und ich sage Ihnen, daß ich auf dem besten Weg bin, alle Fäden in meine Hand zu bekommen.«

»Und der nächste Schritt?«

»Ist ganz einfach. Ich werde ins Italienerviertel gehen, werde den Mann finden, dessen Photographie wir haben, und ihn wegen Mord verhaften. Werden Sie uns begleiten?«

»Ich glaube nicht. Ich nehme an, wir werden auf einfachere Weise zum Ende gelangen. Ich kann es nicht mit Sicherheit sagen, weil alles davon abhängt … nun, alles hängt von einem Faktor ab, der sich gänzlich außerhalb unserer Kontrolle befindet. Doch ich habe große Hoffnungen – die Chancen stehen zwei zu eins –, Ihnen, wenn Sie heute abend mit uns kommen, helfen zu können, den Mann zu fassen.«

»Im Italienerviertel?«

»Nein. Ich glaube, Chiswick ist die geeignetere Gegend für eine Verhaftung. Wenn Sie heute abend mit mir nach Chiswick kommen, verspreche ich Ihnen, daß ich Sie morgen ins Italienerviertel begleite; so kann durch die Verzögerung bestimmt kein Schaden entstehen. Und jetzt, denke ich, werden uns allen ein paar Stunden Schlaf guttun. Ich habe nämlich nicht die Absicht, vor elf Uhr aufzubrechen, und es ist unwahrscheinlich, daß wir vor morgen früh zurück sein werden. Sie essen mit uns, Lestrade, und dann können Sie es sich auf dem Sofa bequem machen, bis es Zeit zum Aufbruch ist. Ich wäre Ihnen dankbar, Watson, wenn Sie nach einem Eilboten klingelten, denn ich habe einen Brief zu verschicken, und es ist wichtig, daß er sofort abgeht.«

Holmes verbrachte den Abend, indem er in Akten und alten Zeitungen herumstöberte, mit denen eine unserer Rumpelkammern vollgestopft war. Als er schließlich wieder zum Vorschein kam, stand Triumph in seinen Augen, aber er sagte keinem von uns etwas über das Resultat seiner Nachforschungen. Ich für meinen Teil war Schritt um Schritt seinen Methoden gefolgt, mit denen er den Windungen dieses komplizierten Falles nachging, und obgleich ich noch immer nicht das Ziel ausmachen konnte, dem er zusteuerte, so verstand ich doch, daß Holmes erwartete, sein seltsamer Verbrecher würde auf die zwei übriggebliebenen Büsten einen Anschlag unternehmen, von denen eine sich, wie ich mich erinnerte, in Chiswick befand. Zweifellos war der Zweck unserer Reise, ihn auf frischer Tat zu ertappen, und ich konnte nur die Geschicklichkeit meines Freundes bewundern, mit der er eine falsche Spur in die Abendzeitung lanciert hatte, um dem Burschen die Idee einzugeben, er könne weiterhin seinen Plan ungestraft verwirklichen. Ich war nicht überrascht, als Holmes mir vorschlug, meinen Revolver mitzunehmen. Er selber nahm die schwere Jagdpeitsche, seine Lieblingswaffe.

Um elf stand eine Kutsche vor der Tür, und wir fuhren bis hinter die Hammersmith Bridge. Hier wurde dem Kutscher zu warten befohlen. Nach einem kurzen Weg stießen wir auf eine einsame Straße mit netten Häusern inmitten von Gärten. Im Licht der Straßenlaterne lasen wir am Torpfosten eines der Häuser: ›Laburnum Villa‹. Die Bewohner hatten sich augenscheinlich schon zur Ruhe begeben, denn alles war dunkel bis auf eine Lampe über der Eingangstür, die einen verschwommenen hellen Kreis auf den Gartenpfad warf. Der Holzzaun, der das Grundstück von der Straße trennte, warf einen schwarzen Schatten in den Garten; in diesen Schatten kauerten wir uns.

»Ich fürchte, wir müssen lange warten«, flüsterte Holmes. »Wir können unserm Glücksstern danken, daß es nicht regnet. Ich glaube nicht einmal, daß wir rauchen dürfen, um uns die Zeit zu vertreiben. Wie auch immer, die Chancen stehen eins zu zwei, daß wir etwas erwischen, das uns für die Mühe entschädigt.«

Es erwies sich jedoch, daß unsere Nachtwache nicht so lange dauerte, wie Holmes uns hatte befürchten lassen. Sie endete sehr plötzlich und auf ungewöhnliche Weise. Ohne das geringste Geräusch, das uns hätte warnen können, wurde die Gartentür aufgestoßen, und eine dunkle geschmeidige Gestalt, schnell und behend wie ein Affe, stürmte den Gartenweg entlang. Wir sahen sie durch den Lichtkreis huschen, der von der Lampe über dem Eingang geworfen wurde, und im schwarzen Hausschatten verschwinden. Nach einer langen Zeit, während derer wir den Atem anhielten, drang ein leises quietschendes Geräusch an unser Ohr. Das Fenster wurde geöffnet. Das Geräusch verstummte, und erneut herrschte Schweigen. Der Bursche drang ins Haus ein. Wir sahen, wie innen plötzlich eine Abblendlaterne aufleuchtete. Was der Mann suchte, fand er augenscheinlich nicht dort, denn das Licht schimmerte danach noch hinter zwei anderen Läden.

»Gehen wir zu dem offenen Fenster. Wir schnappen ihn, wenn er rausklettert«, wisperte Lestrade.

Aber ehe wir uns in Bewegung setzen konnten,

tauchte der Mann wieder auf. Als er in den Lichtkreis kam, sahen wir, daß er etwas Weißes unter dem Arm trug. Er schaute verstohlen nach allen Seiten. Die Stille der verlassenen Straße beruhigte ihn. Den Rücken uns zugewandt, legte er seine Last nieder, und im nächsten Moment hörten wir ein hartes Klopfen, dem Scheppern und Klappern folgten. Der Mann war so vertieft in seine Beschäftigung, daß er unsere Schritte, als wir über den Rasen schlichen, nicht hörte. Mit einem Tigersatz war Holmes auf seinem Rücken, und eine Sekunde, später hatten Lestrade und ich ihn bei den Armen gepackt, und die Handschellen schnappten zu. Wir drehten ihn um, und ich sah in ein scheußliches bleiches Gesicht mit wutverzerrten Zügen, und ich erkannte sofort, daß es der Mann von der Photographie war, den wir festgenommen hatten.

Aber es war nicht der Gefangene, dem Holmes seine Aufmerksamkeit widmete. Auf der Türschwelle hockend, untersuchte er äußerst gründlich das, was der Mann aus dem Haus geholt hatte. Es war eine Napoleonbüste, wie wir sie am Morgen schon gesehen hatten, und sie war genauso zertrümmert wie jene. Vorsichtig hielt Holmes jedes einzelne Stück gegen das Licht, aber eines wie das andere war nichts als Gips. Er war eben mit seiner Untersuchung fertig, als in der Halle die Lampen aufflammten, die Tür sich öffnete und der Eigentümer, eine joviale rundliche Gestalt in Hemd und Hose, erschien.

»Ich nehme an, Mr. Josiah Brown«, sagte Holmes.

»Ja, Sir. Und Sie sind zweifellos Mr. Sherlock Holmes? Ich habe die Nachricht, die Sie mir durch Eilboten zukommen ließen, erhalten und genau getan, was Sie von mir verlangten. Wir haben jede Tür von innen abgeschlossen und gewartet, was geschehen würde. Nun, ich bin sehr froh, daß Sie den Halunken haben. Ich hoffe, meine Herren, Sie werden mit ins Haus kommen und eine Erfrischung zu sich nehmen.«

Lestrade jedoch war begierig, seinen Mann hinter Schloß und Riegel zu bringen, und so riefen wir unsere Droschke und waren einige Minuten später auf dem Weg nach London. Kein Wort wollte unser Gefangener sagen; er starrte uns unter dem verfilzten Haar hervor an, und einmal, als meine Hand in seine Reichweite geriet, langte er nach ihr wie ein hungriger Wolf. Wir blieben auf dem Polizeirevier, bis wir erfuhren, daß die Durchsuchung seiner Kleider nichts zutage gefördert hatte als ein paar Shilling und ein langes Messer mit Scheide, dessen Klinge zahlreiche Spuren von frischem Blut aufwies.

»Das geht in Ordnung«, sagte Lestrade, als wir uns verabschiedeten. »Hill kennt diese Sorte, er wird schon alles über ihn herausfinden. Sie werden sehen, daß meine Mafia-Theorie sich bestätigt. Aber ich bin Ihnen außerordentlich verpflichtet, Mr. Holmes, für die kunstgerechte Art, mit der Sie ihn dingfest gemacht haben. Ich verstehe die Zusammenhänge nicht recht.«

»Ich fürchte, es ist schon zu spät, um Erklärungen abzugeben«, sagte Holmes. »Außerdem gibt es noch einige unerledigte Einzelheiten, und dies ist einer der Fälle, die es wert sind, bis zu Ende verfolgt zu werden. Wenn Sie noch einmal in meine Wohnung kommen würden, morgen um sechs Uhr, dann, denke ich, kann ich Ihnen zeigen, daß Sie auch jetzt nicht die ganze Bedeutung der Angelegenheit erfaßt haben, die einige Züge aufweist, die einmalig in der Geschichte des Verbrechens sind. Wenn ich Ihnen jemals erlaube, weiterhin meine kleinen Probleme aufzuzeichnen, Watson, so sehe ich voraus, daß Sie Ihre Seiten mit einem Bericht über das seltsame Abenteuer mit den Napoleon-Büsten beleben können.«

Als wir uns am nächsten Abend wieder trafen, war Lestrade mit sehr vielen Informationen über unseren Häftling ausgestattet. Es schien, daß er Beppo hieß, Nachname unbekannt. In der italienischen Kolonie war er als ein Tunichtgut verschrien. Früher einmal war er ein geschickter Bildhauer und hatte sein Geld auf ehrliche Weise verdient, aber dann geriet er auf Abwege und hatte bereits zweimal im Gefängnis gesessen – einmal wegen eines Bagatelldiebstahls, und das andere Mal, weil er, wie wir schon hörten, einen Landsmann mit dem Messer angegriffen hatte. Er sprach sehr gut englisch. Die Gründe, weshalb er die Büsten zerstörte, kannte man nicht, und er verweigerte die Antwort auf alle Fragen, die damit zusammenhingen; aber die Polizei hatte ermittelt, daß er die Büsten möglicherweise mit eigener Hand hergestellt hatte, als er in der Werkstatt von Gelder & Co. angestellt gewesen war. Alle diese Informationen, von denen wir viele bereits kannten, nahm Holmes mit höflicher Aufmerksamkeit entgegen; aber für mich, der ich ihn so gut kannte, war offensichtlich, daß seine Gedanken sonstwo schweiften, denn ich entdeckte ein Gemisch aus Unruhe und Erwartung hinter der aufgesetzten Maske. Schließlich bewegte er sich in seinem Sessel, und seine Augen wurden hell. Es hatte geläutet. Eine Minute später hörten wir Schritte auf der Treppe, und ein älterer, rotgesichtiger Mann mit grauen Koteletten wurde hereingewiesen. In der Rechten trug er eine dicke Reisetasche. Er legte sie auf den Tisch.

»Ist Mr. Sherlock Holmes hier?«

Mein Freund verbeugte sich und lächelte. »Ich nehme an, Mr. Sandeford aus Reading?« sagte er.

»Ja, Sir. Ich fürchte, ich habe mich etwas verspätet; aber die Züge waren schrecklich. Sie schrieben mir wegen einer Büste, die sich in meinem Besitz befindet.«

»Ganz recht.«

»Hier ist Ihr Brief. Sie haben geschrieben: ›Ich möchte gern ein Exemplar von Devines Napoleon erwerben, und ich bin bereit, zehn Pfund für die Büste, die sich in Ihrem Besitz befindet, zu zahlen.‹ Ist das richtig?«

»Gewiß.«

»Ich war sehr überrascht über Ihren Brief, weil ich mir nicht denken konnte, woher Sie wußten, daß ich eine solche Büste besitze.«

»Natürlich mußten Sie überrascht sein, aber die Erklärung ist sehr einfach. Mr. Harding von Harding Brothers sagte mir, er hätte das letzte Exemplar an Sie verkauft, und gab mir Ihre Adresse.«

»Ach, das war es. Hat er Ihnen gesagt, was ich bezahlt habe?«

»Nein.«

»Nun, ich bin ein ehrlicher Mann, wenn auch nicht sehr reich. Ich habe für die Büste nur fünfzehn Shilling gegeben; ich denke, das sollten Sie wissen, ehe ich zehn Pfund von Ihnen nehme.«

»Ich bin sicher, daß die Skrupel Ihnen Ehre machen, Mr. Sandeford. Aber ich habe einen Preis genannt, und ich werde dabei bleiben.«

»Das ist sehr großzügig von Ihnen, Mr. Holmes. Ich habe die Büste mitgebracht, wie Sie baten. Hier ist sie!«

Er öffnete die Reisetasche, und endlich erblickten wir auf unserem Tisch ein unversehrtes Exemplar der Büste, die wir schon mehr als einmal in Scherben gesehen hatten.

Holmes zog ein Stück Papier aus der Tasche und legte eine Zehnpfundnote auf den Tisch.

»Sie werden freundlicherweise in Gegenwart dieser Zeugen das Papier unterzeichnen. Sein Inhalt lautet, daß Sie alle Rechte, die Sie an der Büste haben, an mich übertragen. Ich bin ein methodischer Mann. Man weiß nie, welchen Lauf die Ereignisse nehmen werden. Ich danke Ihnen, Mr. Sandeford. Hier ist Ihr Geld. Ich wünsche Ihnen einen sehr schönen Abend.«

Als der Besucher gegangen war, zogen Sherlock Holmes' Bewegungen unsere Aufmerksamkeit auf sich. Es begann damit, daß er ein sauberes weißes Tuch aus einer Schublade holte und es über den Tisch breitete. Dann stellte er die neuerworbene Büste auf die Mitte des Tuches. Schließlich nahm er seine schwere Jagdpeitsche und versetzte Napoleon einen scharfen Schlag auf den Scheitel. Die Figur zerbrach, und Holmes beugte sich eifrig über die Scherben. Im nächsten Augenblick hielt er mit lautem Triumphruf einen Splitter in die Höhe, in den ein runder dunkler Gegenstand wie eine Pflaume im Pudding eingeschlossen war.

»Meine Herren«, rief er, »darf ich Sie mit der berühmten Schwarzen Perle der Borgias bekannt machen!«

Lestrade und ich saßen einen Augenblick schweigend da; dann brachen wir impulsiv in Beifall aus, wie bei einem gutgesetzten Höhepunkt in einem Theaterstück. Holmes' blasse Wangen röteten sich jäh, und er verbeugte sich vor uns wie ein Meister des Dramas, der die Huldigungen seines Publikums entgegennimmt. Es war eine der Gelegenheiten, da er für einen Moment aufhörte, Aufklärungsmaschine zu sein, und seine Neigung für Bewunderung und Applaus verriet. Dieser einmalig stolze und zurückhaltende Charakter, der sich voller Unbehagen von aller Popularität abwandte, konnte sich bis in die Tiefen von plötzlichem Wundern und Loben eines Freundes bewegen lassen.

»Ja, meine Herren«, sagte er, »es ist die berühmteste Perle, die es jetzt auf der Welt gibt, und ich hatte das Glück, eine Kette von Schlußfolgerungen zusammenfügen zu können, mit Hilfe derer ich ihrer Spur vom Schlafzimmer des Prinzen von Colonna im Hotel ›Dacre‹, wo sie verlorenging, bis ins Innere dieser Büste, der letzten der sechs Napoleon-Büsten, die bei Gelder & Co. in Stepney hergestellt worden sind, zu folgen vermochte. Sie werden sich, Lestrade, des Aufsehens erinnern, welches das Verschwinden des wertvollen Juwels auslöste, und des vergeblichen Mühens der Londoner Polizei, es wiederzuentdecken. Ich bin selber in dem Fall zu Rate gezogen worden, aber nicht in der Lage gewesen, ihn aufzuhellen. Der Verdacht fiel auf die Zofe der Prinzessin, eine Italienerin, und es wurde erwiesen, daß sie einen Bruder in London hatte, aber wir konnten zwischen den beiden keine Verbindung feststellen. Der Name der Zofe war Lukretia Venucci, und in meinen Augen gibt es keinen Zweifel, daß dieser Pietro, der vor zwei Nächten ermordet wurde, ihr Bruder ist. Ich habe die Daten in alten Zeitungsbänden nachgeschlagen und herausgefunden, daß die Perle genau zwei Tage vor Beppos Verhaftung wegen eines Gewaltverbrechens verschwand, ein Ereignis, das sich in der Fabrik von Gelder & Co. abspielte, und zwar zu dem Zeitpunkt, als diese sechs Büsten hergestellt wurden. Jetzt können Sie sich ein klares Bild von den Vorfällen machen, obwohl Sie sie natürlich in umgekehrter Reihenfolge sehen, als sie sich mir darboten. Beppo besaß die Perle. Vielleicht hatte er sie Pietro gestohlen, vielleicht war Pietro Beppos Komplize, oder aber Beppo war der Mittelsmann zwischen Pietro und dessen Schwester. Für uns hat es keine Bedeutung, welches in dem Punkt die richtige Lösung ist.

Die wichtigste Tatsache besteht darin, daß er die Perle *hatte* und daß er sie bei sich trug, als er von der Polizei verfolgt wurde. Er rettete sich in die Fabrik, in der er angestellt war, und er wußte, daß ihm nur ein paar Minuten blieben, um den unerhört wertvollen Schatz zu verbergen, den man, wenn er durchsucht worden wäre, bei ihm gefunden hätte. Sechs Gipsabgüsse des Napoleon trockneten im Gang. Einer war noch weich. Im Nu machte Beppo, ein geschickter Arbeiter, ein kleines Loch in den feuchten Gips, ließ die Perle hineinfallen, und mit ein paar Handgriffen schloß er es wieder. Ein bewundernswertes Versteck. Keiner konnte die Perle finden. Beppo wurde zu einem Jahr Gefängnis verurteilt, und in der Zwischenzeit wurden die sechs Büsten über ganz London verstreut. Er wußte nicht, welche den Schatz barg. Nur indem er sie zerbrach, konnte er es feststellen. Selbst schütteln hätte ihm nicht weitergeholfen, weil es bei dem feuchten Gips wahrscheinlich war, daß die Perle festklebte, wie es ja nun auch war. Beppo verzagte nicht, und er betrieb die Suche beharrlich und mit bemerkenswertem Scharfsinn. Von einem Vetter, der bei Gelder arbeitet, erfuhr er, welche Firmen die Büste gekauft hatten. Er schaffte es, bei Morse Hudson angestellt zu werden, und so gelangte er an drei der Büsten. Die Perle war nicht in ihnen. Dann fand er mit Hilfe eines italienischen Angestellten heraus, wohin die anderen Büsten gegangen waren. Die erste stand bei Harker. Dorthin folgte ihm sein Komplize, der

Beppo für den Verlust der Perle verantwortlich machte; es gab ein Handgemenge, bei dem jener erdolcht wurde.«

»Wenn er sein Komplize war, warum hat er dann die Photographie von ihm bei sich getragen?«

Als ein Hilfsmittel bei der Verfolgung; er hätte vielleicht eine dritte Person nach ihm fragen müssen. Das ist offenbar der Grund. Nun, nach einem Mord, so kalkulierte ich, würde Beppo sich eher beeilen als seine Aktivitäten verzögern. Er mußte befürchten, die Polizei könnte hinter sein Geheimnis kommen, und so hastete er weiter, damit sie ihn nicht überholen konnte. Natürlich wußte ich nicht, ob er die Perle nicht doch in Harkers Büste gefunden hatte. Ich war mir noch nicht einmal sicher, daß es sich um die Perle handelte; aber es lag für mich auf der Hand, daß er nach etwas suchte, da er die Büste an den anderen Häusern vorbeigetragen hatte, um sie in einem Garten zu zertrümmern, in den eine Laterne hineinschien. Weil Harkers Büste eine von dreien war, standen unsere Chancen genauso, wie ich Ihnen sagte: zwei zu eins dagegen, daß sich in ihr die Perle befunden hatte. Es blieben zwei Büsten, und es war klar, daß er sich zuerst die vornehmen würde, die in London stand. Ich warnte die Bewohner des Hauses, um eine zweite Tragödie zu verhindern, und wir gingen hin und erreichten das bestmögliche Resultat. Mittlerweile wußte ich sicher, daß es die Perle der Borgias war, worauf er Jagd machte. Der Name des Ermordeten verband ein Ereignis mit dem anderen. Es blieb nur eine Büste übrig – die in Reading –, und in ihr mußte die Perle sein. Ich kaufte die Büste in Ihrer Gegenwart dem Eigentümer ab, und da liegt die Perle.«

Für einen Augenblick saßen wir schweigend.

»Nun«, sagte Lestrade, »ich habe Ihr Vorgehen bei

vielen Fällen erlebt, Mr. Holmes, aber ich weiß nicht, ob ich je eine handwerklich sauberere Lösung als in diesem Fall sah. Wir sind nicht eifersüchtig auf Sie in Scotland Yard, nein, Sir, wir sind sehr stolz auf Sie, und wenn Sie morgen zu uns kommen, wird es vom ältesten Inspektor bis zum jüngsten Konstabler keinen Mann geben, der nicht froh wäre, Ihnen die Hand zu schütteln.«

»Ich danke Ihnen!« sagte Holmes. »Ich danke Ihnen.« Und als er sich abwandte, schien es mir, als hätten ihn die sanfteren menschlichen Gefühle mehr denn sonst angerührt. Einen Moment später war er wieder der kalte und praktische Denker. »Legen Sie die Perle in den Safe, Watson«, sagte er, »und nehmen Sie die Papiere von der Fälscheraffäre Conk-Singleton heraus. Auf Wiedersehen, Lestrade. Wenn Ihnen irgendein kleines Problem über den Weg läuft, werde ich glücklich sein, Ihnen, wenn ich es vermag, ein paar Hinweise zu seiner Lösung zu geben.«

Die drei Studenten

Es war im Jahre '95, als das Zusammentreffen verschiedener Ereignisse, auf die ich hier nicht einzugehen brauche, Mr. Sherlock Holmes und mich für einige Wochen in eine unserer großen Universitätsstädte führte, wo wir in das kleine, aber aufschlußreiche Abenteuer verwickelt wurden, von dem ich jetzt erzählen möchte. Es liegt auf der Hand, daß die Bekanntgabe irgendwelcher Einzelheiten, die dem Leser helfen könnten, das College oder den Verbrecher zu identifizieren, unüberlegt und anstößig wäre. Solch einen peinlichen Skandal sollte man am besten unterdrücken. Mit der nötigen Zurückhaltung vorgetragen, kann der Zwischenfall jedoch dazu dienen, einige der Qualitäten zu beleuchten, die meinen Freund so bemerkenswert machten. Ich werde mich bemühen, in meiner Darstellung jedes Wort zu vermeiden, das die Ereignisse auf einen bestimmten Ort beziehen oder als Hinweis auf die Beteiligten verstanden werden könnte.

Wir wohnten damals in möblierten Zimmern nahe einer Bibliothek, in der Sherlock Holmes aufwendige Nachforschungen in frühen englischen Urkunden anstellte – Nachforschungen, die so aufsehenerregende Resultate erbrachten, daß ich sie möglicherweise eines Tages zum Gegenstand einer meiner Berichte machen werde. Hier erhielten wir eines Abends den Besuch eines Bekannten, eines Mr. Hilton Soames, Tutor und Dozent am St.-Lucas College. Mr. Soames war ein großer dürrer Mann von nervöser und leicht erregbarer Natur. Ich kannte ihn nur ruhelos, aber an diesem Abend befand er sich in einem solchen Zustand unbeherrschter Erregung, daß sich offensichtlich etwas sehr Ungewöhnliches ereignet haben mußte.

»Ich hoffe, Mr. Holmes, Sie können mir einige Stunden Ihrer kostbaren Zeit widmen. Im St. Lucas hat es einen sehr peinlichen Zwischenfall gegeben, und hätte nicht ein glücklicher Zufall es gefügt, daß Sie in der Stadt sind, ich wüßte nicht, was ich tun sollte.«

»Ich bin im Augenblick sehr beschäftigt und kann keine Ablenkung brauchen«, antwortete mein Freund. »Es wäre mir lieber, sie wendeten sich an die Polizei um Hilfe.«

»Nein, nein, mein lieber Herr, etwas Derartiges ist ganz unmöglich. Wenn das Gesetz einmal bewegt wurde, kann man es nicht mehr anhalten, und in diesem Fall geht es gerade darum, im Interesse des College jeden Skandal zu vermeiden. Ihre Diskretion ist so bekannt wie Ihre Fähigkeiten, und Sie sind der einzige Mensch auf der Welt, der mir helfen kann. Ich bitte Sie, Mr. Holmes, tun Sie, was in Ihrer Macht steht.«

Die Laune meines Freundes war nicht gerade besser geworden, seit er die anregende Umgebung der Baker Street entbehren mußte. Ohne seine Bücher mit den Ausschnitten, seine Chemikalien und die gemütliche Unordnung fühlte er sich beengt. In unfreundlicher Ergebung in sein Schicksal zuckte er die Schultern, während unser Besucher eilends und unter vielen aufgeregten Gesten seiner Geschichte freien Lauf ließ.

»Ich muß Ihnen erklären, Mr. Holmes, daß morgen die Examen für das Fortescue-Stipendium beginnen. Ich bin einer der Prüfer. Ich unterrichte Griechisch, und die erste Aufgabe besteht in der Übersetzung einer großen Passage aus einem griechischen Text, den die Kandidaten nicht kennen. Der Text wird zum Examen gedruckt vorliegen, und es wäre natürlich ein ungeheurer Vorteil, wenn ein Kandidat ihn im voraus präparieren könnte. Deshalb sind große Vorsichtsmaßnahmen ergriffen worden, um die Unterlagen geheimzuhalten.

Heute gegen drei Uhr kamen die Abzüge dieses Materials vom Drucker. Der Inhalt der Aufgabe ist ein halbes Kapitel aus dem Thukydides. Ich bekam den Text, damit ich ihn sorgfältig lese, weil er absolut stimmen muß. Um halb fünf hatte ich diese Arbeit noch nicht ganz erledigt. Ich hatte jedoch versprochen, mit meinem Freund in dessen Wohnung den Tee zu nehmen, und so ließ ich das Exemplar auf dem Schreibtisch liegen. Ich blieb länger als eine Stunde weg. Sie wissen wohl, Mr. Holmes, daß wir in unserem College doppelte Türen haben – eine grünbespannte innen, und außen eine schwere aus Eiche. Als ich mich der äußeren Tür meines Zimmers näherte, bemerkte ich zu meinem Staunen, daß der Schlüssel steckte. Einen Augenblick glaubte ich, ich hätte ihn steckenlassen, doch dann fühlte ich in meiner Tasche nach und fand, daß ich nichts versehen hatte. Das einzige Duplikat, das, soviel ich weiß, existiert, ist im Besitz meines Dieners Bannister, eines Mannes, der sich seit zehn Jahren um meine Wohnung kümmert und dessen Ehrlichkeit außer jedem Verdacht steht. Es stellte sich heraus, daß es wirklich sein Schlüssel war; er war in meinem Zimmer gewesen, um zu erfahren, ob ich Tee wolle, und hatte dann den Schlüssel äußerst fahrlässig im Schloß steckenlassen, als er wieder wegging. Bei anderer Gelegenheit hätte seine Vergeßlichkeit wenig ausgemacht, aber ausgerechnet an diesem Tag führte sie zu beklagenswerten Konsequenzen.

Ich sah nach den Papieren auf meinem Tisch und

bemerkte sofort, daß jemand in ihnen gewühlt hatte. Der Abzug besteht aus drei langen Papierstreifen, die übereinandergelegen hatten, als ich das Zimmer verließ. Jetzt lag einer auf dem Fußboden, der andere auf einem Tisch neben dem Fenster; nur der dritte war da, wo ich sie hingetan hatte.«

Holmes regte sich zum ersten Mal.

»Der erste auf dem Fußboden, der zweite beim Fenster, der dritte da, wo Sie sie hingetan hatten«, sagte er.

»Ganz recht, Mr. Holmes. Sie setzen mich in Erstaunen. Wie konnten Sie das so genau wissen?«

»Bitte, fahren Sie mit Ihrem sehr interessanten Bericht fort.«

»Für einen Moment glaubte ich, Bannister hätte sich die unentschuldbare Freiheit genommen, in meinen Unterlagen zu kramen. Er leugnete das mit äußerstem Ernst, und ich bin davon überzeugt, daß er die Wahrheit gesagt hat. Die andere Möglichkeit war, daß jemand, der an meiner Tür vorbeikam und wußte, daß ich nicht zu Hause war, den Schlüssel stecken sah und hineinging, um die Papiere durchzusehen. Viel Geld steht auf dem Spiel, denn das Stipendium ist hoch dotiert, und ein skrupelloser Mensch würde sehr wohl ein Risiko eingehen, wenn er dadurch seinen Mitbewerbern gegenüber einen Vorteil erlangen könnte.

Die Angelegenheit hat Bannister sehr aufgeregt. Fast wäre er in Ohnmacht gefallen, als wir feststellten, daß in den Papieren ganz zweifellos gekramt worden war. Ich gab ihm einen kleinen Kognak und ließ ihn in dem Sessel, in den er gesunken war, sitzen, während ich das Zimmer sehr sorgfältig untersuchte. Bald fand ich heraus, daß der Eindringling nicht nur die Papiere durcheinandergeworfen, sondern auch noch andere Spuren hinterlassen hatte. Auf dem

Tisch am Fenster lagen Späne von einem Bleistift, der gespitzt worden war, und ein abgebrochenes Stück von der Mine. Offensichtlich hat der Schurke den Text in großer Eile abgeschrieben, dabei ist ihm der Bleistift abgebrochen, und er hat ihn wieder angespitzt.«

»Ausgezeichnet«, sagte Holmes, der seine gute Laune in dem Maß zurückgewann, wie er sich von dem Fall packen ließ, »Sie sind mit Fortuna im Bund.«

»Das war nicht alles. Mein Schreibtisch ist noch neu und mit feinem rotem Leder bezogen. Ich bin bereit zu schwören – und auch Bannister würde es tun –, daß die Oberfläche glatt und fleckenlos gewesen ist. Jetzt fand ich einen Schnitt, drei Inch lang – keinen Kratzer, einen richtigen Schnitt. Außerdem entdeckte ich auf dem Tisch ein Klümpchen aus Teig oder Ton, mit Einsprengseln, die wie Sägemehl aussehen. Ich bin überzeugt, das sind Spuren, die derjenige hinterließ, der die Papiere durchstöberte. Fußabdrücke oder sonstiges habe ich nicht gefunden. Ich war am Ende meines Lateins, aber da fiel mir plötzlich glücklicherweise ein, daß Sie in der Stadt sind, und so bin ich geradewegs hierher gekommen, um die Sache in Ihre Hände zu legen. Helfen Sie mir, bitte, Mr. Holmes! Sie kennen jetzt mein Dilemma: Entweder ich finde den Betreffenden, oder die Examen müssen zurückgestellt werden, bis neue Unterlagen gedruckt worden sind; doch da letzteres nicht ohne Erklärung abgeht, wird ein schlimmer Skandal entstehen, der seine Schatten nicht auf das College allein, sondern auf die ganze Universität werfen wird. Vor allem möchte ich die Angelegenheit ruhig und diskret aus der Welt geschafft wissen.«

»Ich werde gern einen Blick auf Ihren Fall werfen

und Ihnen nach besten Kräften raten«, sagte Holmes, stand auf und zog seinen Mantel über. »Er ist nicht gänzlich ohne Interesse. Hat Sie jemand in Ihrem Zimmer besucht, seit Sie die Papiere besitzen?«

»Ja, der junge Daulat Ras, ein indischer Student, der auch im Hause wohnt. Er schaute herein, um mich nach Einzelheiten der Prüfung zu fragen.«

»Für die er eingetragen ist?«

»Ja.«

»Und die Papiere lagen auf dem Schreibtisch?«

»Soweit ich mich erinnere, waren sie zusammengerollt.«

»Konnte man sie trotzdem als Druckabzüge erkennen?«

»Möglicherweise.«

»Sonst war niemand in Ihrem Zimmer?«

»Nein.«

»Wer wußte sonst, daß Sie die Abzüge hatten?«

»Niemand als der Drucker.«

»Wußte es Bannister?«

»Nein, bestimmt nicht. Keiner wußte es.«

»Wo ist Bannister jetzt?«

»Ihm ging es sehr schlecht, dem armen Burschen. Ich ließ ihn in dem Sessel sitzen. Ich war in Eile, zu Ihnen zu kommen.«

»Haben Sie die Tür offengelassen?«

»Erst habe ich die Papiere weggeschlossen.«

»Dann läuft wohl alles darauf hinaus, Mr. Soames, wenn nicht der indische Student die Rolle als die Textabzüge erkannt hat, daß der Mann, der sich daran zu schaffen machte, zufällig an sie geraten ist.«

»So scheint es gewesen zu sein.«

Holmes lächelte rätselhaft.

»Gut«, sagte er, »dann wollen wir es uns einmal ansehen. Nicht gerade Ihr Geschmack, Watson. Ein geistiges Problem. Aber kommen Sie mit, wenn Sie wollen. Nun, Mr. Soames – ich stehe Ihnen zur Verfügung.«

Das Wohnzimmer unseres Klienten hatte ein breites, niedriges vergittertes Fenster, das auf den altertümlichen Hof des College mit seinen flechtenbedeckten Mauern hinausging. Eine Tür mit gotischem Spitzbogen führte auf eine ausgetretene Steintreppe. Im Erdgeschoß lag das Arbeitszimmer des Tutors; darüber befanden sich von Studenten bewohnte Zimmer, in jedem der drei Stockwerke eines. Es herrschte schon Zwielicht, als wir uns dem Schauplatz des Falles näherten. Holmes machte halt und betrachtete eingehend das Fenster. Dann trat er dicht heran, stellte sich auf die Zehen, verdrehte den Hals und blickte in den Raum.

»Er muß durch die Tür gekommen sein. An dem Fenster kann man nur die eine Scheibe öffnen«, sagte unser gelehrter Führer.

»Ach Gott!« sagte Holmes und lächelte unseren Begleiter auf besondere Weise an. »Nun, wenn wir hier nichts feststellen können, so gehen wir doch nach drinnen.«

Der Dozent schloß auf und betrat als erster das Zimmer. Wir blieben bei der Tür stehen, während Holmes den Teppich untersuchte.

»Leider scheint es hier keine Spuren zu geben«, sagte er. »An so einem trockenen Tag war darauf auch kaum zu hoffen. Ihr Diener scheint sich wieder ganz erholt zu haben. Sie sagten, er saß in einem Sessel, als sie weggingen. In welchem?«

»Dort am Fenster.«

»Aha, neben dem kleinen Tisch. Kommen Sie jetzt herein. Ich bin mit dem Teppich fertig. Nehmen wir uns erst einmal den kleinen Tisch vor. Was sich ereignet hat, ist ganz klar. Der Mann betrat den Raum, nahm die Blätter Stück um Stück von dem Tisch, der in der Mitte steht. Er trug sie hinüber zu dem Tischchen am Fenster, denn von dort konnte er beobachten, wann Sie über den Hof zurückkehrten, und die Flucht ergreifen.«

»In Wirklichkeit hätte er das nicht gekonnt, denn ich bin durch die Seitentür gekommen.«

»Das ist gut zu wissen. Aber wie dem auch sei, das war seine Überlegung. Wo sind die Papierstreifen? Keine Fingerabdrücke – keine! Nun, diesen hat er als ersten genommen und abgeschrieben. Wie lange wird er dazu gebraucht haben, wenn er jede nur mögliche Abkürzung gebraucht hat? Eine Viertelstunde, nicht weniger. Dann warf er den Streifen auf den Fußboden und griff sich den nächsten. Er muß mitten beim zweiten durch Ihre Rückkehr gestört worden sein und sich sehr schnell zurückgezogen haben – *sehr* schnell, denn ihm blieb keine Zeit mehr, den Abzug zurückzulegen, und das verriet Ihnen, daß er dagewesen war. Haben Sie nicht eilende Schritte gehört, als Sie die äußere Tür öffneten?«

»Nein.«

»Nun, er schrieb so wild drauflos, daß er den Bleistift abbrach; er mußte ihn, wie Sie schon festgestellt haben, wieder anspitzen. Hier wird es interessant, Watson. Denn das war kein gewöhnlicher Bleistift. Er hatte ungefähr normale Länge und besitzt eine weiche Mine. Außen ist er dunkelblau, das Fabrikzeichen ist mit silbernen Lettern aufgeprägt. Das Stück, das übriggeblieben ist, kann nur anderthalb Inch lang sein. Schauen Sie sich nach so einem Bleistift um, Mr. Soames, und Sie haben Ihren Mann. Wenn ich hinzufüge, daß er ein großes, aber total stumpfes Messer besitzt, wäre das ein zusätzlicher Anhaltspunkt.«

Mr. Soames war ziemlich überwältigt von dieser Informationsflut. »In den anderen Punkten kann ich Ihnen folgen«, sagte er, »doch was die Länge angeht...«

Holmes hielt ihm einen kleinen Span hin mit den Buchstaben ›NN‹ darauf; der Rest war rohes Holz.

»Und jetzt?«

»Nein, ich fürchte, selbst jetzt...«

»Watson, ich habe Ihnen immer unrecht getan. Andere sind auch nicht besser. Was kann dieses ›NN‹ bedeuten? Es ist das Ende eines Wortes. Sie wissen, daß der bekannteste Hersteller Johann Faber heißt. Ist es da nicht klar, daß von dem Bleistift nur so viel übriggeblieben ist, wie dem ›Johann‹ folgt?«

Er neigte den kleinen Tisch zum elektrischen Licht. »Ich hatte gehofft, das Papier, auf das er schrieb, sei dünn genug gewesen, daß die polierte Platte Spuren aufgenommen hätte. Nein, ich sehe nichts. Ich glaube nicht, daß wir hier noch etwas erfahren. Jetzt zu dem Tisch in der Mitte. Das Kügelchen hier ist wohl die schwarze teigartige Masse, die Sie erwähnt haben. Fast pyramidenförmig und innen hohl, sehe ich. Wie Sie sagten: Es scheinen Partikel von Sägemehl eingemischt. Du lieber Himmel, das ist sehr interessant! Und der Schnitt – ein richtiger Riß. Er beginnt mit einem dünnen Kratzer und endet in einem schartigen Loch. Ich bin Ihnen sehr verbunden, Mr. Soames, daß Sie meine Aufmerksamkeit auf diesen Fall gelenkt haben. Wohin führt diese Tür?«

»In mein Schlafzimmer.«

»Sind Sie da drin gewesen nach Ihrer Entdeckung?«

»Nein, ich bin direkt zu Ihnen geeilt.«

»Ich möchte einen Blick hineinwerfen. Ach, welch ein bezaubernder, altmodischer Raum! Vielleicht warten Sie, bis ich den Fußboden untersucht habe. Nein, ich kann nichts entdecken. Was ist mit dem Vorhang? Nun, dahinter hängen Ihre Anzüge. Wenn sich jemand in diesem Zimmer verbergen wollte, er müßte es hier versuchen. Denn das Bett ist zu niedrig und der Kleiderschrank zu flach. Keiner da, nehme ich an?«

Als Holmes den Vorhang beiseite zog, rasch und in ziemlich steifer Haltung, wußte ich, daß er auf eine Überraschung gefaßt war. Tatsächlich aber enthüllte der weggezogene Vorhang nichts als drei oder vier Anzüge, die auf Bügeln hingen. Holmes wandte sich ab. Dann bückte er sich plötzlich.

»Hallo! Was ist das?« sagte er.

Es war eine kleine Pyramide aus dunkler kittähnlicher Masse, die genauso aussah wie die vom Tisch im Wohnzimmer. Holmes hielt sie auf der offenen Hand ans elektrische Licht.

»Es scheint, Mr. Soames, daß Ihr Besucher hier im Schlafzimmer wie drüben im Wohnzimmer Spuren hinterlassen hat.«

»Was kann er hier drin gewollt haben?«

»Das scheint mir eindeutig: Sie kommen auf einem unerwarteten Weg zurück, so daß er erst gewarnt war, als Sie direkt vor der Tür standen. Was sollte er tun? Er raffte alles zusammen, was ihn verraten konnte, und stürzte in Ihr Schlafzimmer, um sich zu verstecken.«

»Du lieber Himmel, Mr. Holmes! Glauben Sie wirklich, daß er sich die ganze Zeit über, als ich mit Bannister sprach, in diesem Raum aufgehalten hat und daß wir ihn hätten festnehmen können, wenn wir es gewußt hätten?«

»Das lese ich aus allem heraus.«

»Es gibt sicher noch eine andere Möglichkeit, Mr. Holmes. Ich weiß nicht, ob Sie mein Schlafzimmerfenster betrachtet haben?«

»Vergittert, Bleirahmen, drei voneinander unabhängige Flügel, von denen einer sich öffnen läßt und groß genug ist, um einem Mann Durchschlupf zu gewähren.«

»Exakt. Und es geht auf einen Winkel des Hofes und ist nur teilweise einzusehen. Vielleicht ist der Mann hier eingestiegen, hat seine Spur hinterlassen, als er durchs Schlafzimmer ging, und ist schließlich durch die offene Tür entkommen.«

Holmes schüttelte ungeduldig den Kopf.

»Wir wollen doch mit den Füßen auf der Erde bleiben«, sagte er. »Wenn ich Sie recht verstanden habe, dann sind es drei Studenten, die die Treppe hinauf müssen und an Ihrer Tür vorbeikommen?«

»Ja.«

»Haben Sie Grund, einen von Ihnen mehr zu verdächtigen als die anderen?«

Soames zögerte.

»Das ist eine sehr delikate Frage«, sagte er. »Man mag nicht verdächtigen, wo es keine Beweise gibt.«

»Teilen Sie uns Ihren Verdacht mit. Um die Beweise werde ich mich kümmern.«

»So will ich Ihnen denn in wenigen Worten den Charakter der drei jungen Männer vorstellen, die im Hause leben. Unten wohnt Gilchrist, ein guter Student und Athlet; spielt im Rugby-Team und im Crikket-Team für das College und hat Preise im Hürdenlauf und im Weitsprung errungen. Er ist ein gutaussehender, männlicher Bursche. Sein Vater war der bekannte Sir Jabez Gilchrist, der sich auf der Pferderennbahn ruiniert hat. Er hat meinen Studenten sehr arm zurückgelassen, aber der arbeitet viel, ist fleißig. Er wird seinen Weg machen.

In der zweiten Etage wohnt Daulat Ras, der Inder. Er ist ein ruhiger, undurchsichtiger Bursche, wie die meisten dieser Inder. Er kommt in seinen Studien ganz gut voran, wenn auch Griechisch zu seinen schwachen Fächern zählt. Er arbeitet ausdauernd und methodisch.

Im obersten Stockwerk wohnt Miles McLaren. Das ist ein brillanter Bursche, wenn er sich dafür entschieden hat zu arbeiten – einer der hellsten Köpfe an der Universität überhaupt; aber er ist launisch und zerstreut, ihm fehlen feste Grundsätze. Wegen eines Skandals ums Kartenspiel ist er im ersten Jahr fast relegiert worden. Das ganze Semester hat er gebummelt und muß die Prüfung fürchten.«

»Dann ist er es also, den Sie verdächtigen?«

»So weit wage ich nicht zu gehen. Aber von den dreien wäre wohl er es, der für die Tat am ehesten in Betracht käme.«

»Genau. Jetzt aber, Mr. Soames, wollen wir uns Bannister, Ihren Diener, ansehen.«

Es war ein kleiner, grauhaariger Mann von fünfzig mit bleichem, glattrasiertem Gesicht. Er litt noch immer unter der plötzlichen Störung der ruhigen Routine seines Lebens. Sein rundliches Gesicht zuckte vor Nervosität, und er konnte die Finger nicht stillhalten.

»Wir untersuchen die unglückselige Angelegenheit, Bannister«, sagte sein Herr.

»Ja, Sir.«

»Ich hörte«, sagte Holmes, »Sie hatten den Schlüssel im Schloß steckenlassen?«

»Ja, Sir.«

»Ist es nicht außergewöhnlich, daß Ihnen das ausgerechnet an dem Tag passierte, als der Textabzug im Zimmer lag?«

»Das war großes Pech, Sir. Aber mir ist das auch schon einige andere Male passiert.«

»Wann haben Sie das Zimmer betreten?«

»Ungefähr um halb fünf. Zu dieser Zeit pflegt Mr. Soames seinen Tee zu nehmen.«

»Wie lange sind Sie im Zimmer geblieben?«

»Als ich bemerkte, daß er nicht da war, zog ich mich sofort zurück.«

»Haben Sie einen Blick auf die Blätter auf dem Tisch geworfen?«

»Nein, Sir, ganz gewiß nicht.«

»Wie kam es, daß Sie den Schlüssel steckenließen?«

»Ich hielt das Tablett in den Händen. Ich dachte mir, ich gehe noch einmal wegen dem Schlüssel. Aber dann habe ich es vergessen.«

»Hat die äußere Tür ein Schnappschloß?«

»Nein, Sir.«

»Dann stand sie also die ganze Zeit über offen?«

»Ja, Sir.«

»Wenn jemand im Zimmer war, konnte der also hinaus?«

»Ja, Sir.«

»Als Mr. Soames heimkam und Sie herbeirief, waren Sie da sehr erschüttert?«

»Ja, Sir. So etwas habe ich in all den Jahren, die ich hier bin, noch nicht mitgemacht. Ich wäre fast in Ohnmacht gefallen, Sir.«

»Das habe ich schon gehört. Wo befanden Sie sich, als Sie merkten, daß Ihnen übel wurde?«

»Wo ich war, Sir? Na hier, nahe bei der Tür.«

»Das ist seltsam, weil Sie sich drüben in der Ecke in den Sessel setzten. Warum sind Sie an den anderen Sesseln vorübergegangen?«

»Ich weiß es nicht, Sir. Mir war es egal, wo ich saß.«

»Ich glaube wirklich, er hat in dem Moment nicht viel mitbekommen, Mr. Holmes. Er sah sehr schlecht aus, totenblaß.«

»Sie blieben hier, als Ihr Herr sich entfernte?«

»Nur etwa eine Minute. Dann schloß ich die Tür ab und ging in mein Zimmer.«

»Wen verdächtigen Sie?«

»Oh, ich würde es nicht wagen. Ich glaube nicht, daß es an dieser Universität einen Gentleman gibt, der sich auf solche Weise Vorteil verschaffen würde. Nein, Sir, das glaube ich nicht.«

»Danke, das genügt wohl«, sagte Holmes. »Ach ja, noch ein Wort. Sie haben doch gegenüber den drei Gentlemen, die sie bedienen, nicht erwähnt, daß sich etwas Unangenehmes ereignet hat?«

»Nein, Sir, mit keinem Wort.«

»Haben Sie einen von ihnen gesehen?«

»Nein, Sir.«

»Es ist gut. Nun, Mr. Soames, werden wir einen Gang auf den Hof machen, wenn es Ihnen beliebt.«

In der zunehmenden Dunkelheit leuchteten über uns drei gelbe Vierecke.

Holmes blickte hinauf. »Ihre drei Vögel sind alle im Nest«, sagte er. »Aber, hallo, was ist das? Einer wirkt ziemlich ruhelos.«

Es war der Inder, dessen Silhouette plötzlich auf der Scheibe erschien. Er ging in seinem Zimmer schnell hin und her.

»Ich möchte mir gern die drei kurz ansehen«, sagte Holmes. »Wäre das möglich?«

»Das macht keine Schwierigkeit«, antwortete Soames. »Dies ist der älteste Trakt des College, und es geschieht öfter, daß man Besucher hierherführt. Kommen Sie, ich werde Sie selbst begleiten.«

»Aber, bitte, keine Namen!« sagte Holmes, als wir an Gilchrists Tür klopften. Ein hochgewachsener, flachshaariger schlanker junger Bursche öffnete und hieß uns willkommen, als er unser Anliegen hörte. Drinnen gab es einige wirklich seltene Stücke mittelalterlicher Wohnkultur. Holmes war von einem so sehr bezaubert, daß er darauf bestand, es in sein Notizbuch abzuzeichnen. Dabei brach sein Bleistift ab, und er mußte sich einen von dem Studenten ausleihen und dann auch ein Messer, um den eigenen wieder anzuspitzen. Dasselbe seltsame Mißgeschick passierte ihm in der Wohnung des Inders – eines kleinen, stillen, hakennasigen Burschen, der uns scheel betrachtete und offensichtlich froh war, als Holmes' architektonische Studien zu einem Ende kamen. In beiden Fällen konnte ich nicht beobachten, daß Holmes den Anhaltspunkt gefunden hätte, nach dem er suchte. Nur im dritten Stockwerk erwies sich unser Besuch als ein Fehlschlag. Auf unser Klopfen wurde die äußere Tür nicht geöffnet, und nichts als ein Strom wüster Worte drang nach außen.

»Mich schert nicht, wer Sie sind. Gehen Sie zum Teufel«, brüllte eine wütende Stimme. »Morgen ist das Examen, und ich lasse mich durch niemanden ablenken.«

»Ein rüder Kerl«, sagte unser Führer, rot vor Ärger, als wir uns über die Treppe zurückzogen. »Natürlich wußte er nicht, daß ich es war, der klopfte, aber nichtsdestoweniger war das ein sehr unhöfliches und unter den gegebenen Umständen ziemlich verdächtiges Benehmen.«

Holmes' Erwiderung war eigenartig.

»Können Sie mir genau sagen, wie groß er ist?« fragte er.

»Das kann ich wirklich nicht, Mr. Holmes. Er ist

größer als der Inder, nicht so groß wie Gilchrist. Ich nehme an, fünf Fuß sechs Inch könnte stimmen.«

»Das ist sehr wichtig zu wissen«, sagte Holmes. »Und nun wünsche ich Ihnen eine gute Nacht, Mr. Soames.

»Aber, lieber Gott, Mr. Holmes«, rief der Tutor laut vor Überraschung und Unbehagen, »Sie wollen doch nicht so ohne weiteres weggehen? Sie scheinen die Lage nicht richtig beurteilen zu können. Morgen ist die Prüfung. Ich muß heute abend noch einen Entschluß fassen. Ich kann nicht zulassen, daß die Prüfung morgen stattfindet, wenn eine der Unterlagen eingesehen worden ist. Wir müssen uns der Situation stellen.«

»Sie müssen die Sache lassen, wie sie ist. Morgen ganz früh werde ich bei Ihnen vorbeikommen, dann können wir alles noch einmal durchsprechen. Möglicherweise bin ich dann schon in der Lage, Ihnen ein bestimmtes Vorgehen vorzuschlagen. Ändern Sie inzwischen nichts – überhaupt nichts.«

»Sehr wohl, Mr. Holmes.«

»Sie können ganz beruhigt sein. Wir werden sicher einen Weg aus Ihren Schwierigkeiten finden. Ich nehme den dunklen Kitt mit, auch die Bleistiftspäne. Auf Wiedersehen.«

Aus dem dunklen Hof blickten wir noch einmal hoch zu den Fenstern. Der Inder ging nach wie vor in seinem Zimmer auf und ab. Die anderen waren nicht zu sehen.

»Nun, Watson, was halten Sie von alldem?« fragte Holmes, als wir auf der Hauptstraße waren. »Ein kleines Gesellschaftsspiel – so was wie ein Kunststückchen mit drei Karten, oder? Da haben Sie die drei jungen Männer. Einer von ihnen muß es sein. Treffen Sie die Wahl, Watson. Welcher ist Ihr Mann?«

»Der Bursche mit der Schandschnauze aus der obersten Etage. Er ist der mit dem schlechtesten Ruf. Aber auch der Inder scheint ein verschlagener Kerl. Warum tigert der andauernd in seinem Zimmer umher?«

»Damit hat es nichts auf sich. Das machen viele, wenn sie etwas auswendig zu lernen versuchen.«

»Er hat uns so schief angesehen.«

»Das würden Sie auch tun, wenn eine Herde Fremder auf Sie einstürmt, und Sie hätten am nächsten Tag ein Examen abzulegen und jede Sekunde wäre wertvoll. Nein, dahinter vermute ich nichts. Bleistifte, Messer – alles war in Ordnung. Aber der andere Bursche, der verwirrt mich wirklich.«

»Welcher?«

»Na, Bannister, der Diener. Was für eine Rolle spielt er?«

»Er hat auf mich den Eindruck eines völlig ehrlichen Menschen gemacht.«

»Auf mich auch. Das ist ja das Verwirrende. Warum sollte ein völlig ehrlicher Mann... Hallo, ein großes Schreibwarengeschäft. Hier werden wir mit unseren Nachforschungen beginnen.«

Es gab in der ganzen Stadt nur vier Schreibwarenhändler von einiger Bedeutung, und bei jedem zog Holmes seine Bleistiftspäne hervor und bot einen hohen Preis für einen Stift der gleichen Sorte. Alle erklärten, daß sie einen bestellen könnten, daß diese Stifte aber wegen ihres ungewöhnlichen Formats selten auf Lager gehalten würden. Mein Freund schien durch die Mißerfolge nicht niedergeschlagen zu sein, er zuckte nur halb im Scherz resignierend die Achseln.

»Das ist gar nicht gut, mein lieber Watson. Dieser Anhaltspunkt, der beste und entscheidende, den wir besaßen, hat sich in Nichts aufgelöst. Aber ich zweifle kaum daran, daß wir auch ohne ihn einen feinen Fall konstruieren können. Beim Zeus! mein lieber Junge, die Wirtin hat doch etwas von grünen Erbsen um halb acht gesagt, und jetzt ist es fast neun. Bei Ihrem ewigen Rauchen und dem unregelmäßigen Eintreffen zu den Mahlzeiten werden Sie noch die Kündigung bekommen, und ich werde Ihren Sturz teilen müssen – aber das darf nicht sein, ehe wir das Problem mit dem nervösen Tutor, dem nachlässigen Diener und den drei unternehmungslustigen Studenten gelöst haben.«

An diesem Tag machte Holmes keine weitere Anspielung auf die Angelegenheit, obwohl er auch lange nach unserem verspäteten Dinner noch gedankenverloren dasaß. Morgens um acht Uhr kam er in mein Zimmer, als ich gerade meine Toilette beendet hatte.

»Nun, Watson«, sagte er, »es ist Zeit, daß wir nach St. Lucas aufbrechen. Können Sie es ohne Frühstück aushalten?«

»Gewiß.«

»Soames wird schrecklich unruhig sein, solange wir ihm nicht etwas Zuverlässiges sagen können.«

»Haben Sie ihm etwas Zuverlässiges zu sagen?«

»Ich glaube doch.«

»Sie sind zu einem Schluß gekommen?«

»Ja, mein lieber Watson; ich habe das Rätsel gelöst.«

»Aber welchen neuen Beweis haben Sie erhalten?«

»Oh, es war nicht von ungefähr, daß ich mich zu nachtschlafender Zeit um sechs aus dem Bett riß. Zwei Stunden harter Arbeit liegen hinter mir und ein Weg von mindestens fünf Meilen. Und ich kann etwas vorweisen. Sehen Sie sich das an!«

Er hielt mir die Hand hin. Auf dem Handteller lagen drei Pyramiden aus dunklem, teigigem Ton.

»Wie geht das zu, Holmes? Gestern hatten Sie doch nur zwei.«

»Und eine habe ich heute morgen gefunden. Das ist doch ein einsichtiges Argument: wo Nummer drei hergekommen ist, da sind auch Nummer eins und zwei hergekommen. Oder nicht, Watson? Gut, lassen Sie uns gehen, wir wollen Freund Soames von seinen Schmerzen erlösen.«

Der unglückliche Tutor befand sich ganz offensichtlich in einem Stadium bejammernswerter Erregung. Wir trafen ihn in seiner Wohnung. In wenigen Stunden sollten die Prüfungen beginnen, und er sah sich noch immer in dem Dilemma, entweder die Tatsachen publik zu machen oder dem Übeltäter die Teilnahme am Wettbewerb um das hoch dotierte Stipendium zu erlauben. Er vermochte kaum auf einem Fleck stillezustehen, so groß war seine geistige Unrast, und er lief, die Hände verlangend ausgestreckt, auf Holmes zu.

»Dem Himmel sei Dank, daß Sie gekommen sind! Ich fürchtete schon, Sie hätten verzweifelt aufgegeben. Was soll ich tun? Kann die Prüfung stattfinden?«

»Ja, unter allen Umständen.«

»Aber dieser Schurke ...?«

»Er wird nicht teilnehmen.«

»Sie kennen ihn?«

»Ich denke doch. Wenn die Sache nicht an die Öffentlichkeit dringen soll, müssen wir uns gewisse Rechte einräumen und einen kleinen privaten Gerichtshof bilden. Setzen Sie sich dorthin, Soames! Watson, hierher! Ich nehme den Lehnsessel in der Mitte. Ich glaube, jetzt sind wir ausreichend gerüstet, Schrecken in einer schuldigen Brust zu erwekken. Läuten Sie bitte.«

Bannister trat ein und schrak in offensichtlicher Überraschung und Furcht vor unserer richterlichen Erscheinung zurück.

»Würden Sie freundlicherweise die Tür schließen«, sagte Holmes. »Und würden Sie uns jetzt bitte die Wahrheit über das gestrige Vorkommnis sagen?«

Der Mann erbleichte bis in die Haarwurzeln.

»Ich habe Ihnen schon alles gesagt, Sir.«

»Nichts hinzuzufügen?«

»Überhaupt nichts, Sir.«

»Nun, dann muß ich Ihnen ein bißchen auf die Sprünge helfen. Als Sie sich gestern in den Sessel setzten, taten Sie das, um irgendeinen Gegenstand zu verbergen, der hätte verraten können, wer im Zimmer gewesen war?«

Bannisters Gesicht war totenblaß.

»Nein, Sir, ganz bestimmt nicht.«

»Es ist nur eine Annahme«, sagte Holmes leutselig. »Ich gebe offen zu, daß ich es nicht beweisen kann. Aber ich halte es für sehr wahrscheinlich, weil Sie in dem Moment, da Mr. Soames den Rücken kehrte, den Mann, der sich im Schlafzimmer versteckt hielt, befreit haben.«

Bannister leckte über die trockenen Lippen.

»Da war kein Mann, Sir.«

»Ach, das ist schade, Bannister. Bis jetzt konnte es sein, daß Sie die Wahrheit gesagt haben, aber von nun an weiß ich, Sie lügen.«

Das Gesicht des Mannes überzog feindseliger Trotz.

»Da war kein Mann, Sir.«

»Aber, aber, Bannister!«

»Nein, Sir, da war niemand.«

»Dann können Sie uns also weiter keine Auskunft geben. Würden Sie bitte im Zimmer bleiben? Stellen Sie sich dorthin, neben die Schlafzimmertür. Nun, Soames, möchte ich Sie bitten, zum jungen Gilchrist hinaufzugehen und ihn in Ihr Zimmer einzuladen.«

Kurz darauf kam der Tutor in Begleitung des Studenten zurück. Es war ein gutaussehender Mann, groß, schlank, lebhaft, mit federnden Schritten und einem angenehmen, offenen Gesicht. Er sah jeden von uns aus besorgten blauen Augen an und ließ den Blick dann in offener Bestürzung auf dem in der hintersten Ecke des Zimmers stehenden Bannister ruhen.

»Schließen Sie die Tür«, sagte Holmes. »Nun, Mr. Gilchrist, wir sind ganz unter uns, und niemand braucht je ein Wort von dem zu erfahren, was zwischen uns besprochen wird. Wir können also vollkommen offen miteinander sein. Wir möchten wissen, wie Sie, ein Ehrenmann, dazu kamen, gestern so etwas zu tun.«

Der unglückselige junge Mann taumelte zurück und warf einen Blick voller Schrecken und Vorwurf auf Bannister.

»Nein, nein, Mr. Gilchrist, Sir, ich habe kein Wort gesagt – nicht ein einziges Wort!« rief der Diener.

»Aber jetzt haben Sie es gesagt«, konstatierte Holmes. »Sir, Sie müssen einsehen, daß Ihre Position nach Bannisters Worten hoffnungslos ist; Ihre einzige Chance liegt in einem offenen Geständnis.«

Gilchrist hob die Arme, und einen Augenblick lang war er bemüht, seine verzerrten Gesichtszüge unter Kontrolle zu bringen. Im nächsten Moment warf er sich neben dem Tisch auf die Knie und brach, das Gesicht hinter den Händen verborgen, in einen Sturm leidenschaftlichen Schluchzens aus.

»Nun, nun«, sagte Holmes freundlich, »Verirrungen sind menschlich, und es kann Ihnen wenigstens keiner nachsagen, Sie seien ein hartgesottener Verbrecher. Vielleicht wäre es für Sie einfacher, wenn ich Mr. Soames erzähle, was vorgefallen ist, und Sie unterbrechen in dem Falle, daß ich mich irre. Soll ich? Gut, Sie brauchen nicht zu antworten. Hören Sie zu, und Sie werden sehen, daß ich Ihnen nicht unrecht tue.

Von dem Moment an, Mr. Soames, als Sie mir sagten, niemand, nicht einmal Bannister, konnte erzählt haben, daß der gedruckte Text in Ihrem Zimmer sei, begann in meinem Kopf das Geschehnis eine bestimmte Form anzunehmen. Den Drucker durfte man natürlich ausschließen. Er war in der Lage, das Papier in seinem eigenen Büro zu studieren. Den Inder verdächtigte ich auch nicht. Wenn der Abzug zusammengerollt war, wie hätte er wissen sollen, was die Rolle enthielt? Auf der anderen Seite mußte ich es für ein undenkbares Zusammentreffen halten, daß irgendein Mann das Wagnis beging, in Ihr Zimmer einzutreten, und ausgerechnet an dem Tag, wo der Prüfungstext auf dem Tisch lag. Ich schloß das also auch aus. Derjenige, der in den Raum kam, wußte, daß das Papier dort lag. Woher aber wußte er es?

Auf dem Weg zu Ihrer Wohnung untersuchte ich das Fenster. Sie amüsierten mich mit Ihrer Annahme, ich dächte über die Möglichkeit nach, daß irgend jemand am hellen Tag und unter den Augen der Leute aus den gegenüberliegenden Zimmern sich da durchgezwängt haben könnte. Eine solche Vorstellung war absurd. Ich hatte abgeschätzt, wie groß jemand sein mußte, um im Vorübergehen festzustellen, was sich auf dem Tisch in der Mitte befand. Ich bin sechs Fuß groß und konnte es mit einiger Anstrengung sehen. Ein Kleinerer hätte keine Chance gehabt. Schon hatte ich also Grund anzunehmen, daß der von Ihren drei Studenten besonders ins Auge gefaßt werden müßte, der ungewöhnlich hochgewachsen ist.

Als ich dann Ihr Wohnzimmer sah, legte ich Ihnen dar, was ich in bezug auf den kleinen Tisch am Fenster dachte. Was den Tisch in der Mitte des Raums anging, so konnte ich nichts mit ihm anfangen, bis Sie bei der Beschreibung von Gilchrist erwähnten, daß er ein Weitspringer sei. Da fiel es mir wie Schuppen von den Augen, und ich benötigte nur noch bestimmte bestätigende Beweise, die ich mir eilends verschaffte.

Folgendes war geschehen: Der junge Mann hier hatte den Nachmittag auf dem Sportplatz zugebracht, wo er Weitsprung trainierte. Auf dem Rückweg trug er die Weitsprungschuhe über der Schulter, die, wie Sie wissen, mit Spikes besetzt sind. Als er an Ihrem Fenster vorbeiging, sah er, weil er so groß ist, die Abzüge auf dem Tisch, und er fing an zu überlegen, was das sein mochte. Nichts Schlimmes wäre passiert, hätte er an Ihrer Tür nicht den Schlüssel bemerkt, der durch die Nachlässigkeit Ihres Dieners im Schloß steckengeblieben war. Einer plötzlichen Eingebung folgend, trat er ein, um sich zu vergewissern, ob es wirklich die Abzüge waren. Das war keine gefährliche Erkundung, denn er hätte immer vorgeben können, er sei hineingegangen, um eine Frage zu stellen.

Nun, als er dann sah, daß es sich wirklich um den Text handelte, erlag er der Versuchung. Er stellte seine Schuhe auf den Tisch. Und was legten Sie auf den Sessel neben dem Fenster?«

»Handschuhe«, sagte der junge Mann.

Holmes sah triumphierend zu Bannister hinüber.

»Er legte die Handschuhe auf den Sessel und nahm den Text, ein Blatt nach dem anderen, um ihn abzuschreiben. Er dachte, der Tutor werde durch das Haupttor zurückkehren, so daß er ihn kommen sehen müsse. Wie wir wissen, kam er durch einen Seiteneingang. So hörte ihn Gilchrist plötzlich an der Tür. Es gab kein Entkommen. Er vergaß die Handschuhe, ergriff aber seine Schuhe und sprang ins Schlafzimmer. Der Kratzer auf dem Tisch fängt, wie Sie sehen können, leicht an, vertieft sich aber in Richtung der Schlafzimmertür. Das genügt, um zu beweisen, daß die Schuhe in die Richtung gerissen worden sind, daß der Beschuldigte dort Zuflucht gesucht hat. Die Erde, die sich um ein Spike festgesetzt hatte, blieb auf dem Tisch, und ein zweites Klümpchen löste sich und fiel im Schlafzimmer ab. Ich kann hinzufügen: Ich bin heute früh zum Sportplatz hinausgewandert und habe mich vergewissert, daß die Sprunggrube mit zähem schwarzem Lehm gefüllt ist; ich entnahm eine Probe, zusammen mit einem bißchen von dem Sägemehl, das gestreut wird, um den Athleten vorm Ausrutschen zu bewahren. Sage ich die Wahrheit, Mr. Gilchrist?«

Der Student hatte sich aufrecht gesetzt.

»Ja, Sir, es ist wahr«, sagte er.

»Gott im Himmel, haben Sie denn nichts hinzuzufügen?« rief Soames.

»Doch, Sir, ich möchte noch etwas sagen, aber die entehrenden Enthüllungen haben mich geschockt und verwirrt. Diesen Brief, Mr. Soames, habe ich ganz früh heute morgen nach einer unruhigen Nacht an Sie geschrieben. Das war, bevor ich wußte, daß mein Vergehen ans Licht gekommen ist. Sie werden lesen, was ich geschrieben habe: ›Ich bin entschlossen, nicht an der Prüfung teilzunehmen. Man hat mir eine Stellung in der rhodesischen Polizei angeboten, und ich reise sofort nach Südafrika ab.‹«

»Es ist mir wirklich angenehm, zu hören, daß Sie nicht beabsichtigten, aus Ihrem unfairen Vorteil Kapital zu schlagen«, sagte Soames. »Aber was hat Sie bewogen, Ihr Vorhaben aufzugeben?«

»Dort steht der Mann, der mich auf den rechten Weg geführt hat«, sagte der Student, wobei er auf Bannister wies.

»Kommen Sie jetzt her, Bannister«, sagte Holmes. »Aus dem, was ich dargelegt habe, wird Ihnen wohl klargeworden sein, daß nur Sie es gewesen sein können, der den jungen Mann hinausgelassen hat, da Sie im Zimmer geblieben waren und die Tür abgeschlossen haben, als Sie schließlich gingen. Daß er durch das Fenster entkommen sein soll, ist unglaubhaft. Können Sie nicht den letzten dunklen Punkt in diesem Rätsel aufhellen und uns mitteilen, warum Sie so gehandelt haben?«

»Es ist sehr einfach, Sir, Sie hätten es wissen müssen, aber bei Ihrer Schlauheit konnten Sie es nicht wissen. Ich war nämlich früher, Sir, Butler beim alten Sir Jabez Gilchrist, dem Vater dieses jungen Gentleman. Nachdem er sich ruiniert hatte, ging ich als Diener ans College, aber ich habe meinen alten Herrn nicht vergessen, als er in den Augen der Welt so tief gesunken war. Ich behielt ein Auge auf seinen Sohn, in Erinnerung an die alten Zeiten. Nun, Sir, als ich gestern in dieses Zimmer gerufen wurde und erfuhr, was geschehen war, sah ich als erstes Mr. Gilchrists gelbbraune Handschuhe auf dem Sessel liegen. Ich kenne Mr. Gilchrists Handschuhe gut, und ich wußte, was das bedeutete. Wenn Mr. Soames sie entdeckte, wäre die Hölle los. Ich stürzte mich in den Sessel, und nichts hätte mich dazu bringen können, mich von der Stelle zu rühren; dann ging Mr. Soames zu Ihnen. Und dann kam mein armer junger Herr, den ich auf meinen Knien gehalten hatte, aus dem Schlafraum und gestand mir alles. War es nicht natürlich, Sir, daß ich ihn retten mußte, und war es nicht auch natürlich, daß ich mit ihm sprechen mußte, wie sein toter Vater mit ihm gesprochen hätte, und ihm klar machen, daß er durch eine solche Tat nicht profitieren durfte? Können Sie mich deswegen tadeln, Sir?«

»Nein, wirklich nicht«, sagte Holmes herzlich und sprang aus dem Sessel. »Ich denke, Soames, wir haben Ihr kleines Problem gelöst, und jetzt wartet zu Hause das Frühstück auf uns. Kommen Sie, Watson! Und was Sie angeht, Sir, so bin ich gewiß, daß Sie eine glänzende Zukunft in Rhodesien erwartet. Einmal sind Sie tief gefallen. Lassen Sie uns in Zukunft sehen, wie hoch Sie steigen können.«

Das goldene Pincenez

Wenn ich die drei dicken Manuskriptbände betrachte, die unsere Arbeit des Jahres 1894 enthalten, fällt es mir schwer, aus solcher Fülle von Material die Fälle auszuwählen, die am fesselndsten sind und zugleich dazu beitragen können, jene besonderen Fähigkeiten vorzustellen, die meinen Freund berühmt machten. Beim Durchblättern stoße ich auf meine Aufzeichnungen über die gräßliche Geschichte um den roten Blutegel und den schrecklichen Tod von Crosby, dem Bankier. Ich finde auch einen Bericht über die Addleton-Tragödie und die einmaligen Funde in einem alten britischen Hünengrab. Der Erbschaftsfall Smith-Mortimer lag ebenfalls in diesem Zeitraum, genauso die Verfolgung und Verhaftung von Huret, dem Boulevard-Mörder, eine Heldentat, die Holmes einen handgeschriebenen Dankesbrief des französischen Präsidenten und den Orden der Ehrenlegion eintrug. Jeder dieser Fälle würde Stoff für eine Erzählung liefern, aber aufs Ganze gesehen, finde ich, vereinigt keiner so viele interessante Züge wie die Episode in ›Yoxley Old Place‹, in der es nicht nur um den bedauernswerten Tod des jungen Willoughby Smith geht, sondern die auch jene nachfolgende Entwicklung einschließt, die ein so eigenartiges Licht auf die Ursachen des Verbrechens wirft.

Es war an einem wilden, stürmischen Abend gegen Ende November. Holmes und ich saßen den ganzen Abend schweigend beieinander, er damit beschäftigt, mit Hilfe einer starken Lupe die Überreste der Originalschrift auf einem Palimpsest zu entziffern, ich in eine kürzlich erschienene Abhandlung über Chirurgie vertieft. Der Wind heulte durch die Baker Street, und der Regen schlug wild gegen die Fenster. Es war schon seltsam, mitten in der Stadt, umgeben von Menschenwerk in einem Umkreis von zehn Meilen, den eisernen Griff der Natur zu spüren und sich bewußt zu werden, daß ganz London für die riesigen Elementarkräfte nichts war als eine Menge von Maulwurfshügeln, über ein Feld verstreut. Ich ging zum Fenster und schaute in die verlassene Straße. Die wenigen Straßenlaternen beschienen die schmutzige Fahrbahn und das vor Nässe glänzende Pflaster. Eine einzelne Droschke näherte sich spritzend vom Ende der Oxford Street.

»Es ist schon gut, Watson, daß wir heute abend nicht vor die Tür müssen«, sagte Holmes, legte seine Lupe beiseite und rollte das Palimpsest zusammen. »Ich habe genug getan. Diese Arbeit strengt die Augen an. Soviel ich erkennen konnte, ist das hier nichts Aufregenderes als eine klösterliche Rechnung aus der zweiten Hälfte des fünfzehnten Jahrhunderts. Aber, hallo, hallo! Was ist denn das?«

Durch das Heulen des Windes drang Hufgeklapper und das schleifende Geräusch eines Wagenrades, das am Bordstein reibt. Die Droschke, die ich gesehen hatte, hielt vor unserer Tür.

»Was kann er von uns wollen?« rief ich, als ein Mann dem Gefährt entstieg.

»Von uns? Er braucht uns. Und wir, mein armer Watson, brauchen Mäntel und Schals und Überschuhe und alles, was der Mensch erfunden hat, um dem Wetter trotzen zu können. Aber warten Sie mal! Die Kutsche fährt wieder fort! Noch ist Hoffnung. Er hätte sie nicht weggeschickt, wenn seine Absicht war, uns mitzunehmen. Laufen Sie hinunter, mein lieber

Junge, und öffnen Sie die Tür, denn alle braven Leute sind schon längst im Bett.«

Als das Licht der Lampe in der Halle auf unseren mitternächtlichen Besucher fiel, hatte ich keine Mühe, ihn zu erkennen. Es war der junge Stanley Hopkins, ein vielversprechender Detektiv, an dessen Karriere Holmes schon einige Male sehr praktische Anteilnahme bezeigt hatte.

»Ist er zu Hause?« fragte er drängend.

»Kommen Sie herauf, mein lieber Herr«, rief Holmes von der Tür. »Ich hoffe, Sie haben in einer solchen Nacht keinen Anschlag auf uns vor.«

Der Detektiv stieg die Treppe hinauf. Unsere Lampe warf Glanz auf seinen nassen Wettermantel. Ich half ihm aus dem Mantel, während Holmes im Kamin stocherte, daß eine Flamme aus den Holzkloben schoß.

»Kommen Sie hierher, mein lieber Hopkins, und wärmen Sie sich die Füße«, sagte er. »Nehmen Sie eine Zigarre, und der Doktor weiß ein Rezept, wie man aus heißem Wasser und Zitrone eine gute Medizin für eine Nacht wie diese machen kann. Es muß etwas Wichtiges sein, das Sie in den Sturm hinausgetrieben hat.«

»Es ist wirklich etwas Wichtiges, Mr. Holmes. Das war schon ein aufregender Tag, das kann ich Ihnen versichern. Haben Sie in den letzten Zeitungsausgaben etwas über den Yoxley-Fall gelesen?«

»Heute ist mir nichts Jüngeres als das fünfzehnte Jahrhundert vor die Augen gekommen.«

»Nun, es stand nur ein Absatz drin, der überdies ganz falsch war, so haben Sie nichts versäumt. Ich habe kein Gras unter meinen Füßen wachsen lassen. Das Haus liegt unten in Kent, sieben Meilen von Chatham und drei von der Eisenbahnlinie entfernt. Das Telegramm bekam ich Viertel nach drei, erreichte ›Yoxley Old Place‹ um fünf, führte meine Untersuchungen durch, erwischte den letzten Zug nach Charing Cross, und von dort nahm ich eine Droschke, geradewegs zu Ihnen.«

»Was bedeutet, daß Sie mit Ihrem Fall nicht ganz ins reine gekommen sind, nehme ich an?«

»Es bedeutet, daß ich nicht weiß, was bei dem Fall hinten und was vorn ist. Soweit ich es beurteilen kann, handelt es sich um eine so verworrene Angelegenheit, wie sie mir noch nie untergekommen ist, und doch schien sie am Anfang so einfach zu sein, daß man gar nicht fehlgehen konnte. Es gibt kein Motiv, Mr. Holmes. Das beunruhigt mich, daß ich kein Motiv zu fassen bekomme. Ein Mann ist tot – das steht außer Zweifel –, aber soviel ich sehe, gibt es in aller Welt keinen Grund, warum irgend jemand ihm hätte Böses wünschen sollen.«

Holmes zündete sich eine Zigarre an und lehnte sich im Sessel zurück.

»Lassen Sie uns hören«, sagte er.

»Die Tatsachen sind ziemlich klar«, sagte Stanley Hopkins. »Jetzt möchte ich nur noch wissen, was sie bedeuten. Die Geschichte, wie sie sich mir darstellt, ist folgende: Vor einigen Jahren wurde dieses Landhaus, ›Yoxley Old Place‹, von einem älteren Mann übernommen, der sich Professor Coram nennt. Er ist Invalide, muß die Hälfte der Zeit im Bett zubringen und humpelt die andere Hälfte an einem Stock ums Haus oder wird vom Gärtner in einem Rollstuhl umhergefahren. Er ist beliebt bei den Nachbarn, die ihn besuchen, und er steht in dem Ruf, ein sehr gelehrter Mann zu sein. Mit ihm im Haus lebten fürs erste nur eine ältere Haushälterin, Mrs. Marker, und ein Dienstmädchen, Susan Tarlton. Diese beiden waren von Anfang an mit ihm zusammen, und sie scheinen Frauen von ausgezeichnetem Charakter zu sein. Der Professor schreibt an einem wissenschaftlichen Buch, und vor ungefähr einem Jahr hielt er es für nötig, einen Sekretär einzustellen. Die ersten beiden Männer, mit denen er es versuchte, erwiesen sich als unbrauchbar; aber der dritte, Mr. Willoughby Smith, ein ganz junger Mann, der frisch von der Universität kam, scheint ihm zugesagt zu haben. Die Aufgabe des Sekretärs bestand darin, den ganzen Morgen nach dem Diktat des Professors zu schreiben, und den Abend brachte er gewöhnlich damit zu, Verweise und Textpassagen herauszusuchen, die für die Arbeit des nächsten Tages gebraucht wurden. Gegen diesen Willoughby Smith spricht nichts, weder aus den Jahren, als er Schüler in Uppingham war, noch aus seiner Studentenzeit in Cambridge. Ich habe seine Zeugnisse gesehen, und vom ersten an wird bescheinigt, daß er ein wohlanständiger, ruhiger hart arbeitender Bursche war, ohne eine einzige schwache Stelle. Und doch ist dies der Mann, den heute morgen im Arbeitszimmer des Professors der Tod ereilte, und zwar unter Umständen, die nur auf Mord deuten.«

Der Wind heulte und pfiff um die Fenster. Holmes und ich rückten näher zum Feuer, während der junge Inspektor langsam seine einmalige Geschichte Punkt für Punkt entwickelte.

»In ganz England«, sagte er, »würden Sie, glaube ich, keinen Haushalt finden, der abgeschlossener und freier von äußeren Einflüssen ist. Ganze Wochen konnten ins Land gehen, ohne daß einer der Hausgenossen über das Gartentor hinausgekommen wäre. Der Professor ist ganz in seine Arbeit vergraben und lebt für nichts anderes. Der junge Smith kannte niemanden aus der Nachbarschaft und lebte so wie sein Arbeitgeber. Für die beiden Frauen gibt es nichts, das sie hätte hinauslocken können. Mortimer, der Gärtner, der den Rollstuhl schiebt, ist ein Kriegsveteran – Teilnehmer am Krim-Krieg und ein ausgezeichneter Charakter. Er wohnt nicht mit im Haus, sondern in einer Hütte, die aus drei Räumen besteht, am anderen Ende des Gartens. Das also sind alle Leute, die Sie auf dem Anwesen ›Yoxley Old Place‹ antreffen können. Das Gartentor liegt hundert Yard von der Hauptverkehrsstraße von London nach Chatham entfernt. Es ist nur durch einen Riegel gesichert, und jedermann kann das Grundstück betreten.

Jetzt werde ich Ihnen die Aussage von Susan Tarlton wiedergeben, der einzigen Person, die etwas Bestimmtes in der Angelegenheit zu Protokoll geben konnte. Es war am Vormittag, zwischen elf und zwölf. Zu der Zeit war sie dabei, Vorhänge im Schlafzimmer aufzuhängen, das im oberen Stock liegt und nach vorn hinaus geht. Professor Coram war noch im Bett, denn bei schlechtem Wetter steht er selten vor Mittag auf. Die Haushälterin hatte etwas in hinteren Räumen des Hauses zu tun. Willoughby Smith befand sich in seinem Schlafzimmer, das ihm auch als Wohnraum diente; aber das Dienstmädchen vernahm, wie er den Korridor entlangging und zum Arbeitszimmer hinunterstieg, das direkt unter dem Schlafzimmer des Professors liegt. Gesehen hat sie ihn zwar nicht, sagt aber, daß sie sich nicht irren könne, weil sie den schnellen, festen Schritt kenne. Sie hat nicht gehört, ob die Tür zum Arbeitszimmer geschlossen wurde. Ungefähr eine Minute später drang ein gräßlicher Schrei aus dem Zimmer. Es war ein wilder, heiserer Schrei, so seltsam und unnatürlich, daß ein Mann oder eine Frau ihn ausgestoßen haben könnten. Gleichzeitig gab es einen kurzen heftigen Aufprall, der das ganze Haus erschütterte, und dann war alles still. Einen Augenblick lang stand das Mädchen wie versteinert, dann nahm sie ihren Mut zusammen und lief hinunter. Die Tür zum Arbeitszimmer war geschlossen, und sie öffnete sie. Der junge Mr. Willoughby Smith lag auf dem Fußboden. Zuerst sah sie keine Verletzung, aber als sie ihn aufzurichten versuchte, merkte sie, daß Blut aus einer Wunde ziemlich unten am Halse floß. Die Wunde war sehr klein, aber tief; ein Stich hatte die Halsschlagader durchtrennt. Das Instrument, mit dem die Verwundung beigebracht worden war, lag neben Smith auf dem Teppich. Es war eins von diesen kleinen Siegelwachs-Messern, wie man es auf altmodischen Schreibtischen findet, mit Elfenbeingriff und einer feststehenden Klinge. Es gehörte zu der Ausrüstung des Schreibtisches des Professors.

Erst dachte das Dienstmädchen, daß der junge Smith schon tot sei, aber als sie ihm Wasser aus der Karaffe über die Stirn goß, öffnete er für einen Moment die Augen. ›Der Professor…‹, murmelte er, ›es war sie.‹ Das Dienstmädchen ist bereit zu schwören, daß genau dies die Worte waren. Verzweifelt hat er noch etwas zu sagen versucht und die rechte Hand gehoben. Dann fiel er tot zurück.

Inzwischen war auch die Haushälterin auf dem Schauplatz erschienen, sie kam jedoch zu spät für die Worte des sterbenden jungen Mannes. Sie ließ Susan bei der Leiche zurück und eilte zum Zimmer des Professors. Er saß aufrecht im Bett und war schrecklich aufgeregt, denn was er gehört hatte, genügte, ihn zu überzeugen, daß etwas Gräßliches passiert sein müsse. Mrs. Marker ist bereit zu schwören, daß der Professor noch das Nachthemd trug, und er kann sich auch wirklich nicht ohne Mortimers Hilfe ankleiden, und der hatte die Weisung erhalten, um zwölf Uhr zu kommen. Der Professor erklärt, daß er einen entfernten Schrei vernommen habe und sonst nichts wisse. Er kann die letzten Worte des jungen Mannes nicht erklären, dieses ›Der Professor... es war sie‹, glaubt aber, sie seien in Geistesverwirrung gesprochen worden. Er meint, Willoughby Smith habe auf der ganzen Welt keinen Feind gehabt, und kann das Verbrechen nicht begreifen. Als erstes schickte er Mortimer, den Gärtner, zur örtlichen Polizei. Wenig später wandte sich der Chefkonstabler an mich um Hilfe. Bevor ich dort ankam, ist nichts angerührt worden, und man hatte die strikte Anordnung erteilt, daß niemand die zum Haus führenden Wege betreten dürfe. Das waren glänzende Umstände, Ihre Theorien in die Praxis umzusetzen, Mr. Sherlock Holmes. Es fehlte wirklich an nichts.«

»Außer an Mr. Sherlock Holmes«, sagte mein Gefährte mit einem irgendwie bitteren Lächeln. »Gut denn, erzählen Sie uns davon. Wie haben Sie die Sache angepackt?«

»Ich muß Sie zuerst bitten, einen Blick auf diese grobe Skizze zu werfen, die Ihnen einen allgemeinen Eindruck von der Lage des Arbeitszimmers und den verschiedenen anderen Punkten der Szene vermitteln kann. Es wird Ihnen helfen, meinen Nachforschungen zu folgen.«

Er entfaltete die Skizze und legte sie Holmes auf die Knie. Ich erhob mich, stellte mich hinter Holmes und studierte sie über seine Schulter hinweg.

»Sie ist natürlich sehr grob und berücksichtigt nur die Punkte, die mir wesentlich zu sein scheinen. Das übrige können Sie sich später selber ansehen. Nun vor allem zu der Frage, wie – vorausgesetzt, der Mörder ist von draußen gekommen – er oder sie ins Haus gelangt ist. Zweifellos über den Gartenweg und durch den Hinterausgang, von wo aus es

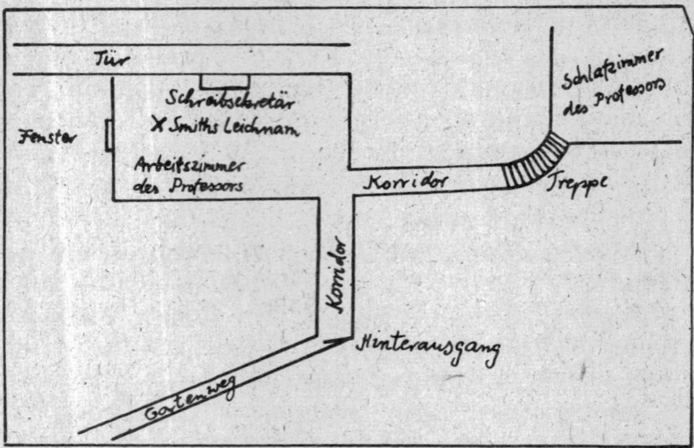

einen direkten Zugang zum Arbeitszimmer gibt. Jeder andere Weg wäre außerordentlich kompliziert. Die Flucht muß auf die gleiche Weise erfolgt sein, denn von den beiden anderen Ausgängen vom Arbeitszimmer wurde der eine von Susan blockiert, als sie die Treppe hinunterstürzte, und der andere führt direkt zum Schlafzimmer des Professors. Deshalb wandte ich meine Aufmerksamkeit dem Gartenweg zu, der von kurz zuvor gefallenem Regen aufgeweicht war und deshalb alle Fußabdrücke festgehalten haben mußte.

Meine Untersuchungen erwiesen, daß ich es mit einem vorsichtigen und geschickten Verbrecher zu tun hatte. Auf dem Weg fand sich kein Fußabdruck. Fraglos war aber jemand über das Gras gegangen, das den Weg säumt, um eine Spur zu vermeiden. Zwar stieß ich auf keinen klar umrissenen Abdruck, doch erkannte ich an dem niedergetretenen Gras, daß hier einer gegangen war. Das konnte nur der Mörder gewesen sein, denn weder der Gärtner noch sonst ein anderer hatte sich an diesem Morgen da aufgehalten, und der Regen hatte erst in der Nacht zuvor angefangen.«

»Einen Moment, bitte«, sagte Holmes, »wohin führt dieser Weg?«

»Zur Landstraße.«

»Wie lang ist er?«

»Ungefähr hundert Yard.«

»Sicherlich haben Sie Spuren beim Gartentor gefunden.«

»Unglücklicherweise ist der Weg dort mit Ziegelsteinen gepflastert.«

»Gut, aber auf der Landstraße?«

»Nein, dort war alles Schlamm.«

»Schade. Gut denn: Was ist mit den Spuren im Gras – stammen sie von jemandem, der kam, oder von einem, der fortging?«

»Das kann ich unmöglich sagen. Es gab keine festen Umrisse.«

»War der Fuß groß oder klein?«

»Das ließ sich nicht unterscheiden.«

Holmes stieß einen Ruf der Ungeduld aus. »Seitdem hat es weiter geregnet und gestürmt«, sagte er. »Jetzt ist es schwerer, dort Spuren zu lesen, als das Palimpsest zu entziffern. Na gut, da kann man nichts machen. Und was taten Sie, Hopkins, nachdem Sie sichergestellt hatten, daß Sie nichts sichergestellt hatten?«

»Ich denke, ich habe allerlei sichergestellt, Mr. Holmes. Ich wußte, daß jemand vorsichtig von draußen ins Haus gekommen war. Als nächstes untersuchte ich den Korridor. Er ist mit Kokosmatten ausgelegt, auf ihnen waren keine gleichwie gearteten Abdrücke. Von dort ging ich in das Arbeitszimmer, einen karg möblierten Raum. Das wichtigste Möbelstück ist ein großer Schreibtisch mit einem festen Aufbau: zwei Säulen von Schubladen, in der Mitte ein Schränkchen. Die Schubladen standen offen, das Schränkchen war verschlossen. Es scheint, daß die Schubladen nie abgesperrt werden und sich nichts von Wert in ihnen befindet. In dem Schränkchen liegen einige wichtige Papiere, aber nichts deutete darauf hin, daß sich jemand an ihm zu schaffen gemacht hat, und der Professor versicherte mir, es fehle nichts. Man kann als sicher annehmen, daß es sich um keinen Raubmord handelt.

Ich komme jetzt zu der Leiche des jungen Mannes. Sie wurde neben dem Schreibtisch gefunden, links davon, wie ich es auf der Skizze markiert habe. Die Wunde befindet sich auf der rechten Halsseite; das Messer wurde von hinten nach vorn geführt, so daß es fast unmöglich erscheint, daß Smith sich die Verletzung selber beigebracht haben könnte.«

»Es sei denn, er fiel ins Messer«, sagte Holmes.

»Genau. Dieser Gedanke ist mir auch gekommen. Aber das Messer hat einige Fuß von der Leiche entferntgelegen, also kann man dies wohl ausschließen. Dann sind da natürlich die Worte, die der Mann im Sterben gesprochen hat. Und schließlich haben wir noch ein sehr wichtiges Beweisstück, wir fanden es in der geschlossenen rechten Hand des Toten.«

Stanley Hopkins zog ein kleines Päckchen aus der Tasche. Er wickelte es auf, und zum Vorschein kam ein goldenes Pincenez, von dem zwei abgerissene schwarze Seidenschnüre herabhingen.

»Willoughby Smith sah ausgezeichnet«, fügte er hinzu. »Es kann keinen Zweifel darüber geben, daß dieser Kneifer dem Mörder von der Nase gerissen oder ihm sonstwie weggenommen wurde.«

Sherlock Holmes nahm die Brille in die Hand und untersuchte sie äußerst aufmerksam und mit größtem Interesse. Er setzte sie sich auf die Nase, versuchte durch sie zu lesen, ging zum Fenster und sah durch sie auf die Straße, hielt sie unter das volle Licht der Lampe; er prüfte sie genauestens und trat schließlich kichernd an den Tisch und schrieb einige Zeilen auf ein Blatt Papier, das er dann Stanley Hopkins hinschob.

»Das ist das Beste, was ich für Sie tun kann«, sagte er. »Vielleicht erweist es sich als wertvoll.«

Der verblüffte Detektiv las den folgenden Text laut vor:

»Gesucht wird eine Frau von guter Lebensart, die sich wie eine Lady kleidet. Ihre Nase ist bemerkenswert dick, und die Augen stehen eng an der Nasenwurzel. Sie hat eine faltige Stirn, einen spähenden Gesichtsausdruck und wahrscheinlich einen runden Rücken. Vermutlich hat sie in den letzten Monaten wenigstens zweimal den Optiker aufgesucht. Da ihre Gläser bemerkenswert stark sind und es nicht allzu viele Optiker gibt, sollte es nicht schwierig sein, sie ausfindig zu machen.«

Holmes lächelte über Hopkins' Staunen; aber wohl auch ich muß konsterniert ausgesehen haben.

»Meine Schlüsse sind die Einfachheit selber«, sagte er. »Es wäre schwierig, einen Gegenstand zu nennen, mit dem man sich ebensogut beschäftigen kann wie mit einer Brille, besonders, wenn es sich um ein so bemerkenswertes Exemplar handelt. Daß sie einer Frau gehört, folgere ich aus ihrer Zierlichkeit und natürlich auch aus den letzten Worten des sterbenden Mannes. Was die Frau angeht, daß es sich um eine gutgekleidete Person von guter Lebensart handle, so spricht dafür die solide Goldfassung des Kneifers; seine Besitzerin kann auch in anderer Beziehung nicht schlampig sein. Sie werden die Klemme für Ihre Nase zu weit finden, und das deutet darauf hin, daß die Nase der Dame an der

Wurzel sehr breit ist. Solche Nasen sind für gewöhnlich kurz und plump, jedoch gibt es viele Ausnahmen von dieser Regel, was mich davor bewahrt, dogmatisch auf diesem Punkt meiner Beschreibung zu bestehen. Mein eigenes Gesicht ist schmal, und doch gelingt es mir nicht, die Augen ins Zentrum oder nahezu ans Zentrum dieser Brille zu bringen. Deshalb müssen die Augen der Dame nahe an der Nase stehen. Sie werden bemerken, Watson, daß die Gläser konkav und sehr stark sind. Eine Dame, deren Sehvermögen derart gemindert ist, muß auch die körperlichen Charakteristika einer solchen Minderung aufweisen, wie sie sich an Stirn, Lidern und Rücken zeigen.«

»Ja«, sagte ich, »ich kann Ihnen in allem folgen. Nur gestehe ich, daß mir nicht klar ist, wie Sie auf den zweimaligen Besuch beim Optiker kommen.«

Holmes nahm die Brille in die Hand.

»Sie sehen«, sagte er, »hier an der Klemme die kleinen Korkplättchen, die den Druck auf die Nase mildern sollen. Nun ist das eine Plättchen verfärbt und ein wenig abgenutzt, das andere aber neu. Offensichtlich war eines abgefallen und wurde ersetzt. Das ältere Plättchen, schätze ich, ist nicht älter als einige Monate. Da nun die Plättchen einander völlig entsprechen, schließe ich, daß die Dame zum selben Optiker ging, um das verlorengegangene ersetzen zu lassen.«

»Beim Himmel, erstaunlich!« rief Hopkins in einem Ausbruch von Bewunderung. »Wenn ich daran denke, daß ich die ganze Zeit das Beweismaterial in Händen hatte und auch wußte … Allerdings war es sowieso meine Absicht, die Londoner Optiker aufzusuchen.«

»Natürlich hätten Sie das getan. Aber haben Sie uns vorher noch etwas über den Fall mitzuteilen?«

»Nichts, Mr. Holmes. Ich nehme an, Sie wissen jetzt soviel wie ich – wahrscheinlich sogar mehr. Wir haben noch Erkundigungen eingezogen, ob sich auf den Landstraßen oder auf dem Bahnhof irgendein Fremder gezeigt hat. Aber man konnte uns von keinem berichten. Was mich zum Grübeln bringt, ist das völlige Fehlen eines Grundes für das Verbrechen. Niemand kann auch nur den Schatten eines Motivs beitragen.«

»Da kann ich Ihnen auch nicht helfen. Aber ich meine doch, Sie wollen, daß wir Sie morgen begleiten.«

»Wenn ich nicht zuviel verlange, Mr. Holmes. Um sechs Uhr fährt ein Zug von Charing Cross nach Chatham. Wenn wir ihn nehmen, sind wir zwischen acht und neun in ›Yoxley Old Place‹.«

»Dann nehmen wir ihn doch. Ihr Fall weist einige sehr interessante Züge auf, und ich würde gern einen Blick hineinwerfen. Nun, es ist fast eins, und wir sollten uns ein paar Stunden Schlaf gönnen. Ich glaube, Sie können sich ganz gut auf dem Sofa vorm Kamin einrichten. Ich werde den Spirituskocher anzünden, und ehe wir aufbrechen, bekommen Sie eine Tasse Kaffee.«

Am nächsten Tag hatte sich der Sturm erschöpft, aber der Morgen, an dem wir unsere Reise antraten, war unfreundlich. Wir sahen die kalte Wintersonne über dem trostlosen Marschland der Themse aufsteigen und sahen das träge Dahinziehen des Flusses, das sich mir für immer mit der Verfolgung des Andamanen in den früheren Tagen unserer Laufbahn verbunden hat. Nach einer langen, beschwerlichen Fahrt stiegen wir an einer kleinen Station einige Meilen vor Chatham aus. Während im Dorfgasthof ein Pferd vor den Trap gespannt wurde, nahmen wir schnell ein kleines Frühstück zu uns und waren so zur Arbeit bereit, als wir schließlich ›Yoxley Old Place‹ erreichten. Am Gartentor trat uns ein Konstabler entgegen.

»Nun, Wilson, gibt es etwas Neues?«

»Nein, Sir, nichts.«

»Hat sich niemand gemeldet, der einen Fremden gesehen hat?«

»Nein, Sir. Unten am Bahnhof ist man sich sicher, daß gestern kein Fremder angekommen oder abgefahren ist.«

»Haben Sie in Gasthäusern und Pensionen nachgeforscht?«

»Ja, Sir. Wir haben sie alle abgeklappert.«

»Bis Chatham ist es ja nur ein längerer Spaziergang. Jeder könnte sich dort aufhalten oder einen Zug nehmen, ohne aufzufallen. Dies ist der Gartenweg, von dem ich gesprochen habe, Mr. Holmes. Ich gebe Ihnen mein Wort darauf, daß sich auf ihm gestern keine Spur feststellen ließ.«

»An welcher Seite befanden sich die Spuren im Gras?«

»Auf dieser Seite, Sir, auf diesem schmalen Streifen zwischen dem Weg und dem Blumenbeet. Jetzt sehe ich sie nicht mehr, aber gestern waren sie deutlich vorhanden.«

Holmes bückte sich über den Grasstreifen. »Ja, stimmt, hier ist jemand gegangen«, sagte er. »Unsere Dame muß wirklich ihren Weg sehr vorsichtig gewählt haben, denn sonst hätte sie auf dem Weg einen Abdruck hinterlassen oder in dem weichen Beet, und der wäre dann noch deutlicher gewesen.«

»Ja, Sir, sie muß mit sehr viel Überlegung gehandelt haben.«

Ich sah, wie ein Ausdruck von Spannung in Holmes' Gesicht trat.

»Sie sagen, sie muß auf diesem Weg wieder fortgegangen sein?«

»Ja, Sir, es gibt keine andere Möglichkeit.«

»Auf diesem Grasstreifen?«

»Ganz bestimmt, Mr. Holmes.«

»Hm! Eine bemerkenswerte Leistung – sehr bemerkenswert. Nun, ich denke, wir haben den Gartenweg jetzt erschöpfend behandelt. Kommen Sie weiter. Ich nehme an, diese Tür zum Garten ist gewöhnlich nicht abgeschlossen. Dann brauchte also der Gast nichts anderes zu tun, als einzutreten. Sie hatte den Mord nicht geplant, sonst wäre sie mit einer Waffe ausgerüstet gewesen und hätte nicht das Messer vom Schreibtisch benutzt. Sie ging durch den Korridor, ohne auf der Kokosmatte eine Spur zu hinterlassen. Dann war sie im Arbeitszimmer. Wie lange hat sie sich darin aufgehalten? Wir können das nicht beurteilen.«

»Nicht länger als ein paar Minuten, Sir. Ich habe Ihnen zu erzählen vergessen, daß Mrs. Marker, die Haushälterin, kurz zuvor drin war, um aufzuräumen – ungefähr eine Viertelstunde vorher, sagt sie.«

»Nun, damit haben wir eine zeitliche Grenze. Unsere Dame betritt also das Zimmer. Was tut sie? Sie geht zum Schreibtisch. Was will sie dort? Aus den Schubladen nichts. Denn wenn sich in ihnen etwas Mitnehmenswert befunden hätte, würde man sie abgeschlossen haben. Nein, sie wollte etwas aus dem Schränkchen nehmen. Aber, hallo, da ist ja ein Kratzer! Reißen Sie mal ein Streichholz an, Watson. Was haben Sie mir von dem Kratzer erzählt, Hopkins?«

Die Schmarre, die er untersuchte, begann bei dem Messingbeschlag rechts vom Schlüsselloch und zog sich vier Inch lang über den Lack hin.

»Den Kratzer habe ich bemerkt, Mr. Holmes. Aber an Schlüssellöchern gibt es immer Kratzer.«

»Dieser hier ist frisch, ganz frisch. Sehen Sie nur, wie das Messing glänzt, wo er anfängt. Ein alter Kratzer hätte die gleiche Farbe wie die ganze Oberfläche. Sehen Sie sich das einmal durch meine Lupe an. Auch den Lack. Sieht aus wie aufgeworfene Erde zu Seiten einer Furche. Ist Mrs. Marker in der Nähe?«

Eine ältere Frau mit verdrießlichem Gesicht betrat das Zimmer.

»Haben Sie gestern morgen das Schränkchen hier abgestaubt?«

»Ja, Sir.«

»Und diesen Kratzer bemerkt?«

»Nein, Sir.«

»Dessen bin ich sicher, denn das Staubtuch hätte die Lackpartikel weggewischt. Wer bewahrt den Schlüssel zu diesem Schränkchen auf?«

»Der Professor trägt ihn an seiner Uhrkette.«

»Ist es ein einfacher Schlüssel?«

»Nein, Sir, es ist ein Schlüssel von Chubb.«

»Sehr schön, Mrs. Marker. Sie können wieder gehen. Nun sind wir einen kleinen Schritt weiter. Unsere Dame betritt also das Zimmer, geht zum Schreibtisch und öffnet das Schränkchen oder versucht es zu öffnen. In dem Augenblick kommt der junge Willoughby Smith herein. In der Hast, mit der sie den Schlüssel abzieht, macht sie einen Kratzer auf die Tür. Er ergreift sie, und sie nimmt den nächstbesten Gegenstand – das war zufällig das Messer – und stößt damit auf ihn ein, um loszukommen. Der Stoß ist verhängnisvoll. Er fällt zu Boden, sie entflieht, entweder mit dem Gegenstand, desssentwegen sie kam, oder ohne ihn. Ist das Dienstmädchen Susan da? Trat jemand aus dieser

Tür, nachdem Sie den Schrei gehört hatten, Susan?«

»Nein, Sir, das ist unmöglich. Auch schon von der Treppe her hätte ich jeden im Korridor gesehen. Jedenfalls hätte ich gehört, wenn die Tür geöffnet worden wäre.«

»Soviel also zu diesem Ausgang. Dann ist also die Dame auf dem Weg hinausgelangt, auf dem sie hineingekommen war. Und dieser Gang hier führt nur zum Schlafzimmer des Professors. Man kommt über ihn also nicht ins Freie?«

»Nein, Sir.«

»Wir werden ihn einmal ausprobieren und die Bekanntschaft des Professors machen. Hallo, Hopkins, das ist ja sehr wichtig! Wirklich, sehr wichtig! Der Korridor zum Zimmer des Professors ist auch mit Kokosmatten ausgelegt.«

»Ja, und was soll das bedeuten?«

»Sehen Sie denn nicht, was es bedeuten könnte? Nun gut, ich will nicht darauf bestehen. Sicherlich habe ich unrecht. Und doch scheint mir, es wäre ein Anhaltspunkt. Kommen Sie und stellen Sie mich vor.«

Wir schritten durch den Korridor; er hatte dieselbe Länge wie der, der in den Garten führte. An seinem Ende befand sich eine kleine Treppe, die zu einer Tür führte.

Hopkins klopfte und ließ uns den Vortritt in das Schlafzimmer des Professors.

Es war ein sehr großer Raum. Zahllose Bücher, die in den Regalen rings keinen Platz mehr gefunden hatten, lagen stapelweise in den Ecken und zu Füßen der Schränke. Das Bett stand in der Mitte des Zimmers, und darin saß, von Kissen im Rücken gestützt, der Hausherr. Ich bin selten einem Menschen begegnet, der bemerkenswerter aussah. Uns zugekehrt war ein hageres Gesicht mit einer Adlernase;

die durchdringenden dunklen Augen lagen unter dichten, buschigen Brauen in tiefen Höhlen. Haar und Bart waren weiß, abgesehen von der seltsamen gelben Färbung rund um den Mund. Mitten in diesem Gestrüpp weißen Haars glomm eine Zigarette, und die Luft im Raum war geschwängert von abgestandenem Tabakrauch. Als der Mann Holmes die Hand entgegenstreckte, stellte ich fest, daß auch sie gelb von Nikotin war.

»Sind Sie Raucher, Mr. Holmes?« sagte er. Er sprach ein gewähltes Englisch mit einem sonderbaren, gezierten Akzent. »Bitte, nehmen Sie eine von diesen Zigaretten. Und Sie, Sir? Ich kann sie empfehlen, denn ich lasse sie eigens bei Ionides in Alexandria anfertigen. Er schickt mir jedesmal tausend Stück, und ich muß Ihnen leider gestehen, daß ich alle vierzehn Tage eine Sendung brauche. Schlimm, Sir, sehr schlimm, aber ein alter Mann hat nur noch wenige Vergnügungen. Tabak und meine Arbeit – das ist alles, was mir geblieben ist.«

Holmes zündete sich eine Zigarette an und warf kurze Blicke durchs Zimmer.

»Tabak und meine Arbeit, und jetzt nur noch Tabak!« rief der alte Mann. »Ach, welch unheilvolle Unterbrechung! Wer hätte eine so furchtbare Katastrophe voraussehen können? Ein so schätzenswerter junger Mann! Ich versichere Ihnen, nach einigen Monaten Einarbeitung war er ein bewundernswerter Assistent. Was halten Sie von der Sache, Mr. Holmes?«

»Ich habe mir noch kein Urteil gebildet.«

»Ich wäre Ihnen wirklich verbunden, wenn es Ihnen gelänge, ein Licht anzuzünden, da für uns alles dunkel ist. Für einen armen Bücherwurm und Invaliden ist solch ein Schlag lähmend. Mir ist, als hätte ich die Denkfähigkeit eingebüßt. Aber Sie sind ein

Mann der Tat, einer, der das Gefecht sucht. Das gehört zum Alltag Ihres Lebens. In jeder gefährlichen Situation wahren Sie Ihr Gleichgewicht. Wir können uns wirklich glücklich schätzen, Sie an unserer Seite zu wissen.«

Während der alte Professor redete, ging Holmes auf und ab. Ich beobachtete, daß er mit ungewöhnlicher Schnelligkeit rauchte. Es war offensichtlich, er teilte die Vorliebe unseres Gastgebers für ägyptische Zigaretten.

»Ja, Sir, das ist ein niederschmetternder Schlag«, sagte der alte Mann. »Sehen Sie dort mein *magnum opus* – der Stapel drüben auf dem Tischchen, meine Analyse der Dokumente, die man in koptischen Klöstern Syriens und Ägyptens gefunden hat, ein Werk, das tief an die Wurzeln der überkommenen Religion rührt. Bei meiner geschwächten Gesundheit weiß ich nicht, ob ich jemals imstande sein werde, es zu vollenden, nun, da mir mein Assistent genommen wurde. Du lieber Gott, Mr. Holmes, Sie sind ja ein noch schnellerer Raucher als ich.«

Holmes lächelte.

»Ich bin ein Kenner«, sagte er und nahm sich wieder eine Zigarette aus dem Kästchen – die vierte – und zündete sie am Stummel der soeben zu Ende gerauchten an. »Ich will Sie nicht mit einem langen Kreuzverhör belästigen, Professor Coram, da man mir gesagt hat, Sie seien zum Zeitpunkt des Verbrechens im Bett gewesen und könnten nichts wissen. Ich möchte Sie nur das eine fragen: Was, meinen Sie, hat der arme Bursche mit seinen letzten Worten gemeint – ›der Professor … es war sie‹?«

Der Professor schüttelte den Kopf.

»Susan ist ein Mädchen vom Lande«, sagte er, »und Sie kennen die unglaubliche Begriffsstutzigkeit der Menschen dieses Schlages. Ich vermute, daß der arme Bursche in seiner Verwirrung einige zusammenhanglose Worte gemurmelt hat, und sie hat das in eine Botschaft umgemünzt; es bedeutet nichts.«

»Ich verstehe. Sie selbst besitzen wohl keine Erklärung für die Tragödie?«

»Vielleicht ein Unfall; vielleicht – unter uns – ein Selbstmord. Junge Leute haben ihre verborgenen Wirrnisse – eine Liebesaffäre vielleicht, von der wir nie erfahren haben. Das ist eine wahrscheinlichere Vermutung als Mord.«

»Aber der Kneifer.«

»Ach, ich bin nur ein Mann der Wissenschaften, ein Träumer. Ich kann die Dinge des praktischen Lebens nicht erklären. Und doch wissen wir, mein Freund, daß Unterpfande der Liebe in den seltsamsten Formen auftreten. Nehmen Sie doch noch eine Zigarette. Es bereitet Freude, jemanden Tabak so genießen zu sehen. Ein Fächer, ein Handschuh, eine Brille – wer weiß, welche Gegenstände ein Mann als Andenken mit sich herumträgt und wertschätzt, wenn er seinem Leben ein Ende setzen will. Dieser Herr spricht von Fußabdrücken im Gras, aber derlei kann so leicht mißdeutet werden. Und was das Messer angeht: Es kann weit geflogen sein, als der unglückliche Mann fiel. Vielleicht spreche ich wie ein Kind, aber ich halte es für möglich, daß Willoughby Smith seinem Leben mit eigener Hand ein Ende gesetzt hat.«

Holmes schien die Theorie, die da vorgetragen wurde, zu beeindrucken, und er fuhr fort, auf und ab zu gehen und eine Zigarette nach der anderen zu rauchen.

»Sagen Sie mir, Professor Coram«, fragte er schließlich, »was ist in dem Schreibtischschränkchen?«

»Nichts, das einen Dieb interessieren könnte. Familienpapiere, Briefe meiner armen Frau, Diplome von Universitäten, die mich geehrt haben. Hier haben Sie den Schlüssel. Sie können selber nachsehen.«

Holmes nahm den Schlüssel entgegen und betrachtete ihn einen Augenblick lang. Dann gab er ihn zurück.

»Nein, ich glaube kaum, daß mir das helfen würde«, sagte er. »Ich will lieber ruhig in Ihren Garten gehen und mir die ganze Angelegenheit noch einmal durch den Kopf gehen lassen. Es spricht einiges für die Selbstmord-Theorie, die Sie vorgetragen haben. Wir müssen uns bei Ihnen entschuldigen, daß wir einfach eingedrungen sind, Professor Coram, und ich verspreche Ihnen, wir werden Sie bis nach dem Lunch nicht mehr stören. Um zwei Uhr kommen wir wieder und berichten Ihnen dann alles, was sich inzwischen ergeben haben könnte.«

Holmes war seltsam zerstreut, und eine Zeitlang gingen wir schweigend auf dem Gartenweg hin und her.

»Haben Sie den Faden gefunden?« fragte ich schließlich.

»Alles hängt von den Zigaretten ab, die ich geraucht habe«, sagte er. »Es ist möglich, daß ich mich gründlich irre. Die Zigaretten werden es erweisen.«

»Mein lieber Holmes«, rief ich aus, »was um alles in der Welt ...«

»Gut, gut, Sie werden sehen. Wenn nicht, ist auch nichts verdorben. Natürlich haben wir immer noch die Optiker, die uns weiterhelfen können, aber wenn es eine Abkürzung gibt, gehe ich sie. Ah, da ist ja die liebe Mrs. Marker! Wir wollen fünf Minuten aufschlußreiche Konversation mit ihr pflegen.«

Vielleicht habe ich schon einmal erwähnt, daß Holmes, wenn er wollte, eine einnehmende Art hatte, mit Frauen umzugehen, und daß er sehr bald ein vertrauliches Verhältnis zu ihnen herstellen konnte. In der halben Zeit, von der er gesprochen hatte, war es ihm gelungen, das Wohlwollen der Haushälterin zu erobern, und er plauderte mit ihr, als kenne er sie schon seit Jahren.

»Ja, Mr. Holmes, es ist so, wie Sie sagen, Sir. Er raucht etwas Schreckliches, den ganzen Tag und manchmal auch die ganze Nacht, Sir. Ich kenne das Zimmer am Morgen – nun, Sir, man könnte denken, es ist Londoner Nebel. Der arme Mr. Smith war auch ein Raucher, aber nicht ein so schlimmer wie der Professor. Seine Gesundheit – nun, ich weiß nicht, ob ihm das Rauchen bekommt oder nicht.«

»Aha!« sagte Holmes. »Aber es nimmt ihm den Appetit.«

»Das weiß ich nicht, Sir.«

»Ich stelle mir vor, der Professor ißt kaum etwas.«

»Nun, es ist unterschiedlich. Das kann ich sagen.«

»Ich wette, er hat heute morgen nicht gefrühstückt, und er wird auch den Lunch ausschlagen, nach all den Zigaretten, die ich ihn habe konsumieren sehen.«

»Nun, Sir, da sind Sie auf dem Holzweg, denn er hat heute bemerkenswert üppig gefrühstückt. Ich kann mich nicht erinnern, daß er je mehr gegessen hätte, und zum Lunch hat er sich eine große Portion Koteletts bestellt. Ich bin selber überrascht, denn seit ich da gestern in das Arbeitszimmer gekommen bin und den jungen Mr. Smith habe liegen sehen, kann ich den Anblick von Essen nicht ertragen. Nun, einer ist eben nicht wie der andere, und der Professor hat sich den Appetit nicht verderben lassen.«

Wir vertrödelten den Vormittag im Garten. Stanley Hopkins war ins Dorf gegangen, um ein Gerücht zu überprüfen, nach dem einige Kinder am vergangenen Morgen eine fremde Frau auf der Landstraße von Chatham gesehen haben sollten. Die Energie, die meinen Freund gewöhnlich auszeichnete, schien ihn verlassen zu haben. Nie hatte ich beobachtet, daß er einen Fall so halbherzig anging. Sogar die Neuigkeit, die Hopkins mitbrachte, er habe die Kinder gefunden und sie hätten zweifellos eine Frau gesehen, auf die Holmes' Beschreibung genau zutraf und die entweder eine Brille oder einen Kneifer trug, konnte ihm sichtlich kein gesteigertes Interesse entlocken. Aufmerksamer schien er, als Susan, die uns beim Lunch bediente, mit der Nachricht aufwartete, Mr. Smith habe gestern einen Spaziergang gemacht, von dem er erst eine halbe Stunde vor der Tragödie zurückgekommen sei. Ich sah nicht die Wichtigkeit dieser Eröffnung, konnte aber beobachten, daß Holmes sie in den Plan einwob, der in seinem Kopf entstanden war. Plötzlich sprang er vom Stuhl und sah auf seine Uhr.

»Zwei Uhr, meine Herren«, sagte er. »Wir müssen gehen und mit unserem Freund, dem Professor, reden.«

Der alte Mann hatte gerade seinen Lunch beendet, und die leere Schüssel bestätigte den guten Appetit, den die Haushälterin ihm bescheinigt hatte. Er bot wirklich einen unheimlichen Anblick, als er seine weiße Mähne und die glühenden Augen auf uns richtete. Die unvermeidliche Zigarette qualmte im Mund. Er war angezogen und saß in einem Lehnsessel am Kamin.

»Nun, Mr. Holmes, haben Sie das Geheimnis jetzt gelöst?« Er schob die große Blechschachtel mit den Zigaretten, die auf dem Tisch stand, zu meinem Freund hinüber. Holmes hatte im selben Augenblick die Hand danach ausgestreckt, und durch den Zusammenstoß fiel die Schachtel zu Boden. Während der nächsten Minuten lagen wir alle auf den Knien und sammelten Zigaretten aus den unmöglichsten Winkeln. Als wir uns wieder erhoben hatten, sah ich, daß Holmes' Augen glänzten und seine Wangen gerötet waren. Nur an Krisenpunkten habe ich solche Schlachtenzeichen an ihm bemerkt.

»Ja«, sagte er, »ich habe das Rätsel gelöst.«
Stanley Hopkins und ich starrten ihn staunend an. Über die hageren Züge des Professors geisterte etwas wie ein Grinsen.

»Wirklich? Im Garten?«

»Nein. Hier.«

»Hier? Wann?«

»Gerade jetzt.«

»Sie scherzen, Mr. Sherlock Holmes. Sie zwingen mich, Ihnen zu sagen, daß dies eine zu ernste Angelegenheit ist, um sie auf solche Art zu behandeln.«

»Ich habe jedes Glied meiner Kette abgeklopft und geprüft, Professor Coram, und ich bin sicher, daß sie fehlerfrei ist. Über Ihre Motive oder die Rolle, die Sie in der seltsamen Geschichte spielen, kann ich noch nichts Genaues sagen. Das werde ich wahrscheinlich in ein paar Minuten von Ihren eigenen Lippen hören. Inzwischen rekonstruiere ich das Geschehen, so daß Sie erkennen können, welche Informationen ich noch brauche.

Gestern betrat eine Dame Ihr Arbeitszimmer. Sie

kam mit dem Ziel, gewisse Dokumente an sich zu nehmen, die Sie in Ihrem Schreibschränkchen aufbewahren. Sie besaß einen eigenen Schlüssel.

Ich hatte die Gelegenheit, Ihren Schlüssel zu untersuchen, fand an ihm aber nicht den kleinsten Fleck, den der Kratzer auf dem Lack hätte verursachen müssen. Sie sind kein Mitwisser, denn sie ist, soweit ich die Beweise deuten kann, ohne Ihr Wissen gekommen, in der Absicht, Sie zu berauben.«

Der Professor ließ eine Rauchwolke aus seinem Mund aufsteigen. »Das ist höchst interessant und lehrreich«, sagte er. »Haben Sie nichts mehr hinzuzufügen? Da Sie doch nun einmal die Dame bis dahin aufgespürt haben, können Sie sicherlich auch sagen, was aus ihr geworden ist.«

»Ich werde mir Mühe geben. Sie wurde von Ihrem Sekretär ergriffen, und sie erstach ihn, um zu entkommen. Ich bin geneigt, die Katastrophe als einen Unfall zu betrachten, denn ich glaube nicht, daß die Dame den Vorsatz hatte, ein so schwerwiegendes Unrecht zu begehen. Ein Mörder erscheint nicht unbewaffnet. Entsetzt über das, was sie getan hatte, stürzte sie vom Schauplatz der Tragödie. Unglücklicherweise hatte sie in dem Handgemenge ihren Kneifer verloren, und da sie ungewöhnlich kurzsichtig ist, war sie völlig hilflos. Sie lief in einen Korridor und hielt ihn für denselben, über den sie gekommen war – beide sind ja mit Kokosmatten ausgelegt –, und als sie begriff, daß sie in die falsche Richtung geraten war, war es zu spät und der Rückzug abgeschnitten. Was sollte sie tun? Zurückgehen konnte sie nicht, aber auch nicht bleiben, wo sie sich befand. Sie mußte weitergehen. Und sie ging weiter. Sie stieg eine Treppe hinauf, öffnete eine Tür und stand in Ihrem Zimmer.«

Der alte Mann saß mit offenem Munde da und starrte Holmes wild an. Verwirrung und Furcht beherrschten seine ausdrucksvollen Züge. Dann riß er sich mit Mühe zusammen, zuckte die Schultern und ließ ein unechtes Lachen hören.

»Alles sehr schön, Mr. Holmes«, sagte er. »Aber in der glänzenden Theorie gibt es einen kleinen schwachen Punkt. Ich war in diesem Zimmer, und ich habe es den ganzen Tag lang nicht verlassen.«

»Dessen bin ich mir bewußt, Professor Coram.«

»Und Sie nehmen an, ich konnte auf dem Bett dort liegen und nicht bemerken, daß eine Frau mein Zimmer betritt?«

»Das habe ich nicht gesagt. Sie haben es bemerkt. Sie sprachen mit ihr. Sie erkannten sie. Sie verhalfen ihr zur Flucht.«

Wieder brach der Professor in ein schrilles Lachen aus. Er hatte sich erhoben, und seine Augen glühten wie Feuerscheite.

»Sie sind verrückt!« rief er. »Sie reden wie ein Irrer. Ich hätte ihr zur Flucht verholfen? Und wo ist sie jetzt?«

»Dort!« sagte Holmes und zeigte auf einen hohen Bücherschrank in einer Ecke.

Ich sah, wie der alte Mann die Arme hochwarf; ein schreckliches Zucken lief über sein hartes Gesicht, und er fiel in seinen Sessel zurück. Im selben Moment öffnete sich der Bücherschrank, auf den Holmes gedeutet hatte, und eine Frau stürzte ins Zimmer.

»Sie haben recht«, rief sie mit seltsam fremdländischer Stimme, »Sie haben recht! Ich bin hier.«

Sie war grau von Staub und mit den Spinnweben von den Wänden ihres Verstecks behangen. Auch ihr Gesicht war schmutzig, aber selbst unter besten Voraussetzungen hätte sie nicht für ansehnlich gelten können, weil sie genau die körperlichen Eigenschaften aufwies, die Holmes vorausgesagt hatte; dazu kam noch ein langes, eigenwilliges Kinn. Wegen ihrer Sehschwäche und dem Wechsel vom Dunklen ins Helle stand sie wie betäubt, blinzelte nach allen Seiten, um auszumachen, wo wir uns befanden. Und trotz all dieser Nachteile lag eine gewisse Vornehmheit in der Haltung der Frau, eine Unerschrockenheit in ihrem herausfordernden Kinn und dem hocherhobenen Kopf, die einem Respekt und Bewunderung abnötigten. Stanley Hopkins legte die Hand auf ihren Arm und erklärte sie für verhaftet, aber sie schob ihn sanft beiseite, mit einer überwältigenden Würde, die Gehorsam heischte. Der alte Mann hing mit zuckendem Gesicht in seinem Sessel und starrte sie mit brütendem Blick an.

»Ja, Sir, ich bin Ihre Gefangene«, sagte sie. »Ich konnte in meinem Versteck alles verstehen und weiß, daß Sie die Wahrheit kennen. Ich gebe alles zu. Ich war es, die den jungen Mann getötet hat. Aber Sie haben recht, wenn Sie sagen, daß es ein Unfall war. Ich wußte nicht einmal, daß es ein Messer war, was meine Hand hielt, denn in der Verzweiflung nahm ich den erstbesten Gegenstand vom Tisch und stieß damit nach ihm, um ihn zu zwingen, mich loszulassen.«

»Madame«, sagte Holmes, »ich bin sicher, daß Sie die Wahrheit sprechen. Ich fürchte, Sie fühlen sich nicht wohl.«

Ihr Gesicht hatte eine schreckliche Farbe angenommen, die durch die dunklen Schmutzstriemen noch gespenstischer wirkte. Sie setzte sich auf das Bett. Dann begann sie wieder zu reden.

»Mir bleibt hier nur noch wenig Zeit«, sagte sie, »aber ich möchte, daß Sie die ganze Wahrheit wissen. Ich bin die Frau dieses Mannes. Er ist kein

Engländer, er ist Russe. Seinen Namen werde ich Ihnen nicht verraten.«

Zum erstenmal bewegte sich der alte Mann. »Gott segne dich dafür, Anna!« rief er, »Gott segne dich!«

Sie warf einen Blick voll der tiefsten Verachtung in seine Richtung. »Warum klammerst du dich so sehr an dein nichtswürdiges Leben, Sergio?« sagte sie. »Es hat vielen Leid und niemandem Gutes bereitet – nicht einmal dir. Aber es steht mir nicht an, dazu beizutragen, daß der brüchige Faden vor der Zeit durchschnitten wird, die Gott gesetzt hat. Ich habe schon genug auf meine Seele geladen, seit ich die Schwelle dieses verfluchten Hauses überschritten habe. Aber ich muß reden, es könnte sonst zu spät sein.

Ich habe Ihnen gesagt, meine Herren, daß ich die Frau dieses Mannes bin. Er war fünfzig und ich ein dummes Mädchen von zwanzig, als wir heirateten. Das war in einer russischen Stadt, an einer Universität – ich nenne den Ort nicht.«

»Gott segne dich, Anna!« murmelte der alte Mann wieder.

»Wir waren Reformer – Revolutionäre – Nihilisten, verstehen Sie? Er und ich und viele andere. Eine unruhige Zeit brach an, ein Polizeioffizier wurde getötet, viele sperrte man ein, und man suchte Zeugen; um sein eigenes Leben zu retten und eine große Belohnung zu erhalten, verriet mein Mann die eigene Frau und seine Gefährten. Ja, wir wurden alle auf Grund seines Geständnisses verhaftet. Einige von uns kamen an den Galgen, die anderen nach Sibirien. Ich befand mich unter letzteren, aber ich war nicht zu lebenslänglicher Verbannung verurteilt. Mein Mann verschwand mit seinem unehrlich erworbenen Gewinn nach England, und hier hat er seither unauffällig gelebt, wohl wissend, daß er nicht eine Woche länger am Leben bleiben würde, wenn die Bruderschaft erfuhr, wo er sich aufhielt.«

Der alte Mann nahm zitternd eine Zigarette. »Ich bin in deiner Hand, Anna«, sagte er. »Du bist immer gut zu mir gewesen.«

»Ich habe Ihnen noch nicht vom Gipfel seiner Schurkerei erzählt«, sagte sie. »Unter unseren Gefährten gab es einen, dem ich von Herzen zugetan war. Er war edel, selbstlos, liebevoll – alles, was mein Mann nicht war. Er verabscheute Gewaltanwendung. Wir alle hatten uns schuldig gemacht – wenn man es Schuld nennen kann –, aber er nicht. Er hatte mir immer wieder geschrieben, um mich von solch einem Weg abzubringen. Diese Briefe hätten ihn retten können, auch mein Tagebuch, dem ich Tag für Tag meine Gefühle für ihn und unser beider Ansichten anvertraut hatte. Mein Mann fand die Briefe und das Tagebuch und nahm alles an sich. Er versteckte alles und tat, was er konnte, um das Leben des jungen Mannes durch seine Aussagen zu zerstören. Er hat zwar sein Ziel nicht erreicht, aber Alexis wurde als Gefangener nach Sibirien verschickt, wo er heute noch in einem Salzbergwerk arbeitet. Denk daran, du Schurke, du Schurke! Jetzt, jetzt, in diesem Augenblick, arbeitet und lebt Alexis, dessen Namen auszusprechen du nicht würdig bist, wie ein Sklave. Ich habe dein Leben in der Hand und lasse dich trotzdem gehen.«

»Du warst immer eine edelmütige Frau, Anna«, sagte der alte Mann und paffte an seiner Zigarette.

Sie hatte sich erhoben, fiel aber mit einem leisen Schmerzensschrei wieder zurück.

»Ich muß zum Ende kommen«, sagte sie. »Als

meine Strafzeit vorüber war, beschloß ich, das Tagebuch und die Briefe, die die Entlassung meines Freundes bewirken konnten, wenn sie an die russische Regierung geschickt würden, zurückzubekommen. Ich wußte, daß mein Mann nach England gegangen war. Nach einmonatiger Suche entdeckte ich, wo er sich aufhielt. Ich wußte, daß er das Tagebuch noch besaß, denn als ich in Sibirien war, hatte er mir einmal einen Brief geschrieben, in dem er mich tadelte und einige Abschnitte daraus zitierte. Aber ich war mir bei seiner rachsüchtigen Natur sicher, daß er mir das Tagebuch nie freiwillig gegeben hätte. Ich mußte selbst heranzukommen versuchen. Zu diesem Zweck engagierte ich einen Agenten eines Detektivbüros, der ließ sich von meinem Mann als Sekretär anstellen – er war dein zweiter Sekretär, Sergio, derjenige, der so plötzlich bei dir aufhörte. Er fand heraus, daß in dem Schreibtischschränkchen Papiere aufbewahrt wurden, und machte einen Abdruck von dem Schlüssel. Mehr wollte er nicht tun. Er hat mich mit einem Plan des Hauses ausgestattet und mir berichtet, daß das Arbeitszimmer am Vormittag fast immer leer sei, da der Sekretär hier oben zu tun habe. So nahm ich denn schließlich mein Herz in beide Hände und fuhr her, um das Buch und die Briefe an mich zu bringen. Ich hatte Erfolg – aber um welchen Preis!

Ich hatte alles an mich genommen und wollte gerade das Schränkchen wieder abschließen, als der junge Mann mich angriff. Ich hatte ihn am Morgen schon gesehen. Ich war ihm auf der Landstraße begegnet und hatte ihn gefragt, wo Professor Coram wohnt, ohne zu wissen, daß er sein Angestellter war.«

»So war es! So war es!« sagte Holmes. »Der Sekretär ist zu seinem Arbeitgeber zurückgegangen und hat ihm erzählt von der Frau, die er getroffen hatte. Und mit seinem letzten Atemzug hat er versucht, die Mitteilung zu formulieren, daß sie es war – die Frau, über die er mit dem Professor gesprochen hatte.«

»Lassen Sie mich reden«, sagte die Frau mit befehlender Stimme, und ihr Gesicht zog sich zusammen, als litte sie Schmerzen. »Als er fiel, stürzte ich aus dem Raum, geriet in den falschen Korridor und fand mich plötzlich im Zimmer meines Mannes wieder. Er sprach davon, mich der Polizei anzuzeigen. Ich machte ihm klar, daß sein Leben in meiner Hand lag. Wenn er mich an das Gesetz auslieferte, würde ich ihn an die Bruderschaft ausliefern. Ich wollte nicht um meinetwillen weiterleben, sondern um meine Aufgabe zu erfüllen. Er wußte, ich würde wahr machen, was ich ihm androhte, und er hatte verstanden, daß sein Schicksal an das meine gebunden war. Aus diesem und keinem anderen Grund hat er mich gedeckt. Er schob mich in dieses dunkle Versteck, ein Überbleibsel aus alten Zeiten, dessen Verwendungsmöglichkeiten nur er kannte. Er nahm die Mahlzeiten in seinem Zimmer ein, und so konnte er mir die Hälfte des Essens ablassen. Wir hatten vereinbart, daß ich aus dem Haus gehen sollte, sobald die Polizei abgezogen war, und daß wir uns nie wiedersehen würden. Aber irgendwie haben Sie unsere Pläne durchschaut.«

Sie zog aus Ihrem Kleid ein kleines Päckchen. »Ich habe einen letzten Wunsch«, sagte sie. »Dieses Päckchen wird Alexis' Leben retten. Ich vertraue es Ihrer Ehre und Gerechtigkeitsliebe an. Nehmen Sie es. Und bringen Sie es zur russischen Botschaft. Jetzt habe ich meine Pflicht getan, und ich...«

»Haltet sie zurück!« rief Holmes. Er machte einen

Satz durch das Zimmer und wand ihr ein Fläschchen aus der Hand.

»Zu spät«, sagte sie und sank auf das Bett zurück. »Zu spät! Ich habe das Gift schon genommen, ehe ich das Versteck verließ. Mir dreht sich's vor Augen, ich sterbe! Ich mache es Ihnen zur Pflicht, Sir, das Päckchen nicht zu vergessen.«

»Ein einfacher Fall, aber in mancher Hinsicht lehrreich«, bemerkte Holmes, als wir nach London zurückfuhren. »Von Anfang an hing alles von dem Kneifer ab. Aber ohne den Glücksumstand, daß der sterbende Mann ihn packen konnte – nein, ich bin nicht sicher, daß wir jemals zur Lösung gelangt wären.

Für mich stand fest, nachdem ich die Stärke der Gläser erkannt hatte, daß die Trägerin durch den Verlust fast blind und völlig hilflos sein mußte. Als Sie mir erklärten, sie wäre über einen schmalen Grasstreifen gegangen, ohne einen Fehltritt zu tun, traf ich die Feststellung, wie Sie sich erinnern werden, daß dies eine bemerkenswerte Leistung sei. Für mich selbst nannte ich es eine unmögliche Leistung, es sei denn, wir hätten es mit dem unwahrscheinlichen Fall zu tun, daß sie eine zweite Brille bei sich trug. So war ich also gezwungen, ernsthaft die Hypothese zu erwägen, daß sie im Haus geblieben sei. Als ich die Ähnlichkeit der beiden Korridore entdeckte, wurde mir klar, wie leicht sie hier einen Fehler begangen haben könnte, und in dem Falle lag es auf der Hand, daß sie in das Zimmer des Professors geraten sein mußte. Deshalb hatte ich ein wachsames Auge auf alles, was diese Annahme bestätigen konnte, und ich durchforschte das Zimmer des Professors nach etwas, das als Versteck dienen konnte. Der Teppich war ein durchgehendes Stück, zudem festgenagelt; so gab ich die Vermutung auf, es könne sich eine Falltür im Zimmer befinden. Vielleicht war eine Zuflucht hinter den Büchern. Wie Sie wissen, hat man solche kunstvoll angelegten Verstecke in alten Bibliotheken häufig. Ich beobachtete, daß im ganzen Zimmer Bücherstapel herumstanden, nur nicht vor dem einen Schrank. Hier lag möglicherweise der Eingang. Ich fand keine Spuren, an die ich mich hätte halten können, aber der Teppich war graubraun, eine Farbe, die für eine Untersuchung sehr günstig ist. Deshalb rauchte ich so viele von diesen ausgezeichneten Zigaretten, und ich streute die Asche vor den verdächtigen Bücherschrank. Das war ein simpler, aber äußerst wirkungsvoller Trick. Wir gingen dann nach unten, und ich versicherte mich in Ihrem Beisein, Watson, und ohne daß Sie den Trend meiner Bemerkungen ganz erfaßten, daß Professor Corams Verbrauch an Lebensmitteln gestiegen war – wie man erwarten durfte, wenn er eine zweite Person versorgte. Wir gingen wieder hinauf in das Zimmer des Professors, und indem ich das Zigarettenkästchen hinunterwarf, erlangte ich einen ausgezeichneten Überblick über den Teppich, und die Spuren auf der Zigarettenasche erwiesen klar, daß die Gefangene während unserer Abwesenheit aus ihrem Versteck gekommen war.

Nun, Hopkins, wir sind in Charing Cross. Ich gratuliere Ihnen, daß Sie Ihren Fall zu einem erfolgreichen Abschluß gebracht haben. Sie gehen jetzt wahrscheinlich ins Präsidium. Und wir, Watson, fahren gemeinsam zur russischen Botschaft.«

Der verschwundene Rugby-Spieler

Wir waren durchaus daran gewöhnt, schicksalsschwere Telegramme in der Baker Street zu empfangen, aber eines, das uns vor sieben oder acht Jahren an einem trüben Februarmorgen erreichte und Mr. Sherlock Holmes eine Viertelstunde Verwirrung bescherte, ist mir besonders in Erinnerung geblieben. Es war an ihn adressiert und lautete:

›Erwarten Sie mich bitte. Schreckliches Unglück. Der rechte Dreiviertel-Spieler fehlt. Morgen unentbehrlich. – Overton‹.

»Aufgegeben um zehn Uhr sechsunddreißig im Postamt Strand«, sagte Holmes und las den Text immer wieder. »Mr. Overton war anscheinend beträchtlich aufgeregt, als er es absandte, und irgendwie inkonsequent. Na gut, er wird hier sein, wage ich zu behaupten, wenn ich die *Times* durchgesehen habe. Dann erfahren wir ja alles. In dieser Flaute wäre mir auch das unbedeutendste Problem willkommen.«

Tatsächlich ging es zu dieser Zeit bei uns sehr langsam voran, und ich hatte solche Perioden von Untätigkeit fürchten gelernt, denn ich wußte aus Erfahrung, das Hirn meines Gefährten war so abnorm auf Aktivität eingestellt, daß es gefährlich war, es ohne Material zu lassen, mit dem es sich beschäftigen konnte. Im Laufe von Jahren hatte ich ihn allmählich von jener Rauschgiftsucht entwöhnt, die einmal seine bemerkenswerte Karriere aufzuhalten drohte. Jetzt wußte ich, daß er unter normalen Umständen das Aufputschmittel nicht mehr benötigte; aber ich war mir sehr wohl bewußt, daß der Teufel nicht tot war, sondern nur schlief. Und ich hatte auch erfahren, wie leicht dieser Schlaf war und wie nah das Aufwachen, eben in Perioden des Müßiggangs, wenn das asketische Gesicht blutleer war und in den tiefliegenden, unergründlichen Augen ein brütender Ausdruck lag. Und so segnete ich diesen Mr. Overton, wer er auch sein mochte, weil er mit seiner rätselhaften Nachricht in die gefährliche Windstille einbrach, die mehr Gefahr für meinen Freund mit sich führte als alle Stürme seines unsteten Lebens.

Wie wir erwartet hatten, folgte dem Telegramm bald sein Absender; die Visitenkarte des Mr. Cyril Overton vom Trinity-College in Cambridge war Vorbote der Ankunft eines riesigen jungen Mannes, zwei Zentner solider Knochen und Muskeln, der die Tür mit seinen breiten Schultern ausfüllte und zwischen uns hin- und herblickte, mit einem hübschen Gesicht, das vor Angst verstört wirkte.

»Mr. Sherlock Holmes?«

Mein Gefährte verbeugte sich.

»Ich war schon bei Scotland Yard, Mr. Holmes. Ich habe mit Inspektor Stanley Hopkins gesprochen. Er riet mir, Sie aufzusuchen. Er sagte, der Fall sei, soweit er das beurteilen könne, eher etwas für Sie als für die Polizei.«

»Setzen Sie sich bitte und erzählen Sie mir, was los ist.«

»Es ist schrecklich, Mr. Holmes, einfach schrecklich. Ich wundere mich, daß ich keine grauen Haare bekommen habe. Godfrey Staunton – Sie haben natürlich von ihm gehört? –, also er ist der Angelpunkt, um ihn dreht sich das ganze Team. Ich würde lieber auf zwei Spieler aus dem Sturm verzichten, wenn ich Godfrey für die Dreiviertel-Reihe haben könnte. Ob es sich ums Handspiel handelt, um den Zweikampf oder ums Dribbeln – es gibt keinen, der an ihn heranreicht. Und dann spielt er auch noch mit Kopf und hält die Mannschaft zusammen. Was soll ich tun? Das wollte ich Sie fragen, Mr. Holmes. Ich habe Moorhouse aus der ersten Reserve, aber der ist auf Halbspieler gedrillt und ihn zieht es immer ins Gedränge, er kann nicht an der Aus-Linie bleiben. Gewiß, er hat einen satten Kiek aber er übersieht das Spiel nicht und kann überhaupt nicht sprinten. Morton oder Johnson, die Oxford-Stürmer, würden jederzeit an ihm vorbeiziehen. Stevenson ist schnell genug, aber er könnte von der 25-m-Linie keine Pässe abgeben, und einen Dreiviertel-Spieler, der keine anständigen Sprungtritte noch das Handspiel vorweisen kann, wird man nicht aufstellen, nur weil er schnell ist. Nein, Mr. Holmes, wir sind verloren, es sei denn, Sie helfen mir, Godfrey Staunton zu finden!«

Mein Freund hatte sich mit amüsiertem Staunen diese lange Rede angehört, die mit außergewöhnlicher Energie und Ernsthaftigkeit vorgetragen worden war, zusätzlich akzentuiert durch Schläge der muskulösen Hand aufs Knie. Als unser Besucher schwieg, reckte Holmes den Arm nach seiner Notizsammlung und schlug den Buchstaben S auf. Diesmal suchte er vergebens in dieser Fundgrube mannigfaltiger Information.

»Hier gibt es Arthur H. Staunton, das war der hoffnungsvolle junge Fälscher«, sagte er, »und einen Henry Staunton, dem habe ich an den Galgen verholfen. Aber der Name Godfrey Staunton ist neu für mich.«

Jetzt war die Reihe an unserem Besucher, erstaunt dreinzusehen.

»Aber Mr. Holmes, ich dachte, Sie sind ein informierter Mann«, sagte er. »Ich darf also annehmen, daß Sie noch nie von Godfrey Staunton gehört haben und auch nichts von Cyril Overton?«

Holmes schüttelte gut gelaunt den Kopf.

»Heiliger Bimbam!« rief der Athlet. »Ich war Ersatzmann für England im Spiel gegen Wales, und ich coache die Uni-Mannschaft dieses Jahr. Aber das ist noch gar nichts. Ich hatte nicht geglaubt, daß es eine Seele in England gibt, die Godfrey Staunton nicht kennt, den Crack unter den Dreiviertel-Spielern von Cambridge, Blackheath, und fünfmal international eingesetzt. Du lieber Himmel! Mr. Holmes, wo leben Sie denn?«

Holmes lachte über die naive Verwunderung des jungen Riesen.

»Sie leben in einer anderen Welt, Mr. Overton, in einer freundlicheren und glücklicheren. Ich beschäftige mich mit vielem in der Gesellschaft, aber noch nie hatte ich – und darüber bin ich froh – etwas mit dem Amateursport zu tun, der besten und gesündesten Sache, die es in England gibt. Dennoch beweist mir Ihr unerwarteter Besuch heute morgen, daß es sogar in der Welt der frischen Luft und des Fair play etwas für mich zu tun geben könnte. So, und jetzt, mein lieber Herr, setzen Sie sich bitte und erzählen Sie mir langsam und ruhig ganz genau, was sich zugetragen hat und wie ich Ihnen Ihrer Meinung nach helfen kann.«

Das Gesicht des jungen Overton nahm den bekümmerten Ausdruck dessen an, der eher gewohnt ist, seine Muskeln anzustrengen als seinen Verstand; aber allmählich, mit vielen Wiederholungen und unverständlichen Passagen, die ich aus der Erzählung herauslasse, breitete er seine seltsame Geschichte vor uns aus.

»Es ist so, Mr. Holmes: Wie ich schon gesagt habe, bin ich der Coacher des Rugby-Teams von der

Uni Cambridge und Godfrey Staunton ist mein bester Mann. Morgen sollen wir gegen Oxford spielen. Gestern sind wir alle angereist und haben uns in der Pension Bentley eingemietet. Um zehn Uhr habe ich meine Runde gemacht und nachgesehen, ob alle Burschen in den Federn lagen, denn ich glaube an hartes Training und viel Schlaf, um ein Team fitzuhalten. Mit Godfrey sprach ich noch ein paar Takte, ehe er ins Nest ging. Er schien mir blaß und bekümmert zu sein. Ich fragte ihn, was denn los wäre. Er sagte, er fühlte sich gut, hätte nur ein bißchen Kopfschmerzen. Ich wünschte ihm eine gute Nacht und ging weg. Eine halbe Stunde später sagt mir der Portier, ein wüst aussehender Mann mit Bart hätte eine Nachricht für Godfrey gebracht, und da er noch nicht schlief, habe man sie ihm aufs Zimmer gebracht. Godfrey hat den Brief gelesen und ist auf einen Stuhl gefallen, als hätte man ihn vor den Kopf geschlagen. Der Portier war so verängstigt, daß er mich holen wollte, aber Godfrey hat ihn davon abgehalten, einen Schluck Wasser getrunken und sich zusammengenommen. Dann ist er nach unten gelaufen und hat ein paar Worte mit dem Mann gesprochen, der in der Halle wartete, und die beiden sind miteinander fortgegangen. Das letzte, was der Portier von ihnen sah, war, daß sie die Straße in Richtung Strand fast hinunterrannten. Heute früh war Godfreys Zimmer leer und sein Bett unberührt, und seine Sachen waren noch genauso, wie ich sie am Abend zuvor gesehen hatte. Er ist mit diesem Fremden auf und davon gegangen, und seitdem hat man kein Wort mehr von ihm gehört. Ich glaube nicht, daß er jemals zurückkommt. Er war ein Sportsmann, unser Godfrey, bis ins Mark. Nie hätte er das Training aufgegeben und seinen Coacher hängenlassen, wenn es sich nicht um eine Sache handelte, die ihm über den Kopf gewachsen war. Nein. Ich habe das Gefühl, er ist für immer fort und wir sollen ihn nie wiedersehen.«

Sherlock Holmes hörte sich diese seltsame Geschichte mit größter Aufmerksamkeit an.

»Was haben Sie unternommen?«

»Ich habe nach Cambridge telegraphiert, um zu erfahren, ob man dort etwas über seinen Aufenthalt weiß. Antwort ist gekommen: ›Niemand gesehen‹.«

»Hätte er denn überhaupt nach Cambridge zurückfahren können?«

»Ja, es gibt einen Nachtzug – Viertel nach elf.«

»Aber soweit Sie wissen, hat er ihn nicht genommen.«

»Ja. Keiner hat ihn gesehen.«

»Und was taten Sie als nächstes?«

»Ich telegraphierte an Lord Mount-James.«

»Warum an Lord Mount-James?«

»Godfrey ist eine Waise und Lord Mount-James sein nächster Verwandter – sein Onkel, glaube ich.«

»So so. Das wirft ein anderes Licht auf die Angelegenheit. Lord Mount-James ist einer der reichsten Männer Englands.«

»Godfrey hat so etwas gesagt.«

»Und Ihr Freund ist nahe mit ihm verwandt?«

»Ja, er ist sein Erbe, und der alte Junge ist fast achtzig – und bis zum Stehkragen voller Gicht. Es heißt, er könnte sein Queue mit den bloßen Knöcheln kreiden. Er hat Godfrey nie einen Shilling gegönnt, so ein schäbiger Filz, aber bald wird ihm ja alles zufallen.«

»Haben Sie von Lord Mount-James etwas gehört?«

»Nein.«

»Aus welchem Grund hätte Ihr Freund zu Lord Mount-James fahren sollen?«

»Nun, etwas bedrückte ihn am Abend, und wenn es mit Geld zusammenhing, ist es möglich, daß er sich an den nächsten Verwandten wenden wollte, der soviel davon besitzt, wenn er auch, wie ich gehört habe, keine große Chance hat, da was zu bekommen. Godfrey mag ihn nicht sehr. Er würde nicht zu ihm gehen, wenn es sich vermeiden ließ.«

»Das läßt sich leicht feststellen. Wenn aber Ihr Freund seinen Verwandten, den Lord Mount-James, aufgesucht hat, bleibt der Besuch des wüst aussehenden Burschen zu so später Stunde zu klären und die Aufregung, die er ausgelöst hat.«

Cyril Overton preßte die Hände gegen die Schläfen. »Ich verstehe das alles nicht«, sagte er.

»Nun, nun, ich habe gerade einen freien Tag und werde gern einen Blick in die Angelegenheit werfen«, sagte Holmes. »Ich würde Ihnen sehr empfehlen, Ihre Vorbereitungen auf das Spiel weiterzutreiben, ohne auf den jungen Gentleman zu rechnen. Es muß sich, wie Sie sagen, um eine Sache handeln, die ihm über den Kopf gewachsen ist, daß es ihn auf diese Weise fortgezogen hat, und die gleiche Sache hält ihn wahrscheinlich auch weiterhin fern. Gehen wir gemeinsam zum Hotel und schauen wir, ob der Portier uns einen neuen Fingerzeig geben kann.«

Sherlock Holmes verstand sich meisterhaft auf die Kunst, einfache Zeugen im Stand der Ungezwungenheit zu halten, und so gelang es ihm, in der Intimität des verlassenen Zimmers, das Godfrey bewohnt hatte, aus dem Portier alles herauszuholen, was er zu erzählen wußte. Der Besucher vom gestrigen Abend war kein Gentleman, aber auch kein Arbeiter. Der Portier beschrieb ihn als ›durchschnittlich aussehenden Burschen‹, als Mann von fünfzig, mit grauem Bart und blassem Gesicht, in unauffälliger Kleidung, der selber aufgeregt zu sein schien. Der Portier hatte beobachtet, daß ihm die Hand zitterte, als er den Brief übergab. Godfrey Staunton hatte den Brief in die Tasche gestopft. Staunton hatte dem Mann in der Halle nicht die Hand gegeben. Sie hatten einige Sätze gewechselt, von denen der Portier nur das Wort ›Zeit‹ verstehen konnte. Dann waren sie auf die schon beschriebene Art davongegangen. Die Uhr in der Halle hatte halb elf angezeigt.

»Einen Augenblick, bitte«, sagte Holmes und setzte sich auf Stauntons Bett. »Sie sind doch der Tagportier.«

»Ja, Sir. Um elf bin ich mit der Arbeit fertig.«

»Und der Nachtportier hat nichts bemerkt?«

»Nein, Sir. Eine Gesellschaft kam spät aus dem Theater. Sonst niemand.«

»Hatten Sie gestern den ganzen Tag Dienst?«

»Ja, Sir.«

»Haben Sie Mr. Staunton irgendeine Nachricht aufs Zimmer gebracht?«

»Ja, Sir, ein Telegramm.«

»Ah, das ist interessant! Um wieviel Uhr war das?«

»Gegen sechs.«

»Wo war Mr. Staunton, als er es entgegennahm?«

»Hier in diesem Zimmer.«

»Waren Sie dabei, als er es öffnete?«

»Ja, Sir. Ich wartete, ob er eine Antwort schicken wollte.«

»Und? Hat er eine Antwort geschrieben?«

»Ja, Sir. Er hat eine geschrieben.«

»Und Sie nahmen sie entgegen?«

»Nein, er hat sie selbst weggebracht.«

»Aber er schrieb in Ihrer Gegenwart?«

»Ja, Sir. Ich stand neben der Tür und er am Tisch, mit dem Rücken zu mir. Als er mit Schreiben fertig war, sagte er: ›Geht in Ordnung, Portier, ich besorge das selbst.‹«

»Womit hat er geschrieben?«

»Mit einer Feder, Sir.«

»Hat er eines von den Telegrammformularen hier auf dem Tisch benutzt?«

»Ja, Sir, das oberste.«

Holmes erhob sich. Er nahm den Packen Formulare, ging damit zum Fenster und untersuchte gründlich das Blatt, das obenauf lag.

»Schade, daß er nicht mit Bleistift geschrieben hat«, sagte er und warf die Formulare mit einem enttäuschten Achselzucken wieder auf den Tisch. »Wie Sie wohl oft bemerkt haben, Watson, drückt sich dann die Schrift meistens durch – ein Umstand, der schon manche glückliche Ehe auseinandergebracht hat. Aber hier kann ich keine Spur finden. Doch freue ich mich, erkannt zu haben, daß er mit einer breiten Feder schrieb, und ich zweifle kaum daran, daß wir einen Abdruck auf dem Löschblatt finden werden.«

Er riß vom Löschpapier einen Streifen ab und schob uns die folgenden Hieroglyphen zu:

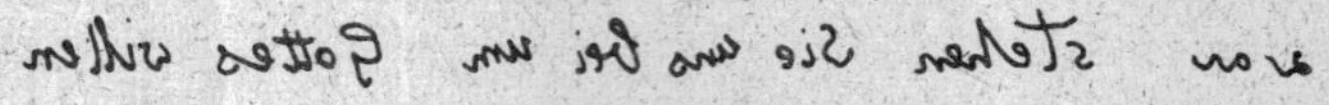

Cyril Overton war sehr aufgeregt. »Halten Sie es gegen den Spiegel!« rief er.

»Das ist nicht nötig«, sagte Holmes. »Das Papier ist dünn, und die Rückseite wird den Text enthüllen. Hier haben wir's schon.« Er drehte das Blatt um, und wir lasen:

a ar stehen Sie uns bei um Gottes willen

»Das ist also der Schluß des Telegramms, das Godfrey Staunton einige Stunden vor seinem Verschwinden aufgab. Mindestens sechs Wörter sind uns entgangen; aber was übrigbleibt – ›stehen Sie uns bei – um Gottes willen‹ –, beweist, daß er eine furchtbare Gefahr kommen sah, vor der jemand ihn bewahren sollte. Und dann: ›uns‹! Eine weitere Person ist also in die Sache verwickelt. Wer anders könnte das sein als dieser blasse bärtige Mann, der in einem sichtlich nervösen Zustand zu sein schien. Welche Verbindung besteht also zwischen Godfrey Staunton und dem Bärtigen? Und wer ist der Dritte, von dem die beiden sich Hilfe vor der drohenden Gefahr erwarteten? So weit haben unsere Nachforschungen das Problem schon eingeengt.«

»Wir müssen nur herauskriegen, an wen er sich mit dem Telegramm wandte«, schlug ich vor.

»Genau das, mein lieber Watson. Ihre bestimmt folgerichtige Überlegung ist mir auch bereits durchs Hirn gegangen. Aber sicherlich ist es auch Ihnen schon zu Ohren gekommen, daß Sie, wenn Sie in ein Postamt spazieren und das Kontrollblatt einer Nachricht sehen wollen, die ein anderer aufgegeben hat, auf ziemliche Ablehnung von seiten der Beamten stoßen könnten. Auf dem Gebiet wiehert der Amtsschimmel! Dennoch zweifle ich nicht, daß wir mit einem bißchen Fingerspitzengefühl und Schlauheit ans Ziel kommen. Erst einmal würde ich gern in Ihrem Beisein, Mr. Overton, die Papiere hier auf dem Tisch durchsehen.«

Da lagen einige Briefe, Quittungen und Notizbücher, die Holmes mit schnellen, nervösen Handbewegungen und flinken, scharfen Blicken überprüfte.

»Nichts«, sagte er schließlich. »Übrigens: Ich nehme an, Ihr Freund ist ein durch und durch gesunder junger Bursche, dem nichts fehlt?«

»Gesund wie frische Luft.«

»Nie krank?«

»Nicht einen Tag. Einmal hat man ihm in die Knochen getreten, und einmal hat er sich das Knie verrenkt, aber das sind ja keine Krankheiten.«

»Vielleicht ist er gar nicht so stark, wie Sie annehmen. Ich glaube, er hat irgendein geheimes Leiden. Mit Ihrer Zustimmung möchte ich einige von diesen Papieren an mich nehmen; es könnte sein, daß sie etwas mit unseren Nachforschungen zu tun haben.«

»Moment mal, Moment mal!« rief eine streitsüchtige Stimme, und als wir in die Richtung blickten, aus der sie kam, sahen wir in der Tür einen zappelnden, zuckenden komischen alten Mann. Er war in verschossenes Schwarz gekleidet und trug einen breitrandigen Zylinder und eine lose weiße Halsbinde – alles in allem machte er den Eindruck eines Pastors vom Land oder eines Angstellten von einem Bestattungsinstitut. Und doch, im Gegensatz zu seiner schäbigen, abgeschmackten Erscheinung, war seine Stimme scharf und die Art seines Auftretens von einer Spannung beherrscht, die Aufmerksamkeit heischte.

»Wer sind Sie, Sir, und mit welchem Recht rühren Sie an die Papiere des Herrn?« fragte er.

»Ich bin Privatdetektiv und versuche, das Verschwinden ebendes Mannes aufzuklären.«

»Tun Sie das? Und wer hat Sie damit beauftragt?«

»Der Herr hier, ein Freund von Mr. Staunton; Scotland Yard hat ihn an mich verwiesen.«

»Und wer sind Sie, Sir?«

»Cyril Overton.«

»Dann haben Sie mir das Telegramm geschickt. Mein Name ist Lord Mount-James. Ich bin so schnell gekommen, wie es der Bus von Bayswater zuläßt. Sie haben also den Detektiv beauftragt?«

»Ja, Sir.«

»Und Sie sind auch bereit, die Kosten zu tragen?«

»Ich hege keinen Zweifel, daß mein Freund Godfrey, wenn wir ihn gefunden haben, das tun wird.«

»Und wenn er nicht gefunden wird, he? Beantworten Sie mir die Frage.«

»In dem Fall wird zweifellos seine Familie...«

»Nichts da, Sir!« kreischte der kleine Mann. »Mich brauchen Sie um keinen Penny anzugehen, um keinen Penny! Merken Sie sich das, Herr Detektiv! *Ich* bin die ganze Familie des jungen Mannes, und ich sage Ihnen, daß ich für nichts aufkomme. Wenn er überhaupt etwas erwarten darf, dann nur, weil ich nie Geld verschwendet habe, und ich bin nicht willens, jetzt damit anzufangen. Und was die Papiere betrifft, derer Sie sich so frei bedienen, möchte ich Ihnen sagen, daß Sie, wenn es sich um etwas von Wert handeln sollte, Rechenschaft ablegen müssen, was Sie damit getan haben.«

»Geht in Ordnung, Sir«, sagte Sherlock Holmes. »Darf ich Sie inzwischen fragen, ob Sie eine Erklärung für das Verschwinden des jungen Menschen haben?«

»Nein, Sir, die habe ich nicht. Er ist groß und alt genug, um auf sich selber aufzupassen, und wenn er so blöde ist, verlorenzugehen, lehne ich jede Verantwortung ab, nach ihm zu suchen.«

»Ich verstehe Ihre Haltung«, sagte Holmes mit einem boshaften Augenzwinkern. »Vielleicht verstehen Sie die meine nicht ganz. Godfrey scheint ein armer Mann zu sein. Wenn er gekidnappt worden ist, dann wohl nicht seines eigenen Besitzes wegen. Der Ruf Ihres Reichtums ist weit verbreitet, Lord Mount-James, und ich halte es für durchaus möglich, daß sich eine Verbrecherbande Ihres Neffen bemächtigt hat, um von ihm Informationen über Ihr Haus, Ihre Gewohnheiten und den Aufbewahrungsort Ihrer Schätze zu erhalten.«

Das Gesicht unseres kleinen unfreundlichen Besuchers wurde weiß wie seine Halsbinde.

»Du lieber Himmel, was für ein Einfall! Ich hätte nie an eine solche Schurkerei gedacht! Was für unmenschliche Schufte es auf der Welt gibt! Aber Godfrey ist ein Prachtjunge, ein treuer Bursche. Nichts würde ihn bewegen können, seinen Onkel ans Messer zu liefern. Ich werde noch heute abend das silberne Tafelgeschirr auf die Bank bringen lassen. Und Sie, Herr Detektiv, scheuen Sie keine Mühe, drehen Sie jeden Stein um, der Junge muß gefunden werden. Was das Geld angeht, nun, wenn es mit einem Fünfer oder sogar einem Zehner getan ist, dürfen Sie immer auf mich rechnen.«

Doch auch in seiner gemäßigten Geistesverfassung vermochte uns der aristokratische Geizhals nichts mitzuteilen, was uns hätte weiterhelfen können, denn er wußte wenig über das Privatleben seines Neffen. Unser einziger Anhaltspunkt war das bruchstückhafte Telegramm, und mit dem Text in der Hand brach Holmes auf, ein zweites Glied für seine Kette zu suchen. Wir hatten Lord Mount-James abgeschüttelt, und Overton war gegangen, um sich mit den anderen Mitgliedern seines Teams über das Unglück zu beraten, das sie befallen hatte.

Nicht weit entfernt vom Hotel gab es ein Telegraphen-Büro. Dort blieben wir stehen.

»Es lohnt, einen Versuch zu machen, Watson«, sagte Holmes. »Mit einem Durchsuchungsbefehl könnten wir natürlich Einsicht in die Kontrollzettel verlangen, aber so weit sind wir noch nicht. Ich nehme nicht an, daß man sich an einem derart überlaufenen Ort an Gesichter erinnert. Probieren wir es also.«

»Es tut mir leid, Sie belästigen zu müssen«, sagte er auf die freundlichste Art zu der jungen Frau hinter dem Schalter. »Aber da ist ein kleiner Fehler unterlaufen bei einem Telegramm, das ich gestern aufgab. Ich habe keine Antwort erhalten und fürchte nun sehr, daß ich vergessen habe, meinen Namen drunterzusetzen. Könnten Sie mir sagen, ob dem so ist?«

Die junge Dame blätterte in einem Bündel Kontrollzettel.

»Um wieviel Uhr war das?« fragte sie.

»Kurz nach sechs.«

»An wen ist das Telegramm gerichtet?«

Holmes legte den Finger an die Lippe und warf einen Blick auf mich.

»Die letzten Worte lauteten, ›stehen Sie uns bei – um Gottes willen‹«, flüsterte er vertraulich. »Ich bin sehr beunruhigt, daß keine Antwort kommt.«

Die junge Dame zog eines der Formulare heraus.

»Hier ist es. Es steht kein Name drunter«, sagte sie, das Blatt auf dem Schalterbrett glattstreichend.

»So erklärt sich natürlich, warum ich keine Antwort erhalte«, sagte Holmes. »Du lieber Gott, wie kann man nur so dumm sein! Auf Wiedersehen, Miss, und vielen Dank, daß Sie mir geholfen haben.«

Als wir wieder auf der Straße standen, kicherte er und rieb sich die Hände.

»Nun?« fragte ich.

»Wir kommen voran, mein lieber Watson, wir kommen voran. Ich hatte mir sieben verschiedene Pläne ausgedacht, wie ich einen Blick auf das Telegramm werfen wollte, aber daß es gleich beim erstenmal klappen würde, hatte ich nicht gehofft.«

»Und was haben Sie dabei gewonnen?«

»Einen Ausgangspunkt für unsere Untersuchungen.« Er winkte eine Droschke heran. »King's Cross-Station«, sagte er.

»Wir gehen auf Reisen?«

»Ja, ich glaube, wir müssen gemeinsam nach Cambridge. Alle Hinweise scheinen mir in diese Richtung zu deuten.«

»Haben Sie«, sagte ich, als wir die Gray's Inn Road hinauffuhren, »schon irgendeinen Verdacht, was den Grund des Verschwindens angeht? Ich glaube, unter all unseren Fällen gab es keinen, bei dem die Motive tiefer im Dunkeln gelegen hätten. Sicherlich glauben Sie doch nicht wirklich, daß der junge Mann gekidnappt worden sein kann, um ihm Informationen über seinen reichen Onkel zu entlokken.«

»Ich gestehe, mein lieber Watson, daß mir dies als Erklärung nicht sehr wahrscheinlich vorkommt. Sie ist mir nur eingefallen, weil sie mir am ehesten geeignet schien, das Interesse dieses äußerst unfreundlichen alten Mannes zu wecken.«

»Das haben Sie gewiß erreicht. Aber welche anderen Möglichkeiten sehen Sie?«

»Ich könnte Ihnen einige nennen. Sie müssen zugeben, es ist seltsam und gibt Anlaß zu Vermutungen, daß sich der Vorfall am Vorabend dieses wichtigen Spiels ereignet hat und daß in ihn der Mann verwickelt ist, dessen Mitwirken lebenswichtig für die eine Seite zu sein scheint. Das kann ein zufälliges Zusammentreffen sein, aber ich finde es anregend. Der Amateursport ist frei vom Wettgeschäft, trotzdem werden im Publikum viele wilde Wetten abgeschlossen, und so bleibt denkbar, daß es jemand der Mühe wert gehalten hat, sich eines Spielers zu bemächtigen, wie die Schurken auf der Rennbahn sich eines Pferdes bemächtigen. Das wäre eine Erklärung. Eine zweite, sehr einleuchtende, wäre die, daß, da der junge Mann, wie bescheiden seine Mittel gegenwärtig auch sein mögen, wirklich ein großes Vermögen erben wird, womöglich doch geplant sein könnte, über ihn ein Lösegeld zu erpressen.«

»Diese Theorien stellen das Telegramm nicht in Rechnung.«

»Ganz recht, Watson. Das Telegramm bleibt der einzige solide Anhaltspunkt, den wir besitzen, und es darf nicht geschehen, daß sich unsere Aufmerksamkeit von ihm entfernt. Wir fahren jetzt ja auch nach Cambridge, um Licht in den Zweck des Telegramms zu bringen. Der Pfad unserer Untersuchungen liegt noch im Verborgenen, doch wäre ich sehr überrascht, wenn es uns nicht noch vor dem Abend gelänge, ihn zu erhellen, vielleicht sogar ein beträchtliches Stück auf ihm voranzukommen.«

Es war schon dunkel, als wir in der alten Universitätsstadt anlangten. Am Bahnhof nahm Holmes eine Droschke und befahl dem Kutscher, zum Haus von Leslie Armstrong zu fahren. Wenige Minuten später hielten wir vor einem großen Gebäude in der belebtesten Durchgangsstraße. Wir wurden eingelassen und nach langem Warten in das Konsultationszimmer gebeten. Der Doktor saß hinter seinem Tisch.

Es bezeichnete den Grad meiner Entfremdung

von meinem Beruf, daß mir der Name Leslie Armstrong unbekannt war. Jetzt bin ich unterrichtet, daß er nicht nur einer der führenden Köpfe der medizinischen Fakultät dieser Universität ist, sondern auch in mehr als einem Wissenschaftszweig ein Denker von europäischem Format. Aber auch derjenige, der die glänzende Liste seiner Verdienste nicht kannte, fand sich unweigerlich vom bloßen Anblick des Mannes beeindruckt: ein kantiger massiver Kopf, nachdenkliche Augen unter buschigen Brauen und eine wie in Granit gehauene feste Kinnlade. Ein Mann von Charakter, ein Mann mit beweglichem Geist, streng, asketisch, beherrscht, furchteinflößend – so deutete ich Dr. Leslie Armstrong. Er hielt die Visitenkarte meines Freundes in der Hand und sah hoch, und auf seinen strengen Zügen lag ein nicht gerade freundlicher Ausdruck.

»Ich habe schon von Ihnen gehört, Mr. Sherlock Holmes, und kenne Ihren Beruf, einen Beruf, den ich auf keinen Fall gutheißen kann.«

»In der Beziehung, Doktor, finden Sie sich in Übereinstimmung mit jedem Verbrecher dieses Landes«, sagte mein Freund ruhig.

»Insoweit Ihre Tätigkeit darauf zielt, das Verbrechen zu unterdrücken, muß jedes vernünftige Mitglied der Gesellschaft Sie unterstützen, wenngleich ich nicht daran zweifle, daß die offizielle Maschinerie für den Zweck mehr als ausreichend ist. Kritischer muß man Ihren Beruf betrachten, wenn es darum geht, daß Sie das Privatleben der Menschen ausspionieren, an Familienangelegenheiten, die besser verborgen blieben, kratzen und beiläufig auch noch die Zeit von Männern vergeuden, die beschäftigter sind als Sie. In diesem Augenblick zum Beispiel sollte ich eine Abhandlung schreiben, anstatt mich mit Ihnen zu unterhalten.«

»Gewiß, Doktor; und doch könnte sich diese Unterhaltung für wichtiger als die Abhandlung erweisen. Beiläufig möchte ich Ihnen sagen, daß wir genau das Gegenteil von dem tun, was Sie sehr zu Recht verurteilen; wir versuchen zu verhindern, daß private Angelegenheiten in die Öffentlichkeit kommen, was notwendigerweise geschieht, wenn der Fall sich einmal in den Händen der Polizei befindet. Sie können mich als einen irregulären Kämpfer ansehen, der vor der regulären Armee des Landes einhergeht. Ich bin gekommen, um Sie über Mr. Godfrey Staunton zu befragen.«

»Was ist mit ihm?«

»Sie kennen ihn doch, oder nicht?«

»Er ist ein naher Freund.«

»Wissen Sie, daß er verschwunden ist?«

»Wirklich!« In dem schroffen Gesicht des Doktors änderte sich kein Zug.

»Gestern abend hat er sein Hotel verlassen. Seitdem weiß man nichts mehr von ihm.«

»Er wird schon wieder zurückkommen.«

»Morgen früh findet das Match der Uni statt.«

»Ich habe für diese kindischen Spiele nichts übrig. Das Schicksal des jungen Mannes interessiert mich, seit ich ihn kenne und schätze. Das Rugby-Match kommt überhaupt nicht in meinen Gesichtskreis.«

»Dann bitte ich um Sympathie für meine Nachforschungen zum Schicksal von Mr. Staunton. Wissen Sie, wo er sich aufhält?«

»Nein.«

»Sie haben ihn gestern oder heute nicht gesehen?«

»Nein, ich habe ihn nicht gesehen.«

»Ist Mr. Staunton gesund?«

»Absolut.«

»Wissen Sie, ob er jemals krank war?«

»Er ist nie krank gewesen.«

Holmes hielt dem Doktor plötzlich ein Blatt Papier vor die Augen.

»Dann erklären Sie mir diese Empfangsbestätigung über dreizehn Guineas, gezahlt im letzten Monat von Mr. Godfrey Staunton an Dr. Leslie Armstrong, Cambridge. Ich fand sie unter Papieren auf seinem Tisch.«

Der Doktor wurde rot vor Ärger.

»Ich sehe keinen Grund, Mr. Holmes, warum ich Ihnen eine Erklärung geben sollte.«

Holmes steckte die Quittung in seine Brieftasche zurück.

»Wenn Sie eine öffentliche Erklärung bevorzugen: sie wird früher oder später erfolgen müssen«, sagte er. »Ich habe Ihnen schon auseinandergesetzt, daß ich Dinge vertuschen kann, die andere zu veröffentlichen entschlossen sind, und es wäre wirklich weiser, wenn Sie mich völlig in Ihr Vertrauen zögen.«

»Ich weiß nichts von der Sache.«

»Haben Sie von Mr. Staunton aus London gehört?«

»Gewiß nicht.«

»Du liebes Bißchen, du liebes Bißchen! Schon wieder das Postamt!« Holmes seufzte bekümmert. »Aus London ist an Sie von Mr. Godfrey Staunton gestern um sechs Uhr fünfzehn ein dringendes Telegramm abgeschickt worden – ein Telegramm, das zweifellos mit seinem Verschwinden zusammenhängt –, doch Sie haben es nicht bekommen. Das ist höchst tadelnswert. Ich werde heute bestimmt noch zum hiesigen Postamt gehen und eine Beschwerde einreichen.«

Dr. Leslie Armstrong sprang von seinem Platz hinter dem Tisch auf, sein dunkles Gesicht war hochrot vor Wut.

»Bemühen Sie sich aus meinem Haus, Sir«, sagte er, »Sie können Ihrem Auftraggeber, Lord Mount-James, ausrichten, daß ich nichts mit ihm und seinen Agenten zu tun haben will. Nein, Sir, kein weiteres Wort mehr!« Er läutete wild. »John, begleiten Sie diese Gentlemen hinaus.«

Ein wichtigtuerischer Butler führte uns mit strenger Miene zur Tür, und dann standen wir auf der Straße.

Holmes brach in Lachen aus.

»Dr. Leslie Armstrong ist auf jeden Fall ein energischer Charakter«, sagte er. »Seit der berühmte Moriarty tot ist, habe ich keinen Mann kennengelernt, der mehr geeignet wäre, die Lücke zu füllen; er müßte nur seine Talente in der Richtung entwikkeln. Und wir, mein armer Watson, stehen jetzt gestrandet und ohne Freunde in dieser ungastlichen Stadt, die wir nicht verlassen können, es sei denn, wir geben unseren Fall auf. Dieses kleine Wirtshaus hier gegenüber dem Domizil von Dr. Armstrong eignet sich hervorragend für unsere Bedürfnisse. Wenn Sie ein Vorderzimmer mieten und besorgen würden, was für die Nacht gebraucht wird, könnte ich noch ein paar Nachforschungen anstellen.«

Die paar Nachforschungen erwiesen sich als langwieriger, als es sich Holmes vorgestellt hatte, denn er kehrte nicht früher als kurz vor neun Uhr in das Wirtshaus zurück. Er war blaß und niedergeschlagen, staubbedeckt, erschöpft und hungrig von den Anstrengungen. Auf dem Tisch stand ein kaltes Abendbrot, und erst, als seine Bedürfnisse befriedigt waren und die Pfeife brannte, zeigte er sich bereit, die Dinge unter dem halb komischen und ganz philosophischen Blickwinkel zu sehen wie immer, wenn eine Affäre nicht richtig lief. Das Geräusch von Kutschenrädern brachte ihn auf die Füße und ans Fenster. Ein Brougham mit einem Paar Grauschimmeln stand im Glanz der Gaslampe vor der Tür des Doktors.

»Der Wagen war drei Stunden unterwegs«, sagte Holmes. »Abgefahren um halb sieben, und jetzt ist er zurück. Das läßt auf einen Radius von zehn oder zwölf Meilen schließen. Die Tour fährt er einmal, manchmal sogar zweimal am Tag.«

»Für einen praktizierenden Arzt ist das nicht ungewöhnlich.«

»Aber Armstrong ist kein praktizierender Arzt. Er ist Dozent und Berater, er hat keine Praxis, das würde ihn bei seiner literarischen Arbeit behindern. Warum aber macht er dann diese langen Ausflüge, die muß er doch als besonders beschwerlich empfinden, und wen besucht er?«

»Sein Kutscher...«

»Mein lieber Watson, können Sie daran zweifeln, daß ich mich natürlich zuallererst an den gewandt habe? Ich weiß nicht, ob es angeborene Unflätigkeit war, oder ob der Anreiz von seinem Herrn ausging, jedenfalls betrug er sich so rüde, den Hund auf mich zu hetzen. Aber weder dem Hund noch dem Mann hat der Anblick meines Stockes gefallen, und so wurde nichts aus der Sache. Aber die Beziehungen blieben gespannt, und es kam nicht zu weiteren Befragungen. Alles, was ich in Erfahrung gebracht habe, stammt von einem freundlichen Einheimischen im Hof unseres Gasthauses. Er erzählte mir von den Gewohnheiten des Doktors und seinen täglichen Reisen. In dem Augenblick, wie um seine Worte zu bestätigen, bog die Kutsche um die Ecke.«

»Konnten Sie sie nicht verfolgen?«

»Ausgezeichnet, Watson! Sie sprühen heute abend vor Geist. Der Einfall ging mir tatsächlich durch den Kopf. In der Nähe unseres Gasthauses gibt es einen

Fahrradladen, wie Sie vielleicht gesehen haben werden. Ich stürzte hinein, mietete ein Fahrrad, und es gelang mir, loszufahren, noch ehe die Kutsche außer Sicht war. Mit Tempo holte ich sie ein und folgte in einem Vorsichtsabstand von ungefähr hundert Yard den Lichtern, bis die Stadt hinter uns lag. Es war bereits auf der Landstraße, als etwas Ärgerliches geschah. Der Wagen hielt, der Doktor stieg aus und kam schnell zu der Stelle, wo ich angehalten hatte, und sagte zu mir in prachtvoll sarkastischem Ton, er fürchte, die Landstraße sei schmal, und er hoffe, daß seine Kutsche mein Fahrrad nicht am Überholen hindere. Wirklich bewundernswert, wie er das formulierte. Sofort fuhr ich an der Kutsche vorbei, hielt mich einige Meilen auf der Landstraße und blieb dann an einem günstigen Punkt stehen, um zu beobachten, ob der Wagen vorüberfahren würde. Aber von dem Wagen war nichts zu sehen, so daß ich begriff, er war in eine der verschiedenen Seitenstraßen eingebogen, die ich unterwegs hinter mir gelassen hatte. Ich fuhr zurück, konnte aber nichts mehr von der Kutsche entdecken, die – wie Sie sehen – erst jetzt nach mir zurückgekehrt ist. Selbstverständlich hatte ich anfangs keinen Grund, diese Überlandfahrten mit dem Verschwinden von Godfrey Staunton in Verbindung zu bringen und wollte sie nur deshalb auskundschaften, weil im Augenblick alles, was Dr. Armstrong betrifft, für uns von Interesse ist; aber jetzt, da ich weiß, daß er jeden derart scharf beobachtet, der ihm auf seinen Ausflügen folgt, scheint die Sache wohl wichtiger zu sein, und ich werde nicht ruhen, bis ich sie aufgeklärt habe.«

»Wir können ihm morgen nachfahren.«

»Können wir? Das ist nicht so einfach, wie Sie anzunehmen scheinen. Sie sind mit der Umgebung von Cambridge nicht vertraut, nicht wahr? Sie lädt nicht zum Verstecken ein. Das ganze Land, das ich heute abend abgefahren habe, ist so flach und glatt wie Ihre Handfläche, und der Mann, dem wir folgen, ist kein Narr, das hat er heute abend eindeutig bewiesen. Ich habe Overton telegraphiert, daß er uns alle neuen Entwicklungen in London an diese Adresse kabeln soll, und in der Zwischenzeit können wir nichts tun, als unsere Aufmerksamkeit auf Dr. Armstrong zu konzentrieren, dessen Namen mir die entgegenkommende junge Dame auf dem Formular von Stauntons dringendem Telegramm in dem Telegraphen-Büro zu lesen erlaubt hat. Er weiß, wo sich der junge Mann befindet, darauf leiste ich jeden Schwur – und wenn er es weiß, dann liegt es an unserem eigenen Versagen, wenn wir es nicht auch erfahren. Vorerst müssen wir zugeben, daß er einen fetten Stich gemacht hat, aber Sie kennen mich, Watson, es ist nicht meine Sache, das Spiel in solch einer Stellung zu belassen.«

Und doch brachte uns der nächste Tag der Lösung des Geheimnisses nicht näher. Nach dem Frühstück wurde uns ein Brief übergeben. Holmes schob ihn mir mit einem Lächeln zu. Er lautete:

›Sir, ich kann Ihnen versichern, daß Sie Ihre Zeit verschwenden, indem Sie meiner Spur nachschnüffeln. Wie Sie gestern abend wohl entdeckt haben werden, befindet sich hinten in meinem Brougham ein Fenster, und wenn Sie Lust zu einer Fahrt über zwanzig Meilen haben, die Sie wieder an Ihren Ausgangspunkt zurückbringt, brauchen Sie sich nur an mich zu hängen. Außerdem kann ich Ihnen versichern, daß Ihre Bespitzelung meiner Person Mr. Godfrey Staunton in keiner Weise helfen wird, und es ist meine Überzeugung, daß der beste Dienst, den Sie dem Herrn erweisen können, darin besteht, sofort nach London zurückzukehren und Ihrem Auftraggeber zu erklären, es sei Ihnen nicht gelungen, ihn aufzustöbern. Die Zeit, die Sie in Cambridge verbringen, ist auf jeden Fall verschwendet. Ihr ergebener

Leslie Armstrong›

»Der Doktor ist ein ausgesprochen ehrlicher Gegner«, sagte Holmes. »Nun, er erregt meine Neugier, und ich muß mehr wissen, ehe ich von ihm ablasse.«

»Sein Wagen steht gerade vor der Tür«, sagte ich. »Da steigt er ein. Ich habe beobachtet, wie er zu Ihrem Fenster hochblickte. Soll ich einmal mein Glück mit dem Fahrrad versuchen?«

»Nein, nein, mein lieber Watson. Bei all Ihrem angeborenen Scharfsinn sind Sie doch kein gleichwertiger Gegner für den ehrenwerten Doktor. Ich glaube, daß ich durch ein paar unabhängige eigene Erkundungen ans Ziel gelangen werde. Ich fürchte, ich muß Sie Ihren eigenen Einfällen überlassen, da das Erscheinen von *zwei* Fremden, die Nachforschungen anstellen, in so einer schläfrigen Gegend mehr Klatsch erzeugen könnte, als mir lieb ist. Sie werden sicherlich in dieser ehrwürdigen Stadt einiges Sehenswürdige finden, das Sie amüsiert, und ich hoffe, ich kann Ihnen bis zum Abend einen günstigeren Bericht geben.«

Doch war meinem Freund noch einmal Enttäuschung beschieden. Am Abend kehrte er müde und erfolglos zurück.

»Ich habe einen fruchtlosen Tag hinter mir, Watson. Da ich einigermaßen die Richtung kannte, die der Doktor einschlägt, verbrachte ich den Tag damit, all die Dörfer abzuklappern, die auf der Seite von Cambridge liegen, und erkundigte mich bei Gastwirten und anderen lokalen Nachrichtenagenturen. Ich habe ein gutes Stück Weg hinter mich gebracht, habe Chesterton, Hinston, Waterbeach und Oakington abgegrast und überall eine Enttäuschung erlebt. Das tägliche Auftauchen eines Brougham mit zwei Pferden kann doch in verschlafenen Nestern nicht unbemerkt bleiben. Der Doktor hat wieder einen Stich gemacht. – Ist ein Telegramm für mich angekommen?«

»Ja, ich habe es geöffnet. Das steht drin: ›Fragen Sie bei Jeremy Dixon vom Trinity College nach Pompey.‹ Ich weiß nicht, was das bedeutet.«

»Ich schon. Es kommt von unserem Freund Overton und ist die Antwort auf eine Frage, die ich ihm gestellt habe. Ich werde Mr. Jeremy Dixon sofort ein Briefchen schicken. Dann zweifle ich nicht mehr, daß sich das Glück wendet. Gibt es übrigens Nachrichten vom Match?«

»Ja, die hiesige Zeitung hat in ihrer letzten Ausgabe einen ausgezeichneten Bericht gebracht. Oxford hat mit einem Tor Unterschied gewonnen. Die letzten Sätze des Artikels lauten: ›Die Niederlage der Hellblauen kann man zur Gänze dem unglücklichen Umstand zuschreiben, daß der internationale Crack Godfrey Staunton fehlte, dessen Abwesenheit jede Sekunde des Spiels spürbar war. Das mangelhafte Zusammenspiel in der Dreiviertel-Reihe und die Schwäche in Angriff und Verteidigung machten die Anstrengungen eines schwer arbeitenden Sturms schier zunichte.‹ «

»Dann haben sich also die Voraussagen unseres Freundes Overton erfüllt«, sagte Holmes. »Persönlich stimme ich mit Dr. Armstrong überein, Rugby kommt auch nicht in meinen Gesichtskreis. Aber heute abend geht es früh ins Bett, Watson, denn ich sehe voraus, daß der morgige Tag ereignisreich wird.«

Als ich am nächsten Morgen den ersten Blick auf Holmes warf, packte mich Entsetzen, denn er saß am Kamin und hielt eine kleine Injektionsspritze in der Hand. Ich brachte das blitzende Instrument sofort mit seiner einzigen Charakterschwäche in Zusammenhang und befürchtete das Schlimmste. Er aber lachte über mein bestürztes Gesicht und legte das Instrument auf den Tisch.

»Nein, nein, mein lieber Junge, es gibt keinen Grund für Sie, sich zu beunruhigen. Diesmal ist sie nicht das Instrument des Bösen, vielmehr wird sie sich als der Schlüssel zu unserem Geheimnis erweisen. Auf diese Spritze gründe ich all meine Hoffnungen. Ich bin gerade zurück von einer kleinen Pfadfindertour und denke, daß alles günstig steht. Frühstücken Sie gut, Watson, denn ich habe beschlossen, mich heute an Dr. Armstrongs Fersen zu heften, und wenn ich einmal dabei bin, gönne ich mir keine Pause zum Essen oder Trinken, bis ich ihn in seinem Bau gestellt habe.«

»In dem Falle«, sagte ich, »müssen wir wohl unser Frühstück mitnehmen, denn er bricht früh auf. Sein Wagen steht schon vor der Tür.«

»Macht nichts. Soll er doch fahren. Er wird schlau sein und einen Weg einschlagen, auf dem ich ihm nicht folgen kann. Kommen Sie nach unten, wenn Sie fertig sind. Ich möchte Sie mit einem Detektiv bekannt machen, der für die Arbeit, die vor uns liegt, hervorragend spezialisiert ist.«

Ich folgte Holmes die Treppe hinunter in den Hof mit den Ställen. Er öffnete einen Verschlag und ließ einen dicklichen, weißbraun gescheckten Hund mit Schlappohren heraus, eine Mischung zwischen Stöber- und Fuchshund.

»Darf ich Ihnen Pompey vorstellen?« sagte er. »Pompey ist der Stolz der Spürhunde der ganzen

Gegend, nicht gerade der schnellste, wie Sie an seinem Bau erkennen können, aber auf der Fährte stetig. Na, Pompey, wenn du auch nicht schnell bist, ist doch zu erwarten, daß du immer noch zu flink bist für ein paar Londoner Herren mittleren Alters, und so erlaube ich mir, diese lederne Leine an deinem Halsband zu befestigen. Los jetzt, Jungchen, zeig, was du kannst.«

Er führte ihn über die Straße vor die Tür des Doktors. Einen Moment lang schnüffelte der Hund herum und lief dann mit einem aufgeregten Winseln die Straße hinunter und zerrte beim Versuch, Tempo zu machen, an der Leine. Nach einer halben Stunde lag die Stadt hinter uns, und wir eilten über eine Landstraße.

»Was haben Sie nur angestellt, Holmes?« fragte ich.

»Ich habe eine uralte, doch gelegentlich nützliche Methode angewandt. Heute morgen bin ich in den Hof des Doktors gegangen und habe eine Spritze voll Anis-Öl auf die hinteren Wagenräder geträufelt. Ein Spürhund folgt dem Anisgeruch bis zu John o'Groats Haus, und unser Freund Armstrong müßte schon durch den Cam fahren, um Pompey von seiner Spur abzubringen. Der gerissene Kerl! Hier hat er mich also vorgestern abend genasführt.«

Der Hund lief plötzlich von der Landstraße weg und auf einen grasbewachsenen Pfad. Nach einer halben Meile endete der Pfad an einer breiten Chaussee, und die Spur führte scharf rechts wieder auf die Stadt zu, aus der wir gekommen waren. Die Straße beschrieb einen Bogen nach dem Süden der Stadt, verlief entgegengesetzt der Richtung, in die wir aufgebrochen waren.

»So hat er den Umweg nur unseretwegen gemacht?« sagte Holmes. »Kein Wunder, daß meine

Umfragen in den Dörfern zu nichts führten. Der Doktor reizt sein Spiel bis zum letzten aus, und da fragt man sich doch, warum er solch eine aufwendige Täuschung unternimmt. Das da rechts müßte das Dorf Trumpington sein. Und, beim Zeus! da kommt auch schon der Brougham um die Ecke! Schnell, Watson, schnell, oder es ist um uns geschehen!«

Er sprang durch ein Tor auf ein Feld, den widerspenstigen Pompey hinter sich herzerrend. Kaum hatten wir uns hinter einer Hecke verborgen, als der Brougham vorüberrasselte. Es gelang mir, einen Blick auf den im Wagen sitzenden Dr. Armstrong zu werfen; seine Schultern hingen, das Gesicht hatte er in den Händen vergraben – ein Bild des Elends. Am ernster gewordenen Gesicht meines Gefährten bemerkte ich, daß er das gleiche wie ich beobachtet hatte.

»Ich fürchte, unsere Suche endet schlimm«, sagte er. »Es kann nicht mehr lange dauern, bis wir es wissen. Komm, Pompey! Ah, das Landhäuschen dort im Feld hat es ihm angetan.«

Es war kein Zweifel möglich, daß wir das Ziel unseres Ausflugs erreicht hatten. Pompey rannte hin und her und winselte vor der Gartentür, wo die Spuren der Räder des Broughams noch zu sehen waren. Ein Pfad führte zu dem einsamen Häuschen. Holmes band den Hund an der Hecke fest, und wir liefen los. Mein Freund klopfte an die kleine rohgezimmerte Tür und klopfte noch einmal und bekam keine Antwort. Doch das Häuschen war nicht unbewohnt, denn ein leiser Ton drang an unser Ohr, etwas wie ein Summen, in dem Not und Verzweiflung schwangen und das unsagbar melancholisch klang. Holmes verharrte unschlüssig, blickte dann zurück auf die Straße, die wir soeben überquert hatten. Ein

Brougham näherte sich, und an den beiden Grauschimmeln erkannten wir zweifelsfrei, wem er gehörte.

»Beim Zeus, der Doktor kommt zurück!« rief Holmes. »Das entscheidet alles. Wir müssen wissen, was es bedeutet, ehe er hier ist.«

Er öffnete die Tür, und wir traten in die Halle. Das Summgeräusch war jetzt lauter und schlug dann als langgezogenes, tiefes Wehklagen an unser Ohr. Es kam von oben. Holmes sprang die Treppe hinauf, und ich folgte ihm. Er stieß an eine halbgeöffnete Tür; bei dem Bild, das sich uns dann bot, blieben wir beide entsetzt stehen.

Eine schöne junge Frau lag tot auf dem Bett. Ihr sanftes, bleiches, von dichtem blondem Haar umrahmtes Gesicht blickte aus erblaßten, weit geöffneten blauen Augen zur Decke. Am Fuß des Bettes verharrte in halb kniender, halb sitzender Stellung, den Kopf in den Kleidern der Frau vergraben, ein junger Mann, dessen Körper von Schluchzen geschüttelt wurde. Er war so tief in seine Trauer versunken, daß er nicht aufblickte, bis ihm Holmes die Hand auf die Schulter legte.

»Sind Sie Mr. Godfrey Staunton?«

»Ja, ja, ich bin es – aber Sie kommen zu spät. Sie ist tot.«

Der Mann war so benommen, daß er nichts anderes denken konnte, als daß wir Ärzte seien, die ihm als Beistand geschickt worden waren. Holmes wollte gerade einige Trostworte anbringen und die Aufregung mitteilen, die sein plötzliches Verschwinden unter seinen Freunden ausgelöst hatte, als wir Schritte auf der Treppe hörten und dann das massige, finstere, fragende Gesicht Dr. Armstrongs von der Tür her auf uns gerichtet sahen.

»Meine Herren«, sagte er, »Sie haben Ihr Ziel erreicht und einen besonders heiklen Zeitpunkt für Ihr Eindringen gewählt. Ich werde im Angesicht des Todes keinen Streit anfangen, aber ich versichere Ihnen, wenn ich jünger wäre, würde Ihre ungeheuerliche Aufführung nicht ungestraft bleiben.«

»Ich bitte um Entschuldigung, Dr. Armstrong, ich glaube, wir haben entgegengesetzte Absichten«, sagte mein Freund mit Würde. »Wenn Sie mit uns nach unten gingen, könnten wir einander die unglückliche Geschichte erklären.«

Eine Minute später saßen der grimmige Doktor und wir unten im Wohnzimmer.

»Nun, Sir?« sagte er.

»Ich möchte vor allem, daß Sie begreifen: Ich bin nicht von Lord Mount-James engagiert, und mein Mitgefühl gilt ganz und gar nicht diesem Edelmann. Wenn ein Mensch verschwunden ist, besteht meine Pflicht darin, seinen Verbleib auszuforschen; wenn das gelungen ist, endet für mich die Sache, und so nichts Kriminelles vorliegt, bin ich viel eher bestrebt, Skandale um Privates zu vermeiden, als sie in die Öffentlichkeit zu tragen. Da, wie ich annehme, in diesem Fall kein Bruch des Gesetzes vorliegt, können Sie sich absolut auf meine Diskretion verlassen und darauf, daß ich Ihnen helfen werde, die Geschehnisse aus den Zeitungen herauszuhalten.«

Dr. Armstrong machte einen schnellen Schritt auf Holmes zu und drückte ihm die Hand.

»Sie sind ein anständiger Bursche«, sagte er. »Ich habe Sie falsch beurteilt. Ich danke dem Himmel, daß mich meine Gewissensbisse, den armen Staunton in seinem Zustand allein gelassen zu haben, bewogen, den Wagen zurückzulenken, und ich so Ihre Bekanntschaft machen konnte. Einem, der schon so viel weiß wie Sie, läßt sich die Situation leicht erklären. Vor einem Jahr wohnte Godfrey Staunton für einige Zeit in London; er fühlte sich leidenschaftlich zur Tochter seiner Zimmervermieterin hingezogen und heiratete sie. Sie war so gut wie schön und so intelligent wie gut. Kein Mann hätte sich einer solchen Frau schämen dürfen. Aber Godfrey ist der Erbe dieses sauertöpfischen alten Aristokraten, und es war ganz sicher, daß ein Bekanntwerden der Heirat das Ende der Erbschaft bedeutet hätte. Ich kannte den jungen Mann gut und schätzte ihn wegen vieler hervorragender Eigenschaften. Ich tat alles, um ihm zu helfen. Wir bemühten uns, die Sache vor jedermann geheimzuhalten, denn wenn einmal ein Gerücht aufgekommen ist, dann dauert es nicht lange, bis alle im Bilde sind. Dank dieses einsamen Häuschens und seiner Verschwiegenheit hatte Godfrey bis jetzt Erfolg. Um das Geheimnis wußte niemand außer mir und einem ausgezeichneten Diener, der jetzt in Trumpington ist, um Hilfe zu holen.

Aber dann kam ein schrecklicher Schlag: Godfreys Frau erkrankte lebensgefährlich. Es war Lungenschwindsucht der virulentesten Art. Der arme Junge war halb wahnsinnig vor Kummer, und doch mußte er nach London, um bei diesem Match mitzuspielen, dem er sich nicht entziehen konnte, es sei denn durch eine Erklärung, die sein Geheimnis preisgegeben haben würde. Ich versuchte ihn durch ein Telegramm aufzuheitern, und er schickte mir eines als Antwort, in dem er mich anflehte, alles in meinen Kräften Stehende zu tun. Das war das Telegramm, das Sie auf unerklärliche Weise gesehen zu haben scheinen. Ich ließ ihn nicht wissen, wie groß die Gefahr war, denn ich wußte, daß er hier nichts nützen konnte, aber ich teilte dem Vater des Mädchens die Wahrheit mit, und der setzte sich unvernünftigerweise mit Godfrey in Verbindung. Das Ergebnis war, daß er auf der Stelle herkam, in einem Zustand, der an Wahnsinn grenzte, und in diesem Zustand hat er an ihrem Bett gekniet, bis der Tod heute morgen ihrem Leiden ein Ende setzte. Das ist alles, Mr. Holmes, und ich bin sicher, daß ich mich auf Ihre und Ihres Freundes Diskretion verlassen kann.«

Holmes ergriff die Hand des Arztes.

»Kommen Sie, Watson«, sagte er, und wir traten aus dem Haus des Jammers in die bleiche Sonne eines Wintertages.

›Abbey Grange‹

Es war an einem bitterkalten frostigen Morgen im Winter des Jahres '97, als ich davon wach wurde, daß mich jemand an der Schulter rüttelte. Es war Holmes. Er stand über mich gebeugt, die Kerze in seiner Hand beschien ein eifriges Gesicht, und auf den ersten Blick wußte ich, daß etwas falsch lief.

»Kommen Sie, Watson, kommen Sie!« rief er. »Das Spiel hat begonnen. Kein Wort! Ziehen Sie sich an und kommen Sie!«

Zehn Minuten später saßen wir in einer Droschke und ratterten durch die stillen Straßen in Richtung Charing Cross-Station. Die erste blasse Winterdämmerung zog herauf; verschwommen, kaum wahrnehmbar im Londoner Dunst, sahen wir hin und wieder die Gestalt eines früh aufgestandenen Arbeiters, wenn wir an ihm vorüberfuhren. Schweigend verkroch sich Holmes in seinen schweren Mantel, und ich tat ein gleiches, denn es war schneidend kalt, und beide hatten wir noch nicht gefrühstückt. Erst als wir auf dem Bahnhof heißen Tee getrunken und den Zug nach Kent bestiegen hatten, waren wir genügend aufgetaut, daß er sprechen und ich zuhören konnte. Holmes zog einen Brief aus der Tasche und las ihn laut vor:

›Abbey Grange‹, Marsham,
Kent, 3.30 nachts

Mein lieber Mr. Holmes,
für Ihre sofortige Hilfe in einem dem Anschein nach äußerst bemerkenswerten Fall wäre ich Ihnen sehr dankbar. Die Sache liegt ganz auf Ihrer Linie. Ich

werde die Dame befreien, ansonsten aber darauf sehen, daß alles so bleibt, wie ich es vorgefunden habe. Aber ich bitte Sie, keinen Augenblick zu zögern, da es schwierig ist, Sir Eustace hierzubehalten.
Ihr ergebener

Stanley Hopkins

»Hopkins hat mich siebenmal zu Hilfe gerufen, und immer waren seine Rufe völlig gerechtfertigt«, sagte Holmes. »Ich nehme an, daß alle seine Fälle den Weg in Ihre Sammlung genommen haben, und ich muß zugeben, Sie beherrschen die Kunst der Auswahl so ziemlich, was für vieles entschädigt, das ich in Ihren Erzählungen beklagenswert finde. Ihre verhängnisvolle Gewohnheit, jedwedes Geschehen unterm Gesichtspunkt einer Geschichte zu betrachten, anstatt es als wissenschaftliche Aufgabe aufzufassen, hat die Möglichkeiten für eine lehrreiche, vielleicht sogar klassische Serie von Demonstrationen verdorben. Sie gehen leicht über eine Arbeit hinweg, die äußerste Raffinesse und Feinheit auszeichnen, um sich auf sensationellen Einzelheiten auszuruhen, die den Leser in Aufregung versetzen können, ihn aber nicht belehren.«

»Warum schreiben Sie denn die Geschichten nicht selbst?« sagte ich ziemlich verbittert.

»Ich werde schreiben, mein lieber Watson, ich werde schreiben. Gegenwärtig bin ich, wie Sie wissen, recht beschäftigt, aber ich hege die Absicht, meine späteren Jahre der Zusammenstellung von Texten zu widmen, durch die die ganze Kunst der Ermittlung in einem Band zusammengefaßt erscheint. Bei unserer jetzigen Untersuchung wird es sich wohl um einen Mord handeln.«

»Sie glauben also, daß dieser Sir Eustace tot ist?«

»Das würde ich sagen. Hopkins' Handschrift verrät beträchtliche Erregung, und er ist kein Mann der Gefühle. Ja, ich nehme an, da ist Gewalt im Spiel, und die Leiche hat man liegenlassen, damit wir sie besichtigen können. Ein klarer Selbstmord hätte ihn nicht veranlaßt, mich zu rufen. Was die Befreiung der Dame angeht, scheint es, daß sie während der Tragödie in ihrem Zimmer eingeschlossen war. Wir bewegen uns in den höchsten Kreisen, Watson – Pergament, Monogramm: ›E. B‹, Wappen, malerische Adresse. Ich denke, daß unser Freund Hopkins seinem Ruf gerecht wird und uns ein interessanter Morgen bevorsteht. Das Verbrechen hat vor Mitternacht stattgefunden.«

»Wie können Sie das sagen?«

»Nach dem Studium der Fahrpläne und Überlegungen zum Zeitablauf. Die örtliche Polizei mußte geholt werden, die hatte sich mit Scotland Yard in Verbindung zu setzen, Hopkins mußte hinfahren und dann mich rufen. Alles in allem die Arbeit einer ganzen Nacht. Nun, wir haben Chislehurst erreicht, und bald werden unsere Zweifel zerstreut sein.«

Eine Fahrt von einigen Meilen über schmale Landwege brachte uns vor ein Parktor. Ein alter Pförtner öffnete, dessen abgehärmte Züge die Zeichen eines großen Unglücks trugen. Die Anfahrt zwischen zwei Reihen uralter Ulmen führte durch einen edlen Park und endete an einem niedrigen, langgestreckten Haus mit Vorsäulen in der Art von Palladio. Der Mitteltrakt war offensichtlich sehr alt und von Efeu bewachsen, aber die großen Fenster deuteten darauf hin, daß Modernisierungen vorgenommen worden waren, und ein Flügel des Hauses schien ganz neu zu sein. Jugendlich und mit lebhaftem, gespanntem Gesicht trat uns Inspektor Stanley Hopkins aus der offenen Eingangstür entgegen.

»Ich bin sehr froh, daß Sie gekommen sind, Mr. Holmes, und Sie auch, Dr. Watson. Aber wenn ich noch einmal vor der Wahl stünde, würde ich Sie nicht belästigen, denn als die Dame wieder zu sich kam, hat sie einen so klaren Bericht von den Vorgängen zu Protokoll gegeben, daß uns nicht mehr viel zu tun übrigbleibt. Erinnern Sie sich an diese Einbrecherbande aus Lewisham?«

»Was, die drei Randalls?«

»Genau, der Vater und zwei Söhne. Es war ihr Werk. Daran zweifle ich nicht. Vor vierzehn Tagen haben sie in Sydenham ein Ding gedreht, sie wurden gesehen und beschrieben. Ziemlich unverschämt, so bald und nahebei wieder etwas anzustellen. Aber sie waren es, ohne Zweifel. Diesmal allerdings geht es um ihren Hals.«

»Sir Eustace ist also tot?«

»Ja, man hat ihm den Schädel mit seinem eigenen Schürhaken eingeschlagen.«

»Sir Eustace Brackenstall, wie mir der Kutscher sagte.«

»Ebender – einer der reichsten Männer in Kent. Lady Brackenstall befindet sich im Damenzimmer. Die arme Frau! Sie hat Schreckliches erlebt. Als ich sie zuerst sah, schien sie halbtot. Am besten gehen Sie zu ihr und hören ihren Bericht über das, was vorgefallen ist. Dann können wir gemeinsam das Speisezimmer untersuchen.«

Lady Brackenstall war keine gewöhnliche Person. Selten habe ich eine so anmutige Gestalt gesehen, so weiblich in der Ausstrahlung, ein so schönes Gesicht. Sie war blond, hatte blaue Augen, und sicherlich hätte ihr Gesicht den blühenden Teint gezeigt, den man bei solchen Frauen anzutreffen pflegt, wäre sie nicht vom Erlebnis der letzten Nacht mitgenommen und blaß gewesen. Sie hatte nicht nur seelisch, sondern auch körperlich gelitten; über einem Auge erhob sich eine scheußliche pflaumenblaue Schwellung, die ihre Zofe, eine große, herbe Frau, unverdrossen mit Essigwasser kühlte. Die Dame lag erschöpft auf einer Couch, aber der hurtige, beobachtende Blick, mit dem sie uns empfing, und der lebhafte Ausdruck ihres schönen Gesichts machten deutlich, daß das schreckliche Erlebnis weder ihren Geist noch ihren Mut erschüttert hatte. Sie war in einen losefallenden Morgenmantel von blauer und silberner Farbe gehüllt, aber neben der Couch hing ein schwarzes, mit Ziermünzen besetztes Abendkleid.

»Ich habe Ihnen alles, was geschehen ist, erzählt, Mr. Hopkins«, sagte sie müde. »Könnten Sie es nicht an meiner Statt wiederholen? Gut, wenn Sie es für nötig halten, werde ich den Gentlemen sagen, was sich zugetragen hat. Sind sie schon im Eßzimmer gewesen?«

»Ich dachte, es sei besser, wenn sie erst die Geschichte Eurer Ladyschaft hörten.«

»Ich wäre Ihnen dankbar, wenn Sie die Angelegenheit zum Abschluß bringen könnten. Der Gedanke, daß er noch immer dort liegt, ist schrecklich.«

Sie schauderte und barg für einen Augenblick das Gesicht in den Händen. Dabei fiel das lose Gewand von ihrem Unterarm.

»Sie haben ja noch mehr Wunden, Madam!« stieß Holmes hervor. »Was ist das?«

Zwei Flecken in lebhaftem Rot zeichneten sich auf einem der vollen weißen Arme ab. Hastig zog sie die Ärmel wieder herunter.

»Es ist nichts. Es hat mit dem fürchterlichen Geschehen von gestern abend nichts zu tun. Wenn Sie und Ihr Freund sich setzen möchten, werde ich Ihnen alles berichten, was ich weiß.

Ich bin Sir Eustace Brackenstalls Ehefrau. Seit einem Jahr sind wir verheiratet. Ich nehme an, es ist nutzlos, wenn ich zu verhehlen versuche, daß unsere Ehe nicht glücklich war. Ich fürchte, alle Nachbarn würden Ihnen das sagen, selbst wenn ich es leugnen wollte. Vielleicht liegt die Schuld daran zum Teil bei mir. Ich bin in der freieren, weniger konventionellen Atmosphäre Südaustraliens aufgewachsen, und die britische Lebensart mit ihrer Genauigkeit und Steifheit liegt mir nicht. Aber der Hauptgrund rührt aus der Tatsache, die Ihnen jedermann bestätigen kann, daß Sir Eustace ein schwerer Trinker war. Mit so einem Manne eine Stunde zu verbringen ist unerfreulich; können Sie sich vorstellen, was es für eine sensible und stolze Frau bedeutet, Tag und Nacht an ihn gefesselt zu sein? Es ist ein Frevel, ein Verbrechen, eine Niederträchtigkeit, darauf zu bestehen, daß eine solche Ehe bindend bleiben soll. Ich sage Ihnen, Ihre ungeheuerlichen Gesetze werden einen Fluch über das Land bringen – der Himmel wird solche Verderbtheit nicht ewig dulden.«

Für einen Augenblick richtete sie sich auf, die Wangen waren gerötet, und die Augen funkelten unter dem gräßlichen Mal auf der Stirn. Dann zog die starke Hand der strengen Zofe ihren Kopf beruhigend auf das Kissen zurück, und der wilde Zorn verebbte in einem leidenschaftlichen Schluchzen.

Schließlich fuhr sie fort: »Ich werde Ihnen erzählen, was gestern abend geschah. Vielleicht ist es Ihnen schon aufgefallen, daß die gesamte Dienerschaft im neuen Trakt des Hauses wohnt. Dieser Zentralbau enthält die Wohnzimmer, dahinter liegt die Küche und oben unser Schlafzimmer. Meine Zofe Theresa schläft über meinem Zimmer. Hier gibt es sonst niemanden, und kein Geräusch von hier kann die

Leute in dem entfernter liegenden Seitenflügel wekken. Das müssen die Einbrecher gewußt haben, sonst wären sie nicht so vorgegangen, wie sie es taten.

Sir Eustace zog sich gegen halb elf zurück. Die Diener waren schon in ihre Zimmer gegangen. Nur meine Zofe war noch auf, sie wartete in ihrem Zimmer unterm Dach, bis ich ihre Dienste brauchen würde. Ich saß bis nach elf in diesem Raum, ganz in ein Buch vertieft. Dann machte ich, ehe ich nach oben ging, einen Rundgang, um mich zu vergewissern, daß alles in Ordnung sei. Es hat sich eingebürgert, daß ich noch nach dem Rechten sehe, denn auf Sir Eustace war, wie ich Ihnen schon erklärt habe, nicht immer Verlaß. Ich schaute in die Küche, in den Anrichteraum, in das Waffenzimmer, ins Billardzimmer, in den Salon und ging schließlich ins Eßzimmer. Als ich mich dem Fenster näherte, das von einem schweren Vorhang verdeckt wird, spürte ich plötzlich, wie mir der Wind ins Gesicht blies, und begriff so, daß das Fenster offenstand. Ich zog den Vorhang beiseite und fand mich einem älteren, breitschultrigen Mann gegenüber, der gerade eingetreten sein mußte. Das Fenster ist eines dieser hohen französischen, es kann als Tür zum Garten benutzt werden. Ich hielt meinen Nachttischleuchter in der Hand, und im Licht der Kerze bemerkte ich zwei weitere Männer, die hinter dem älteren ins Zimmer nachdrängten. Ich tat einen Schritt zurück, aber der Kerl folgte mir sofort. Erst packte er mich bei den Handgelenken, dann an der Kehle. Ich wollte schreien, doch er verabreichte mir einen wilden Faustschlag aufs Auge und warf mich zu Boden. Ich muß für einige Minuten bewußtlos gewesen sein, denn als ich wieder zu mir kam, stellte ich fest, daß sie die Klingelschnur heruntergerissen und mich damit an dem eichenen Stuhl festgebunden hatten, der am Kopf des Eßzimmertisches steht. Ich war so eng gefesselt, daß ich mich nicht bewegen konnte, und ein Taschentuch um meinen Mund machte es mir unmöglich, einen Ton von mir zu geben. In ebendiesem Augenblick betrat mein unglücklicher Mann den Raum. Offensichtlich hatte er verdächtige Geräusche gehört, denn er schien mir auf eine Szene der Art, wie er sie vorfand, vorbereitet. Er kam in Hemd und Hose und hatte seinen geliebten Schlehdornknüttel in der Hand. Er stürzte sich sofort auf einen der Einbrecher, aber ein anderer – es war der ältere Mann – bückte sich, nahm den Schürhaken aus dem Kamin und gab ihm, als er in Reichweite war, einen furchtbaren Schlag über den Kopf. Lautlos fiel er hin und bewegte sich nicht mehr. Ich verlor wieder das Bewußtsein, aber wieder können es nur ein paar Minuten gewesen sein, daß ich meiner Sinne nicht mächtig war. Als ich die Augen öffnete, sah ich, sie hatten das Silber aus der Anrichte genommen und eine Flasche Wein geöffnet, die dort stand. Jeder hielt ein Glas in der Hand. Ich habe Ihnen wohl schon gesagt, daß der ältere einen Bart trug, während die beiden jüngeren glattrasiert waren – oder nicht? Jedenfalls hätten sie ein Vater und seine zwei Söhne sein können. Sie unterhielten sich im Flüsterton. Dann kamen sie zu mir und vergewisserten sich, ob ich noch fest angebunden war. Dann verschwanden sie und machten das Fenster hinter sich zu. Es dauerte etwa eine Viertelstunde, ehe es mir gelang, das Taschentuch von meinem Mund zu entfernen. Meine Schreie wurden von der Zofe gehört, und sie kam mir zu Hilfe. Die anderen Diener waren bald alarmiert, wir benachrichtigten die örtliche Polizei, die sich sofort mit London in Verbindung setzte. Das ist alles, meine Herren, was ich Ihnen mitteilen kann, und ich hoffe, es wird nicht nötig sein, daß ich noch einmal die für mich so schmerzliche Geschichte vortragen muß.«

»Gibt es Fragen, Mr. Holmes?« fragte Hopkins.

»Ich möchte Lady Brackenstalls Geduld und Zeit nicht weiter strapazieren«, sagte Holmes. »Aber ehe ich ins Speisezimmer gehe, wäre es mir lieb, wenn Sie mir erzählten, was Sie erlebt haben.« Er sah die Zofe an.

»Mir waren die Männer aufgefallen, noch bevor sie ins Haus kamen«, sagte das Mädchen. »Ich saß in meinem Zimmer am Fenster und sah beim Mondlicht drüben am Tor des Pförtnerhäuschens drei Männer, dachte mir aber nichts dabei. Mehr als eine Stunde später erst hörte ich die Herrin schreien, lief hinunter und fand sie, das arme Schäfchen, wie sie es Ihnen erzählt hat, und den Herrn auf dem Fußboden, und überall Blut und Hirnfetzen. Das hätte gereicht, eine Frau um den Verstand zu bringen – gefesselt zu sein und das Kleid voll vom Blut des eigenen Mannes. Aber es hat ihr nie an Courage gefehlt, der Miss Mary Fraser aus Adelaide, und Lady Brackenstall von ›Abbey Grange‹ hat sich darin nicht geändert. Sie haben sie lange genug ausgefragt, meine Herren, und sie wird jetzt mit ihrer alten Theresa auf ihr Zimmer gehen, um sich auszuruhen, was sie bitter nötig hat.«

Mit mütterlicher Zärtlichkeit legte die hagere Frau den Arm um die Dame und führte sie aus dem Zimmer.

»Sie ist schon seit ihrer Geburt bei ihr«, sagte Hopkins, »hat sie als Baby gepflegt und sie nach England begleitet, als sie vor achtzehn Monaten zum ersten Mal Australien verließen. Sie heißt Theresa Wright und gehört zu der Sorte Bediensteter, die man heute nicht mehr findet. Hier geht's lang, wenn es beliebt, Mr. Holmes.«

Das geschärfte Interesse war aus Holmes' ausdrucksvollem Gesicht geschwunden, und ich wußte, daß mit dem Geheimnis auch aller Reiz des Falles dahin war. Nun mußten Verhaftungen vorgenommen werden; aber wer waren schon diese gewöhnlichen Totschläger, daß er sich die Hände an ihnen schmutzig machen sollte? Ein tiefgründiger und erfahrener Facharzt, der sich vor die Tatsache gestellt sieht, daß man ihn wegen eines Falls von Masern gerufen hat, empfände ähnlichen Ärger wie den, den ich in den Augen meines Freundes sah. Aber die Szene im Speisezimmer von ›Abbey Grange‹ wirkte seltsam genug, um seine Aufmerksamkeit zu fesseln und sein schwindendes Interesse zu beleben.

Es war ein sehr großer und hoher Raum mit geschnitzter Eichendecke, eichenem Paneel und einer vortrefflichen Sammlung von Geweihen und alten Waffen an den Wänden. Von der Tür aus am anderen Ende befand sich das französische Fenster, von dem uns erzählt worden war. Drei kleinere Fenster rechter Hand ließen das Licht einer kalten winterlichen Sonne herein. Links sahen wir einen großen, tiefreichenden, von einem mächtigen, vorspringenden Umbau aus Eiche eingefaßten Kamin. Neben dem Kamin stand ein schwerer Eichensessel mit Armlehnen und Querstreben am Sitz. Durch alle offenen Teile des Sessels schlang sich eine rote Schnur, die auf beiden Seiten an der Querstrebe befestigt war. Als man die Lady befreite, hatte man die Schnur von ihr abgestreift, aber die Knoten ungelöst gelassen. Diese Einzelheiten kamen uns erst später ins Bewußtsein, denn unser ganzes Denken wurde völlig von der schrecklich anzusehenden Gestalt gefangengenommen, die ausgestreckt auf dem Tigerfell vorm Kamin lag.

Es war der Leichnam eines großen, gutgebauten Mannes von vielleicht vierzig Jahren. Er lag auf dem Rücken, das Gesicht zur Decke gerichtet, und die weißen Zähne grinsten durch einen kurzen schwarzen Bart. Die zu Fäusten geballten Hände waren über den Kopf geworfen, und hinter ihnen lag der schwere Schlehdornstock. Die dunklen, ebenmäßigen, adlergleichen Züge des Mannes waren zu einem Spasmus von Rachsucht und Haß verzerrt, was sein totes Antlitz zu einem schrecklich teuflischen Ausdruck hatte erstarren lassen. Offensichtlich war er bereits im Bett gewesen, als der Alarm ausbrach, denn er trug ein stutzerhaft besticktes Nachthemd, und aus den Hosenbeinen ragten bloße Füße. Seine Kopfverletzung war schrecklich, und überall im Raum sah man Spuren, die von der mörderischen Wucht des Schlages zeugten, der ihn getroffen hatte. Neben ihm lag der schwere Schürhaken, der sich beim Aufprall verbogen hatte. Holmes untersuchte ihn wie auch die unbeschreibliche Wirkung, die seine Handhabung hinterlassen hatte.

»Er muß ein starker Mann sein, dieser ältere Randall«, bemerkte er.

»Das stimmt«, sagte Hopkins, »ich habe ein Protokoll über den Burschen gelesen. Ein ganz roher Kunde.«

»Es sollte Ihnen nicht schwerfallen, ihn zu fassen.«

»Nicht im mindesten. Wir hatten schon nach ihm gefahndet, und dann schien es, als wäre er nach Amerika geflüchtet. Jetzt, da wir wissen, daß sich die Bande im Land aufhält, sehe ich nicht, wie sie entkommen könnte. Jeder Hafen hat bereits die Beschreibungen, und noch vor Abend werden wir eine Belohnung ausgeschrieben haben. Was mir nicht in den Kopf will, ist der Umstand, daß sie so etwas Verrücktes angestellt haben, da sie doch wußten, daß die Lady sie beschreiben würde und daß wir sie nach ihrer Beschreibung erkennen müßten.«

»So ist es. Man hätte erwarten können, daß sie Lady Brackenstall genauso für immer zum Schweigen gebracht hätten.«

»Vielleicht haben sie nicht bemerkt«, vermutete ich, »daß sie aus ihrer Ohnmacht erwacht war.«

»Das hat viel für sich. Wenn sie bewußtlos wirkte, war es nicht nötig, ihr das Leben zu nehmen. Aber was hat es mit dem armen Burschen da gegeben, Hopkins? Ich glaube, ich habe einige verrückte Geschichten über ihn gehört.«

»Er war ein gutherziger Mann, solange er nüchtern war, aber ein ausgesprochener Teufel, wenn er betrunken war oder vielmehr halbbetrunken, denn er hat sich selten ganz vollaufen lassen. Unter solchen Umständen führte er sich auf wie vom Satan besessen und war zu allem fähig. Soviel ich weiß, ist er ein- oder zweimal trotz seines Reichtums und Titels fast mit dem Gesetz in Konflikt gekommen. Da gab es den Skandal wegen des Hundes, den er mit Petroleum übergossen und angezündet hat – der Hund gehörte der Lady, um die Sache noch schlimmer zu machen –, das konnte nur mit Mühe vertuscht werden. Dann hat er einmal eine Karaffe nach Theresa Wright, der Zofe, geworfen; auch deswegen gab es Ärger. Unter uns: Aufs Ganze gesehen, wird das hier ein freundlicheres Haus sein ohne ihn. Was untersuchen Sie denn jetzt?«

Holmes lag auf den Knien und musterte sehr aufmerksam die Knoten an der roten Schnur, mit der die Lady gefesselt gewesen war. Dann betrachtete er eindringlich das ausgefranste Ende der Schnur, die

Stelle, wo sie gerissen war, als der Einbrecher an ihr zerrte.

»Als sie riß, muß die Glocke in der Küche sehr laut geläutet haben«, bemerkte er.

»Das konnte keiner hören; die Küche liegt ganz hinten im Haus.«

»Woher wußte der Einbrecher, daß niemand die Glocke hören würde? Wieso konnte er es wagen, so rücksichtslos an einem Klingelzug zu reißen?«

»Das ist es, Mr. Holmes, genau das. Sie stellen gerade die Frage, die ich mir selber wieder und wieder gestellt habe. Es kann keinen Zweifel daran geben, daß der Bursche das Haus und alles, was dazu gehört, gut gekannt haben muß. Er muß gewußt haben, daß die Dienerschaft zu dieser vergleichsweise frühen Stunde schon im Bett war und daß niemand das Anschlagen der Glocke in der Küche hören konnte. Er muß also mit einem der Diener engen Kontakt gehabt haben. Das liegt auf der Hand. Aber es gibt acht Bedienstete im Haus, und alle haben einen guten Ruf.«

»Unter sonst gleichen Umständen«, sagte Holmes, »würde man die Person verdächtigen, nach deren Kopf der Herr eine Karaffe geworfen hat. Aber auf die Weise käme Verrat an der Herrin ins Spiel, der die Frau doch sehr ergeben ist. Nun gut, das ist ein weniger wichtiger Punkt; wenn Sie erst einmal Randall haben, wird es wohl keine Schwierigkeiten geben, seine Komplizen festzunehmen. Der Bericht der Lady scheint Ihre Version zu bestätigen, wenn Bestätigung, nach all den Einzelheiten, die wir hier sehen, überhaupt noch nötig sein sollte.« Er trat zu dem französischen Fenster und öffnete es. »Hier sehe ich keine Spuren, aber der Boden ist ja auch eisenhart gefroren, so daß man nichts erwarten kann. Die Kerzen dort auf dem Kaminsims waren angezündet.«

»Das stimmt. Bei ihrem Licht und dem des Nachttischleuchters der Lady haben sich die Einbrecher im Zimmer orientiert.«

»Und was haben sie mitgenommen?«

»Nun, nicht sehr viel – nur ein halbes Dutzend Teile vom silbernen Tafelgeschirr aus der Anrichte. Lady Brackenstall nimmt an, selbst sie seien durch den Tod von Sir Eustace so verstört gewesen, daß sie das Haus nicht plündern konnten, was sie sonst sicherlich getan hätten.«

»Das wird wohl wahr sein. Und doch haben sie, wenn ich mich recht erinnere, Wein getrunken.«

»Um die Nerven zu beruhigen.«

»Genau. Ich nehme an, niemand hat die drei Gläser auf der Anrichte angerührt.«

»So ist es. Und auch die Flasche steht noch da, wie die Einbrecher sie haben stehenlassen.«

»Wir wollen mal einen Blick darauf werfen. Hallo, was ist denn das?«

Die drei Gläser standen zusammen. In allen war noch die Farbe des Weins, und in einem hatte sich etwas Weinstein abgesetzt. Die Flasche stand dabei, zu zwei Dritteln voll, und neben ihr lag ein langer, tief gefärbter Korken. An ihm wie auch am Staub auf der Flasche ließ sich erkennen, daß es kein gewöhnlicher Jahrgang war, den die Mörder genossen hatten.

Über Holmes war eine Veränderung gekommen. Sein Gesicht hatte die Gleichgültigkeit verloren, und wieder gewahrte ich, wie in seinen tiefliegenden Augen ein Funke von Interesse aufglomm. Er nahm den Kork und betrachtete ihn gründlich.

»Wie haben sie die Flasche geöffnet?« fragte er.

Hopkins deutete auf eine halb aufgezogene Schublade, in der einige Tafeltücher und ein großer Korkenzieher lagen.

»Hat Lady Brackenstall gesagt, daß dieser Korkenzieher benutzt worden ist?«

»Nein. Sie erinnern sich wohl, daß sie besinnungslos war, als die Flasche geöffnet wurde.«

»Ganz recht. Es ist eine Tatsache, daß man diesen Korkenzieher nicht benutzt hat. Die Flasche wurde mit einem Korkenzieher geöffnet, der wahrscheinlich zu einem Taschenmesser gehört und nicht länger ist als anderthalb Inch. Wenn Sie das obere Ende des Korkens betrachten, werden Sie feststellen, daß der Korkenzieher dreimal hineingebohrt worden ist, ehe man die Flasche aufbekam. Der Korken wurde nicht durchbohrt. Mit dem großen Korkenzieher wäre das aber passiert, und die Flasche wäre beim ersten Mal schon offen gewesen. Wenn Sie den Kerl fangen, werden Sie sehen, daß er ein Mehrzwecktaschenmesser besitzt.«

»Ausgezeichnet!« sagte Hopkins.

»Aber diese Gläser irritieren mich, das muß ich gestehen. Hat Lady Brackenstall wirklich beobachtet, wie die drei Männer tranken?«

»Ja, in diesem Punkt war sie sehr bestimmt.«

»Das wäre dann alles. Was soll man noch sagen? Und doch müssen Sie zugeben, Hopkins, daß die drei Gläser sehr bemerkenswert sind. Wie, Sie können nichts Bemerkenswertes an ihnen feststellen? Gut, gut, vergessen wir es. Vielleicht sucht einer wie ich, der über besondere Kenntnisse und Fähigkeiten verfügt, eine komplizierte Erklärung, wo eine einfachere sich anbietet. Das mit den Gläsern wird gewiß reiner Zufall sein. Also dann, guten Morgen, Hopkins. Ich glaube nicht, daß ich Ihnen noch irgendwie nützlich sein könnte, und wie es aussieht, haben Sie den Fall fest im Griff. Benachrichtigen Sie mich, wenn Randall verhaftet ist, und geben Sie mir über alle weiteren Entwicklungen Bescheid, die sich möglicherweise ergeben. Ich bin sicher, ich werde Ihnen schon bald zum erfolgreichen Abschluß gratulieren können. Kommen Sie, Watson, ich habe den Eindruck, daß wir uns zu Hause mit mehr Gewinn beschäftigen können.«

Während der Rückreise las ich in Holmes' Gesicht, daß ihn etwas, das er beobachtet hatte, sehr verwirrt haben mußte. Dann und wann gelang es ihm mit Mühe, diesen Eindruck zu zerstören und so zu sprechen, als sei die Angelegenheit klar; doch dann packten ihn wieder die Zweifel, und eine gefurchte Stirn und zerstreut blickende Augen verrieten, daß seine Gedanken zurückgewandert waren in das große Eßzimmer von ›Abbey Grange‹, in dem sich die mitternächtliche Tragödie ereignet hatte. Schließlich, einem plötzlichen Entschluß folgend, der Zug war gerade angefahren, um einen Vorortbahnhof zu verlassen, sprang er auf den Bahnsteig und zog mich hinter sich her.

»Entschuldigen Sie, mein lieber Junge«, sagte er, und wir sahen die letzten Wagen unseres Zuges in einer Kurve verschwinden, »es tut mir leid, daß Sie das Opfer eines Einfalls werden, der sich als bloße Grille herausstellen kann. Aber bei meinem Leben, Watson, ich kann den Fall in diesem Zustand einfach nicht aufgeben. Alle meine Instinkte wehren sich dagegen. Die Lösung ist falsch – ganz falsch, darauf kann ich schwören. Dabei war die Geschichte der Lady vollständig, die Bestätigung durch die Zofe ausreichend, und die Einzelheiten stimmten einigermaßen. Was habe ich dagegenzusetzen? Drei Weingläser – das ist alles. Aber wenn ich die Dinge nicht als gegeben hingenommen, wenn ich sie mit der Sorgfalt untersucht hätte, die ich aufwende, wenn ich mich einem Fall *de novo* nähere, und mich nicht auf eine fix und fertige Geschichte eingelassen hätte, die mein Denken ablenkte – wäre ich dann nicht auf etwas Bestimmteres gestoßen, das mich weitergebracht hätte? Ganz gewiß wäre das der Fall gewesen. Nehmen Sie Platz auf der Bank, Watson, bis ein Zug nach Chislehurst einfährt, und erlauben Sie mir, das Beweismaterial vor Ihnen auszubreiten. Dabei flehe ich Sie an, zuallererst die Vorstellung aufzugeben, daß alles, was die Zofe oder die Herrin gesagt haben, notwendigerweise wahr sein muß. Die bezaubernde Ausstrahlung der Lady darf unser Urteil nicht beeinflussen.

Es gibt Einzelheiten in ihrer Geschichte, die, mit kühlem Kopf betrachtet, unseren Verdacht hervorrufen würden. Die Einbrecher haben vor vierzehn Tagen ziemliches Aufsehen in Sydenham erregt. In den Zeitungen sind Berichte, und ihre Beschreibungen erschienen, und das müßte natürlich jemandem einfallen, der über einer Geschichte sinnt, in der in der Einbildung existierende Einbrecher eine Rolle spielen sollen. Es steht fest, daß Einbrecher in der Regel nach einem gelungenen Coup erst einmal froh sind, wenn sie die Früchte ihres Raubzuges in Ruhe und Frieden genießen können, und nicht daran denken, sich gleich wieder in ein neues, gefährliches Unternehmen zu stürzen. Außerdem ist es bei Einbrechern nicht üblich, zu so früher Stunde ans Werk zu gehen; es ist bei Einbrechern unüblich, eine Dame zu schlagen, um sie am Schreien zu hindern, da sie sich vorstellen können, daß dies der sicherste Weg ist, sie zum Schreien zu bringen; es ist bei ihnen nicht üblich, einen Mord zu begehen, wenn ihre Übermacht ausreicht, einen Mann zu überwältigen; normalerweise geben Sie sich nicht mit einer kleinen Beute zufrieden, wenn viel mehr zu holen ist; und schließlich möchte ich sagen, daß solche Leute sehr selten eine Flasche halbleer stehenlassen.

Wie wirken all diese Ungewöhnlichkeiten auf Sie, Watson?«

»Das ist in der Tat eine beträchtliche Häufung, und doch erscheint mir jedes Verhalten für sich durchaus möglich. Als ungewöhnlichstes betrachte ich den Umstand, daß man die Lady an einen Sessel gefesselt haben soll.«

»Nun, da bin ich mir nicht so gewiß, Watson, denn es liegt auf der Hand, daß sie sie entweder töten oder sich ihrer auf eine Art bemächtigen mußten, die es verhinderte, daß sie sogleich von der Flucht Bericht geben konnte. Aber wie dem auch sei, ich habe Ihnen wohl vorgeführt, daß die Geschichte der Lady ein gewisses Element der Unwahrscheinlichkeit birgt. Und zu allem kommt dann noch die Sache mit den Weingläsern.«

»Was ist mit den Weingläsern?«

»Können Sie sich noch vorstellen, in welchem Zustand sie waren?«

»Ich sehe sie klar vor mir.«

»Uns wurde erzählt, drei Männer hätten aus ihnen getrunken. Kommt Ihnen das wahrscheinlich vor?«

»Warum nicht? Jn jedem Glas ist Wein gewesen.«

»Das schon, aber Weinstein fand sich nur in einem der Gläser. Das muß Ihnen doch aufgefallen sein. Was schließen Sie daraus?«

»Das Glas, das als letztes gefüllt wurde, hat wahrscheinlich am ehesten den Weinstein abgekriegt.«

»Nein, nein. Die Flasche war voller Weinstein, und es ist unvorstellbar, daß die ersten beiden Gläser klar geblieben sein sollen und sich im dritten eine ziemlich dichte Schicht abgesetzt hat. Es gibt hierfür zwei Möglichkeiten, und nur diese. Die eine ist, daß die Flasche, nachdem das zweite Glas gefüllt war, heftig geschüttelt wurde und auf die Weise das dritte Glas soviel Weinstein abbekommen hat. Aber das klingt nicht wahrscheinlich. Nein, ich bin sicher, daß ich richtig vermute.«

»Was nehmen Sie denn an?«

»Daß nur aus zwei Gläsern getrunken worden ist und daß man die Neigen aus ihnen in ein drittes Glas geschüttet hat, um den falschen Eindruck zu erwecken, drei Leute seien dagewesen. Auf diese Weise wäre der Weinstein ganz in das dritte Glas geraten, stimmt's? Ja, ich bin davon überzeugt, daß es so war. Wenn ich aber damit die richtige Erklärung für diese Kleinigkeit gefunden habe, dann erhebt sich der Fall sofort aus der Sphäre des Alltäglichen in den Bereich des äußerst Bemerkenswerten, denn es würde bedeuten, daß Lady Brackenstall und ihre Zofe uns vorsätzlich angelogen haben und man kein Wort ihrer Geschichte glauben kann, daß sie aus einem sehr gewichtigen Grund das wirkliche Verbrechen verdecken wollen und wir also den Fall ohne die geringste Hilfe von ihrer Seite selber rekonstruieren müssen. Das ist die Aufgabe, die jetzt vor uns liegt, und da, Watson, kommt auch schon der Zug nach Chislehurst.«

Die Bewohner von ›Abbey Grange‹ staunten sehr über unsere Rückkehr, aber Sherlock Holmes, nachdem er erfahren hatte, daß Hopkins abgefahren war, um im Polizeihauptquartier Bericht zu erstatten, nahm das Speisezimmer in Besitz, schloß die Tür von innen ab und widmete sich für zwei Stunden einer jener genauen und aufwendigen Untersuchungen, die die solide Basis der glänzenden Gebäude seiner Schlußfolgerungen bilden. Ich saß in einer Ecke wie ein aufmerksamer Student, der den Demonstrationen seines Professors zusieht, und verfolgte jeden Schritt seiner bemerkenswerten Erkundung. Das Fenster, die Vorhänge, der Teppich, der

Sessel, die Klingelschnur – alles wurde genauestens geprüft und angemessen erwogen. Den Leichnam des unglücklichen Baronets hatte man weggebracht, alles andere aber war so geblieben, wie wir es am Morgen gesehen hatten. Dann kletterte Holmes zu meiner Verwunderung auf den massiven Kaminsims. Ziemlich hoch über seinem Kopf hingen an dem Draht des Klingelzuges noch ein paar Inch der roten Schnur. Lange starrte er hinauf, und dann stützte er, im Versuch, näher heranzukommen, das Knie auf eine hölzerne Konsole an der Wand. Dadurch kam seine Hand fast bis an das Ende des Schnurrestes; aber es war nicht so sehr dieser Umstand, der seine Aufmerksamkeit zu fesseln schien, als die Konsole selbst. Schließlich sprang er mit einem Ausruf der Befriedigung herunter.

»Alles in Ordnung, Watson« sagte er. »Wir haben unseren Fall – einen der bemerkenswertesten in unserer Sammlung. Mein Gott, bin ich schwer von Begriff gewesen, und wie nahe war ich daran, den Irrtum meines Lebens zu begehen. Jetzt, denke ich, ist die Kette bis auf wenige fehlende Glieder komplett.«

»Dann haben Sie also Ihre Männer?«

»Meinen Mann, Watson, meinen Mann. Nur eine, aber dafür eine sehr beachtliche Person. Stark wie ein Löwe – denken Sie an den Hieb, der den Schürhaken verbogen hat. Sechs Fuß und drei Inch hoch, behende wie ein Eichhörnchen, dazu fingerfertig und schließlich bemerkenswert scharfsinnig, denn diese ganze sinnvolle Geschichte hat er selber ausgebrütet. Ja, mein lieber Watson, wir sind auf das Kunstwerk eines sehr bemerkenswerten Individuums gestoßen. Und doch hat er uns mit der Schnur einen Anhaltspunkt gegeben, der uns aller Zweifel enthebt.«

»Worin liegt der Anhaltspunkt?«

»Nun, wenn Sie eine Klingelschnur herunterzerren, Watson, an welcher Stelle würde sie wahrscheinlich reißen? Sicherlich doch dort, wo sie am Klingeldraht befestigt ist. Aber wie kann sie drei Inch neben dem wahrscheinlichen Punkt reißen?«

»Wenn sie an der Stelle abgenutzt ist?«

»Genau. Das Ende, das wir untersucht hatten, war ausgefranst. Er war schlau genug, das mit seinem Messer zu bewerkstelligen. Aber das andere Ende dort oben ist nicht ausgefranst. Von hier unten können Sie das nicht erkennen, aber wenn Sie auf dem Kaminsims stehen, sehen Sie, daß die Schnur glatt durchschnitten ist und keinerlei Anzeichen von Abnutzung aufweist. Sie können also rekonstruieren, was geschehen sein muß. Der Mann brauchte die Schnur. Er wollte sie aber nicht abreißen, aus Angst, daß er dadurch einen Alarm auslösen würde. Was tat er? Er kletterte auf den Kaminsims, bekam aber die Befestigungsstelle nicht zu fassen, setzte das Knie auf die Konsole – Sie werden noch den Abdruck im Staub erkennen –, zückte sein Messer, um die Schnur durchzuschneiden. Ich konnte nicht ganz heranreichen, verfehlte den Schnurrest um drei Inch, woraus ich schließe, daß der Mann mindestens drei Inch größer sein muß als ich. Sehen Sie einmal den Fleck dort auf dem Sitz des Eichensessels! Was ist das?«

»Blut.«

»Ohne Zweifel ist es Blut. Das allein widerlegt die Geschichte der Lady. Wenn sie in dem Sessel gesessen hat, als das Verbrechen geschah, wieso kommt der Blutfleck dahin? Nein, nein, man hat sie in den Sessel gesetzt, als ihr Mann schon tot war. Ich möchte wetten, daß ihr schwarzes Kleid einen entsprechenden Fleck aufweist. Wir haben nicht unser

Waterloo erlebt, Watson, sondern unser Marengo, wo die Schlacht mit einer Niederlage begann und mit einem Sieg endete. Ich möchte jetzt ein paar Worte mit der Zofe Theresa wechseln. Wir müssen erst einmal behutsam zu Werk gehen, wenn wir die Informationen bekommen wollen, die wir benötigen.«

Sie war schon eine interessante Frau, diese streng blickende australische Bedienstete: schweigsam, mißtrauisch, unfreundlich. Es dauerte einige Zeit, bis es Holmes durch seine angenehme Art und dadurch, daß er sich alles anhörte, was sie sagte, gelang, sie etwas aufzutauen. Sie unternahm keinen Versuch, den Haß auf ihren verstorbenen Herrn zu verbergen.

»Ja, Sir, es stimmt, er hat die Karaffe nach mir geworfen. Ich hatte gehört, wie er meine Herrin mit einem Schimpfnamen belegte, und ich sagte zu ihm, daß er sich nicht trauen würde, so zu sprechen, wenn ihr Bruder da wäre. Da hat er sie nach mir geworfen. Meinetwegen hätte er ein Dutzend Karaffen nach mir werfen können, wenn er nur mein liebes Vögelchen in Ruhe gelassen hätte. Immer hat er sie schlecht behandelt, und sie war zu stolz, sich zu beklagen. Sogar mir will sie nicht sagen, was er ihr alles angetan hat. Sie hat mir auch nicht verraten, woher die Flecken auf ihrem Arm stammen, die Sie heute morgen entdeckt haben, aber ich weiß, er hat sie ihr mit einer Hutnadel beigebracht. Der schlaue Teufel – der Himmel mag mir vergeben, daß ich so von ihm rede, jetzt, wo er tot ist, aber ein Teufel war er, wenn je es einen auf der Erde gegeben hat. Als wir ihm zuerst begegneten, hat er nur Süßholz geraspelt, das ist erst achtzehn Monate her, und uns beiden kommt es vor, als wären achtzehn Jahre vergangen. Sie war gerade erst in London angekommen. Ja, es war ihre erste Reise, sie hatte ihre Heimat noch nie verlassen. Mit seinem Titel, seinem Geld, seiner heuchlerischen Londoner Art hat er sie herumgekriegt. Wenn sie einen Fehler gemacht hat, sie mußte dafür bezahlen wie noch nie eine Frau. In welchem Monat wir ihn kennengelernt haben? Nun, kurz nach unserer Ankunft. Im Juni sind wir hier eingetroffen – es war dann im Juli. Im Januar vorigen Jahres haben sie geheiratet. Ja, jetzt ist sie wieder unten im Damenzimmer, und ich zweifle nicht, daß sie Sie empfangen wird, aber Sie dürfen nicht zuviel von ihr verlangen, denn sie hat mehr durchgemacht, als Fleisch und Blut ertragen können.«

Lady Brackenstall ruhte auf derselben Couch, sah aber heiterer aus als am Morgen. Die Zofe war mit uns eingetreten und begann erneut, den Bluterguß über dem Auge ihrer Herrin zu kühlen.

»Ich hoffe«, sagte die Lady, »Sie sind nicht gekommen, um mich noch einmal ins Kreuzverhör zu nehmen.«

»Nein«, entgegnete Holmes in seinem sanftesten Ton. »Ich möchte Ihnen keine unnötige Beunruhigung bereiten, Lady Brackenstall. Mein ganzes Bestreben geht dahin, es Ihnen leicht zu machen, denn ich bin davon überzeugt, daß Sie eine schwergeprüfte Frau sind. Wenn Sie in mir einen Freund sehen und mir vertrauen, werden Sie merken, daß Ihr Vertrauen gerechtfertigt ist.«

»Was soll ich tun?«

»Sagen Sie mir die Wahrheit.«

»Mr. Holmes!«

»Nein, nein, Lady Brackenstall, das ist sinnlos. Vielleicht haben Sie von meinem bescheidenen Ruf gehört. Ich sage es Ihnen auf den Kopf zu, daß Ihre Geschichte völlig erfunden ist.«

Herrin und Zofe starrten Holmes mit bleichem Gesicht und furchtsamen Augen an.

»Sie sind ein unverschämter Kerl!« schrie Theresa. »Soll das heißen, daß meine Herrin Lügen erzählt hat?«

Holmes stand von seinem Stuhl auf.

»Haben Sie mir nichts zu sagen?«

»Ich habe Ihnen alles gesagt.«

»Überdenken Sie es noch einmal, Lady Brackenstall. Wäre es nicht besser, offen zu sein?«

Einen Augenblick lang lag Unentschlossenheit auf ihrem schönen Gesicht. Dann aber bewirkte ein gewichtiger Gedanke, daß es wieder zur Maske erstarrte.

»Ich habe Ihnen alles gesagt, was ich weiß.«

Holmes nahm seinen Hut und zuckte die Schultern. »Es tut mir leid«, sagte er, und ohne ein weiteres Wort verließen wir das Zimmer und das Haus. Im Park war ein Teich, und zu ihm lenkte mein Freund die Schritte. Er war zugefroren bis auf ein einziges Loch, das man wegen eines Schwans offenhielt. Holmes starrte das Tier an und ging dann weiter zum Pförtnerhäuschen. Dort brachte er eine kurze Nachricht für Hopkins zu Papier und übergab sie dem Pförtner.

»Vielleicht wird es ein Treffer, vielleicht geht es auch daneben, aber wir müssen etwas hinterlassen, um Freund Hopkins unseren zweiten Besuch zu erklären«, sagte er. »Ich möchte ihn jetzt nicht gern ins Vertrauen ziehen. Ich denke, unser nächstes Betätigungsfeld wird das Büro der Adelaide-Southampton-Schiffahrtslinie sein müssen; es liegt am Ende der Pall Mall, wenn ich mich recht erinnere. Es gibt noch eine zweite Linie, die Südaustralien mit England verbindet, aber zuerst werden wir uns an die größere halten.«

Die Visitenkarte, die Holmes dem Chef überbringen ließ, versicherte uns dessen sofortiger Aufmerksamkeit, und bald besaß er alle Informationen, die er benötigte. Im Juni '95 hatte nur ein Liner den Heimathaften angelaufen. Es war die ›Rock of Gibraltar‹, das größte und beste Schiff. Ein Blick in die Passagierliste erwies, daß Miss Fraser aus Adelaide nebst Zofe auf ihm gefahren waren. Das Schiff befand sich jetzt auf dem Weg nach Australien, südlich des Suez-Kanals. Die Offiziere waren dieselben wie im Jahr '95, von einer Ausnahme abgesehen. Der damalige Erste Offizier, Mr. Jack Croker, war Kapitän geworden und sollte das Kommando über das neueste Schiff der Linie übernehmen, die ›Bass Rock‹, die in zwei Tagen von Southampton auslaufen sollte. Er wohnte in Sydenham, wurde aber an diesem Morgen zwecks Entgegennahme von Instruktionen erwartet. Wenn wir uns gedulden wollten...

Nein, Mr. Holmes trug kein Verlangen, ihn kennenzulernen, wäre aber froh, etwas aus seiner Vergangenheit und über seine Persönlichkeit zu erfahren.

Die berufliche Beurteilung war großartig. Kein Offizier der Marine reichte an ihn heran. Was seine Persönlichkeit anging, so hieß es, er sei im Dienst verläßlich, aber ein wilder, verwegener Mann, sobald er das Schiffsdeck hinter sich hatte: hitzköpfig und leicht erregbar, doch auch treu, ehrlich und gutherzig. Das war der Kern der Auskunft, mit der Holmes das Büro der Adelaide-Southampton- Schifffahrtsgesellschaft verließ. Von dort fuhr er nach Scotland Yard, betrat aber das Gebäude nicht, sondern blieb in der Droschke sitzen, mit gerunzelter Stirn, tief in Gedanken verloren. Schließlich ließ er sich um die Ecke zum Telegraphen-Amt von Charing Cross fahren, wo er eine Depesche aufgab.

Dann schlugen wir wieder den Weg zur Baker Street ein.

»Nein, Watson, ich konnte es nicht tun«, sagte er, als wir in unserem Zimmer waren. »Wenn der Haftbefehl einmal ausgestellt ist, vermag nichts auf der Welt, ihn zu retten. Ein- oder zweimal in meiner Laufbahn hatte ich das Gefühl, größeren Schaden durch die Entdeckung eines Verbrechers gestiftet zu haben, als ihn dieser selbst angerichtet hatte. Ich habe Vorsicht gelernt, und ich würde eher das englische Gesetz überlisten als mein eigenes Gewissen. Wir wollen ein bißchen mehr wissen, ehe wir handeln.«

Vor Abend erhielten wir den Besuch von Inspektor Stanley Hopkins. Seine Sache stand gar nicht gut.

»Ich glaube, Mr. Holmes, Sie sind ein Hexer. Manchmal denke ich tatsächlich, daß Sie über Kräfte verfügen, die nicht menschlich sind. Wie, um alles in der Welt, konnten Sie wissen, daß das gestohlene Silber auf dem Grund des Teiches lag?«

»Ich wußte es nicht.«

»Aber Sie schrieben mir doch, ich sollte dort suchen.«

»Sie haben es gefunden?«

»Ja, ich habe es gefunden.«

»Es freut mich sehr, daß ich Ihnen helfen konnte.«

»Aber Sie haben mir doch nicht geholfen! Sie haben den Fall viel schwieriger gemacht. Was sollen denn das für Einbrecher sein, die Silberbestecke stehlen und sie in den nächsten Teich werfen?«

»Das ist wahrlich ein exzentrisches Verhalten. Ich war nur von der Überlegung ausgegangen, daß Leute, die Silberbestecke an sich genommen haben und sie gar nicht behalten wollen, sondern nur auf das Legen einer falschen Fährte aus sind, sich natürlicherweise umtun würden, sie loszuwerden.«

»Aber wieso ist Ihnen eine solche Überlegung in den Kopf gekommen?«

»Nun, ich hielt es für möglich. Als sie durch das französische Fenster ins Freie traten, lag vor ihrer Nase der Teich, mit einem verführerischen Loch im Eis. Konnte es ein besseres Versteck geben?«

»Ein Versteck – das ist besser!« rief Stanley Hopkins. »Ja, ja, jetzt ist mir alles klar. Es war noch früh, aber auf den Straßen gingen Leute, sie hatten Angst, mit dem Silber gesehen zu werden – da haben sie es im Teich versenkt, mit dem Vorsatz, wieder zurückzukommen und es zu bergen, sobald die Luft rein war. Ausgezeichnet, Mr. Holmes – das gefällt mir besser als Ihr Einfall mit der falschen Fährte.«

»So ist es. Sie haben eine bewundernswürdige Erklärung. Zweifellos waren meine Überlegungen ziemlich wild, aber Sie müssen zugeben, daß sie zur Entdeckung des Silbers geführt haben.«

»Ja, Sir, ja. Das ist ganz Ihr Werk. Aber ich habe einen schlimmen Rückschlag erlitten.«

»Einen Rückschlag?«

»Ja, Mr. Holmes. Die Randall-Bande ist heute morgen in New York verhaftet worden.«

»Du lieber Himmel, Hopkins! Das läuft Ihrer Theorie, daß sie einen Mord in Kent begangen haben, ziemlich zuwider.«

»Das ist verhängnisvoll, Mr. Holmes, absolut verhängnisvoll. Aber es gibt noch andere Dreierbanden außer den Randalls, oder es handelt sich um eine ganz neue Gang, von der die Polizei bisher noch nichts gehört hat.«

»Ganz recht. Das ist durchaus möglich. Wie, Sie wollen uns schon verlassen?«

»Ja, Mr. Holmes. Ehe ich der Sache nicht auf den

Grund gekommen bin, gibt es für mich keine Ruhe. Haben Sie vielleicht nicht noch einen Hinweis für mich?«

»Einen habe ich Ihnen schon gegeben.«

»Welchen?«

»Nun, ich sprach von einer falschen Fährte.«

»Aber warum, Mr. Holmes, warum?«

»Ja, das ist tatsächlich die Frage. Trotzdem empfehle ich Ihnen, die Annahme zu durchdenken. Womöglich finden Sie doch noch, daß etwas daran ist. Sie möchten nicht zum Dinner bleiben? Na gut denn – auf Wiedersehen, und lassen Sie uns wissen, wie Sie vorankommen.«

Das Dinner war vorüber und der Tisch abgedeckt, als Holmes noch einmal auf die Sache zu sprechen kam. Er hatte sich eine Pfeife angezündet und hielt die in Pantoffeln steckenden Füße der fröhlichen Wärme des Kamins entgegen. Plötzlich blickte er auf seine Uhr.

»Ich erwarte, daß sich etwas entwickelt, Watson.«

»Wann?«

»Jetzt – innerhalb der nächsten Minuten. Ich behaupte, Sie denken, ich habe Stanley Hopkins vorhin schlecht behandelt.«

»Ich vertraue auf Ihr Urteil.«

»Eine sehr vernünftige Antwort, Watson. Sie müssen das so sehen: Was ich weiß, ist inoffiziell, und was er weiß, ist offiziell. Ich habe ein Recht auf privates Urteil, er hat es nicht. Er muß alles offenbaren, sonst wird er zu einem Verräter an der Sache, der er dient. In einem zweifelhaften Fall möchte ich ihn nicht in eine so peinliche Situation bringen, also behalte ich mein Wissen für mich, bis ich mir selber in der Angelegenheit klargeworden bin.«

»Aber wann wird das sein?«

»Die Zeit ist gekommen. Sie werden jetzt Zeuge der letzten Szene eines bemerkenswerten kleinen Dramas sein.«

Wir hörten ein Geräusch von der Treppe, dann wurde die Tür geöffnet, und herein kam ein solches Muster an Männlichkeit, wie ich noch keines unsere Schwelle hatte überschreiten sehen. Es war ein sehr großer junger Mann mit blondem Schnurrbart, blaue Augen und von einer tropischen Sonne gebräunter Haut; sein federnder Gang verriet, daß die riesige Gestalt so behende wie stark war. Er schloß die Tür hinter sich und stand dann da, die Fäuste geballt, schwer atmend, und suchte offensichtlich eines Gefühls Herr zu werden, das ihn zu überwältigen drohte.

»Setzen Sie sich, Captain Croker. Mein Telegramm hat Sie erreicht?«

Unser Besucher sank in einen Lehnsessel und sah uns abwechselnd fragend an.

»Ich habe Ihr Telegramm erhalten und bin zu der von Ihnen vorgeschlagenen Zeit gekommen. Ich hörte, daß Sie im Schiffahrtsbüro waren. Ich konnte Ihnen nicht entwischen. Beginnen Sie mit dem Schlimmsten. Was werden Sie mit mir tun? Mich verhaften? Sprechen Sie doch, Mann! Sie können nicht hier sitzen und mit mir spielen wie die Katze mit der Maus.«

»Bieten Sie ihm eine Zigarre an«, sagte Holmes. »Beißen Sie hinein, Captain Croker, und lassen Sie nicht die Nerven mit Ihnen durchgehen. Ich säße nicht hier und rauchte mit Ihnen, wenn ich annähme, Sie wären ein gewöhnlicher Verbrecher, dessen können Sie sicher sein. Seien Sie offen zu mir, und wir werden gut miteinander auskommen. Versuchen Sie mich auszutricksen, dann werde ich Sie zerschmettern.«

»Was soll ich tun?«

»Berichten Sie mir wahrheitsgemäß alles, was sich in der vergangenen Nacht in ›Abbey Grange‹ ereignet hat – wahrheitsgemäß, wohlgemerkt, ohne etwas hinzuzufügen oder etwas wegzulassen. Ich weiß schon so viel, daß ich, wenn Sie auch nur um Haaresbreite von der Wahrheit abweichen, mit dieser Trillerpfeife den nächsten Polizisten alarmieren und Sie verhaften lassen kann. Und dann ist mir die Affäre für immer aus der Hand genommen.«

Der Seemann dachte eine Weile nach. Schließlich schlug er sich mit der großen, sonnengebräunten Hand auf den Schenkel.

»Ich lasse es darauf ankommen«, rief er. »Ich glaube, daß Sie ein ehrlicher Mann sind, ein Mann von Wort, und ich werde Ihnen die ganze Geschichte erzählen. Eins aber muß ich vorausschikken. Was mich betrifft, so bereue ich nichts und fürchte nichts, und ich würde alles noch einmal tun und stolz darauf sein, es getan zu haben. Verfluchtes Biest! Und wenn er so viele Leben hätte wie eine Katze, sie wären alle mir verfallen! Aber es geht um die Dame, um Mary – Mary Fraser –, denn niemals werde ich sie bei diesem verdammten Namen nennen. Wenn ich daran denke, daß ich sie in Schwierigkeiten bringe, ich, der ich mein Leben hingeben würde, nur damit ein Lächeln auf ihr liebes Gesicht kommt, dann sinkt mir das Herz. Und doch – und doch – was hätte ich anderes tun sollen? Ich erzähle Ihnen meine Geschichte, Gentlemen, und ich frage Sie von Mann zu Mann: Was hätte ich anderes tun sollen?

Ich muß ein Stück in die Vergangenheit zurückgehen. Sie scheinen alles zu wissen, und so nehme ich an, Sie wissen auch, daß ich der Erste Offizier auf der ›Rock of Gibraltar‹ war, als ich ihr zum ersten

Mal auf dem Schiff begegnete. Seit diesem ersten Mal gibt es keine andere Frau für mich. Mit jedem Tag, den die Reise dauerte, liebte ich sie mehr, und ich habe oft in der Dunkelheit der Nacht auf dem Deck gekniet und die Planken geküßt, über die ihr lieber Fuß gegangen ist. Wir waren nicht verlobt. Sie behandelte mich so fair wie nur je eine Frau einen Mann. Ich kann mich nicht beklagen. Von mir aus war es Liebe, von ihr aus gute Kameradschaft und Freundschaft. Als wir voneinander schieden, war sie eine freie Frau, ich aber konnte mich nicht länger als ein freier Mann fühlen.

Als ich von der nächsten Überfahrt zurückkam, erfuhr ich von ihrer Heirat. Gut, warum sollte sie nicht heiraten, wen sie wollte? Sie war geboren für alles Schöne und Vornehme. Titel und Geld – wem hätte es besser angestanden als ihr? Ich grämte mich nicht wegen ihrer Heirat. Ein so egoistischer Hund bin ich nicht. Ich freute mich darüber, daß ihr das Glück über den Weg gelaufen war und daß sie sich nicht an einen Seemann ohne einen Pfennig weggeworfen hatte. So sehr liebte ich Mary Fraser.

Nun, ich glaubte nicht, daß ich sie je wiedersehen würde. Doch nach der letzten Fahrt bekam ich die Beförderung, und das neue Schiff war noch nicht in Dienst gestellt, so daß ich einige Monate bei meiner Familie in Sydenham warten mußte. Eines Tages begegnete ich Theresa Wright, ihrer alten Zofe, auf einem Feldweg. Sie erzählte mir von ihr, von ihm, sie erzählte mir alles. Ich versichere Ihnen, Gentlemen, es trieb mich fast in den Wahnsinn. Dieser besoffene Hund – daß er es wagte, seine Hand gegen sie zu erheben, von deren Schuhen den Staub zu lecken er nicht würdig war! Ich traf Theresa wieder. Dann begegnete ich Mary – und begegnete ihr wieder. Dann wollte sie mich nicht mehr treffen. Aber dann erhielt ich eine Nachricht, daß ich eine Woche später meine Reise antreten sollte, und ich beschloß, sie noch einmal wiederzusehen, ehe ich in See stechen mußte. Theresa war immer meine Freundin, denn sie haßte den Schläger fast so tief wie ich. Von ihr erfuhr ich, wie das Leben im Haus ablief. Mary pflegte abends lange in ihrem kleinen Zimmer im Parterre zu sitzen und zu lesen. Vergangene Nacht schlich ich mich zum Haus und kratzte an ihrem Fenster. Zuerst wollte sie nicht öffnen, aber ich weiß jetzt, daß sie mich im geheimen liebt, und sie konnte es nicht übers Herz bringen, mich in der kalten Nacht stehenzulassen. Sie flüsterte mir zu, ich sollte zu dem großen Fenster kommen, und ich fand es offen und betrachtete das als Einladung, in das Speisezimmer einzutreten. Wieder hörte ich, nun von ihren Lippen, Dinge, die mir das Blut zum Kochen brachten, und wieder verfluchte ich den brutalen Kerl, der die Frau mißhandelte, die ich liebte. Nun, Gentlemen, ich stand mit ihr beim Fenster, in aller Unschuld – der Himmel sei mein Zeuge –, als er wie ein Verrückter ins Zimmer stürzte, sie mit dem abscheulichsten Namen belegte, den ein Mann einer Frau gegenüber gebrauchen kann, und ihr mit dem Stock, den er in der Hand hielt, übers Gesicht schlug. Ich sprang zum Kamin, packte den Schürhaken, und zwischen uns entspann sich ein ehrlicher Kampf. Hier auf meinem Arm können Sie erkennen, wo sein erster Schlag traf. Dann war ich an der Reihe, und ich zerschmetterte ihm den Schädel, der brach wie ein angefaulter Kürbis. Denken Sie, daß es mir leid tat? Nicht im mindesten! Es galt sein Leben oder das meine, und viel mehr als das: sein Leben oder das ihre. Denn wie hätte ich sie in der Gewalt dieses Wahnsinnigen lassen können? So also habe ich ihn getötet. War ich im Unrecht?

Nun, was hätten Sie, Gentlemen, in meiner Lage getan?

Sie hat geschrien, als sie geschlagen wurde, und das hat die alte Theresa aus ihrem Zimmer im obersten Stockwerk nach unten gebracht. Auf der Anrichte stand eine Weinflasche; ich öffnete sie und flößte Mary einige Tropfen ein, denn sie war halbtot von dem Schock. Dann trank ich auch einen Schluck. Theresa war eiskalt, und das Folgende entsprang sosehr ihrem Plan wie dem meinen. Wir mußten alles so arrangieren, daß es aussah, als hätten Einbrecher die Tat begangen. Theresa schärfte ihrer Herrin unsere Geschichte wieder und wieder ein, während ich hochkletterte und die Schnur vom Klingelzug schnitt. Ich fesselte sie an den Holzsessel und franste das Schnurende aus, damit das Ganze so natürlich wie möglich aussah und die Frage nicht aufkommen konnte, wieso die Einbrecher um alles in der Welt wegen der Schnur da hinaufgeklettert sein sollten. Dann raffte ich ein paar Teller und Gefäße aus Silber zusammen, um den Anschein des Diebstahls entstehen zu lassen, und verließ die beiden Frauen, nachdem ich sie angewiesen hatte, die Polizei erst zu alarmieren, wenn ich eine Viertelstunde Vorsprung gewonnen hätte. Ich warf das Silberzeug in den Teich und machte mich auf den Weg nach Sydenham, in dem Gefühl, daß ich diesmal ein wirklich gutes Stück Arbeit geleistet hatte. Das ist die Wahrheit, die ganze Wahrheit, Mr. Holmes, und wenn es mich den Hals kostet.«

Holmes rauchte eine Weile schweigend. Dann durchquerte er das Zimmer und schüttelte unserem Besucher die Hand.

»So habe ich mir es vorgestellt«, sagte er. »Ich weiß, daß jedes Wort wahr ist, denn sie haben kaum ein Wort gesprochen, das ich nicht vorausgesehen hatte. Niemand als ein Akrobat oder ein Seemann hätte von der Konsole zu der Schnur hinauflangen können, und niemand als ein Seemann konnte die Knoten geschlungen haben, mit denen das Seil an den Sessel geknüpft war. Die Dame aber war nur einmal mit Seeleuten in Berührung gekommen, und zwar auf ihrer Überfahrt, und es mußte ein Mann ihres Standes sein, da sie alles versuchte, ihn zu dekken, und damit offenbarte, daß sie ihn liebte. Sie sehen also, wie leicht es für mich war, auf Sie zu schließen, da ich mich einmal auf der richtigen Fährte befand.«

»Ich dachte, die Polizei würde nie hinter unseren Schwindel kommen.«

»Und die Polizei ist ja auch nicht dahintergekommen, noch wird sie je dahinterkommen, wenn es nach mir geht. Sehen Sie, Captain Croker, es ist eine sehr ernste Angelegenheit. Ich gebe zu, daß Sie in einer Situation äußerster Herausforderung handelten, in die jeder geraten könnte; ich bin mir jedoch nicht sicher, ob Ihre Tat als Notwehr anerkannt würde. Aber das zu entscheiden, ist die Sache des britischen Rechts. Andererseits fühle ich so viel Sympathie für Sie, daß ich Ihnen verspreche: Niemand wird Sie daran hindern, in den nächsten vierundzwanzig Stunden zu verschwinden.«

»Und dann wird alles entdeckt?«

»Auf jeden Fall.«

Der Seemann wurde rot vor Zorn.

»Was für einen Handel schlagen Sie einem Mann vor? Ich verstehe genug vom Gesetz, um zu wissen, daß man Mary als Komplizin anklagen wird. Denken Sie, ich lasse sie allein, damit sie die Musik bezahlt, während ich mich davonstehle? Nein, Sir! Sollen sie doch mit mir anfangen, was sie wollen, aber finden

Sie um Himmels willen einen Weg, Mr. Holmes, meine arme Mary vorm Gericht zu bewahren.«

Holmes reichte dem Seemann zum zweitenmal die Hand.

»Ich habe Sie nur prüfen wollen, und in allem reagieren Sie wie ein aufrechter Mann. Nun, ich lade mir da eine große Verantwortung auf, aber ich habe Hopkins einen hervorragenden Tip gegeben, und wenn es ihm nicht gelingt, Vorteil daraus zu schlagen, dann kann ich ihm auch nicht helfen. Wir werden jetzt, Captain Croker, handeln, wie das Gesetz es vorschreibt. Sie sind der Angeklagte. Watson, Sie repräsentieren eine britische Jury, und ich kenne niemanden, der würdiger wäre, diese Rolle zu spielen. Ich bin der Richter. Nun, Gentlemen der Jury, Sie haben das Beweisverfahren verfolgt. Finden Sie den Angeklagten schuldig oder nicht schuldig?«

»Nicht schuldig, Mylord«, sagte ich.

»Vox populi, vox Dei. Sie sind frei, Captain Croker. Solange das Gesetz in diesem Fall kein anderes Opfer findet, sind Sie von meiner Seite aus sicher. Kehren Sie in einem Jahr zu der Dame zurück, und möge Ihrer beider Zukunft das Urteil rechtfertigen, das wir heute abend gesprochen haben.«

Der zweite Fleck

Ich hatte mir vorgenommen, daß das Abenteuer in ›Abbey Grange‹ die Reihe der Taten meines Freundes Mr. Sherlock Holmes, die ich der Öffentlichkeit mitteile, beschließen sollte. Dieser Vorsatz ging nicht auf einen Mangel an Material zurück, da ich Aufzeichnungen über Hunderte von Fällen besitze, die ich nie erwähnt habe, noch war er von einem schwindenden Interesse meiner Leser an der einmaligen Persönlichkeit und den ungewöhnlichen Methoden des bemerkenswerten Mannes bestimmt. Der wahre Grund lag im Widerstreben, das Mr. Holmes der fortgesetzten Veröffentlichung seiner Erfahrungen entgegensetzte. Solange er sich beruflich betätigte, stellten die Berichte über seine Erfolge einen gewissen praktischen Wert dar; aber seit er sich endgültig aus London zurückgezogen und in den Sussex Downs niedergelassen hat, um sich seinen Studien und der Bienenzucht zu widmen, ist ihm Bekanntheit verhaßt geworden, und er verlangt entschieden, daß seine Wünsche in dieser Hinsicht streng beachtet werden. Nur durch das Versprechen, das Abenteuer um den ›Zweiten Fleck‹ erst zu veröffentlichen, wenn die Zeit reif sei, und durch meinen Hinweis darauf, daß die lange Reihe der Geschichten mit dem wichtigsten internationalen Fall, der ihm je übertragen wurde, ihren Höhepunkt finden sollte, gelang es mir schließlich, seine Zustimmung zu erhalten, daß ein sorgfältig abgewogener Bericht über die Ereignisse den Lesern vorgelegt werden durfte. Wenn ich im Lauf der Geschichte bei gewissen Einzelheiten ziemlich verschwommen zu sein scheine, so wird der geneigte Leser wohl verstehen, daß es gute Gründe für meine Zurückhaltung gibt.

Es geschah also – das Jahr und den Tag will ich nicht näher benennen –, daß sich an einem Dienstagmorgen zwei Besucher von europäischem Ruf innerhalb der Wände unseres bescheidenen Heims in der Baker Street einfanden. Der eine – streng, hoheitsvoll, herrisch, adleräugig – war niemand anderes als der berühmte Lord Bellinger, zweimal schon englischer Premierminister. Sein Begleiter – dunkelhaarig, mit scharfgeschnittenen Gesichtszügen, elegant, kaum über das mittlere Alter hinaus und gesegnet mit allen leiblichen und geistigen Vorzügen – war der Sehr Ehrenwerte Trelawney Hope, Staatssekretär für europäische Angelegenheiten und der meistversprechende Staatsmann des Landes. Sie saßen nebeneinander auf unserem mit Zeitungen übersäten Sofa, und es war leicht an ihren erschöpften und besorgten Mienen zu erkennen, daß die Angelegenheit, die sie zu uns geführt hatte, äußerst wichtig sein mußte. Die schmalen, von Venen überzogenen Hände des Premiers hielten krampfhaft die Elfenbeinkrücke seines Regenschirms, und das hagere, asketische Gesicht blickte düster auf Holmes und mich. Der Staatssekretär für europäische Angelegenheiten zupfte nervös an seinem Schnurrbart und spielte mit dem Petschaft an seiner Uhrkette.

»Als ich den Verlust entdeckte, Mr. Holmes, und das war um acht Uhr heute morgen, habe ich sofort den Premierminister in Kenntnis gesetzt. Es war sein Vorschlag, Sie aufzusuchen.«

»Haben Sie auch die Polizei informiert?«

»Nein, Sir«, sagte der Premierminister in der schnellen, entschiedenen Art, für die er berühmt war. »Das haben wir nicht getan, und es ist auch nicht möglich, das zu tun. Die Polizei informieren heißt letzten Endes die Öffentlichkeit informieren. Gerade das wollen wir auf jeden Fall vermeiden.«

»Und warum, Sir?«

»Weil das fragliche Dokument solch unerhörte Wichtigkeit besitzt, daß seine Veröffentlichung sehr leicht – ich möchte fast sagen: wahrscheinlich – allgemeineuropäische Verwicklungen größten Ausmaßes herbeiführen würde. Ich behaupte nicht zuviel, wenn ich sage, daß Krieg oder Frieden vom Ausgang der Sache abhängen. Wenn es nicht gelingt, die Wiederbeschaffung unter äußerster Geheimhaltung zu betreiben, dann wäre es besser, das Dokument überhaupt nicht wiederzufinden, denn die, die es entwendet haben, zielen nur darauf ab, seinen Inhalt allgemein bekanntzumachen.«

»Ich verstehe. Nun, Mr. Trelawney Hope, ich wäre Ihnen sehr verbunden, wenn Sie mir genau die Umstände beschrieben, unter denen das Dokument verschwunden ist.«

»Das kann mit wenigen Worten geschehen, Mr. Holmes. Den Brief – denn es handelt sich um den Brief eines ausländischen Herrschers – haben wir vor sechs Tagen erhalten. Er war so wichtig, daß ich ihn nicht im Safe ließ, sondern ihn jeden Abend in mein Haus in Whitehall Terrace mitnahm und in meinem Schlafzimmer in einem verschlossenen Dokumentenkoffer aufbewahrte. So auch gestern abend. Dessen bin ich sicher. Denn ich öffnete das Kästchen noch einmal, als ich mich zum Dinner umzog, und sah, daß er drin lag. Heute morgen war er weg. Das Behältnis hatte die ganze Nacht über neben dem Spiegel auf meinem Toilettentisch gestanden. Ich habe einen leichten Schlaf, wie auch meine Frau, und wir beide könnten schwören, daß während der Nacht niemand das Zimmer betreten haben kann. Und doch muß ich wiederholen: Der Brief ist weg.«

»Um wieviel Uhr sind Sie zum Dinner gegangen?«

»Um halb acht.«

»Und wann haben Sie sich zu Bett begeben?«

»Meine Frau hat das Theater besucht. Ich blieb auf, bis sie zurückgekommen war. Halb zwölf gingen wir ins Schlafzimmer.«

»Dann hat also der Depeschenkasten vier Stunden unbewacht gelegen.«

»Niemand hat die Erlaubnis, dieses Zimmer zu betreten, ausgenommen das Dienstmädchen am Morgen und mein Kammerdiener oder die Zofe meiner Frau tagsüber. Beide sind vertrauenswürdig und schon geraume Zeit bei uns angestellt. Außerdem hätten sie nicht wissen können, daß etwas Wertvolleres als die üblichen ministeriellen Papiere in dem Depeschenkasten waren.«

»Wer wußte vom Vorhandensein des Briefes?«

»Niemand im Haus.«

»Sicherlich wußte doch Ihre Frau davon?«

»Nein, Sir. Ich habe ihr nichts davon gesagt, bis ich das Schriftstück heute morgen vermißte.«

Der Premierminister nickte anerkennend.

»Ich weiß seit langem, Sir, ein wie ausgeprägtes Pflichtgefühl Sie besitzen«, sagte er. »Ich bin davon überzeugt, daß Ihnen ein Geheimnis von solcher Bedeutung über alle häusliche Vertrautheit geht.«

Der Staatssekretär für europäische Angelegenheiten machte eine Verbeugung.

»Sie lassen mir Recht widerfahren, Sir. Bis heute morgen habe ich zu meiner Frau kein Sterbenswörtchen über die Angelegenheit gesprochen.«

»Hätte sie etwas vermuten können?«

»Nein, Mr. Holmes, sie hätte nichts vermuten können – weder sie noch jemand anders.«

»Sind Ihnen zuvor schon einmal Dokumente abhanden gekommen?«

»Nein, Sir.«

»Wer in England wußte dann vom Vorhandensein dieses Briefes?«

»Gestern wurden alle Mitglieder des Kabinetts über ihn informiert; aber die Pflicht zur Geheimhaltung, die für jede Kabinettssitzung gilt, wurde vom Premierminister durch eine eindringliche Mahnung noch verschärft. Ich mag um Himmels willen nicht daran denken, daß ich ihn ein paar Stunden später selbst verloren habe!« Das hübsche Gesicht des Staatssekretärs verzerrte sich vor Verzweiflung, und er raufte sich die Haare. Für einen Augenblick zeigte er sich uns so, wie er wirklich war – impulsiv, hitzig und äußerst empfindlich. Im nächsten Moment lag das Gesicht wieder unter der aristokratischen Maske.

»Außer den Kabinettsmitgliedern gibt es zwei, möglicherweise drei Ministerialbeamte«, fügte er gelassenen Tons hinzu, »die von dem Brief wußten. Sonst niemand in England, Mr. Holmes, das kann ich Ihnen versichern.«

»Und im Ausland?«

»Ich glaube, kein Ausländer hat den Brief zu Gesicht bekommen – mit Ausnahme dessen, der ihn schrieb. Ich bin völlig davon überzeugt, daß seine Minister – daß die üblichen öffentlichen Kanäle nicht benutzt worden sind.«

Holmes überlegte eine Weile.

»Ich muß Sie jetzt, Sir, genauer befragen, was es mit dem Dokument auf sich hat und warum Sie sein Verschwinden so folgenschwer empfinden.«

Die beiden Staatsmänner wechselten einen schnellen Blick; die buschigen Brauen des Premierministers zogen sich zusammen.

»Mr. Holmes, es ist ein schmales Kuvert, hellblau. Das Siegel zeigt einen kauernden Löwen und besteht aus rotem Wachs. Die Adresse ist in einer großzügigen, kühnen Handschrift geschrieben...«

»Ich fürchte«, sagte Holmes, »daß ich – so interessant und wirklich wichtig diese Einzelheiten sind – mit meinen Fragen näher an die Wurzel der Angelegenheit kommen muß. Was stand in dem Brief?«

»Das ist ein äußerst wichtiges Staatsgeheimnis, und ich fürchte, daß ich es Ihnen nicht mitteilen kann. Außerdem sehe ich nicht ein, wieso das nötig wäre. Wenn es Ihnen durch die Fähigkeiten, die Ihnen zugeschrieben werden, gelingt, ein solches Kuvert, wie ich es geschildert habe, samt Inhalt zu finden, dann haben Sie sich um Ihr Land verdient gemacht und sollen jede Belohnung erhalten, die wir Ihnen zukommen lassen können.«

Sherlock Holmes erhob sich lächelnd.

»Sie sind zwei der beschäftigtsten Männer des Landes«, sagte er, »und auf meinem unbedeutenden Gebiet habe ich auch allerlei um die Ohren. Ich bedauere außerordentlich, Ihnen in dieser Sache nicht helfen zu können. Jede Fortsetzung des Gesprächs wäre Zeitverschwendung.«

Der Premier sprang auf, und in seinen tiefliegenden Augen stand das schnell aufflammende, wilde Glitzern, das ein ganzes Kabinett zum Kuschen bringen konnte. »Ich bin es nicht gewohnt...«, begann er; doch es gelang ihm, den Zorn zu zügeln. Er nahm wieder Platz. Eine Minute oder länger saßen wir schweigend. Dann zuckte der alte Staatsmann die Schultern.

»Wir müssen Ihre Bedingungen annehmen, Mr. Holmes. Sie sind zweifellos im Recht. Es wäre unvernünftig, wollten wir erwarten, daß Sie handeln, ohne völlig ins Vertrauen gezogen worden zu sein.«

»Ich stimme Ihnen zu«, sagte der jüngere Staatsmann.

»Dann werde ich Sie einweihen und muß mich ganz auf Ihre und Ihres Kollegen, Dr. Watsons, Ehre verlassen und an Ihren Patriotismus appellieren, denn ich könnte mir kein größeres Unglück für das Land vorstellen, als wenn die Angelegenheit an die Öffentlichkeit gelangte.«

»Sie können uns völlig vertrauen.«

»Der Brief stammt von einem ausländischen Herrscher, der sich durch einige neuerliche Entwicklungen der Kolonialpolitik unseres Landes beunruhigt fühlt. Er hat ihn in Eile und ganz auf eigene Faust geschrieben. Nachforschungen ergaben, daß seine Minister nichts davon wissen. Zudem ist der Brief in einer recht unglücklichen Form abgefaßt, und manche Sätze tragen einen so provozierenden Charakter, daß seine Veröffentlichung zweifellos gefährliche Gefühle in unserem Land auslösen und es in eine solche Gärung bringen würde, Sir, daß ich nicht zögere, zu behaupten: Innerhalb einer Woche nach der Veröffentlichung des Briefs würde dieses Land in einen großen Krieg verwickelt sein.«

Holmes machte eine Notiz auf einen Zettel und reichte ihn dem Premierminister.

»Genau. Er war es. Und es ist sein Brief – dieser Brief, der gut und gern die Ausgabe von Milliarden und den Tod von hunderttausend Menschen bedeuten kann –, der auf unerklärbare Weise abhanden gekommen ist.«

»Haben Sie es den Absender wissen lassen?«

»Ja, Sir, man hat ein verschlüsseltes Telegramm geschickt.«

»Vielleicht will er, daß der Brief veröffentlicht wird.«

»Nein, Sir, wir haben guten Grund, anzunehmen, daß er begreift, unbesonnen und hitzköpfig gehandelt zu haben. Für ihn und sein Land wäre es ein schwererer Schlag als für uns, wenn der Brief an die Öffentlichkeit gelangte.«

»Wenn dem so ist, wer könnte dann ein Interesse daran haben, daß der Brief an die Öffentlichkeit kommt? Warum sollte ihn jemand stehlen und veröffentlichen wollen?«

»Damit, Mr. Holmes, kommen wir in die Regionen hoher internationaler Politik. Wenn Sie die europäische Situation erwägen, dürfte es Ihnen nicht schwerfallen, die Motive zu erkennen. Europa gleicht einem bewaffneten Heerlager. Zwei Bündnissysteme halten die Situation in der Balance. Großbritannien ist das Zünglein an der Waage. Würde Britannien in den Krieg mit dem einen Bündnissystem getrieben, würde es die Vormachtstellung des anderen sichern, ganz gleich, ob dieses sich nun an dem Krieg beteiligte oder nicht. Können Sie mir folgen?«

»Sehr gut. Es liegt demnach im Interesse der Feinde des Herrschers, den Brief an sich zu bringen und ihn bekanntwerden zu lassen, damit es zwischen seinem Land und dem unseren zu einem Bruch kommt.«

»So ist es, Sir.«

»Und an welche Adresse würde das Dokument geschickt werden, wenn es einem Feind in die Hände fiele?«

»An irgendeine der großen Regierungskanzleien Europas. Wahrscheinlich ist es jetzt schon unterwegs, schnell, wie Dampfkraft es expedieren kann.«

Mr. Trelawney Hope ließ den Kopf auf die Brust sinken und stöhnte laut. Der Premierminister legte ihm freundlich die Hand auf die Schulter.

»Es war ein Unglück, mein lieber Junge. Niemand kann Sie verantwortlich machen. Sie haben keine Vorsichtsmaßnahme außer acht gelassen. Jetzt, Mr. Holmes, kennen Sie alle Tatsachen. Welches Vorgehen empfehlen Sie?«

Holmes schüttelte traurig den Kopf.

»Glauben Sie, Sir, daß es Krieg gibt, wenn das Dokument nicht aufgefunden wird?«

»Ich glaube, das ist sehr wahrscheinlich.«

»Dann, Sir, bereiten Sie sich auf den Krieg vor.«

»Das sind harte Worte, Mr. Holmes.«

»Ziehen Sie die Tatsachen in Betracht, Sir. Unmöglich kann der Brief nach halb zwölf Uhr nachts gestohlen worden sein, weil, wenn ich es recht verstanden habe, Mr. Hope und seine Frau sich von da an bis zu dem Zeitpunkt, als der Verlust entdeckt wurde, in dem Schlafzimmer aufgehalten haben. Also ist er gestern abend zwischen halb acht und halb zwölf entwendet worden, wahrscheinlich eher früher als später; denn der, der ihn entwendete, wußte offensichtlich, daß er sich dort befand, und hat natürlich getrachtet, ihn so früh wie möglich an sich zu bringen. Nun, Sir, wenn ein Dokument von diesem Gewicht um diese Zeit gestohlen wurde, wo könnte es sich jetzt befinden? Niemand hätte einen Grund, es bei sich zu behalten. Es ist auf schnellstem Weg denen zugeleitet worden, die es brauchen. Welche Chance haben wir also, es einzuholen oder auch nur seine Spur aufzunehmen? Es befindet sich außerhalb unserer Reichweite.«

Der Premierminister stand vom Sofa auf.

»Was Sie sagen, ist völlig logisch, Mr. Holmes. Ich

fühle wirklich, die Sache ist uns aus den Händen geglitten.«

»Nehmen wir einmal an – nur ganz hypothetisch –, der Brief wurde von der Zofe oder dem Kammerdiener gestohlen…«

»Beide sind alte zuverlässige Diener.«

»Wenn ich Sie recht verstanden habe, liegt das Schlafzimmer im zweiten Stock, von außen gibt es keinen Zugang, und von drinnen konnte niemand unauffällig hinaufgelangen. Also muß jemand aus dem Haus den Brief entwendet haben. Wohin würde der Dieb ihn bringen? Doch wohl zu einem der verschiedenen internationalen Spionageagenten, deren Namen mir ziemlich geläufig sind. Von dreien kann man behaupten, daß sie in ihrem Gewerbe eine Spitzenstellung einnehmen. Ich werde meine Nachforschungen damit beginnen, daß ich mich auf den Weg mache und herausfinde, ob sie alle auf ihrem Posten sind. Fehlt einer – besonders wenn er seit gestern abend verschwunden ist –, dann haben wir damit einen Hinweis, welchen Weg das Dokument genommen hat.«

»Warum sollte einer fehlen?« fragte der Staatssekretär für europäische Angelegenheiten. »Er brauchte das Dokument doch nur zu einer Botschaft in London zu bringen.«

»Ich glaube nicht, daß er das getan hat. Diese Agenten arbeiten unabhängig, und ihre Beziehungen zu den Botschaften sind oft gespannt.«

Der Premierminister nickte zustimmend.

»Ich glaube, Sie haben recht, Mr. Holmes. Ein Agent würde ein so wertvolles Stück eigenhändig der Regierung überbringen. Ich finde Ihren Plan ausgezeichnet. Wir, Hope, dürfen unterdessen wegen dieses einen Unglücks nicht unsere anderen Pflichten vergessen. Sollte es im Lauf des Tages neue Entwicklungen geben, werden wir uns mit Ihnen in Verbindung setzen, und Sie werden uns sicherlich wissen lassen, was Ihre Nachforschungen ergeben.«

Die beiden Staatsmänner verbeugten sich und verließen würdevoll das Zimmer.

Nachdem unsere erlauchten Besucher sich verabschiedet hatten, schwieg Holmes, zündete seine Pfeife an und saß einige Zeit in tiefe Gedanken versunken da. Ich hatte die Morgenzeitung aufgeschlagen und mich in ein sensationelles Verbrechen vertieft, das am vorangegangenen Abend in London begangen worden war, als mein Freund einen Ausruf tat, hochsprang und die Pfeife auf dem Kaminsims ablegte.

»Ja«, sagte er, »das ist der beste Weg, sich in die Sache zu machen. Die Situation ist verzweifelt, aber nicht hoffnungslos; wenn wir nur sicher wüßten, wer von den dreien den Brief an sich gebracht hat. Es ist durchaus möglich, daß er ihn noch nicht aus den Händen gelassen hat. Schließlich dreht sich bei diesen Burschen alles ums Geld, und ich habe die Britische Schatzkanzlei hinter mir. Wenn er sich auf dem Markt befindet, werde ich ihn kaufen – selbst wenn das die Erhöhung der Einkommenssteuer um einen Penny bedeutete. Es ist denkbar, daß der Kerl ihn zurückhält, um abzuwarten, welche Angebote von dieser Seite kommen, ehe er sein Glück bei der anderen Seite versucht. Nur diese drei sind fähig, ein so kühnes Spiel zu spielen. Also: Oberstein, La Rothiére und Eduardo Lucas. Ich werde jeden aufsuchen.«

Ich blickte in die Morgenzeitung.

»Meinen Sie Eduardo Lucas aus der Godolphin Street?«

»Ja.«

»Den werden Sie nicht antreffen.«

»Warum nicht?«

»Er ist gestern abend in seinem Haus ermordet worden.«

Mein Freund hatte mich im Lauf unserer Abenteuer so oft in Erstaunen versetzt, daß ich jetzt triumphierend wahrnehmen konnte, wie tief das Staunen war, in das ich ihn gestürzt hatte. Verwirrt starrte er mich an und riß mir dann die Zeitung aus der Hand. Das war der Artikel, in den ich vertieft gewesen war, als er aus seinem Sessel aufsprang:

›Mord in Westminster

Gestern abend ereignete sich ein geheimnisvolles Verbrechen in der Godolphin Street 16, einer der altertümlichen, abgelegenen Straßen mit Häusern aus dem 18. Jahrhundert, die zwischen dem Fluß und der Abbey liegt, sozusagen im Schatten vom großen Turm des Parlaments. Bewohner des kleinen, aber erlesenen Gebäudes war seit einigen Jahren Mr. Eduardo Lucas, der in der Gesellschaft wegen seiner bezaubernden Persönlichkeit, doch auch wegen seines wohlverdienten Rufs als einer der besten Amateurtenöre des Landes bekannt war. Mr. Lucas war unverheiratet, vierunddreißig Jahre alt; zu seinem Haushalt gehören Mrs. Pringle, eine ältere Haushälterin, und Mitton, sein Kammerdiener. Erstere zieht sich abends früh zurück und schläft im Dachgeschoß. Der Kammerdiener hatte einen freien Abend und war zu Besuch bei einem Freund in Hammersmith. Von zehn Uhr an hatte Mr. Lucas das Haus zu seiner alleinigen Verfügung. Was zu Anfang dieser Zeit geschah, ist noch nicht geklärt; aber Viertel vor zwölf fand der in der Godolphin Street patrouillierende Konstabler Barrett die Tür zum Haus Nr. 16 offenstehen. Er klopfte, erhielt aber keine Antwort. Da er ein Licht im Vorderzimmer bemerkte, trat er in den Flur und klopfte wieder, erhielt aber wiederum keine Antwort. Dann öffnete er die Tür und trat ins Zimmer. Der Raum befand sich im Zustand wildester Unordnung, alle Möbel waren in eine Ecke geschoben, und in der Mitte lag ein umgestürzter Stuhl. Neben dem Stuhl, eine Hand um eines seiner Beine gekrampft, lag der unglückliche Hausherr. Ein Stich ins Herz muß seinem Leben auf der Stelle ein Ende gesetzt haben. Das Messer, mit dem das Verbrechen begangen worden war, ist ein gekrümmter indischer Dolch, der von einer Sammlung orientalischer Trophäen herabgerissen wurde, die eine der Wände schmückt. Raub scheint nicht das Motiv des Verbrechens zu sein, denn es wurde nicht versucht, Wertgegenstände aus dem Zimmer zu entfernen. Mr. Eduardo Lucas war eine so bekannte und beliebte Persönlichkeit, daß sein gewaltsames und rätselhaftes Ende in seinem großen Freundeskreis schmerzliche Anteilnahme und starkes Mitgefühl hervorrufen wird.‹

»Nun, Watson, was halten Sie davon?« fragte Holmes nach einer langen Pause.

»Ein erstaunlicher Zufall.«

»Ein Zufall! Hier ist einer der drei Männer, die wir als mögliche Mitspieler in diesem Drama namhaft gemacht haben, und er kommt ausgerechnet während der Stunden ums Leben, von denen wir wissen, daß sich in ihnen das Drama abgespielt hat. Alles steht dagegen, daß es sich um einen Zufall handelt. Nein, mein lieber Watson, die beiden Ereignisse hängen zusammen – *müssen* zusammenhängen! An uns ist es jetzt, herauszufinden, worin der Zusammenhang besteht.«

»Aber die Polizei muß doch inzwischen alles wissen.«

»Nicht im mindesten. Sie wissen alles, was sie in

der Godolphin Street vorgefunden haben. Sie wissen nichts – und sollen nichts wissen – von Whitehall Terrace. Nur *wir* kennen beide Ereignisse und können die Beziehung zwischen den beiden verfolgen. Es gibt da einen Umstand, der meinen Verdacht ohnehin auf Lucas gelenkt hätte. Die Godolphin Street liegt in Westminster, nur ein paar Minuten Fußweg von Whitehall Terrace entfernt. Die beiden anderen Geheimagenten, von denen ich gesprochen habe, wohnen im äußersten West End. So war es für Lucas einfacher als für die anderen, eine Verbindung mit dem Hause des Staatssekretärs für europäische Angelegenheiten herzustellen oder eine Botschaft zu erhalten – ein kleiner Anhaltspunkt, und doch kann sich das in einem Fall, bei dem die Geschehnisse auf ein paar Stunden komprimiert sind, als wesentlich herausstellen. Aber, hallo, was haben wir denn hier!«

Mrs. Hudson war eingetreten und trug die Visitenkarte einer Dame auf dem Tablett. Holmes warf einen Blick darauf, zog die Brauen hoch und gab sie mir.

»Bitten Sie Lady Hilda Trelawney Hope herein«, sagte er.

Einen Augenblick später wurde unser bescheidenes Heim, dem an diesem Morgen schon einmal eine solche Auszeichnung widerfahren war, durch den Eintritt der reizendsten Frau Londons noch mehr geehrt. Ich hatte schon viel von der Schönheit der Tochter des Duke of Belminster gehört, aber durch keine Beschreibung und keine Betrachtung der farblosen photographischen Abbildungen fand ich mich auf den feinen, köstlichen Charme und den herrlichen Teint des erlesenen Gesichts vorbereitet. Und doch war es an diesem Herbstmorgen nicht vorrangig die Schönheit, die uns beeindruckte. Die

Wange war lieblich, aber von innerer Bewegung bleich; die Augen glänzten, aber es war der Glanz des Fiebers; der sensible Mund war zusammengepreßt und schmal in der Bemühung, Selbstbeherrschung zu gewinnen. Angst, nicht Schönheit fiel ins Auge, als unsere hübsche Besucherin für einen Moment in der geöffneten Tür stand.

»War mein Gatte hier, Mr. Holmes?«

»Ja, Madame, er ist hiergewesen.«

»Ich flehe Sie an, Mr. Holmes, sagen Sie ihm nicht, daß ich gekommen bin.«

Holmes verbeugte sich kühl und bot der Dame einen Sessel an.

»Sie bringen mich in eine heikle Lage, Eure Ladyschaft. Setzen Sie sich bitte und sagen Sie mir, was Sie wünschen; aber ich fürchte, ich kann Ihnen nicht bedingungslos Versprechungen machen.«

Sie rauschte durchs Zimmer und setzte sich mit dem Rücken zum Fenster. Sie war eine königliche Erscheinung: groß, anmutig und sehr weiblich.

»Mr. Holms«, sagte sie, und ihre Hände in weißen Handschuhen verkrampften und entkrampften sich, als sie weitersprach, »ich werde offen zu Ihnen sein, in der Hoffnung, daß Sie das bewegt, auch offen zu mir zu sein. Zwischen meinem Gatten und mir herrscht ein absolutes Vertrauensverhältnis, mit einer Ausnahme. Und dies ist die Politik. In der Beziehung ist sein Mund versiegelt. Er erzählt mir nichts. Nun, ich bin mir bewußt, daß sich gestern abend in unserem Haus etwas höchst Bedauerliches zugetragen hat. Ich weiß, daß ein Papier verschwunden ist. Aber weil es sich um eine politische Angelegenheit handelt, weigert sich mein Gatte, mich voll ins Vertrauen zu ziehen. Es ist aber wesentlich – wesentlich, sage ich –, daß ich voll und ganz ins Bild gesetzt werde. Sie sind die einzige Person, die außer den Politikern den wahren Sachverhalt kennt. Ich bitte Sie, Mr. Holmes, mir genau zu sagen, was vorgefallen ist und was daraus entstehen kann. Erzählen Sie mir alles, Mr. Holmes. Schweigen Sie nicht aus Rücksichtnahme gegen Ihren Klienten, denn ich versichere Ihnen, daß seinem Interesse – wenn er es nur erkennen wollte – am besten gedient wäre, wenn er mich ganz ins Vertrauen zöge. Was für ein Papier war es, das da gestohlen worden ist?«

»Madame, was Sie von mir verlangen, kann ich unmöglich erfüllen.«

Sie stöhnte und vergrub ihr Gesicht in den Händen.

»Sie müssen sich damit abfinden, Madame. Wenn es Ihrem Gatten geraten erscheint, Sie in der Sache im dunkeln zu lassen, kann dann ich, der ich die wahren Tatsachen nur unter dem Siegel des Berufsgeheimnisses erfahren habe, Ihnen mitteilen, was er zurückhält? Das von mir zu verlangen, ist nicht fair. Ihn müssen Sie fragen.«

»Ich habe ihn gefragt. Ich komme zu Ihnen als meiner letzten Zuflucht. Aber auch wenn Sie mir nichts Endgültiges mitteilen, könnten Sie mir, Mr. Holmes, einen großen Dienst erweisen, indem Sie mich in einem Punkt aufklärten.«

»In welchem, Madame?«

»Sieht es so aus, als könnte die politische Karriere meines Mannes unter dem Vorfall leiden?«

»Nun, Madame, wenn die Sache nicht in Ordnung gebracht wird, würde sie gewiß unglückliche Auswirkungen haben.«

»Ah!« Scharf zog sie die Luft ein, wie jemand, dessen Zweifel beigelegt sind.

»Noch eine Frage, Mr. Holmes. Aus einer Bemerkung, die meinem Gatten im ersten Schock über das Unheil entfahren ist, schließe ich, daß vom Verlust des Dokuments schreckliche Konsequenzen für die Allgemeinheit ausgehen können.«

»Wenn er es sagt, will ich es nicht leugnen.«

»Und welcher Art wären diese?«

»Nein, Madame, da fragen Sie mich wieder mehr, als ich beantworten darf.«

»Dann werde ich Ihre Zeit nicht länger in Anspruch nehmen. Ich schelte Sie nicht. Mr. Holmes, daß Sie sich geweigert haben, offener mit mir zu reden, und Sie Ihrerseits, dessen bin ich sicher, werden nicht schlecht von mir denken, weil ich, auch gegen den Willen meines Gatten, seine Befürchtungen teilen möchte. Ich bitte Sie noch einmal, nicht über meinen Besuch zu sprechen.«

Von der Tür her blickte sie noch einmal zu uns zurück, und ich empfing einen letzten Eindruck von diesem schönen, heimgesuchten Gesicht, den verstörten Augen und dem zusammengepreßten Mund. Dann war sie fort.

»Nun, Watson, das schöne Geschlecht fällt in Ihr Ressort«, sagte Holmes, als das sich entfernende Rascheln der Röcke mit einem Zuschlagen der Haustür endete. »Worauf war die schöne Dame aus? Was wollte sie wirklich?«

»Ihre Darlegungen waren klar und ihre Befürchtungen sehr natürlich.«

»Hm! Bedenken Sie ihr Aussehen, Watson, ihre ganze Art, die unterdrückte Erregung, die Ruhelosigkeit, die Hartnäckigkeit, mit der sie Fragen stellte. Denken Sie daran, daß sie aus einer Kaste stammt, in der man nicht so schnell seine Gefühle zeigt.«

»Sie war sicherlich sehr bewegt.«

»Denken Sie auch an den seltsamen Eifer, mit dem sie uns versicherte, es sei das beste für ihren Mann, wenn sie alles wüßte. Was hat sie damit gemeint? Und Sie müssen auch beobachtet haben,

Watson, wie sie herummanövrierte, um das Licht im Rücken zu haben. Sie wollte nicht, daß wir ihr die Gefühle vom Gesicht ablesen könnten.«

»Ja, sie hat ausgerechnet den einen Sessel gewählt.«

»Ach, die Motive der Frauen sind unergründlich. Sie erinnern sich wohl an die Frau aus Margate, die ich aus einem ähnlichen Grund verdächtigte. Sie hatte die Nase nicht gepudert – es war die richtige Lösung. Wie kann man auf solchem Treibsand bauen? Ihre unbedeutenden Handlungen können eine Menge bedeuten, und ihre außergewöhnlichsten Aufführungen können von einer Haarnadel oder einer Brennschere abhängen. Guten Morgen, Watson.«

»Sie gehen aus?«

»Ja. Ich werde den Vormittag mit unseren Freunden von der regulären Polizeitruppe in der Godolphin Street vertrödeln. Die Lösung unseres Problems liegt bei Eduardo Lucas, wenn ich auch zugeben muß, daß ich selbst nicht die leiseste Ahnung habe, welche Form sie annehmen wird. Es ist ein kapitaler Fehler, den Tatsachen voran zu theoretisieren. Bleiben Sie auf dem Posten, mein guter Watson, und empfangen Sie die Besucher. Zum Lunch leiste ich Ihnen wieder Gesellschaft – wenn es sich fügt.«

Den ganzen Tag über und den nächsten und den übernächsten war Holmes in einer Stimmung, die seine Freunde als wortkarg bezeichnet haben würden, andere als mürrisch. Er lief hinaus und herein, rauchte ununterbrochen, spielte Stückchen auf seiner Geige, versank in Tagträume, verschlang zu ungewohnten Stunden Sandwiches und antwortete kaum auf die gelegentlichen Fragen, die ich ihm stellte. Mir war klar, daß die Dinge um ihn und seine Sache nicht gut standen. Er sprach nicht über den Fall, und ich erfuhr erst aus den Zeitungen Näheres über die Voruntersuchung und über die Verhaftung und baldige Entlassung von John Mitton, dem Kammerdiener des Ermordeten. Die Jury hatte auf vorsätzlichen Mord erkannt, aber die Sache blieb im Dunkeln wie zuvor. Es wurde kein Motiv entdeckt. Das Zimmer war voll gewesen mit wertvollen Gegenständen, aber nichts war entwendet worden, auch die Papiere des Toten hatte man nicht angerührt. Sie wurden gründlich untersucht, und es stellte sich heraus, daß der Ermordete äußerst interessiert war an internationaler Politik, daß er ein bemerkenswerter Sprachwissenschaftler, ein unverdrossener Verbreiter von Klatsch und unermüdlicher Briefschreiber gewesen war. Er hatte mit führenden Politikern verschiedener Länder auf vertrautem Fuß gestanden. Aber unter den Dokumenten, die seine Schubladen füllten, fand sich nichts Sensationelles. Was seine Beziehungen zu Frauen anging, so waren sie häufig wechselnd, aber oberflächlich. Er hatte viele weibliche Bekannte, aber wenige Freundinnen und niemanden, den er liebte. In den Gewohnheiten war er stetig, sein Benehmen gutartig. Sein Tod blieb ein absolutes Rätsel und schien es auch bleiben zu sollen.

Die Verhaftung von John Mitton, dem Kammerdiener, erwies sich als ein verzweifelter Entschluß, völligem Nichtstun zu entgehen. Gegen ihn ließ sich keine Anklage erheben. Am fraglichen Abend hatte er Freunde in Hammersmith besucht. Das Alibi war perfekt. Zwar stimmte es, daß er sich zeitig auf den Heimweg gemacht hatte und noch vor der Zeit, da das Verbrechen begangen wurde, wieder in Westminster hätte sein können; aber seine Erklärung, er sei einen Teil des Weges zu Fuß gegangen, wirkte in Anbetracht der schönen Nacht durchaus plausibel. So war er um zwölf Uhr wieder zu Hause und die unerwartete Tragödie hatte ihn anscheinend sehr entsetzt. Er hatte sich mit seinem Herrn immer gut verstanden. Einiges aus dem Besitz des Toten – namentlich ein kleiner Kasten mit Rasiermessern – wurde in den Schränken des Kammerdieners gefunden; aber er erklärte, es handele sich um Geschenke des Dahingegangenen, und die Haushälterin konnte die Geschichte bestätigen. Mitton hatte drei Jahre in Lucas' Diensten gestanden. Bemerkenswert war, daß Lucas Mitton nie mitgenommen hatte, wenn er den Kontinent besuchte. Manchmal hatte er sich drei Monate ununterbrochen in Paris aufgehalten, Mitton aber damit betraut, auf das Haus in der Godolphin Street zu achten. Was die Haushälterin anging, so hatte sie in der Verbrechensnacht nichts gehört. Wenn ihr Herr einen Besucher empfing, hatte sie ihn stets eingelassen.

So blieb drei Morgen lang das Rätsel ungelöst, jedenfalls den Zeitungen nach zu schließen. Wenn Holmes mehr wußte, dann behielt er es für sich; aber als er mir dann berichtete, Inspektor Lestrade habe ihn ins Vertrauen gezogen, wußte ich, daß er in enger Berührung mit allen Entwicklungen stand.

Am vierten Tag kam eine ausführliche Meldung aus Paris, die die ganze Frage zu lösen schien.

›Die Pariser Polizei (so hieß es im *Daily Telegraph*) hat jetzt eine Entdeckung gemacht, die den Schleier vom tragischen Schicksal des Mr. Eduardo Lucas reißt, der letzten Montag ein gewaltsames Ende in seiner Wohnung in der Godolphin Street, Westminster, fand. Unsere Leser werden sich erinnern, daß der Tote erstochen in seinem Zimmer aufgefunden wurde und daß sich der Verdacht zunächst gegen seinen Kammerdiener richtete, der aber bald wieder, auf Grund seines Alibis, entlassen werden mußte. Gestern nun wurde eine Dame, die unter dem Namen Mme. Henri Fournaye eine kleine Villa in der Rue d'Austerlitz bewohnt, von ihrer Dienerschaft bei den Behörden als krank gemeldet. Eine Untersuchung ergab, daß sie an fortgeschrittenem Wahnsinn von besonders gefährlicher, unheilbarer Art litt. Von der Polizei unternommene Nachforschungen brachten heraus, daß Mme. Henri Fournaye erst letzten Dienstag von einer Reise nach London zurückgekehrt ist, und man fand Beweise, daß sie mit dem Verbrechen von Westminster in Zusammenhang steht. Ein Vergleich von Photographien hat gezeigt: Monsieur Henri Fourneye und Eduardo Lucas sind ein und dieselbe Person; der Verstorbene hatte aus irgendwelchen Gründen in London und Paris ein Doppelleben geführt. Mme. Fournaye ist kreolischer Abstammung und besitzt ein äußerst erregbares Naturell, und sie hat seit Jahren schon unter Anfällen von Eifersucht gelitten, die sie an den Rand der Geistesgestörtheit trieben. Es wird vermutet, daß sie in einem solchen Anfall das schreckliche Verbrechen beging, das in London eine Sensation auslöste. Zwar ist nocht nicht geklärt, wo sie sich am Montagabend aufhielt, aber es ist unzweifelhaft, daß eine Frau, deren Beschreibung auf sie zutrifft, am Dienstagmorgen durch ihr wildes Aussehen und die Heftigkeit ihrer Gebärden auf dem Bahnhof von Charing Cross großes Aufsehen erregt hat. Wahrscheinlich hat sie das Verbrechen bereits im Wahnsinn begangen, oder aber es ist der unmittelbaren Auswirkung der Tat zuzuschreiben, daß die bedauernswerte Frau um ihre Sinne kam. Gegenwärtig ist sie nicht in der Lage, einen zusammenhängenden Bericht über das Geschehen zu geben, und die Ärzte hegen keine Hoffnung, ihren Verstand wiederherstellen zu können. Es gibt Hinweise, daß eine Frau, möglicherweise Mme. Fournaye, gesehen wurde, die am Montagabend einige Stunden lang das Haus in der Godolphin Street beobachtete.«

»Was halten Sie davon, Holmes?«

Ich hatte ihm die Nachricht vorgelesen, während er sein Frühstück beendete.

»Mein lieber Watson«, sagte er, erhob sich vom Tisch und ging im Zimmer auf und ab. »Sie mußten lange leiden. Aber wenn ich Ihnen während der letzten drei Tage nichts erzählt habe, dann darum, weil es nichts zu erzählen gab. Auch der Bericht aus Paris hilft uns wenig.«

»Aber er klärt doch wenigstens, wie der Mann zu Tod gekommen ist.«

»Der Tod dieses Mannes ist nur ein Zwischenfall – eine unbedeutende Episode, verglichen mit unserer eigentlichen Aufgabe, das Dokument aufzuspüren und Europa vor einer Katastrophe zu bewahren. Nur eine wichtige Sache hat sich während der letzten drei Tage ereignet, und das ist, daß sich nichts ereignet hat. Fast stündlich bekomme ich Nachricht von der Regierung, und es ist gewiß, daß es nirgendwo in Europa Anzeichen von Unruhe gibt. Wenn nun dieser Brief irgendwo herumfliegt – aber er *kann* ja nicht irgendwo herumfliegen –, wenn er also nicht irgendwo herumfliegt, wo mag er dann sein? Wer hat ihn in Besitz? Warum wird er zurückgehalten? Das ist die Frage, die wie mit Hämmern in meinem Hirn pocht. War es wirklich ein Zufall, daß Lucas in der Nacht den Tod fand, in der der Brief verschwand? Hat er den Brief je bekommen? Wenn ja, warum hat man ihn denn dann nicht unter seinen Papieren finden können? Hat seine verrückte Frau ihn mitgenommen? Wenn ja, hat sie ihn dann in ihrem Haus in Paris? Wie kann ich aber da nach ihm suchen, ohne daß die französische Polizei Verdacht schöpft? Das ist ein Fall, Watson, in dem für uns das Gesetz so gefährlich ist wie die Verbrecher. Alles steht gegen uns, und dabei sind die Interessen, die auf dem Spiel stehen, ungeheuer groß. Wenn ich die Sache zu einem erfolgreichen Ende führe, so wird es sicher die Krönung meiner Karriere sein. Ah, hier ist das Neueste von der Front!« Er überflog die Nachricht, die hereingereicht worden war. »Hallo! Lestrade scheint etwas Interessantes beobachtet zu haben. Setzen Sie Ihren Hut auf, Watson, wir machen einen Bummel nach Westminster.«

Ich besuchte zum ersten Mal den Schauplatz des Verbrechens – ein hohes, düsteres, schmalbrüstiges Haus, schmuck, steif und gediegen wie das Jahrhundert, aus dem es stammte. Aus einem Frontfenster schaute uns Lestrades Bulldoggengesicht entgegen, und er begrüßte uns herzlich, nachdem ein großer Konstabler uns eingelassen hatte. Das Zimmer, in das wir geleitet wurden, war der Raum, in dem das Verbrechen stattgefunden hatte, aber nichts erinnerte mehr daran, außer einem häßlichen, unregelmäßigen Fleck auf dem Teppich. Dieser Teppich war ein kleines quadratisches Drogett, das in der Mitte des Zimmers lag und eine prächtige alte, auf Hochglanz gebohnerte Holzdielung bedeckte. Über dem Kamin hing eine großartige Waffensammlung, aus der auch der Dolch stammte, der in der schrecklichen Nacht benutzt worden war. In der Fensternische stand ein kostbarer Schreibsekretär, und jeder Einrichtungsgegenstand – die Bilder, die Brücken, die Vorhänge – deutete auf einen luxuriösen Geschmack, der bis an die Grenze der Weichlichkeit ging.

»Schon die Nachricht aus Paris gelesen?« fragte Lestrade.

Holmes nickte.

»Unsere französischen Freunde scheinen diesmal das Richtige getroffen zu haben. Zweifellos ist es so gewesen, wie sie sagen. Sie klopfte an – ein überraschender Besuch, denke ich, denn er hielt seine verschiedenen Leben streng auseinander. Er ließ sie ein, da er sie nicht auf der Straße stehen lassen konnte. Sie erzählte ihm, wie sie ihn aufgestöbert hatte, sie machte ihm Vorhaltungen, ein Wort gab das andere, und da der Dolch so bequem zu erreichen war, kam das Ende bald. Trotzdem war es keine Sache von Sekunden, denn alle Stühle waren dorthinüber verschoben, und er hielt einen Stuhl umklammert, so als hätte er versucht, sie abzuwehren. Uns ist jetzt alles so klar, als ob wir dabeigewesen wären.«

Holmes zog die Brauen hoch.

»Und doch haben Sie mich rufen lassen?«

»Das geht um eine andere Sache – nur eine Kleinigkeit von der Art, die Sie immer interessiert –, etwas Sonderbares, Wunderliches, wenn Sie so wollen. Mit der Hauptsache hat es nichts zu tun – kann nichts damit zu tun haben, wie es aussieht.«

»Worum handelt es sich denn?«

»Nun, Sie wissen, daß wir bei einem Verbrechen wie diesem darauf bedacht sind, alles zu belassen, wie wir es vorgefunden haben. Also wurde hier nichts von der Stelle bewegt. Tag und Nacht war ein Polizist anwesend. Heute morgen, nachdem der Mann beerdigt und die Untersuchung, was das Zimmer angeht, abgeschlossen war, dachten wir, wir sollten mal ein bißchen aufräumen. Der Teppich da. Der ist nicht am Fußboden befestigt, einfach so hingelegt. Deshalb konnten wir ihn hochheben. Und da entdeckten wir…«

»Was haben Sie entdeckt?«

Holmes sah vor Unruhe ganz gespannt aus. »Sie werden in hundert Jahren nicht dahinterkommen, was wir entdeckt haben. Sehen Sie den Fleck dort auf dem Teppich? Nun, eigentlich hätte eine gehörige Portion Blut durchsickern müssen. Oder nicht?«

»Auf jeden Fall.«

»Sie werden überrascht sein, zu hören, daß sich auf dem hellen Parkett kein Fleck befindet, der dem auf dem Teppich entspricht.«

»Kein Fleck! Aber da muß doch …«

»Sollte man annehmen. Doch Tatsache ist: Es gibt keinen.«

Er hob eine Ecke des Teppichs hoch, um zu beweisen, daß dem so war.

»Aber der Fleck zeigt sich auch auf der Unterseite. Also muß es auf dem Fußboden ebenfalls eine Spur geben.«

Lestrade kicherte, weil es ihm gelungen war, den berühmten Experten zu verwirren.

»Ich werde Ihnen die Erklärung zeigen. Es *gibt* einen zweiten Fleck, aber der befindet sich nicht an derselben Stelle wie der andere. Sehen Sie selbst.« Er schlug einen anderen Teil des Teppichs zurück, und da war deutlich sichtbar ein roter Fleck auf dem hellen altertümlichen Parkett. »Was sagen Sie dazu, Mr. Holmes?«

»Die Erklärung ist ganz einfach. Die beiden Flecke gehören zusammen, nur ist der Teppich gedreht worden. Da er ziemlich quadratisch und nicht am Boden befestigt ist, war das leicht zu bewerkstelligen.«

»Die Polizei braucht Sie nicht, Mr. Holmes, um erklärt zu bekommen, daß der Teppich gedreht wurde. Denn es ist offensichtlich, daß die beiden

Flecke übereinstimmen, wenn Sie den Teppich in seine ursprüngliche Lage bringen. Ich möchte nur wissen: Wer hat den Teppich gedreht, und warum hat er das getan?«

Ich sah an Holmes' starrer Miene, daß er innerlich vor Erregung zitterte.

»Hören Sie mal, Lestrade«, sagte er, »hat der Konstabler draußen auf dem Flur die ganze Zeit über hier Dienst getan?«

»Ja.«

»Gut, wenn ich Ihnen raten darf, dann befragen Sie ihn gründlich. Nicht in unserem Beisein. Wir warten hier. Gehen Sie mit ihm ins Hinterzimmer. Wenn Sie mit ihm allein sind, können Sie ihn eher zu einem Geständnis bringen. Fragen Sie ihn, wie er es wagen konnte, Leuten den Zutritt zu gestatten und sie in diesem Zimmer allein zu lassen. Fragen Sie ihn nicht, ob er das getan hat. Behaupten Sie es einfach. Sagen Sie, daß Sie *wissen*, jemand sei hier gewesen. Setzen Sie ihn unter Druck. Erklären Sie ihm, daß nur ein volles Geständnis ihm Straffreiheit bringen kann. Gehen Sie genauso vor, wie ich es Ihnen sage.«

»Wenn das so gewesen ist, bei Gott, dann kriege ich es aus ihm heraus!« rief Lestrade. Er stürzte in die Halle, und einige Augenblicke später hörten wir seine einschüchternde Stimme aus dem Hinterzimmer.

»Jetzt, Watson, geht es los!« rief Holmes mit ungezügelter Begier. Die ganze dämonische, hinter Gleichmut verborgene Besessenheit des Mannes brach sich in einem Anfall von Tatkraft Bahn. Er riß das Drogett beiseite, ließ sich auf Hände und Knie fallen und tastete den Parkettboden ab. Ein Holzstück kippte zur Seite, als er die Fingernägel in die Ritzen grub. Es klappte auf wie der Deckel einer Kiste. Unter ihm befand sich eine kleine schwarze Höhle. Holmes senkte die Hand hinein und zog sie mit einem enttäuschten, wütenden Knurren wieder heraus. Sie war leer.

»Schnell Watson, schnell! Den Teppich drüber!« Der Holzdeckel war wieder eingefügt und das Drogett kaum geglättet, als Lestrades Stimme im Flur erscholl. Beim Eintreten des Inspektors lehnte Holmes locker am Kaminsims, ein ergebener und geduldiger Mann, der bemüht war, nicht zu unterdrükkende Anfälle von Gähnen zu verbergen.

»Es tut mir leid, Mr. Holmes, daß ich Sie warten lassen mußte. Ich sehe, daß Sie sich über der Sache zu Tode langweilen. Nun, er hat gestanden. Kommen Sie herein, MacPherson. Erzählen Sie dem Herrn von Ihrem unentschuldbaren Verhalten.«

Der große Konstabler, sehr erhitzt und zerknirscht, drückte sich ins Zimmer.

»Ich habe mir bestimmt nichts Böses dabei gedacht, Sir. Gestern abend stand die junge Frau vor der Tür – sie hatte sich in der Hausnummer geirrt. Und wir kamen ins Reden. Es ist einsam hier, wenn man den ganzen Tag Dienst tut.«

»Und was geschah dann?«

»Sie wollte das Zimmer sehen, in dem das Verbrechen geschah – sie hätte darüber in den Zeitungen gelesen, sagte sie. Es war eine sehr achtbare junge Frau, die sich gut auszudrücken wußte, und ich fand nichts dabei, sie einen Blick hineinwerfen zu lassen. Als sie den Blutfleck auf dem Teppich sah, fiel sie um und lag wie tot. Ich lief nach hinten und holte Wasser, aber ich konnte sie nicht wieder zu sich bringen. Daraufhin ging ich um die Ecke in den ›Ivy Plant‹, um einen Kognak zu holen, aber als ich zurückkam, hatte sich die junge Frau wieder erholt und war weg – wahrscheinlich hat sie sich geschämt und wollte mich nicht mehr sehen.«

»Und wie war das mit dem Drogett dort?«

»Nun, der lag ein bißchen unordentlich, als ich zurückkam. Sie müssen wissen, sie ist auf dem Teppich in Ohnmacht gefallen, und er liegt auf einem gebohnerten Boden und ist nicht befestigt, da kann er leicht verrutschen. Ich habe ihn wieder geglättet.«

»Das soll Ihnen eine Lehre dafür sein, daß man mich nicht hintergehen kann, Konstabler MacPherson«, sagte Lestrade mit Würde. »Sie haben wahrscheinlich gedacht, daß Ihre Pflichtvergessenheit nie herauskommen würde, aber ein einziger Blick auf den Teppich genügte, um mich zu überzeugen, daß jemand in das Zimmer gelassen worden war. Es ist Ihr Glück, Mann, daß nichts fehlt. Sonst würden Sie sich in der Queer Street wiederfinden. Es tut mir leid, Mr. Holmes, daß ich Sie wegen so einer Kleinigkeit habe rufen lassen, aber ich dachte, die Sache mit dem zweiten Fleck, der nicht mit dem ersten übereinstimmt, könnte Sie interessieren.«

»Der Umstand war sehr interessant. Ist die Frau nur einmal hiergewesen, Konstabler?«

»Ja, Sir, nur einmal.«

»Wer war sie?«

»Ich weiß ihren Namen nicht, Sir. Sie wollte sich auf eine Anzeige wegen Schreibmaschinenarbeit melden und hatte sich in der Hausnummer geirrt – eine sehr angenehme, elegante junge Frau, Sir.«

»Groß? Hübsch?«

»Ja, Sir. Eine gutgewachsene junge Frau. Ich glaube schon, man kann sagen, daß sie hübsch war. Manch einer wird sagen, sie war sehr hübsch. ›Ach, Konstabler, nur einen Blick möchte ich hineinwerfen‹, sagte sie. Sie hatte eine angenehme, schmeichelnde Art, möchte ich sagen. Und ich dachte, es ist nichts dabei, wenn sie mal den Kopf durch die Tür steckt.«

»Wie war sie gekleidet?«

»Unauffällig, Sir – sie trug einen langen Mantel, der bis auf die Füße reichte.«

»Wie spät war es?«

»Es dämmerte gerade. Als ich mit dem Kognak zurückkam, wurden die Laternen angezündet.«

»Sehr schön«, sagte Holmes. »Kommen Sie, Watson, wir haben woanders Wichtigeres zu tun.«

Lestrade blieb noch, als wir das Haus verließen; der reuige Konstabler geleitete uns hinaus. Auf der Stufe wandte sich Holmes um und hielt etwas hoch. Der Konstabler starrte gebannt darauf.

»Du lieber Gott, Sir!« rief er, und sein Gesicht war sehr verwirrt. Holmes legte den Finger auf die Lippen und steckte die Hand in die Brusttasche; wir gingen die Straße hinunter, und er lachte noch lange.

»Ausgezeichnet!« sagte er. »Kommen Sie, mein Freund, der Vorhang zum letzten Akt hebt sich. Sicherlich wird es Sie erleichtern: Es gibt keinen Krieg, der Ehrenwerte Trelawney Hope wird keinen Rückschlag in seiner glänzenden Karriere erleiden, der unbesonnene Souverän wird für seine Unbesonnenheit nicht gestraft, der Premierminister wird sich nicht mit europäischen Komplikationen herumschlagen müssen, und mit einem bißchen Takt und Geschick unsererseits wird überhaupt niemand lädiert aus einem Zwischenfall hervorgehen, der sehr unangenehm hätte enden können.«

Ich war voller Bewunderung für diesen außergewöhnlichen Mann.

»Sie haben den Fall gelöst!« rief ich.

»Kaum, Watson. Es gibt da einige Punkte, die

sind so dunkel wie je. Aber wir haben schon so viel erhellt, daß es unser Fehler wäre, wenn wir nicht auch noch den Rest herausbekämen. Wir gehen jetzt geradewegs nach Whitehall Terrace und bringen die Sache zur Entscheidung.«

Im Haus des Staatssekretärs für europäische Angelegenheiten ließ sich Holmes der Lady Hilda Trelawney Hope melden. Man bat uns ins Damenzimmer.

»Mr. Holmes!« sagte die Dame, rot vor Entrüstung, »das ist von Ihrer Seite höchst unfair und unedelmütig. Ich wünschte, wie ich Ihnen erklärt habe, daß Sie meinen Besuch bei Ihnen als Geheimnis bewahren, damit nicht vor meinem Gatten der Eindruck entstünde, ich mischte mich in seine Angelegenheiten. Und nun kompromittieren Sie mich, indem Sie hierherkommen und so demonstrieren, daß wir in geschäftlicher Verbindung stehen.«

»Unglücklicherweise, Madame, blieb mir nichts anderes übrig. Ich bin beauftragt, ein unermeßlich wichtiges Dokument aufzufinden. Ich muß Sie deshalb bitten, so freundlich zu sein, es mir zu übergeben.«

Die Lady sprang auf, und alle Farbe war mit einemmal aus ihrem schönen Gesicht gewichen. Ihr Blick wurde gläsern, sie taumelte, so daß ich glaubte, sie würde in Ohnmacht fallen. Dann aber erholte sie sich mit großer Anstrengung von dem Schock, und äußerste Verwunderung, gemischt mit Entrüstung, verdrängten jeden anderen Ausdruck von ihrem Gesicht.

»Sie ... Sie beleidigen mich, Mr. Holmes.«

»Nicht doch, Madame. Es hat keinen Zweck. Geben Sie mir den Brief.«

Sie stürzte zur Klingel.

»Der Butler wird Sie hinausbegleiten.«

»Klingeln Sie nicht, Lady Hilda. Wenn Sie es tun, sind meine ernsthaften Bemühungen, einen Skandal zu vermeiden, vergebens. Händigen Sie mir den Brief aus, und alles wird in Ordnung kommen. Wenn Sie mit mir zusammenarbeiten, werde ich alles glätten. Wenn Sie gegen mich arbeiten, muß ich Sie bloßstellen.«

Herausfordernd stand sie da, eine königliche Erscheinung, und ihre Augen sahen starr in die seinen, so als ob sie in seiner Seele lesen wollten. Ihre Hand lag auf der Klingel, aber sie unterließ es, sie zu betätigen.

»Sie wollen mir angst machen. Es ist nicht sehr männlich, Mr. Holmes, hierherzukommen und eine Frau einzuschüchtern. Sie sagten, Sie wüßten etwas. Was wissen Sie?«

»Setzen Sie sich, bitte, Madame. Sie werden sich verletzen, wenn Sie fallen. Ich rede nicht, ehe Sie nicht sitzen. Vielen Dank.«

»Ich gebe Ihnen fünf Minuten, Mr. Holmes.«

»Eine Minute genügt, Lady Hilda. Ich weiß von Ihrem Besuch bei Eduardo Lucas und davon, daß Sie ihm das Dokument gegeben haben; ich weiß, daß Sie gestern abend noch einmal seine Wohnung aufgesucht und den Brief aus dem Versteck unter dem Teppich geholt haben.«

Sie starrte ihn aschfahl an und schluckte zweimal, ehe sie sprechen konnte.

»Sie sind verrückt, Mr. Holmes – Sie sind verrückt!« rief sie schließlich.

Er zog ein kleines Stück Karton aus der Brusttasche – das aus einer Porträtphotographie herausgeschnittene Gesicht einer Frau.

»Ich hatte es eingesteckt, weil es von Nutzen sein konnte«, sagte er. »Der Polizist hat Sie darauf wiedererkannt.«

Sie schnappte nach Luft, und ihr Kopf fiel hintenüber.

»Kommen Sie, Lady Hilda. Sie besitzen den Brief. Die Sache kann noch ins Lot gebracht werden. Ich möchte Sie nicht in Unannehmlichkeiten stürzen. Meine Aufgabe ist erfüllt, sobald ich den verschwundenen Brief Ihrem Gatten übergeben habe. Hören Sie auf meinen Rat und seien Sie aufrichtig zu mir. Es ist Ihre einzige Chance.«

Ihr Mut war bewundernswert. Sogar jetzt noch wollte sie sich ihre Niederlage nicht eingestehen.

»Ich sage es Ihnen noch einmal, Mr. Holmes, daß Sie einer abgeschmackten Sinnestäuschung erlegen sind.«

Holmes erhob sich.

»Es tut mir für Sie leid, Lady Hilda. Ich habe mein Bestes für Sie getan. Ich sehe ein, es war vergebens.«

Er klingelte. Der Butler trat ein.

»Ist Mr. Trelawney Hope zu Hause?«

»Viertel vor eins wird er kommen, Sir.«

Holmes sah auf seine Uhr.

»Also in einer Viertelstunde«, sagte er. »Ausgezeichnet. Ich werde warten.«

Der Butler hatte kaum das Zimmer verlassen, als Lady Hilda sich Holmes zu Füßen warf, die Hände ausgestreckt und das schöne Gesicht naß von Tränen.

»Verschonen Sie mich, Mr. Holmes, verschonen Sie mich!« bat sie in äußerster Demut. »Erzählen Sie ihm um Himmels willen nichts! Ich liebe ihn so sehr. Ich möchte nicht, daß der kleinste Schatten auf sein Leben fällt, und das hier würde sein edles Herz brechen.«

Holmes half der Lady auf.

»Ich bin dankbar, Madame, daß Sie sich besonnen

haben, wenn auch in letzter Minute. Wir dürfen keinen Augenblick verlieren. Wo ist der Brief?«

Sie stürzte durchs Zimmer zu einem Schreibsekretär, schloß ihn auf und holte ein längliches blaues Kuvert heraus.

»Hier ist er, Mr. Holmes. Hätte der Himmel es doch gefügt, daß ich ihm nie begegnet wäre.«

»Wie können wir ihn zurückgeben?« murmelte Holmes. »Schnell, schnell, wir müssen uns etwas einfallen lassen! Wo ist der Dokumentenkoffer?«

»Noch im Schlafzimmer.«

»Welch glücklicher Umstand! Schnell, Madame, bringen Sie sie her.«

Einen Augenblick später erschien Sie wieder mit einem flachen roten Aktenkoffer.

»Wie haben Sie ihn geöffnet? Besitzen Sie einen zweiten Schlüssel? Ja, natürlich haben Sie einen. Schließen Sie auf.«

Lady Hilda zog einen kleinen Schlüssel aus dem Ausschnitt. Der Aktenkoffer sprang auf. Er war mit Papieren gefüllt. Holmes schob das blaue Kuvert tief hinein, zwischen die Blätter eines anderen Dokuments. Dann drückte er den Koffer zu, verschloß ihn und ließ ihn ins Schlafzimmer zurückbringen.

»Nun sind wir bereit, ihn zu empfangen«, sagte Holmes. »Es bleiben uns noch zehn Minuten. Ich bin sehr weit gegangen, um Sie zu schützen, Lady Hilda. Als Gegengabe werden Sie die verbleibende Zeit nützen, mir die wahre Bedeutung der außergewöhnlichen Affäre zu enthüllen.«

»Ich werde Ihnen alles erzählen, Mr. Holmes«, rief die Lady. »Oh, Mr. Holmes, ich würde mir lieber die rechte Hand abhacken, als ihm auch nur für einen Augenblick Sorge zu bereiten! In ganz London gibt es keine Frau, die ihren Gatten liebt, wie ich den meinen liebe – und doch... Wenn er wüßte, was ich getan habe, wozu man mich gezwungen hat, er würde mir nie vergeben. Denn er hält die eigene Ehre so hoch, daß er einem anderen einen Fehltritt nicht vergessen oder vergeben könnte. Helfen Sie mir, Mr. Holmes! Mein Glück, sein Glück steht auf dem Spiel, unser beider Leben!«

»Schnell, Madame, die Zeit wird knapp!«

»Es ging um einen Brief, Mr. Holmes, einen unbesonnenen Brief, den ich vor meiner Ehe geschrieben hatte – um den dummen Brief eines impulsiven verliebten Mädchens. Es war ein harmloser Brief, und doch hätte er ihn verwerflich gefunden. Wenn er den Brief gelesen hätte, wäre sein Vertrauen für immer geschwunden. Ich habe den Brief vor Jahren geschrieben und glaubte, daß die ganze Angelegenheit vergessen sei. Schließlich aber hörte ich von diesem Mann, von Lucas, daß der Brief in seine Hände gelangt sei und daß er ihn meinem Gatten vorlegen würde. Ich bat ihn um Gnade. Er sagte, er werde mir meinen Brief wiedergeben, wenn ich ihm ein gewisses Dokument aus meines Gatten Dokumentenkoffer, das er mir beschrieb, beschaffte. Er hatte einen Spion im Büro meines Gatten, der ihm von dem Dokument berichtet hatte. Er versicherte mir, daß mein Gatte dadurch keinen Schaden erleiden würde. Versetzen Sie sich in meine Lage, Mr. Holmes! Was hätte ich tun sollen?«

»Ihren Gatten ins Vertrauen ziehen.«

»Das konnte ich nicht, Mr. Holmes, ich konnte es nicht! Auf der einen Seite drohte sicheres Verderben. So schrecklich es mir auch schien, Papiere meines Gatten an mich zu nehmen – ich überblickte die Konsequenzen einer politischen Angelegenheit nicht, aber die einer Liebes- und Vertrauensangelegenheit konnte ich sehr wohl abschätzen. Ich tat es, Mr. Holmes! Ich machte einen Abdruck von seinem

Schlüssel, und dieser Mann, Lucas, ließ ein Duplikat anfertigen. Ich öffnete die Dokumententasche, nahm das Papier an mich und brachte es in die Godolphin Street.«

»Was ereignete sich dort, Madame?«

»Ich klopfte an seine Tür, wie wir es ausgemacht hatten. Lucas öffnete. Ich folgte ihm ins Wohnzimmer und ließ die Haustür hinter mir offenstehen, denn ich fürchtete mich, mit dem Mann allein zu sein. Ich erinnere mich, daß eine Frau vor dem Haus wartete. Unser Geschäft war bald abgewickelt. Ich händigte das Dokument aus, er gab mir den Brief. In diesem Augenblick hörten wir ein Geräusch an der Haustür, dann Schritte im Flur. Lucas schlug schnell das Drogett zurück, schob das Dokument in ein Versteck und breitete den Teppich wieder darüber.

Was dann geschah, ist wie ein fürchterlicher Traum. Ich habe den Eindruck eines dunklen, wilden Gesichts, der Stimme einer Frau, die auf französisch schrie: ›Ich habe nicht vergebens gewartet. Schließlich habe ich dich doch mit ihr ertappt!‹ Dann folgte ein wüstes Handgemenge. Ich sah, daß er einen Stuhl in der Hand hielt, und in ihrer Hand blitzte ein Messer. Ich stürzte von diesem schrecklichen Schauplatz, lief aus dem Haus, und erst am nächsten Morgen las ich in der Zeitung von dem fürchterlichen Ausgang. An diesem Abend war ich glücklich, denn ich hatte meinen Brief und konnte noch nicht absehen, was die Zukunft bringen würde.

Am nächsten Tag erkannte ich, daß ich nur ein Übel gegen das andere eingetauscht hatte. Die Angst meines Gatten wegen des verschwundenen Papiers ging mir zu Herzen. Ich konnte mich kaum davor zurückhalten, ihm zu Füßen zu sinken und zu erzählen, was ich getan hatte. Aber das hätte wieder ein Geständnis über die Vergangenheit nach sich gezogen. An jenem Morgen lief ich zu Ihnen, um etwas über die ganze Schwere meines Vergehens zu erfahren. Von der Sekunde an, da ich alles begriffen hatte, war mein ganzes Denken nur noch darauf gerichtet, das Dokument meines Gatten wiederzuerlangen. Es mußte sich noch dort befinden, wo er es versteckt hatte, ehe die schreckliche Frau aufgetaucht war. Wäre sie nicht gekommen, hätte ich nie von dem Versteck erfahren. Aber wie sollte ich in das Zimmer kommen? Zwei Tage lang beobachtete ich das Haus, aber nie wurde die Tür offen gelassen. Gestern abend unternahm ich einen letzten Versuch. Was ich tat und mit welchem Erfolg, haben Sie ja bereits erfahren. Ich nahm den Brief an mich, gedachte ihn zu zerstören, denn ich sah keinen Weg, wie ich ihn meinem Gatten zurückgeben sollte, ohne ein Schuldgeständnis ablegen zu müssen. Um Himmels willen! Ich höre seinen Schritt auf der Treppe!«

Der Staatssekretär für europäische Angelegenheiten platzte aufgeregt ins Zimmer.

»Gibt es etwas Neues, Mr. Holmes?« rief er.

»Ich bin ziemlich hoffnungsvoll.«

»Gott sei Dank!« Er strahlte. »Der Premierminister wird mit mir lunchen. Darf er Ihre Hoffnung teilen? Er hat Nerven aus Stahl, und doch weiß ich, daß er seit dem schrecklichen Ereignis kaum geschlafen hat. Jacobs, würden Sie den Premierminister heraufbitten? Ich fürchte, meine Liebe, wir haben Politisches zu besprechen. Geh schon ins Eßzimmer voraus, wir werden in einigen Minuten nachkommen.«

Der Premierminister gab sich beherrscht, aber am Glanz seiner Augen und den fahrigen Bewegungen seiner Hände erkannte ich, daß er die Erregung seines jungen Kollegen teilte.

»Ich nehme an, Sie haben etwas zu berichten, Mr. Holmes?«

»Bis jetzt rein Negatives«, antwortete mein Freund. »Ich habe alle Stellen aufgesucht, an denen der Brief hätte sein können, und bin sicher, daß es keinen Grund zu Befürchtungen gibt.«

»Aber das genügt nicht, Mr. Holmes. Wir können nicht andauernd auf einem solchen Vulkan leben. Wir müssen zu einem Ende kommen.«

»Ich hege Hoffnung, daß sich alles klärt. Deshalb bin ich hier. Je länger ich die Sache bedenke, desto größer wird meine Überzeugung, daß der Brief dieses Haus nie verlassen hat.«

»Mr. Holmes!«

»Sonst wäre er mit Sicherheit schon veröffentlicht worden.«

»Aber warum sollte ihn jemand an sich nehmen und ihn dann hier im Hause behalten?«

»Ich bin nicht überzeugt, daß jemand ihn an sich genommen hat.«

»Und wieso ist er dann aus der Dokumententasche verschwunden?«

»Ich bin nicht überzeugt, daß er je aus der Tasche verschwunden ist.«

»Mr. Holmes, das ist ein unpassender Scherz. Ich habe Ihnen versichert, daß er sich nicht mehr in dem Dokumentenkoffer befand.«

»Haben Sie den Aktenkoffer seit Dienstagmorgen noch einmal untersucht?«

»Nein, dazu bestand keine Veranlassung.«

»Vielleicht haben Sie den Brief nur nicht gesehen.«

»Das ist unmöglich.«

»Ich bin nicht ganz überzeugt. Ich weiß, daß so

etwas passiert. Ich nehme an, in dem Aktenkoffer sind noch andere Papiere aufbewahrt. Vielleicht ist er unter sie geraten.«

»Er lag obenauf.«

»Vielleicht hat jemand den Koffer geschüttelt, und er ist verrutscht.«

»Nein, nein, ich habe alles herausgenommen.«

»Die Streitfrage ist leicht zu lösen, Hope«, sagte der Premierminister. »Man soll die Dokumententasche bringen.«

Der Staatssekretär klingelte.

»Jacobs, bringen Sie die Dokumententasche herunter. Das ist eine lächerliche Zeitverschwendung, aber es soll geschehen, wie Sie wollen, wenn Sie sich anders nicht zufriedenstellen lassen. Danke, Jacobs, legen Sie sie dorthin. Ich trage den Schlüssel immer an meiner Uhrkette. Hier sind die Papiere. Sehen Sie? Ein Brief von Lord Merrow, ein Bericht von Sir Charles Hardy, ein Memorandum aus Belgrad, eine Note zu den russisch-deutschen Getreidezöllen, ein Brief aus Madrid, eine Note von Lord Flowers... Du lieber Himmel! Was ist das? Lord Bellinger! Lord Bellinger!«

Der Premier riß ihm das blaue Kuvert aus der Hand.

»Ja, das ist der Brief, und er ist intakt. Hope, ich gratuliere Ihnen!«

»Vielen Dank, vielen Dank! Mir fällt ein Stein vom Herzen! Aber das ist unvorstellbar – unglaublich! Mr. Holmes, Sie sind ein Zauberer, ein Hexenmeister! Wieso wußten Sie, daß der Brief noch drin war?«

»Weil ich wußte, daß er nirgendwo sonst war.«

»Ich traue meinen Augen nicht!« Außer sich, lief er zur Tür. »Wo ist meine Frau? Ich muß ihr mitteilen, daß alles in Ordnung ist. Hilda! Hilda!« Wir hörten seine Stimme von der Treppe.

Der Premier sah Holmes zwinkernd an.

»Nun rücken Sie mal mit der Sprache raus, Sir«, sagte er. »Dahinter steckt doch mehr, als auf den ersten Blick erkennbar wird. Wie ist der Brief wieder in den Aktenkoffer gekommen?«

Holmes wandte sich lächelnd von dem eindringlich forschenden Blick dieser herrlichen Augen ab.

»Wir haben auch unsere diplomatischen Geheimnisse«, sagte er, und er nahm seinen Hut und ging zur Tür.

Anmerkungen

Das leere Haus

7 *Rubber:* Doppelpartie bei Whist oder Bridge.

19 *Hansom:* zweirädrige Kutsche mit Verdeck und hinter den Sitzplätzen erhöht angebrachtem Kutschbock.

28 *Ihrer Majestät Indische Armee:* der Königin von England und Kaiserin von Indien Armee von Britisch-Indien.

unser Eastern Empire: Nach der blutigen Niederwerfung einer nationalen Erhebung, dem sogenannten Sepoy-Aufstand, 1857/59, war Indien der britischen Regierung als Kronkolonie unmittelbar unterstellt und nach Abschaffung des Mogulkaisertums 1877 zum ›Kaiserreich in Personalunion mit der britischen Krone‹ proklamiert worden.

Shikari: engl./ind., Jäger.

32 *Bengalore Pioneers:* Truppenteil der Britisch-Indischen Armee.

C. B.: Companion of the Order of the Bath: Ritter des Bath-Ordens.

Der Baumeister von Norwood

42 *E. C.:* East Central, Name eines Londoner Postdistrikts.

46 *Interimscheine:* Bezeichnung für die an Aktionäre ausgegebenen Anteilscheine.

48 *Konstabler:* Polizist.

Die tanzenden Männchen

75 *County:* Verwaltungs-, Polizei- und Gerichtsbezirk in Großbritannien.

zum Jubiläum nach London: wahrscheinlich eine Anspielung auf die prunkvollen Festlichkeiten aus Anlaß des sechzigjährigen Regierungsjubiläums der Königin Victoria (1837–1901) im Jahre 1897.

87 *des alten East Anglia:* Auf dem Gebiet der heutigen Countys Norfolk und Suffolk bestand ab Ende des 6. Jh. East Anglia, eines der sieben frühfeudalen britischen Königreiche.

104 *Joint:* nordamerikanischer Slang, hier in der Bedeutung von Bande.

108 *Wintersitzung ... in Norwich:* Die englischen Schwurgerichte (Assizes) tagten periodisch.

Die einsame Radfahrerin

120 *Tudor-Kamin:* ein Schornstein aus der Zeit des Tudor- oder Perpendikularstils, des Spätstils der englischen Gotik (14.–16. Jh.).

131 *Superintendent:* höherer Polizeidienstgrad.
Roaring Jack Woodley: Jack Woodley, der Brüller.

Die Internatsschule

138 *M. A.:* Master of Arts, akademischer Titel, mit dem die Lehrberechtigung an Hochschulen verbunden ist.
PH. D.: lat., Philosophiae Doctor, Doktor der Philosophie.

140 *K. G.:* Knight of the Garter, Ritter des Hosenbandordens.
P. C.: Privy Councillor, Geheimer Staatsrat.
Lord-Lieutenant: Titel des obersten Beamten und Polizeikommandanten eines staatlichen Verwaltungsbezirks.

142 *schwarze Eton-Jacke:* Uniformteil der Zöglinge des elitären Eton-College.

148 *Peak:* Name eines Landschaftsgebietes im nördlichen Derbyshire.

169 *Trap:* leichte, zweirädrige Kutsche.

171 *elisabethanische Eingangshalle:* eine Halle im Baustil der Zeit Königin Elisabeths I. Seine Eigentümlichkeit besteht in der Verbindung von Elementen der Renaissance und der Gotik.

Der Schwarze Peter

192 *S. S.:* steamship, Dampfschiff.

195 *Weald:* Landschaft in Südostengland, zwischen den North Downs und den South Downs gelegen.

die sächsischen Eroberer: Seit Mitte des 5. Jh. eroberten germanische Stämme (Angeln, Sachsen, Jüten) große Teile der keltischen Stammesterritorien.

200 *Norfolk-Jackett:* lose fallendes Herrenjackett mit Gürtel.

Charles Augustus Milverton

217 *Debütantin der letzten Saison:* eine der jungen Damen, die jedes Jahr zur Eröffnung der Londoner Ballsaison der Königin vorgestellt und so in die Gesellschaft eingeführt werden.

218 *Mr. Pickwicks Gutmütigkeit:* Anspielung auf Samuel Pickwick, Figur aus dem Roman ›Die Pickwickier‹ von Charles Dickens.

Sechsmal Napoleon

244 *idée fixe:* Zwangs- oder Wahnvorstellung.

259 *Mafia:* Die Terrororganisation entstand zu Beginn des 19. Jh. auf Sizilien, als mehrere Großgrundbesitzer darangingen, Reste eines in Auflösung begriffenen, gegen feudale Willkürakte gerichteten bäuerlichen Geheimbundes zu ihnen persönlich verpflichteten Erpresserbanden umzubilden.

Die drei Studenten

274 *Thukydides (460–396 v. u. Z.):* altgriechischer Historiker.

Das goldene Pincenez

298 *Pincenez:* Klemmer, Kneifer.

Palimpsest: ein Pergament, dessen ursprüngliche Beschriftung durch Radieren oder Abkratzen unsichtbar gemacht und danach neu beschriftet worden ist. Seit dem 18. Jh. ist es gelungen, getilgte alte Schriften, u. a. durch Anwendung chemischer Mittel, wieder lesbar zu machen.

303 *Krim-Krieg:* vom zaristischen Rußland gegen die Türkei, Frankreich, Großbritannien und Sardinien um die Vorherrschaft in Südosteuropa und am Schwarzen Meer in den Jahren 1853–1856 geführter Krieg, in dem Rußland nach Anfangserfolgen unterlag.

314 *Chubb,* Charles: bekannter Londoner Schlosser, entwikkelte das nach ihm benannte Sicherheitsschloß mit mehreren Zuhaltungen.

317 *magnum opus:* lat., großes Werk.

Der verschwundene Rugbyspieler

335 *coachen:* trainieren.

Crack: hervorragender Sportler, ›Kanone‹.

352 *Brougham:* geschlossener, zweirädriger, meist als Einspänner gefahrener Zweisitzer.

358 *John o'Groats Haus:* der Legende nach ein von John de Groat erbautes Haus nahe der Nordostspitze Schottlands; hier in der Bedeutung: das Ende der Welt.

Cam: Fluß in Südosten Großbritanniens, gab der Stadt Cambridge ihren Namen.

Abbey Grange

366 *Palladio,* Andrea (1508–1580): italienischer Baumeister der Spätrenaissance, dessen Werke sich durch weitgehenden Verzicht auf schmückendes Beiwerk auszeichnen. Sein Stil übte seit etwa 1600 einen großen Einfluß auf die englische Baukunst aus.

379 *de novo:* lat., von neuem.

380 *Marengo:* Anspielung auf den nach sich anbahnender Niederlage erzielten Überraschungssieg der von Napoleon geführten Truppen über die Österreicher am 14. 6. 1800 bei der italienischen Ortschaft Marengo südöstlich von Alessandria.

398 *Jury:* hier in der Bedeutung von Geschworenen-Jury in einem Strafprozeß.
Vox populi, vox Dei: lat., Volkes Stimme, Gottes Stimme.

Der zweite Fleck

421 *Drogett:* Teppich oder Läufer aus rauhem Wollmaterial.

Inhalt

Das leere Haus 5
Der Baumeister von Norwood 37
Die tanzenden Männchen 72
Die einsame Radfahrerin 109
Die Internatsschule 138
Der Schwarze Peter 184
Charles Augustus Milverton 215
Sechsmal Napoleon 241
Die drei Studenten 272
Das goldene Pincenez 298
Der verschwundene Rugby-Spieler 332
›Abbey Grange‹ 364
Der zweite Fleck 399
Anmerkungen 439

ISBN 3-378-00314-6

Gustav Kiepenheuer Verlag
Leipzig und Weimar
Dritte Auflage
Lizenz Nr. 396/265/58/89 LSV 7324
Gesamtherstellung: Grafischer Großbetrieb
Völkerfreundschaft Dresden
Schrift: Garamond-Antiqua
Reihengestaltung: Gerhard Bunke
Printed in the German Democratic Republic
Bestell-Nr. 788 432 5
00700